U0568432

《观自在》 星云法师

《吃茶去》
龙城画派书画院
董正夫

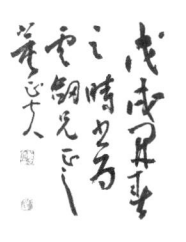

《心无挂碍》
九三学社中央书画院
张德林（净圆）

明鉴 著

重构红楼

文汇出版社

序　不一样的《红楼梦》

研究《红楼梦》的人实在太多了，那到底值得吗？值不值得有两层含义：一是为研究红楼花费大量时间精力值不值；还有一个是红楼本身值不值得被人这样关注。两个回答都是肯定的，这也是我们要在书中证实给读者的。

可是这部人人关注的《红楼梦》到底在写什么呢？人们讨论了快三百年了，居然一直含混不清。首先，它和《西游记》一样，从一块神石开始，而且石头通灵会说话、会思考，神仙道士都冒出来了，这难道不是一部玄幻小说吗？可是，大家却很自然地把这些玄幻部分当作整个故事的辅助情节，而没有几个人能解释清楚作者为什么安排神仙出场，最终好像也没变成玄幻小说。还有一种最普遍的看法，整个故事虽然内容丰富，但要说故事是围绕着宝黛钗三人展开的爱情小说总不会离谱吧，这个观点即便不深刻至少没错吧，真的是这样吗？还有许多人觉得《红楼梦》不过如此，被捧得太高了，对比四大名著里的主角就只有这个贾宝玉最没用，不管对哪个女孩子都体贴备至，能伺候平儿梳个妆就神魂颠倒了，能帮丫鬟们弄个胭脂就开心好几天，就这么一个花痴，值得说几百年？剩下的，从贾赦到贾珍、贾琏、贾蓉之流更是低俗不堪，就是一群吃祖宗饭、享祖宗福的渣男，这怎么就成名著了呢？

除了这些还有太多的疑问，这也是我一直思索并持续关注红楼的原因。因为众多疑惑同样困扰着我，始终找不到答案，于是一直期盼在新出现的红学研究中找到线索，否则总有一种如鲠在喉的感觉。

所以每次看到有新的人、新的书或者新的研究成果，我总是一次次抱着希望迫不及待地找来认真学习，希望能见到新的突破。虽然也会有不少惊喜，但总的来说并不满意，总让人有种隔靴搔痒的不过瘾，原因到底在哪里呢？

在反思这个问题的过程中，我自己也在不断地思索、思考，到底原因在哪儿？这一想就想了近三十年。

尽管红学研究浩如烟海，但后人基本没有突破前人奠定的三个研究红楼的角度，那就是我们常说的三大派——评论派、考证派和索隐派。后人是沿着这三个路线在修补、添加、完善，仅此而已。这并不是说后人毫无建树，这么多的红学研究成果一点没有发展，不是这个意思，但是在根本上长期以来的确没有出现大的突破，这也是事实。所以，很多人只能从一些细节，诗词啦、服饰啦、语言文字啦，在这些方面下功夫，比如，某一句方言说明作者可能是什么身份了，某一个词反映出某个人物的什么性格了，某一个表情暗示了某个人物是什么出身了，等等，结果就陷入到去追究妙玉的出身到底是什么样的人家，去猜猜薛宝钗家里到底有多少钱，去推测秦可卿房间里的摆设是真品还是赝品等类似这样的问题之中，大家觉得这是真正的突破吗？

就像牛顿的时代一样，牛顿的经典物理学体系建成之后，物理学家们自己都觉得没什么事干了，只剩下围绕着牛顿修好的路继续完善，干点修修补补的活儿了。直到爱因斯坦的出现，才改变了这一局面，不是众多物理学家们不努力，而是时代的局限，新的角度没有出现。爱因斯坦也不是平白冒出来的想法，是在前人积累的基础上做出了突破。

对于红学研究也是如此。没有现代性的研究工具，很难再有大的突破，就只能在文字上打转转，当然也就无法形成新的方向和高度。缺乏研究工具，也就是缺乏建构新理论的能力。现代人文社科学者的人文修养自不必说，但普遍存在的问题就是理论建构能力不足。就像一个人在森林中漫步，总也看不到整个森林的全貌，这就是"见树不见林"，有些人换成骑马，甚至开车了，但还是不行，因为手段依然没达到。这时有两个办法来改变这一处境，一是可以通过改变观察的角度，比如爬上高山俯瞰；二是可以通过新的手段，比如有了无人机技术，这件事就变得太简单了。尤其是第二个办法，很容易看见整片森林的全貌，而且是让任意一个人都能轻易地实现"见树又见林"，这不代表每个现代人都比之前的专家学者更聪明更有学问，而是掌握了新的工具带来的便捷。正如荀子所说："登高而招，臂非加长也，而见者远；顺风而呼，声非加疾也，而闻者彰。假舆马者，非利足也，而致千里；假舟楫者，非能水也，而绝江河。君子生非异也，善假于物也。"(《劝学》)不必非要是天才，和别人不一样，超人一等才能做到更好，而是要善于利用工具。

而在本书中，我希望提供给大家的工具，最重要的就是观察《红楼梦》乃至世界和人生的"无人机"和"全息技术"。只有找到的时候，我才充分地意识到，自己多年来想要努力解决的，就是找到这样的可以帮助所有人用自己的眼睛去看人生风景的工具，而这样的工具只能往人自身深处寻找，这就是我最后找到的，想分享给大家的人类最底层的认知思维的方法。

所以说，我们选取的是迥异于之前任何一个研究红楼的角度，而且我们的结果，势必要超越之前的观点（不能把超越简单地理解成超过，关于超越的含义，我们在书中会详细讨论），同时因为我们是一个完备的体系而不是一些字句诗词的简单解析，所以这一体系自然能全面包含之前的结果，就像爱因斯坦的物理体系可以包含牛顿的一样。

所以本书具有三大特色：一、颠覆：迥异任何研究红楼的角度，给大家一个全新的角度看红楼。二、超越：跳出以往研究红楼的窠臼，也就是打破之前研究红楼的固定框架。三、包容：容纳之前研究红楼的结果，我们在前人研究的基础上，提供给大家一个既简洁又清晰的观点，能解决之前出现的各种疑问和疑惑。这不是夸大其词，而是因为我们有"无人机"，有"全息影像"，所以才能一边散步欣赏森林中每一片局部的美妙景致，一边还能领略这份美妙来自森林整体的根源。

有些读者难免还有另一个疑惑，我们讲透红楼又如何，看透红楼又如何，我们的目的是什么？这就需要强调一下，我们不是为了研究而研究，不是为了给别人显示我们掌握了一个多么精妙的理论。因为所有的理论，所有的研究最终都要为人服务，为人所用。这个所谓的"用"的意思就是，有什么指导意义或者帮助，尤其是对我们现代人的生活而言，这才是这本书存在的价值，不是为了卖弄一些文词，卖弄一些自己的专业知识，而是要让读者能真正学到东西，提升自己的认知，用来指导自己的实际生活，而不是看懂一部小说那么简单。所以，我们不仅要讲《红楼梦》的故事，还要教会大家我们是怎么研究、怎么做到的，要把方法讲清楚。

现在人们面临的最大问题不是技术上能否不断地创新，不是社会发展得太慢，而是相反，是技术的更新已经快到让我们人心很难适应，很难跟上的程度。原本需要比较安静的业余时间来缓解每日快速的变化带来的紧张状态，结果是进一步被技术俘获，得到的是更多的焦虑、焦灼。一定会有人疑惑，那《红楼梦》能帮我们解决这些问题吗？当然可以，不仅如此，还能解决整个人生的问题。

解读《红楼梦》的目的是什么呢？不是去学薛宝钗的人情世故，也不是去学王熙凤的管理才能，这些技术性的操作从别处都能学到，用不着从《红楼梦》里来学，如果这样看《红楼梦》，那就把它看得太低了。这就像我们已经发现了秘密宝藏，遍地都是价值连城的珍宝，结果全都不认识，只拿了点又蠢又笨的黄金，以为黄金最值钱，因为别的都不认识啊，虽然不能说是入宝山却空手而归，但也差不多。《红楼梦》的价值远超这些小儿科式的解读，我们要学的，或者说我们要体会和感受的是源自书中那份人心中最宁静、最善意的温情，这才是真正能解决现代人现代病的一剂良方妙药。

所以我们这本书的功效就是：给现代人干涸的心灵带来最温润的滋养。

/ 目录

上部
对红楼的逻辑重构

前言　看《红楼梦》的新视界　3

红楼梦的谜团　6
一　"曹雪芹"是谁重要吗：红楼四大谜团
二　"红薯粉"的力量：《红楼梦》的兴起

红楼梦的世界（一）　12
一　故事的舞台：这是在塑造一个世界
二　大观园：为世界寻找一个灵魂所在
三　贾府：大观园存亡之地

红楼梦的人物（一）　20
一　不是一般人：红楼中是些什么人物
二　各领风骚：宝黛钗的出场
三　从顽石到宝玉：贾宝玉
四　风流与俗趣：黛钗的初步对比

红楼梦的线索（一）　41
一　彼此独立的：黛玉、香菱、晴雯
二　喜欢合群的：宝钗、袭人、众人

红楼梦的人物（二） 60
一　木石前盟：宝玉和黛玉
二　金玉良缘：宝玉和宝钗
三　有缘无缘：宝黛钗

红楼梦的线索（二） 87
一　不同的世界：假作真时真在哪儿
二　黛玉和宝钗：谁的真情谁的假意

红楼梦的世界（二） 99
一　红楼世界的转折：大观园最辉煌的篇章
二　红楼世界的衰落：大观园最凄凉的挽歌
三　先天之性：人物定位和三个世界理论

红楼梦的线索（三） 136
一　世俗心灵：两组人物的纠缠
二　未完之完：宝黛结局的预演

红楼梦的故事（一） 152
一　后四十回的缺失：不无遗憾其实已无遗憾
二　后天之教：表面故事和言象意理论

红楼梦的层级 163
一　寻找密码：探索红楼的开始
二　三次元故事：隐藏别太深

红楼梦的结构 170
一　历史存在吗：这是要颠覆认知吗
二　开始即结束：种子孕育一切

红楼梦的故事（二） 178
一 石头得道：我来讲个新故事
二 深层故事：原来如此

红楼梦的超越 187
一 人的开始：等历史终结以后
二 《红楼梦》的后面：纯粹的世界未必像想象的可爱

下部
浮世红尘

红尘·代序·回忆 199

第一部 移情 201

楔子 放逐 203

瀛洲 204
第 一 章 趋乱
第 二 章 避世
第 三 章 经过

第 四 章　迷失

巴洲　*229*

第 五 章　期待

第 六 章　惊变

第 七 章　意外

甘洲　*247*

第 八 章　守望

第二部　变幻　*253*

尧洲　*255*

第 九 章　切磋

第 十 章　妥协

第十一章　面对

第十二章　暗流

第十三章　封局

卫洲　*281*

第十四章　迷离

第十五章　吸引

青洲　*298*

第十六章　混乱

第十七章　交错

第十八章　取舍

深洲 *320*

第 十 九 章　相遇
第 二 十 章　轮转
第二十一章　生死
第二十二章　平衡

凤洲 *347*

第二十三章　失落
第二十四章　碎梦
第二十五章　落花
第二十六章　悲秋

第三部　源初　*367*

碎梦城 *369*

第二十七章　解谜
第二十八章　慌乱

远洲 *373*

第二十九章　积淀
第 三 十 章　启程
第三十一章　回乡

尾声·家·爱　*379*
浮世·后记·告白　*381*

上部

对红楼的逻辑重构

前言　看《红楼梦》的新视界

《红楼梦》是在中国文化土壤中生长出的一棵枝繁叶茂的大树，而它所包含的丰富营养来自几千年的文化基因。这棵大树以文学为主干，汇集了古典诗词、散文、戏曲等多种形式并融合统一，以故事为枝叶，散枝开叶表现了社会生活的方方面面，以警示为果实，警醒人们选择自己的人生轨迹，以情感为脉络，观照世间的芸芸众生，以心灵为指向，指明生命的栖息之地，而其根基则深植于中国传统的思想体系，以儒道释为养料，滋养着整棵大树。

我们想要充分地理解《红楼梦》，就必须穿过繁枝茂叶，深入内里，并沿着脉络寻找到根源，看红楼不光是看故事，更是一个探寻世界和自我的心路历程。

本书所有的分析完全依托于原文，由原文出发带领大家抽丝剥茧领会原文含义，并通过综合运用认知思维四组基本方法的分析手段，以建构理论为支撑，解密了《红楼梦》的文化密码，最终阐释了《红楼梦》这一人类文化经典的深刻内涵。

其中，基于中国传统思想并汇聚了古今中外多种理论思考和思想根源，总结提炼了两个理论，而理论本身所表现出来的样子却是非常简洁。一个是关于人类认知根源的言象意认知理论（简称言象意理论），是书中用来整体研究《红楼梦》的最基础的方法，是用于解剖人类思维形成过程的理论。一个是基于现实世界的世界认知层次图式理论（简称世界图式理论），这一理论是用来描述红楼世界从而也是人类世界的最基本的宏观认知模式，是用来观察整个人类社会存在方式的理论。

《红楼梦》已成为重要的中国文化符号与代表。自小说面世以来近三百年，对其研究就从未停止，主要有评论、考证和索隐三派影响最广也最深远。而本书则在借鉴三派的基础上另辟蹊径、高屋建瓴，从一个前所未有的角度和高度——认知思维的角度和逻辑建构的高度——重新对《红楼梦》做出诠释和建构。

　　书中从认知思维的角度通过对宝黛钗的故事主线做出层层剖析，去除过多的细枝末节，将整个故事主线、精神指向和思想高度一一清晰地展现出来。并通过世界图式理论，对红楼世界的人物重新做出各自的定位，令人物在世界中的位置清晰可见，从而对所有的现代人同样做出提示以便找到自身在世界中的位置。又通过言象意认知理论把所有人物如何成为自己的过程详加理清，从而揭示出人们的认知形成过程，为人们提供一个反思自我形成过程的实用工具。最后通过综合使用人类认知思维的四组基本方法对全书故事做出整体性的梳理，最终通过逻辑与历史这一组高级的理论建构方法彻底对《红楼梦》这部天书做出了解密，并得出了完美的解答，从而真正说明了，其实也是证明了《红楼梦》为什么是一部超越历史的伟大著作。

　　书中还会深入带给大家以下收获：

　　一、通过理清书中故事主线，让读者深入了解红楼世界，不再模模糊糊人云亦云。红楼中的故事线索众多、人物关系复杂，让人很容易陷在故事情节里，很难理解作者到底在讲什么，当然也就很难有自己的看法。而我们要化繁为简，抓住主线梳理最关键的思想根源，读者就会觉得主线清楚了。

　　二、通过分析书中人物内心，让读者找到自己的人生位置，不再只看热闹没有收获。对故事的清醒认知只是第一步，看小说不是为了看看表面的故事就完了，好的作品是因为能影响我们的内心，如果没能体会作者的一片用心，那真是入宝山而空手归了。我们就是要揭示故事深层的内涵。

　　三、通过建构新的认知理论，让读者掌握认知形成的过程，不再浑然不觉不明所以。人的认知是决定一个人成为自己的全部所在，但是每个人又很难发现自己的认知状态。我们在分析书中人物成长的过程中，通过细致地分析这些人物的认知基础，让读者学会反思自我，一定能发现比以往更真实的自己。

　　四、通过对情节的层层解析，让读者感知幸福快乐的源泉，不再假装快乐以鹿为马。我们总是为了快乐而快乐，为了幸福而幸福，殊不知越是追求外在的标准距离真实就越远，因为我们根本不知道真正的幸福和快乐长什么样，因为从未体会过。要想知道梨子的味道最好的办法就是亲口尝到，我们就是要给大家分享这个幸福的"梨"。

五、书中综合运用了认知思维的四组方法（分类与概括、分析与综合、抽象与具体、逻辑与历史），读者可以通过整个分析过程，逐渐熟悉并掌握这些思维方法，尤其是对"逻辑与历史"这组高级思维方法的深入理解，那样不仅能得出自己的观点，而且最重要的是在实际生活中帮助解决自己遇到的问题，进而培养出对宏观问题的分析能力和理论建构能力。

六、从始至终分析问题的思路是帮助读者学会概念分析的过程，潜移默化、循序渐进地学会分析问题的方法。有了方法，读者可以建构自己的思想系统，也才能形成真正属于自己的想法和观点，从而进一步形成对历史和人生的全新认知模式和理论框架，最终通过对《红楼梦》的全新理解，形成面对自己内心的真实体验，并由此走入中国传统人文思想的大门。这些收获足以让一个人有信心面对越来越普遍的焦虑甚至是焦灼的精神困境，并重新建立一个属于自己内心深处的坚固而宁静的家园，进而更加从容地面对如今愈加复杂愈加迅疾的社会生活。

无论是看过还是仅仅只听说过《红楼梦》的朋友，我都希望你能在阅读本书的过程中或读完之后带着新的认知和理解再去细细品读一遍我们心中的永世经典——《红楼梦》，我相信你一定会有一种迥异之前的充满感慨和安静的内心体验。

我在红楼世界中等着你。

红楼梦的谜团

一

"曹雪芹"是谁重要吗：红楼四大谜团

近三百年来，《红楼梦》从一问世就受到世人追捧，至今依旧引人入胜，研究者也层出不穷。究其原因大约有两点：一是作品内涵丰富、意象无穷，无论是思想高度还是文学水准都几乎到了难以超越的地步；二是围绕着作品的谜团实在太多，总能令人生出无限好奇。围绕着《红楼梦》的谜团可以总结为四点：一是作品何时写就难以确认；二是有无后四十回众说纷纭；三是即便对一本著作最基本的作者是谁竟也扑朔迷离；四是书中的故事按理已经写得很清楚，但作者到底是要讲什么从始至今争论不休。最可惋惜的是作品终归没能修订完稿，徒留一份永远的遗憾给世人。

《红楼梦》的成书年代大概在明末到清乾隆之间，现在普遍认可的是在乾隆年间，距今不到三百年，为何留下了看似最不该成问题的问题呢？而且，在乾隆的年代，书写手段、印刷技术、传播渠道早已成熟，加之中国人特别爱记录，原则上，《红楼梦》四大谜团的前三个都应该不成问题，可事实偏偏是至今无解。

关于时间，比较明确的是在乾隆年间就已经广为传抄了，手抄本都能卖出天价，但是作者写作时间至今无法确定。关于后四十回，是从程伟元、高鹗编辑出版时成了问题，原书是否完成也不得而知。对于作者更是奇怪，不仅没有记录，反而需要考证了。大家不妨想想，在当时就被辗转传抄的一本奇书，按现在的说法，那绝对是现象级的一部书，但是作者却像空气一样——虽然如此重要——却还是被人忽视和遗忘。难道大家如此喜爱这部书，却都对作者一点好奇心也没有吗？一点有效的记载都没留下来吗？

不过，一定会有人说，现在不是已经考证出来了吗，作者是曹雪芹，出生在富贵人家，小时候经历了怎样的繁华，后来没落了，最后在北京西山黄叶村穷困潦倒而死，等等。按照现在对作者生活年代的推算，当时的文学大家袁枚应该与《红楼梦》的作者是同时代人，袁枚在文章中已辗转提到过这部书，并认为作者雪芹是曹楝亭之子，加上脂砚斋等点评中提到的只言片语就成了后来考证的最初线索，实在不知道这些"吉光片羽"又是从何而来，也许同样来自书中所说的"曹雪芹"。胡适先生所做的考证也只是一种研究（《红楼梦考证》）。可惜的是"曹雪芹"只存于考证研究里，难道这本身不奇怪吗？作为作者的这个"曹雪芹"的名字又是从何而来呢？是从书里来的，"从此空空道人因空见色，由色生情，传情入色，自色悟空，遂易名为情僧，改《石头记》为《情僧录》。东鲁孔梅溪则题曰《风月宝鉴》。后因曹雪芹于悼红轩中披阅十载，增删五次，纂成目录，分出章回，则题曰《金陵十二钗》"（第一回）。

这里提到曹雪芹是多个"编撰者"中的一个，那么又何以认定曹雪芹就是作者呢？为什么不是空空道人或者是孔梅溪呢？很简单，这两个无从考证！而"曹雪芹"只是看上去更像一个真名而已，于是根据各种细微线索先认定（其实是假设）作者是曹雪芹，并依据开篇"作者自云"说是自己的经历，因而判断作者必定是当时的大家族出身，这样一来将范围缩小到曹家，其实后面的考证，是考证曹寅一家的情况。这两点假设其实是存在漏洞的：其一，"曹雪芹"是不是真名本是未知，与曹寅一家到底有没有关系，也不得而知！其二，即便作者需要经过书中描述的大富大贵的实际生活也不必只能是接待过皇帝出巡的家族，这一点连小孩子都能明白的道理就不多说了。而且还有另一种可能，就是《红楼梦》的成书年代还要往前，只是到了乾隆年间那个时间段被人陆续传播到市面上的，如果是这样，整个研究的时间点都已错位，硬往曹家生搬就更不可能得出正确的结论了。

其实，真正令人费解的是，此书流传之际根本未署作者姓名，哪怕是笔名也没有，后人只能通过这些间接的只言片语来推测。一种可能是当时作者有所避讳或者担心，以至于，不管是情愿还是不情愿，只能隐藏名姓。如果是这样，那么，我们就理所当然地推断，曹雪芹是一个像空空道人、情僧、孔梅溪一样的虚名虚字，因为，如果根据袁枚或者脂砚斋等人的说法很容易就推测出作者是谁，那么作者隐藏名姓的目的岂不是瞬间被揭穿了？这岂不是违背了作者的本意，反而证明脂砚斋等人根本不了解作者的想法，成了多事之人了，所以这个名字的信息一点也不比空空道人的名字传递的信息更多，甚至还不如另外两个人。也就是说，作者更可能是携大石入红尘的茫茫大士、渺渺真人，或者是其中的一个（当然也只是虚名）！

大家试想，故事的开始就是茫茫大士、渺渺真人遇见石头，随后大石经历红尘若许年之后回到大荒山，没有说是怎么回去的，但我们可以合理地推断，当然是茫茫大士、渺渺真人带回去了，缘起缘终都是要有缘人去了结的。那么大石上的字迹又从何而来，总不能是石头自己刻上去的吧，最佳人选还是茫茫大士、渺渺真人。所以，我们可以初步得出一个结论：从茫茫大士、渺渺真人到空空道人、孔梅溪和曹雪芹都可能是作者的名号，也都可能是作者的写作手法，真实作者当然是确有其人，可惜现在还无法确定。就像《金瓶梅》的作者叫做兰陵笑笑生，可同样是一个谜。所以，《红楼梦》的作者根据现在的考证不仅没能证明，反而让人觉得更像是反证，因为如此搜集一个人的信息却还漏洞百出，按一般的判断，其实早已可以反证出曹雪芹不是曹家人的结论了。曹雪芹更可能是作者的笔名，而真正的作者可能是一个永远也解不开的谜。而造成这一点的原因，在我们分析完之后，我相信大家定会有新的理解，**这可能本就是作者有意为之的设定，而不是传播中的意外缺失！**

其实，《红楼梦》的谜团远不限于这些细枝末节，它的出现本身就很奇异。它的横空出世是将一块写满文字的大石扔到了世间，从此就不再离开，而是一下子存在于我们的生活，从而也存在于我们的历史之中了。那么它仅仅是现在普遍认为的一部伟大的文学作品吗？《红楼梦》的作者当然是一位伟大的人，但《红楼梦》这部作品的伟大不在于作者到底是何人，曹雪芹又是何人，这些纠缠了所谓的红学界很久的梦魇应该让位于对作品本身的思考。其实，作者的伟大正是因为作品的伟大，而不是相反。作为后人的我们应该继续深入探讨的是：还有没有更配得上它的有价值的解读？

《对红楼的逻辑重构》就旨在揭示这本"天书"的真实内涵和它对人类历史的深刻思考。

二

"红薯粉"的力量：《红楼梦》的兴起

《红楼梦》先以手抄本为主，在经程伟元和高鹗整理印刷出版之前，抄本就已经传播到日本、朝鲜等地，可见当时大家对这部现象级作品的喜爱。经程伟元和高鹗整理出版之后传播更为广泛，这绝对是一大功劳。

程伟元可以说是《红楼梦》的超级粉丝，因为看了前八十回实在不过瘾（我们只讨论前八十回），到处搜罗后面的故事，终于被他搜罗到残本，于是花钱花功夫要整理，但是自己能力不够，就找到好友高鹗。这个高鹗是一个文化人，当时是个举人，之后中了进士。于是两人整理出一百二十回的稿本来，也就是最早的印刷版，用《红楼梦》作为书名也是从印刷版开始。

而早在印刷之前，就已经有很多人研究《红楼梦》了。其中最著名的当然就是脂砚斋，可是脂砚斋到底是何人，也是未知。有人猜测脂砚斋可能就是作者本人，因为随着书的流传，脂砚斋的点评总是如影随形。如果脂砚斋是作者，那这位作者的写法就太高明了。作者把自己分为两个角度，一个写了《石头记》的故事，一个跳出来，作为评论者点评，而这种奇特的写法又让全书焕发出一种新的张力，整个故事成了在故事本身和故事之外既紧密连接又不断分离的绝妙组合。当然，关于脂砚斋的种种说法也依然只是猜测。

对《红楼梦》的研究逐渐形成了多个派别，最具代表性的有评论派、考证派和索隐派。另有一批续写《红楼梦》的作家，一般不能认为是研究者，而是书写者。

评论派其实不能说是一个严格的研究派别，只是从方法上早期采取批注、评论，后来采取文学批评的方式。最早的应该就是脂砚斋等人，但如果从文学批评的角度而不是写作的角度，评论派的代表人物还要数清末民初的王国维先生。他能独抒己见，在原有的认识上扩大了一种气度和领域，他将西方哲学的分析和美学的思想引入对《红楼梦》的评论之中，让整个批判水准提高了一大截，可以算是评论派的代表，他的《〈红楼梦〉评论》是这一派的代表之作。

考证派当数胡适先生，从他的老师杜威先生那里得了真传之后，回国用论证的新的思维方式开始了多领域的研究。其中对《红楼梦》的考证几乎奠定了之后红学的研究方向。比如，《红楼梦》的作者是曹雪芹就是最大的研究成果。作为一种研究方法，考证派确实出了不少成果，但并不是定论，我们已经说了，其中的谜团仍在。其实，即便是胡适先生在《〈红楼梦〉考证》一文中也说："大概石头与空空道人等名目都是曹雪芹假托的缘起，**故当时的人多认这书是曹雪芹做的。**"他是沿着这个线索开始收集材料做考证的，而我们开始的分析同样是依据书中原文做出对作者存疑的判断的，这一点多少带有现象学的态度。

索隐派在清代就有。蔡元培先生也是索隐派的观点，在《〈石头记〉索隐》中，蔡先生把《红楼梦》看作是一部政治小说，并详细列举了众多的人物对应关系。

《石头记》叙事，自明亡始。第一回所云"这一日三月十五日，葫芦庙起火，烧了一夜，甄氏烧成瓦砾场"。即指甲申三月间明愍帝殉国，北京失守之事也。士隐注解《好了歌》，备述沧海桑田之变态，亡国之痛，昭然若揭，而士隐所随之道人，跛足麻履鹑衣，或即影愍帝自缢时之状。甄士本影政事，甄士隐随跛足道人而去，言明之政事随愍帝之死而消灭也。

甄士隐即真事隐，贾雨村即假语存，尽人皆知。然作者深信正统之说，而斥清室为伪统，所谓贾府，即伪朝也。其人名如贾代化、贾代善，谓伪朝之所谓化、伪朝之所谓善也。贾政者，伪朝之吏部也。贾敷、贾敬，伪朝之教育也（《书》曰"敬敷五教"）。贾赦，伪朝之刑部也，故其妻氏邢（音同刑）。子妇氏尤（罪尤）。贾琏为户部，户部在六部位居次，故称琏二爷，其所掌则财政也。李纨为礼部（李礼同音）。

书中女子多指汉人，男子多指满人。

贾宝玉，言伪朝之帝系也。宝玉者，传国玺之义也，即指胤礽。

后来的索隐派也是这样的路子，就是直接对应，贾宝玉是当时的谁，林黛玉是谁，等等。也可以看着玩，恐怕当不了真。比起评论派和考证派，索隐派的主观臆断实在太强了，很难令人信服。考证派循着各种线索在找证据，方法是比较客观的，但是成果中推断多于实证，很多结论确实是"大胆猜测"了，却限于许多因素而无法做到"小心求证"。

说起来评论派更在意对《红楼梦》内容本身的理解，对作者、版本、书的来历等并不是十分关心，因为一部作品之所以伟大不在于是谁写的，也不在于版本的好坏，是手抄的还是雕版印刷的还是现在的电子书。总之，《红楼梦》的伟大是因为内容，所以这是我们需要的一种研究态度。不过我的解读角度又有不同，还不是评论或者文学批评的方式，所以还不能算是评论派。

我们所要做的探讨是**借鉴评论派的研究态度，考证派的论证方法，索隐派的推测手段，最关键的是要引入"逻辑与历史"这一组较复杂的思维方法作为研究工具，重新建构一种对《红楼梦》的认知角度**。我相信，等大家对书中故事和故事的寓意有了了解之后，一定会对长期困扰人们的种种疑惑有全新的感悟和认识。

红楼梦的世界（一）

一

故事的舞台：这是在塑造一个世界

文学作品，尤其是小说总要给书中的故事设定一个时空背景，但《红楼梦》的作者却以空空道人和女娲娘娘补天剩下的石头之间的对话明确说时间上无大所谓，空空道人问石头的第一个问题就是"无朝代年纪可考"；石头的回答很有意思，石头笑答道："我师何太痴耶！若云无朝代可考，今我师竟假借汉唐等年纪添缀，又有何难？但我想，历来野史，皆蹈一辙，莫如我这不借此套者，反倒新奇别致，不过只取其事体情理罢了，又何必拘拘于朝代年纪哉！"作者为什么要取消故事的时间背景？这一点也包括在我们最终的解答中。那么空间呢？即便是虚构的也还是要有的，现在我们就来看一下红楼世界的空间布局。

书中提到的地理位置有很多，比如大荒山无稽崖，虽然没人知道在哪儿，再有甄士隐出场的姑苏城，贾雨村的祖籍胡州，贾府的原籍金陵等等，以及人员往来各地任职、亲戚走动之地，乡下宅庙、田庄房舍等贾府产业之处，涵盖了现实世界的角角落落。但整个故事的核心发生地是三个空间：一是太虚幻境，二是大观园，三是贾府，其他场所是此三处之外的辐射圈。这就形成一个从核心向外层层扩大，延展到各个角落的空间布局。

最核心一层的太虚幻境是一个神话、玄幻的存在，而且这里不限于警幻仙子众人，也包括茫茫大士、渺渺真人，以及绛珠仙子（林黛玉）和神瑛侍者（贾宝玉），实际上，通过秦可卿、尤氏二姐妹先后去世之后我们知道，太虚幻境里还包括与凡间有因缘者，正副十二钗是一定的。原则上它不是故事的发生地，只是世外高人才能出入的地方，与凡间的沟通是通过世外高人、贾宝玉等人的梦境或者少数人死后的魂灵。但为什么我又说它是核心空间呢？用"空间"这个词形容玄幻之地似乎并不合适，但我们也只能放在这样的认知之内来理解。它之所以是最核心的区域，是因为整个故事的根源在此，故事的走向和所有人物的命运都在此处做出安排。这就难免让人感到一种宿命论的存在，但书中好就好在虽然做了揭示，但是贾宝玉却没明白，所以书中就用后继故事的发展演化来让人看，看是不是这样的结果。我们当然可以说这是作者提前设定好的结局，故事怎么写自然都会按照太虚幻境里的描述，这个想法本身没问题，因为书里安排的阅读顺序就是这样的。但是我觉得反过来看可能更符合作者的思路，那就是因为人世间的事总是如此这般地发生，而且过去、现在、将来一直如故事中所描写的那样发生，而这位天才作者借助与太虚幻境相关的仙与人对这些表"象"进行归纳总结，并从中梳理出其中的深"意"，最后做一个总结性的描述，就成为现在展现出来的整个《红楼梦》的故事。所以，我不认为是作者先有一个宿命论的观点再编撰一个故事来宣扬这个观点，而是相反，是作者总结了人世间的实际生活得出的最终结论。

因此，太虚幻境不是一个实质性的空间，但却是一个展现故事整体面貌的虚拟空间，因为它的立意高度而居于整个布局的最核心，它其实就是统摄全局的核心理念。

核心区的第二层是大观园，大观园的建设时间比起贾府来当然要晚得多，但是在整个布局中的地位仅次于太虚幻境，因为在大观园里发生的故事是书中最精彩也最纯粹的部分，是直接对应太虚幻境的人间"幻境"。大观园的纯粹在于它的独特地位，身处其中的众多优秀女性和宝玉这位护花使者由此生活在一个不受外界社会污染的环境中，由此才能在灵魂层面加以修养和提升。大观园最终的衰落也正是来自外界俗事的污染，这种纯粹性无法持久正是作者想要表达的，同时也是在揭示世间悲剧无可避免的根源以及作者对世间事洞若观火却又无能为力的无奈。

大观园的兴衰预示着整个贾府的兴衰，贾府的兴衰又对应整个红楼世界的兴衰，红楼世界又是整个世界的模型，所以我们看懂了大观园里的故事也就明白了整个世界的含义，这也就是红楼故事永恒的原因所在。

核心区的第三层是贾府，因为整个故事的主体部分都是发生在贾府的范围内，这是为大观园打造的背景环境。贾府之外的外围空间反映了贾府所处社会时代的整体生活状态，并且都是为塑造贾府所必须的。

为了将故事集中在贾府，作者从外围世界写起，一步步安排所有重要人物逐个以各种理由和原因顺理成章地汇入到贾府这一舞台上。从贾雨村引出林黛玉，因母亲病逝，遂由贾雨村陪同到了贾府，随后贾雨村又去应天府碰上薛蟠的案子，引出薛宝钗进京。但是因为薛家不像林家人丁稀落，而且薛家在京也有房产，但如果单住，薛宝钗就只能到贾家走亲戚串门，顶多就像史湘云一样，缠着贾母多待几日罢了，终究要回自己家去，所以就由薛姨妈说明要去亲戚家住的理由，而且告诉薛蟠，自己母女肯定是投奔亲戚的，在亲戚里当然舅家比姨家要近一些，所以作者又将薛宝钗的舅舅王子腾外调，这样薛宝钗只能随母兄入住贾府梨香院，虽然事后搬出，却仍近在咫尺。而且作者的思维非常缜密，在交代这两位核心人物的情况时，把相关人员也一并交代得清清楚楚，即便是薛蟠这样的不肖子弟也没随便用几句话敷衍过去，说清楚为什么不想去姨舅家住，后来又为什么乐此不疲不再想着搬走了，而且还顺便把甄士隐的女儿英莲的遭遇交代清楚，并随着薛家也进了贾府，让大家从一开篇就为甄家小英莲悬起的心终于算是有了着落。

随后，无论是刘姥姥还是十二钗的人物，甚至后来的薛宝琴、邢岫烟、红楼二尤，即便如柳湘莲、蒋玉菡等人都以各种因缘汇集到贾府及其周边，令无法到处乱跑的贾宝玉能够与众人共同演绎这一场"怀（悲）金悼玉的《红楼梦》"。

二

大观园：为世界寻找一个灵魂所在

一开始贾府中并没有大观园这个园子，是因为贾宝玉的姐姐贾元春被封为贵妃后回家省亲需要建省亲别墅，于是在贾府中选了地方加以整改再建的，园子的名称是元春省亲时亲自赐的。园子建成于书中第十七和十八回中,贾政亲自带队,与一些清客前往游览,顺便题写匾额对联等,这就第一次带着大家一起领略了大观园的基本景致和地理环境,在游览过程中也是对中国园林艺术的一次小小巡礼。

因为大观园是红楼女儿们的栖息之地,题写匾额最合适的当然是宝玉,所以作者就安排宝玉巧遇贾政,遂被叫住一起游览。直到第七十六回,我们才知道大观园里的名称除了元春、宝玉起的最重要几处外,其实还有很多地方的名字是黛玉等其他姐妹一起起的。

贾政带着宝玉一路起名字的趣事挺多,不必赘述,只举一例。大家走到一处田园景色处,贾政很喜欢,有人提议就按古人之意,叫做杏花村,不过贾政觉得虽好,但犯了正名。大家想着,宝玉却等不得了,也不等贾政的命,便说道:"旧诗有云:'红杏梢头挂酒旗。'如今莫若'杏帘在望'四字。"众人都道:"好个'在望'!又暗合'杏花村'意。"宝玉冷笑道:"村名若用'杏花'二字,则俗陋不堪了。又有古人诗云:'柴门临水稻花香',何不就用'稻香村'的妙?"众人听了,亦发哄声拍手道:"妙!"贾政一声断喝:"无知的业障!你能知道几个古人,能记得几首熟诗,也敢在老先生前卖弄!你方才那些胡说的,不过是试你的清浊,取笑而已,你就认真了!"说着,引人步入茆堂,里面纸窗木榻,富贵气象一洗皆尽。贾政心中自是欢喜,却瞅宝玉道:"此处如何?"众人见问,都忙悄悄的推宝玉,教他说好。宝玉不听人言,便应声道:"不及'有凤来仪'多矣。"贾政听了道:"无知的蠢物!你只知朱楼画栋,恶赖富丽为佳,那里知道这清幽气象。终是不读书之过!"宝玉忙答道:"老爷教训的固是,但古人常云'天然'二字,不知何意?"

众人见宝玉牛心,都怪他呆痴不改。今见问"天然"二字,众人忙道:"别的都明白,为何连'天然'不知?'天然'者,天之自然而有,非人力之所成也。"宝玉道:"却又来!此处置一田庄,分明见得人力穿凿扭捏而成。远无邻村,近不负郭,背山山无脉,临水水无源,高无隐寺之塔,下无通市之桥,峭然孤出,似非大观。争似先处有自然之理,得自然之气,虽种竹引泉,亦不伤于穿凿。古人云'天然图画'四字,正畏非其地而强为地,非其山而强为山,虽百般精而终不相宜……"未及说完,贾政气的喝命:"又出去!"刚出去,又喝命:"回来!"命再题一联:"若不通,一并打嘴!"

此处先写贾政喜欢稻香村的野趣,接着就被贾宝玉给否了,因为这种人为的做作一点都不自然。作者在书中无处不体现出对世俗的嘲讽和可怜，却又写得不着痕迹，反而像是在证明宝玉不学无术似的。

元春省亲来到之后，贾政告诉元春，园中匾额题对都是宝玉写的，元春非常高兴，随后元春选最喜欢的几处亲自赐名，除正殿和大观园外，"有凤来仪"赐名曰"潇湘馆"，"红香绿玉"改作"怡红快绿"即名曰"怡红院"，"蘅芷清芬"赐名曰"蘅芜苑"，最重要的这三处就是林黛玉、贾宝玉、薛宝钗之后在大观园的住处。元春又为大观园题诗一首："衔山抱水建来精，多少工夫筑始成。天上人间诸景备，芳园应锡（通赐）大观名。"从此大观园落成。其中被元春改为"省亲别墅"的石牌坊上原为"天仙宝境"，当时宝玉跟着贾政来时在此发呆，其实是在回忆太虚幻境，只是没想起来，"天仙宝境"就是把太虚幻境搬到了人间。作者对大观园的描述如涓涓溪流，一点点完善，而不是上来就按部就班地写哪儿摆了什么，哪儿放了什么。只要稍加留意，就能发现这样不经意的描写分布在众多章节之中，比如第二十六回，贾宝玉让贾芸进园子来找他，读者也就随着贾芸的视线转了一圈怡红院，才知道院中的景致，而且也只有从这些边缘人物的眼里，我们才能多少体会到深门大院距离我们老百姓有多远。

直到第四十、四十一回，作者又让大家随着贾母一行带着二进贾府的刘姥姥走到各处内里观光一番，才知道原来黛玉的房间更像大书房，宝钗屋里却清冷异常——"雪洞一般"，探春、妙玉等处都是第一次加以描述。

大观园的空间和一切陈列布置都在故事中随时点滴显露出来，这里不再多举。需要说明的是，作者安排了这处"天上人间诸景备"的大观园的目的不是要突显贾府的富贵气象，而是想告诉世人即便如此，到头来依旧躲不过人世间的众多无奈，也才显出更重要的精神世界的可贵和难得。

在此还要说明一下关于宝玉不学无术的问题。因为从我们现在看来，宝玉的诗词文章还是不错的，无论是《红豆曲》《芙蓉女儿诔》还是被贾政逼着写林四娘的《姽婳词》都很精彩，但为什么贾政等人偏偏说他没学问呢？其实，当时正统的学问是科举制度下的应试科目，也就是以四书为主的经学才是正经的学问，其他都不过是闲情逸致式的兴趣爱好而已。就像现在的应试教育一样，你能考高分、上好大学就叫有学问，至于是不是自私自利，是不是忤逆父母，是不是没有爱心又和学问有什么关系呢？所以，宝玉其他方面做得再好，也还是没有学问的不肖子弟。

大观园建成之后还只是一个奢华的园林而已，或者说只是搭起了一个舞台的架子。书中到了第二十三回，才接上元春回宫后的想法。元春深知大观园算是自己的行宫，如不吩咐，贾政必定把大观园关起来不让人随便去，所以专门派人传谕，让姐妹们和宝玉一起住进园子。随后，宝玉和黛玉先选好了住处，大家择日都搬了进去，"薛宝钗住了蘅芜苑，林黛玉住了潇湘馆，贾迎春住了缀锦楼，探春住了秋爽斋，惜春住了蓼风轩，李氏住了稻香村，宝玉住了怡红院"。"登时园内花招绣带，柳拂香风，不似前番那等寂寞了。"进了园子之后，宝玉"心满意足，再无别项可生贪求之心"。

自此以后，大观园成了女儿世界的世外桃源，在大观园的时代，所有身处其中的人都格外精神和神采奕奕。排除了臭男人的大观园只留下一个红颜知己贾宝玉，所谓的臭男人不过是一个代词，代表大观园之外的浑浊的外部世界，那里没有女性独立自由的可能，那里也没有宝玉之流的存身之处，换句话说，那是一个扼杀个性存在的世俗世界。

三

贾府：大观园存亡之地

冷子兴和贾雨村闲聊时就已把贾府的大概情形加以介绍了。贾府分为宁国府和荣国府，当时是贾家先祖两个兄弟宁国公、荣国公的府邸，两府之间只有一街之隔，一在东一在西，贾宝玉等重要人物都在荣国府，宁国府只有贾珍、尤氏夫妻和贾蓉夫妻。贾府是整个故事的发生地，贯穿全书，它代表着大观园存在的现实环境，一方面是大观园最初建成的外部物质保障，一方面又是大观园最终毁灭的外界力量代表。

贾府作为世俗世界的一部分，是连接着整个外部世界的发散型舞台，与王公贵族、亲朋家族、氏族宗亲，与下人家人、田庄家庙，以及各种社会关系牵扯出整个社会的各个阶层，这些阶层通过贾家这样一个可以上下通连的家族被带到大家面前。所以贾府不仅是贾宝玉整个人生的全部世界，也是整个社会的缩影，整个故事的寓意自然也不限于贾府众人，也不限于一个朝代或者一时一地。

整个故事穿插各色人物，以及相应的规矩和交代，让整个故事并不被圈在一个象牙塔里自说自话，将整个社会环境和社会生活的方方面面都交代得清清楚楚，却又惜墨如金绝不做过多的偏离。

我们只举两例，之后不再多说。在第五十二回中，宝玉要去舅舅家拜寿，宝玉从贾母处出来，老嬷嬷跟至厅上，只见宝玉的奶兄李贵和王荣、张若锦、赵亦华、钱启、周瑞六个人，带着茗烟、伴鹤、锄药、扫红四个小厮，背着衣包，抱着坐褥，笼着一匹雕鞍彩辔的白马，早已伺候多时了。老嬷嬷又吩咐了他六人些话，六个人忙答应了几个"是"，忙捧鞭坠镫。宝玉慢慢的上了马，李贵和王荣笼着嚼环，钱启、周瑞二人在前引导，张若锦、赵亦华在两边紧贴宝玉后身。宝玉在马上笑道："周哥、钱哥，咱们打这角门走罢，省得到了老爷的书房门口又下来。"周瑞侧身笑道："老爷不在家，书房天天锁着的，爷可以不用下来罢了。"宝玉笑道："虽锁着，也要下来的。"钱启、李贵等都笑道："爷说的是。便托懒不下来，倘或遇见赖大爷、林二爷，虽不好说爷，也劝两句。有的不是，都派在我们身上，又说我们不教爷礼了。"周瑞、钱启便一直出角门来。

正说话时，顶头果见赖大进来。宝玉忙笼住马，意欲下来。赖大忙上来抱住腿。宝玉便在镫上站起来，笑携他的手，说了几句话。接着又见一个小厮带着二三十个拿扫帚簸箕的人进来，见了宝玉，都顺墙垂手立住，独那为首的小厮打千儿，请了一个安。宝玉不识名姓，只微笑点了点头儿。马已过去，那人方带人去了。于是出了角门，门外又有李贵等六人的小厮并几个马夫，早预备下十来匹马专候。一出了角门，李贵等都各上了马，前引傍围的一阵烟去了，不在话下。

这次出行与之前简单描写不同，因为这是正式出行，也可见日常家族来往的规矩原本如此，而之前多次外出都是宝玉办些私事，所以偷偷摸摸叫小厮陪着就跑了。等他们走到街上才是我们这些平头百姓所能见到的，少年公子鲜衣怒马、家仆随从相拥而行的场面，他这一趟出行就够街上闲人做几日的谈资了。

也有极为简略的。第五十三回中，"当下已是腊月，离年日近，王夫人与凤姐治办年事。王子腾升了九省都检点，贾雨村补授了大司马，协理军机参赞朝政，不题。"书中像这样的过渡或者对后继人物背景的交代简洁而自然，信息量还绝不少，作者对整个故事已有完整把握是铁定无疑的，对整个故事的寓意和指向也是成竹在胸，这些我们都无法一一标明出来再讲，唯有细读原文才能有更深体会。此回和第五十四回中细致描写了宁荣二府从准备除夕家祭直到过完元宵节这段每年最重要的节庆时间段的奢华、隆重，这些惯例当然是年年都要有的。并在第五十四回中通过贾母听戏论戏把那些所谓的才子佳人的故事痛批了一番。类似这样的场景随处可见，我们不再赘述，但提醒大家阅读原著时需加注意。

红楼梦的人物(一)

一

不是一般人：红楼中是些什么人物

《红楼梦》的世界就是故事展开的舞台，也是故事的背景，就像我们在现实世界的舞台上做的一样。既然是故事，当然缺不了人物，所以我们就先从整体上看看《红楼梦》里的人物，随后再择其重要的加以具体介绍。

我们先随着作者的文字看看作者是怎么看人物的。第二回中，冷子兴介绍贾府的时候，贾雨村有一段点评人物的观点，非常有意思。

这一回书中通过古董商人冷子兴（他是王夫人带到贾家的陪房周瑞家的女婿）介绍了贾家的家族史，把基本的人物关系梳理了一下。在介绍贾宝玉的时候，因为说到抓周时抓的是女人用的"脂粉钗环"，结果政老爹很生气，觉得长大又是一个酒色之徒，纨绔子弟，没什么大出息。而如今还说出"女儿是水作的骨肉，男人是泥作的骨肉。我见了女儿，我便清爽，见了男子，便觉浊臭逼人"这样的话，冷子兴说："你道好笑不好笑？将来色鬼无疑了！"这个说法很符合冷子兴的身份特点，读书不多，文化程度不高，又因为从事的古董行业能经常接触这些富贵人家，时间长了就能知道不少内部八卦。

再看贾雨村的反应，雨村却罕然厉色忙止道："非也！可惜你们不知道这人来历。大约政老前辈也错以淫魔色鬼看待了。若非多读书识事，加以致知格物之功，悟道参玄之力，不能知也。"好玩得很，贾雨村把政老爹不经意地就划到冷子兴一个层面去了，这个贾雨村的确有些狂妄，他就因为这个原因被贬谪在家的，这里还不忘讽刺一下。

"子兴见他说得这样重大，忙请教其端。"这是要赶紧记下来，恐怕又可以当作下次的谈资了。贾雨村随后把人分成了三类，"天地生人，除大仁大恶两种，余者皆无大异。"也就是除了大仁、大恶两类以外，剩下都归成一堆，就是"余者"，也就是"其他"。属于大仁一类的有尧、舜、禹、汤、文、武、周、孔，等等，大恶的有蚩尤、共工、桀、纣、始皇，等等，剩下的绝大多数人都属于"其他"类。

贾雨村在这个基础上又做了进一步说明。"清明灵秀，天地之正气，仁者之所秉也；残忍乖僻，天地之邪气，恶者之所秉也。"这些正气邪气散漫于宇宙之中，终究会赋予人，"故其气亦必赋人，发泄一尽始散。使男女偶秉此气而生者，在上则不能成仁人君子，下亦不能为大凶大恶。"为什么这些秉承了正气邪气的人不能成为大仁大恶之人呢？细看上面已经提到了，"大仁者，则应运而生，大恶者，则应劫而生。"没有大的时代背景，难以出现这两类人物，那会出现什么人物呢？"置之于万万人中，其聪俊灵秀之气，则在万万人之上；其乖僻邪谬不近人情之态，又在万万人之下。"这里贾雨村做了细分，就是还有两类秉承了正气邪气的人因为时运不济没能成为大仁大恶之人，却还是远比一般人强得多，这个"强"包括一正一反两个相反的方向。用词也稍有差异，清明灵秀换成聪俊灵秀，残忍乖僻换成乖僻邪谬，程度都给降低了。

然后贾雨村把"聪俊灵秀"这一类人又做了进一步细分，"若生于公侯富贵之家，则为情痴情种；若生于诗书清贫之族，则为逸士高人，纵再偶生于薄祚寒门，断不能为走卒健仆，甘遭庸人驱制驾驭，必为奇优名倡。如前代之许由、陶潜、阮籍、嵇康、刘伶、王谢二族"等等。实际上贾雨村的分析是将大仁大恶作为两个极端，其他或靠近仁或靠近恶，差别在于方向和程度不同。

冷子兴对贾雨村的鸿篇大论做了总结，他说："依你说，'成则王侯败则贼'了。"这就是文化高低的区别，冷子兴只能在这个层面理解贾雨村的话。很容易看出，贾雨村和冷子兴在认知上存在巨大差异，而贾雨村的一番话又怎么可能是冷子兴的"成王败寇"的意思呢？而贾雨村也并未争执，因为他知道这种认知水平不是一两句话能提高的，所以只说了一句"正是这意"，就把话题带过了，分明不是"这意",却也懒得计较了。不过,也别把贾雨村看得太高了,"雨村最赞这冷子兴是个有作为大本领的人,这子兴又借雨村斯文之名,故二人说话投机,最相契合"。在他眼里有作为的不过是世俗中懂得钻营而已,这也就是贾雨村的层次了。

大家还要注意,对人群的这种划分只是贾雨村做的分类,他的依据是儒家的思想传统,但他的见识格局还不是太高。对于林黛玉和薛宝钗这样的人物,他也只配当个引子,还没有评判的资格。

随后说到林黛玉的母亲贾敏去世,冷子兴感叹道:"老姊妹四个,这一个是极小的,又没了。长一辈的姊妹,一个也没了。只看这小一辈的,将来之东床如何呢。"冷子兴也只能想到这儿了,以后能找个好人家嫁了吗?就像媒婆似的,哪管你什么感情世界,对上门户、配上八字就是天下最好的姻缘,还想自由之精神、独立之人格?这不是精神问题,这是神经了!虽然贾雨村没有冷子兴那么庸俗,但也只能对甄宝玉和贾宝玉这样的人物有一些同情理解,而对林黛玉则望尘莫及,所以只是变相地由贾雨村提到林黛玉这个女学生,而根本不可能由冷子兴的嘴中说出。之后又提到王熙凤,贾雨村非常自得地笑道:"可知我前言不谬。你我方才所说的这几个人,都只怕是那正邪两赋而来一路之人,未可知也。"

贾雨村品评人物的这个正气邪气说的观点受到宋代理学中的气本论的影响。宋初大儒张载认为"气"是宇宙万物的本原,人和其他万物一样,都是由"气"构成的,因此张载还提出了著名的"民,吾同胞;物,吾与也",即"民胞物与"的思想。就是说,对于天父地母而言,我们人类无论亲疏远近都像同胞所生的兄弟姐妹,万物也与我们人类一样,都是天地的孩子。这是非常大的情怀和感悟。

说到这些秉天地灵气所生的人物,我们还要在故事开始之前先看清他们的来历。

第一回中甄士隐在梦里遇见从大荒山无稽崖而来的茫茫大士和渺渺真人,二仙正带着用女娲补天留下的顽石变化而成的通灵宝玉要去太虚幻境。甄士隐听二仙言谈却不知说的是什么,我们却因为看了后面的故事所以知道此时正是神瑛侍者投胎成贾宝玉,顺便带了通灵宝玉到贾家的时刻。道人问僧人:"你携了这蠢物,意欲何往?"那僧笑道:"你放心,如今现有一段风流公案正该了结,这一干风流冤家,尚未投胎入世。趁此机会,就将此蠢物夹带于中,使他去经历经历。"二仙说的"蠢物"就是那块顽石,既然当时答应了带到凡间游历一番,这时是去找人家了。

那道人道："原来近日风流冤孽又将造劫历世去不成？但不知落于何方何处？"那僧笑道："此事说来好笑，竟是千古未闻的罕事。只因西方灵河岸上三生石畔，有绛珠草一株，时有赤瑕宫神瑛侍者，日以甘露灌溉，这绛珠草始得久延岁月。后来既受天地精华，复得雨露滋养，遂得脱却草胎木质，得换人形，仅修成个女体，终日游于离恨天外，饥则食蜜青果为膳，渴则饮灌愁海水为汤。只因尚未酬报灌溉之德，故其五内便郁结着一段缠绵不尽之意。恰近日这神瑛侍者凡心偶炽，乘此昌明太平朝世，意欲下凡造历幻缘，已在警幻仙子案前挂了号。警幻亦曾问及，灌溉之情未偿，趁此倒可了结的。那绛珠仙子道：'他是甘露之惠，我并无此水可还。他既下世为人，我也去下世为人，但把我一生所有的眼泪还他，也偿还得过他了。'因此一事，就勾出多少风流冤家来，陪他们去了结此案。"这里已经交代得非常清楚了，整个故事是绛珠仙子通过眼泪来偿还神瑛侍者恩情的过程，其中神瑛侍者降生为贾宝玉并把幻化成的通灵宝玉让他带着去游历人间，绛珠仙子降生为林黛玉，而其余众人是众多有着纠葛的"风流冤家"借机"陪他们去了结此案"。所以，宝黛的情感纠葛是整个故事的主线，其他众人都围绕这一主线展开，这也正是我们要着重分析的。

那道人道："趁此何不你我也去下世度脱几个，岂不是一场功德？"那僧道："正合吾意，你且同我到警幻仙子宫中，将蠢物交割清楚，待这一干风流孽鬼下世已完，你我再去。如今虽已有一半落尘，然犹未全集。"言中所说的当然就是故事中以金陵十二钗为代表的一众优秀女子，此时正是宝玉投胎之时，因而像湘云、黛玉、探春、惜春、巧姐这几位就还没"落尘"呢，所以整个故事最终当然就是茫茫大士和渺渺真人逐个将众人度化脱世得以了结。这些是对书中人物所做的整体性的描述，而具体的人物要随着故事逐步展现。

之后，这一干"风流冤家"们纷纷以各种方式相聚在贾府，并围绕着宝黛的主线上演了一场"怀（悲）金悼玉的《红楼梦》"。故事中最重要的三个人物是贾宝玉、林黛玉和薛宝钗，他们三人都是亲戚，原则上说金陵十二钗里除妙玉以外，其他众人都是沾亲带故的。

与贾家相关的有贾史王薛四大家族。贾宝玉是荣国公的曾孙，宝玉的祖母贾母是史家的小姐、荣国公的儿媳妇，史湘云就是贾母史家的侄孙女，而林黛玉的母亲贾敏是荣国公的孙女、贾宝玉的姑姑，黛玉是荣国公的曾外孙女。贾母的儿媳妇王夫人是贾宝玉的母亲,是王家的小姐,王熙凤是王夫人在王家的侄女,而薛宝钗的母亲薛姨妈是王夫人的妹妹、贾宝玉的姨,所以贾史王薛四家都是亲戚套亲戚。不过按照传统的家族观念,众人之间也有亲疏远近,贾宝玉和林黛玉要比和薛宝钗的关系更近一些。所以,宝玉才有对黛玉声明"亲不间疏,先不僭后"的话(第二十回)。

接下来我们就来见见书中最重要的三位人物。

二

各领风骚:宝黛钗的出场

《红楼梦》中重要人物出场都是先由其他事件带出,先虚写然后再蜻蜓点水一笔带过,再通过周围的人事物来侧写,最后才是正面描写。书中人物众多,我们以宝黛钗为主线,其他人物顺带介绍,但不做单独讨论,因为理解红楼的关键在这一主线,抓住主线重新形成对红楼的认知之后,对其他情节的理解就会有福至心灵豁然开朗的感觉,所以不是不做细致分析,而是要去繁就简。如果没看过原著的读者能因此去读原著并细心体会,我相信收获的不只是对一部著作的学习和理解,而是对整个认知的颠覆和重塑。

咱们先来梳理一下宝黛钗三个最重要人物的出场。

林黛玉,先是贾雨村和冷子兴闲聊提到,再由贾雨村陪同去贾府,直到把贾雨村的事交代完,打发走了,才开始正式写林黛玉。而且仍然不做正面描写,只写心理活动,和带领大家第一次走进贾府,直到见了贾母才算正式出场,但出场是出场了,作者还是不做正面描写。而且对于其他人物都有服饰、面貌的直接描写,唯独黛玉全是通过他人的角度侧面写,基本都是形容式的。直到贾宝玉回来和林黛玉见面,这回总该写了吧,可是作者就是不写,只一笔带过,先让贾宝玉出去了,然后再回来,这才通过贾宝玉的视角对林黛玉做了描写。宝玉"早已看见多了一个姊妹，便料定是林姑妈之女，忙来作揖。厮见毕归坐，细看形容，与众各别"。这就对了，刚才林黛玉看到贾宝玉觉得面熟，难道贾宝玉竟没看见家里多了一个神仙似的妹妹，这里就交代了，"早已看见"，随后是通过贾宝玉的视角说出林黛玉与众不同。贾宝玉觉得与众不同，那就不是一般的不同了，两弯似蹙非蹙罥烟眉，一双似喜非喜含情目。态生两靥之愁，娇袭一身之病。泪光点点，娇喘微微。闲静时如姣花照水，行动处似弱柳扶风。心较比干多一窍，病如西子胜三分。宝玉看罢，因笑道："这个妹妹我曾见过的。"张口就呼应林黛玉的内心感受。比干是商纣王的叔父，心机灵巧，这里说黛玉比他还胜一等。西子就是中国古代四大美女之首的西施，西施有先天的心脏病，因为心口疼，所以总是用手捧着胸口，蹙着眉，颦就是蹙眉、皱眉。有东施效颦的故事，而宝玉给黛玉起的字也正是"颦颦"，后文中宝钗爱叫黛玉"颦儿"。

作者对黛玉的描写方式是专用的，从头到尾没有正面描写黛玉的长相或者细致的打扮，全从侧面描述，让人只在自己心里去想。神仙似的妹妹，谁都可以把自己心里神仙似的妹妹当成黛玉。

贾宝玉的出场同样如此。先由冷子兴聊到此人，贾雨村大发一番议论，黛玉进贾府先听舅妈说起，想起自己母亲提到过这个表哥，心里已是不愿见的。大家想想要是贾琏、贾蓉、薛蟠之流的亲戚林黛玉有什么好见的，连打个招呼都嫌多余，结果是先来个惊鸿一瞥，两人先碰个面，林黛玉也忘了什么"混世魔王"的称号了，黛玉一见，便吃一大惊，心下想道："好生奇怪，倒象在那里见过一般，何等眼熟到如此！"然后匆匆见一面，等换了衣服正式登场，两人才算见到了第一面。而且，从一句"宝玉来了"，就全是从林黛玉的视角来描写贾宝玉了。而在林黛玉到贾府的时候，也有一句"林姑娘到了"，大家细琢磨，宝黛的见面实在是太精彩了。

而描写林黛玉进贾府，观察贾府的规矩，并第一时间调整自己的习惯，不仅显出自己的教养，还显出自己的客人身份。现在孩子少，很多人家并不觉得孙女、外孙女有多大区别，都恨不得宠爱到溺爱。但在传统的伦理关系中，外孙女之所以加一个"外"，是因为外姓，林黛玉叫贾母姥姥，她姓林不姓贾，只能算亲戚。现在很多农村逢年过节包括给去世的老人出殡、上坟，还要分儿子女儿、孙子女和外孙子女，礼节规矩都不一样，总之是要区分的。

所以等王熙凤出场见了黛玉的时候是这样说的，这熙凤携着黛玉的手，上下细细打谅了一回，仍送至贾母身边坐下，因笑道："天下真有这样标致的人物，我今儿才算见了！况且这通身的气派，竟不象老祖宗的外孙女儿，竟是个嫡亲的孙女，怨不得老祖宗天天口头心头一时不忘。"别说贾母喜欢王熙凤，谁能不喜欢，因为她不仅长得好，"一双丹凤三角眼，两弯柳叶吊梢眉，身量苗条，体格风骚，粉面含春威不露，丹唇未启笑先闻"，而且太会说话了，几句话就把贾母说得心里舒服了，要放在工作场景里，也是一个备受领导喜欢的八面玲珑的人物。

再看王熙凤的出场，贾母正和第一次见面的外孙女说话，一语未了，只听后院中有人笑声，说："我来迟了，不曾迎接远客！"黛玉纳罕道："这些人个个皆敛声屏气，恭肃严整如此，这来者系谁，这样放诞无礼？"可见，平日里贾府里各处说话聊天绝不会出现大嗓门的吵闹声，尤其是在长辈面前，这样笑着进来的已是"放诞无礼"的举止了。"心下想时，只见一群媳妇丫鬟围拥着一个人从后房门进来。"好嘛，都不是陪着是拥着呼啦啦一大堆，瞧这阵势。"这个人打扮与众姑娘不同，彩绣辉煌，恍若神妃仙子：头上戴着金丝八宝攒珠髻，绾着朝阳五凤挂珠钗，项上戴着赤金盘螭璎珞圈，裙边系着豆绿宫绦，双衡比目玫瑰佩，身上穿着缕金百蝶穿花大红洋缎窄褙袄，外罩五彩刻丝石青银鼠褂，下着翡翠撒花洋绉裙。一双丹凤三角眼，两弯柳叶吊梢眉，身量苗条，体格风骚，粉面含春威不露，丹唇未启笑先闻。"这段描写既写实又张扬，正好符合黛玉心里的纳闷。黛玉连忙起身接见。贾母笑道："你不认得他，他是我们这里有名的一个泼皮破落户儿，南省俗谓作'辣子'，你只叫他'凤辣子'就是了。"凤姐一出场就把整个气氛转移了。相比黛玉出场的低调，浓墨重彩的王熙凤的出场，可以说是所有人物出场方式中最高调的，而且，她的性格特点以及在贾府的地位，只通过一个出场的方式和贾母的几句玩笑话就全都交代得清清楚楚了。

再看另一个重要人物薛宝钗的出场，比起黛玉的低调简直还要寡淡，更显润物无声，淡淡一提，就直接融入故事之中，没再做各种重复性的描写。第四回贾雨村送完林黛玉之后得了贾政的推荐照顾，又重新做了官，不到两个月就去应天府（南京）上任了，刚上任就碰到和贾家相关的薛家的案件，薛宝钗就是通过薛蟠抢香菱的命案带出来，"还有一女，比薛蟠小两岁，乳名宝钗，生得肌骨莹润，举止娴雅"。随后薛姨妈带儿女进京，被贾母和贾政挽留，安排在贾府的梨香院，"原来这梨香院即当日荣公暮年养静之所，小小巧巧，约有十余间房屋，前厅后舍俱全。另有一门通街，薛蟠家人就走此门出入。西南有一角门，通一夹道，出夹道便是王夫人正房的东边了。每日或饭后，或晚间，薛姨妈便过来，或与贾母闲谈，或与王夫人相叙。宝钗日与黛玉迎春姊妹等一处，或看书下棋，或作针黹，倒也十分乐业。"这是一处相对独立的院落，薛家与黛玉不同，不是前来投靠，只是暂时借住，而且一切费用都由自己出，即便如此，不久后还是在边上又重买小院搬出了梨香院。而宝钗直到入住梨香院也没正面出场，仅最后这一句一笔带过。

三个主角的出场方式各不相同，却都暗合身份及性格和未来的发展指向。再看直到第七回薛宝钗才第一次正面出场，而第一个场景是这样的：周瑞家的因为要找王夫人来到梨香院，进屋碰到宝钗正在"描花样子"，这是刺绣的准备工作，接下来宝钗和周瑞家的就开始"周姐姐""宝姑娘"的闲话家常了。

一个是与贾宝玉似曾相识，谈前生仙缘不着人间气；一个是与周瑞家的闲话家常，聊刺绣花样尽显生活趣。而从此也就定下了黛玉和宝钗大不相同的生命取向。

黛玉正面出场是宝玉眼中不染俗尘的神仙似的妹妹，宝钗出场是大家眼里通情达理、和蔼可亲的懂事姑娘。一个是弱柳扶风，需要人参养荣丸来养，结果还养不好；一个是天生热毒，需要冷香丸来压，结果还压不住。黛玉和宝钗的正面描写都是通过宝玉的视角，对黛玉的描写重在写意，罥（笼）烟眉、含情目，服饰基本不提，而对宝钗的描写则相反，重在绘形，从头发到服饰，"蜜合色棉袄，玫瑰紫二色金银鼠比肩褂，葱黄绫棉裙，一色半新不旧，看去不觉奢华。唇不点而红，眉不画而翠，脸若银盆，眼如水杏。罕言寡语，人谓藏愚，安分随时，自云守拙。"这是说宝钗大智若愚。如果拿绘画来比，那黛玉如写意，而宝钗似工笔。

关于三人的出场我们简介至此，后面还要对三人做更深入的层层剖析。

三

从顽石到宝玉：贾宝玉

贾宝玉是书中最核心的人物，书中第一回就已交代，他既是因凡心大动而下凡来经历俗世的赤瑕宫神瑛侍者，又是引发绛珠仙子下凡偿还恩情的对象，还是就便携带被茫茫大士化为通灵宝玉的顽石游历人间的主人。那么，他要经过怎样一番磨炼才能看破凡情重归仙界，又如何演绎与绛珠仙子的前世夙缘呢？其实这两者已被作者融合为一，成为一个凡夫俗子完成自我升华的成长历程，而记录者就是那块伴随始终的通灵宝玉。

在书中第二回里，冷子兴和贾雨村第一次说起贾宝玉，我们知道这个一生下来嘴里便衔着一块五彩晶莹的宝玉的就是神瑛侍者投胎而来的那位了。贾宝玉正式出场是在第三回林黛玉进贾府之后，而且非得是从黛玉的视角来看，前文已经略讲过，现在跟随黛玉再来看。

宝黛虽从小听父母长辈说起亲友之事知道彼此，却也是有生以来第一次见面。黛玉初到贾府时发现很多规矩与自己在家时不一样，遂小心应付重新适应。但是对传说中的宝玉却并无兴趣，二舅母王夫人告诉黛玉，"只是有一句话嘱咐你：你三个姊妹倒都极好，以后一处念书认字学针线，或是偶一顽笑，都有尽让的。但我不放心的最是一件：我有一个孽根祸胎，是家里的'混世魔王'，今日因庙里还愿去了，尚未回来，晚间你看见便知了。你只以后不要睬他，你这些姊妹都不敢沾惹他的。"结合之前冷子兴向贾雨村介绍的情况而言，对我们没有经历过那个时代生活的人来说，很容易把这样的纨绔子弟视为声色犬马、花天酒地的浪荡公子一类。事实上，后来就会发现以贾赦、贾珍为首的贾府两代连带贾琏、贾蓉、薛蟠等一干人也确实如此，没几个像样的，而此类人却是社会能接受和认可的正常人，与之相比，贾宝玉能出泥不染，的确是世人眼中的"怪物"。

黛玉听母亲说过这个表哥，并且表示自己当然是和姐妹在一起，可能还觉得王夫人嘱咐的有点怪，王夫人笑着解释说："你不知道原故：他与别人不同，自幼因老太太疼爱，原系同姊妹们一处娇养惯了的。若姊妹们有日不理他，他倒还安静些，纵然他没趣，不过出了二门，背地里拿着他两个小幺儿出气，咕唧一会子就完了。若这一日姊妹们和他多说一句话，他心里一乐，便生出多少事来。所以嘱咐你别睬他。他嘴里一时甜言蜜语，一时有天无日，一时又疯疯傻傻，只休信他。"黛玉虽然不知道这个表哥是怎样一个人物，但贾敏似乎并没有像其他人那样看待这个侄子，而是说宝玉"在姊妹情中极好的"，等王夫人进一步补充对宝玉的描述之后，我们发现所谓的不堪似乎另有一番景象。而从林黛玉后来的表现来看，贾敏也应该是一位有才而清高的人，黛玉的性格绝不是到了贾府才形成的，就像宝钗也一样，她们对事物的看法和逐渐形成的观念与各自的生长环境有很大关系，尤其是小时候身边重要的家人尤其显得重要。这里不是强调简单的客观条件决定论，而是要提出一个认知环境的概念，认知方式的形成才是打开未来人生视域的密钥。黛玉和宝钗的区别不是物质和知识层面的，而是人生方向的差异，这才是决定贾宝玉最终能否不落俗世重回仙界的最重要的因素。

黛玉经王夫人嘱咐过之后又重回到贾母处，吃完晚饭正在说话，丫鬟进来笑道："宝玉来了！"黛玉心中正疑惑着："这个宝玉，不知是怎生个惫懒人物，懵懂顽童？——倒不见那蠢物也罢了。"黛玉既然已经受了警告赶紧加紧了戒备，而且明知对方比自己大，却为何还说"懵懂顽童"呢？这是因为黛玉读书多而较同龄人成熟的缘故，但这是思想上的成熟，还不能等同于日常生活经验和处理问题的成熟，就像号称满腹经纶的重点大学高材生毕业之后却发现社会原来不是自己想的那样，黛玉对人生的理解也才刚刚开始。

心中想着，忽见丫鬟话未报完，已进来了一位年轻的公子：头上戴着束发嵌宝紫金冠，齐眉勒着二龙抢珠金抹额，穿一件二色金百蝶穿花大红箭袖，束着五彩丝攒花结长穗宫绦，外罩石青起花八团倭缎排穗褂，登着青缎粉底小朝靴。面若中秋之月，色如春晓之花，鬓若刀裁，眉如墨画，面如桃瓣，目若秋波。虽怒时而若笑，即瞋视而有情。项上金螭璎珞，又有一根五色丝绦，系着一块美玉。等这个"混世魔王"正面出场之后，我们忽然觉得一点都不惹人厌，反而有些心向往之了，难道是天生的情种一枚吗？刚才还心生厌烦的黛玉见了之后又是如何反应的呢？作者只用了一句话就把蹩脚作家用多少语言也无法传神的局面转入到了另一个层面。黛玉一见，便吃一大惊，心下想道："好生奇怪，倒象在那里见过一般，何等眼熟到如此！"

只见这宝玉向贾母请了安，贾母便命："去见你娘来。"宝玉即转身去了。一时回来，再看，已换了冠带：头上周围一转的短发，都结成小辫，红丝结束，共攒至顶中胎发，总编一根大辫，黑亮如漆，从顶至梢，一串四颗大珠，用金八宝坠角，身上穿着银红撒花半旧大袄，仍旧带着项圈，宝玉、寄名锁，护身符等物，下面半露松花撒花绫裤腿，锦边弹墨袜，厚底大红鞋。越显得面如敷粉，唇若施脂，转盼多情，语言常笑。天然一段风骚，全在眉梢；平生万种情思，悉堆眼角。大家族的规矩和排场被作者信手拈来，而且还忍不住夸他外貌极好，却又吊足了读者的胃口，说现在初次见面，还不知他的底细呢，"看其外貌最是极好，却难知其底细"。大家要慢慢品味，我们了解一个人何其难，了解自己何其难，而作者将以涓涓细流的方式讲述贾宝玉——同时也是一个世俗中人向仙界回归的成长过程，希望我们能由此找到最真实的自我，免得人活一世却始终把他乡当成故乡。

后人有《西江月》二词，批宝玉极恰，其词曰：无故寻愁觅恨，有时似傻如狂。纵然生得好皮囊，腹内原来草莽。潦倒不通世务，愚顽怕读文章。行为偏僻性乖张，那管世人诽谤！另一首：富贵不知乐业，贫穷难耐凄凉。可怜辜负好韶光，于国于家无望。天下无能第一，古今不肖无双。寄言纨绔与膏粱：莫效此儿形状！

两首同一词牌，也就是形式完全相同的词，内容相对照，意韵却相反，令人真假难辨，暗赞高明至极。这两首词是说同一人，偏偏第一先说"那管世人诽谤"，全文看似批评却分明是说他精神自由、人格独立，第二首更是批得体无完肤，无能第一、不肖无双，还劝诫人们说"莫效此儿形状"，前后差别也就罢了，可作者先已言明这两首词批得"极恰"，两首意韵相反的词却又都说是极为恰当，这又该作何解呢？这也是我们最终要破解的问题之一。

贾宝玉是贯穿全书的人物，原则上我们进行的所有分析都围绕着他，所以此处只先列出一部分让大家提前有个整体印象，以方便理解后文的分析。

第二十八回，贾宝玉和薛蟠、冯紫英、蒋玉菡几人在冯家吃酒，行起酒令来。几人的对比非常强烈，亏得作者能有这手笔，写什么人像什么人，对情感的表达既有贾宝玉那样的深沉、细腻、高洁，也有最粗俗的描述，对比之下就能很容易体会到情感在世俗和心灵两个层面的不同取向和意韵。我们来看宝玉的。宝玉说道："女儿悲，青春已大守空闺。女儿愁，悔教夫婿觅封侯。女儿喜，对镜晨妆颜色美。女儿乐，秋千架上春衫薄。"在此时宝玉的眼中，少女的悲愁喜乐还停留在情感世界之中，既没有来自柴米油盐这些世俗物质的困扰和苦恼，也没有来自心灵澄净那样内心深处的呼唤和向往。因为宝玉的生活环境无须为物质生活担忧，而对于心灵层面的呼唤还懵懂无知，无法体会和感知。接着，宝玉唱道："滴不尽相思血泪抛红豆，开不完春柳春花满画楼，睡不稳纱窗风雨黄昏后，忘不了新愁与旧愁，咽不下玉粒金莼噎满喉，照不见菱花镜里形容瘦。展不开的眉头，捱不明的更漏。呀！恰便似遮不住的青山隐隐，流不断的绿水悠悠。"古往今来，写女儿忧愁的佳句名篇固然不少，但能与这一首比肩的怕还不多，那份来自每一个人凉夜独处时就会悄悄在内心最深处隐现的闲愁顿时超越时空，不仅在风雨时光之中，在饮食照镜之时，更在夜阑无眠之际，化为愁绪弥散开来，就像怎么也遮不住的隐隐青山，怎么也斩不断的悠悠流水，那是怎样的一份惆怅！可惜，如今的电子产物已经侵入人类最后一丝属于个人内心独处的时光，让滋养情感的凉夜竟成了沉迷虚幻的夜场。

　　第三十五回中，又通过外人眼里对贾宝玉做了描述。经常跟贾家走动的贾政的门生傅试派人来看宝玉，见完之后出来，那两个婆子见没人了，一行走，一行谈论。这一个笑道："怪道有人说他家宝玉是外像好里头糊涂，中看不中吃的，果然有些呆气。他自己烫了手，倒问人疼不疼，这可不是个呆子？"那一个又笑道："我前一回来，听见他家里许多人抱怨，千真万真的有些呆气。大雨淋的水鸡似的，他反告诉别人：'下雨了，快避雨去罢。'你说可笑不可笑？时常没人在跟前，就自哭自笑的，看见燕子，就和燕子说话，河里看见了鱼，就和鱼说话，见了星星月亮，不是长吁短叹，就是咕咕哝哝。且是连一点刚性也没有，连那些毛丫头的气都受的。爱惜东西，连个线头儿都是好的；糟踏起来，那怕值千值万的都不管了。"有几人还会记得燕子的呢喃，有几人还会记得仰望星空数星星的经历，当然在钢筋水泥玻璃的世界里即便是想也不可能了。不过，在贾宝玉的时代这些原本并非难得的奢望，然而在世人眼中这些行为举止也同样都是些不着调的，看来关于情感的不理解并不因为时代而有多少变化，更何况在一个情感贫乏、物欲横流的时代呢？就连多愁善感、与人为善都成了可以被定价的商品，请问又何来真情呢？偏偏，越是匮乏越是向往，越是失望越是沉沦，于是沦落为末世景象，所以才有"生于末世运偏消"的探春和"凡鸟偏从末世来"的凤姐，她们正代表着众人所处的即将终结的末世时代。正是因为在这样的末世时代，陷于情感世界的宝玉才越发显得难能可贵、凤毛麟角。

　　第三十六回，贾宝玉被打后，贾母生怕贾政又找事，就让贾宝玉在园子里待着不用出去见谁。这一下可把宝玉乐坏了，其实宝玉本就厌恶各种应酬，这下终于可以像大家闺秀一样深藏在大观园里培养自己的心性了，所以才对宝钗等人的劝谏深感厌恶。或如宝钗辈有时见机导劝，反生起气来，只说："好好的一个清净洁白女儿，也学的钓名沽誉，入了国贼禄鬼之流。这总是前人无故生事，立言竖辞，原为导后世的须眉浊物。不想我生不幸，亦且琼闺绣阁中亦染此风，真真有负天地钟灵毓秀之德！"因此祸延古人，除四书外，竟将别的书焚了。众人见他如此疯颠，也都不向他说这些正经话了。红楼一书中，很多场合都是迎来送往、家族往来的事，男子来府就要见见含玉的公子，女人来府就要见见漂亮的小姐，走动频繁的人家婚丧嫁娶、红白喜事、升迁上榜全都需要去人应酬，你去了别人还要来，再加上人口众多，自己府上的这些事也从不间断，过生日的、生孩子的、结婚的、去世的，真是一点闲暇也没有，而宝玉终于有了远离这些俗务应酬的机会。其实，大观园本是一片净土，就是一个短暂的远离俗务是非的纯净空间，等俗务是非再次来到了这里的时候，也就是烟消云散、各奔东西之际了。对于外界宝玉终于躲起来了，可是大观园内部仍有令自己烦恼的事，那就是好好的女儿为什么像那些臭男人一样也成了世故之人，并认为这是自己的不幸。此时的宝玉已经渐渐地在小时只知道"女儿是水做的"基础上开始加以区分了，而他的标准就是远离沽名钓誉的世人标准，所以宝玉在世人眼中越加显得另类不堪了。

　　第五十九回，通过宝玉身边小丫头春燕之口，又阐释了宝玉对女人的看法，"女孩儿未出嫁，是颗无价之宝珠，出了嫁，不知怎么就变出许多的不好的毛病来，虽是颗珠子，却没有光彩宝色，是颗死珠了；再老了，更变的不是珠子，竟是鱼眼睛。分明一个人，怎么变出三样来？"宝玉的这番话似乎与小时候有点区别了，他为什么开始把女性做出宝珠、死珠、死鱼眼三种划分呢？其实，随着宝玉逐渐长大，待人接物的经验也越多，慢慢发现，无论如何不能一概而论，即便是像宝钗那样的还让他觉得有些世俗了，更何况其他人。老一点的尤其以奶妈李嬷嬷为代表的，一而再再而三地引起宝玉的极大反感，但宝玉根据出嫁前后和年龄来划分毕竟还过于简单，而引发这一切想法的深层原因还有待宝玉进一步成长才能去感悟。

四

风流与俗趣：黛钗的初步对比

　　黛玉和宝钗分别代表书中主线的两股力量，正是在这两股力量之间形成了巨大的历史空间（为什么称为历史空间，我们在后文会对"历史"的涵义详加解析），而贾宝玉就是一个可以感知到这两种力量的人，并由自发转向自觉，从一边走向另一边——最终领悟人生真谛找到了自己的心灵归宿，通过这一成长过程完成了自我，并跨越了这一巨大的历史空间。我们也将按照由浅入深逐层地展开对书中主线的解析，逐步逐层重构红楼。

黛玉、宝钗出场之后，我们先对两人做一个简单的对比。其实在第四回末，宝钗已到了贾府梨香院，但还未正面出场之前，作者在第五回一开始就对黛玉和宝钗做了第一次直接的对比。如今且说林黛玉自在荣府以来，贾母万般怜爱，寝食起居，一如宝玉，迎春、探春、惜春三个亲孙女倒且靠后，便是宝玉和黛玉二人之亲密友爱处，亦自较别个不同，日则同行同坐，夜则同息同止，真是言和意顺，略无参商。不想如今忽然来了一个薛宝钗，年岁虽大不多，然品格端方，容貌丰美，人多谓黛玉所不及。这里说黛玉不及宝钗，但要注意是谁这样认为，这样认为的都是哪些人，而不管是哪些人，肯定不是贾宝玉。"而且宝钗行为豁达，随分从时，不比黛玉孤高自许，目无下尘，故比黛玉大得下人之心。便是那些小丫头子们，亦多喜与宝钗去顽。"孤傲的人自然朋友少，现实不正是如此吗？太过洁身自好，"因此黛玉心中便有些悒郁不忿之意，宝钗却浑然不觉"。黛玉会因为别人认为自己不如宝钗而有"不忿之意"吗？当然不会，她唯一担心的是宝玉会怎么想。宝钗真的"浑然不觉"吗？当然也不是，她是"藏愚""守拙"，这在后文中会提到。

那宝玉亦在孩提之间，况自天性所禀来的一片愚拙偏僻，视姊妹弟兄皆出一意，并无亲疏远近之别。其中因与黛玉同随贾母一处坐卧，故略比别个姊妹熟惯些。既熟惯，则更觉亲密；既亲密，则不免一时有求全之毁，不虞之隙。这日不知为何，他二人言语有些不合起来，黛玉又气的独在房中垂泪，宝玉又自悔言语冒撞，前去俯就，那黛玉方渐渐的回转来。此时因为宝黛二人年龄都小，青梅竹马、两小无猜，能有的纷争不过是拌个嘴角闹个别扭而已，两人的性情也在慢慢磨合，文中连用两个"又"字就活泼泼地写出了平日里两人三天一吵两天一闹，隔天又和好的日常行止，仍脱不了小孩子心性。

不过，此时黛钗的对比还只是开始，因为年龄都还不大，虽然根性已有，但性格还有待成长尚未定型，少年心性并不存在剑拔弩张的冲突，并且也无须有什么直接的冲突，因为黛玉和宝钗代表的本就是两类志趣和价值取向完全不同的人，但是这种差异不是一两句话能说清的，即便是宝黛钗三人也是在成长中不断领会和感悟的，所以当彼此的人生取向明确之后，三者的关系和命运也就到了最终摊牌的时候了，而这个过程就是《红楼梦》里最大的主线。

在宝黛钗三个主角正式碰面之前，第七回中，先通过一件小事对比了黛玉和宝钗的性格。因为薛姨妈让周瑞家的帮忙送宫花，王夫人道："留着给宝丫头戴罢，又想着他们作什么。"薛姨妈道："姨娘不知道，宝丫头古怪着呢，他从来不爱这些花儿粉儿的。"

再看到了给黛玉的时候，黛玉的表现。周瑞家的进来笑道："林姑娘，姨太太着我送花儿与姑娘带来了。"宝玉听说，便先问："什么花儿？拿来给我。"一面早伸手接过来了。开匣看时，原来是宫制堆纱新巧的假花儿。黛玉只就宝玉手中看了一看，便问道："还是单送我一人的，还是别的姑娘们都有呢？"周瑞家的道："各位都有了，这两枝是姑娘的了。"黛玉冷笑道："我就知道，别人不挑剩下的也不给我。"周瑞家的听了，一声儿不言语。宝钗不喜欢涂脂抹粉，难道黛玉就喜欢吗？其他的小姐丫鬟们就喜欢吗？其实，类似这样的送花、送小玩意的事在贾府恐怕天天都有，作者只是选取一件来展现几人的性格而已，林黛玉也不可能每件事都去使小性，只是以此对比黛钗，显得越发像前文说到的，"宝钗行为豁达，随分从时，黛玉孤高自许，目无下尘"。我们理所当然地喜欢行为豁达的人，而对孤高自许者敬而远之，甚至生出厌恶之心，这原本并非我们的错，谁让我们也只是世俗中人呢。

第八回中，宝黛钗第一次同时出场。他们三人当然不是第一次相聚，而是书中第一次直接描写的聚在一起的场景。作者的写作如此自然，一切都像我们每日发生的生活一样，让人不经意地就蹉跎了岁月，恍惚了时光。自然得就像每日里与我们擦肩而过的人，我们从未留意，但却似乎又都早已注定。

原本之前的种种铺垫都是为了三位主角凑到一起，但真到了三者见面的时候，又被作者举重若轻地信手拈来，似有千钧之力，却被轻轻放下，不急不缓，如数家常，既不突兀也无做作。

因为宝钗的热毒症发作，几日都在家休息，这一天宝玉闲来无事，想起要去看望一下，到了之后，说起了通灵宝玉，宝钗拿来看，这才让读者从开篇一直吊着的胃口得以满足，那时茫茫大士把大石头变成鲜明莹洁的美玉，且又缩成扇坠大小的可佩可拿。那僧托于掌上，笑道："形体倒也是个宝物了！还只没有实在的好处，须得再镌上数字，使人一见便知是奇物方妙。"但是当时我们和石头一样好奇，刻的什么字啊，结果茫茫大士不说。之后又出现在甄士隐的梦境之中，甄士隐遇见茫茫大士和渺渺真人带着石头去太虚幻境，称那块石头为"蠢物"，而甄士隐非常好奇，就问"蠢物"是什么，想见识见识，茫茫大士说甄士隐和这石头有一面之缘，就递给他看，士隐接了看时，原来是块鲜明美玉，上面字迹分明，镌着"通灵宝玉"四字，后面还有几行小字。正欲细看时，那僧便说已到幻境，便强从手中夺了去，与道人竟过一大石牌坊，上书四个大字，乃是"太虚幻境"。结果只看到了"通灵宝玉"四个字，下面的字还是没看到，并在这里带出了红楼世界里最重要的核心地带——"太虚幻境"，与第五回贾宝玉梦游幻境相互呼应，把整个故事的来龙去脉、起因结果的众多消息都透露出来。知者自知，不知如贾宝玉者又重回红尘历练，但因为他是贾宝玉，是神瑛侍者，所以终归要彻悟明白，而其他人恐怕看完了故事，经历了兴衰还继续沉迷其中不愿脱离呢！原本无用的"蠢物"，只是被加以变化就成了世人眼里的通灵宝玉，这不是愚痴又是什么呢？

而通灵宝玉上的字直到宝钗拿来细看时才加以说明，难道黛玉来了那么久就没看过吗？难道作者不能直接写出来吗？这是高明的地方，是要找最佳时机，否则玉佩先说了，宝钗的金锁又啥时候再细加描述呢？而且也显出贾宝玉并不怎么待见这块玉，别人可能当成宝，但他确实不怎么稀罕，这大概也是他异于常人的一个表现，毕竟是有慧根的。

直到宝钗翻看时才念出"莫失莫忘　仙寿恒昌"，结果宝钗的丫鬟莺儿说宝钗有一个金锁，上面的字正好配对，莺儿是童言无忌还是有意为之无法得知，所以当宝玉听了，忙笑道："原来姐姐那项圈上也有八个字，我也赏鉴赏鉴。"宝钗道："你别听他的话，没有什么字。"宝玉笑央："好姐姐，你怎么瞒我的了呢。"宝钗被缠不过，因说道："也是个人给了两句吉利话儿，所以錾上了，叫天天带着，不然，沉甸甸的有什么趣儿。"边说边摘下来给宝玉看，上面刻的是"不离不弃　芳龄永继"，宝玉看了，也念了两遍，又念自己的两遍，因笑问："姐姐这八个字倒真与我的是一对。"莺儿笑道："是个癞头和尚送的，他说必须錾在金器上……"宝钗不待说完，便嗔他不去倒茶，一面又问宝玉从那里来。显然，宝钗明显要比宝玉和莺儿成熟，宝钗意识到这里面多少有些暧昧，而宝玉仍是不知不觉。

就在宝玉和宝钗正说到冷香丸的香气的时候，忽听外面人说："林姑娘来了。"话犹未了，林黛玉已摇摇的走了进来，非常符合宝玉第一面见到时形容的

"弱柳扶风"，看来黛玉平时真就是比病西施还胜三分的样子。一见了宝玉，便笑道："嗳哟，我来的不巧了！"宝玉等忙起身笑让坐。黛玉的话总是含着一些刺，但她的话不是为了刺伤人，而是刺破世间的虚伪和世俗，对于宝玉而言，因为她是来救赎宝玉的，是要用生命来指引宝玉人生方向的，是要用泪水不断洗刷顽石的。美玉从何而来，不就是石头被水日积月累地冲洗而成的吗？等顽石被冲洗成宝玉的那一刻也正是缘分结束的一刻。而宝玉只是笑着让座并不言语，宝玉知道这时候不能随便说，因为自己没有黛玉的那般心思，一旦说错了话，又要惹麻烦了。宝钗因笑道："这话怎么说？"黛玉笑道："早知他来，我就不来了。"宝钗道："我更不解这意。"黛玉笑道："要来一群都来，要不来一个也不来，今儿他来了，明儿我再来，如此间错开了来着，岂不天天有人来了？也不至于太冷落，也不至于太热闹了。姐姐如何反不解这意思？"黛玉的话总是带有多种理解的可能，这种丰富性是源自黛玉的认知结构（等了解了后文中的言象意理论之后，对这一点会有更多的体会，也就是一句话能对应出多种"象"，从而表达更多重的"意"，不必做简单的单一理解）。作者在这一情节之中悄悄埋下了金玉良缘的伏笔，以至于成了黛玉常挂心头的一个心病了。也是从这以后，金玉良缘的影子总是伴随着宝黛二人的木石前盟，也终于成为宝黛钗三人绕不开的悲剧结局的一条线索。

三人的一次小聚展现出的各自性格和日常行为做派让人瞬间心领神会。而对这段的照应直到第十九回才又出现。元妃省亲回宫后，袭人从自己家回来又生病了，宝玉去找黛玉玩。

因两人从小一起长大，坐卧一处，这时又躺着说话，宝玉"只闻得一股幽香，却是从黛玉袖中发出，闻之令人醉魂酥骨"。对比第八回中在宝钗那儿闻到的冷香丸的香气，宝玉此时与宝钗就近，只闻一阵阵凉森森甜丝丝的幽香，竟不知系何香气，遂问："姐姐熏的是什么香？我竟从未闻见过这味儿。"宝钗笑道："我最怕熏香，好好的衣服，熏的烟燎火气的。"一点点丰富宝钗的形象，不是喜欢搽脂抹粉的俗人。包括后来在大观园蘅芜苑里的摆设等等，都能体现出宝钗有点清心寡欲的样子。此时，宝玉缠着黛玉追问是什么香，结果又被黛玉奚落一番。黛玉冷笑道："难道我也有什么'罗汉''真人'给我些香不成？便是得了奇香，也没有亲哥哥亲兄弟弄了花儿、朵儿、霜儿、雪儿替我炮制。我有的是那些俗香罢了。"宝玉笑道："凡我说一句,你就拉上这么些,不给你个利害,也不知道,从今儿可不饶你了。"说着翻身起来,将两只手呵了两口,便伸手向黛玉膈肢窝内两肋下乱挠。黛玉素性触痒不禁,宝玉两手伸来乱挠,便笑的喘不过气来,口里说:"宝玉,你再闹,我就恼了。"宝玉方住了手,笑问道:"你还说这些不说了?"黛玉笑道："再不敢了。"一面理鬓笑道："我有奇香,你有'暖香'没有?"宝玉见问,一时解不来,因问："什么'暖香'?"黛玉点头叹笑道："蠢才,蠢才!你有玉,人家就有金来配你,人家有'冷香',你就没有'暖香'去配?"宝玉方听出来。宝玉笑道："方才求饶,如今更说狠了。"所以,关于金玉良缘也是时不时就会冒出来考验宝玉的心性。

说到黛钗的对比,还要涉及书中另一位重要人物史湘云。湘云在第二十回中首次出现,宝玉正在宝钗处玩,听说史湘云来了,两人赶紧来到贾母处,"只见史湘云大笑大说的,见他两个来,忙问好厮见"。对比黛玉出场的步步铺垫、婉转低调,宝玉的一波三折,王熙凤的热闹高调,宝钗的含蓄家常,湘云的出场简单而直接,只来个"大笑大说"就表现出了她的独特性格,这又和之前的几位,包括三春等人是一种完全不同的类型了,即便是与后来探春表现出来的软中带硬的性格也并不相同,而是一种豪爽又耿直的天然姿态。

紧接着就通过湘云的视角又一次对黛玉和宝钗做了对比。黛玉本来在贾母处和湘云他们说话,后来因为宝玉和宝钗从梨香院一起来,黛玉拿话取笑宝玉,却被宝玉惹生气了,回去自己屋里。宝玉追来又和黛玉斗了会儿气,宝玉又被宝钗拉回去见湘云,宝玉过了一会儿又跑回来看黛玉,此时二人正说着,只见湘云走来,笑道："二哥哥,林姐姐,你们天天一处顽,我好容易来了,也不理我一理儿。"黛玉笑道："偏是咬舌子爱说话,连个'二'哥哥也叫不出来,只是'爱'哥哥'爱'哥哥的。回来赶围棋儿,又该你闹'幺爱三四五'了。"宝玉笑道："你学惯了他,明儿连你还咬起来呢。"史湘云道："他再不放人一点儿,专挑人的不好。你自己便比世人好,也不犯着见一个打趣一个。指出一个人来,你敢挑他,我就服你。"黛玉忙问是谁。毕竟还是孩子,好奇还有什么样的人物是自己看得上的。湘云道："你敢挑宝姐姐的短处,就算你是好的。我算不如你,他怎么不及你呢。"黛玉听了,冷笑道："我当是谁,原来是他!我那里敢挑他呢。"宝玉不等说完,忙用话岔开。宝玉又怕黛玉说出什么得罪宝钗的话来。湘云笑道："这一辈子我自然比不上你。我只保佑着明儿得一个咬舌的林姐夫,时时刻刻你可听

'爱''厄'去。阿弥陀佛，那才现在我眼里！"说的众人一笑，湘云忙回身跑了。大概敢直接怼黛玉的也只有湘云了，因为湘云的性格是一种纯真的真实，才能与黛玉做最直白的对话，也才会有最后黛玉和湘云的那两句"寒塘渡鹤影，冷月葬花（诗）魂"的预言式的对诗。在此时的湘云眼里，黛玉是恃才傲物的刻薄人，而宝钗是知书达理的暖心人。而且湘云的话基本总结了之前其他人对黛玉和宝钗的看法和感受。

要说湘云和黛玉因此会有什么芥蒂那就实在是多想了。对于黛玉而言，不涉及宝玉的情感问题的时候，她和宝钗、湘云、迎春、探春、惜春这些姐妹之间更像是小伙伴，更多的是性格上的差异，还没到出现根本分歧的地步。这些日常嬉闹之事正反映出这是一群正在成长的青春少年，她们的深层次的分歧还在各自成长的过程中仍未显现呢。

黛玉和宝钗的才华如果单看诗词其实并不能看出所以然来，因为就两人的文学水平而言本在伯仲之间，很难分出一个高下，尤其是不同的人眼里喜爱当然也各自不同。就好比李白和杜甫之间谁高谁低实难评判，因为对这些高手而言，在技术层面已没有高低可言，而差别在于深层的取向不同。所以李白飘逸潇洒，杜甫沉稳凝练，与此相类，黛玉不染凡尘尽得风流，宝钗世事练达俗趣盎然。

在第十七、十八回，元春省亲时让自己的妹妹们和宝玉题诗，第一次对比了一下几位人物的才情。迎、探、惜三人之中，要算探春又出于姊妹之上，然自忖亦难与薛林争衡，只得勉强随众塞责而已。李纨也勉强凑成一律。贾妃看毕，称赏一番，又笑道："终是薛林二妹之作与众不同，非愚姊妹可同列者。"原来林黛玉安心今夜大展奇才，将众人压倒，不想贾妃只命一匾一咏，倒不好违谕多作，只胡乱作一首五言律应景罢了。

黛玉的单纯和不成熟处也在此，心里似乎总想争点强好点胜，而随着自身的成长，这点与俗世的联系也渐渐没有了。

我们从宝钗和黛玉的题诗里就能看到两者的取向有多么不同。宝钗的是"凝晖钟瑞"，题词就是富贵气象，第一联"芳园筑向帝城西，华日祥云笼罩奇"，帝王气象是此时宝钗最为向往的；第二联"高柳喜迁莺出谷，修篁时待凤来仪"，不是帝王就是龙凤；三四联"文风已著宸游夕，孝化应隆归省时。睿藻仙才盈彩笔，自惭何敢再为辞"，多少有些羡慕和嫉妒的味道了。

再看黛玉的"世外仙源"，没错，其实就是宝玉在初游大观园时恍惚中的太虚幻境，所以题名是"天仙宝境"，在元春进到行宫之处时，改为"省亲别墅"。元春是贾府的保护神，也是之后大观园的保护神，她的层次水平很高，而且非常低调。"且说贾妃在轿内看此园内外如此豪华，因默默叹息奢华过费。"元春在两处的两段话，我们一同欣赏一下。元春见了自己的母亲和奶奶，只管呜咽对泣、垂泪无言，好久，贾妃方忍悲强笑，安慰贾母、王夫人道："当日既送我到那不得见人的去处，好容易今日回家娘儿们一会，不说说笑笑，反倒哭起来。一会子我去了，又不知多早晚才来！"等贾政等人前来问安的时候，贾妃垂帘行参等事。又隔帘含泪谓其父曰："田舍之家，虽斋盐布帛，终能聚天伦之乐；今虽富贵已极，骨肉各方，然终无意趣！"非常明显，元春对帝王生活还不如宝钗热切，对人人羡慕的身份地位却有自己的无奈和悲伤，而且元春很能感受到乐极生悲的心境。再看黛玉的诗，"名园筑何处，仙境别红尘"。所谓红尘就是世俗世界，"别红尘"预示着大观园是世俗世界中的一块净土，这一句是对大观园的定位。第二联"借得山川秀，添来景物新"，描写景致的别致。三四联"香融金谷酒，花媚玉堂人。何幸邀恩宠，宫车过往频"。对照前面提到的元春的几段话，就能体会到"何幸"两个字其实才真正契合元春此时的心境，而不是宝钗笔下的帝王气象。

这时，宝玉还在抓耳挠腮，只写了潇湘馆和蘅芜苑，正在写怡红院，宝钗来提醒他，因为宝玉忘了"绿蜡"的出处，宝钗调侃说："亏你今夜不过如此，将来金殿对策，你大约连'赵钱孙李'都忘了呢！唐钱珝咏芭蕉诗头一句：'冷烛无烟绿蜡干'，你都忘了不成？"宝玉听了，不觉洞开心臆，笑道："该死，该死！现成眼前之物偏倒想不起来了，真可谓'一字师'了。从此后我只叫你师父，再不叫姐姐了。"宝钗亦悄悄的笑道："还不快作上去，只管姐姐妹妹的。谁是你姐姐？那上头穿黄袍的才是你姐姐，你又认我这姐姐来了。"宝钗关心的总也脱不开世间的功名和地位，此刻宝钗心里最羡慕的当然就是"那上头穿黄袍的"表姐元春了。

而黛玉因为写得不过瘾，觉得自己没施展出来，又见宝玉作得费劲，就来帮他写了最后一首。元春看完后，喜之不尽，说："果然进益了！"又指"杏帘"一首为前三首之冠，遂将"浣葛山庄"改为"稻香村"。这个"稻香村"的来历还真是一波三折。最早贾政带着宝玉给大观园各处题写匾额时，宝玉已经说出了叫"稻香村"的意见，但是被贾政数落一顿，弃而不用，所以此处只有"杏帘在望"的幌子和宝玉题的对联"新涨绿添浣葛处，好云香护采芹人"，元春就将此处赐名"浣葛山庄"。这时又因为元春非常喜欢黛玉代宝玉写的这《杏帘在望》，又将此处改为"稻香村",不仅间接地突出了黛玉的才情,而且又回归到宝玉的原意上了。改完之后,"又命探春另以彩笺誊录出方才一共十数首诗,出令太监传与外厢。贾政等看了,都称颂不已"。别的几处也还罢了,只是"稻香村",宝玉当时已经点明,却被贾政呵斥他是"无知的业障",现在元春改回到"稻香村",贾政又"称颂不已",可见,学问在贾政等人眼里也看是谁来说。如今何尝不是如此。

我们也来欣赏一下让元春喜爱的这首《杏帘在望》:"杏帘招客饮,在望有山庄。菱荇鹅儿水,桑榆燕子梁。一畦春韭绿,十里稻花香。盛世无饥馁,何须耕织忙。"

关于作诗的场景之后还有很多,既有偶尔为之的时候,也有比如第三十七、三十八、七十回等多处作诗的场景,而最高明的当然还是黛玉和宝钗。不过这些才情的比较并不是真要分出个谁高谁低,而是有着更深的寓意和指向,在书中,这两个不同方向是通过两组人物来表现的。

红楼梦的线索（一）

一

彼此独立的：黛玉、香菱、晴雯

红楼中主线副线辅线众多，其实这都是从文学研究的角度为方便大家理解而形成的所谓文学理论的事。不过因为我们这个从思维认知角度做逻辑分析的方式志不在此，所以并不展开文学式的研究，而只将最主要的线索帮大家梳理出来，以便为之后的更宏大的逻辑建构做一个内容上的铺垫。

红楼中最主要的线索是由两组人物交织完成的，一组是林黛玉、香菱、晴雯，一组是薛宝钗、袭人和众人，她们代表的是世人所面向的两个方向，其他人物在这两个方向之间，贾宝玉则是这两组人物交织的核，两个方向是在与贾宝玉的关系中体现出来的。

香菱其实是最早出现的人物，只是因为真事隐起来了，所以甄英莲被转卖到薛家成了香菱。她在警幻仙姑的金陵十二钗中是黛玉的副册。所谓副册在以往的研究中大概是两个看法，既可以把副册理解成层次较低，也可以理解成主副册互补。也就是说，香菱是较低层次的黛玉，或者香菱是来补充黛玉的某些性格弱点，比如说刻薄，香菱就没有这个毛病。类似地，晴雯作为黛玉的又副册，层次又低一些，而且可以补充黛玉爱哭不够泼辣的一面。这些角度也很有道理，但是我总觉得还没抓住最关键之处，因为书中香菱的戏份并不多，对晴雯的描写也远比不上袭人，甚至不如平儿，而且黛玉就是黛玉，为什么一定要香菱和晴雯来补充她的弱点呢？以她们作为补充，实际上就是把香菱和晴雯作为黛玉的附属品了，但实际上，这三人作为一组的意义和在作者心中的地位与此恰恰相反，这三人作为一组不是因为她们处世观念相同，而是因为她们都是独立精神的代表。

每一个独立的人恰恰因为彼此不同才成为自己，并且也正是因为彼此独立才能在人格上成为一类人。比如《论语》中所说的君子就是这样的人，他们是"和而不同"，而相反的就是"同而不和"的小人了。

因而，黛玉、香菱和晴雯作为一组不是因为她们能彼此照应，而是因为她们追求自我的共性。只是在追求自我的方式上必然要体现出层次的差别而已。香菱在书中的出场很早，随着甄士隐在第一回就出现了，但整体而言对香菱的描述并不充分，在第八十回借着薛蟠娶回夏金桂开始涉及香菱的未来命运，作者后文定会有更多交代，可惜原著也到此中断。

第二十三回，大观园正式成为宝玉等人的欢乐园，宝玉和姐妹们都搬了进去，随即开始了大观园里的第一个故事，实则也是全书最精彩部分的开始，之前不妨看作是为此做的铺垫，之后不过是对结局的交代。而主角当然是宝玉和黛玉。

这一日，宝玉无事，拿着《会真记》到沁芳闸桥边桃花底下细看，因为桃花被风吹下，宝玉就捡了花瓣抖在池里，却碰见前来葬花的黛玉。宝玉一回头，却是林黛玉来了，肩上担着花锄，锄上挂着花囊，手内拿着花帚。宝玉笑道："好，好，来把这个花扫起来，撂在那水里。我才撂了好些在那里呢。"林黛玉道："撂在水里不好。你看这里的水干净，只一流出去，有人家的地方脏的臭的混倒，仍旧把花遭塌了。那畸角上我有一个花冢，如今把他扫了，装在这绢袋里，拿土埋上，日久不过随土化了，岂不干净。"此处已经点明，大观园是众女儿的唯一清净、干净、纯粹之地，"你看这里的水干净，只一流出去，有人家的地方脏的臭的混倒，仍旧把花遭塌了"，外界是一个污浊的臭男人的男权社会，是宝玉眼里争名逐利的世俗世界，而花不正是象征着纯净的女儿吗？而有洁癖的黛玉更在意的是精神层面的洁癖，因为这些花瓣即便是流到外面被污染了她也接受不了，而且还寓意着大观园并未完全与外界隔绝，而是相通的，正因如此，后来大观园才被来自外界的污染所侵蚀。

随后两人看起《西厢记》，结果黛玉爱不释手，一气看完。接着因为贾赦生病，贾母让宝玉代表她去看看，剩下黛玉一人往回走，正好遇上戏班在排练，只是林黛玉素习不大喜看戏文，便不留心，只管往前走。偶然两句吹到耳内，明明白白，一字不落，唱道是："原来姹紫嫣红开遍，似这般都付与断井颓垣。"林黛玉听了，倒也十分感慨缠绵，便止住步侧耳细听，又听唱道是："良辰美景奈何天，赏心乐事谁家院。"听了这两句，不觉点头自叹，心下自思道："原来戏上也有好文章。可惜世人只知看戏，未必能领略这其中的趣味。"想毕，又后悔不该胡想，耽误了听曲子。又侧耳时，只听唱道："则为你如花美眷，似水流年……"林黛玉听了这两句，不觉心动神摇。又听道："你在幽闺自怜"等句，亦发如醉如痴，站立不住，便一蹲身坐在一块山子石上，细嚼"如花美眷，似水流年"八个字的滋味。忽又想起前日见古人诗中有"水流花谢两无情"之句，再又有词中有"流水落花春去也，天上人间"之句，又兼方才所见《西厢记》中"花落水流红，闲愁万种"之句，都一时想起来，凑聚在一处。仔细忖度，不觉心痛神痴，眼中落泪。黛玉是极其敏感的，尤其是对情感和岁月，而这些戏文都是表现情感在岁月中的无奈和伤感的，这就令黛玉原本懵懂的情感世界一下成熟了许多，也是一个女性成长的重要节点，由此她更加以情感为导向，走向更纯粹的心灵世界。

在书中，作者明确写了宝玉拿的是《会真记》，但是黛玉看的内容却是《西厢记》，要说作者搞混了是很难令人信服的，当然有可能是改书稿的时候出现的不一致，但也许还有别的寓意，只能暂且存疑。

而初入大观园，宝黛他们就与外面的世界隔离了，什么四书五经、功名之学瞬间远离了他们，而这些所谓的闲书，闺阁中的禁书反而预示着大观园是一个自由而活泼的世界。

第二十四回，黛玉正被梨香院里的曲子打动，独自坐着发呆，忽然背后有人拍了她一下，把黛玉吓了一跳，原来是香菱来园子里找宝钗，于是拉着黛玉回潇湘馆了。香菱作为黛玉的副本，正好在此时出现，看黛玉和她说话全没有和宝玉说话的小性，俨然是两个好姐妹的样子。而此时她们聊的还只是女孩子常聊的话题，并未涉及精神层面。香菱作为自己进大观园而不是来园子里办事，从而能真正地表达自己的所想还要一直等到第四十八回才得以实现。因为薛蟠挨了柳湘莲的打，自己觉得羞愧没脸见人，跟着薛家的老人出去做生意，顺便躲躲，于是宝钗就让香菱搬到蘅芜苑来陪自己，香菱由此也搬进了大观园。而进园的第一天着急要做的第一件大事就是拜黛玉为师要学作诗，这才是香菱内心最渴望的事。

为什么香菱守着宝钗不学诗，偏偏要等黛玉来教呢？其实香菱当然先是问宝钗，香菱笑道："好姑娘，你趁着这个工夫，教给我作诗罢。"宝钗笑道："我说你'得陇望蜀'呢。我劝你今儿头一日进来，先出园东角门，从老太太起，各处各人你都瞧瞧，问候一声儿，也不必特意告诉他们说搬进园来。若有提起因由，你只带口说我带了你进来作伴儿就完了。回来进了园，再到各姑娘房里走走。"宝钗首先让香菱抛开自己内心所想，赶紧去完成世俗礼节，其实这些人情来往，做照样是要做的，但其重要程度如何全看个人取舍。人情世故中倒是热闹非凡，可是有几个是真心交往，而反之，真情相寄的往往是片语只言即可，君子之交淡如水，更有甚者还能相忘于江湖呢。何况，什么叫"得陇望蜀"呢，宝钗的意思好像是把香菱带到园子里已经是莫大的恩情了，你还要学诗，不是太把自己当主子看了吗？也许在宝钗眼里，对香菱虽然是同情加怜爱，但多少还有主仆的分别。如是这样，那真是可怜了香菱，她从小在甄家长大，虽没有贾家、薛家富贵，但也是说一不二的小姐，何至于沦落至此。

再看香菱转完之后。且说香菱见过众人之后，吃过晚饭，宝钗等都往贾母处去了，自己便往潇湘馆中来。此时黛玉已好了大半，见香菱也进园来住，自是欢喜。香菱因笑道："我这一进来了，也得了空儿，好歹教给我作诗，就是我的造化了！"黛玉笑道："既要作诗，你就拜我作师。我虽不通，大略也还教得起你。"香菱笑道："果然这样，我就拜你作师。你可不许腻烦的。"黛玉道："什么难事，也值得去学！不过是起承转合，当中承转是两副对子，平声对仄声，虚的对实的，实的对虚的，若是果有了奇句，连平仄虚实不对都使得的。"黛玉是立马兑现，说教就教一刻不耽误。随后又借了一些书给香菱拿回去看。之后，香菱如痴如醉，一发不可收，宝钗、宝玉等人都来凑热闹了。

宝钗、黛玉两人的区别不是在能力上，也不是在天赋上，而是在成长环境里。人的认知就是在先天禀赋和后天环境相互影响之下形成的。大观园里的儿女们在先天层面并没有多大差别，这也是在太虚幻境中警幻仙姑向宝玉所言，"余者庸常之辈，则无册可录矣。"他们在先天无大差别的情况下，却出现了宝钗和黛玉为代表的两个发展方向，这种取向则与后天成长环境有极大的关系。

黛玉进贾府时年纪尚小，与宝玉一起两小无猜，随性而为。宝玉平日并不好学，很少去家塾读书，而黛玉呢，没有直接点明，但在第四十回中，通过贾母带领刘姥姥参观大观园，通过刘姥姥的视角看到了，"这那像个小姐的绣房，竟比那上等的书房还好。"第四十八回里黛玉教香菱作诗有了更多的描写，香菱笑道："我只爱陆放翁的诗'重帘不卷留香久，古砚微凹聚墨多'，说的真有趣！"黛玉道："断不可学这样的诗。你们因不知诗，所以见了这浅近的就爱，一入了这个格局，再学不出来的。你只听我说，你若真心要学，我这里有《王摩诘全集》，你且把他的五言律读一百首，细心揣摩透熟了，然后再读一二百首老杜的七言律，次再李青莲的七言绝句读一二百首。肚子里先有了这三个人作了底子，然后再把陶渊明、应、刘、谢、阮、庾、鲍等人的一看。你又是一个极聪敏伶俐的人，不用一年的工夫，不愁不是诗翁了！"香菱听了，笑道："既这样，好姑娘，你就把这书给我拿出来，我带回去夜里念几首也是好的。"黛玉听说，便命紫鹃将王右丞的五言律拿来，递与香菱，又道："你只看有红圈的都是我选的，有一首念一首。不明白的问你姑娘，或者遇见我，我讲与你就是了。"

从中清楚地看到，黛玉作为大观园的诗魂是当之无愧的，首先她在立意上就比别人要高，她让香菱学的对象是王维、杜甫、李白，从低到高代表唐诗成就最高、路数最正的三大家，又被后世称为"诗佛"、"诗圣"、"诗仙"，随后又有几位：陶渊明——东晋大诗人，应玚——建安七子之一，刘桢——建安七子之一，谢灵运——南北朝大诗人，山水诗派创始人，阮籍——竹林七贤之一，庾信——南北朝诗人，杜甫有"庾信文章老更成，凌云健笔意纵横"的诗句；鲍照——南北朝诗人，与谢灵运、颜延之并称"元嘉三大家"，是李白的偶像。

而诗在古今中外都只有一个指向，就是心灵（精神）。一个纯粹的诗人对世俗生活的关注是为了更高的内心需求，他们真正关心的是对心灵的滋养，是以心灵世界的高度观照世俗世界的生活。即便是写实的杜甫面对自家简易的茅屋被秋风吹散时，他所观照的仍然是天下寒士能否有一间安定的屋子，而不是关注自己的凄惨遭遇。而作者表现黛玉在诗词上的才华并不是单纯地夸赞，而是代表一种纯粹的心灵取向。而且，黛玉没看错香菱，仅仅两三日之后香菱就能有所感悟和进步。

相比而言，宝钗的才华从来不亚于黛玉，但是香菱缠着宝钗学作诗，宝钗却并不认为女孩子要学什么舞文弄墨，这远不如描花样、做针线。她的志趣所向明确地指向世俗，因为这是社会大众所认同的女性的存在标准，即便如宝钗者也未能免俗，而且还深陷其中，只是她做得比一般人要高明而已。针对香菱学诗，宝钗道："何苦自寻烦恼。都是颦儿引的你，我和他算帐去。你本来呆头呆脑的，再添上这个，越发弄成个呆子了。"香菱笑道："好姑娘，别混我。"黛玉夸她"极聪敏伶俐"，宝钗说她"呆头呆脑"，同样针对香菱学诗，看宝玉又如何说，宝玉笑道："这正是'地灵人杰'，老天生人再不虚赋情性的。我们成日叹说可惜他这么个人竟俗了，谁知到底有今日。可见天地至公。"宝钗笑道："你能够像他这苦心就好了，学什么有个不成的。"宝玉不答。

香菱学诗反映出宝钗和黛玉的区别，而宝玉的一句话正是对香菱更是对黛玉的赞美，"我们成日叹说可惜他这么个人竟俗了"，宝玉眼中的不俗却是宝钗眼里的呆子、疯子，所以宝玉才会经常被众人认为是又呆又疯、不学无术的混世魔王。而在宝玉的评价体系里，这样不为俗世束缚牵绊的才是真正的人呢！而宝钗不失时机地试图激励宝玉学点众人眼中的学问却被宝玉来了个冷脸，很明显，宝玉和宝钗的隔阂不是表面的而是深层的差异。

宝钗和黛玉的才华和修养并不分高下，但是两人的用力方向却大相径庭，宝钗不教香菱写诗并不是有什么小心眼，而是出于她本人的观念，在她眼中，世事洞明、人情练达就是处世之道，虽然这两点是宝玉连听都不愿听的，而且在宝钗心里针织女红才是女孩子的本分，至于琴棋书画这些修养不过是为了"好风凭借力，送我上青云"的阶梯而已。宝钗的榜样本来就是表姐元春，显然她并不在意儿女情长，书中宝钗的个人情感极度匮乏，她的一行一止都遵循着世俗社会对女孩子的要求，这是她内心的为人处世的标准，也因此常常压抑着自己的真情实感。久而久之，成了一个女道学了。当黛玉正为《西厢记》《莺莺传》中的女性情感世界所吸引的时候，宝钗却语重心长地劝慰黛玉做女人的本分（第四十二回），这与日常袭人规劝宝玉没什么区别。

黛玉和宝钗的志趣方向完全不同，那是不是宝钗就错了，黛玉就高了？关于世俗和心灵，我们不能简单地以对错、高低来论，因为这完全是两个层面，一个在世间沉沦，一个在世间超越，而造成这一状态的差别又有来自先天后天众多复杂因素的交织混合。

黛玉经常因为宝玉流泪，那宝钗会为别人哭吗？别说为宝玉，估计宝钗的泪是非常有限的，两人的哭与不哭的区别在哪儿呢？显然不是性格使然，黛玉还泪是前世的因缘，现世的眼泪却是来自纯粹的情感，因为不愿、不能沾惹一点杂质，所以格外敏感。世间情谊深重的人何尝不是如此，否则又怎会有那么多情感纠葛下的恩恩怨怨？可是世间男子有几个像贾宝玉那样能不带任何污邪地呵护身边每一个女孩呢？了解宝玉最深的当然是黛玉，黛玉并不在意宝玉的行为，正因为她知道宝玉内心纯净才真心相对。

黛玉之所以爱和宝玉使小性，经常哭闹，其实是她太在意自己在宝玉心中的地位，是因为偌大的世界上已经无人能够听自己说几句心里话，更无人能真正地懂自己，而唯一可以引为知己的就一个宝玉，如果连宝玉也不懂自己，或者竟没能懂自己，那这个世界还有什么值得自己珍惜和留恋的。这才是黛玉心里最悲伤的事，每遇一些小事，黛玉就会敏感地生出悲伤的情绪，其实只要想到自己无父无母无兄弟无姐妹地孤孤单单地存于世间，试问有几人能不敏感、能不悲伤？设身处地，黛玉所言所行已经非常得体了，我们所看到的哭哭啼啼只是针对宝玉而已。并且这些眼泪并非白流，否则一块顽石如何能成宝玉呢？

相比之下，宝钗是停留在世俗社会的标准之中，自然对人最好的关心和爱护就是劝他学些经世致用的学问。宝钗心里一定奇怪，一般人我还懒得劝呢，而且这正经的事不做，难道还有什么更重要的事？这就是宝钗和宝玉内心之间的距离。

所以，宝钗一劝宝玉学那经世致用的学问就被宝玉甩脸子弄了个下不了台，结果袭人还对人夸奖宝钗明理、大度，所以袭人再怎么尽心也无法与宝玉内心契合，反而是晴雯最能配合宝玉的行止和心意，所以终归被世俗社会的代言人视为眼中钉肉中刺，欲置之死地而后快。而晴雯的死正是黛玉结局的预演。而且，根据香菱的判词，香菱应该在晴雯死后也被夏金桂折磨而死，当在黛玉去世之前。

说起晴雯，最早是在书中第五回出现，就是贾宝玉在秦可卿屋中睡着梦游太虚幻境的时候，她和袭人等人在"廊檐下看着猫儿狗儿打架"。晴雯原是贾母身边的小丫头，因为长得好，人又机灵，贾母就给了宝玉。晴雯在太虚幻境里的判词是："霁月难逢，彩云易散。心比天高，身为下贱。风流灵巧招人怨。寿夭多因毁谤生，多情公子空牵念。"晴雯确实是心比天高，她自己从来没觉得自己是低人一等的下人，所以对宝玉也是以平等身份对待，这也是宝玉最喜欢晴雯的地方。

晴雯最精彩的篇章一是第三十一回"晴雯撕扇"，一是第五十二回"病补雀金裘"。不过这是单写晴雯的故事，更多的则是通过点滴细节来表现晴雯不媚俗、不势利的个性。

试看就在第三十一回晴雯撕扇之前，等到了端阳节的正日子，结果几日里的小事件闹得大家都没了兴致。作者真是天纵奇才，说这个王夫人平时为人本来就是闷闷的，偏找这个时间邀请薛姨妈、宝钗、凤姐、三春姐妹和宝玉、黛玉，结果大家闷坐一会儿也就散了。

宝玉因此心中闷闷不乐，回到屋里长吁短叹的，偏巧晴雯失手把一把扇子摔折了，宝玉因叹道："蠢才，蠢才！将来怎么样？明日你自己当家立事，难道也是这么顾前不顾后的？"晴雯冷笑道："二爷近来气大的很，行动就给脸子瞧。前儿连袭人都打了，今儿又来寻我们的不是。要踢要打凭爷去。就是跌了扇子，也是平常的事。先时连那么样的玻璃缸、玛瑙碗不知弄坏了多少，也没见个大气儿，这会子一把扇子就这么着了。何苦来！要嫌我们就打发我们，再挑好的使。好离好散的，倒不好？"宝玉听了这些话，气的浑身乱战，因说道："你不用忙，将来有散的日子！"晴雯和黛玉的呼应总是如此，而不是像宝钗和袭人那样直接交流。在丫鬟里敢公然顶撞宝玉的大概也就晴雯了，而能把宝玉气得浑身乱颤的当然也就只此一人。

再看，在第十六回中，黛玉安置好父亲去世后的事务回到贾府，因宝玉在秦可卿出殡途中碰见北静王水溶，赠他一串鹡鸰香串，宝玉当成好东西珍重取出来，打算转赠黛玉。黛玉说："什么臭男人拿过的！我不要他。"遂掷而不取。此时的宝玉还没有彻底通灵，寻常的物品自不在意，但却还不能免俗，把北静王的礼物看得甚重。虽然是一片好意想送给黛玉，但黛玉是何等人，怎会在意这些俗物，正因为这样才显出黛玉并不是按世俗的高低贵贱来评判人，她不会因为香菱的出身而懒得搭理，也不会因为王爷的地位而稍加逢迎，这才是"目无下尘"的气质。而宝玉也在黛玉一次次"打击"和"不理"之中磨炼心性。与此相对应，第三十七回中，晴雯也有一段话，秋纹因为去王夫人那儿送东西得了赏，"现成的衣裳就赏了我两件。衣裳也是小事，年年横竖也得，却不象这个彩头。"晴雯笑道："呸！没见世面的小蹄子！那是把好的给了人，挑剩下的才给你，你还充有脸呢。"秋纹道："凭他给谁剩的，到底是太太的恩典。"晴雯道："要是我，我就不要。若是给别人剩下的给我，也罢了。一样这屋里的人，难道谁又比谁高贵些？把好的给他，剩下的才给我，我宁可不要，冲撞了太太，我也不受这口软气。"作为一个丫鬟竟然能有这股劲，宁可冲撞主子也不愿受气，真的是"心比天高"一点不假，所以终于还是被王夫人摧残致死。

还有第二十六回，黛玉和宝玉又生了一会儿气，结果薛蟠假冒贾政之名把宝玉骗出去玩，但是大家不知道发生了什么，都担心宝玉又要挨收拾，晚饭后黛玉去怡红院的路上看见宝钗进去了，因为停下来看各色水禽嬉戏耽误了一些时间，等到了怡红院丫鬟们把门已经关了。于是黛玉敲门，谁知晴雯和碧痕正拌了嘴，没好气，忽见宝钗来了，那晴雯正把气移在宝钗身上，正在院内抱怨说："有事没事跑了来坐着，叫我们三更半夜的不得睡觉！"忽听又有人叫门，晴雯越发动了气，也并不问是谁，便说道："都睡下了，明儿再来罢！"林黛玉素知丫头们的情性，他们彼此顽耍惯了，恐怕院内的丫头没听真是他的声音，只当是别的丫头们来了，所以不开门，因而又高声说道："是我，还不开么？"晴雯偏生还没听出来，便使性子说道："凭你是谁，二爷吩咐的，一概不许放人进来呢！"

这段情节表面看似晴雯混不吝的个性把黛玉也顶撞了，结果黛玉又哭得悲戚之极，换了别人不定又闹出多大乱子了，即便是宝玉的奶妈李嬷嬷恐怕都要砸门了，如果是宝钗固然不会闹，但也绝不会哭，顶多觉得没意思回去就罢了。但其实，晴雯发脾气却是因为宝钗。作者对晴雯和黛玉、宝钗的接触很少正面描写，而宝钗是上上下下都受人喜欢的人，可是晴雯似乎并不买她的账，这与黛玉如出一辙，只是晴雯的层次要低很多，所以她更多的是不服、是怨气。但从这段话中不难看出晴雯的确并不喜欢宝钗。

在晴雯眼里，她也知道世间只有一个宝玉可以由着她，所以无论如何她也不愿往别处去。按理说人都愿意回家，穷点也温暖，但书中多处描述让我们知道并非如此，很多丫鬟都是被卖进大户人家的，而且还有很多没有了爹娘，都是靠亲戚维持，即便有好点的也非常有限，人情冷暖不过是按照财富地位来衡量而已，能遇到好的主人不把自己当牛马就不错了，更何况宝玉对贾府中有性情的人更没有高低贵贱之分，哪还有人愿意离开，袭人如此，晴雯更是如此。而且，晴雯像黛玉一样从小就没了父母，只有一对不成器的姑舅哥嫂——多浑虫夫妇，自己连个姓都没提，而袭人像宝钗，母亲、哥哥、表妹，家里日子过得还不错，甚至想把袭人赎回去。再要对比之后迎春嫁给孙家的遭遇就更能体会这些丫鬟的心境了。

作为正副本的黛玉和晴雯的互通性不是来自两者之间本身的关系，而是相对外在生存环境的内在气质。书中的晴雯是通过别人眼中与林妹妹相似的外形来表现两者的关系的，而最能体会者当然是宝玉。在姐妹中只一个黛玉能让他又哭又笑，而丫鬟里也只有一个晴雯能把他气得发抖。黛玉"目无下尘"，晴雯则是眼里容不得沙子。

黛玉和香菱还有一些交流，而晴雯和二人之间都是主仆之间的往来，根本没有过什么交流。对于黛玉，晴雯也总是敬而远之，两人很少聊天，更别说像宝钗和袭人那样亲热了。所以，黛玉、香菱和晴雯三人的关系不是三人有什么惺惺相惜的关照，而是源自内心的相类。

黛玉、香菱和晴雯这一组总是以彼此呼应的方式来展现，而宝钗和袭人就不同了，她们是直接地交流互助。等介绍完基本框架之后，我们再把这两组人物交织在一起讨论。

二

喜欢合群的：宝钗、袭人、众人

袭人虽然是丫鬟，但却是非常重要的人物，她和宝钗一起代表世俗生活对宝玉的约束，而且也是宝玉世俗男女生活的唯一对象。袭人是宝玉的大丫鬟，也就是丫鬟里的带头人，她本来也是贾母身边的丫鬟，贾母觉得她能尽心尽力，所以给了宝玉。"这袭人亦有些痴处：伏侍贾母时，心中眼中只有一个贾母；如今服侍宝玉，心中眼中又只有一个宝玉。只因宝玉性情乖僻，每每规谏宝玉，心中着实忧郁。"（第三回）袭人也真有意思，真是认真负责，以至于为了规劝宝玉都有点抑郁症了。

袭人在太虚幻境中的判词是："枉自温柔和顺，空云似桂如兰。堪羡优伶有福，谁知公子无缘。"袭人后来嫁给蒋玉菡应无意外。像袭人这样的大丫鬟出了贾府比一般大户人家的小姐还要尊贵一些，王熙凤为此事还特意嘱咐过（第五十一回），在下人眼里大丫鬟就是副小姐（第七十七回）。

袭人是宝钗的副本，她的行为和意识完全是遵循世俗社会的一贯标准的。第九回中，宝玉因为秦钟的缘故，决定去家塾上学了。一大早袭人收拾好东西，对宝玉千叮咛万嘱咐，作者用一段细节描写俨然把袭人表现成一个盼着夫君高中功名的好妻子的角色。

第十九回，元妃省亲回去后，大家休息热闹，袭人回家和家人团聚一天，因为袭人家人想把袭人赎回去，袭人当然不会同意，但却借此一事来劝解宝玉，于是要求宝玉答应自己三件事。宝玉忙笑道："你说，那几件？我都依你。好姐姐，好亲姐姐，别说两三件，就是两三百件，我也依。只求你们同看着我，守着我，等我有一日化成了飞灰，——飞灰还不好，灰还有形有迹，还有知识。——等我化成一股轻烟，风一吹便散了的时候，你们也管不得我，我也顾不得你们了。那时凭我去，我也凭你们爱那里去就去了。"话未说完，急的袭人忙握他的嘴，说："好好的，正为劝你这些，倒更说的狠了。"宝玉忙说道："再不说这话了。"袭人道："这是头一件要改的。"宝玉道："改了，再要说，你就拧嘴。还有什么？"宝玉天马行空的生命想象，不就像每一个孩子内心中充满的无数奇特而又绚丽的想象吗？这种自由、诗意、审美的指向在世俗生活中统统被扼杀殆尽，袭人就像一个世俗社会派在宝玉身边的监督员，试图把宝玉改造成符合社会标准的产物。如今的教育工业正是如此批量生产社会需要的合格产品。

袭人道："第二件，你真喜读书也罢，假喜也罢，只是在老爷跟前或在别人跟前，你别只管批驳诮谤，只作出个喜读书的样子来，也教老爷少生些气，在人前也好说嘴。他心里想着，我家代代读书，只从有了你，不承望你不喜读书，已经他心里又气又愧了。而且背前背后乱说那些混话，凡读书上进的人，你就起个名字叫作'禄蠹'；又说只除'明明德'外无书，都是前人自己不能解圣人之书，便另出己意，混编纂出来的。这些话，怎么怨得老爷不气，不时时打你。叫别人怎么想你？"宝玉笑道："再不说了。那原是，那小时不知天高地厚，信口胡说，如今再不敢说了。还有什么？"袭人都能理解贾政的心意，难道宝玉反倒理解不了吗？只是人生选择了不同的道路而已，所以袭人的规劝终究改变不了宝玉的内心所向。

袭人道："再不可毁僧谤道，调脂弄粉。还有更要紧的一件，再不许吃人嘴上擦的胭脂了，与那爱红的毛病儿。"宝玉道："都改，都改。再有什么，快说。"袭人笑道："再也没有了。只是百事检点些，不任意任情的就是了。你若果都依了，便拿八人轿也抬不出我去了。"宝玉笑道："你在这里长远了，不怕没八人轿你坐。"袭人冷笑道："这我可不希罕的。有那个福气，没有那个道理。纵坐了，也没甚趣。"宝玉向来觉得自己在女孩子面前就自惭形秽，并不论女孩子的出身门第，因为在他心中女孩子的纯净是男人世界不可能有的。宝玉为了挽留袭人当然有什么条件都答应，这同样还是孩子心性。袭人最后一句是说自己的身份不可能做宝玉的正房夫人，因此也不可能坐八抬大轿，不过最终嫁给蒋玉菡倒真是轿子抬去的。袭人提出的这几条大概总结了宝玉日常被众人视为怪诞的几方面，可是除去这些不知宝玉还是宝玉吗？虽然不能因此就成了贾珍、贾琏之辈，但也不过是步贾政后尘而已。

第二天，宝玉去找黛玉玩。黛玉因看见宝玉左边腮上有钮扣大小的一块血渍，便欠身凑近前来，以手抚之细看，又道："这又是谁的指甲刮破了？"宝玉侧身，一面躲，一面笑道："不是刮的，只怕是才刚替他们淘漉胭脂膏子，蹭上了一点儿。"说着，便找手帕子要揩拭。黛玉便用自己的帕子替他揩拭了，口内说道："你又干这些事了。干也罢了，必定还要带出幌子来。便是舅舅看不见，别人看见了，又当奇事新鲜话儿去学舌讨好儿，吹到舅舅耳朵里，又该大家不干净惹气。"刚答应了袭人第二天他就又帮人弄起胭脂了，而黛玉见了却并不规劝他，只是提醒别被人发现告诉贾政又要挨训挨打了。

第二十一回，宝玉和黛玉、湘云在黛玉处梳洗打扮，袭人来找宝玉时正遇见湘云说宝玉偷吃胭脂不长进，一语未了，只见袭人进来，看见这般光景，知是梳洗过了，只得回来自己梳洗。忽见宝钗走来，因问道："宝兄弟那去了？"袭人含笑道："宝兄弟那里还有在家的工夫！"宝钗听说，心中明白。又听袭人叹道："姊妹们和气，也有个分寸礼节，也没个黑家白日闹的！凭人怎么劝，都是耳旁风。"宝钗听了，心中暗忖道："倒别看错了这个丫头，听他说话，倒有些识见。"宝钗便在炕上坐了，慢慢的闲言中套问他年纪家乡等语，留神窥察，其言语志量深可敬爱。宝钗由此觉出袭人与自己是一类人，只是层次不同而已。不过作者也是够狠的，宝钗问就问吧，偏偏是漫不经心地"套问"，要说宝钗没有心机谁还能信呢！

第三十回，宝玉从清虚观回来跟黛玉闹了矛盾，和好之后又得罪了宝钗，于是无聊之中到王夫人屋中逗金钏，结果又引发王夫人大发脾气，只能一人回怡红院，在路上偏又遇见酷似黛玉的龄官痴痴地拿簪子在地上写一个"蔷"字，宝玉看了半天，开始以为也像黛玉一样在葬花，后来发觉不是。却又开始下起雨来，等他跑回怡红院，已被淋成了落汤鸡。结果叫了半天门，没人搭理，袭人仿佛听见有人敲门，终归还是不放心，没想到宝玉在门口等急了，见门开了不管是谁抬起就是一脚，谁知这一踢还挺重，晚上袭人咳出血来。宝玉自然不会是成心踢袭人，但作者却偏偏安排这样一个场景暗示些什么，生平第一次生气打人就打的是最尽心尽力服侍自己的大丫鬟袭人，你说怪不怪。因为紧接着第三十一回，话说袭人见了自己吐的鲜血在地，也就冷了半截，想着往日常听人说："少年吐血，年月不保，纵然命长，终是废人了。"想起此言，不觉将素日想着后来争荣夸耀之心尽皆灰了，眼中不觉滴下泪来。原来袭人日复一日年复一年恪尽职守地服侍宝玉、劝谏宝玉都是为了今后"争荣夸耀"而已。这是袭人的心思，宝玉当然不知道，即便知道了也不会打骂袭人，但如真知道袭人的这些想法从此疏远她应该是确定无疑的。所以这一脚踢得冤不冤实在不好说，就由读者自己辨别吧。其实，世俗社会中绝大多数人何尝不是袭人呢，何尝不是日复一日年复一年恪尽职守地做一些事，为了某种"争荣夸耀"呢？

第二天就是端阳节，晴雯因摔坏扇子的事正和宝玉吵闹，宝玉气得发抖。袭人在那边早已听见，忙赶过来向宝玉道："好好的，又怎么了？可是我说的'一时我不到，就有事故儿'。"晴雯听了冷笑道："姐姐既会说，就该早来，也省了爷生气。自古以来，就是你一个人伏侍爷的，我们原没伏侍过。因为你伏侍的好，昨日才挨窝心脚，我们不会伏侍的，到明儿还不知是个什么罪呢！"袭人听了这话，又是恼，又是愧，待要说几句话，又见宝玉已经气的黄了脸，少不得自己忍了性子，推晴雯道："好妹妹，你出去逛逛，原是我们的不是。"晴雯听他说"我们"两个字，自然是他和宝玉了，不觉又添了酸意，冷笑几声，道："我倒不知道你们是谁，别教我替你们害臊了！便是你们鬼鬼祟祟干的那事儿，也瞒不过我去，那里就称起'我们'来了。明公正道，连个姑娘还没挣上去呢，也不过和我似的，那里就称上'我们'了！"三人正在吵得不可开交之际，黛玉进来了。

晴雯在旁哭着，方欲说话，只见林黛玉进来，便出去了。林黛玉笑道："大节下怎么好好的哭起来？难道是为争粽子吃争恼了不成？"宝玉和袭人噗的一笑。黛玉道："二哥哥不告诉我，我问你就知道了。"一面说，一面拍着袭人的肩，笑道："好嫂子，你告诉我。必定是你两个拌了嘴了。告诉妹妹，替你们和劝和劝。"袭人推他道："林姑娘你闹什么？我们一个丫头，姑娘只是混说。"黛玉笑道："你说你是丫头，我只拿你当嫂子待。"宝玉道："你何苦来替他招骂名儿。饶这么着，还有人说闲话，还搁的住你来说他。"最有意思的是，黛玉一来晴雯就走了，似乎是两人交班一样。因为袭人是宝钗的又副册的人物，晴雯的话里话外针对宝玉和袭人的关系，正是补充对照黛玉对宝玉、宝钗的金玉姻缘的冷嘲热讽，虽然因为各自身份地位以及学识有高下之别，但是其实质却是一样地不断鞭策宝玉在情感上的成长，要他切莫陷于世俗的沼泽之中。所以，黛玉一来说的竟也是晴雯不忿的宝玉和袭人的关系。黛玉的高级之处是只用了一个四两拨千斤的笑话就化解了这场纷争，而黛玉的伶牙俐齿也显出了可爱的一面。人与人的高下真是没法隐藏，但是关乎内心的取向就不那么容易被识破了。

宝钗是人情世故的高手，在黛玉多愁善感，教鹦鹉说话的时候，宝钗更多的是在忙着替人解忧呢。我们对照一下，薛宝钗安慰王夫人金钏儿之死和袭人找王夫人谈她对大观园的担忧。

第三十二回，宝钗和袭人正在说话，就传来了金钏儿跳井的事。金钏儿因为和宝玉玩笑被王夫人赶出去，想来想去想不开投井自尽了。宝钗听到这个消息第一时间赶紧跑去安慰王夫人。却说宝钗来至王夫人处，只见鸦雀无闻，独有王夫人在里间房内坐着垂泪。宝钗便不好提这事，只得一旁坐了。王夫人便问："你从那里来？"宝钗道："从园里来。"王夫人道："你从园里来，可见你宝兄弟？"宝钗道："才倒看见了。他穿了衣服出去了，不知那里去。"宝钗明明知道宝玉被老爷叫去见客，却说不知道，她这是怕节外生枝，因为她来是处理金钏儿的事。宝钗的管理才能肯定是一流的，这就是目标管理（定位），冲着问题去，不相干的放在一边。王夫人点头哭道："你可知道一桩奇事？金钏儿忽然投井死了！"王夫人开始推卸责任了，并没有一五一十地告诉宝钗当时发生的事，而是说金钏儿"忽然"投井，并称为一件"奇事"，那就代表这是一件偶然事件，而且至少自己是不理解的，也就是说跟自己无关。而宝钗也并不说刚才听到这个消息所以赶紧赶过来了，虽然宝钗确实不清楚金钏儿的事，但如果说听到消息来的，那就显得自己有可能知道点什么了，所以这时宝钗假装什么都不知道远比向王夫人表示自己听到消息第一时间赶来安慰王夫人的整体效果更好。所以，宝钗基本是重复了一下王夫人的话，宝钗见说，道："怎么好好的投井？这也奇了。"这是一个意外，令人想不通，是件奇事，非常偶然。但金钏儿毕竟是王夫人的丫鬟，王夫人说自己一点关系都没有谁信啊，所以，王夫人道："原是前儿他把我一件东西弄坏了，我一时生气，打了他几下，撵了他下去。我只说气他两天，还叫他上来，谁知他这么气性大，就投井死了。岂不是我的罪过。"这是睁着眼儿说瞎话啊，王夫人哪里是木头疙瘩啊，那不过是在贾母面前的表现而已，因为贾母远比王夫人一干人等强出数倍，所以王夫人只能"藏愚"，只能装傻。但其实王夫人一点都不傻，她首先把金钏儿的死归结为金钏儿自己的原因，"谁知他这么气性大，就投井死了"，她的意思是你脸皮厚点不就没事了吗，怎么还就这么看不开呢？既然主要原因是金钏儿自己"气性大"，所以"岂不是我的罪过"也就仅仅是间接的小问题了，而且只是打了几下而已。在那时主人别说打仆人了，就真是致死了，官府也不会怎么过问的，但王夫人要的是心安。宝钗叹道："姨娘是慈善人，固然这么想。据我看来，他并不是赌气投井。多半他下去住着，或是在井跟前憨顽，失了脚掉下去的。他在上头拘束惯了，这一出去，自然要到各处去顽顽逛逛，岂有这样大气的理！纵然有这样大气，也不过是个糊涂人，也不为可惜。"宝钗真是厉害，一桩人命就这样轻描淡写化解了。虽说贾家并不在意一个丫鬟的死活，但毕竟是照顾王夫人十来年了，从这儿也能看出王夫人念佛吃斋并没增加多少善心，不仅如此还打诳语。宝钗一来说是意外，不是自尽，先把王夫人推到金钏儿自己身上的原因也给打消了，意思是这事大概率是纯粹的偶然事件，和姨娘打她两下根本就没有任何因果关联；二来又说即便是自尽也说明是个糊涂人，不值得可惜，尤其是说，咋就那么大的气呢，多大点事，至于自尽去吗？的确，金钏儿确实不值得为了被赶出去就想不开，但那是金钏儿的事，就算金钏儿是糊涂人，咋就不值得可惜呢？金钏儿能有多大，已经跟着王夫人十来年了，那是打小就跟在身边了，连一句可惜的话都不值得吗？宝钗的确完美地完成了前来安慰王夫人的目的，但是小小的女孩子这样的冷漠和心机如何不令人心寒呢！试想黛玉遇到这样的状况会如何呢？大概会站在金钏儿的角度觉得不值，却不会跑来安慰舅母，更不会因为可能是未来的婆婆而大献殷勤。所以，王夫人怎么会喜欢黛玉那样的儿媳妇呢，当然不会。

王夫人听完宝钗的劝解，心里舒服了。王夫人点头叹道："这话虽然如此说，到底我心不安。"其实此时已经心安了。宝钗叹道："姨娘也不必念念于兹，十分过不去，不过多赏他几两银子发送他，也就尽主仆之情了。"这就是宝钗的手段，"世事洞明、人情练达"啊，宝钗的确是世俗世界最精致的典范。对比薛蟠抢香菱时打死人的一幕，让人感觉多么似曾相识。人命要看是谁的，一个丫鬟有什么大不了，宝钗的情感世界到底在哪里安放呢？她又怎能与宝玉相契合呢？

随后内心已经平静的王夫人为金钏儿安排给些补偿，闲言淡语之间，把自己的内心愧疚就化解了，她真的被自己的伪善欺骗了，甚至被自己的好心感动了。紧接着宝玉为了蒋玉菡和金钏儿的事被贾政痛打一顿也算是为金钏儿的死还点情吧（第三十三回）。

第三十四回，宝玉被痛打完睡下之后，王夫人"叫一个跟二爷的人"，于是袭人安排好晴雯、麝月等人，自己去见王夫人。其实王夫人并无大事，就是问问宝玉的情况，袭人是想借机汇报点自己的想法。看没啥机会，袭人准备回去了，王夫人又叫："站着，我想起一句话来问你。"袭人忙又回来。王夫人见房内无人，便问道："我恍惚听见宝玉今儿挨打，是环儿在老爷跟前说了什么话。你可听见这个了？你要听见，告诉我听听，我也不吵出来教人知道是你说的。"袭人道："我倒没听见这话，为二爷霸占着戏子，人家来和老爷要，为这个打的。"王夫人摇头说道："也为这个，还有别的原故。"王夫人并不傻，她跟宝钗是一类型的，懂得"藏愚"，袭人像宝钗一样"善解人意"，因为扯到贾环，就势必扯出金钏儿的事，而这是王夫人担忧的。袭人道："别的原故实在不知道了。我今儿在太太跟前大胆说句不知好歹的话。论理……"说了半截忙又咽住。这是袭人心里真正想向王夫人汇报的想法。

王夫人道："你只管说。"袭人笑道："太太别生气，我就说了。"王夫人道："我有什么生气的，你只管说来。"袭人道："论理，我们二爷也须得老爷教训两顿。若老爷再不管，将来不知做出什么事来呢。"王夫人一闻此言，便合掌念声"阿弥陀佛"，由不得赶着袭人叫了一声："我的儿，亏了你也明白，这话和我的心一样。我何曾不知道管儿子，先时你珠大爷在，我是怎么样管他，难道我如今倒不知管儿子了？只是有个原故：如今我想，我已经快五十岁的人，通共剩了他一个，他又长的单弱，况且老太太宝贝似的，若管紧了他，倘或再有个好歹，或是老太太气坏了，那时上下不安，岂不倒坏了。所以就纵坏了他。我常常掰着口儿劝一阵，说一阵，气的骂一阵，哭一阵，彼时他好，过后儿还是不相干，端的吃了亏才罢了。若打坏了，将来我靠谁呢！"说着，由不得滚下泪来。袭人细心周到是她做大丫头的最大特点，现在已经开始为王夫人分忧了，当然袭人此时默认自己未来的身份是跟着宝玉做妾的，理应加以规劝。

袭人这番话只是开头，接着才说出藏在心里的话，"我只想着讨太太一个示下，怎么变个法儿，以后竟还教二爷搬出园外来住就好了。"王夫人听了，吃一大惊，忙拉了袭人的手问道："宝玉难道和谁作怪了不成？"袭人连忙回道："太太别多心，并没有这话。这不过是我的小见识。如今二爷也大了，里头姑娘们也大了，况且林姑娘宝姑娘又是两姨姑表姊妹，虽说是姊妹们，到底是男女之分，日夜一处起坐不方便，由不得叫人悬心，便是外人看着也不象。一家子的事，俗语说的

'没事常思有事'，世上多少无头脑的人，多半因为无心中做出，有心人看见，当作有心事，反说坏了。只是预先不防着，断然不好。二爷素日性格，太太是知道的。他又偏好在我们队里闹，倘或不防，前后错了一点半点，不论真假，人多口杂，那起小人的嘴有什么避讳，心顺了，说的比菩萨还好，心不顺，就贬的连畜生不如。二爷将来倘或有人说好，不过大家直过没事，若要叫人说出一个不好字来，我们不用说，粉身碎骨，罪有万重，都是平常小事，但后来二爷一生的声名品行岂不完了，二则太太也难见老爷。俗语又说'君子防不然'，不如这会子防避的为是。太太事情多，一时固然想不到。我们想不到则可，既想到了，若不回明太太，罪越重了。近来我为这事日夜悬心，又不好说与人，惟有灯知道罢了。"王夫人听了这话，如雷轰电掣的一般，正触了金钏儿之事，心内越发感爱袭人不尽，忙笑道："我的儿，你竟有这个心胸，想的这样周全！我何曾又不想到这里，只是这几次有事就忘了。你今儿这一番话提醒了我。难为你成全我娘儿两个声名体面，真真我竟不知道你这样好。罢了，你且去罢，我自有道理。只是还有一句话：你今既说了这样的话，我就把他交给你了，好歹留心，保全了他，就是保全了我。我自然不辜负你。"这段对话像极了婆媳对话，而且还是一致为儿子、丈夫好的心里话。细看袭人说的话有什么错吗？真没什么错，细心、体贴、有见识、有担当，那袭人的最大问题在哪儿呢？其实，生活中有什么是非黑白分明的对错吗？袭人不是错在什么想法上，而是代表了世俗的力量对宝玉进行的围堵。她让王夫人想个法把宝玉搬出大观园，而大观园是什么地方，我们已经说过，这是人间的净土，对应太虚幻境的一个纯粹的不染世俗的情感世界，是贾宝玉和姐妹们最纯真最完美的成长空间，而这位宝玉身边的贴身大丫鬟想的却是不要出啥事了，她身在宝玉边生活上照顾得无微不至，但却一点不懂宝玉的内心世界。而作者处处都留下象征性的细节，就像第三十回中下着大雨挨了一脚窝心脚的偏偏是袭人，之后拿这事取笑的偏又是晴雯。而袭人继受到宝钗赏识之后，又得到了王夫人的认可，她们在宝玉的身边紧密地构建起一张世俗的大网，里面的宝玉休想冲出去，而外面的人也休想冲进去，比如黛玉和晴雯。谁要试图冲破这张网就要付出代价，所以最终黛玉和晴雯以悲剧收场，而宝玉只能依靠自己坚强地完成自我救赎，否则不过是淹没在俗世之中的另一个贾政、贾雨村，甚至成了贾珍、贾琏而已。

袭人自这次和王夫人交心之后，受到王夫人的充分认可，在第三十六回中王夫人借别的事就安排凤姐调整了袭人的月钱，按照姨娘的身份对待，只是先不公开说而已。王夫人对宝钗的欣赏和对袭人的喜爱如出一辙，大观园本是宝玉、黛玉等人的世外桃源，可宝玉的这个身边人却要建议宝玉搬出大观园，这不是要宝玉的命吗！事实也的确如此，王夫人终究成了大观园的终结者，并亲自主持了驱逐晴雯等人的行动。

等袭人和王夫人谈完心回去之后，宝玉"因心下记挂着黛玉，满心里要打发人去，只是怕袭人，便设一法，先使袭人往宝钗那里去借书"。这里不知道为什么说宝玉"怕袭人"，怕袭人什么呢？如果联系袭人刚刚在王夫人处说的话，大概就能体会宝玉在内心深处其实是能感受到袭人的品性和行为方式的，凡遇表达情感的事总是避免让她掺和。支开了袭人，宝玉让晴雯给黛玉送两条旧手帕。

晴雯不像袭人那么随和，而是个性鲜明，不仅长得像黛玉，而且从来不给宝玉好话，让人感觉她才是大小姐，不过这些表现并不针对别人。等晴雯拿了帕子到了潇湘馆，黛玉已经睡下，问是谁。晴雯忙答道："晴雯。"黛玉道："做什么？"晴雯道："二爷送手帕子来给姑娘。"黛玉听了，心中发闷："做什么送手帕子来给我？"因问："这帕子是谁送他的？必是上好的，叫他留着送别人去罢，我这会子不用这个。"晴雯笑道："不是新的，就是家常旧的。"林黛玉听见，越发闷住，着实细心搜求，思忖一时，方大悟过来，连忙说："放下，去罢。"晴雯听了，只得放下，抽身回去，一路盘算，不解何意。宝玉安排晴雯去黛玉那儿，但是晴雯和黛玉的对话却表明她们之间并没有发生过类似宝钗和袭人的交流。晴雯与主子层面的人物接触，书中很少描写，但对比她与宝玉说话和黛玉说话截然不同，晴雯对黛玉很少评价，而袭人对宝钗却是处处崇拜加羡慕。

这里林黛玉体贴出手帕子的意思来，不觉神魂驰荡：宝玉这番苦心，能领会我这番苦意，又令我可喜，我这番苦意，不知将来如何，又令我可悲，忽然好好的送两块旧帕子来，若不是领我深意，单看了这帕子，又令我可笑，再想令人私相传递与我，又可惧，我自己每每好哭，想来也无味，又令我可愧。如此左思右想，一时五内沸然炙起。黛玉的心思全放在宝玉身上了，试想不是多情的人谁能像宝玉和黛玉这样。宝钗能做到吗？显然不行，如今现代人的婚恋观大约连宝钗都赶不上，至少宝钗还谨守社会规范，而如今人们似乎全都变得比宝钗还要现实好几个量级，也就无怪乎找不到所谓的真爱了。不懂爱人只求被爱就是现代人的恋爱通病，尤以男性居多，以至于优秀女性难寻伴侣。回复到古典时代已不可能，而此病眼下并无解药可治，这就是当下的时代之殇。看来情感才是人类的致命伤，如能超越成仙成佛，如陷其中难免就成鬼成魔了，而如能在情感世界中平衡世俗和心灵的大概至少也能成圣成贤吧。

　　作者写晴雯和袭人作为黛玉和宝钗的又副本的时候绝不雷同。袭人和宝钗是经常在一起交流的，当宝钗发现袭人竟是那么懂事的人之后就对她另眼相看了，所以又有二人看似无心地给宝玉相继绣鸳鸯肚兜的场景（第三十六回）。反之，黛玉和晴雯却极少单独交流，晴雯每每被宝玉安排去见黛玉的时候，基本都是说完话就走，而在其他场合相遇两人的关系也是停留于表面，从没有黛玉疼爱晴雯引为知己的时候。甚至还不如戏份不多的香菱，这当然有多个原因，虽然香菱是辗转而来但是身份因为已定，是薛蟠未来的妾，再者像她这样的身份在世俗标准之下，原本就该安分守己，学些女红针线，对丈夫时时劝诫就像袭人对宝玉的方式，可是这个香菱偏想学写诗，宝钗不是不能教而是不愿教，所以香菱只能向黛玉求教了。这些表面的解读一点没错，但从中反映出的深层意思有待挖掘，正因为如此，我们才明白宝钗的好在于她对社会标准的坚决执行，她秉持的是"女子无才便是德"的社会规范，虽然自己有才但并不以此为荣，这也是多数人喜欢宝钗的地方。所以香菱和黛玉相契之处不是表面简单地学诗的事，而是对世俗标准的无视和疏离，又因发自内心所以显得自然，并不是剑拔弩张地要做什么创世的英雄或者冲破世俗观念的思想健将，她们的行为并没有刻意背离常情但却与众不同。试比较迎春就能看出，迎春有时间有能力去写诗读书，但却甘愿自认世俗标准，将自己活成俗人，这种行为上的区别是来自个人内心的观念差异，不是身份、地位、男女、出身这些外在因素带来的。作者更不可能把黛玉和晴雯的呼应也写成黛玉对晴雯的欣赏，那不仅显得写法重复而落了下乘，更与宝钗和袭人等人没了区别。这些写法上的问题其实还在其次，因为晴雯与黛玉的呼应源自两者的心灵高洁于世，而不是交朋结友，所以，黛玉、晴雯和香菱三人的相通之处在于彼此独立这一共性，而不是彼此赏识，所以三人的表现自然也就绝不会雷同。

　　之后，因为很多内容是这两组人物彼此交织在一起的，我们不再单独列出，而是一并加以分析。

红楼梦的人物（二）

一

木石前盟：宝玉和黛玉

  我们已经明确，宝玉和黛玉两人之间的是非曲直就是推动整个故事发展的核心，但并不是说别人的事都不重要了。恰恰相反，只有其他人物也同样精彩，这两位主角才能精彩，而且所有其他人物都是宝黛二人整个生命得以完成的必要条件。没有贾府的环境，没有众多姐妹相伴成长，甚至没有贾赦、贾珍之流的对照，宝黛既不可能逐渐了解自己、找到自我，也不可能最终了结两人的尘缘。

  正是因为在俗世之中受着各种羁绊，两个充满灵性的灵魂才要经过颇多磨难。宝黛二人的心灵相契并非一日之功就能成就完成，虽然有前世的因缘，但那只是基础，真正彼此精神吻合还需时日，其中尤其重要的是指引两人的方向，这个方向就是与世俗相对的情感升华之后的心灵契合。

  说到宝黛二人的关系，其中还有一个重要的人物不能不提，那就是看似最不相关的凤姐。王熙凤从一出场就先声夺人，年龄不大却令人刮目相看，虽然并不识字，却是管家好手，按现在的标准算是文盲了，其实袭人、平儿、晴雯等人也不识字，但我们却很难把她们都视为文盲。宁国府的秦可卿临死前托梦给王熙凤，对贾家的未来曾提出警示。秦氏道："婶婶，你是个脂粉队里的英雄，连那些束带顶冠的男子也不能过你，你如何连两句俗语也不晓得？常言'月满则亏，水满则溢'，又道是'登高必跌重'。如今我们家赫赫扬扬，已将百载，一日倘或乐极悲生，若应了那句'树倒猢狲散'的俗语，岂不虚称了一世的诗书旧族了！"王熙凤把这些话大约也放在心里了，在后文中也曾和平儿说起过对贾府未来的担忧，不过她并不想将这些责任视为己任，而是把这些话引以为戒不断给自己积攒小金库，以备万一。其实生在末世，凭一个凤姐如何能挽回颓势，看看贾府的一众男人们，包括贾宝玉哪一个是能为百年基业着想的，反都大不如凤姐。

王熙凤的精明算计随处可见，对贾母的讨好，对王夫人的唯命是从，对任何一个人都有她的不同方式。她既是把贾府中是非看得最清楚的一个，又是借机为了自己不择手段的一个，假公济私、中饱私囊、乱敲竹杠，简直无所不用其极。不过，很多人对王熙凤的评价似乎停留在凤辣子、管家奶奶等既有认知上，远不如秦可卿的评价中肯。

换句话说，她是在男权社会下世俗世界的女性意识的代表，看她把贾府一干男人们数落的数落、挤对的挤对，玩弄于股掌，对贾琏拈花惹草无法容忍，结果却被贾母劝说年轻人谁不是如此过来的，还不许凤姐再拿此事瞎闹，只此一点，贾母的精致生活也只徒有虚表，全落下乘，越往后我们越会发现贾母正是世俗社会中那些极度的精致利己者的最佳代表。她们被社会驯化得毫无个性，按既有的套路苟活一世，仗着祖上功德享一世太平，即便后来家族已显没落，仍强撑门面不思进取，粉饰太平，所以到了第七十五回的中秋之夜，颓败之气已再难掩饰了，贾母只想混过她浑浑噩噩的一生，结果却难如愿，其实即便如愿也同样混沌一片。相比之下，王熙凤是不甘于此的，这种自我意识的觉醒才是她与众不同之处，可惜她心里只把一众不堪的男人视为自己对比的对象，最终没能超越凡尘，但因有觉醒的意识而终究要比众人高出一筹。这种意识的觉醒让她多出许多智慧，看出许多人心。正因为王熙凤对世俗世界极其敏感，因而也能感受到与世俗世界气息不同的人，虽然无力做到，但却心向往之。相比之下，在凤姐眼里宝钗不过是自己已经完成的一个社会角色而已，而黛玉却是自己永远无法达到的另一个层面。所以，凤姐和黛玉当然不是没事拉着手话家常的姐妹，更不是一起讨论针织女红的闺蜜，她们的相似或者说相通之处不在于二人的私人关系，而在于二人的自我意识。

有时人们渴望着自我意识的觉醒，但其实觉醒的过程是非常痛苦的，尤其是觉醒之初更是令人痛苦不堪。迷失已久的灵魂忽然意识到这样的困扰，就像久处黑暗之中的眼睛忽然看见了阳光，那种刺痛甚至让人觉得不如重回黑暗之中才好，更何况，如果不只是久处黑暗，而是从未见过阳光呢！

　　在凤姐的眼里，其实宝黛是无可争议的一对，她多次点明自己的看法并不掩饰。第十四回，随同贾琏护送黛玉去探望林如海的昭儿回来报信，说黛玉的父亲去世了，贾琏陪着黛玉一起送灵回苏州，让他回来送信并带些衣物去，凤姐向宝玉笑道："你林妹妹可在咱们家住长了。"宝玉道："了不得，想来这几日他不知哭的怎样呢。"说着，蹙眉长叹。黛玉父亲去世，凤姐首先想到的就是宝黛这一对，而宝玉却为黛玉担忧起来，一个"笑道"，一个"蹙眉"，一个看好俗世的姻缘，一个体会心灵的共鸣。谁说凤姐没点灵气呢？

　　黛玉成了孤儿之后，越发没了依靠，眼光本来就高，除了宝玉从小长大朝夕相处，了解心性，世上还能有谁可以托付终身？第二十五回，贾环使坏把蜡烛油泼到宝玉脸上，烫得够呛，过了几日，黛玉来到怡红院，正好遇上李纨、凤姐和宝钗在，凤姐说起那些日子送来的茶叶，说是暹罗（现在的泰国）进贡来的，其他人不爱喝，黛玉觉得还好，凤姐笑道："你要爱吃，我那里还有呢。"林黛玉道："果真的，我就打发丫头取去了。"凤姐道："不用取去，我打发人送来就是了。我明儿还有一件事求你，一同打发人送来。"林黛玉听了笑道："你们听听，这是吃了他们家一点子茶叶，就来使唤人了。"凤姐笑道："倒求你，你倒说这些闲话，吃茶吃水的。你既吃了我们家的茶，怎么还不给我们家作媳妇？"众人听了一齐都笑起来。林黛玉红了脸，一声儿不言语，便回过头去了。李宫裁笑向宝钗道："真真我们二嫂子的诙谐是好的。"林黛玉道："什么诙谐，不过是贫嘴贱舌讨人厌恶罢了。"说着便啐了一口。凤姐笑道："你别作梦！你给我们家作了媳妇，少什么？"指宝玉道："你瞧瞧，人物儿、门第配不上，根基配不上，家私配不上？那一点还玷辱了谁呢？"

　　王熙凤要求黛玉什么事并不重要，这里引出的一段话非常鲜明地表明了王熙凤的态度，她没有一定的把握断不会开口胡说，即便是玩笑，而敢当面说王熙凤"贫嘴贱舌讨人厌恶"的在贾府大概也就贾母等数人了，而当面说出来的同辈人里也只黛玉而已。

　　众人正在说话，赵姨娘和周姨娘来看宝玉，"李宫裁、宝钗、宝玉等都让他两个坐。独凤姐只和林黛玉说笑，正眼也不看他们。"要说周姨娘这还是书中第一次出现，之后探春也提到过，是比较安分无事的一位，凤姐懒得理的主要还是赵姨娘，不过黛玉在贾府似乎也不会愿意得罪这些人，为什么也不起来招呼呢？所以，凤姐和黛玉虽然外在行为一致，但心态却不同，凤姐懒得理人但是总不能一个人坐着等别人招呼，那样显得自己太做作，所以拉着黛玉说话，而黛玉虽不愿得罪这些人，却也并不十分在意，既然凤姐拉着说话，也就随之无碍。

此时王熙凤是因为自己的傲慢，懒得搭理，是在世俗层面的瞧不起；而黛玉则是因为自己的清高，无所谓搭理，是在精神层面的看不上。相比而言，宝钗的世故和黛玉的清高在作者笔下无处不在，这也正是高明之处，因为每个人物都按照自己的方式行为，毫无做作，这大概就是写作的最高境界了，书中的人物已经活了，即便是作者此时想反过来写，让宝钗和凤姐聊天，黛玉起来迎接，也已做不到了，那样的话估计就连读者都看不下去。

这里有个问题就是，宝钗难道会真喜欢赵姨娘和周姨娘吗？显然不是喜不喜欢，而是我们称为基本的礼貌问题，那么作为同样知书达礼的官家小姐——黛玉难道连这点教养也没了吗？显然不是。说起来，黛玉是官家小姐，而宝钗是富商小姐，一贵一富，而官家的规矩比商家的只会更多不会更少。当然，薛家因为是皇商，大家气派肯定不会差，而且真正成功的商家作为原则的法宝之一就是不能得罪任何有利益往来的人，这也正是商人圆滑世故的原因，因为在商言商，没有永远的朋友，只有永远的利益。能做到圆滑世故、面面俱到在商人里也已经是非常成功了。而与之对应的一句话正是第五回中，贾宝玉在秦可卿处见到的一副对联，写的是：世事洞明皆学问，人情练达即文章。反之，黛玉之所以"目无下尘"，不是不懂世故，而是不屑为之。

但黛玉并非一点人情不懂，第五十二回，"赵姨娘走了进来瞧黛玉，问：'姑娘这两天好？'黛玉便知他是从探春处来，从门前过，顺路的人情。黛玉忙陪笑让坐，说：'难得姨娘想着，怪冷的，亲身走来。'又忙命倒茶。"别人来问候，虽然是顺路的人情，难道还给打出去不成？所以，人情练达、世事洞明，有些人不是不明白，不是做不到，而是存有自我的意识，不愿沦落其中而已。溜须拍马、请客送礼这些简单的事，请问有几个不懂，可是确实有很多人不愿、不屑去做，更遑论还要变着花样地溜须拍马、请客送礼呢。在明眼人眼里这些不过是更显此类人的人格低下、奴颜婢膝罢了。

自我意识的觉醒在浑浑噩噩的世俗世界中是件痛苦的事，除非具有来自内心的更强大的力量作为支撑，否则往往被扼杀或者窒息而死，古人有太多的郁郁不得志，苦闷终身的事例，想要做到孟子所说的"穷则独善其身，达则兼善天下"，实非易事。

就在这时，王子腾的夫人来贾家，王夫人叫大家过去见面，宝玉因为受伤未好，所以没去，还叫黛玉等等说有话说。"林妹妹，你先略站一站，我说一句话。"凤姐听了，回头向林黛玉笑道："有人叫你说话呢。"说着便把林黛玉往里一推，和李纨一同去了。此时宝玉挽留黛玉当然是借王熙凤刚刚说要黛玉做贾家媳妇，而众人又都离去这一时机想表达自己的心意了。"这里宝玉拉着林黛玉的袖子，只是嘻嘻的笑，心里有话，只是口里说不出来。此时林黛玉只是禁不住把脸红涨了，挣着要走。"一对小儿女心里有对方却又说不出口，这种扭捏和矜持真是被作者一句话就写得传了神，而这种懵懂又深沉的爱意是现代人几乎已经丧失了的爱的能力，现在还有几个人懂得爱、懂得如何爱呢？

两人正不知如何是好，剧情瞬间又自然又突兀地发生转移了，宝玉忽然"嗳哟"了一声，说："好头疼！"林黛玉道："该，阿弥陀佛！"黛玉还以为宝玉要说什么了，以此作为开头呢，所以还笑他活该。谁知这是马道婆和赵姨娘给宝玉和凤姐扎的小人，要置两人于死地，把举家上下都闹得手忙脚乱。

在众人慌乱之中，作者又出神来之笔，"别人慌张自不必讲，独有薛蟠更比诸人忙到十分去：又恐薛姨妈被人挤倒，又恐薛宝钗被人瞧见，又恐香菱被人臊皮，——知道贾珍等是在女人身上做功夫的，因此忙的不堪。忽一眼瞥见了林黛玉风流婉转，已酥倒在那里。"作者对林黛玉的钟爱真是无处不在，安排一场这么慌乱的场景，又突然冒出惊世骇俗的一笔，让最低俗的群体代表薛蟠无意中见到了平日根本不可能见面的神仙妹妹林黛玉，这就像世俗中最龌龊之人突然看见了传说中最美的女神，结果在这瞬间，就连薛蟠都升华了一会儿，为什么呢？他都来不及做任何的世俗的表情，而是当时浑身酥软、大脑空白、瘫倒在地。

正闹的天翻地覆，没个开交，只闻得隐隐的木鱼声响，念了一句："南无解冤孽菩萨。有那人口不利，家宅颠倾，或逢凶险，或中邪祟者，我们善能医治。"茫茫大士和渺渺真人再次出来了，原来茫茫大士是一个癞头和尚，渺渺真人是一个跛足道人。开篇的两大神仙长什么样呢？到现在做了描写，"见那和尚是怎的模样：鼻如悬胆两眉长，目似明星蓄宝光。破衲芒鞋无住迹，腌臜更有满头疮。那道人又是怎生模样：一足高来一足低，浑身带水又拖泥。相逢若问家何处，却在蓬莱弱水西。"想想也是奇怪，我们每日里都想有神仙、佛菩萨保佑，可是真遇见像这样的满头疮的脏和尚或者满身污秽的癞道士我们会祈求他们的保佑吗？大概都是皱眉掩鼻而过，生怕有丝毫停留吧，如今倒是那些会变戏法的成了众人膜拜的大师，长得有点奇特的都成了众人乐于供养的仁波切。真假颠倒正是作者书中明言的末世景象，不仅如此，还需切记，即便是贾宝玉的真性情也不过是水中月、镜中花——一片假象而已，最终是都要放手而去的。

茫茫大士要来通灵宝玉，擎在掌上，长叹一声道："青埂峰一别，展眼已过十三载矣！人世光阴，如此迅速，尘缘满日，若似弹指！可羡你当时的那段好处：天不拘兮地不羁，心头无喜亦无悲。却因锻炼通灵后，便向人间觅是非。可叹你今日这番经历：粉渍脂痕污宝光，绮栊昼夜困鸳鸯。沉酣一梦终须醒，冤孽偿清好散场！"原本通灵的顽石，现在怎么不灵了呢？和尚说得明白，"只因他如今被声色货利所迷，故不灵验了。"顽石沉迷于声色货利，已成了浊物了，哪还有什么灵性呢？接着又替顽石感慨，以前独立大荒山，看似孤寂实则无拘无束，没有那么多的是非，此时陷入红尘难以自拔。十三年对于经历过女娲补天的大石头而言真是弹指间的光阴，茫茫大士对石头说的话当然也只有石头能听懂，别人依旧是云里雾里不知所云。可惜，我们即便知道了来龙去脉却也和不知道的一样抽身不得。

第二十八回，黛玉因为前一晚吃了晴雯的闭门羹，这一天也就无心和众人玩，自己去葬花，宝玉因不见黛玉也捧着花准备葬花，碰巧听见黛玉的《葬花吟》，等听到"侬今葬花人笑痴，他年葬侬知是谁？试看春残花渐落，便是红颜老死时。一朝春尽红颜老，花落人亡两不知！"宝玉竟然听得痴倒在地，还不知是黛玉。"怀里兜的落花撒了一地。试想林黛玉的花颜月貌，将来亦到无可寻觅之时，宁不心碎肠断！既黛玉终归无可寻觅之时，推之于他人，如宝钗、香菱、袭人等，亦可到无可寻觅之时矣。宝钗等终归无可寻觅之时，则自己又安在哉？且自身尚不知何在何往，则斯处、斯园、斯花、斯柳，又不知当属谁姓矣！——因此一而二，二而三，反复推求了去，真不知此时此际欲为何等蠢物，杳无所知，逃大造，出尘网，使可解释这段悲伤。正是：花影不离身左右，鸟声只在耳东西。"宝玉的心性逐渐成长，对人生的聚散离合终于有了新的体会，不免悲伤起来。人的情感世界如果不能打开就只能在世俗的饮食男女上徘徊，始终无法体会人生的喜怒哀乐，更无法超越生命的各种痛苦和快乐的际遇，只能把所有的生命体验停留在以金钱为象征的物欲生活的层面，至死方休，甚至周而复始生生世世沉沦于此不能自拔，这是极其可怜可悲可叹的生命轮回。而情感世界的打开往往需要最能牵动自己的心的那个人能不放弃地引导，彼此激励，相伴成长。显然，黛玉和宝玉就是这样彼此相伴的。而宝玉在黛玉的一首《葬花吟》之中有了对生命的更深层次的感悟，"逃大造，出尘网，使可解释这段悲伤"，就是宝玉试图面对内心无尽悲伤的第一次尝试解答的努力，也是最终宝玉得以了却尘缘的结局。"逃大造"的造是造化、是命运，逃大造就是要获得自我，不受命运羁绊，不必忍受造化弄人。"出尘网"的尘是红尘、是俗世，出尘网就是要冲出俗世，不受世俗网络，不再在意红尘是非。能做到这两点，才能彻底解决宝玉内心的悲伤。

宝玉和黛玉第一次葬花是一起看《西厢记》，打开了黛玉的情感世界（第二十三回）。这一回是二人独自葬花，却因为一首《葬花吟》，点醒了宝玉的心灵世界。两次葬花既不雷同又别具深意，而且一喜一悲恰到好处。

黛玉听见有人在哭，抬头一看那边是宝玉，抽身就走，宝玉追上来向黛玉倾诉，并问黛玉为什么不理自己，黛玉听了这个话，不觉将昨晚的事都忘在九霄云外了，便说道："你既这么说，昨儿为什么我去了，你不叫丫头开门？"宝玉诧异道："这话从那里说起？我要是这样，立刻就死了！"林黛玉啐道："大清早起死呀活的，也不忌讳。你说有呢就有，没有就没有，起什么誓呢。"宝玉道："实在没有见你去。就是宝姐姐坐了一坐，就出来了。"林黛玉想了一想，笑道："是了。想必是你的丫头们懒待动，丧声歪气的也是有的。"宝玉道："想必是这个原故。等我回去问了是谁，教训教训他们就好了。"黛玉道："你的那些姑娘们也该教训教训，只是我论理不该说。今儿得罪了我的事小，倘或明儿宝姑娘来，什么贝姑娘来，也得罪了，事情岂不大了。"说着抿着嘴笑。宝玉听了，又是咬牙，又是笑。想必许多人都会觉得黛玉爱耍小性，现在看到这儿，难道不觉得这才像两个相互爱慕已久的年轻人的样子吗？如果都似宝钗那样老成周到，这些情感如何表达？宝玉对人生的感触从何而来？就是黛玉不也在这情感的纠葛中不断净化自我吗？宝玉心心念念在小儿女的情愫之上，大概不为很多人理解更别说喜爱，的确，大丈夫理当如秦皇汉武唐宗宋祖，再不济就是水浒好汉也行啊！

宝黛二人隔几天不生出点事来都难，其实这正是二人情感不断升温的题中之义。第二十九回，贾府安排去清虚观打醮（道教念经做法事）拈香，顺便看戏消暑，贾母高兴就带着小姐奶奶们一大群人集体去庙里玩了。观里的张老道送来一些贺物，并向贾母说带人向宝玉提亲，贾母只说等等再说。第二天，因为张道士提亲，宝玉心中不自在就不愿去了，黛玉又中了暑，贾母因此也执意不去了。且说宝玉因见林黛玉又病了，心里放不下，饭也懒去吃，不时来问。林黛玉又怕他有个好歹，因说道："你只管看你的戏去，在家里作什么？"宝玉因昨日张道士提亲，心中大不受用，今听见林黛玉如此说，心里因想道："别人不知道我的心还可恕，连他也奚落起我来。"因此心中更比往日的烦恼加了百倍。若是别人跟前，断不能动这肝火，只是林黛玉说了这话，倒比往日别人说这话不同，由不得立刻沉下脸来，说道："我白认得了你。罢了，罢了！"林黛玉听说，便冷笑了两声，"我也知道白认得了我，那里像人家有什么配的上呢。"宝玉听了，便向前来直问到脸上："你这么说，是安心咒我天诛地灭？"林黛玉一时解不过这个话来。宝玉又道："昨儿还为这个赌了几回咒，今儿你到底又准我一句。我便天诛地灭，你又有什么益处？"林黛玉一闻此言，方想起上日的话来。今日原是自己说错了，又是着急，又是羞愧，便颤颤兢兢的说道："我要安心咒你，我也天诛地灭。何苦来！我知道，昨日张道士说亲，你怕阻了你的好姻缘，你心里生气，来拿我煞性子。"明明是彼此知道心意的，偏偏又拿话互相怄气。

"原来那宝玉自幼生成有一种下流痴病，况从幼时和黛玉耳鬓厮磨，心情相对；及如今稍明时事，又看了那些邪书僻传，凡远亲近友之家所见的那些闺英闱秀，皆未有稍及林黛玉者，所以早存了一段心事，只不好说出来，故每每或喜或怒，变尽法子暗中试探。"这是因为随着宝玉的年龄渐长，情感世界已经打开，但是仍在懵懂之间，尤其是对黛玉，心里越是爱，表现得越是不自然，更希望黛玉能心有灵犀。其实两人本来就有灵犀，只是都故作扭捏而已。作者都忍不住要帮他们解释两句了，那林黛玉偏生也是个有些痴病的，也每用假情试探。因你也将真心真意瞒了起来，只用假意，我也将真心真意瞒了起来，只用假意，如此两假相逢，终有一真。其间琐琐碎碎，难保不有口角之争。即如此刻，宝玉的心内想的是："别人不知我的心，还有可恕，难道你就不想我的心里眼里只有你！你不能为我烦恼，反来以这话奚落堵我。可见我心里一时一刻白有你，你竟心里没我。"心里这意思，只是口里说不出来。那林黛玉心里想着："你心里自然有我，虽有'金玉相对'之说，你岂是重这邪说不重我的。我便时常提这'金玉'，你只管了然自若无闻的，方见得是待我重，而毫无此心了。如何我只一提'金玉'的事，你就着急,可知你心里时时有'金玉',见我一提,你又怕我多心,故意着急,安心哄我。"真难为作者对人心的细处都是如此了然。

看来两个人原本是一个心,但都多生了枝叶,反弄成两个心了。那宝玉心中又想着:"我不管怎么样都好,只要你随意,我便立刻因你死了也情愿。你知也罢,不知也罢,只由我的心,可见你方和我近,不和我远。"那林黛玉心里又想着:"你只管你,你好我自好,你何必为我而自失。殊不知你失我自失。可见是你不叫我近你,有意叫我远你了。"如此看来,却都是求近之心,反弄成疏远之意。如此之话,皆他二人素习所存私心,也难备述。这段把二人心理描写得淋漓尽致,我们也不必多言,接着作者对应这内心想法看他们如何作为。

如今只述他们外面的形容。那宝玉又听见他说"好姻缘"三个字,越发逆了己意,心里干噎,口里说不出话来,便赌气向颈上抓下通灵宝玉,咬牙恨命往地下一摔,道:"什么捞什骨子,我砸了你完事!"偏生那玉坚硬非常,摔了一下,竟文风没动。宝玉见没摔碎,便回身找东西来砸。林黛玉见他如此,早已哭起来,说道:"何苦来,你摔砸那哑吧物件。有砸他的,不如来砸我。"二人闹着,紫鹃雪雁等忙来解劝。后来见宝玉下死力砸玉,忙上来夺,又夺不下来,见比往日闹的大了,少不得去叫袭人。袭人忙赶了来,才夺了下来。宝玉冷笑道:"我砸我的东西,与你们什么相干!"这次宝玉按捺不住内心对金玉良缘这一说法的反感,平日绝不会因此得罪宝钗,一定还担心哪句话说不好让宝钗下不了台,但因为自己心里原本从未想过此事,黛玉却每每提起,此刻终于忍不住不顾一切地爆发出来。黛玉刚来贾府见宝玉的第一面,宝玉就把玉摔了,不过当时年龄小,而且也是当时的情绪使然,经贾母一哄一劝也就过去了,但这次却不只是要脾气摔了就完,因为宝玉恨不能把心拿给黛玉看,可黛玉偏拿这话挤对他,所以这次是发了狠一定要砸碎了才算罢休。

袭人见他脸都气黄了,眼眉都变了,从来没气的这样,便拉着他的手,笑道:"你同妹妹拌嘴,不犯着砸他,倘或砸坏了,叫他心里脸上怎么过的去?"林黛玉一行哭着,一行听了这话说到自己心坎儿上来,可见宝玉连袭人不如,越发伤心大哭起来。心里一烦恼,方才吃的香薷饮解暑汤便承受不住,"哇"的一声都吐了出来。紫鹃忙上来用手帕子接住,登时一口一口的把一块手帕子吐湿。雪雁忙上来捶。紫鹃道:"虽然生气,姑娘到底也该保重些。才吃了药好些,这会子因和宝二爷拌嘴,又吐出来。倘或犯了病,宝二爷怎么过的去呢?"宝玉听了这话说到自己心坎儿上来,可见黛玉不如一紫鹃。又见林黛玉脸红头胀,一行啼哭,一行气凑,一行是泪,一行是汗,不胜怯弱。宝玉见了这般,又自己后悔方才不该同他较证,这会子他这样光景,我又替不了他。心里想着,也由不的滴下泪来了。袭人见他两个哭,由不得守着宝玉也心酸起来,又摸着宝玉的手冰凉,待要劝宝玉不哭罢,一则又恐宝玉有什么委曲闷在心里,二则又恐薄了林黛玉。不如大家一哭,就丢开手了,因此也流下泪来。紫鹃一面收拾了吐的药,一面拿扇子替林黛玉轻轻的扇着,见三个人都鸦雀无声,各人哭各人的,也由不得伤心起来,也拿手帕子擦泪。四个人都无言对泣。

宝玉又是砸玉,黛玉又是呕吐,下人怕受连累,急忙汇报贾母和王夫人,来了一问又不为什么事,说了袭人、紫鹃一顿,贾母把宝玉带走了事。隔了一天,薛蟠生日,宝黛二人还闹别扭,谁都不去,把贾母急得直抱怨,"我这老冤家是那世里的孽障,偏生遇见了这么两个不省事的小冤家,没有一天不叫我操心。真是俗语说的,'不是冤家不聚头'。几时我闭了这眼,断了这口气,凭着这两个冤家闹上天去,我眼不见心不烦,也就罢了。偏又不咽这口气。"自己抱怨着也哭了。这话传入宝林二人耳内。原来他二人竟是从未听见过"不是冤家不聚头"的这句俗语,如今忽然得了这句话,好似参禅的一般,都低头细嚼此话的滋味,都不觉潸然泣下。虽不曾会面,然一个在潇湘馆临风洒泪,一个在怡红院对月长吁,却不是人居两地,情发一心!

没错,宝黛的吵吵闹闹正是完全诠释了"不是冤家不聚头"这句俗话,不仅在世俗层面如此,而且最终还将这句话提升到心灵相激荡的境界。而此刻,正是二人由世俗世界向情感世界过渡的阶段。

其实,我们很多人都从未经过情感世界的洗礼,更多时候是在世俗中徘徊,本来人人都有情感世界的需求,却偏偏被世俗羁绊,大多都是匆匆收场以至于对情感世界极度陌生,只剩下多少彩礼、多少家当的婚姻考量了。人生就是这样的无奈,感情总是伴着苦哈哈的日子,富贵却又难得真心的付出。人心难得啊!在读者的心中还记得最真实的那个自己吗?

袭人在第二十九回劝说宝玉不对,要他给黛玉道歉,紫鹃在第三十回也劝黛玉向宝玉道歉,正说着,宝玉来了,紫鹃忙去开门,一面让他进来,一面笑道:"我只当是宝二爷再不上我们这门了,谁知这会子又来了。"宝玉笑道:"你们把极小的事倒说大了。好好的为什么不来?我便死了,魂也要一日来一百遭。妹妹可大好了？"紫鹃道："身上病好了，只是心里气不大好。"宝玉笑道："我晓得有什么气。"等二人刚把气消了，忽听一人喊道："好了！"原来是贾母派凤姐来劝二人的。

王熙凤对宝黛的婚姻在第五十五回中和平儿聊起贾府未来的几件大事时已经明言。平儿道："将来还有三四位姑娘，还有两三个小爷，一位老太太，这几件大事未完呢。"凤姐儿笑道："我也虑到这里，倒也够了：宝玉和林妹妹他两个一娶一嫁，可以使不着官中的钱，老太太自有梯己拿出来。"宝黛二人的姻缘不只是凤姐、薛姨妈等人起初都看好，其实从下人的眼光也可见一二。

第六十五、六十六回，贾琏的小厮兴儿跟尤氏二姐妹闲聊贾府的几位人物时，也曾明言。兴儿介绍完凤姐、李纨和三春，随后说到宝玉，尤三姐夸了宝玉几句，尤二姐听说，笑道："依你说，你两个已是情投意合了。竟把你许了他，岂不好？"三姐见有兴儿，不便说话，只低头嗑瓜子。兴儿笑道："若论模样儿行事为人，倒是一对好的。只是他已有了，只未露形。将来准是林姑娘定了的。因林姑娘多病，二则都还小，故尚未及此。再过三二年，老太太便一开言，那是再无不准的了。"

而在众人眼中天造地设的一对，为什么作者偏偏安排宝黛二人人鬼殊途呢？其实，别人怎么看好或者不看好宝玉和黛玉的婚事并不重要，重要的是，黛玉追求的情感太纯粹，纯粹到只能在心灵世界完成，而无法在俗世中实现。所以，宝黛的婚姻本就不会在世俗层面发生，续书根本没必要弄个什么掉包计，让宝钗假装成黛玉，这样低劣的写法，既委屈了宝钗又亵渎了黛玉，这怎会是原作者的水准呢？而且还把出主意的人安排到王熙凤身上，唉，这个续书的作者离着原作者的差距恐怕十万八千里都嫌不够。

二

金玉良缘：宝玉和宝钗

宝黛是前世的因缘，而玉钗则是俗世的姻缘。

宝玉和宝钗之间很少有情感上的交流，更谈不上心灵上的契合，更多的是在世俗生活层面的接触。宝钗眼里的宝玉其实和贾政、袭人，乃至于丫鬟婆子、小厮下人眼里的宝玉差别并不大，总之就是那个"富贵不知乐业，贫穷难耐凄凉。可怜辜负好韶光，于国于家无望"的不学无术的混世魔王。所以，按宝钗的标准，其实宝玉并非最佳婚配人选，她的世俗性也在于此。因为她对人褒贬取舍的标准就是世俗社会的标准。在他们眼里，宝玉年龄渐大，如果不爱读书考取功名也就罢了，仗着自己的家族背景，好歹也与为官做宰的来往来往，谈谈仕途经济，结交些官场上人脉，难道这不正常吗？事实上的确如此。正因为宝玉不如此所以才被众人视为不正常。像宝玉这样不懂人情世故的的确不多，所以宝玉才说："罢，罢，我也不敢称雅，俗中又俗的一个俗人，并不愿同这些人往来。"

薛姨妈带宝钗进京最大的一件事就是想选秀入宫，等选秀不成年龄渐大之后，婚姻就成了人生的唯一目标。我们当然很容易发现，这样的观念至今仍是社会的主流，能遇到好的固然可喜可庆，但是年龄大了好歹也得凑合着结婚，这才是正常的生活，当然这就是所谓的世俗社会。所以，世俗世界的世俗生活并不全都带有贬义，很大一部分仅仅是一种多数人选择的生活方式，但也因此才会成为低俗、庸俗的温床，很多时候人们难以分别，于是只能浑浑噩噩度过一生。

而宝钗秉持坚守的正是"三从四德"这样的当时的社会规范，在此范围内宝钗已是游刃有余。因此在宝钗眼里一个好丈夫至少要满足三点基本要求，一是读书明理、上进进取，以功名为己任，光宗耀祖为显赫；二是门当户对，不能低了自己的门第；三是为人规矩没有恶习。其实这些都只是一个标准而已，如不能都达到满足其一也可，总之一经出嫁就抱定嫁夫随夫的铁律，完成自己相夫教子的责任，做一个满足社会要求的好榜样，这是她的全部人生线路，也是生命的视域范围。正因为她做得很好，所以尤其可悲，她完成了一个世人眼中的榜样，偏偏没有找到自我的模样。"世人都晓神仙好，惟有功名忘不了！世人都晓神仙好，只有金银忘不了！"到底什么是好，谁又能说得清呢？

第八回中，宝玉去看宝钗，因莺儿提起宝钗的金锁，于是开始有了金玉良缘的说法。但与黛玉不同，宝钗除了宝玉，另外交往的人群十分广泛，贾母、王夫人、湘云、袭人，甚至贾环、丫鬟，等等。

即便对宝玉而言，宝钗一开始的态度基本是当成表姊弟来看。第二十八回，袭人告知宝玉，元春端午节的节礼已经赏下来了，结果只有宝玉和宝钗的一样。

其实不只是宝玉奇怪，读者也一样奇怪，而且宝钗自己也觉得没意思。为什么元春在同辈几人中赏赐的礼物是宝玉和宝钗的一样，文中并没有解释。等宝玉碰见黛玉，林黛玉昨日所恼宝玉的心事早又丢开（被晴雯关在门外的事），又顾今日的事了，因说道："我没这么大福禁受，比不得宝姑娘，什么金什么玉的，我们不过是草木之人！"宝玉听他提出"金玉"二字来，不觉心动疑猜，便说道："除了别人说什么金什么玉，我心里要有这个想头，天诛地灭，万世不得人身！"从这段话来看，元春似乎也知道金玉良缘的说法，而且有些认同的样子，至少可以引发人们这样猜测，宝玉的猜疑也大概如此。

林黛玉听他这话，便知他心里动了疑，忙又笑道："好没意思，白白的说什么誓？管你什么金什么玉的呢！"宝玉道："我心里的事也难对你说，日后自然明白。除了老太太、老爷、太太这三个人，第四个就是妹妹了。要有第五个人，我也说个誓。"林黛玉道："你也不用说誓，我很知道你心里有'妹妹'，但只是见了'姐姐'，就把'妹妹'忘了。"林黛玉说得很有意思，说你宝玉心里是有我的，但是一见了宝钗，就忘了我了，是不是如此呢？

正说着，只见宝钗从那边来了，二人便走开了。宝钗分明看见，只装看不见，低着头过去了，到了王夫人那里，坐了一回，然后到了贾母这边，只见宝玉在这里呢。薛宝钗因往日母亲对王夫人等曾提过"金锁是个和尚给的，等日后有玉的方可结为婚姻"等语，所以总远着宝玉。昨儿见元春所赐的东西，独他与宝玉一样，心里越发没意思起来。幸亏宝玉被一个林黛玉缠绵住了，心心念念只记挂着林黛玉，并不理论这事。可见不仅是宝玉、黛玉有此猜疑，就连宝钗也觉得老大没意思，而且至少此时宝钗还没有掺和宝黛两人的想法。那么对元春的赏赐又该如何理解呢？有猜测认为元春此时已经得知宝钗选秀入宫的事不成了，转而看好希望宝玉和宝钗的金玉良缘，也有猜测元春本来就看好金玉良缘。那么为什么元春在省亲时就已看出黛玉才情超绝、性情高远，而且当然也和宝玉一样知道亲疏远近，结果反而更喜欢宝钗一些呢？其实未必，喜不喜欢是一回事，生不生活又是另一回事，元春的站位和水平本就比一般人高，她对世俗生活是俯瞰式的，比世俗中人当然更清晰明了，所以才能对祖母和父母生出"帝王之家不可羡，田舍之家尤可期"的感慨，而对于日常家庭生活而言，黛玉不及宝钗不必是元春也能看得出来。而宝玉的婚事只要元春未死当然还会有更直接的表示，但因全书未完，八十回里又未再提，所以此处只能猜测。

此刻忽见宝玉笑问道:"宝姐姐,我瞧瞧你的红麝串子?"可巧宝钗左腕上笼着一串,见宝玉问他,少不得褪了下来。宝钗生的肌肤丰泽,容易褪不下来。宝玉在旁看着雪白一段酥臂,不觉动了羡慕之心,暗暗想道:"这个膀子要长在林妹妹身上,或者还得摸一摸,偏生长在他身上。"正是恨没福得摸,忽然想起"金玉"一事来,再看看宝钗形容,只见脸若银盆,眼似水杏,唇不点而红,眉不画而翠,比林黛玉另具一种妩媚风流,不觉就呆了,宝钗褪了串子来递与他也忘了接。这说明之前宝玉确实根本没把"金玉良缘"之说放在心上,恰只是在这一刻刚刚说起,由此才认真看起宝钗来。而描写宝钗的用词与第八回中宝玉去梨香院看宝钗时一模一样,那次是书中第一次正面描写宝钗的形象,当时的看并未带有多少感情色彩,而这时却是因为先有了"金玉"一事在心里再从宝玉眼里来看宝钗了。同一个宝钗,看的人也是同一个宝玉,却因为此一时与彼一时的心境不同而发生了变化,可见,对外界的所感原本来自内心的所想。

宝钗见他怔了,自己倒不好意思的,丢下串子,回身才要走,只见林黛玉蹬着门槛子,嘴里咬着手帕子笑呢。宝钗道:"你又禁不得风吹,怎么又站在那风口里?"林黛玉笑道:"何曾不是在屋里的。只因听见天上一声叫唤,出来瞧了瞧,原来是个呆雁。"薛宝钗道:"呆雁在那里呢?我也瞧一瞧。"林黛玉道:"我才出来,他就'忒儿'一声飞了。"口里说着,将手里的帕子一甩,向宝玉脸上甩来。宝玉不防,正打在眼上,"嗳哟"了一声。黛玉担心的并不是宝玉心里没有自己,而是宝玉的心不定,会随着外界的变化而改变,这也是大千世界芸芸众生无数循环重复的困惑所在,这不是发誓起咒就能解决的。孔子四十不惑,孟子四十不动心,老子、佛陀悟道,在此之前不是发个誓就能做到的,这需要一个过程。一个人要想"心定"何其难哉,没有透彻的领悟怎么可能做到呢!

贾政痛打贾宝玉是一个分界,打之前宝玉难免受到外界的侵扰,打之后宝玉彻底撇开了外界的应酬。

第三十四回,因为忠顺王府来贾府找宝玉问琪官的事,再加上金钏儿投井自尽,贾环向贾政说是宝玉给逼的,贾政一气之下把宝玉打了个半死。

宝钗托着一粒去除棒伤热毒的丸药前来看望,宝钗对人的关心总带着物质上的帮助,这是大多数人最喜欢的方式,而宝钗又从不以此为傲。要说宝钗以此收买人心又把这个小姑娘的心机说得太重了,但对人情世故的充分领会不能不说是宝钗的强项,现如今看红楼的很多人难道不就是为了学宝钗的这份通透来的吗?

这也是条件聚合，换了黛玉、湘云身世孤单自顾尚且不暇，即便有这个助人的心也无这个帮人的力。所以黛玉只能把自己的眼又哭成肿桃一样，用这份泪水去洗涤这块质朴的顽石。

而宝钗竟然说出了这样一句话，"早听人一句话，也不至今日。别说老太太、太太心疼，就是我们看着，心里也疼。"刚说了半句又忙咽住，自悔说的话急了，不觉的就红了脸，低下头来。宝玉听得这话如此亲切稠密，大有深意，忽见他又咽住不往下说，红了脸，低下头只管弄衣带，那一种娇羞怯怯，非可形容得出者，不觉心中大畅，将疼痛早丢在九霄云外。这里因为宝钗的不经意恰反映出微妙的变化，宝钗和宝玉在一起时原本就很少有情感的交流，更遑论心灵上的共鸣，但此处宝钗多少表现出了一些情感的因素。宝玉的想法更让人觉得此人不过是个多情公子，似乎对黛玉的种种承诺也不那么真诚，换了常人这样的判断大约不错，不过宝玉多情是有的，却未必对黛玉不真诚。

宝钗的关心充满人情味，而且很实际。对比黛玉就显得格外简单，因为只有泪水。宝玉从梦中惊醒，睁眼一看，不是别人，却是林黛玉。宝玉犹恐是梦，忙又将身子欠起来，向脸上细细一认，只见两个眼睛肿的桃儿一般，满面泪光，不是黛玉，却是那个？宝玉还欲看时，怎奈下半截疼痛难忍，支持不住，便"嗳哟"一声，仍就倒下，叹了一声，说道："你又做什么跑来！虽说太阳落下去，那地上的余气未散，走两趟又要受了暑。我虽然捱了打，并不觉疼痛。我这个样儿，只装出来哄他们，好在外头布散与老爷听，其实是假的。你不可认真。"到这时仍然顾着为黛玉着想，这种真情又如何能掩藏的了。"此时林黛玉虽不是嚎啕大哭，然越是这等无声之泣，气噎喉堵，更觉得利害。"这种压抑着的难受格外伤人，看来相思确是人生一大苦恼，而宝钗是不会为此流泪的，因为在她眼里即便是感情的事也是可以安排处理的，并不需要大动情思，这种充满人情世故的感情又是一种什么样的情感呢？黛玉听了宝玉这番话，心中虽然有万句言语，只是不能说得，半日，方抽抽噎噎的说道："你从此可都改了罢！"真是千言万语、万语千言，只此一句就够了，因为黛玉平日并不规劝宝玉学那些经世致用的学问，跟宝玉一起看闲书倒是很有乐趣，如今竟也让他都改了吧。可是改什么呢？显然并不是针对这一次挨打的诱因，而是让他把惯常的习性收一收，多迎合一点世俗的约束。对于黛玉而言，这其实也是对自己的一次警醒，面对整个外面的世俗世界的包裹，他俩又能有多少力量相对抗呢？大约可以保护这份纯净之地的只有元春和半个贾母了。

　　宝玉听说，便长叹一声，道："你放心，别说这样话。就便为这些人死了，也是情愿的！"为什么在别人眼里不值一提的戏子琪官蒋玉菡和丫鬟金钏儿能让宝玉为他们去死呢？用社会的眼光来看，无论是他们的身份、地位还是情感世界都不应该有什么共同之处，顶多是逢场作戏的交往一番罢了，但在宝玉眼中，这些真挚的情感流露恰恰说明他是不分世俗的所谓高低贵贱的，而是情感世界的一种契合和平等。人与人总会有各种外在的差异，身份地位或者财富权力都会不尽相同，人与人的确存在事实上的差别，但是人与人在精神世界，包括人格和尊严，却是平等的，这种平等原本是天然的、无差别的，但却被人为地制造成三六九等。宝玉所遵循的就是这样的平等相待，能不能谈得来因人而异，但绝不以身份权势来衡量，只是他并没有什么理论来指引，黛玉的"目无下尘"遵循的同样是这样的原则，她表现为对"俗人"的不屑一顾，对"知己"的全心付出。

　　此时的宝玉虽然搬进大观园，但还未远离外界的世俗纠缠，还会被叫出去应酬，他距离纯粹的情感世界就差这次毒打了。第三十六回，宝玉伤势渐好之后，贾母特允他在园中待着，一概应酬能免全免了，宝玉正好趁机乐得自在。宝钗等人想就事劝戒一番，反而加速了宝玉的成长，或如宝钗辈有时见机导劝，反生起气来，只说："好好的一个清净洁白女儿，也学的钓名沽誉，入了国贼禄鬼之流。这总是前人无故生事，立言竖辞，原为导后世的须眉浊物。不想我生不幸，亦且琼闺绣阁中亦染此风，真真有负天地钟灵毓秀之德！"

　　这一边宝玉正为无人管束而高兴，作者接着就安排了另一个情节。薛姨妈、宝钗和黛玉在王夫人处说话，凤姐来汇报工作，王夫人就让凤姐重新安排袭人的月钱一事，认可了袭人今后的身份。虽然凤姐说过要黛玉嫁过来的话，但终究决定权在贾母、王夫人这一层面，对袭人的认可当然就是对今后宝钗的认可。随后宝钗、黛玉回屋，宝钗就来怡红院找袭人，碰见袭人在给宝玉缝肚兜，因为看着十分喜爱，忍不住自己上手，绣的是"红莲绿叶，五色鸳鸯"的图案，这里宝钗只刚做了两三个花瓣，忽见宝玉在梦中喊骂说："和尚道士的话如何信得？什么是金玉姻缘，我偏说是木石姻缘！"薛宝钗听了这话，不觉怔了。宝玉和宝钗的结局如何在细节上我们不得而知，不过从太虚幻境的红楼十二曲中还是能看出个大概来，在"终身误"里唱道："都道是金玉良姻，俺只念木石前盟。空对着，山中高士晶莹雪；终不忘，世外仙姝寂寞林。叹人间，美中不足今方信。纵然是齐眉举案，到底意难平。"虽然曲中提到黛玉，但实际说的是宝玉对宝钗，金玉良缘最终还是"战胜"了木石前盟。不过要小心，这个所谓的"战胜"是就世俗世界而言，如就木石前盟而言才是真正意义上的完成，这个完成不只是因为故事本来就是围绕着木石前盟展开的，而且还因为贾宝玉通过林黛玉回归太虚最终得以完成对世俗世界的超越。而宝钗只落得一个"终身误"的凄凉结局。

宝玉和黛玉争吵打闹的基调是二人情感相合、心灵相契，而宝玉和宝钗礼敬如宾的底层却是处事相异、观念相左。

第六十七回，柳湘莲和薛蟠已言归于好，并认作义兄义弟，所以薛姨妈听说柳湘莲和尤三姐订婚了，非常高兴，准备替他们买房置办，结果忽听家中小厮嚷着尤三姐自尽了，"薛姨妈不知为何，心甚叹息"，薛姨妈更像碌碌无为的普通人，对于柳湘莲、尤三姐的遭遇也像正常人一样，虽然没什么切身的感悟，也难免有些感叹，这本是人之常情，何况处处周到的宝钗呢，但我们却发现是另一种表现。

正在猜疑，宝钗从园里过来，薛姨妈便对宝钗说道："我的儿，你听见了没有？你珍大嫂子的妹妹三姑娘，他不是已经许定给你哥哥的义弟柳湘莲了么，不知为什么自刎了。那柳湘莲也不知往那里去了。真正奇怪的事，叫人意想不到。"宝钗听了，并不在意，便说道："俗话说的好，'天有不测风云，人有旦夕祸福'。这也是他们前生命定。前日妈妈为他救了哥哥，商量着替他料理，如今已经死的死了，走的走了，依我说，也只好由他罢了。妈妈也不必为他们伤感了。倒是自从哥哥打江南回来了一二十日，贩了来的货物，想来也该发完了，那同伴去的伙计们辛辛苦苦的，回来几个月了，妈妈和哥哥商议商议，也该请一请，酬谢酬谢才是。别叫人家看着无理似的。"本来对于柳湘莲和尤三姐的事也没人要求宝钗什么，不过是感情上的同情而已，即便如此，宝钗也不愿多费哪怕一点的心思，就连薛蟠这样的无赖之人还流着泪到处找了几天，反观宝钗的成熟和冷静，有时难免让人觉出丝丝冷意。而对比她关心的酬谢家里伙计们的态度，和最后一句"别叫人家看着无理"，这就非常明白了，宝钗的情感世界不仅对宝玉是空白，对任何人都是一样，也正是情感的一片荒芜才令人觉出那份冷意。她所在乎的还是别人眼中的人情世故，她作为世俗世界的典范那真是再合适不过了，怪不得宝玉总为她可惜，"好好的一个清净洁白女儿，也学的钓名沽誉，入了国贼禄鬼之流"，的确，她更适合与贾雨村之流互为表里、内外呼应。人如果缺乏情感，还如何感受温暖？

事不关己高高挂起，这也是许多中国人的处世哲学，有时是无力，有时是无奈，久而久之也就无心了。人最可悲的就是本来还有一份心，却因为无能为力而不得不放弃，并把自己逐渐活成自己讨厌的样子，而且还不得不接受这样的结果。其实我们不求能够做到什么，却希望在心里多少还没有麻木而已。

对于柳、尤的事当时并没写宝玉怎样反应，等到第七十回，尤二姐死后，才加以总结。原来这一向因凤姐病了，李纨、探春料理家务不得闲暇，接着过年过节，出来许多杂事，竟将诗社搁起。如今仲春天气，虽得了工夫，争奈宝玉因冷遁了柳湘莲，剑刎了尤小妹，金逝了尤二姐，气病了柳五儿，连连接接，闲愁胡恨，一重不了一重添。弄得情色若痴，语言常乱，似染怔忡之疾。慌的袭人等又不敢回贾母，只百般逗他顽笑。在宝钗眼中这些不值一提的事却几乎把宝玉整得丢了魂了，与宝钗情感荒芜相比宝玉简直是情感泛滥，如果没有一个指引和导向，这样的情感的确会泛滥成灾，一不小心就成了开篇冷子兴所说的"酒色之徒"了。可见，身处情感世界中人，上可通达心灵世界下可堕入世俗凡尘，真是天地之间只存乎内心一念。

宝玉从始至终是个大闲人，人家尤氏姐妹的事也在他心里成了影响因素。其实，宝玉是作者安排的守护女儿国的主人，自然不论亲疏远近都由其关照，只是人各有命，早在警幻仙子处有了备案，尤三姐死后托梦给柳湘莲和尤二姐已说明，两姐妹死后回归太虚幻境。显然她们与十二钗是一类人物。这也正呼应了尤三姐对宝玉的印象。正因为宝玉闲才有时间精力生发他的情感世界并最终通达心灵，更多的现代人可能会因为忙于生活工作而对此不以为然，似乎自己已经忙碌得没有一点时间做情感和心灵上的观照了，却错把玩游戏、刷手机的时间当成了正事，并称之为忙碌。是啊，这样的确真没有闲暇去观照情感、心灵这些与生活不相干的事物。其实，贾珍、贾琏、薛蟠、贾蓉等众人虽没有手机却也一样没有闲暇，他们本应该也很闲，可却偏偏也没多少闲工夫，与现代众人行为举止竟如此雷同。

正在失魂落魄，只能和晴雯等人互挠胳肢窝打发时间的宝玉忽然接到了写诗的通知，匆忙赶去沁芳亭，果见黛玉、宝钗、湘云、宝琴、探春都在那里，手里拿着一篇诗看。见他来时，都笑说："这会子还不起来，咱们的诗社散了一年，也没有人作兴。如今正是初春时节，万物更新，正该鼓舞另立起来才好。"湘云笑道："一起诗社时是秋天，就不应发达。如今却好万物逢春，皆主生盛。况这首桃花诗又好，就把海棠社改作桃花社。"大家一齐去稻香村找李纨，宝玉边走边看

《桃花行》一篇。"宝玉看了并不称赞,却滚下泪来。便知出自黛玉,因此落下泪来,又怕众人看见,又忙自己擦了。"多愁善感是一种情感的表达方式,如今一方面强调男人怎么可以多愁善感呢,似乎强健的体魄、粗俗的情感才是男人的样子,一方面又说男人一点不懂得柔情,自私自利连呵护女孩子都不会,结果现在的男孩子们要么是四肢发达要么反其道而成了伪娘,怪相丛生。归根结蒂,缺乏灵魂的躯壳不管长成什么样也都只是躯壳而已。

宝玉偷偷地擦了眼泪,因问:"你们怎么得来?"宝琴笑道:"你猜是谁做的?"宝玉笑道:"自然是潇湘子稿。"宝琴笑道:"现是我作的呢。"宝玉笑道:"我不信。这声调口气,迥乎不像蘅芜之体,所以不信。"宝钗笑道:"所以你不通。难道杜工部首首只作'丛菊两开他日泪'之句不成!一般的也有'红绽雨肥梅'、'水荇牵风翠带长'之媚语。"宝玉笑道:"固然如此说。但我知道姐姐断不许妹妹有此伤悼语句,妹妹虽有此才,是断不肯作的。比不得林妹妹曾经离丧,作此哀音。"一点没错。之前讲过,宝钗不是因为她的才华能力不够才被束缚于世俗之中,恰恰相反,是因为她在世俗之中才令自己的才华少了灵性,不光是她,宝玉很清楚就连宝琴也一样具备这样的能力,只是不愿如黛玉那样率性而为罢了。

纵观宝玉和宝钗,最后只是完成了一场"不是一家人却进一家门"的世俗婚姻罢了。

所以,不仅黛玉的死是悲剧,宝钗的一生同样是悲剧,并且她的悲剧不只是她个人的,无论是贾母还是王夫人、王熙凤,包括贾府上下都是如此。这种悲剧也不是像宝玉这样某个人带来的,换句话说,宝钗即便被选入宫,难道就从此过上了幸福快乐的生活吗?如果是那样,已经身为贵妃的元春为何省亲时感慨颇多呢?也许每个人都想有一个家人能像元春一样护佑着自己的家族,享受莫大恩泽吧,可是"古今将相在何方?荒冢一堆草没了",贾府享誉百年风光,及至末世又有谁能挽回?所以这时大家又都羡慕贾母,几十年荣华富贵,儿孙满堂,的确这样想的不仅不是少数应该还是大多数,这也正是红楼一梦想要警醒世人,却又无可奈何之处。所以才有甄士隐历经人生的沧桑变化之后才能撒手远去,留下"到头来都是为他人作嫁衣裳"的彻悟感叹。所以,这种悲剧甚至是整个人类生活的最基本的基调。

看懂《红楼梦》是一回事,能引为生命的领悟则是另一回事。我们何尝不是听了太多的道理,记了太多的感悟,却依旧钻营在人情世故之中,就像一直待价而沾、待时而飞的贾雨村一样吗？作者原本是警醒众人不要陷溺于俗世太深，所以宝玉看见"世事洞明皆学问，人情练达即文章"的话一刻也不想停留，赶紧走得远远的。可是，如今社会上大力宣传请大家听《红楼梦》的各种课程讲解，最重要的却是向宝钗、贾母、凤姐等人学习人情练达，以便做到洞明世事，这样反向理解可能本在作者预料之中，但对我而言却还是免不了既为作者之用心良苦感到悲哀，又为世俗力量之倔强感到无奈和打心底升起的无限悲凉。所以，要从广度而言，宝钗的悲剧远比黛玉更具代表性，因其代表着更广大的无知无明的芸芸众生，而黛玉代表的是那些有心灵归宿的少数被世俗世界所不容的精灵；而从深度而言，黛玉的象征性远比宝钗深刻，因其高远纯粹永远是世俗世界寻找希望的指引明灯。

三

有缘无缘：宝黛钗

宝黛二人之间的互动较多，而宝钗也总是如影随形地出现，彼此相异却又纠缠不分。第三十二回，史湘云来到贾府，去大观园里找袭人。袭人小时候服侍过湘云，是童年的小姐妹。结果，宝玉把清虚观里得来的金麒麟在园子里弄丢了，恰好被湘云捡到。本来宝玉满心欢喜地要送给湘云，结果湘云的一段话引起了宝玉的反感和不耐。

话说宝玉见那麒麟，心中甚是欢喜，便伸手来拿，笑道："亏你拣着了。你是那里拣的？"史湘云笑道："幸而是这个，明儿倘或把印也丢了，难道也就罢了不成？"宝玉笑道："倒是丢了印平常，若丢了这个，我就该死了。"这里所谓的印是说官印，宝玉心中对官印毫不在意，这里是象征着宝玉对为官做宰的事丝毫没有兴趣，而且视为最无价值的事，远比不上他眼中的这些姐姐妹妹的一颦一笑更有意义。

随后湘云把带来的戒指送给袭人，袭人说已经有了，湘云问是谁给的，袭人道："是宝姑娘给我的。"湘云笑道："我只当是林姐姐给你的，原来是宝钗姐姐给了你。我天天在家里想着，这些姐姐们再没一个比宝姐姐好的。可惜我们不是一个娘养的。我但凡有这么个亲姐姐，就是没了父母，也是没妨碍的。"说着，眼睛圈儿就红了。宝玉道："罢，罢，罢！不用提这个话。"史湘云道："提这个便怎么？我知道你的心病，恐怕你的林妹妹听见，又怪嗔我赞了宝姐姐。可是为这个不是？"袭人在旁嗤的一笑，说道："云姑娘，你如今大了，越发心直口快了。"宝玉笑道："我说你们这几个人难说话，果然不错。"史湘云道："好哥哥，你不必说话教我恶心。只会在我们跟前说话，见了你林妹妹，又不知怎么了。"湘云夸奖宝钗不止一次，而且是出自真心，而袭人是非常乐意听到别人夸宝钗的，而对黛玉她不敢说不是，但心里却也会找机会发发牢骚，在袭人的眼里，黛玉完全是另一类人。袭人说湘云"心直口快"，其实变相的是说自己有此想法没说出口，当然袭人的身份也让她不敢说出口。湘云开始说"我只当是林姐姐给你的"，也就反映出湘云不仅不了解黛玉更不了解袭人，也说明湘云的心地还是比较单纯。对于黛玉而言在书中很少有给下人送什么小东西的时候，因为自己本来就没有什么可给别人的，另外也不喜欢把别人送她的东西再转赠他人。因为黛玉自己并不在乎这些物品本身，所以也不觉得送不送谁有多大关系，这正是对人情世故不敏感的体现。从宝玉送她北静王的鹡鸰手串已经体现出了黛玉对这些倒来倒去的送点东西的事不感兴趣，但是她可能因为自己不在乎而忽略了别人在乎的感受，不过这不也正是黛玉疏于人情世故的本性吗？如果黛玉也天天想着这些，岂不是成了第二个宝钗了嘛！所以，人与人的差别就在于内心所想，在我们身边何尝没有洁身自爱、内心锦绣的人，只是由于大家无法深知，免不了将其视为态度冷淡或者难于交往而已。湘云也没觉得一个戒指有什么大不了，她想着袭人是她自己的情谊，而黛玉或者宝钗送给袭人是她们的大方，却忘了黛玉从来不会把这些事放在心上，可能随手把戒指放在哪儿就忘了这事，这是湘云不懂黛玉的地方；又因为她分不清黛玉和袭人之间与宝钗和袭人之间关系的差异，所以湘云对袭人的理解也并不深入，只是停于表面。进而，湘云也并不了解宝玉的内心世界。

三人正在一起闲话家常，这时贾雨村又来贾府要见宝玉，宝玉一听就烦了，心中好不自在。袭人忙去拿衣服。宝玉一面蹬着靴子，一面抱怨道："有老爷和他坐着就罢了，回回定要见我。"史湘云一边摇着扇子，笑道："自然你能会宾接客，老爷才叫你出去呢。"宝玉道："那里是老爷，都是他自己要请我去见的。"湘云笑道："主雅客来勤，自然你有些警他的好处，他才只要会你。"宝玉道："罢，罢，我也不敢称雅，俗中又俗的一个俗人，并不愿同这些人往来。"这里点出雅俗正好，相比贾雨村而言，宝玉自称大俗人，两类人的对比自然鲜明。何为雅何为俗呢？我们都生活在世俗生活中，柴米油盐、功名利禄不都是世俗的营生吗？那么所谓的雅又是什么呢？琴棋诗画、阳春白雪不就是在世俗中向往的另一番境界吗，雅是在世俗中向往的充满诗意的一种状态，更是人们内心深处的一种追求精神存在的情怀。作者先通过贾雨村和贾宝玉的对比，引出了宝玉内心的一段真实表白。

湘云笑道："还是这个情性不改。如今大了，你就不愿读书去考举人进士的，也该常常的会会这些为官做宰的人们，谈谈讲讲些仕途经济的学问，也好将来应酬世务，日后也有个朋友。没见你成年家只在我们队里搅些什么！"宝玉听了道："姑娘请别的姊妹屋里坐坐，我这里仔细污了你知经济学问的。"宝玉是极爱这些姐妹的，但是一旦触及这个话题，宝玉为什么立即翻脸，不顾情面了呢？很简单，在宝玉的成长过程中，他越来越清楚自己想要的是什么，俗世中的蝇营狗苟他不屑一顾。正是这时的宝玉已经开始走向成熟，不再是孩子时期姐姐妹妹大家都好的状态了，因为小时候自己的内心还分辨不了自身的喜好、爱恶。

袭人道："云姑娘快别说这话。上回也是宝姑娘也说过一回，他也不管人脸上过的去过不去，他就咳了一声，拿起脚来走了。这里宝姑娘的话也没说完，见他走了，登时羞的脸通红，说又不是，不说又不是。幸而是宝姑娘，那要是林姑娘，不知又闹到怎么样，哭的怎么样呢。提起这个话来，真真的宝姑娘叫人敬重，自己讪了一会子去了。我倒过不去，只当他恼了。谁知过后还是照旧一样，真真有涵养，心地宽大。谁知这一个反倒同他生分了。那林姑娘见你赌气不理他，你得赔多少不是呢。"

袭人的这段话非常清楚明白地描述出了宝玉的状态，不管你是谁，向那俗世迎合的都非我一类，界限分明。从中更可看到，宝钗虽然学识比袭人高出几个量级，但其认知取向则是一致的，她们既不懂宝玉更不懂黛玉，所以袭人是宝钗的又副本是一点没错的，她们是在两个层面和维度来不断归化宝玉沉沦于世俗规范的一对主仆。湘云是介乎宝钗和黛玉之间的状态，在世俗和心灵两者之间摇摆，对功名的劝解是随大流，但在心灵上与宝玉和黛玉也能偶有契合，此时的湘云还未定性。袭人对宝钗的爱慕更是溢于言表，而我看到这些，心中却生出一些悲凉，因为这是一种来自强大的世俗世界对人心的束缚，因为我们一不小心就会喜欢上宝钗。

我们接着看宝玉的回答就非常清楚这种认知的差异了，宝玉道："林姑娘从来说过这些混帐话不曾？若他也说过这些混帐话，我早和他生分了。"袭人和湘云都点头笑道："这原是混帐话。"在她们看来宝玉说的不过是孩子气的话，所以她们心里总以为宝玉还没长大，其实宝玉本就把这些话视为混账话，因为只有黛玉能懂，所以才与其惺惺相惜。试想世间唯有一人能懂你，你能不感动，能不珍惜？！因为如果没有这样一个知己，恐怕就连自己都要怀疑自己有病了，免不了迎合着世间法走向世俗的世界，但凡世间尚有一个能跟自己契合之人，这一生怕是就没白想、没白活了。宝黛二人就是在世间彼此找到的能够照见灵魂，心灵契合的人。作者实在忍不住要让这话传到黛玉耳中，这时在外人面前说的肯定远比直接对黛玉说几百遍更能体现出宝玉内心最真实的想法。

只此一段，其实我们就能看出黛玉与宝钗、湘云的不同，袭人等人更无法理解其中的差异，所以才会觉得宝钗涵养高，而黛玉会因此哭闹。却不知黛玉的哭闹并不会在这些世俗日常，也当然可以看出黛玉在宝玉心中的位置与他人不同，而且宝玉说得很清楚，"若他也说过这些混帐话，我早和他生分了"。袭人等人不明白，并不是因为先有宝玉喜欢黛玉所以黛玉做什么都好，而是黛玉与宝玉心灵相通，才有宝黛的相知。如果黛玉也说这些话，宝玉自然也和对其他姐妹一样，并不会当成知己了。我们总想有情人能白首偕老，却忘了保持心灵的长久相契，所以所谓的唯有此人，不过是心灵相一。

宝玉对姐妹都好是出于他纯真善良的本性，但并不意味着他没有选择。随着年龄的增长，心性的成熟，他终于知道自己的内心所向了。不过，这时因为有黛玉在，所以宝玉的内心指向黛玉，等黛玉魂归太虚之后，他的内心又能、又该指向何方呢？

恰巧这些话被黛玉听到，原来林黛玉知道史湘云在这里，宝玉又赶来，一定说麒麟的原故。因此心下忖度着，近日宝玉弄来的外传野史，多半才子佳人都因小巧玩物上撮合，或有鸳鸯，或有凤凰，或玉环金珮，或鲛帕鸾绦，皆由小物而遂终身。今忽见宝玉亦有麒麟，便恐借此生隙，同史湘云也做出那些风流佳事来。因而悄悄走来，见机行事，以察二人之意。说到底，林妹妹还是对宝玉不放心啊，而之所以不放心就是因为太在意。我们又有哪个不是呢？心有所属的时候，我们怎能看到心上人与别人姐姐妹妹、哥哥弟弟地开怀畅聊呢？这时其实不是我们对心上人有什么怀疑，而是不放心自己是否也是对方的心上人，如果他/她能跟别人一样成为知己，那自己又算什么角色呢？所以，当黛玉听到宝玉这番话的时候，可想而知心里是什么滋味，不过作者的高明远不止让黛玉高兴一下而已。

虽然以意逆志，我们知道作者写这段话的本意是要表达黛玉不放心的意思，但我个人仍觉得这段文字表达的不是那么准确，黛玉心里对宝玉有些不放心这一点没问题，但还不至于到了怀疑"同史湘云也做出那些风流佳事来"的地步。书稿因为不是定稿，作者一直在修订之中，所以此处大概也可算作需要完善的一处文字吧。

不想刚走来，正听见史湘云说经济一事，宝玉又说："林妹妹不说这样混帐话，若说这话，我也和他生分了。"林黛玉听了这话，不觉又喜又惊，又悲又叹。不只是高兴，不止于此，而是喜、惊、悲、叹，作者的内心丰富至此，只有真性情、真境界的人才能如此吧！

所喜者，果然自己眼力不错，素日认他是个知己，果然是个知己；所惊者，他在人前一片私心称扬于我，其亲热厚密，竟不避嫌疑；所叹者，你既为我之知己，自然我亦可为你之知己矣，既你我为知己，则又何必有金玉之论哉；既有金玉之论，亦该你我有之，则又何必来一宝钗哉！所悲者，父母早逝，虽有铭心刻骨之言，无人为我主张。况近日每觉神思恍惚，病已渐成，医者更云气弱血亏，恐致劳怯之症。你我虽为知己，但恐自不能久待；你纵为我知己，奈我薄命何！想到此间，不禁滚下泪来。待进去相见，自觉无味，便一面拭泪，一面抽身回去了。黛玉心中对金玉良缘耿耿于怀，很多人会觉得是黛玉太小心眼，其实是没能真正领会。黛玉此时是寄宿在姥姥家，父母双亡，其实就是孤儿，虽然贾母不会说什么，但是其他贾府中人不过当她是亲戚罢了，此刻黛玉所悲的不就是无人替自己做主吗？单凭宝玉和黛玉如何跟整个世俗世界相对抗啊，我不是爱你的荣华富贵，我不是爱你的美若天仙，我们只是因为心灵相通，无以言说，可是谁能体会宝黛心中的那份超越世俗的情爱呢？谁能护佑这份难得的情缘呢？

黛玉正怀着复杂的情绪往回走，这里宝玉忙忙的穿了衣裳出来，忽见林黛玉在前面慢慢的走着，似有拭泪之状，便忙赶上来，笑道："妹妹往那里去？怎么又哭了？又是谁得罪了你？"林黛玉回头见是宝玉，便勉强笑道："好好的，我何曾哭了。"宝玉笑道："你瞧瞧，眼睛上的泪珠儿未干，还撒谎呢。"一面说，一面禁不住抬起手来替他拭泪。林黛玉忙向后退了几步，说道："你又要死了！作什么这么动手动脚的！"宝玉笑道："说话忘了情，不觉的动了手，也就顾不的死活。"从这些话语已经非常明显地表明，随着年龄的增长，大观园里的宝玉和姐妹们不再是黛玉刚来的时候形影不离、两小无猜的小孩子了，他们的情感在增长、在成熟，所以言谈举止都需要有些分寸了，但宝玉习惯成了自然。

林黛玉道："你死了倒不值什么，只是丢下了什么金，又是什么麒麟，可怎么样呢？"一句话又把宝玉说急了，赶上来问道："你还说这话，到底是咒我还是气我呢？"林黛玉见问，方想起前日的事来，遂自悔自己又说造次了，忙笑道："你别着急，我原说错了。这有什么的，筋都暴起来，急的一脸汗。"一面说，一面禁不住近前伸手替他拭面上的汗。先是宝玉禁不住要替黛玉拭泪，现在又是黛玉禁不住替宝玉拭汗，看你俩还能默契到什么程度！

宝玉瞅了半天，方说道"你放心"三个字。林黛玉听了，怔了半天，方说道："我有什么不放心的？我不明白这话。你倒说说怎么放心不放心？"宝玉叹了一口气，问道："你果不明白这话？难道我素日在你身上的心都用错了？连你的意思若体贴不着，就难怪你天天为我生气了。"林黛玉道："果然我不明白放心不放心的话。"宝玉点头叹道："好妹妹，你别哄我。果然不明白这话，不但我素日之意白用了，且连你素日待我之意也都辜负了。你皆因总是不放心的原故，才弄了一身病。但凡宽慰些，这病也不得一日重似一日。"林黛玉听了这话，如轰雷掣电，细细思之，竟比自己肺腑中掏出来的还觉恳切，竟有万句言语，满心要说，只是半个字也不能吐，却怔怔的望着他。此时宝玉心中也有万句言语，不知从那一句上说起，却也怔怔的望着黛玉。两个人怔了半天，林黛玉只咳了一声，两眼不觉滚下泪来，回身便要走。宝玉忙上前拉住，说道："好妹妹，且略站住，我说一句话再走。"林黛玉一面拭泪，一面将手推开，说道："有什么可说的。你的话我早知道了！"口里说着，却头也不回竟去了。经过多少磨合，这份俗世的缘分才终于表明，人生一世不过但求放心而已，所谓安全感大约就是世俗中对放心的注解吧，人能放心的活一辈子大概也就没太多烦恼了。这一段还怎么明显呢，宝玉既表明了自己的内心所属，也明白黛玉的心中所属，他只交代黛玉一句"放心"，真是抵得上千言万语，还有什么好说的呢！

如今人与人的交往如能彼此放心，那是多么令人愉快的事啊，如果是情侣，那是一世的安宁，如果是友朋，那也是长久的信任。人能放心，大概世间也没什么羁绊了。这样当面的表白怕在那个时代称得上是惊世骇俗了吧，惊世骇俗不就是惊骇世俗吗！但只说给黛玉听还不行，还惊不了别人，没想到袭人居然来了。

宝玉站着，只管发起呆来。原来方才出来慌忙，不曾带得扇子，袭人怕他热，忙拿了扇子赶来送与他，忽抬头见了林黛玉和他站着。一时黛玉走了，他还站着不动，因而赶上来说道："你也不带了扇子去，亏我看见，赶了送来。"宝玉出了神，见袭人和他说话，并未看出是何人来，便一把拉住，说道："好妹妹，我的这心事，从来也不敢说，今儿我大胆说出来，死也甘心！我为你也弄了一身的病在这里，又不敢告诉人，只好掩着。只等你的病好了，只怕我的病才得好呢。睡里梦里也忘不了你！"袭人听了这话，吓得魄消魂散，只叫"神天菩萨，坑死我了！"便推他道："这是那里的话！敢是中了邪？还不快去？"宝玉一时醒过来，方知是袭人送扇子来，羞的满面紫涨，夺了扇子，便忙忙的抽身跑了。作者真是摆弄读者的高手，先让黛玉放心走了，结果宝玉鼓足勇气说出在那个时代惊天动地的下半段话，却偏偏讲给了袭人，而袭人是被王夫人看好的在宝玉身边代表世俗力量规范约束宝玉的小助手。所以袭人由此就有了后文和王夫人谈心时暗示让宝玉搬出大观园的那番感悟，并换来了王夫人的充分认可。

宝玉这份披肝沥胆的对黛玉的表白达到两人尘缘的最高峰，虽然黛玉已经明白，但是却说给了袭人，这份尘缘也由此时的最高峰开始向下滑落，直至袭人面谏王夫人（第三十四回），及至后来王夫人亲自出马驱赶晴雯（第七十七回），大观园也随之衰落，再到黛玉离世才跌至谷底，最终了却这场尘缘而重归太虚。

"这里袭人见他去了，自思方才之言，一定是因黛玉而起，如此看来，将来难免不才之事，令人可惊可畏。想到此间，也不觉怔怔的滴下泪来，心下暗度如何处治方免此丑祸。"到底是谁的内心龌龊啊，发乎情止乎礼的纯洁高尚的情感却被理解成另一番模样。宝玉要对黛玉倾诉的真情在袭人眼里是要惹出麻烦的事，是要丢丑的，可是会丢谁的丑呢？当然是当时的婚姻规范所不允许的丑。所以，大如贾府家的小姐迎春一旦嫁出去了，回了娘家也只能哭诉而无力挽回，于是宁可死于夫家的虐待凌辱倒成了符合不出丑的标准了。可悲可叹！

袭人正在发呆，以自己之心揣度可能发生之事，宝钗走来打断了她的思绪，问她宝玉匆忙地干什么去了，袭人说老爷叫，此时宝钗的问话里体现出对宝玉的关注比刚来贾府时要多了许多，甚至有些体现出关心的意味了。接着说到湘云的处境，才让我们知道，贵族家里的大小姐没了父母也一样受罪，做些针线活竟要熬到半夜，再想起湘云豪放豁达的性格，也不得不令人感慨赞佩。袭人了解了湘云的情况后，责怪自己麻烦湘云做针线，宝钗遂答应帮她。宝钗降服人心那是一点问题都没有，而且我要强调一点，宝钗的行为举止是出自内心的，她不是装腔作势，笼络人心，而是骨子里就是这般的想，这般的做，并无掺假，因为"真"所以后来黛玉也一样受其感动。但是这个"真"是来自世俗世界的要求而逐渐形成的，相比黛玉的"真"是未受外界影响的，是纯乎来自内心的，大概就是《中庸》中的"天命之谓性，率性之谓道"吧。宝钗的"好"容易理解，因为我们都在世俗中生活，黛玉的"好"不好理解，因为我们没那么"率性"。

红楼梦的线索（二）

一

不同的世界：假作真时真在哪儿

因为《红楼梦》一书中辅助人物众多，情节枝繁叶茂，处处都能体现作者的深思熟虑，我们只选取跟宝黛钗较紧密的内容加以展开分析。

第二十二回，宝钗十五岁生日，贾母也加入进来。"到晚间，众人都在贾母前，定昏之余，大家娘儿姊妹等说笑时，贾母因问宝钗爱听何戏，爱吃何物等语。宝钗深知贾母年老人，喜热闹戏文，爱吃甜烂之食，便总依贾母往日素喜者说了出来。贾母更加欢悦。"宝钗这样的人往往是令人喜欢的，至少可以理解成是为他人着想，就像儿女陪伴老人时也该如此，总不能由着自己的喜好而不顾旁人尤其是老人吧。可是一个人如果既想保留自己的需求又想照顾别人的喜好，而且彼此不同的情况下又该如何处理呢？日常所谓成熟大概就是能隐藏自己的真实想法儿为别人着想吧，但这确实并非最佳方案，可是过分在意自己的想法却又被视为幼稚，这真是一个两难的选择，我们姑且称为人情悖论。的确，在世俗生活的层面这一两难选择是无法圆满解决的，要想彻底解决还需等我们再多做一些讨论，以便让大家领会到其中的关节所在。

对于宝钗，不知道大家是否有种感觉，就是我们很难了解宝钗内心的真实想法。比如，宝钗总依着贾母的喜好说，那么她自己喜不喜欢热闹戏，也许不喜欢，喜不喜欢甜烂之食，我们实在不知了。纵观全书，宝钗的为人处事自不必说，但却真不知宝钗内心如何。我们绝大多数人又何尝不是如此，总受到外界的制约，于是按照某种社会认为应该合适的方式活着，久而久之，我们都成了宝钗、袭人，却不知自己原本是何想法，以至终于想不起自己是谁了。

在看戏的时候又出了状况，因为王熙凤说演戏的小旦像黛玉，别人看出来不说，湘云直性子说出来了，宝玉急忙使眼色，怕她得罪了黛玉，结果黛玉都看在眼里了，宝玉越描越黑，得罪了湘云和黛玉。

黛玉与其他姐妹之间的小小争执，就像好姐妹闹点小别扭一样，转眼就好。果不然，第二天，黛玉、湘云和宝钗就一起来笑话宝玉了，黛玉和湘云又何曾有什么芥蒂呢？所以，黛玉生气时我们要把目标看向宝玉的行为。黛玉气的不是湘云的口无遮拦，否则该生凤姐的气才是，更该连带别人都恼了才对，这些只是刺激黛玉的外因，而真正令她生气的是宝玉使眼色，这意味着宝玉不知道黛玉的脾气是只对宝玉的，更重要的是这次宝玉居然有些开悟了。宝玉自以为在姐妹之间能处理好大家的关系，尤其是他自以为是为大家着想，结果却夹在姐妹之间左右不是，终于由此有了新的领悟。

宝玉被黛玉数落了一番，才知道刚才去找湘云说的话又被黛玉听到了，细想自己原为他二人，怕生隙恼，方在中调和，不想并未调和成功，反已落了两处的贬谤。正合着前日所看《南华经》上有"巧者劳而智者忧，无能者无所求，饱食而遨游，泛若不系之舟"，又曰"山木自寇，源泉自盗"等语。因此越想越无趣。再细想来，目下不过这两个人，尚未应酬妥协，将来犹欲为何？想到其间也无庸分辨回答，自己转身回房来。

《南华经》就是《庄子》，因为庄子在唐代被封为南华真人，所以《庄子》一书也被称为《南华真经》《南华经》。"巧者劳而智者忧，无能者无所求，饱食而遨游，泛若不系之舟"，出自《庄子·列御寇》，意思是劳心者劳力者不是劳累就是忧虑，没什么能力的人也就没什么追求，就剩下吃饱了任性遨游，就像随波逐流的不系之舟。这个意思给人的感觉非常消极。但实际上并非鼓励不劳动，庄子本人过着非常辛苦的生活，他的意思是让大家不要总是想这想那，充满了欲望，所谓有所求不就是有所欲吗？对外无所求，那么劳作仅仅为了满足日常生存即可，在天地之间遨游不是很惬意吗？这是一种道家的处世态度。

"山木自寇，源泉自盗"源自《庄子·人间世》，但不是原文，作者是要用这个意思。原文是"山木，自寇也；膏火，自煎也。桂可食，故伐之；漆可用，故割之。人皆知有用之用，而莫知无用之用也"。庄子就是漆园吏，这些真人总会由身边的日常事物想出很多人世间的大道理。因为山木有用所以遭到砍伐，油膏能点火，所以被用来生火。因为桂树可以食用，所以遭到砍伐，漆树的树液可以做涂料等，就是可以利用，所以受到切割。红楼作者在此处说的"山木自寇，源泉自盗"就是这样的意思，泉水因为太甘甜，所以被哄抢一空。庄子说这些东西因为有用所以反而受到伤害。可是人世间总在追求有用，却不知道这是自己给自己挖陷阱呢，所以贾宝玉最能体会无用的精髓。此时因为自己为了湘云、黛玉着想，结果却两头不讨好，还都被埋怨，越想越觉得自己是庸人自扰。

宝玉回去也不理人，自己瞪着眼发呆，袭人深知原委，不敢就说，只得以他事来解释，因说道："今儿看了戏，又勾出几天戏来。宝姑娘一定要还席的。"宝玉冷笑道："他还不还，管谁什么相干。"袭人见这话不是往日的口吻，因又笑道："这是怎么说？好好的大正月里，娘儿们姊妹们都喜喜欢欢的，你又怎么这个形景了？"宝玉冷笑道："他们娘儿们姊妹们欢喜不欢喜，也与我无干。"袭人笑道："他们既随和，你也随和，岂不大家彼此有趣。"宝玉道："什么是'大家彼此'！他们有'大家彼此'，我是'赤条条来去无牵挂'。"谈及此句，不觉泪下。袭人见此光景，不肯再说。宝玉细想这句趣味，不禁大哭起来，翻身起来至案，遂提笔立占一偈云：你证我证，心证意证。是无有证，斯可云证。无可云证，是立足境。偈，是佛教术语，意思就是颂，一般都是四句，而此处宝玉只写了三句。写完还怕别人看不懂，又写了一首《寄生草》的词加以说明，写完"自觉无挂碍，中心自得，便上床睡了"。

这是在做什么呢？这是一步步在成长。这种成长的指向是哪里呢？谁在引导他呢？不就很明显了嘛。以往只知道不屑于功名等一切世俗之务，但却不知道走向何方，也就是之前的宝玉对人生还缺乏思考，尚在懵懂之中，只知不要什么，却还不明白想要什么，如今开始进入新的领域，探索生命存在的新的可能。宝玉似乎对人生有所感悟了。

黛玉固然有时令人觉得不近人情，但却始终表现出真实的自我，尤其是在宝玉面前没有丝毫的做作和隐瞒。正因如此，所以黛玉对宝玉的要求也是同等的，只要宝玉有哪怕一丁点的不真都会被黛玉或拿话或拿泪加以警戒和刺激，这实际上就是一个不断鞭策宝玉成长的过程。所以，如果你的身边全是夸你的人，那就要小心了，因为没人再指出你的缺点的时候，自己又不能反省的时候，一个人就不可能再进步了。两相比较，总不能要求别人不断指出自己的缺点吧，而且毕竟忠言逆耳，所以，一个人的反省能力才是进步的最大动力之源。曾子如此，宝玉也被黛玉逼得不得不如此，这才是进步的坦途。因为宝玉在别人眼里不过是富贵人家的纨绔少年、不学无术的浪荡公子，如果没有一个像黛玉这样深入内心的人来加以警示，又怎能跳出他的世俗圈子，对比其他人物无一能担此任。

当晚黛玉来看宝玉，宝玉已睡去，黛玉看到他写的偈子，拿回与湘云同看，第二天，宝钗来了也拿去看了，黛玉、湘云和宝钗三人遂来找宝玉，一进来，黛玉便笑道："宝玉，我问你：至贵者是'宝'，至坚者是'玉'。尔有何贵？尔有何坚？"宝玉竟不能答。三人拍手笑道："这样钝愚，还参禅呢。"黛玉又道："你那偈末云，'无可云证，是立足境'，固然好了，只是据我看，还未尽善。我再续两句在后。"因念云："无立足境，是方干净。"原来这首偈子还留了一句等着黛玉来续呢。

宝钗道："实在这方悟彻。当日南宗六祖惠能，初寻师至韶州，闻五祖弘忍在黄梅，他便充役火头僧。五祖欲求法嗣，令徒弟诸僧各出一偈。上座神秀说道：'身是菩提树，心如明镜台，时时勤拂拭，莫使有尘埃。'彼时惠能在厨房碓米，听了这偈，说道：'美则美矣，了则未了。'因自念一偈曰：'菩提本非树，明镜亦非台，本来无一物，何处染尘埃？'五祖便将衣钵传他。今儿这偈语，亦同此意了。只是方才这句机锋，尚未完全了结，这便丢开手不成？"黛玉笑道："彼时不能答，就算输了，这会子答上了也不为出奇。只是以后再不许谈禅了。连我们两个所知所能的，你还不知不能呢，还去参禅呢。"宝玉自己以为觉悟，不想忽被黛玉一问，便不能答，宝钗又比出"语录"来，此皆素不见他们能者。自己想了一想："原来他们比我的知觉在先，尚未解悟，我如今何必自寻苦恼。"想毕，便笑道："谁又参禅，不过一时顽话罢了。"说着，四人仍复如旧。

本来"赤条条来去无牵挂"这句话是宝玉最先从宝钗口里听到的，因为宝钗生日那天大家点戏，宝钗先迎合贾母点了一出《西游记》，后来贾母又让她点，就点了一出《鲁智深醉闹五台山》，宝玉嫌宝钗也喜欢这种闹腾的戏，宝玉道："只好点这些戏。"宝钗道："你白听了这几年的戏，那里知道这出戏的好处，排场又好，词藻更妙。"宝玉道："我从来怕这些热闹。"宝钗笑道："要说这一出热闹，你还算不知戏呢。你过来，我告诉你，这一出戏热闹不热闹。——是一套北《点绛唇》，铿锵顿挫，韵律不用说是好的了，只那词藻中有一支《寄生草》，填的极妙，你何曾知道。"宝玉见说的这般好，便凑近来央告："好姐姐，念与我听听。"宝钗便念道：漫揾英雄泪，相离处士家。谢慈悲剃度在莲台下。没缘法转眼分离乍。赤条条来去无牵挂。那里讨烟蓑雨笠卷单行？一任俺芒鞋破钵随缘化！宝玉听了，喜的拍膝画圈，称赏不已。为什么此处由宝钗提出这段话，这不是宝钗在点化宝玉吗？尤其是宝玉听了以后"喜的拍膝画圈，称赏不已"，宝玉终于感受到了人生的新境界。由宝钗说出有两点可能，一是在宝玉觉悟的过程中，鞭策之功不能全由黛玉一人包办。因为一个人的觉悟只能源自内心，引领者自然以黛玉为主，但却还需众多其他刺激为辅，宝钗、湘云、袭人、香菱、晴雯等众多人物都是起到这一辅助作用；二是知识与真知的区别。宝钗的知识不可谓不广，但却缺乏灵气，这个灵气源自前文提到的率性，"率性之谓道"，"死"的知识越多距离真知就越远，这也是现代人内心困惑的源泉之一。知识、学历越来越高，日子过得反而越来越乱，甚至只能用物质的多少来衡量幸福程度，可笑可悲又可怜。宝钗很多时候所表现的是知识的丰富，但黛玉对此总是不以为然，这两者的区别就在于对这些知识的体悟和使用不同，"古之学者为己，今之学者为人"(《论语》)不正是说的黛玉和宝钗吗？

等到三人又来找宝玉的时候，黛玉直接问出了，"宝玉，我问你：至贵者是'宝'，至坚者是'玉'。尔有何贵？尔有何坚？"这不就是禅宗大师对弟子的当头棒喝吗？而且直问他本人，"你不是悟了吗？那你告诉我，你是谁？"你宝玉是何许人啊？我们不妨也多问问自己，"我是谁？"也许还能唤回一点自我的影子。

再早几年，宝玉一样是跟着外面的公子哥玩闹，直到年龄渐大，秦钟（情种）早死，才脱离了世俗男女层面的困惑，加之对功名不屑，所以才独剩心灵追求一条路。等到大观园建成，元春护法，一众儿女得享仙境般的黄金岁月，而宝玉也就在此地得到磨炼，终于由一块蠢笨的顽石洗练成通灵的宝玉。

湘云虽然少了黛玉的一份灵性，但又因她没有宝钗的那份心机，所以她的直率近于真实，但湘云一定不是来洗练宝玉的。有些观点认为湘云和宝玉最终在一起显然太过牵强，不过湘云的真实出自天性，本不分对谁，所以才被众人喜爱，也才有第四十九回湘云和香菱没昼没夜地高谈阔论，也才有第七十六回湘云、黛玉凹晶馆联诗暗示悲凉结局的一幕。而湘云的直率带来的真实，不妨作为前文提到的"既想保留自己的需求又想照顾别人的喜好"这一人情悖论的一个世俗解。

二

黛玉和宝钗：谁的真情谁的假意

我们常常会对别人产生刻板印象，总觉得某某是什么样的，就像黛玉和宝钗在对人上一个略显刻薄一个宽容大度，但其实当我们深入接触之后往往会发现另一番模样，有时甚至会颠覆原有的认知和想法。

第二十七回，上一回中黛玉吃了晴雯的闭门羹，自己委屈地哭了一场。第二日是芒种节，大家都在忙着一起玩，却未见黛玉出来。于是宝钗去叫她，却看见宝玉进了潇湘馆，为避嫌疑，返身往回走去，随后是一段大家耳熟能详的场景。宝钗看见一对大蝴蝶，于是追逐起来。结果碰见暗恋贾芸的小红（红玉）和坠儿说话，宝钗在外面听见这话，心中吃惊，想道："怪道从古至今那些奸淫狗盗的人，心机都不错。这一开了，见我在这里，他们岂不臊了。况才说话的语音，大似宝玉房里的红儿的言语。他素昔眼空心大，是个头等刁钻古怪东西。今儿我听了他的短儿，一时人急造反，狗急跳墙，不但生事，而且我还没趣。如今便赶着躲了，料也躲不及，少不得要使个'金蝉脱壳'的法子。"犹未想完，只听"咯吱"一声，宝钗便故意放重了脚步，笑着叫道："颦儿，我看你往那里藏！"一面说，一面故意往前赶。那亭内的红玉坠儿刚一推窗，只听宝钗如此说着往前赶，两个人都唬怔了。宝钗反向他二人笑道："你们把林姑娘藏在那里了？"坠儿道："何曾见林姑娘了。"宝钗道："我才在河那边看着林姑娘在这里蹲着弄水儿的。我要悄悄的唬他一跳，还没有走到跟前，他倒看见我了，朝东一绕就不见了。别是藏在这里头了。"一面说一面故意进去寻了一寻，抽身就走，口内说道："一定是又钻在山子洞里去了。遇见蛇，咬一口也罢了。"一面说一面走，心中又好笑：这件事算遮过去了，不知他二人是怎样。这个小事件彻底颠覆了宝钗的形象，也正因为事发突然没有了考虑的时间才越发显出一个人最深层的内在品性，原本对宝钗的好感也因此令人大打折扣。薛宝钗这样一说倒是把自己混过去了，却把小红和坠儿吓得半死，她们哪里能懂黛玉，别说这些事黛玉根本不会偷听，即便听见怕也懒得理。这也是世俗中人无法体会精神境界高超的圣贤的原因，我们总以为别人也只能这么想问题，所以俗人眼里只能是一个世俗的世界。就像《庄子》里的一个故事，猫头鹰抓住一只大老鼠，这时看见凤凰飞来，猫头鹰吓得不行，以为凤凰要来抢它的美食。日常生活中，这样的人和事比比皆是，因为自己争名夺利就会认为别人都是如此，如果碰见对名利淡泊的人，他们一定会说这些人真虚伪。所以，换位思考有时并不能作为理解别人的方法，还要区分人的品性和行为习惯。理解别人是个非常复杂的过程，尤其是大多数人连自己都不了解，更遑论理解别人了。

不过自从第三十二回宝玉对黛玉说出了肺腑之言，请其放心之后，宝黛二人怄气的事就很少了。转而宝钗和黛玉的关系开始发生了变化。

第四十二回，宝钗叫住黛玉到蘅芜苑里要审问她，进了房，宝钗便坐了笑道："你跪下，我要审你。"黛玉不解何故，因笑道："你瞧宝丫头疯了！审问我什么？"宝钗冷笑道："好个千金小姐！好个不出闺门的女孩儿！满嘴说的是什么？你只实说便罢。"黛玉不解，只管发笑，心里也不免疑惑起来，口里只说："我何曾说什么？你不过要捏我的错儿罢了。你倒说出来我听听。"宝钗笑道："你还装憨儿。昨儿行酒令你说的是什么？我竟不知那里来的。"黛玉一想，方想起来昨儿失于检点，那《牡丹亭》《西厢记》说了两句，不觉红了脸，便上来搂着宝钗，笑道："好姐姐，原是我不知道随口说的。你教给我，再不说了。"宝钗笑道："我也不知道，听你说的怪生的，所以请教你。"黛玉道："好姐姐，你别说与别人，我以后再不说了。"宝钗见他羞得满脸飞红，满口央告，便不肯再往下追问，因拉他坐下吃茶，款款的告诉他道："你当我是谁，我也是个淘气的。从小七八岁上也够个人缠的。我们家也算个读书人家，祖父手里也爱藏书。先时人口多，姊妹弟兄都在一处，都怕看正经书。弟兄们也有爱诗的，也有爱词的，诸如这些'西厢''琵琶'以及'元人百种'，无所不有。他们是偷背着我们看，我们却也偷背着他们看。后来大人知道了，打的打，骂的骂，烧的烧，才丢开了。所以咱们女孩儿家不认得字的倒好。男人们读书不明理，尚且不如不读书的好，何况你我。就连作诗写字等事，原不是你我分内之事，究竟也不是男人分内之事。男人们读书明理，辅国治民，这便好了。只是如今并不听见有这样的人，读了书倒更坏了。这是书误了他，可惜他也把书糟踏了，所以竟不如耕种买卖，倒没有什么大害处。你我只该做些针黹纺织的事才是，偏又认得了字，既认得了字，不过拣那正经的看也罢了，最怕见了些杂书，移了性情，就不可救了。"一席话，说的黛玉垂头吃茶，心下暗伏，只有答应"是"的一字。

宝钗的知识之丰富确实让人佩服，可惜内心无处安放，竟找不到归途。宝钗质问黛玉的事是贾母带刘姥姥到大观园里玩，在行酒令时，黛玉慌不择言说出的诗句，当时由鸳鸯代贾母行令，鸳鸯又道："左边一个'天'。"黛玉道："良辰美景奈何天。"（《牡丹亭》）宝钗听了，回头看着他。黛玉只顾怕罚，也不理论。鸳鸯道："中间'锦屏'颜色俏。"黛玉道："纱窗也没有红娘报。"（《西厢记》）这些才子佳人的书原本被视为不登大雅之堂的闲书，而且闺阁之中本来就是尊奉女子无才便是德的铁律，认字的都不多，更何况这些所谓伤风败俗的禁书。旧时女子的情感世界一片荒芜，虽然《诗经》上来就是"窈窕淑女，君子好逑"，可是这些活泼泼的人生姿态早已淹没在历史长河之中，剩下的尽是些贞妇烈女的故事，而汤显祖自己在《牡丹亭记题词》中写道："如丽娘者，乃可谓之有情人耳。情不知所起，一往而深，生者可以死，死可以生。生而不可与死，死而不可复生者，皆非情之至也。"这无异于惊世骇俗地为女性情感张目疾呼，这也就让人明白为什么黛玉和宝玉偷看之后喜爱非常了，两人本是要由情入灵的，相比之下宝钗显然还处在世俗的规范之中。此时黛玉对宝钗的好意更多的是来自劝诫本身和帮自己遮掩。像黛玉这样的人原就没什么心机，而且与妙玉的冷淡漠然也并不相同，其实，黛玉这类人一旦认可了谁，就会全心交往否则必然拒之门外，这也正是真性情的体现。正因为如此，黛玉对宝钗感情日深，渐以真心相对。

到第四十五回，黛玉已完全认可了宝钗。黛玉肺病又犯，很少出门只在屋中休养，宝钗时不时来看望说话。因劝黛玉吃点燕窝远比人参肉桂更合适她的身体状况，黛玉遂说出心里话。黛玉道："不中用。我知道我这样病是不能好的了。且别说病，只论好的日子我是怎么形景，就可知了。"宝钗点头道："可正是这话。古人说'食谷者生'，你素日吃的竟不能添养精神气血，也不是好事。"黛玉叹道："'死生有命，富贵在天'，也不是人力可强的。今年比往年反觉又重了些似的。"说话之间，已咳嗽了两三次。宝钗道："昨儿我看你那药方上，人参肉桂觉得太多了。虽说益气补神，也不宜太热。依我说，先以平肝健胃为要，肝火一平，不能克土，胃气无病，饮食就可以养人了。每日早起拿上等燕窝一两，冰糖五钱，用银铫子熬出粥来，若吃惯了，比药还强，最是滋阴补气的。"黛玉天生的病根（刚到贾府当天贾母就问过这事，并让给黛玉配药丸），之前只有贾母关心较多，时间久了哪还有人日日操心，也就习以为常了，但是对于一个十几岁的寄居在姥姥家的孤儿来说，又能向谁诉说，多加要求呢？说多了难免让人觉得自己多事太把自己当成事了，一个偌大的贾府每天得有多少事，还能围着你一个林黛玉转吗？这也本是常理，所以黛玉虽然心里难过也无法多说了。现在有宝钗这样来关心细问，内心感动自不必说，任是谁也要感激的。作者笔下人物事件总是合情合理，妙到自然，所谓的深意，乃至人生、生命的大道理原本就在生活之中，这才是大情怀下的大手笔。一部虚构的文学作品居然被作者写的更接近生活的真相，而我们所谓真切的生活里却又有几分真实呢？这岂不是又如作者提醒的梦幻真假彼此颠倒的一层深意吗！

黛玉叹道："你素日待人，固然是极好的，然我最是个多心的人，只当你心里藏奸。从前日你说看杂书不好，又劝我那些好话，竟大感激你。往日竟是我错了，实在误到如今。细细算来，我母亲去世的早，又无姊妹兄弟，我长了今年十五岁，竟没一个人像你前日的话教导我。怨不得云丫头说你好，我往日见他赞你，我还不受用，昨儿我亲自经过，才知道了。比如若是你说了那个，我再不轻放过你的，你竟不介意，反劝我那些话，可知我竟自误了。若不是从前日看出来，今日这话，再不对你说。你方才说叫我吃燕窝粥的话，虽然燕窝易得，但只我因身上不好了，每年犯这个病，也没什么要紧的去处。请大夫，熬药，人参肉桂，已经闹了个天翻地覆，这会子我又兴出新文来熬什么燕窝粥，老太太、太太、凤姐姐这三个人便没话说，那些底下的婆子丫头们，未免不嫌我太多事。你看这里这些人，因见老太太多疼了宝玉和凤丫头两个，他们尚虎视耽耽，背地里言三语四的，何况于我？况我又不是他们这里正经主子，原是无依无靠投奔了来的，他们已经多嫌着我了。如今我还不知进退，何苦叫他们咒我？"随后宝钗安慰黛玉一番，并说自己那儿有燕窝，先拿来用着。黛玉这里明确说了对宝钗的态度的根源，并不是看不出她日常行为周到，但说"只当你心里藏奸"，所谓心里藏奸就是说她虚伪，表面所为并非出于真心，而是做给别人看的，不是发自内心，但这两次一是劝她少读杂书一是关心生活，却又的确没有做作的意思，因而黛玉觉得是自己以往不曾真正了解宝钗，生出的误解。她们的隔阂和差异真是如此吗？而且在黛玉向宝钗倾诉内心想法时，我们再次明确黛玉的小心翼翼、敏感警惕是来自对自己的处境的无奈。

第四十九回，薛宝琴来到贾府，极受贾母喜爱，宝玉于是担心黛玉心里不自在，结果宝钗说："我的妹妹和他的妹妹一样。他喜欢的比我还疼呢，那里还恼？"宝玉"再审度黛玉声色亦不似往时，果然与宝钗之说相符，心中闷闷不乐"。这里有些奇怪，宝玉平日里总劝黛玉别老使小性，现在看到黛玉和宝钗好，应该替黛玉高兴才对，但却为什么会"心中闷闷不乐"呢？随后他还是忍不住找黛玉问起，"先时你只疑我，如今你也没的说，我反落了单。"黛玉笑道："谁知他竟真是个好人，我素日只当他藏奸。"因把说错了酒令起，连送燕窝病中所谈之事，细细告诉了宝玉。宝玉方知缘故。先说宝玉因为黛玉和宝钗好起来为什么闷闷不乐，宝玉虽对姐妹们甚至丫鬟们都一样的呵护，不愿让其有一点因自己而产生的不快，但是对于劝解他要读经世济用的学问就大为反感，这种反感原本出自自己的心性，虽表面上并不以此划分远近，但是心里的区别是有的，正因为在心里黛玉和宝钗原本并非同路之人，这闷闷不乐里多少藏着对黛玉态度变化的担忧。等黛玉说完，宝玉也只知道事情的原委，但二人却并没体会出他们和宝钗之间的深层差异。

宝钗并非藏奸，而是已然如此，她对世俗观念的深度接受和甘愿认同已经将其塑造成一位世俗中的典范人物，是符合社会标准的榜样，她的认知就是符合世俗标准下的人生观，举手投足早已被这些规则框架所同化。对人对事更是如此，她不会也不愿从事情本身去思考，而是按照世俗规则去执行，所以面对金钏儿的死，她表现得何等成熟老到，哪里像一个十几岁的女孩子的行为方式，这才是最可悲可叹的。而宝玉和黛玉的认知世界出自天性未被世俗所染，所以会对宝钗、袭人等人许多言语产生天然的反感，"独有林黛玉自幼不曾劝他去立身扬名等语，所以深敬黛玉"（第三十六回）。但这还只是自发尚未做到自觉，所以两人并未真的领会他们与众人的区别的根源所在。而未被污染者必单纯，所以才应了孟子那句"君子可欺以其方"。但需说明的是，宝钗本人并没有故意行诈的意思，而是两个不同认知世界引出的认知错位。人的认知结构决定着人的观念的形成，从而决定着一个人最终所是的样子，所以我们要常常从别人那儿学的不是只言片语的结论，而是看待问题的角度和方法，体会到这一点也才能深刻领会孔子所说"三人行必有我师焉"的真正含义。

黛玉和宝钗日渐亲近，但在命运的选择上二人却无法并行。第五十七回，薛姨妈和宝钗分头来看望黛玉，聊天的时候，宝钗少见地伏在薛姨妈怀里撒起娇来，黛玉甚是嫉妒，想到自己无父无母流泪叹息起来，遂说要认薛姨妈当干娘，宝钗打趣说不能认干女儿，要当儿媳妇呢，这样就引出了薛姨妈的一段话，"我想着，你宝兄弟老太太那样疼他，他又生的那样，若要外头说去，断不中意。不如竟把你林妹妹定与他，岂不四角俱全？"林黛玉先还怔怔的，听后来见说到自己身上，便啐了宝钗一口，红了脸，拉着宝钗笑道："我只打你！你为什么招出姨妈这些老没正经的话来？"宝钗笑道："这可奇了！妈说你，为什么打我？"紫鹃忙也跑来笑道："姨太太既有这主意，为什么不和太太说去？"薛姨妈哈哈笑道："你这孩子，急什么，想必催着你姑娘出了阁，你也要早些寻一个小女婿去了。"紫鹃听了，也红了脸，笑道："姨太太真个倚老卖老的起来。"说着，便转身去了。黛玉先骂："又与你这蹄子什么相干？"后来见了这样，也笑起来说："阿弥陀佛！该，该，该！也臊了一鼻子灰去了！"薛姨妈母女及屋内婆子丫鬟都笑起来。婆子们因也笑道："姨太太虽是顽话，却倒也不差呢。到闲了时和老太太一商议，姨太太竟做媒保成这门亲事是千妥万妥的。"薛姨妈道："我一出这主意，老太太必喜欢的。"

薛宝钗居然拿林黛玉和薛蟠开玩笑，真不知她的居心何在！但此时黛玉大概是真心想认薛姨妈当干娘的，紫鹃一心向着黛玉，找各种机会想让宝玉和黛玉的婚事定下来，就连黛玉身边的婆子们也难免想促成此事得些好处呢。此时无论是薛姨妈还是宝钗对宝玉并没有其他想法，还只是当成亲戚一样，所以，即便在第五十回中贾母有意询问薛宝琴的生辰八字，薛姨妈等人已经猜到想给宝玉提亲，但因宝琴先已订了人家所以贾母没再多说。这就说明第一贾母并没有确定或者暗示过宝玉和黛玉的亲事，都是大家一致看好而已；第二薛姨妈当时也并没有想要撮合宝钗和宝玉的意思，并且至少直到此时和黛玉说这话的时候不仅薛姨妈没想过宝钗的事，即便宝钗自己也还没往这一层想。

虽然宝钗入宫选秀可能早已落选，但她并非冲着宝玉而来，而且宝玉根本就不是她理想中的夫婿，最多也只能算是一个可接受的选择而已，所谓的金玉良缘不仅宝玉不信，即便薛宝钗也并未当成宿命，否则再冒出湘云的金麒麟来更说不清了。但金玉良缘的说法对黛玉却是至关重要的，因为黛玉既没有选秀入宫的打算，更不屑于第二人选，就连宝玉稍有不慎都不愿将就更何况他人。

虽然此时薛姨妈的话并不是对黛玉的承诺，也没当成事儿就去找贾母谈，但毕竟此时还愿意替黛玉做主成全这桩婚事，可终于还是"失信"于黛玉，转而促成宝钗，正因如此才能看出宝钗的眼里本无"爱情"一词，而黛玉心中却唯有"爱情"而已。在宝钗眼里原本没有"姹紫嫣红"的爱情，有的只是门当户对的婚姻，如果丈夫还能读书上进那就更好了，但即便是如贾琏等人一般大概也是能接受的。

当薛姨妈和宝钗看到金玉良缘是当时最好的选择之后，她们立即"忘记"这时对黛玉所说的话了。而自以为得到帮助的黛玉到时也只能悲叹自己父母早亡无人做主的悲凉境况。想想一个十几岁的至情至性的女孩子只能在萧瑟之间独自流泪，无处宣泄这最最真挚的情感的时候，谁又能不为这位弱不禁风的神仙似的林妹妹流下热泪呢。

真情也好，假意也罢，在真真假假之间，我们不得不佩服作者一再提醒的，梦幻真假的寓意，因为稍有不慎就会迷失其中，以假作真或以真作假了。

不过，我个人的判断，黛玉去世在前，宝钗结婚在后，所以，还谈不上薛姨妈和宝钗失信于黛玉，只能说并没有积极推进这件事而已。

宝黛的生命悲剧其实并不需要宝钗或者别的任何一个人来搅和，他们不可能在俗世中结为夫妻，这既是作者先已做出了前世因缘的预设，也是二人存在的方式，即他们不是俗世婚姻中的一对男女，故事要说的根本不是二人的爱情悲剧。所以，黛玉病逝无可挽回，根本与宝钗无关，黛玉去世之后才有宝玉和宝钗的婚姻。而要说悲剧，宝玉和宝钗的这场俗世的婚姻才是人间悲剧，而这场婚姻也只是推动宝玉最终看破世间真假万象的最后一个助力而已。

红楼梦的世界（二）

一

红楼世界的转折：大观园最辉煌的篇章

大观园是太虚幻境在人间的投影，是一个没有臭男人掺和的干净的女儿世界，只留下一个等待通往心灵世界的贾宝玉在此处经历情感和心灵的历练。到第四十九回，这个清净的世界终于迎来了最辉煌的篇章。

有人一定会奇怪，为什么作者认为只有未出嫁的女儿世界才是最清净的，一定还会有人进一步分析说，其实这一判断也未必准确，这世上哪有什么清净的世界，这些说法和想法也都没错。不过，作者想要让人感受到的正是有一个大观园曾是一个清净的世界，虽然时光短暂，却跨越千古成为心灵可以休憩之地。作者在书中描写了那么多各色人物，无论低俗也罢、庸俗也好，还是心比天高、目无下尘，但却从不做出善恶、对错、是非、好坏的判断和偏向，就是那样自然地写出来让大家自己看，你喜欢谁就喜欢谁，任人评价和议论，作者只是把这一切生活中的可能展现出来，其中因为各不相同而自然地显出彼此对比，大观园就是这样一个纯粹的存在，作者其实未做判断，只是那份超越生活的艺术精神始终弥漫其间。

但在男权社会中，有几个贾宝玉？正因为贾宝玉是个异类，才脱离了社会的束缚，不是只有未出嫁的女儿才清净，而是在男权社会中，只有未出嫁的女儿才有可能清净，否则必受世俗污染，所以大观园是一个人类心灵的保护地，直到被强大的世俗社会渗入其中加以摧毁，这种摧毁当然是指精神上的，世上再无大观园象征着一种精神的泯灭和消逝，一个还有情感和心灵追求的时代的终结，所以《红楼梦》要说的不仅是贾家的末世，更是人类的末世。

第四十八回中香菱搬进了大观园，紧接着就跟黛玉开始学作诗，学的刚有小成，忽然来了一大堆人，分别是邢夫人的兄嫂和侄女邢岫烟，李纨的婶子和堂妹李纹、李绮，薛宝钗的堂弟妹薛蝌和薛宝琴。

这下可把宝玉高兴坏了，"老天，老天，你有多少精华灵秀，生出这些人上之人来！可知我井底之蛙，成日家自说现在的这几个人是有一无二的，谁知不必远寻，就是本地风光，一个赛似一个，如今我又长了一层学问了。除了这几个，难道还有几个不成？"一面说，一面自笑自叹。常人也不知宝玉独自高兴个什么劲，所以袭人见他又有了魔意，便不肯去瞧。晴雯等早去瞧了一遍回来，挺挺笑向袭人道："你快瞧瞧去！大太太的一个侄女儿，宝姑娘一个妹妹，大奶奶两个妹妹，倒像一把子四根水葱儿。"

多出来"一把水葱"，探春也来找宝玉，希望留四位住在大观园一起开诗社。兄妹两人到了贾母处，原来贾母喜欢热闹，早已安排都留在贾府住下，尤其喜欢宝琴，已经认了干孙女，还命跟着自己住，后来还暗示有意想给宝玉提亲，因为已经许了人家方才撂开不提。薛宝琴因为没有充分展开描写，根据几次出场的表现推断大约是介于宝钗和黛玉之间的人物。邢岫烟家庭条件较差，和迎春住在一起，后与薛蝌定亲。李纹、李绮自然跟着李纨住在稻香村。除了新来的几位，还不能缺了湘云，所以作者立即安排史家迁任外省，贾母又把湘云接来和宝钗同住。

此时大观园中比先更热闹了多少。李纨为首，余者迎春、探春、惜春、宝钗、黛玉、湘云、李纹、李绮、宝琴、邢岫烟，再添上凤姐儿和宝玉，一共十三个。叙起年庚，除李纨年纪最长，他十二个人皆不过十五六七岁，或有这三个同年，或有那五个共岁，或有这两个同月同日，那两个同刻同时，所差者大半是时刻月分而已。连他们自己也不能细细分晰，不过弟兄姊妹四个字随便乱叫。其他人年龄相仿不必说，只王熙凤的年龄此处有些出入，不可能这么小，这是作者不舍得在大观园最精彩的一刻把凤姐扔下。

另有香菱在宝钗处，此时又有了湘云这个好热闹的陪伴，学诗越发勤谨起来，如今香菱正满心满意只想作诗,又不敢十分罗唣宝钗,可巧来了个史湘云。那史湘云又是极爱说话的,那里禁得起香菱又请教他谈诗,越发高了兴,没昼没夜高谈阔论起来。宝钗因笑道:"我实在聒噪的受不得了。一个女孩儿家,只管拿着诗作正经事讲起来,叫有学问的人听了,反笑话说不守本分的。一个香菱没闹清,偏又添了你这么个话口袋子,满嘴里说的是什么:怎么是杜工部之沉郁,韦苏州之淡雅,又怎么是温八叉之绮靡,李义山之隐僻。放着两个现成的诗家不知道,提那些死人做什么!"湘云听了,忙笑问道:"是那两个?好姐姐,你告诉我。"宝钗笑道:"呆香菱之心苦,疯湘云之话多。"湘云香菱听了,都笑起来。此时宝钗虽还谨守女子本分之说,但并未太过扫兴。而湘云终于可以暂时脱离史家的劳作,尽情在大观园里度过自己最美好的时光了。

紧接着,李纨开始组织诗社的事。宝玉便邀着黛玉同往稻香村来。黛玉换上掐金挖云红香羊皮小靴,罩了一件大红羽纱面白狐狸里的鹤氅,束一条青金闪绿双环四合如意绦,头上罩了雪帽。二人一齐踏雪行来。只见众姊妹都在那边,都是一色大红猩猩毡与羽毛缎斗篷,独李纨穿一件青哆罗呢对襟褂子,薛宝钗穿一件莲青斗纹锦上添花洋线番羓丝的鹤氅;邢岫烟仍是家常旧衣,并无避雪之衣。一时史湘云来了,穿着贾母与他的一件貂鼠脑袋面子大毛黑灰鼠里子里外发烧大褂子,头上带着一顶挖云鹅黄片金里大红猩猩毡昭君套,又围着大貂鼠风领。书中从未这样把在场人物的衣着打扮全都描述一遍的,只缘这是大观园最美的风景了。

人物都安排来了,就这作者还嫌不够,再来一个转折。第二天一大早,宝玉急急忙忙跑去芦雪广,结果大家都还没吃完饭呢,于是又跑去贾母处和大家汇合。这还不够,光人好还不行,还要天降大雪,让大地白茫茫一片毫无杂质,顺便还把妙玉也带上,凤姐也拉来,可见前文所说不虚,凤姐并非如其表面所示的俗人一个。

大观园原本不大,但是处处有景,再换了时令气节,加上天气变化,人物穿梭其间,这才显得无比的丰富多彩,不只是我们去看个苏州园林那样走马观花的游客所能感受了。等大家在贾母处吃完饭,齐往芦雪广来,听李纨出题限韵,只不见湘云和宝玉,原来他俩要了块生鹿肉要自己弄着吃。于是众人又烤起鹿肉来了。其实联诗只是最美的瞬间,而从为了这一刻开始,所有的时光就都变得有了期盼和意义,无论是景色、人物还是玩笑都成了最美的人世间。有时不经意的一个场景,可能是短短的一天甚至仅仅是一场不期而遇的聚会就会成为一个人终生难忘的一刻,生命中的时光不是等价的,生命的精彩可能不过是某一刻内心的闪亮，或因为一个人或因为一刻莫名的感悟。

到第五十回，众人准备联诗，凤姐和平儿有事要走，临走前，凤姐儿说道："既是这样说，我也说一句在上头。"众人都笑说道："更妙了！"宝钗便将稻香老农之上补了一个"凤"字，李纨又将题目讲与他听。凤姐儿想了半日，笑道："你们别笑话我。我只有一句粗话，下剩的我就不知道了。"众人都笑道："越是粗话越好，你说了只管干正事去罢。"凤姐儿笑道："我想下雪必刮北风。昨夜听见了一夜的北风，我有了一句，就是'一夜北风紧'，可使得？"众人听了，都相视笑道："这句虽粗，不见底下的，这正是会作诗的起法。不但好，而且留了多少地步与后人。就是这句为首，稻香老农快写上续下去。"随后大观园一众儿女在芦雪广联句，当日湘云尤其出众。其中王熙凤的一句开头颇有意思，凤姐基本不识字，更别说作诗，却因缘巧合为大观园最辉煌的时刻起了一个头，不过这个头起得虽然贴切却又暗含不祥之兆，"一夜北风紧"这样肃杀的景象也许确实预示着在辉煌之中隐藏的大观园衰落的哀音已然不远了，仅仅过了几个月后，凤姐就一病不起，李纨、探春和宝钗一起管理大观园的事务，从此纯粹诗性的大观园开始了向世俗的一点点回落，直到各自散场，荡然无存。

如果说元春是大观园的实际缔造者，贾母是外界表面的维护者，那么王熙凤则是来自外界最真实的保护者。在第四十五回中，李纨带着众人邀请凤姐加入大观园的诗社，凤姐就表明了态度，说不参加岂不是成了大观园的反叛了，实则凤姐并不住在大观园，所谓的反叛正是表明她对大观园内的姐妹和宝玉在精神上的认同。也许凤姐希望自己当年也能像这些妹妹们一样有一方净土吧，在这次赏雪联句中，凤姐作为大观园的一分子受到邀请并参与其中，虽然并不擅长这样的活动，但却内心喜悦，也只有跟这些姐妹在一起她才放下心机不被聪明所累。也许，很多人会觉得王熙凤并没这样的层次，她只是做好后勤保障，并讨贾母和王夫人的欢心罢了，这当然是凤姐为人的基本面，但不限于此，否则作者就不会对凤姐有"死后性空灵"的判词了（红楼十二曲之"聪明累"）。

紧接着在第五十一、五十二回中，王熙凤仍为大观园里的姐妹们着想。正值凤姐儿和贾母王夫人商议说："天又短又冷，不如以后大嫂子带着姑娘们在园子里吃饭一样。等天长暖和了，再来回的跑也不妨。"王夫人笑道："这也是好主意。刮风下雪倒便宜。吃些东西受了冷气也不好，空心走来，一肚子冷风，压上些东西也不好。不如后园门里头的五间大房子，横竖有女人们上夜的，挑两个厨子女人在那里，单给他姊妹们弄饭。新鲜菜蔬是有分例的，在总管房里支去，或要钱，或要东西，那些野鸡，獐，狍各样野味，分些给他们就是了。"贾母道："我也正想着呢，就怕又添一个厨房多事些。"平时最嫌别人给自己多找事的凤姐道："并不多事。一样的分例，这里添了，那里减了。就便多费些事，小姑娘们冷风朔气的，别人还可，第一林妹妹如何禁得住？就连宝兄弟也禁不住，何况众位姑娘。"拉出黛玉和宝玉，别人还能说什么，这是王熙凤式的狡黠，但要观其心意，此则手段而已（难道打着正义的大旗行苟且之事的还少吗？凤姐能反其道而行之，才是真性情的人呢！）。贾母听了很高兴，夸凤姐能为小姑子们着想，凤姐是贾母的孙媳妇，贾母的夸赞是由衷的，因为大家族妯娌姑嫂的关系最难相处，经常弄得整个家庭鸡飞狗跳不得安宁，而王熙凤能真心为几个弟妹们着想，着实不易，也可见真心，所以与宝玉在内守护大观园相对应，凤姐是从外围保护大观园的守护者。而凤姐在大雪中联诗的第一句却是"一夜北风紧"，其中的预兆可以说已非常明显了。

在大家怂恿着让宝玉去找妙玉要梅花的时候，李纨有句这样的话，"我才看见栊翠庵的红梅有趣，我要折一枝来插瓶。可厌妙玉为人，我不理他。如今罚你去取一枝来。"李纨向来是老实人，而妙玉又是贾家家庙里的修行人，作者偏偏让李纨说出了对妙玉的评价，甚至用了"可厌"，可见，妙玉真是"欲洁何曾洁，云空未必空"了。

次日，因贾母催惜春画大观园，大家都来惜春处，随后开始制作灯谜。大家猜了几个之后，宝钗道："这些虽好，不合老太太的意思，不如作些浅近的物儿，大家雅俗共赏才好。"宝钗的人情世故是已经深入骨子里了。再次强调，这并不代表宝钗自身是虚伪的，而是面向世俗层面的自我认知决定的，她的表达和表现方式已经形成，相对性情中人而言显得虚伪，但就其自身而言却是"真诚"的。可怜可悲又可叹的恰恰在此，宝玉所痛恨的也在此，为什么充满灵性的水做的女儿偏偏要学那些混账男人的所谓人情世故呢？这是纯净的宝玉内心无法理解和赞同的。可是作者也真有意思，宝钗提议编写雅俗共赏谜底浅近的灯谜，结果之后的谜题除了湘云出的被宝玉猜出而外，宝钗、宝玉、黛玉各出一个还没给出谜底，紧接着宝琴竟一下写了十首怀古诗说是藏着十种俗物，但却一个也没猜出，作者也没有解析，至今仍为谜题，众说纷纭无一定论。

对于宝钗和黛玉，无论哪一个都已很不错，但贾母见了薛宝琴之后，竟然迅速地让王夫人认作干女儿，并准备提亲了，如果宝琴没有先许了人家难道就这样完结了宝玉的婚事？虽然是虚惊一场，但至少说明贾母当时无论对宝钗还是黛玉并没有偏向，也许是两人从小在贾府住着，贾母并未特别往婚事上想也有可能。而宝琴是介乎宝钗和黛玉之间的人物，这也说明，作为典范的宝钗和黛玉可能因为都过于典型而缺乏一些所谓的中庸之道吧。

宝琴在众人中年龄最小，还兼具多人优点，几为完人，却又安排她订婚最早，以至于没有机会触碰她的情感世界，所以我们看到的是一个比"仇十洲画的《双艳图》"还美的画中人，却不见丝毫生气（仇十洲是与唐伯虎齐名的明代画家）。所以，我猜测原作者在八十回之后很可能沿着薛蟠结婚，香菱受气的情节继续讲薛家的事，连带薛蝌尤其是对宝琴的事会有更多的交代，而那时的线索可以作为解宝琴灯谜的依据，因为宝琴写十首怀古谜题的时候这样说："我从小儿所走的地方的古迹不少。我今拣了十个地方的古迹，作了十首怀古的诗。诗虽粗鄙，却怀往事，又暗隐俗物十件，姐姐们请猜一猜。"她自己暗含往事，别人岂能知道，所以虽然"众人看了，都称奇道妙"，这是说谜面的创意非常别致，但是结果却是"大家猜了一回，皆不是"。只是这样难猜的谜题不知道是否符合宝钗雅俗共赏、浅近俗物的要求了。

大观园中最辉煌的时刻就这样以难猜的谜题悄然落幕，也正是在这最精彩最辉煌的时刻暗伏下众多引发衰败的伏笔，就连平儿的镯子都会在最高兴的时刻被偷走，真令人不得不"叹人间，美中不足今方信"了（红楼十二曲之"终身误"）。

二

红楼世界的衰落：大观园最凄凉的挽歌

以薛宝琴四美住进贾府开始，经"琉璃世界白雪红梅"，又经"芦雪广争联即景诗，暖香坞雅制春灯谜"，到五十一回"薛小妹新编怀古诗"为止，大观园最辉煌的场景告一段落，随之而来的就是安排袭人回家探望病危的母亲，然后晴雯不经意生病，以此悄然拉开了大观园，乃至贾府衰落的序幕，只是这种衰落并没有被作者描写成毫无征兆的突发事件让整个贾府瞬间轰然倒塌、分崩离析而已，因为偶然事件虽然更富戏剧性，却缺乏更普遍的代表性，红楼故事不想也不应成为简单的戏剧故事，它刻画的本就是最普遍的人世间的日常状态。所以此时的贾府依旧是表面一片和谐热闹的景象，而衰落的因子还只是一个微弱的正在孕育的尚在发芽的种子。

第五十一回，袭人母亲生病，家里人来接，凤姐亲自张罗，最后还嘱咐袭人道："你妈若好了就罢，若不中用了，只管住下，打发人来回我，我再另打发人给你送铺盖去。可别使人家的铺盖和梳头的家伙。"又吩咐周瑞家的道："你们自然也知道这里的规矩的，也不用我嘱咐了。"周瑞家的答应："都知道。我们这去到那里，总叫他们的人回避。若住下，必是另要一两间内房的。"从凤姐的做派自然能看出大户人家的规矩，另则也是大户人家的排场。

袭人回去一时回不来，于是又转到晴雯这儿来，安排晴雯和麝月照顾宝玉，也由此埋下了造祸的引子。当晚因为晴雯跟麝月闹着玩，结果招了风感冒了，按规矩就要让搬出去以免传染他人，宝玉托词病并不重加上袭人不在没人服侍就留在屋内养病。因在大观园中，要告诉负责的李纨一声，老嬷嬷去了半日，来回说："大奶奶知道了，说两剂药吃好了便罢，若不好时，还是出去为是。如今时气不好，恐沾带了别人事小，姑娘们的身子要紧的。"晴雯睡在暖阁里，只管咳嗽，听了这话，气的喊道："我那里就害瘟病了，只怕过了人！我离了这里，看你们这一辈子都别头疼脑热的。"说着，便真要起来。宝玉忙按他，笑道："别生气，这原是他的责任，唯恐太太知道了说他不是，白说一句。你素习好生气，如今肝火自然盛了。"晴雯的性格也真是好胜，不管是谁都是嘴上不饶人，丫鬟姐妹倒还罢了，就连对王夫人、宝钗、李纨这些人也一样稍不顺心就发牢骚，对于早已奴化的人群来说这简直是不可理喻的：主人们给我们这么好的待遇了，都让我们比别人家的小姐还有面子了，对主人只有感激涕零，竟会有人对主人抱有什么怨言，简直无法想象，太不可思议了。这也是为什么前面先要细细描写凤姐交代安排袭人回家的各种事项，这是为了表现袭人所代表的群体的精神面貌和晴雯所表现的精神状态两者之间的强烈对比。无论哪个时代、哪个社会，袭人都是大多数，而孤单的晴雯既没有同盟也没有群体，因为独立所以自我，也理所当然地不受王夫人这些统治者们喜爱，必摧毁之而后快。黛玉的处境其实也并不比晴雯好到哪里去的深层原因同样在此。

等宝玉看第一个庸医开的药方不对，又让茗烟请了王太医，病症倒是一样，只重开的药方要高明的多，宝玉喜道："这才是女孩儿们的药，虽然疏散，也不可太过。旧年我病了，却是伤寒内里饮食停滞，他瞧了，还说我禁不起麻黄、石膏、枳实等狼虎药。我和你们一比，我就如那野坟圈子里长的几十年的一棵老杨树，你们就如秋天芸儿进我的那才开的白海棠，连我禁不起的药，你们如何禁得起。"麝月等笑道："野坟里只有杨树不成？难道就没有松柏？我最嫌的是杨树，那么大笨树，叶子只一点子，没一丝风，他也是乱响。你偏比他，也太下流了。"宝玉笑道："松柏不敢比。连孔子都说：'岁寒然后知松柏之后凋也。'可知这两件东西高雅，不怕羞臊的才拿他混比呢。"宝玉在这里不仅把男女比喻做了对比，说自己是树，女孩子是娇柔委婉的花，又把酸士腐儒们讽刺挖苦了一回，之前因为见贾雨村说起自己是个大俗人不想见他们那些雅客，此处竟说自己最多是棵杨树，松柏是不敢比的，只有那些没羞没臊的才敢自比松柏。

晴雯正在病中，偏又来了件非她不行的事。第五十二回，宝玉要去舅舅家王府拜寿，去之前贾母送他一件俄罗斯产的雀金裘穿着，结果不小心烧破一处，因为第二天要穿，拿出去找工匠缝补竟没人认识，唯有晴雯有这手艺，正在病中的晴雯二话不说，咬牙连夜给补好，结果病情加重，累得"力尽神危"了，到了第五十三回，王太医又来开了药方，宝玉忙命人煎去，一面叹说："这怎么处！倘或有个好歹，都是我的罪孽。"晴雯睡在枕上嗐道："好太爷！你干你的去罢，那里就得痨病了。"晴雯不提别的病，偏说一个痨病，处处呼应着黛玉。同样心高无尘的性格，但因出身不同，所形成的认知存在很大差异。黛玉是大家闺秀不可能动不动就急赤白脸与人争吵，她更多的是嘲讽挖苦，而晴雯是出身苦寒的丫鬟，冷嘲热讽更多地就直接表现为伶牙俐齿，得理不饶人，因而显得尖酸刻薄。而两者实则一个自发一个自觉，虽同处心灵世界格局仍是不同。

不仅如此，第五十三回中，李纨感冒，邢夫人害火眼，迎春、岫烟去侍药，李纹、李绮去了舅舅家，"宝玉又见袭人常常思母含悲，晴雯犹未大愈：因此诗社之日，皆未有人作兴，便空了几社。"眼看又到了腊月，又准备过年的事了，随后宁国府祭祖、荣国府元宵夜宴，一直闹到出了正月，紧接着凤姐就病了，遂由李纨、探春来管理荣府家务，王夫人又请宝钗协助，黛玉又咳嗽起来，湘云也病倒，后因宫中一位老太妃离世，有诰命的都要前往守丧，估计守丧要一个月的光景，结果，"两处下人无了正经头绪，也都偷安，或乘隙结党，与权暂执事者窃弄威福。荣府只留得赖大并几个管事照管外务。这赖大手下常用几个人已去，虽另委人，都是些生的，只觉不顺手。且他们无知，或赚骗无节，或呈告无据，或举荐无因，种种不善，在在生事，也难备述"。大家细看细品很容易就会发现，除了大观园中贾宝玉和姐妹们在一起的时候才是不沾污浊的纯净世界，但凡往外围扩展就全是蝇营狗苟之事。第五十八到六十一回开始把笔触借老太太等人守国丧之机转向园中下层人物的行止，不再赘述。

虽然书中直接描写下人的文字不多，但其实却是极其重要的认知环境，也才能知道黛玉等人能洁身自好，能不染是非是何其难能可贵了。试问世间有几人真心愿意努力做到"出淤泥而不染"呢？如果你能发现自己身边有这样的人，不妨多给予一些尊重和爱护，哪怕自己做不到，却也能给世间多留一些温情和善意吧。

第六十二回，宝玉的生日原本应该是贾府上下最热闹的一天，可在前文中却并不写，几个姐妹中明写的就是宝钗的生日，此时要写宝玉的生日，再加上宝琴一来才知也是同一天，本该更加热闹的，可偏偏贾母等人守丧在外都不在家，只剩下一众小儿女，也才发现原来还有平儿和邢岫烟都是这一天，于是众人开始自己组织这场独特的生日聚会了。这场聚会与前又不相同，没了长辈约束，不仅宝玉和姐妹，连同各人丫鬟们全都聚在一处，行酒令的才刚刚开始，那边宝玉、湘云、尤氏、鸳鸯、平儿、袭人已经捉对吆五喝六地划起拳来了……后来湘云竟喝醉跑去芍药花丛中醉卧花阴了。

就在这一片欢声笑语的场面里，因有人来找探春汇报工作，宝黛二人却有这样一段对话，黛玉和宝玉二人站在花下，遥遥知意。黛玉便说道："你家三丫头倒是个乖人。虽然叫他管些事，倒也一步儿不肯多走。差不多的人就早作起威福来了。"宝玉道："你不知道呢。你病着时，他干了好几件事。这园子也分了人管，如今多掐一草也不能了。又蠲了几件事，单拿我和凤姐姐作筏子禁别人。最是心里有算计的人，岂只乖而已。"黛玉道："要这样才好，咱们家里也太花费了。我虽不管事，心里每常闲了，替你们一算计，出的多进的少，如今若不省俭，必致后手不接。"宝玉笑道："凭他怎么后手不接，也短不了咱们两个人的。"黛玉听了，转身就往厅上寻宝钗说笑去了。黛玉向来不爱管闲事，这时竟也说出日用需节俭的话，而且这也说明黛玉不是没有管理的才能，只是没这个心性也没身份更没精力，但是宝玉的不理家务也是到了极致，最重要的是，从中已能看出贾府外强中干的境况了。

到了第六十三回，宝玉生日的当天晚上才是最精彩的一场生日聚会呢，竟比白天痛快淋漓得多，白天虽没了长辈的约束，但多少还是像官方流程，这夜里才是众人的大观世界。怡红院里的大小丫鬟一起来为宝玉庆祝这次生日，又把李纨、宝钗、黛玉、湘云、探春、香菱等人叫来，到了子时众人散去之后，宝玉等人继续闹了一夜。试想宝玉的生日年年都过，作者独写这一次贾母等人不在家的场景，既新鲜别致又暗示这精彩的时光基本也成了大观园最后的挽歌。世俗世界对大观园的侵入从第七十一回已经显现，而之前第七十回中的桃花社和柳絮词自然也就成了大观园最后的一抹亮色。

第七十回，本来由黛玉起的桃花社因为探春生日、王子腾嫁女等其他杂事延后，后因贾政要于年中回来，宝玉的功课荒疏，连每天的练字也没坚持，于是几个姐妹都帮着宝玉写字，黛玉更是用心，于是将诗社的事搁置不提。大家正忙着这事，又接到贾政的消息，因有公务要年底方回，于是宝玉又照旧游荡起来。后因史湘云在无聊之中见柳花飘舞，写了一首小令，调寄《如梦令》，大家一商量，就把此次的诗社题目改为写柳絮词了。而宝钗也终于表达出了自己的内心追求，一首《临江仙》道是："白玉堂前春解舞，东风卷得均匀。蜂团蝶阵乱纷纷。几曾随逝水，岂必委芳尘。万缕千丝终不改，任他随聚随分。韶华休笑本无根，好风频借力，送我上青云！"可惜运势已尽，已经无力上青云了。

王夫人早因姐妹年龄渐大，想把宝玉搬出园子，一直因为有事耽误，再加上也没出什么乱子就拖下来了，到第七十四回，以邢夫人碰见傻大姐捡到绣春囊为导火索，王夫人亲自过问起大观园的事。别看王夫人平时假装吃斋念佛，要说心狠，恐怕红楼中她才是数一数二的，不仅早早地逼死金钏儿，如今又要逼死晴雯，别看一直戏份不多，却是一个最重要的角色，是一个始终站在大观园反面的等待摧毁整个大观园世界的世俗力量的代表，她还是宝黛悲剧和宝钗婚姻的最大推手，心如槁木的王夫人早已不耐烦看着那么美丽鲜活的大观园世界，此时再也忍不下去了，其实在第三十四回袭人和王夫人谈心时就早有此心，摧毁大观园只是早晚的事，唯独缺一个导火索，此时正好出现。

于是看不惯大观园众儿女的阿猫阿狗都借机跳出来，中伤的中伤、下石的下石。所以等宝钗也搬出园子，宝玉寻人不见时，这些人的反应才是由衷的话。宝玉又至蘅芜苑中，只见寂静无人，房内搬的空空落落的，不觉吃一大惊。忽见个老婆子走来，宝玉忙问这是什么原故。老婆子道："宝姑娘出去了。这里交我们看着，还没有搬清楚。我们帮着送了些东西去，这也就完了。你老人家请出去罢，让我们扫扫灰尘也好，从此你老人家省跑这一处的腿子了。"（第七十八回）你们眼中的琉璃世界，不过是我们眼里的一份差事，能省点事还不少工钱才是最好的世界。的确，在她们眼中，你宝玉每天瞎跑什么，现在倒省了事吧，看来人和人真的是活在不同的世界。

人们总希望生活在一个美好的世间，但其实世间却未必容得下太多的美好。建立一个美好的世界是非常难的，但是摧毁它却很容易。世间多少事都是如此，想成就一番事需要许多人付出太多的努力，而成事不足的那些人败事却又绰绰有余。

就在风雨欲来的时候，这类人就冒出来了，知道王夫人要亲手处理这件事了，邢夫人的陪房王善保家的借机毁谤起晴雯，"别的都还罢了。太太不知道，一个宝玉屋里的晴雯，那丫头仗着他生的模样儿比别人标致些，又生了一张巧嘴，天天打扮的象个西施的样子，在人跟前能说惯道，掐尖要强。一句话不投机，他就立起两个骚眼睛来骂人，妖妖趫趫，大不成个体统。"王夫人听了这话，猛然触动往事，便问凤姐道："上次我们跟了老太太进园逛去，有一个水蛇腰，削肩膀，眉眼又有些像你林妹妹的，正在那里骂小丫头。我的心里很看不上那狂样子，因同老太太走，我不曾说得。后来要问是谁，又偏忘了。今日对了坎儿，这丫头想必就是他了。"先是王善保家的说晴雯像西施，接着王夫人说晴雯像林黛玉，而黛玉一出场就被形容是"病如西子胜三分"，这哪里是冲着晴雯，分明是指向林妹妹嘛！王夫人最喜欢像她一样的木头人，所以接着说："宝玉房里常见我的只有袭人麝月，这两个笨笨的倒好。若有这个，他自不敢来见我的。我一生最嫌这样人，况且又出来这个事。好好的宝玉，倘或叫这蹄子勾引坏了，那还了得。"等把晴雯叫来，作者真是有意思，说，王夫人原是天真烂漫之人，喜怒出于心臆，不比那些饰词掩意之人，今既真怒攻心，又勾起往事，便冷笑道："好个美人！真象病西施了。你天天作这轻狂样儿给谁看？你干的事，打量我不知道呢！我且放着你，自然明儿揭你的皮！宝玉今日可好些？"王夫人再次点明晴雯与黛玉很像，不仅容貌有些相似，就连气质也有几分病西施的感觉。晴雯一听如此说，心内大异，便知有人暗算了他。虽然着恼，只不敢作声。他本是个聪敏过顶的人，见问宝玉可好些,他便不肯以实话对,只说:"我不大到宝玉房里去,又不常和宝玉在一处,好歹我不能知道,只问袭人麝月两个。"晴雯的表现总是跟别的丫鬟不同,明知自己被人算计,却没有战战兢兢地只知认错,反而是对答如流,但在此时的王夫人眼中,这样的表现更是不能接受的。王夫人道:"这就该打嘴!你难道是死人,要你们作什么!"晴雯道:"我原是跟老太太的人。因老太太说园里空大人少,宝玉害怕,所以拨了我去外间屋里上夜,不过看屋子。我原回过我笨,不能伏侍。老太太骂了我,说:'又不叫你管他的事,要伶俐的作什么。'我听了这话才去的。不过十天半个月之内,宝玉闷了大家顽一会子就散了。至于宝玉饮食起坐,上一层有老奶奶老妈妈们,下一层又有袭人麝月秋纹几个人。我闲着还要作老太太屋里的针线,所以宝玉的事竟不曾留心。太太既怪,从此后我留心就是了。"王夫人信以为实了,忙说:"阿弥陀佛!你不近宝玉是我的造化,竟不劳你费心。既是老太太给宝玉的,我明儿回了老太太,再撵你。"因向王善保家的道:"你们进去,好生防他几日,不许他在宝玉房里睡觉。等我回过老太太,再处治他。"喝声:"去!站在这里,我看不上这浪样儿!谁许你这样花红柳绿的妆扮!"晴雯只得出来,这气非同小可,一出门便拿手帕子握着脸,一头走,一头哭,直哭到园门内去。

  王夫人因为自己蠢笨所以不喜欢过于伶俐的,而且又没有容人的度量,平日装得呆头呆脑好让贾母不埋怨自己,但毕竟掩藏不住内心深处的粗鄙之心,早晚要摧毁大观园而后快,加上贾府上下的老婆子、媳妇们恨这些丫鬟已不止一日,竟是一拍即合,果断出击,凤姐不敢多说,只能答应。注意凤姐的无奈,不是无话可说,而是"见王夫人盛怒之际,又因王善保家的是邢夫人的耳目,常调唆着邢夫人生事,纵有千百样言词,此刻也不敢说,只低头答应着"。在贾母和众人面前何等风趣伶俐的凤姐,忽然在木头人王夫人的淫威下老实得像只小绵羊,可见王夫人骨子里从来就不是表面上那么木讷、和善,而王熙凤大概是最深知就里的人。接着,王夫人稀里糊涂答应几个管事的媳妇去大观园抄检起来,凤姐明知不妥也不敢反对,结果迎春的丫鬟司棋正是惹出这事的祸首。探春倒是比王夫人要明白得多,大骂众婆子媳妇一顿,"你们别忙,自然连你们抄的日子有呢!你们今日早起不曾议论甄家,自己家里好好的抄家,果然今日真抄了。咱们也渐渐的来了。可知这样大族人家,若从外头杀来,一时是杀不死的,这是古人曾说的'百足之虫,死而不僵',必须先从家里自杀自灭起来,才能一败涂地!"到了惜春处又引出丫鬟入画的事,原本也是正常的事,惜春偏偏不愿出面说话,竟还埋怨嫂子尤氏，连从小陪伴自己相随多年的入画也不愿留了。

这一抄检不仅引出司棋等丫鬟们的事，也让迎春、探春、惜春分别生出许多心思来，从此闹得好端端一个大观园再无往日颜色，终于日渐暗淡直至泯灭无踪了。

第七十五、七十六回中，中秋节的气氛因为人员的不齐全而显得有些落寞和冷清，李纨和凤姐病着，宝钗和宝琴跟薛姨妈没有过来，其他亲戚都各自回家，但贾母却不愿也不喜欢这样的氛围，所以一定要维持形式上的气氛，然而，"只听桂花阴里，呜呜咽咽，袅袅悠悠，又发出一缕笛音来，果真比先越发凄凉。大家都寂然而坐。夜静月明，且笛声悲怨，贾母年老带酒之人，听此声音，不免有触于心，禁不住堕下泪来。众人彼此都不禁有凄凉寂寞之意"。好好的一个团圆之夜，众人竟都流下泪来，气氛终究显得有些萧瑟，尤其是黛玉和湘云在凹晶馆联诗最终道出了悲音：寒塘渡鹤影，冷月葬花魂（有版本写成冷月葬诗魂。因为黛玉是红楼诗魂，诗魂也贴切，两者似乎也并无高下之分），这是大观园即将消逝的诗意哀挽了。贾母众人硬撑到了四更天，除了探春，其他姐妹早已先走了，就连宝玉也担心晴雯的病早早回去了。这次荣府中秋聚会基本是作者笔下最后一次家族聚会，如此的凄凉，距离结局怕是不远了。

第七十七回，王夫人因为找不到像样的人参而恼火，其实这不过是象征着贾家的衰落而已。试想，偌大的一个家族竟连像样的几两人参都没有是何等的尴尬，而作者高明之处绝不上来就写，因为是否能买得起人参根本不是问题，即便贾家再没落，这时也绝不会连买几两人参的钱都没有，而是说这些从来不会让管家的人操心的小事居然成了王夫人要亲自过问的事了，这种看似轻巧却寓意深远的事件将越来越多地显现。即便如此，作者还要穷尽贾府上下，就连贾母的所藏也拿了出来，只是通贾府上下居然真的找不出像样的人参了。

大观园的衰落绝不上来就说如何的不堪，这些小儿科式的写法固然是拙劣作家的水准，但对于红楼的作者绝不至此。先从傻大姐无意发现的香包引出了抄检大观园，随后司棋被逐，宝钗赶紧搬出避嫌，紧接着就是王夫人亲自出马处理晴雯，而这个酷似黛玉的重要人物就这样被赶出了大观园。

到了第七十八回，王夫人向贾母汇报这件事的时候，和对凤姐所说完全是两套说辞，对凤姐自然是表达自己的内心所想，而对贾母却是另一番话术。王夫人便往贾母处来省晨，见贾母喜欢，便趁便回道："宝玉屋里有个晴雯，那个丫头也大了，而且一年之间，病不离身，我常见他比别人分外淘气，也懒，前日又病倒了十几天，叫大夫瞧，说是女儿痨，所以我就赶着叫他下去了。若养好了也不用叫他进来，就赏他家配人去也罢了。再那几个学戏的女孩子，我也作主放出去了。一则他们都会戏，口里没轻没重，只会混说，女孩儿们听了如何使得？二则他们既唱了会子戏，白放了他们，也是应该的。况丫头们也太多，若说不够使，再挑上几个来也是一样。"贾母听了，点头道："这倒是正理，我也正想着如此呢。但晴雯那丫头我看他甚好，怎么就这样起来。我的意思这些丫头的模样爽利言谈针线多不及他，将来只他还可以给宝玉使唤得。谁知变了。"贾母虽说有些意外，但也并不会因为一个丫鬟真去做什么核实调查，随后王夫人便又把袭人夸了一番，轻描淡写之间，在丫鬟中独具一格的晴雯就被当权者轻轻抹去。其实现实中这样的事更是家常便饭，常有人感慨为什么有才者不能受到重用，很简单，你有才但可惜你不是袭人，更不是宝钗，黛玉尚且不行，你小小的晴雯哪有什么机会，所谓的怀才不遇仅此而已，更何况，许多人也不过是自我感觉良好，距离真正的有才本身还有很远的距离呢！

晴雯已死、芳官出家，宝玉找黛玉不见，找宝钗已然搬出，"悲感一番，忽又想到去了司棋、入画、芳官等五个，死了晴雯，今又去了宝钗等一处，迎春虽尚未去，然连日也不见回来，且接连有媒人来求亲：大约园中之人不久都要散的了。纵生烦恼，也无济于事。不如还是找黛玉去相伴一日，回来还是和袭人厮混，只这两三个人，只怕还是同死同归的。"贾政偏又拉着宝玉做文章，宝玉跟着贾政应酬回来后，逼着两个小丫头问晴雯的情况，一个伶俐一点的就编着说，晴雯至死都喊着宝玉，还说自己成了花神，宝玉以假为真，追问是什么花神，小丫头正好看见池中的芙蓉花就随口诌出芙蓉来，宝玉却信以为真。此处需要加以说明，如不能体会作者的心意，一定会觉得宝玉被丫头所骗竟信了这个谎话，其实不然，这正是作者对世间法了然于胸的彻悟。世人只知道黑是黑白是白，哪知道什么是"假作真时真亦假"，这简单的一个谎话却真正是作者和宝玉心中的真言。之后宝玉为晴雯撰写了一篇诔文，这是祭奠逝者的文章，就像袁枚的《祭妹文》一样，只是更加精彩，另含寓意。

其实，书中重要人物早在太虚幻境的判词中已有交代，在第二十二回猜灯谜时也曾预示结局。贾政心内沉思道："娘娘所作爆竹，此乃一响而散之物。迎春所作算盘，是打动乱如麻。探春所作风筝，乃飘飘浮荡之物。惜春所作海灯，一发清净孤独。今乃上元佳节，如何皆作此不祥之物为戏耶？"心内愈思愈闷，因在贾母之前，不敢形于色，只得仍勉强往下看去。只见后面写着七言律诗一首，却是宝钗所作，随念道：朝罢谁携两袖烟，琴边衾里总无缘。晓筹不用鸡人报，五夜无烦侍女添。焦首朝朝还暮暮，煎心日日复年年。光阴荏苒须当惜，风雨阴晴任变迁。（谜底：更香）贾政看完，心内自忖道："此物还倒有限。只是小小之人作此词句，更觉不祥，皆非永远福寿之辈。"想到此处，愈觉烦闷，大有悲戚之状，因而将适才的精神减去十分之八九，只垂头沉思。

正当大观园风雨飘摇之际，三春之一的迎春先走一步，最先离开了大观园的庇护，被外界的污浊瞬间裹挟而去，结果竟不到一年就魂归太虚了，"叹芳魂艳魄，一载荡悠悠"。也许到这时大家才能体会宝玉对姐妹爱护的心思吧。根据第八十回的情节和"三春去后诸芳尽，各自须寻各自门"的预示，紧接着就应该是交替安排香菱、探春和惜春的结局了。

而宝玉在第八十回中接触了夏金桂之后又多了一层感悟，外表美艳俊秀并不代表内心锦绣，实际上只要宝玉再多接触一些外界就会发现，原来大观园之所以如此美好，不过是因为那是人间的一片幻境而已，也才能悟到警幻仙子的一番点醒之言。

作者对自己笔下点滴绘制的人间仙境大观园的衰落竟无丝毫留恋，一旦爆发竟是毫不留情，走的走、死的死、去的去、散的散。试想作者没有一番彻悟，怎么可能放得下、撒得开呢！

三

先天之性：人物定位和三个世界理论

为了真正理解红楼世界，我们还需建立一点关于世界的理论，否则面对纷繁的事件很难区分它们的根本所在，所谓理论就是寻求对事件表现出的种种现象进行深入的剖析，以便能更加深刻地理解这些现象发生的来龙去脉，也就是更接近事件本身或是事物的根本所在。

一个理论不仅应该能帮助人们理解已有的具体事件或者事物，更重要的是要能启发并引导更多的人去寻找自己的内心，并指向未来，在成为自己的同时也成就这个世界。

以往也有观点用理想世界和现实世界来区分大观园和外部世界，现实和理想是西式两分法思维的具体表现，它们彼此对立不相融合。理想世界总是对现实世界充满了不满和奢望，也许人们总是梦想着有一天实现理想世界，却又在理想成为现实的一刻出现了新的理想与刚刚成为现实的理想相对立，这是一个在现实—追求理想—实现理想—成为现实—新的理想之间不断对立转换的循环过程。而这个过程一旦无法完成，现实和理想之间就始终有一条无法逾越的鸿沟。所以，所谓的理想世界其实是总也到达不了的彼岸世界，是一种诱人的永恒的奢望，但这种非黑即白、非此即彼的划分过于简单了，无法描绘更复杂的状态。即便是将理想世界诉诸未来，那么我们不妨称之为时间里的现实世界，而且现实世界和理想世界的二分法还存在技术上的困难（就像后文中要提到的语言与世界的二分法一样），它们无法揭示两者之间相互关系的存在方式和彼此转化的动态机制。所以，我们要重新构建一个世界的框架，而且就在现实世界之中，不求诸遥不可及的彼岸世界或者未来世界。

我们用来描述世界的是基于现实世界的世界认知层次图式理论，简称世界图式理论，而书中用一个更通俗的称呼——"三个世界"理论，其出发点是世界只有一个——也是我们所能认知的唯一的一个——就是我们身处的现实世界，而所谓的"三个世界"是对现实世界所做的三个层次的划分：一个称为世俗世界，一个称为情感世界，一个称为心灵世界，而划分的依据则源自人类的认知。

红楼世界是现实世界的翻版，虽然宝钗、黛玉等人与贾珍、薛蟠之流同处贾府的环境之中，而且还必然地有交集，但是我们知道他们根本就不在同一个世界，这正是我们要说的"三个世界"的划分。

书中众多人物存在极大的差异，这种差异大到已经不像一个"世界"的人了。的确如此，虽然人不得不生活在同一个现实世界之中，但是我们也不得不将这个唯一的现实世界再做划分，以此来安放不同的灵魂。亿万富豪已经不知道还能吃什么了，而饥饿的贫困人群还不知道能吃什么，这是大家都能理解的现实中的不同的世界，而其中不同的"世界"源自不同人群的认知。所以我们身处其中的唯一的世界因为只有一个，它是人类整体存在和我们所有讨论的背景和基础，所以我们不再把它作为讨论对象，而是直接讨论"三个世界"的不同和相互关联。

红楼世界中世俗层面可谓洋洋大观，贾赦、贾珍、贾琏、贾蓉、薛蟠之流自不必说，即便是贾瑞，乃至贾府中一干下人小厮无不如此，他们眼里只有种种欲望，但归结起来也不外乎金钱、美色、权势几类，结果竟有亿万人深陷其中不能自拔，而且还生怕陷得不深。那么为什么宝钗、袭人也是世俗中人呢？难道她们竟和这些人是一类吗？显然还不能这样简单地归类，因为世俗世界还要进一步细分成低俗的和精致的两个方向，并有低俗、平庸和精致三个层次。

低俗、恶俗是世俗世界最龌龊不堪的一面，贾珍之流包括赵姨娘、多姑娘等人（虽然赵姨娘、多姑娘等人的遭遇也是悲剧）就是这一面的代表。

第六十三回，贾敬忽然去世，贾珍等人正在外为宫中老太妃守丧，闻报之后得了皇上恩准回来料理丧事。一到停灵的铁槛寺，"贾珍下了马，和贾蓉放声大哭，从大门外便跪爬进来，至棺前稽颡（jī sǎng，磕头）泣血，直哭到天亮喉咙都哑了方住"。单看这番表现大概会觉得这不就是孝子贤孙嘛！

别急，等贾蓉回家后再看，"贾蓉得不得一声儿，先骑马飞来至家，忙命前厅收桌椅，下槅扇，挂孝幔子，门前起鼓手棚牌楼等事"。这是办丧事的规矩，大家族如果不这样岂不被人笑话，而且不仅要做还得非常地做作才行。大家都像办一件按部就班的常规事例一样，就像如今毫无诚意的追悼会似的，真正悲伤的还只是最亲近的几个亲人而已。安排完这些表面文章之后，贾蓉"又忙着进来看外祖母两个姨娘"，就是尤氏二姐妹，贾蓉跑去尽情逗笑，虽然尤氏姐妹年龄不大，原本也跟贾蓉没有直接的血缘关系，不过毕竟要长一辈，而且又在贾敬刚去世的热孝之时，这哪有一丝的孝心和悲伤呢？

等家中诸事安排妥当，贾敬的灵柩也被移至宁国府，"贾珍、贾蓉此时为礼法所拘，不免在灵旁籍草枕块，恨苦居丧。人散后，仍乘空寻他小姨子们厮混"。这就是这群人的真实模样，因为他们赤裸裸地以金钱、美色、权势为追逐的对象，而且不择手段、想尽办法，欺上瞒下、损人利己，所有的社会道德完全不顾，礼制形同虚设，只是拿来当遮羞布而已。对比秦可卿死时，贾珍恨不得倾其所有置办丧事，又为贾蓉捐个官儿以便出殡时好看，难道还真的当他们是有情之人吗？

在世俗世界中还有一个与之相反的方向，那就是精致的世俗。

同样是挣钱，宝钗更希望是通过经济学问善加经营来获取，就像第五十六回，宝钗和探春、李纨商量兴利除弊发挥下人们的积极性那样，而不是强取豪夺，或者继承家产。同样是男女婚姻等事，宝钗更希望自己的夫婿能与为官做宰的人去谈谈仕途经济学问，而不是只会喝花酒。同样是权势，宝钗希望自己能选入宫中，有朝一日能成贵妃娘娘最好，而不是花钱买官……总之，称之为精致是因为有所依据有所凭借，不是毫无羞耻，但其追求和面对的仍然是世俗世界的所需所求。而且宝钗即便过苦日子也不会堕落成低俗的人，礼制是保护这类人精致的底线，所以他们虽然可以忍贫却不会安贫。

　　相比年轻的宝钗，虽然有一股积极上进的状态，但毕竟有些稚嫩，贾母的精致才是炉火纯青。在日常生活中，随时都能显出贾母的精致和精明，第四十回带着刘姥姥逛大观园，随走随说是何等的风趣幽默，何等的高贵典雅。但是到了第七十五回，与贾家关系密切的甄家出事了，来贾家说些私事。随后，王夫人来向贾母汇报情况。贾母歪在榻上，王夫人说甄家因何获罪，如今抄没了家产，回京治罪等语。贾母听了正不自在，恰好见他姊妹来了，因问："从那里来的？可知凤姐姐妯娌两个的病今日怎样？"尤氏等忙回道："今日都好些。"贾母点头叹道："咱们别管人家的事，且商量咱们八月十五日赏月是正经。"从只言片语中越发能体现出人物的真实内心，而不是面上的热闹景象。很明显，贾母是只顾自己享乐而不愿理人是非的享受型老太太，估计她预计自己这辈子是不会碰上"大厦倾"的一天，哪管他人，怕是连同命相怜的心都没有。不仅对外人如此，即便是自己家族的种种不堪现状，她也只是和稀泥，或者干脆装聋作哑了事，无论是贾琏要杀王熙凤还是贾赦、贾珍等人胡闹在她眼中不过是历来如此，凤姐过生日，贾琏趁机约了鲍二家的私会，却被凤姐抓个正着，引得贾琏急了眼，拿着剑要杀凤姐，王熙凤跑到贾母处哭诉，结果贾母骂了贾琏一顿，回过头来反倒是嘱咐不许凤姐胡闹，"从小儿世人都打这么过的"，所以凤姐再闹就是凤姐的不是了，真是和稀泥的好手。贾母如此努力地维持贾府表面的欣欣向荣一派和谐景象，不过是想保证自己的安乐享受，所以对逐渐腐朽的家族宁可视而不见，所以世俗的精致往往都表现为利己主义。

　　对比前文已提到的宝钗对待尤三姐和柳湘莲的遭遇时的表现，宝钗的态度是别管那些了，安排自家事才是正经，与贾母对待甄家的事时的表现简直如出一辙。

　　还有一类人因为平庸而沉沦在世俗之中，他们并不低俗，甚至也会厌恶低俗，但是也不够精致，因为还做不到人情练达、世事洞明，他们的平庸可能会令其甘于世俗生活的乏味，并称其为追求平淡，虽然他们并不十分清楚平庸和平淡其实有着巨大的差距；要么他们会不甘于平庸转而寻求附庸风雅，或者自以为能跳出世俗的层面，他们既不屑与低俗之人为伍，又因为看不懂精致的门道而将之视为道不相同的路人，而且这些庸人有时会自我感觉良好到甚至以为自己可以到达心灵世界的层面，而对其他人通通不屑一顾，殊不知，他们距离理解和看懂心灵世界还有几世几劫的路要走。

这类人物虽然看上去形态各异，其实都是平庸的做作，只是带有迷惑性不易看出罢了。代表人物有甘于平庸的贾政、王夫人、邢夫人、薛姨妈、尤氏、李纨、迎春、袭人、尤二姐等人，还有自以为跳出的妙玉和惜春。所谓的甘于平庸不是他们自知自觉自己的平庸，而恰恰是因为不自知不自觉，却对自身的状态视为当然；所谓的自我感觉良好，自以为跳出俗世不是因为他们真的明白了，而是在形式上表现得像是明白了。

难道世俗的人群，尤其是低俗的一类，都没有一点情感吗？当然不是，一点都没有的岂不是连畜生都不如，那还能算是人吗？但微弱的情感不能被我们纳入情感世界的范围，只是在世俗世界里保持了一个人的底线而已。

世俗世界看似眼花缭乱、热闹非常，但其实不过就是世人为几件俗事忙活一生的不断重复罢了。生儿育女，长大后再重复一样的感情、婚姻、工作、生活，再生儿育女，如此循环往复，千百年来都是如此。所以，看似活力四射的世俗世界其实只是不断被复制粘贴的静态模板罢了。

反之，情感世界才是真正地充满活力的，富有创造力的动态体系。第四十九回中，湘云告诫初来贾府的宝琴，除了贾母和大观园以外，王夫人还勉强可说说话，别的地方不要去。来看当时湘云的所说，"你除了在老太太跟前，就在园里来，这两处只管顽笑吃喝。到了太太屋里，若太太在屋里，只管和太太说笑，多坐一回无妨，若太太不在屋里，你别进去，那屋里人多心坏，都是要害咱们的。"此话怎讲？如果单从日常生活而言真不知湘云这话从何说起。要说人多心坏想害这帮小姐们似乎没什么道理可言，但湘云为何要这样说呢？其实在黛玉要认薛姨妈当干娘的时候，薛姨妈也说过这样的话，"你这里人多口杂，说好话的人少，说歹话的人多"（第五十七回）。黛玉也在葬花吟中写道："一年三百六十日，风刀霜剑严相逼"（第二十七回）。她们虽然各有所指，却显然在实际中不是表面上的一片和谐景象。

这个"害"在湘云和黛玉不只是有具体所指而已，而且还是一种感觉，是对整个世俗力量的害怕。要知道世俗社会会以一种大众的力量将同质的意志转变成一种约定俗成的规范对异于世俗的一切予以反击，可能表现为从羡慕到嫉妒再到恨的过程，这种力量不允许存在超出他们的理解范围和固有观念的一切信条。你高尚怎么可以，我都不高尚，你不是假装就是虚伪；我都沦落成老婆子了，你凭什么还能余韵犹存；我没文化你凭什么才高八斗；你有网红的潜质，我立马宣称自己是键盘侠的至尊……如果这个距离很远（包括物理上的和意识上的），只能望尘莫及的情况下，人们就会顶礼膜拜，把那人视为偶像（"外来的和尚会念经"就是这种意识的初级版本）；如果距离很近，就会不以为然，不管你是真高明还是确有能力，从贬低到诋毁，私下传闲话，编各种毫无事实依据的故事安到你身上，总之因为离得太近那就不能显出自己差来（"文人相轻"就是这一状态的注脚）。湘云感受到了这样的气息，并且真的害怕被其吞噬或者同化，这种挣扎最终虽有一场好婚姻来救场，却终于还是"云散高唐，水涸湘江"，虽然"这是尘寰中消长数应当，何必枉悲伤"，可依旧令人感叹，虽未陷于世俗却只能在情感世界中形影相吊了。

情感世界也细分为感性和理性两个不同的类型，与史湘云同属感性层面的还有尤三姐、王熙凤和贾探春。

尤三姐虽然出身一般，而且之前水性杨花，但是她能超出常人之处就在于情感世界的苏醒或者说觉醒。第六十六回中，因柳湘莲拒婚，尤三姐拔剑自刎。安葬尤三姐之后，柳湘莲浑浑噩噩来到一座破庙之中，梦见尤三姐，忽听环珮叮当，尤三姐从外而入，一手捧着鸳鸯剑，一手捧着一卷册子，向柳湘莲泣道："妾痴情待君五年矣。不期君果冷心冷面，妾以死报此痴情。妾今奉警幻之命，前往太虚幻境修注案中所有一干情鬼。妾不忍一别，故来一会，从此再不能相见矣。"说着便走。湘莲不舍，忙欲上来拉住问时，那尤三姐便说："来自情天，去由情地。前生误被情惑，今既耻情而觉，与君两无干涉。"说毕，一阵香风，无踪无影去了。尤三姐身处俗世之中，但并未完全向世俗低头，不仅如此，还把贾珍、贾琏尽情戏耍、百般嘲弄，当她说出非柳湘莲不嫁之后就跟换了人似的，结果最终还是在情感世界中完成自己的升华，魂归太虚幻境。

王熙凤是作者笔下最成功的人物之一，甚至给人的印象比宝黛钗还要深刻，那么这样一个为一己私利不择手段、对上巧言令色、对下严厉绝情、对外张扬跋扈的人难道不算一个低俗的大俗人吗？为什么要把她划到情感世界里呢？难道是出于我个人的偏爱？

其中要说明一个道理，对人群做三个世界的划分主要是依据每个人物最重要的特点，而不是在这个人物身上体现出的所有因素。正如不能因为王夫人念了几句阿弥陀佛就说她是虔诚的居士，也不能因为贾母疼爱宝黛就说她是懂二人的知己，更不能因为晴雯出身低贱还不识字读书就说她是俗人一个，人是复杂的，不能贴上标签就算全部，但也并不是说就不能做出评判，我们要听其言、观其行、察其心，虽不中也就不远了，而三者中最重要、最关键的当然是察其心了。

王熙凤的言行给人低俗的感觉，但其实我们细加揣摩就会发现也许这种感觉只是错觉。她不守妇道了吗？她不孝敬公婆长辈了吗？她不爱护姑娌姑嫂了吗？她没有尽心完成管家的职责了吗？她到底都对哪些人不好了呢？

因凤姐而死的第一个是贾瑞，说他咎由自取、自作自受一点不为过。第一次冻了一夜又被贾代儒痛打一顿，如果就此收心也顶多受这次罪，若能悔改更能因祸得福也不一定，可是他仍不死心，仅仅过了两天就又去纠缠，这次不仅被好好整治了一番，还被凤姐派去的贾蓉和贾蔷逼着写了欠条欠了债，之后病倒，延医吃药都不管用，即便如此仍有跛足道人前来救助，给他一面风月宝鉴，那道士叹道："你这病非药可医。我有个宝贝与你，你天天看时，此命可保矣。"说毕，从褡裢中取出一面镜子来——两面皆可照人，镜把上面錾着"风月宝鉴"四字——递与贾瑞道："这物出自太虚幻境空灵殿上，警幻仙子所制，专治邪思妄动之症，有济世保生之功。所以带他到世上，单与那些聪明杰俊，风雅王孙等看照。千万不可照正面，只照他的背面，要紧，要紧！三日后吾来收取，管叫你好了。"可贾瑞偏偏"以假为真"，最终死于非命。凤姐在此事中不仅没错还值得赞扬，当时的社会像贾瑞这样想占女人便宜的何止他一人，可是又见几个女人能为保护自己设局收拾这些臭男人的？恐怕千万人里也找不出一个。而王熙凤不仅有手段惩治这类人，而且并不隐藏自己的所作所为，这难道还不值得称赞吗？

对于贾琏拈花惹草的行为，凤姐从不忍让，虽然受到贾母的调解，但是当得知贾琏又偷娶了尤二姐的时候，她依然不依不饶。尤二姐虽不为凤姐直接所害，但却是因她而死，不过凤姐针对的其实并非尤二姐，而是贾琏背后的男权社会的规则。凤姐不服气，为什么女人要任由你们男人花天酒地却不能反抗阻止，刚来一个尤二姐，接着又来一个秋桐，还是自己的老公公贾赦赏给贾琏的，别说凤姐，谁又情愿忍受？是不是尤二姐，王熙凤都会一样处理。对比屈服于男权只能受气的邢夫人还帮着老头子去要鸳鸯，难道我们希望凤姐也是如此的"贤惠"才好吗？我们就看不到凤姐所要对抗的是什么吗？

正是对世俗礼法的反抗和蔑视，王熙凤甚至想将这些男权社会中的一切男子踩于脚下，这就是王熙凤言行背后的所想，虽然她不识字，按现在的说法就是没什么文化，但是她的情感世界不仅丰富而且充满了原始的力量，是一种不甘认命的生命内在的倔强和抗争，所以凤姐不仅愿意保护纯净的大观园，还是坚定的支持者，她不愿成为大观园的反叛，更向往这些弟妹们有一片净土可以任意徜徉其间，因为这是一个不受外界染指的青春舞台，而外界是一个以男人为主的男权社会，所以大观园要排除的不是所有的男人，而是沾染着男权思想的男人，所以大观园里排除了除宝玉之外的所有世俗男子，也因此大观园中的人每次一听到贾雨村来找宝玉无不厌恶，而令贾宝玉避之不及的贾雨村不正是外界社会的代表吗？！这样的一片净土，在凤姐的心中如何能不向往！

秦可卿对王熙凤的一句评价应该是最有味道的，"你是个脂粉队里的英雄，连那些束带顶冠的男子也不能过你"。

与凤姐不同，探春则有另一种姿态。探春在三春里先是于第三十七回主动开启了大观园诗社，后又代凤姐管理家务，虽然李纨和宝钗也做了同样的事，虽有类似的言行，但其内心迥然不同。

第五十五回，凤姐生病后，李纨、探春、宝钗协理家务，因赵姨娘去闹，平儿赶去帮助处理，回来后，凤姐因问为何去这一日，平儿便笑着将方才的原故细细说与他听。凤姐儿笑道："好，好，好，好个三姑娘！我说他不错。只可惜他命薄，没托生在太太肚里。"平儿笑道："奶奶也说糊涂话了。他便不是太太养的，难道谁敢小看他，不与别的一样看了？"凤姐儿叹道："你那里知道，虽然庶出一样，女儿却比不得男人，将来攀亲时，如今有一种轻狂人，先要打听姑娘是正出庶出，多有为庶出不要的，殊不知别说庶出，便是我们的丫头，比人家的小姐还强呢。将来不知那个没造化的挑庶正误了事呢，也不知那个有造化的不挑庶正的得了去。"王熙凤一面不以探春的出身为意，大加夸赞，一面还替探春鸣不平，这不一样是对世俗的不满和厌恶吗？

随后凤姐又为贾府未来担忧，总觉得自己治家没个帮手，"这正碰了我的机会，我正愁没个膀臂。虽有个宝玉，他又不是这里头的货，纵收伏了他也不中用。大奶奶是个佛爷，也不中用。二姑娘更不中用，亦且不是这屋里的人。四姑娘小呢。兰小子更小。环儿更是个燎毛的小冻猫子，只等有热灶火坑让他钻去罢。真真一个娘肚子里跑出这个天悬地隔的两个人来，我想到这里就不伏。"凤姐明言为探春感到委屈不服，可是不服的是什么呢？很明显，就是社会的男权思想，再蠢的贾环也比优秀的探春受人待见，后来贾政带着宝玉、贾环和贾兰出席社交场合时何曾想起自己的女儿呢，就连宝玉因为不喜功名也被不断斥责打骂。"再者林丫头和宝姑娘他两个倒好，偏又都是亲戚，又不好管咱家务事。况且一个是美人灯儿，风吹吹就坏了；一个是拿定了主意，'不干己事不张口，一问摇头三不知'，也难十分去问他。倒只剩了三姑娘一个，心里嘴里都也来的。又是咱家的正人，太太又疼他，虽然面上淡淡的，皆因是赵姨娘那老东西闹的，心里却是和宝玉一样呢。比不得环儿，实在令人难疼，要依我的性早撵出去了。如今他既有这主意，正该和他协同，大家做个膀臂，我也不孤不独了。按正理，天理良心上论，咱们有他这个人帮着，咱们也省些心，于太太的事也有益。若按私心藏奸上论，我也太行毒了，也该抽头退步。回头看了看，再要穷追苦克，人恨极了，暗地里笑里藏刀，咱们两个才四个眼睛，两个心，一时不防，倒弄坏了。趁着紧溜之中，他出头一料理，众人就把往日咱们的恨暂可解了。还有一件，我虽知你极明白，恐怕你心里挽不过来，如今嘱咐你：他虽是姑娘家，心里却事事明白，不过是言语谨慎；他又比我知书识字，更利害一层了。"无论是探春还是宝钗、黛玉都有治家的能力，王熙凤评价说一个装傻一个不理。但探春之所以没有被淹没在俗世之中，不是因为她想表现自身的治家能力，而是因为她对自己身份的抗争，这同样是对主流社会男权思想的对抗和不服。她与凤姐其实更接近，只是因为探春此时还是闺中小姐，所以不可能像王熙凤那样展现出对婚姻中男人的愤慨，而只能是以向来少有的小姐治家的方式出现罢了。而十二钗的判词中，只有探春和凤姐同时出现"末世"一词，"才自精明志自高，生于末世运偏消"的是探春，"凡鸟偏从末世来，都知爱慕此生才"的是凤姐。

有人未免奇怪，为什么世俗中的一干人等总是有很多共同点，一望而知是一类人。就像薛蟠刚进京时，本来很不情愿住进贾家，结果到了贾家发现自己的那点花花肠子还不算啥呢！第四回，"只是薛蟠起初之心，原不欲在贾宅居住者，但恐姨父管约拘禁，料必不自在的，无奈母亲执意在此，且宅中又十分殷勤苦留，只得暂且住下,一面使人打扫出自己的房屋,再移居过去的。谁知自从在此住了不上一月的光景,贾宅族中凡有的子侄,俱已认熟了一半,凡是那些纨绔气习者,莫不喜与他来往,今日会酒,明日观花,甚至聚赌嫖娼,渐渐无所不至,引诱的薛蟠比当日更坏了十倍。……况且这梨香院相隔两层房舍,又有街门另开,任意可以出入,所以这些子弟们竟可以放意畅怀的,因此遂将移居之念渐渐打灭了。"薛蟠虽然是个混人,但还有一点对薛姨妈的孝心和爱敬妹妹的情意,但也仅此而已。物以类聚人以群分,所以孔子说"君子矜而不争,群而不党"。矜是内心的清高,是君子对自己的内在约束,不是给别人看的,不是用来争名逐利的砝码,君子当然也有交往的朋友,但谁见过君子结党营私,拉帮结派了?反之,对于小人、俗人而言,他们既没有真正的能力可以凭借去获得自己想攫取的利益,又没有真正的志向,只有无穷的贪欲,单凭自己他们营不了私,所以为了权势、钱色就必须主动结党,在获得利益之后又会为分配不均而相互倾轧,这正是这些俗人的行为方式。正因为情感世界中的人不是一群俗人的聚合,而是独立的个体,所以情感世界中的人才不会千篇一律,这也是湘云、凤姐、探春和尤三姐等人互不相同、表现各异的原因,这些人无一不体现出生命的光辉力量。

情感世界对世俗世界总是充满了抗争和无奈,正如《梁山伯与祝英台》《西厢记》《牡丹亭》所表现出的不合世俗规范却又充满生命活力的情感故事无不惊世骇俗(就因惊世骇俗,所以不被世俗所容)。可惜又可悲的是后人已然知道梁祝、莺莺、杜丽娘,却依旧将情感悬置,默默遵循着周而复始的婚姻轮回,又或许婚姻总是带着世俗的烟火气,终归是要把情感消磨的吧。

在情感世界中,还有一位特殊的人物,就是宝钗的榜样——元春。元春出场不多,却代表一类独特的人群。

元春被封为贵妃的事秦可卿给凤姐托梦时已经点出,"眼见不日又有一件非常喜事,真是烈火烹油,鲜花着锦之盛。要知道,也不过是瞬息的繁华,一时的欢乐,万不可忘了那'盛筵必散'的俗语。"真是物极必反,秦可卿的警示还多少带有太虚幻境警幻仙姑的意思,能不能明白只能自己体会。而元春本人对此却异常清醒。

在游大观园时,"且说贾妃在轿内看此园内外如此豪华,因默默叹息奢华过费。"等见了"天仙宝境"四字,又赶紧命人换成"省亲别墅",一个"忙"字最能体现元春当时的心境,一来怕太招摇,难免招惹是非,后宫争斗从来就是最残酷的战场；二来原本就已觉得奢华太过了，再看见这样的浮夸，本不喜欢。之后又说"当日既送我到那不得见人的去处"，进宫理应不是出于元春本意，这是与宝钗最不同之处。见了贾政，又隔帘含泪谓其父曰："田舍之家，虽齑盐布帛，终能聚天伦之乐；今虽富贵已极，骨肉各方，然终无意趣！"所以，元春一直是清醒的，不因身份高贵而有丝毫的傲慢和跋扈，倒是贾府上上下下的主子、下人们像得了护身符似的越发趾高气扬起来。可惜，无人能听到元春最后的呼唤，"故向爹娘梦里相寻告：儿命已入黄泉，大伦呵，须要退步抽身早！"元春的清醒不是因为自己的才华和聪明，而是来自内心的真诚和善良，她有见到亲人抑制不住的情感流露，也能忍住悲思劝慰众人的超凡定力。

这种充满理性反思的情感表达，不仅充满了人情味儿，而且还充满了理性的力量和冷静。就像菩萨观照世间一样，充满了关爱和慈悲，这是洞若观火的悲悯之心。

对比宝钗，虽然宝钗以表姐元春为榜样，虽然宝钗也崇尚简约不求奢华，但其实宝钗距离元春还很远。宝钗始终崇尚"女子无才便是德"的金律，自己偏偏又是一流才华，而元春被封的就是"贤德妃"，难道说就是因为元春是天下最无才的妃子吗？的确，若论才华，元春明确"终是薛林二妹之作与众不同，非愚姊妹可同列者"，元春并未谦虚，才华上确实比不上薛林二人。但生活在"雪洞一般"的蘅芜苑里的宝钗原本天性中还有一些热情也被冷香丸给压制得渐渐化为乌有，情感荒芜的宝钗像极了木头人似的姨娘——王夫人。

宝钗与元春在情感上最大的区别在于，元春对情感的克制是因为她本身具有丰富的情感，而宝钗不是克制，根本就是缺失。

宝钗作为一个女孩子却早早地步入中年妇女的状态，这也是她成熟却不可爱的地方。第五十九回中提到宝玉关于女人从宝珠到死珠再到死鱼眼的三阶段，为什么好好的女儿出嫁以后就变得没了光彩，为什么老了之后就像死鱼眼？这一切不是因为出嫁与否，也不是因为年龄大小，而是因为是否在世俗世界中被世俗化，如果始终能保持一颗赤子之心，无论何时，此人终归是鸡群之鹤，而与颠沛流离还是富贵繁华无关。相比之下，宝钗少数几次委屈流泪的场景，多少令人感到一丝少女的可爱气息。但可惜的是，她的情感仍然是空白的，流泪仅仅是因为受了委屈的缘故。

湘云、凤姐、探春、尤三姐和元春分属情感世界的感性和理性两类，她们之间的差别不在于情感的有无,而仅在于认知方式、性格特点以及表现形式的不同。

情感世界是每个人都应该可以保持的,但可惜太多的都被消磨在无形的世俗洪流之中。如果你尚保有这样一份情感追求,不妨珍惜它,作为生命存在的证据吧。

情感世界里的人已经不多了,那么心灵世界又会何等寂寞呢!晴雯不仅像大多数当时的女性一样不识字,更别提读什么书,而且即便是作为丫鬟也比袭人等人要低一级,为何只有她可以和黛玉一起达到心灵世界的境界呢?

晴雯和黛玉有很多相似之处,比如都是孤儿,而且晴雯从小失去父母,连自己的姓氏都不知道,仅十岁就进贾府当了小丫头服侍贾母,后派给了宝玉。晴雯跟黛玉一样自小生长在贾府的深宅大院中,而且几乎没有与外界接触的任何机会,一则没有亲友在外,根本没有理由接触,二则两人也根本无心与外界接触。这就让她们基本没有沾染世俗气息的可能,尤其是跟着宝玉,晴雯更不可能遇到有谁教导她人情练达、洞明世事的技巧和道理,除了日常辅助袭人服侍宝玉的衣食住行之外,纯是一片天然的成长环境。所以在她心里怡红院(贾府)才是真正的家和归宿,她没有袭人的底气,要和宝玉约法三章才答应留下来,虽然袭人也只是借家人要赎她出去为由劝诫宝玉,但毕竟有的可说,而晴雯却根本无此底气。

第三十一回,晴雯进屋换衣服,不小心把扇子掉地上摔断了,宝玉正不开心,因叹道:"蠢才,蠢才!将来怎么样?明日你自己当家立事,难道也是这么顾前不顾后的?"随即被晴雯抢白一通,把宝玉气得浑身乱战,袭人来了也没劝好,宝玉向晴雯道:"你也不用生气,我也猜着你的心事了。我回太太去,你也大了,打发你出去好不好?"晴雯听了这话,不觉又伤心起来,含泪说道:"为什么我出去?要嫌我,变着法儿打发我出去,也不能够。"宝玉道:"我何曾经过这个吵闹?一定是你要出去了。不如回太太,打发你去吧。"说着,站起来就要走。袭人忙回身拦住,笑道:"往那里去?"宝玉道:"回太太去。"袭人笑道:"好没意思!真个的去回,你也不怕臊了?便是他认真的要去,也等把这气下去了,等无事中说话儿回了太太也不迟。这会子急急的当作一件正经事去回,岂不叫太太犯疑?"宝玉道:"太太必不犯疑,我只明说是他闹着要去的。"晴雯哭道:"我多早晚闹着要去了?饶生了气,还拿话压派我。只管去回,我一头碰死了也不出这门儿。"搁着晴雯的秉性,从来不说软话,此时宝玉虽是气话,但毕竟也伤人心,而晴雯死也不去的话是因为无家可回，离开这个门又往哪里去呢？茫茫世间竟无处可去，怎能不令人悲伤呢！即便如此，等宝玉回来晴雯照样任性撕扇，并不懂得什么叫迎合、什么叫顺从，率性而为的晴雯因为未受世俗污染，始终保持一颗赤子之心。事实上也如此，等她被王夫人撵出大观园竟连一天都没熬过去，她怎么可能在世俗世界中生存下去呢？

晴雯属于心灵世界是出于对世俗的天然反感，因此说是"心比天高"。与尤三姐相比，二人一个是从俗世升华到情感世界中找到归宿，一个是从心灵世界中降落到俗世却不为俗世所容，终于不堪忍受重归太虚。

相比之下，黛玉既有作者提前预设的绛珠仙子下凡的非凡来历，又有后天父母从小的呵护，等到了贾府之后更是与宝玉两小无猜不受拘束地成长，世俗的一切距离黛玉都很遥远。但因为黛玉爱看书，对人情世故自然懂得比晴雯多得多，但是她不屑于那样活着，所以总是"目无下尘"。所以在作者笔下，黛玉总是不食人间烟火的样子，娇娇怯怯，等到年岁渐大之后，又因与宝玉的情感纠葛成为磨炼自身的唯一因素，于是情感的洗涤成了黛玉修养心性的工具和手段，终于升华至纯粹的心灵世界，在这个自然完成的过程中，黛玉是自觉远离世俗并一次次通过情感的刺激来鞭策宝玉与自己一起脱离世俗的羁绊，超越世俗的束缚，可惜的是在俗世中获得自由和照见自我的方式只能是死亡，这就是真正的人的历史开始之前的全部无奈（后文详论）。

晴雯与黛玉身处心灵世界，一个出自天性自发地拒绝世俗的一切，终不为世俗所容，凄惨离世；一个发挥天性自觉地抛弃世俗的一切，终不为世俗所懂，黯然飞升。情感世界尚且要被世俗扼杀，更何况心灵世界。

面对情感和心灵，世俗也会首先尝试和风细雨式的和解或者同化，如果不行才会獠牙外露地将其摧毁，这是世俗的行事方式，虽然也会因人、因时、因地而异，但目的是明确的，世俗中容不下太多的情感和心灵，因为那样会显出大多数人缺乏灵魂的麻木和卑微。现实中，许多许多时候，人不是被他人说服的，而是被自己说服的，这个过程是通过所谓的劝诫、教导的方式来实现的，而社会整体性的教导现在通常称之为"教育"。

世俗、情感和心灵三个世界不是割裂的，而是彼此共存于同一个现实世界之中，这就势必会遇到三个世界之间的互动问题，那么世俗与心灵的对话是什么样的呢？如果还记得前文中提到的第四十二回里，宝钗劝黛玉莫被《西厢记》《牡丹亭》这类书所误的谆谆劝诱就可明白了。从中大概可以看出宝钗从小的成长和读书环境，她受的教导总结而言须看正书，这是没错的，但是哪些是正书就出现了分歧。首先，诗词曲小说都不算，只有"读书明理、辅国治民"的才算，否则还不如务农经商反倒没什么害处。如果按此说法来推断，那宝钗的话是一点没错的，因为对女孩子而言，"读书明理、辅国治民"根本不可能，"读书明理"还只是讲究读书本身的效果和所得，真正的目的是"辅国治民"，在男权社会中对女子做这样的要求那不是天方夜谭吗？所以，宝钗的结论也非常正确，女子其实根本连字都不该认识的，偏偏家里有条件一不小心认识了，怎么办，看点正经书能帮自己的丈夫就帮点，帮不了就怨命不好呗，能有什么办法，但绝不能看那些能激发人情感的杂书，否则"移了性情，就不可救了"！宝钗有错吗？她符合那个世俗世界的标准，没什么错，只是令人惋惜的是再也见不到当年那个"淘气的""够个人缠的"出自本性的小宝钗了。也许宝钗想入选宫中，凭自己的才华辅助皇上做一个"读书明理"并"辅国治民"的好妃子吧，这是她能想象的最佳存在方式了。

宝钗对湘云的教诲和对黛玉的呵护出自真心，王夫人雷厉风行地处理晴雯、芳官等人，并安排宝玉搬出大观园等一系列操作也是出自真心。只是这个真心是她们已经习惯的规则下的"真"而已，当她们接触或者遇到来自情感和心灵世界的真心时就会不知所措，因为她们发现她们所谓的"真心"其实无力面对来自情感和心灵的力量，因为那才是人心最本真的样子，那份生命力是无穷的，是无法被世俗淹没和摧毁的，而她们始终不知道的是她们缺乏的不是自以为的"真"，而是代表灵魂的"心"。

不过，湘云和黛玉最终并没有迷失自己，而是以各自的方式实现了自己，她们并非不知领情，恰恰相反，她们很懂感恩，只是在人生道路上因道不同所以难相为谋罢了。第七十六回，在贾母带领下强撑的一个中秋聚会，不仅没见热闹反显出无限凄凉，湘云和黛玉在笛声中来到凹晶溪馆。原来黛玉和湘云二人并未去睡觉。只因黛玉见贾府中许多人赏月，贾母犹叹人少，不似当年热闹，又提宝钗姊妹家去母女弟兄自去赏月等语，不觉对景感怀，自去俯栏垂泪。宝玉近因晴雯病势甚重，诸务无心，王夫人再四遣他去睡，他也便去了。探春又因近日家事着恼，无暇游玩。虽有迎春、惜春二人，偏又素日不大甚合。所以只剩了湘云一人宽慰他，因说："你是个明白人，何必作此形像自苦。我也和你一样，我就不似你这样心窄。何况你又多病，还不自己保养。可恨宝姐姐，姊妹天天说亲道热，早已说今年中秋要大家一处赏月，必要起社，大家联句，到今日便弃了咱们，自己赏月去了。社也散了，诗也不作了。倒是他们父子叔侄纵横起来。你可知宋太祖说的好：'卧榻之侧，岂许他人酣睡。'他们不作，咱们两个竟联起句来，明日羞他们一羞。"

二人边说边往凹晶馆去，到了之后，只见天上一轮皓月，池中一轮水月，上下争辉，如置身于晶宫鲛室之内。微风一过，粼粼然池面皱碧铺纹，真令人神清气净。湘云笑道："怎得这会子坐上船吃酒倒好。这要是我家里这样，我就立刻坐船了。"黛玉笑道："正是古人常说的好，'事若求全何所乐'。据我说，这也罢了，偏要坐船起来。"湘云笑道："得陇望蜀，人之常情。可知那些老人家说的不错。说贫穷之家自为富贵之家事事趁心，告诉他说竟不能遂心，他们不肯信的；必得亲历其境，他方知觉了。就如咱们两个，虽父母不在，然却也忝在富贵之乡，只你我竟有许多不遂心的事。"黛玉笑道："不但你我不能趁心，就连老太太、太太以至宝玉探丫头等人，无论事大事小，有理无理，其不能各遂其心者，同一理也，何况你我旅居客寄之人哉！"湘云听说，恐怕黛玉又伤感起来，忙道："休说这些闲话，咱们且联诗。"

两个十几岁的女孩子随意闲聊中竟对人世发出许多的感慨，对人生、对生命的思考和感悟也由此而来。很多时候，我们总能听到身边的人感叹说自己怎么样的命运多舛，不够顺利，可是要问他们为什么有这样的感慨，又怎么知道别人都是一帆风顺呢？原来他们大都依据朋友圈啊，或者只看别人高兴的一面，其实世上从来就没有一帆风顺的事，我们看到的都是表面而已，其实反过来就知道，我们也不会把自己的伤心事天天挂在嘴上逢人便说，那不成了祥林嫂了吗？说多了不但没人同情，反倒引起厌恶了，何况，生活中大多数人都是虚荣心的奴隶，有十分坏事披着藏着也不愿让人知道，有一分好事却要说成二十分呢，所以把与己无关的事当真了岂不是自寻烦恼，徒增无趣吗？黛玉和湘云说得再明白不过，俗世的生活不过如此，何必怨天尤人呢？我们都身处俗世之中，有着必须做的维持生活的俗事，但这些并不代表一个人的全部，这些俗是任何人都免不了的，区别在于作为生存必需得以实现之后人该如何，是继续追逐声色犬马的物质生活，还是安贫乐道地修养心性呢？

正是因为对俗世生活的厌倦，才让一部分世俗中人得以升华，而情感和心灵面对世俗在表面上总是处于弱势的，因为情感对世俗充满温情，心灵对世俗充满善意，而世俗对两者采取的策略则是不能同化就付诸权力加以摧毁。因为情感和心灵不仅不需要，而且还排斥权力，所以天然就显得无力，但是情感和心灵是通过更加持久而富有耐性的活力和力量在观照和引领世俗，使其不至于因缺乏人性的情感和灵魂而崩溃并导致重返大荒。在当前社会的语境下，我想人们很容易理解这种状况，没有情感和心灵的安慰和陪伴，恐怕这个世界早已走向疯狂甚至彻底毁灭了。

而在众人之中有一个特殊的人，那当然就是——贾宝玉了。说他特殊不是因为他是大观园女儿国里的呵护者，又是唯一的男子，也不是因为他比别人高明，而是因为宝玉是红楼故事中唯一跨越了全部三个世界的人。

宝玉既经历了俗世的种种，却又不受其迷惑而沉迷其中，即便是和冯紫英、薛蟠、蒋玉菡等人喝酒聚会时所唱的曲子依然是情感荡漾的"恰便似遮不住的青山隐隐，流不断的绿水悠悠"（第二十八回），虽然此时的宝玉大概还处于"为赋新词强说愁"的阶段，但已然能做到"乐而不淫"了。宝玉对世俗的反感由来有自，第五回在宁国府要睡午觉，秦可卿带他去的房间里挂着一幅《燃藜图》，"又有一副对联，写的是：世事洞明皆学问，人情练达即文章。及看了这两句，纵然室宇精美，铺陈华丽，亦断断不肯在这里了，忙说：'快出去！快出去！'"《燃藜图》是劝人勤学苦读的故事，但更重要的是那副对联，宝玉对此天生厌恶从未更改，而这正是带领他逐步走向寻找自我的漫漫长路上的一点灵光。

经由黛玉的泪水不断洗涤，宝玉渐渐明白所有表面上如何如何都不重要，而是那颗心，等第三十二回中宝玉向黛玉直诉心意，请其放心之后直到第七十八回宝玉做诔文祭奠晴雯，宝玉在情感世界中不断净化自己，一块顽石终于渐渐显出玉质，距离通灵宝玉也只一步之遥了。随后众多姐妹的相继离开，直至黛玉的死终于让顽石脱胎换骨成了通灵宝玉，同时也完成了从世俗经情感到心灵世界的整个过程。

经过太虚幻境时警幻仙子嫌宝玉愚钝没能领悟人世间的真谛，不过等经历世间一番游历之后，徒然地"空对着，山中高士晶莹雪；终不忘，世外仙姝寂寞林"，结果不过是"一个枉自嗟呀，一个空劳牵挂"，大概终于明白"春梦随云散，飞花逐水流。寄言众儿女，何必觅闲愁"了（第五回）。从情感世界中走出的宝玉终于能领会世间的一切不过是过眼的云烟，在一片白茫茫大地之上内心循着黛玉、晴雯的心性走向心灵世界，并在反思中最终达到灵性的升华。

这时再看前面提到宝玉出场时作者说"批宝玉极恰"的两首《西江月》。一首是：无故寻愁觅恨，有时似傻如狂。纵然生得好皮囊，腹内原来草莽。潦倒不通世务，愚顽怕读文章。行为偏僻性乖张，那管世人诽谤！再看另一首：富贵不知乐业，贫穷难耐凄凉。可怜辜负好韶光，于国于家无望。天下无能第一，古今不肖无双。寄言纨绔与膏粱：莫效此儿形状！

为什么意韵截然相反，作者却强调都非常恰当呢？我们现在就能很清楚地回答了，因为两首词的评价是不同人群给出的：一个是来自心灵世界的观照回望，一个是出于世俗世界的不以为然。

因此我们就能体会到在第四十九回中，当听说薛宝琴四人进贾府时，宝玉高兴得不知所以的原因了。这在常人实在不知他高兴个什么劲，如果我们对比世俗、情感和心灵三个世界的存在方式，大概能有所领悟。世俗层面既可以是满足龌龊淫欲的低俗之想，也可是求为夫妻的平庸之念；情感层面既可以是爱慕向往的感性之望，也可以是见贤思齐的理性之思；心灵层面则是为世间这么美好的存在心生感念，是让自己的内心得以升华之机，是由此领会生命之悟。作为万物之灵的人类理当懂得欣赏世间的种种美好，而不是像其他生物眼中只有繁衍和掠食，否则何必有什么文明、文化的期盼呢？如果现代人类社会都是在丛林中争夺生存空间，那么人类必将走向自取灭亡的道路，所以现代社会不仅不应是丛林，而且人类还需努力超越自身的世俗性，成为真正充满人性光辉的生灵。

我们对红楼中重要的正副十二钗在三个世界中的位置做一小结。

世俗世界中有低俗、平庸、精致之分，十二钗中的人物再不济也没有沦落到低俗的层面。其中，迎春因懦弱而顺从，就连反抗的意识都没有，所以处于平庸之中。李纨早已如此。香菱无力逃脱，香菱本可以提升至情感世界中，可惜终于还是没有机会。最能体现香菱的天性灵慧之处在第四十八回黛玉教香菱作诗时说她，"你又是一个极聪敏伶俐的人，不用一年的工夫，不愁不是诗翁了！"事实也的确如此，香菱当晚就把黛玉让她看的诗读完，虽然急促不可能有太深刻的领会，但是经由两天也有颇多感悟，属于一点就透的人，但因为她的成长环境限制了她的突破，所以在迎娶夏金桂的时候竟理解不了宝玉的意思，结果搬出大观园后又受夏金桂的折磨摧残终于未能脱离俗世。袭人则主动自愿加入这个群体，把宝钗的一举一动奉为圭臬，并积极配合王夫人以换来自己的位置，美其名曰尽职尽责，她虽努力，但达不到宝钗的水平，仍然只是平庸的一员。惜春似乎应该由于洁身自好，不愿沾染俗世而属于心灵世界中人，其实不然，从对丫鬟入画的态度来看，至少在大观园衰落之际，惜春还未表现出任何了悟痕迹。但在为她写的红楼曲《虚花悟》中似乎能看出惜春终有所悟，不过在八十回中她还只能添于平庸之列。妙玉同样寻求逃避，但其凡心远未去尽，所以只能是"可叹这，青灯古殿人将老，辜负了，红粉朱楼春色阑。到头来，依旧是风尘肮脏违心愿"，白折腾了，既没修彻底又辜负了大好青春。但因其"气质美如兰，才华富比仙"，原本至少可列于情感世界之中却只能勉强做一个精致的世俗中人了。宝钗已说过，是世俗世界中精致的典范。另有两人：秦可卿和巧姐。因为书中没有展开，尤其是巧姐，不好做出判断，所以暂且列于平庸（另外，虽然巧姐最后归于普通人家但不能说明其心性高低）。秦可卿虽然在太虚幻境以兼有宝钗和黛玉之美而成为宝玉俗世男女的指引者，又因给王熙凤托梦时所言多少显出有些见识，但并未包含更多的情感指向，起到的多是警醒、警示的作用，这也是这个人物的基本基调，所以她虽然是警幻仙姑的妹妹，也只能作为世俗世界的平庸之辈。正因为秦氏是来警示的，所以其中所说"三春去后诸芳尽，各自须寻各自门"，可能预示着迎探惜三春的结局，也就是三春与众人的分别也许比黛玉等人甚或还早也未可知。

情感世界分感性、理性两类，元春、探春、湘云、王熙凤处于情感世界，元春属于理性层面，其他三人属于感性层面。

心灵世界分心性、灵性两类，黛玉、晴雯处于心灵世界的心性层面，黛玉自觉，晴雯自发。宝玉始于精致之世俗，终于心灵之灵性层面。

大观园表面是一个奢华的园林，其实起着一个至关重要的作用，那就是联通太虚幻境所象征的心灵世界和贾府所代表的世俗世界，所以它是一个充满情感指引的情感世界，正因如此，宝黛才是大观园的灵魂。正因为大观园是建造在现实世界中的太虚幻境，所以也是作者要展现全部生命情怀，同时也是生命凋零之地。

大观园（包括贾府）既是现实世界的微缩模型，对应着三个世界的不同格局，也是太虚幻境在现实世界中的投射，因为是投影，所以虚幻，也因为虚幻所以纯粹。

其实，三个世界的划分不只是为红楼人物而设，作者早已说明，红楼故事本就是万千人群、芸芸众生的写照。

第五回，警幻仙姑把宝玉带往太虚幻境，等到了二层门内，至两边配殿，皆有匾额对联，一时看不尽许多，惟见有几处写的是："痴情司"、"结怨司"、"朝啼司"、"夜怨司"、"春感司"、"秋悲司"。看了，因向仙姑道："敢烦仙姑引我到那各司中游玩游玩，不知可使得？"仙姑道："此各司中皆贮的是普天之下所有的女子过去未来的簿册，尔凡眼尘躯，未便先知的。"宝玉听了，那里肯依，复央之再四。仙姑无奈，说："也罢，就在此司内略随喜随喜罢了。"宝玉喜不自胜，抬头看这司的匾上，乃是"薄命司"三字，两边对联写的是：春恨秋悲皆自惹，花容月貌为谁妍。宝玉看了，便知感叹。进入门来，只见有十数个大厨，皆用封条封着。看那封条上，皆是各省的地名。宝玉一心只拣自己的家乡封条看，遂无心看别省的了。只见那边厨上封条上大书七字云："金陵十二钗正册"。宝玉问道："何为金陵十二钗正册？"警幻道："即贵省中十二冠首女子之册，故为'正册'。"宝玉道："常听人说，金陵极大，怎么只十二个女子？如今单我家里，上上下下，就有几百女孩子呢。"警幻冷笑道："贵省女子固多，不过择其紧要者录之。下边二厨则又次之。余者庸常之辈，则无册可录矣。"作者在此处已经写得很清楚，十二钗也只是金陵一地的代表，更有宝玉未看的各地人物，这还只是"薄命司"一处的，另有"痴情司""结怨司"等，还有众多来不及看的殿室，可想而知，书中仅以我们熟知的十二钗为例，实则写的乃是全天下的人间故事啊！

故事的结局，警幻仙子也已明言，她请宝玉喝的茶叫"千红一窟（哭）"，品的酒叫"万艳同杯（悲）"，听的终曲是"飞鸟各投林"，最终"落了片白茫茫大地真干净"！这是女性也是人类集体的悲哀，是人类在前历史阶段的最终结局。

《红楼梦》的确是风月宝鉴，是照妖镜，能照出每一个读红楼的人心，能照出每一个读红楼的人的位置。最简单的判别方法就是喜欢哪些人物自然就对应哪个世界层面。

作者就是这样记录下了大千世界芸芸众生的日常举止，一颦一笑、喜怒哀乐、爱恨情仇，没有过多的渲染，只留给读者自己去品味。能看出生命不过如此也罢，能体会人生还需清澈更好，想学宝钗人情世故，甚至嫉妒纨绔吃喝嫖赌，羡慕贾母富贵一生也没什么不行，总之，一切都没有强加褒贬，虽然作者用心良苦，却仍以大悲悯、大慈悲之心没有让手中之笔任意褒贬，虽然作者内心有所偏爱，却仍以大情怀、大慈爱让手下之文给予所有人以人性的关怀。雅俗、善恶、是非、对错、好坏的分别已被作者超越，对世间无论是雅是俗，无论是善是恶，无论是是是非，无论是对是错，无论是好是坏，全部包容其中，没有褒贬只有无尽的深沉的大爱。

更进一步，一个人如何成为他所是的人，无论是处于三个世界中的哪一个？它们的划分标准在于什么？为了回答这个问题，我们不得不延伸一点到思想的深处。

没有人性者虽为人形、人身却不能称之为人，何也？因为人生而为人的依据逃不脱人性，即便是猫狗如果善解人意我们还称赞此猫狗颇通人性呢，可见人性为人之根本所在。但是自古以来关于人性的讨论既没有定论，也没有停止，我们不妨简单介绍。

早在先秦就已有人性善恶之辩，而主张人性善和人性恶的都是儒家人物。孟子持性善说并用四端来解释，"恻隐之心，仁之端也；羞恶之心，义之端也；辞让之心，礼之端也；是非之心，智之端也"，这四端是纯发自人的天性。孟子举例说，假如你忽然看见有一个小孩要掉到井里了，你赶紧去救他，而不是拿石头去落井下石，而且当时救这个孩子既不是为了跟他的父母交朋友，"非所以内交于孺子之父母也"，也不是要得到大家的夸赞，要当道德楷模，"非所以要誉于乡党朋友也"，而且也不是因为讨厌孩子的哭叫声，"非恶其声而然"。这一举动仅仅是因为人人都有一颗恻隐之心，恻隐之心不需要后天的训练，纯出于天然，这就是善的本性。而恶是被外部环境污染、阻碍、扭曲的结果，只有通过教育才能恢复人天生的善良本性，所以弃恶从善的方法是"复性说"。

持性恶说的是比孟子晚一些的另一个大儒荀子，他说："人之性恶，其善者伪也。"首先说明一下，这里的"伪"就是人为的意思，和现在所理解的虚伪不同（倒是接近伪善的本意，因为人性恶，所以善都是伪）。他又解释什么是"性"，"凡性者，天之就也，不可学，不可事。不可学，不可事，而在人者，谓之性；可学而能，可事而成之在人者，谓之伪。"（《荀子·性恶》）那如何制止恶呢？荀子同样认为要经过教育，但不是复性而是"化性起伪"，"故圣人化性而起伪，伪起而生礼义，礼义生而制法度"，人为的礼制就是为了把本来恶的本性化去，因为"人之欲为善者，为性恶也"，正是因为本性的恶带来不利，所以人才想为善去恶。所以荀子强调孔子的礼学，而他的学生韩非子更进一步，认为人性实在太恶了，礼制还不足以去恶，必须用更强有力的严刑峻法来约束。

与此同时也另有观点，墨子曰："染于苍则苍，染于黄则黄，所入者变，其色亦变。"（《墨子·所染》）虽然墨子没有以此探讨人性，但他的后辈告子却明确提出了墨家的人性观，并与孟子辩论。告子认为，"性无善无不善"，既然如此那就意味着"性可以为善，可以为不善；是故文武（周文王、周武王）兴，则民好善；幽厉（周幽王、周厉王）兴，则民好暴"，而且"有性善，有性不善；是故以尧为君而有象（舜的异母弟，品行不善），以瞽瞍为父而有舜；以纣为兄之子且以为君，而有微子启、王子比干"。告子的意思是人性的善恶不定，他举例说，尧是圣君，但是却有象这样的坏人，而舜的父亲瞽瞍更是坏得掉渣，联合舜的后娘和象几次三番要害死舜，但是舜还是一样做好人；还有商纣王，可偏偏有启和比干这样好的皇叔，宁死也不叛变，还在为商王室担忧。可见，人的善恶不是固定的，是可善可不善的。所以他说，人性就像柳条，你把它编成什么形状，它就是什么形状。人性最初没有所谓的善恶之分，是后天环境影响的结果。告子还把人性比作流水，人们在哪儿决口，它就流向哪儿，"性，犹湍水也，决诸东方则东流，决诸西方则西流。人性无分于善不善也，犹水之无分于东西也"。告子的观点的确是继承了墨子的说法，人性的善恶是后天习染的结果。

而孟子反驳告子说："人之性善也，犹水之就下也。人无有不善，水无有不下。今夫水，搏而跃之，可使过颡（额头，与人等高的桑树）；激而行之，可使在山。是岂水之性哉？其势则然也。人之可使为不善，其性亦犹是也。"（《孟子·告子上》）孟子认为人性善就像水往低处流一样，这是本来的样子，但是人为地去阻挡当然可以向上流，但这不是水的本性啊，人也会为恶，但不能因此否认善的本性。

不过汉代大儒董仲舒并不同意孟子的性善说，他说："善如米，性如禾。禾虽出米，而禾未可谓米也。性虽出善，而性未可谓善也。"（《实性》）在董仲舒看来，性虽然是善的种子，但是种子还不是果实，我们不能说禾苗就是米。他用阴阳来解释善恶，"天之大经，一阴一阳；人之大经，一情一性。性生于阳，情生于阴。阴气鄙，阳气仁。曰性善者，是见其阳也；谓恶者，是见其阴者也"。并将人性分成三大类：天生就是善的"圣人之性"，可上可下、可善可恶的"中民之性"和生来就恶的"斗筲（shāo，气量狭小、见识短浅）之性"。对于"中民之性"，"性待渐于教训，而后能为善"，可以教化成善；而对"斗筲之性"，因为生来就恶，教化无用，只能采用刑罚的手段来处置。

之后，唐代韩愈、李翱师生发展了孟子的观点提出性情说，"人之所以为圣人者性也，人之所以惑其性者情也"（《复性书》）。直到宋明儒学又提出了更抽象的理学、心学观点，明代大儒王阳明提出的"四句教"影响很大："无善无恶心之体，有善有恶意之动，知善知恶是良知，为善去恶是格物。"后人认为王阳明的心学掺杂着佛学而不纯正，这四句教中多少有些影子，但自古以来，无论如何争论本性的善恶，对于人要"为善去恶"的认识却是完全一致的。

关于人性的讨论我们告一段落，在红楼中作者未做善恶的区分，只借贾雨村之口说明书中重要人物都是秉天地灵气所生，其资质较一般人为高，秉天地之气更接近道家所说"出乎自然"，而不以善恶论之，更何况佛家后来又有"缘起性空"之说，也脱出了善恶之辩。先天之性的判断决定着后天之教的方法和途径，而相较差别不大并且人力难涉的先天之性而言，后天之教更加有迹可循（后文分析）。

提到先天之性和后天之教是要回答关于三个世界的动态运作机制的问题。一个人总是处于三个世界中的某一个之中，但这只是一个已经实现或者存在的静态结果，比如宝钗在书中已经是人情练达的高手，王夫人已经是木头人了，问题就是这个结果是如何形成的？随之而来的一个孪生问题就是，如果一个人想要脱离现处的世界又该怎么办？比如晴雯被王夫人逼迫要赶出贾府，但是晴雯知道自己出去就活不成了，因为不想死所以就求宝玉，让他去求贾母救自己，并向王夫人表态收起以前的性情，总之，只要留一条活路，怎样都行，虽然王夫人可以不信不理，但是晴雯却可以有此想法，这个想法其实就是代表着自己放弃以前，要向袭人学习、靠拢。所以想要在三个世界中转换，就需要方法来解决。首先一个人处于某个世界中的位置是由其心性决定的，其次心性则是由先天之性加后天之教综合而来，再者如需转换，因为先天之性不可逆所以只能通过后天之教加以改变。

三个世界既是共时性地存于唯一的现实世界，又可以历时性地相继存在。一个时代可能是媚俗且物欲横流的，但人们会厌倦这些没有灵魂的活法，于是在下一个时代更注重人间的温情而更具人情味，于是会再迎来一个更加昌明甚至充满诗意的时代，如此交替。而无论是哪个时代三个世界又总是同时并存，只是在媚俗的时代里，具有情感和心灵世界的人会更少而已，就像红楼世界，因为那本就是"末世"景象。

三个世界置于一人之身亦可，世之低俗者人之欲望也，世之平庸者人之懒惰也，世之精致者人之私心也，情之感性者爱己（懂得自爱）也，情之理性者爱人（懂得爱人、爱人胜己、爱人忘己）也，心之自发者以己度（duó）人（以己之善度人是非）也，心之自觉者以己度（dù）人（以己之力助人自度，度人者从来只在助力而已）也，心之灵性者万物大同也。

然而，我们身在俗世中不得不为世俗生活忙碌，毕竟我们没有一个大观园作为心灵的修养之地，也没有一众优秀的兄弟姐妹陪伴和引领，但其实大观园也终于被世俗侵蚀消逝，正如黛玉对湘云所说，谁没有烦恼，所以我们不得不采取委曲求全的路径，和光同尘、与人为善、修养心性，直至内心豁然的一刻，也许我们才能用更高的智慧指引生活的方式，去做尘世间的神仙吧！

红楼梦的线索（三）

一

世俗心灵：两组人物的纠缠

红楼世界中的人物、事件纷繁交错，就像我们每日的生活，既有身边的人事牵绊，也有整个外部世界的信息轰炸，整个人都处于极不平静的状态之中，我们要处理的信息已经远超我们能处理信息的能力，尤其是内心本已迷失，却还不得不随波逐流，生怕自己落伍，殊不知，"五色令人目盲，五音令人耳聋，五味令人口爽，驰骋畋猎，令人心发狂"，我们早已被光怪陆离的身外世界所迷惑，早已不知身在何方，早已把他乡认作了故乡——这就是迷失的最基本的含义。

在红楼世界中抛开纷繁的枝叶，我们来分析黛玉、晴雯和宝钗、袭人所代表的两大类人物的纠葛，这是贯穿始终的重要线索。

在第三十四回结尾处，宝钗因为薛蟠说她想嫁给宝玉气得够呛，回蘅芜苑哭了一夜，这也算是宝钗因宝玉哭了一次吧，结果第二天被黛玉碰见，"姐姐也自保重些儿。就是哭出两缸眼泪来，也医不好棒疮。"一向沉稳的宝钗虽被黛玉打趣了一番，不过这事本来就不在宝钗心上，所以过了两天也就好了。

第三十五回，宝玉被贾政狠狠打了一顿后，时隔两日贾母带众人来看，黛玉远远看见，只觉自己孤单一人没有家人在旁，呆了半日被紫鹃叫回去吃药，只能闲了教鹦哥背诗。在宝玉屋中，大家闲聊起来。宝钗一旁笑道："我来了这么几年，留神看起来，凤丫头凭他怎么巧，再巧不过老太太去。"贾母听说，便答道："我如今老了，那里还巧什么。当日我像凤哥儿这么大年纪，比他还来得呢。他如今虽说不如我们，也就算好了，比你姨娘强远了。你姨娘可怜见的，不大说话，和木头似的，在公婆跟前就不大显好。凤儿嘴乖，怎么怨得人疼他。"宝玉笑道："若这么说，不大说话的就不疼了？"贾母道："不大说话的又有不大说话的可疼之处，嘴乖的也有一宗可嫌的，倒不如不说话的好。"宝玉笑道："这就是了。我说大嫂子倒不大说话呢，老太太也是和凤姐姐的一样看待。若是单是会说话的可疼，这些姊妹里头也只是凤姐姐和林妹妹可疼了。"贾母道："提起姊妹，不是我当着姨太太的面奉承，千真万真，从我们家四个女孩儿算起，全不如宝丫头。"薛姨妈听说，忙笑道："这话是老太太说偏了。"王夫人忙又笑道："老太太时常背地里和我说宝丫头好，这倒不是假话。"宝玉勾着贾母原为赞林黛玉的，不想反赞起宝钗来，倒也意出望外，便看着宝钗一笑。宝钗早扭头去和袭人说话去了。宝钗借机夸贾母，却因宝玉引着贾母想让夸夸黛玉，反得到贾母夸奖的回报，一来当着薛姨妈的面自然要夸宝钗，二来这也是真实的想法。黛玉的性格从姥姥的角度自然不会有什么偏见，但要说起自己的偏爱，虽说宝钗是远亲，也一样讨贾母的欢心，而黛玉即便是对自己的姥姥，显然也难以做到讨好。对黛玉的性格而言，贾母虽不介意但也不会十分赞赏，在亲情上的宠爱并不等于在内心的喜爱。而王夫人也有同样的理由，更加之，从王夫人的角度，宝钗更亲，她是宝钗的亲姨，是黛玉的舅妈。这些外在的影响因素还只是辅助项，真正的差异来自"世俗的人情"和"心灵的高远"两者之间的根本对立。世俗总是大众化的，容易被人接受并认可，而心灵难免会孤寂又缺乏呼应，这才是宝玉、黛玉之间惺惺相惜的根本所在，这种相知是难以拆散和隔断的，但正因心灵的纯粹也就注定了在俗世中难以相合。世俗总是会围堵并绞杀一切超越世俗的高级境界，因为这正是世俗的存在方式，它总是以大众化和人云亦云为存在的标准，任何对它的反抗或者挑战都被视为异数要加以排除，"质本洁来还洁去"就是预示着不甘于沉沦于世俗之中的归宿。而王夫人平日的木讷呆傻不过是内在平庸的外在表现而已，平庸最惧怕权势、最崇拜权力、最嫉妒精英、最痛恨个性，所以由平庸的代表王夫人来充当大观园的刽子手真是最合适不过了，尤其是一边念佛一边就置人于死地的伪善更是平庸行走世间的一大法门。

如果再拿黛玉和表面不落世俗的妙玉的境遇相比，黛玉对俗世的决绝不是体现在出家的形式上，而是以情感为手段和媒介来指引心灵升华的过程，而妙玉则因缺乏情感的导向反显出一种无处着落的虚空，相比黛玉"质本洁来还洁去"的彻底，妙玉只能落得个"欲洁何曾洁"的无奈。在第四十一回中，贾母带着刘姥姥在大观园里四处游玩，到了栊翠庵，妙玉约了宝钗和黛玉单独品茶，宝玉也跟了去，在说到器皿和茶水的时候，黛玉因问："这也是旧年的雨水？"妙玉冷笑道："你这么个人，竟是大俗人，连水也尝不出来。这是五年前我在玄墓蟠香寺住着，收的梅花上的雪，共得了那一鬼脸青的花瓮一瓮，总舍不得吃，埋在地下，今年夏天才开了。我只吃过一回，这是第二回了。你怎么尝不出来？隔年蠲的雨水那有这样轻浮，如何吃得。"黛玉知他天性怪僻，不好多话，亦不好多坐，吃完茶，便约着宝钗走了出来。妙玉先是说宝玉，你们贾府未必能找到一件她用的绿玉斗，然后又说黛玉喝不出她存的雪水，以此来评判宝黛二人是大俗人，如此着相的修行也是令人醉了，却不知她的言谈恰恰说明了自己身在俗世外，心在世俗中了。

有了人物，自然就要有人与人之间的种种纠葛，人类社会不就是这样演绎出来的千年故事吗？而黛玉和宝钗分别代表的两组人物其实就是不同世界的相互纠缠。

现在我们通过第三十七回再做一个分析和梳理，加深体会一下宝钗、袭人以及王夫人等一系列人物所代表的世俗世界的存在方式，和黛玉、晴雯等寥寥数人所象征的超越世俗世界的存在方式。

贾政在此回因公务离开贾府，由此宝玉开始了最自由美好的时光，又因探春提议，于是众姐妹和宝玉在大观园里建起诗社来，并以海棠为题做起了第一轮诗。等摆好了纸笔，别人"便都悄然各自思索起来。独黛玉或抚梧桐，或看秋色，或又和丫鬟们嘲笑"。等看完宝钗的《咏白海棠》，李纨笑道："到底是蘅芜君。"先夸了一句。然后又看完了宝玉的就来催黛玉，黛玉道："你们都有了？"说着提笔一挥而就，掷与众人。李纨等看他写道是：半卷湘帘半掩门，碾冰为土玉为盆。看了这句，宝玉先喝起彩来，只说"从何处想来！"宝玉的孩子心性总是想让大家都能当面夸夸黛玉他心里才舒服，又看下面道：偷来梨蕊三分白，借得梅花一缕魂。众人看了也都不禁叫好，说"果然比别人又是一样心肠。"又看下面道是：月窟仙人缝缟袂，秋闺怨女拭啼痕。娇羞默默同谁诉，倦倚西风夜已昏。众人看了，都道是这首为上。李纨道："若论风流别致，自是这首，若论含蓄浑厚，终让蘅稿。"探春道："这评的有理，潇湘妃子当居第二。"李纨道："怡红公子是压尾，你服不服？"宝玉道："我的那首原不好了，这评的最公。"又笑道："只是蘅潇二首还要斟酌。"李纨道："原是依我评论，不与你们相干，再有多说者必罚。"宝玉听说，只得罢了。

看这段很有意思，先说众人都夸黛玉的好，但是作为社长的李纨却推宝钗的为上，其实李纨是有点评能力的，她赞赏宝钗的原因是对两首诗做出判断的背后依据而不是两首诗的表面文字。随后故事转到宝玉的几个丫鬟去了，看似在推动故事发展，因为要带出湘云来参加诗社，但远不止此，其中暗藏玄机多有深意。

且说袭人因见宝玉看了字帖儿便慌慌张张的同翠墨去了，也不知是何事。后来又见后门上婆子送了两盆海棠花来。袭人问是那里来的，婆子便将宝玉前一番缘故说了。袭人听说便命他们摆好，让他们在下房里坐了，自己走到自己房内秤了六钱银子封好，又拿了三百钱走来，都递与那两个婆子道："这银子赏那抬花来的小子们，这钱你们打酒吃罢。"那婆子们站起来，眉开眼笑，千恩万谢的不肯受，见袭人执意不收，方领了。袭人又道："后门上外头可有该班的小子们？"婆子忙应道："天天有四个，原预备里面差使的。姑娘有什么差使，我们吩咐去。"袭人笑道："有什么差使？今儿宝二爷要打发人到小侯爷家与史大姑娘送东西去，可巧你们来了，顺便出去叫后门小子们雇辆车来。回来你们就往这里拿钱，不用叫他们又往前头混碰去。"婆子答应着去了。

袭人回至房中，拿碟子盛东西与史湘云送去，却见槅子上碟槽空着。因回头见晴雯、秋纹、麝月等都在一处做针黹，袭人问道："这一个缠丝白玛瑙碟子那去了？"众人见问，都你看我我看你，都想不起来。半日，晴雯笑道："给三姑娘送荔枝去的，还没送来呢。"袭人道："家常送东西的家伙也多，巴巴的拿这个去。"晴雯道："我何尝不也这样说。他说这个碟子配上鲜荔枝才好看。我送去，三姑娘见了也说好看，叫连碟子放着，就没带来。你再瞧，那槅子尽上头的一对联珠瓶还没收来呢。"秋纹笑道："提起瓶来，我又想起笑话。我们宝二爷说声孝心一动，也孝敬到二十分。因那日见园里桂花，折了两枝，原是自己要插瓶的，忽然想起来说，这是自己园里的才开的新鲜花，不敢自己先顽，巴巴的把那一对瓶拿下来，亲自灌水插好了，叫个人拿着，亲自送一瓶进老太太，又进一瓶与太太。谁知他孝心一动，连跟的人都得了福了。可巧那日是我拿去的。老太太见了这样，喜的无可无可，见人就说：'到底是宝玉孝顺我，连一枝花儿也想的到。别人还只抱怨我疼他。'你们知道，老太太素日不大同我说话的，有些不入他老人家的眼的。那日竟叫人拿几百钱给我，说我可怜见的，生的单柔。这可是再想不到的福气。几百钱是小事，难得这个脸面。及至到了太太那里，太太正和二奶奶、赵姨奶奶、周姨奶奶好些人翻箱子，找太太当日年轻的颜色衣裳，不知给那一个。一见了，连衣裳也不找了，且看花儿。又有二奶奶在旁边凑趣儿，夸宝玉又是怎么孝敬，又是怎样知好歹，有的没的说了两车话。当着众人，太太自为又增了光，堵了众人的嘴。太太越发喜欢了，现成的衣裳就赏了我两件。衣裳也是小事，年年横竖也得，却不像这个彩头。"晴雯笑道："呸！没见世面的小蹄子！那是把好的给了人，挑剩下的才给你，你还充有脸呢。"秋纹道："凭他给谁剩的，到底是太太的恩典。"晴雯道："要是我，我就不要。若是给别人剩下的给我，也罢了。一样这屋里的人，难道谁又比谁高贵些？把好的给他，剩下的才给我，我宁可不要，冲撞了太太，我也不受这口软气。"秋纹忙问："给这屋里谁的？我因为前儿病了几天，家去了，不知是给谁的。好姐姐，你告诉我知道知道。"晴雯道："我告诉了你，难道你这会退还太太去不成？"秋纹笑道："胡说，我白听了喜欢喜欢。那怕给这屋里的狗剩下的，我只领太太的恩典，也不犯管别的事。"众人听了都笑道："骂的巧，可不是给了那西洋花点子哈巴儿了。"袭人笑道："你们这起烂了嘴的！得了空就拿我取笑打牙儿。一个个不知怎么死呢。"秋纹笑道："原来姐姐得了，我实在不知道。我陪个不是罢。"袭人笑道："少轻狂罢。你们谁取了碟子来是正经。"麝月道："那瓶得空儿也该收来了。老太太屋里还罢了，太太屋里人多手杂。别人还可以，赵姨奶奶一伙的人见是这屋里的东西，又该使黑心弄坏了才罢。太太也不大管这些，不如早些收来正经。"晴雯听说，便掷下针黹道："这话倒是，等我取去。"秋纹道："还是我取去罢，你取你的碟子去。"晴雯笑道："我偏取一遭儿去。是巧宗儿你们都得了，难道不许我得一遭儿？"麝月笑道："通共秋丫头得了一遭儿衣裳，那里今儿又巧，你也遇找衣裳不成。"晴雯冷笑道："虽然碰不见衣裳，或者太太看见我勤谨，一个月也把太太的公费里分出二两银子来给我，也定不得。"说着，又笑道："你们别和我装神弄鬼的，什么事我不知道。"

此处大段引用原文，是想让大家感受袭人的行为方式，在上一回中得到了王夫人的认可，已将丫鬟的月钱提高到姨娘的档次了，此时俨然就是家庭主妇，何等的周到细致，一丝不苟，面面俱到，既朴实无华又充满生活气息。作者在这里只用了一个小花狗的玩笑话就云淡风轻地把对袭人的讽刺表达了出来，随后我们还要大段引用原文，一是要对比一下薛宝钗，二是要大家体会作者手笔之高之绝，真是字字珠玑又似血，如浪层层复叠叠，其文字妙不可言，其意韵无穷无尽！

第二天史湘云加入诗社，并且执意要补写海棠诗，做完之后还定要在次日自己做东起一次社。至晚，宝钗将湘云邀往蘅芜苑安歇去。湘云灯下计议如何设东拟题。宝钗听他说了半日，皆不妥当，因向他说道："既开社，便要作东。虽然是顽意儿，也要瞻前顾后，又要自己便宜，又要不得罪了人，然后方大家有趣。你家里你又作不得主，一个月通共那几串钱，你还不够盘缠呢。这会子又干这没要紧的事，你婶子听见了，越发抱怨你了。况且你就都拿出来，做这个东道也是不够。难道为这个家去要不成？还是往这里要呢？"一席话提醒了湘云，倒踌蹰起来。宝钗道："这个我已经有个主意。我们当铺里有个伙计，他家田上出的很好的肥螃蟹，前儿送了几斤来。现在这里的人，从老太太起连上园里的人，有多一半都是爱吃螃蟹的。前日姨娘还说要请老太太在园里赏桂花吃螃蟹，因为有事还没有请呢。你如今且把诗社别提起，只管普通一请。等他们散了，咱们有多少诗作不得的。我和我哥哥说，要几篓极肥极大的螃蟹来，再往铺子里取上几坛好酒，再备上四五桌果碟，岂不又省事又大家热闹了。"湘云听了，心中自是感服，极赞他想的周到。宝钗又笑道："我是一片真心为你的话。你千万别多心，想着我小看了你，咱们两个就白好了。你若不多心，我就好叫他们办去的。"湘云忙笑道："好姐姐，你这样说，倒多心待我了。凭他怎么糊涂，连个好歹也不知，还成个人了？我若不把姐姐当作亲姐姐一样看，上回那些家常话烦难事也不肯尽情告诉你了。"宝钗听说，便叫一个婆子来："出去和大爷说，依前日的大螃蟹要几篓来，明日饭后请老太太姨娘赏桂花。你说大爷好歹别忘了，我今儿已请下人了。"那婆子出去说明，回来无话。

随后两人又商量拟定了十二个有关菊花的题目。

这一回描写的人物众多，不过主要是前一半大量描写袭人的行为举止，后一半详细叙述宝钗的处世哲学，讲数人的性格或寥寥数语或不厌其详，却无一不纤毫毕现、淋漓尽致，在作者的生花妙笔之下每个人物都呼之欲出、活灵活现。我们只对比一下薛宝钗、花袭人一组和林黛玉、晴雯一组。

其中大量笔墨用于描写袭人处理日常事务和宝钗处理高级事务的细节，大家觉得宝钗的言谈举止和袭人的是否如出一辙？同样的本本分分，而且同样的面面俱到。很容易看出薛宝钗就是花袭人的高级版本，是出身、家庭等社会环境更加高级的袭人，宝钗讲给湘云的一番话其实就是对自己，从而也是对这一类人的处事方式所做的总结，而袭人只是凭经验在做，当然达不到宝钗的思考水平。这类人在现实生活中更加让人喜欢，因为圆滑周到，因为顺从社会。如果是在工作单位，他们是既受上级赏识又受下级爱戴的骨干，因为上级交办的事一定圆满完成，并能主动沿着上级的思路延伸。薛宝钗级别的甚至能把工作做到前面，但还不争功，所以接班是没问题的，在上就是贾母高瞻远瞩指挥若定，在中就是王夫人承上启下游刃有余，在下就是袭人，能踏踏实实落实，如有遗漏也绝不推诿，在社会上是众人争相抢夺的好员工。这是世俗世界的典范。当然人人喜爱，又何止是贾母和王夫人，李纨评判宝钗和黛玉诗词的标准就在于此，即便性格处于世俗与心灵之间的湘云也难免落入窠臼的原因也在此。

相比穿插其中简写的林黛玉和晴雯（同样是孤儿，连姓也没有），一个通过略显做作的行为方式显其高洁之质，别人开始写诗，黛玉偏要这看看那瞅瞅，和丫鬟聊会天，最后"提笔一挥而就，掷与众人"；一个通过略显刻薄的直言快语显其内里不俗。这类人在现实生活中高的让人敬而远之，因为常人难以企及，低的令人如坐针毡，因为内心不愿媚俗。他们在现实中永远与人若即若离，因为人格之独立，精神之自由。所以，这类人中高的将努力不断地超越自我，低的只能委屈不断地妥协受挫。这是心灵世界的象征。当然难免要在俗世中度过苦闷，甚至惨痛的一生。宝玉为黛玉争辩当然已经揭示了宝玉的心灵所向。

我们随便选择一部分文字，已能鲜明看出作者通过这两组人物的各自对应、相互对照，并辅以详简对比的写作手法展现出来的不同世界的高下与得失了。而黛玉和晴雯她们不是不懂如何在俗世中舒服一点，而是因为她们指向的是未来的历史——历史之后！

分析至此，顺带得出一个小结论：大家对比脂砚斋等人的评语，应该能体会到，他们不可能是作者本人，甚至连充分理解作者都谈不上，因为无论是思想高度还是语言文字都与正文有很大差距。不过，从故事层面，许多评语确有参考价值罢了。

在两组人物中，宝钗因为情感世界的缺失，所以只能止步于世俗世界的典范，而黛玉因为情感世界的纯粹，所以终于升华至心灵世界的明灯。

二

未完之完：宝黛结局的预演

红楼最大的遗憾莫过于原著只有八十回，如此精彩恢宏的著作没有原作者写的结局真乃读书人的一大恨事，不过重要人物的结局确实是早有安排，尤其是宝黛的结局不仅有开头还泪的预设，而且文中也巧布了预演，就连祭奠黛玉也提前告诉读者了，当然如果是原作者等到黛玉离世时一定会有更精彩的描写，现在也只能无可奈何了。

第五十七回，黛玉正睡午觉，宝玉来了却受紫鹃说了一通，"姑娘常常吩咐我们，不叫和你说笑。你近来瞧他远着你还恐远不及呢。"说着便起身，携了针线进别房去了。结果宝玉见了这般景况，心中忽浇了一盆冷水一般，只瞅着竹子，发了一回呆。因祝妈正来挖笋修竿，便怔怔的走出来，一时魂魄失守，心无所知，随便坐在一块山石上出神，不觉滴下泪来。又被雪雁碰见，以为受了黛玉的委屈，回去看黛玉还在睡觉，就问紫鹃，"姑娘还没醒呢，是谁给了宝玉气受，坐在那里哭呢。"紫鹃听了，忙问在那里。雪雁道："在沁芳亭后头桃花底下呢。"这也是宝玉和黛玉葬花，一起看《西厢记》的地方，紫娟听说赶紧放下针线来找宝玉，"我不过说了那两句话，为的是大家好，你就赌气跑了这风地里来哭，作出病来唬我。"宝玉忙笑道："谁赌气了！我因为听你说的有理，我想你们既这样说，自然别人也是这样说，将来渐渐的都不理我了，我所以想着自己伤心。"紫鹃随后问起老太太让人每日给黛玉送燕窝的事，原来是宝玉说的，紫鹃道："原来是你说了，这又多谢你费心。我们正疑惑，老太太怎么忽然想起来叫人每一日送一两燕窝来呢？这就是了。"大概是宝玉上次听黛玉说宝钗送她燕窝的事就找机会告知贾母黛玉需要燕窝。宝玉笑道："这要天天吃惯了，吃上三二年就好了。"紫鹃道："在这里吃惯了，明年家去，那里有这闲钱吃这个。"宝玉听了，吃了一惊，忙问："谁？往那个家去？"紫鹃道："你妹妹回苏州家去。"宝玉笑道："你又说白话。苏州虽是原籍，因没了姑父姑母，无人照看，才就了来的。明年回去找谁？可见是扯谎。"紫鹃冷笑道："你太看小了人。你们贾家独是大族人口多的，除了你家，别人只得一父一母，房族中真个再无人了不成？我们姑娘来时，原是老太太心疼他年小，虽有叔伯，不如亲父母，故此接来住几年。大了该出阁时，自然要送还林家的。终不成林家的女儿在你贾家一世不成？林家虽贫到没饭吃，也是世代书宦之家，断不肯将他家的人丢在亲戚家，落人的耻笑。所以早则明年春天，迟则秋天。这里纵不送去，林家亦必有人来接的。前日夜里姑娘和我说了，叫我告诉你：将从前小时顽的东西，有他送你的，叫你都打点出来还他。他也将你送他的打叠了在那里呢。"上次黛玉因父亲林如海病故走了快一年就把宝玉难受得心里没了着落，如今紫鹃却说要接回林家，还要待字闺中，那如何得了！宝玉听了，便如头顶上响了一个焦雷一般。紫鹃看他怎样回答，只不作声。忽见晴雯找来说："老太太叫你呢，谁知道在这里。"紫鹃笑道："他这里问姑娘的病症。我告诉了他半日，他只不信。你倒拉他去罢。"说着，自己便走回房去了。

宝玉呆呆傻傻已经没了知觉，晴雯拉他回去，袭人又找来李嬷嬷，结果李嬷嬷说声不中用了大哭起来，袭人等人也都跟着哭起来。晴雯便告诉袭人，方才如此这般。袭人听了，便忙到潇湘馆来，见紫鹃正伏侍黛玉吃药，也顾不得什么，便走上来问紫鹃道："你才和我们宝玉说了些什么？你瞧他去，你回老太太去，我也不管了！"说着，便坐在椅上。黛玉忽见袭人满面急怒，又有泪痕，举止大变，便不免也慌了，忙问怎么。袭人定了一回，哭道："不知紫鹃姑奶奶说了些什么话，那个呆子眼也直了，手脚也冷了，话也不说了，李妈妈掐着也不疼了，已死了大半个了！连李妈妈都说不中用了，那里放声大哭。只怕这会子都死了！"黛玉一听此言，李妈妈乃是经过的老妪，说不中用了，可知必不中用。哇的一声，将腹中之药一概呛出，抖肠搜肺，炽胃扇肝的痛声大嗽了几阵，一时面红发乱，目肿筋浮，喘的抬不起头来。紫鹃忙上来捶背，黛玉伏枕喘息半晌，推紫鹃道："你不用捶，你竟拿绳子来勒死我是正经！"紫鹃哭道："我并没说什么，不过是说了几句顽话，他就认真了。"袭人道："你还不知道他，那傻子每每顽话认了真。"黛玉道："你说了什么话，趁早儿去解说，他只怕就醒过来了。"紫鹃听说，忙下了床，同袭人到了怡红院。

贾母以为紫鹃怎么得罪了宝玉，拉着就让宝玉打，谁知宝玉一把拉住紫鹃，死也不放，说："要去连我也带了去。"众人不解，细问起来，方知紫鹃说"要回苏州去"一句顽话引出来的。贾母流泪道："我当有什么要紧大事，原来是这句顽话。"又向紫鹃道："你这孩子素日最是个伶俐聪敏的，你又知道他有个呆根子，平白的哄他作什么？"之后宝玉拉着紫鹃不放手，生怕走了。紫鹃虽是到贾府后才跟着黛玉的，但却一心为黛玉着想，过了几天宝玉好点之后，紫鹃也对黛玉说了自己的心思，夜间人定后，紫鹃已宽衣卧下之时，悄向黛玉笑道："宝玉的心倒实，听见咱们去就那样起来。"黛玉不答。紫鹃停了半晌，自言自语的说道："一动不如一静。我们这里就算好人家，别的都容易，最难得的是从小儿一处长大，脾气情性都彼此知道的了。"黛玉啐道："你这几天还不乏，趁这会子不歇一歇，还嚼什么蛆。"紫鹃笑道："倒不是白嚼蛆，我倒是一片真心为姑娘。替你愁了这几年了，无父母无兄弟，谁是知疼着热的人？趁早儿老太太还明白硬朗的时节，作定了大事要紧。俗语说，'老健春寒秋后热'，倘或老太太一时有个好歹，那时虽也完事，只怕耽误了时光，还不得趁心如意呢。公子王孙虽多，那一个不是三房五妾，今儿朝东，明儿朝西？要一个天仙来，也不过三夜五夕，也丢在脖子后头了，甚至于为妾为丫头反目成仇的。若娘家有人有势的还好些，若是姑娘这样的人，有老太太一日还好一日，若没了老太太，也只是凭人去欺负了。所以说，拿主意要紧。姑娘是个明白人，岂不闻俗语说：'万两黄金容易得，知心一个也难求'。"黛玉听了，便说道："这丫头今儿不疯了？怎么去了几日，忽然变了一个人。我明儿必回老太太退回去，我不敢要你了。"紫鹃笑道："我说的是好话，不过叫你心里留神，并没叫你去为非作歹，何苦回老太太，叫我吃了亏，又有何好处？"说着，竟自睡了。真是难为了紫鹃一片真心，但到底只是一个丫鬟。不过这次紫鹃的试探之言却正好点明了宝玉的真心，试想这次紫鹃只说了句黛玉要回苏州，宝玉瞬间就成了这样，可想如果黛玉离世，那宝玉又会是怎样一番模样了。其实，作者在此处如此细致地描写宝玉的反应，正是预演了黛玉死后宝玉的状态。难以想象，宝玉那时会痛心到何种程度，也许只有那样的痛才能惊醒梦中人吧！

  黛玉死后，宝玉痛不欲生，但并未自寻短见，而是坚强地走出了内心的痛苦，了悟了生命的真谛，但他又是如何安放那份对黛玉的无尽思念呢？紧接着第五十八回，宝玉和芳官的一番话大约就是今后祭祀黛玉的方式了。因宝玉见藕官清明在园子里烧纸，问什么原因，藕官让宝玉回去问芳官。藕官在梨香院戏班解散之后留在大观园里给了黛玉当丫鬟，芳官跟了宝玉。芳官告诉宝玉，藕官是祭奠她在戏里常扮做夫妻的药官,药官死后,"后来补了蕊官,我们见他一般的温柔体贴,也曾问他得新弃旧的。他说:'这又有个大道理。比如男子丧了妻,或有必当续弦者,也必要续弦为是。便只是不把死的丢过不提,便是情深意重了。若一味因死的不续,孤守一世,妨了大节,也不是理,死者反不安了。'你说可是又疯又呆?说来可是可笑?"宝玉听说了这篇呆话,独合了他的呆性,不觉又是欢喜,又是悲叹,又称奇道绝,说:"天既生这样人,又何用我这须眉浊物玷辱世界。"因又忙拉芳官嘱道:"既如此说,我也有一句话嘱咐他,我若亲对面与他讲未免不便,须得你告诉他。"芳官问何事。宝玉道:"以后断不可烧纸钱。这纸钱原是后人异端,不是孔子遗训。以后逢时按节,只备一个炉,到日随便焚香,一心诚虔,就可感格了。愚人原不知,无论神佛死人,必要分出等例,各式各例的。殊不知只一'诚心'二字为主。即值仓皇流离之日,虽连香亦无,随便有土有草,只以洁净,便可为祭,不独死者享祭,便是神鬼也来享的。你瞧瞧我那案上,只设一炉,不论日期,时常焚香。他们皆不知原故,我心里却各有所因。随便有清茶便供一钟茶,有新水就供一盏水,或有鲜花,或有鲜果,甚至荤羹腥菜,只要心诚意洁,便是佛也都可来享,所以说,只在敬不在虚名。以后快命他不可再烧纸。"估计黛玉去世之后,宝玉的心情大致如此吧,也才有与宝钗结婚的可能,祭奠黛玉的形式也大约如此。按现在的续作所写非要偷梁换柱地以宝钗假充黛玉实在没什么道理可言。

不仅如此,甚至就连黛玉的死和宝玉祭奠黛玉的祭文也通过对晴雯的描写早已提前准备好了。

直到晴雯被王夫人赶出大观园,作者才简单地交代了晴雯的悲惨身世。这晴雯当日系赖大家用银子买的,那时晴雯才得十岁,尚未留头。因常跟赖嬷嬷进来,贾母见他生得伶俐标致,十分喜爱。故此赖嬷嬷就孝敬了贾母使唤,后来所以到了宝玉房里。这晴雯进来时,也不记得家乡父母。只知有个姑舅哥哥,专能庖宰,也沦落在外,故又求了赖家的收买进来吃工食。……目今晴雯只有这一门亲戚,所以出来就在他家。(第七十七回)不仅如此,重病的晴雯被王夫人撵出去之后,躺在冰冷的床上连口水也没人给倒,她的姑舅表哥虽然沾了她的光,可是此时哪管她的死活,在这些人的眼里哪有什么"水做的女儿"。黛玉的条件自然比晴雯好出许多,但在世上同样是孤苦无依,最终大概也就身边的紫鹃、雪雁相伴了,想想此时晴雯这一夜该是多么痛苦地煎熬直至咽气,更别说黛玉最终的凄惨景象了。

第七十八回，宝玉听说晴雯死了，想赶去再看一眼，谁知他哥嫂见他一咽气便回了进去，希图早些得几两发送例银。王夫人闻知，便命赏了十两烧埋银子。又命："即刻送到外头焚化了罢。女儿痨死的，断不可留！"他哥嫂听了这话，一面得银，一面就雇了人来入殓，抬往城外化人场上去了。剩的衣履簪环，约有三四百金之数，他兄嫂自收了为后日之计。二人将门锁上，一同送殡去未回。宝玉走来扑了个空。真是悲哀，晴雯留下的也远不止几两银子，可她的兄嫂却为几两银子赶紧汇报处理了事，而王夫人强调痨病死的赶紧烧了"断不可留"！而黛玉更是如此，大概也不会多留一刻，这也是最终宝玉一定错过黛玉葬礼的预设。"风流灵巧招人怨。寿夭多因毁谤生，多情公子空牵念。"多情公子竟连最后一眼都不得见。黛玉临终宝玉势必也不在身边，结果也不会安排见最后一眼，事情很可能是在宝玉因为特殊原因不得不离开贾府的一段时间内发生的，等他回来早已物是人非，常常徘徊于潇湘馆的宝玉后来逐渐从众人主要是丫鬟嘴里听出个大概经过，遂痛心疾首写下祭文，而祭文的基本内容也在悼念晴雯时做好了预设。

晴雯刚从园子里搬出去一天，好好的一个人就化为灰烬，搁谁能不心疼！可是也大约只有宝玉还一心记得吧，"独有宝玉一心凄楚，回至园中，猛然见池上芙蓉，想起小丫鬟说晴雯作了芙蓉之神，不觉又喜欢起来，乃看着芙蓉嗟叹了一会。忽又想起死后并未到灵前一祭，如今何不在芙蓉前一祭，岂不尽了礼，比俗人去灵前祭吊又更觉别致"。思前想后，写下一篇诔文。

"宝玉本是个不读书之人，再心中有了这篇歪意，怎得有好诗文作出来。他自己却任意纂著，并不为人知慕，所以大肆妄诞，竟杜撰成一篇长文，用晴雯素日所喜之冰鲛縠一幅楷字写成，名曰《芙蓉女儿诔》，前序后歌。又备了四样晴雯所喜之物，于是夜月下，命那小丫头捧至芙蓉花前。先行礼毕，将那诔文即挂于芙蓉枝上，乃泣涕念曰。"作者借宝玉之口强调这是一篇出自真心诚意的祭文，而不是仅仅为了花哨好看，如此详细地描写宝玉为了给晴雯写诔文的心中想法，就可知后来要为黛玉费的心思了。

这篇诔文如果在编写《古文观止》之前肯定是入选文章无疑，希望大家能阅读原文，我们在这儿只针对诔文中的几处内容稍作简析。

宝玉读毕，遂焚帛奠茗，犹依依不舍。小鬟催至再四，方才回身。忽听山石之后有一人笑道："且请留步。"二人听了，不免一惊。那小鬟回头一看，却是个人影从芙蓉花中走出来，他便大叫："不好，有鬼。晴雯真来显魂了！"唬得宝玉也忙看时……此段文字极为重要，因为忽然来的不是别人，正是黛玉。紧接着第七十九回。

　　话说宝玉祭完了晴雯，只听花影中有人声，倒唬了一跳。走出来细看，不是别人，却是林黛玉，满面含笑，口内说道："好新奇的祭文！可与《曹娥碑》并传的了。"宝玉听了，不觉红了脸，笑答道："我想着世上这些祭文都蹈于熟滥了，所以改个新样，原不过是我一时的顽意，谁知又被你听见了。有什么大使不得的，何不改削改削。"黛玉道："原稿在那里？倒要细细一读。长篇大论，不知说的是什么，只听见中间两句，什么'红绡帐里，公子多情，黄土垄中，女儿薄命。'这一联意思却好，只是'红绡帐里'未免熟滥些。放着现成真事，为什么不用？"宝玉忙问："什么现成的真事？"黛玉笑道："咱们如今都系霞影纱糊的窗槅，何不说'茜纱窗下，公子多情'呢？"宝玉听了，不禁跌足笑道："好极，是极！到底是你想的出，说的出。可知天下古今现成的好景妙事尽多，只是愚人蠢子说不出想不出罢了。但只一件：虽然这一改新妙之极，但你居此则可，在我实不敢当。"说着，又接连说了一二十句"不敢"。黛玉笑道："何妨。我的窗即可为你之窗，何必分晰得如此生疏。古人异姓陌路，尚然同肥马，衣轻裘，敝之而无憾，何况咱们。"宝玉笑道："论交之道，不在肥马轻裘，即黄金白璧，亦不当锱铢较量。倒是这唐突闺阁，万万使不得的。如今我越性将'公子''女儿'改去，竟算是你诔他的倒妙。况且素日你又待他甚厚，故今宁可弃此一篇大文，万不可弃此'茜纱'新句。竟莫若改作'茜纱窗下，小姐多情，黄土垄中，丫鬟薄命。'如此一改，虽于我无涉，我也是惬怀的。"黛玉笑道："他又不是我的丫头，何用作此语。况且小姐丫鬟亦不典雅，等我的紫鹃死了，我再如此说，还不算迟。"宝玉听了，忙笑道："这是何苦又咒他。"黛玉笑道："是你要咒的，并不是我说的。"宝玉道："我又有了，这一改可妥当了。莫若说'茜纱窗下，我本无缘；黄土垄中，卿何薄命。'"黛玉听了，忡然变色，心中虽有无限的狐疑乱拟，外面却不肯露出，反连忙含笑点头称妙，说："果然改的好。再不必乱改了，快去干正经事罢。"我想把这些原文多念两遍，任谁也能体会到其中的含义了。

　　这篇文章是为祭奠晴雯所写，却也是为黛玉而作，而且作者手笔之奇也在于此，也许是不放心宝玉一人去写祭文，所以才在此让宝黛两人一起斟酌，"茜纱窗下，我本无缘；黄土垄中，卿何薄命"不就是两人的最终写照吗，黛玉"忡然变色"，并说"果然改的好，再不必乱改了"。想来真是令人黯然神伤。

另外还有几点可资参考。一是，诔文中"乃致祭于白帝宫中抚司秋艳芙蓉女儿之前"，这就更明显了，虽然小丫头骗宝玉说晴雯要去做芙蓉花神了，而且宝玉不仅相信还把诔文就起名《芙蓉女儿诔》，但真是这么简单吗？二是，诔文中"窃思女儿自临浊世，迄今凡十有六载"。但是晴雯和袭人、宝钗、香菱几人都是同岁，肯定要比十六岁大，那么这个明确写出的年龄为什么对不上呢？三是，诔文中"钳诐奴之口，讨岂从宽；剖悍妇之心，忿犹未释"！前半句是对晴雯受小人陷害的控诉，可是后半句中与"诐奴"对应的"悍妇"是谁呢？

第一，关于芙蓉，第六十三回，宝玉生日当晚在怡红院抽签时已经明示。黛玉默默的想道："不知还有什么好的被我掣着方好。"一面伸手取了一根，只见上面画着一枝芙蓉，题着"风露清愁"四字，那面一句旧诗，道是：莫怨东风当自嗟。注云："自饮一杯，牡丹陪饮一杯。"众人笑说："这个好极。除了他，别人不配作芙蓉。"黛玉也自笑了。如果黛玉自己对这个结果不满意，虽然嘴上不说心里一定不舒服，但是黛玉自己也笑了，说明认可这个结果。既然此处说"别人不配作芙蓉"，为什么又说晴雯是芙蓉花神呢？第七十八回中，因为宝玉追着问两个小丫头晴雯的情况，其中一个骗他说晴雯要去做花神，宝玉又问什么花，"这丫头听了，一时诌不出来。恰好这是八月时节，园中池上芙蓉正开"，于是就顺口诌了芙蓉花，而池中的芙蓉其实是水芙蓉，是荷花的别称。作者在此处故意用了这个别称来指代晴雯，以便宝玉的诔文是为芙蓉女儿所写，其实就是为了写给黛玉的。第二，书中人物的年龄一直是个备受关注的问题，因为主要人物的年龄时有错乱，这大概有几个原因：一是全书是未完稿，作者还在增删修改中，没有最后统一完善；二是作者希望所有的故事都发生在女孩子最美好的年龄，所以在第四十九回中，当薛宝琴四人来到大观园后，作者罗列了李纨、三春、钗黛、湘云以及宝琴四人再加上凤姐和宝玉，"除李纨年纪最长，他十二个人皆不过十五六七岁"，非要把凤姐强行拉回。而且四美进贾府距离晴雯病逝已近三年时间，所以这里的十六岁无论是对晴雯还是黛玉的意义都是一样的，其实就是对女孩子在最美好的二八年华溘然而逝的无限感伤。（补充一点关于书中人物年龄不一致的可能原因，因为故事中众多情节需要在一定的时间段内展开，但又无法将过多的事件堆砌在同一年发生，尤其是当宝玉等人年龄还小的时候很多故事无法展开，但是那么多故事又不可能集中在十五六岁一两年内全部发生，所以不得不把这个时间拉长，但是又会导致不是年龄太小就是年龄偏大的问题。比如，如果按正常梳理，晴雯去世的时候应该是二十岁左右，但是到了这个年龄，不仅是晴雯早早就应该被打发出去嫁人了，即便是宝玉、宝钗、黛玉等人也都早已到了婚嫁年龄，这就无法安排众多事件发展了。所以，年龄的含混问题让位给了更重要的红楼世界的整体演进。）第三，诔文中的诐奴、悍妇当然是指一众小人和当家的王夫人，但是对于这样的大逆不道实在令人费解，即便宝玉心中对王夫人有再多的愤恨，应该也不至于为了晴雯发出这样的痛斥，"钳诐奴之口，讨岂从宽；剖悍妇之心，忿犹未释！"比鲁迅先生痛打落水狗还要难以释怀，对诐奴不依不饶也就罢了，竟然到了剖悍妇之心都还难以释忿的地步，显然，这不仅是为晴雯，由此推断，黛玉之死必有小人作祟，而且最终逼死黛玉的依然是王夫人。而宝玉的情绪是从金钏儿死、晴雯死、芳官出家再到黛玉死这样逐渐积累起来的，最终因为黛玉的死而集中爆发，才会有这样激烈的词语。所以写给晴雯的诔文实则指向黛玉。王夫人多次点明晴雯像黛玉，并多次声明自己对这类人的厌恶和痛恨，可以想见，黛玉不受自己的舅母喜欢是毫无疑问的。不过，如果是原作者写这段故事一定不会把王夫人写成母夜叉，而会以更符合常情的写法来表现，甚至让我们觉得并非完全是王夫人的错而是无可奈何，就像金钏儿、晴雯、芳官总有无巧不巧的原因，可惜对于黛玉临终的场景我们无缘得见了。而凤姐在黛玉的事上不可能有多大作为，因为在王夫人亲自出手摧毁大观园的时候凤姐已经无力抗拒，当时已身心疲惫而且心灰意懒，更别说面对黛玉晚景时的局面。凤姐既不想助纣为虐逼迫黛玉，也势必无力帮助黛玉，所以最好的办法还是因为生病无法参与躲开为妙。

而晴雯死后，紧接着就迎来了香菱的悲惨结局。第六十二回中，宝玉对香菱弄脏裙子体贴了一番，其实慢慢地会发现，宝玉对女孩子都是体贴入微的，不论是几个姐妹还是有头有脸的大丫头，即便是小丫鬟在他眼里都比男人强百倍。宝玉不愧是大观园女儿世界的保护者，他想保护她们远离外界的任何一点肮脏和可能的玷污，可惜，面对强大的世俗世界，大观园终究只是如太虚幻境一般的过眼烟云，最终还是要烟消云散的，所以，大观园的世界终究要被世俗的力量所摧毁。而香菱距离宝玉的心境还差得很远，所以第七十九回中，宝玉因迎春快要出嫁，已经搬出大观园，又听得说陪四个丫头过去，更又跌足自叹道："从今后这世上又少了五个清洁人了。"因此天天到紫菱洲一带地方徘徊瞻顾。因为无人居住，越显得凄凉景象，正在这时香菱因薛蟠要娶亲来找凤姐说事，恰好碰见宝玉说起薛蟠的婚事，香菱正在热切期盼着赶紧完婚，"我也巴不得早些过来，又添一个作诗的人了。"宝玉冷笑道:"虽如此说,但只我听这话不知怎么倒替你耽心虑后呢。"香菱听了,不觉红了脸,正色道:"这是什么话!素日咱们都是厮抬厮敬的,今日忽然提起这些事来,是什么意思!怪不得人人都说你是个亲近不得的人。"一面说,一面转身走了。

香菱的单纯多少有点愚痴在里头,她最好的日子何尝不是陪宝钗在大观园的一段时光,先有黛玉教诗,后有湘云夜聊,与众姐妹写诗赏景享受天地灵气,但可惜香菱没能全部体会,究其原因是因为香菱虽有向往心灵世界的天性,却由于从小的经历缺失了情感的环节,因此距离心灵世界有了不可逾越的隔阂,她能想象的最美好的生活也只能是在俗世生活的闲暇中穿插些诗情画意罢了。且说香菱自那日抢白了宝玉之后,心中自为宝玉有意唐突他,"怨不得我们宝姑娘不敢亲近,可见我不如宝姑娘远矣;怨不得林姑娘时常和他角口气的痛哭,自然唐突他也是有的了。从此倒要远避他才好。"因此,以后连大观园也不轻易进来。日日忙乱着,薛蟠娶过亲,自为得了护身符,自己身上分去责任,到底比这样安宁些;二则又闻得是个有才有貌的佳人,自然是典雅和平的:因此他心中盼过门的日子比薛蟠还急十倍。好容易盼得一日娶过了门,他便十分殷勤小心伏侍。香菱自然不知道宝玉关于女人三阶段的理论,即便听说过也一定不以为然。

第八十回,香菱被夏金桂折磨得不成样子,无奈之下,已被夏金桂改名秋菱的香菱只好跟着宝钗。"自此以后,香菱果跟随宝钗去了,把前面路径竟一心断绝。虽然如此,终不免对月伤悲,挑灯自叹。本来怯弱,虽在薛蟠房中几年,皆由血分中有病,是以并无胎孕。今复加以气怒伤感,内外折挫不堪,竟酿成干血之症,日渐羸瘦作烧,饮食懒进,请医诊视服药亦不效验。"按照晴雯离开大观园只一天的功夫就香消玉殒,香菱此时的症状也难以拖延了,再看香菱的判词,"只见画着一株桂花,下面有一池沼,其中水涸泥干,莲枯藕败,后面书云:根并荷花一茎香,平生遭际实堪伤。自从两地生孤木,致使香魂返故乡。"作者虽经夏金桂之口改了香菱的名字,用秋菱寓意命已不久,但又不忍心,文中仍用香菱称呼。八十回原著也到此中断。

很容易推测,香菱一定是在黛玉前去世的,紧随而来的就是黛玉。所以,黛玉死后宝玉的种种表现其实已有预演,书稿虽经作者十年批改,却到此为止,也许是晴雯的死、香菱的将死就已经令作者悲痛欲绝,实在不忍再写了吧!

红楼梦的故事（一）

一

后四十回的缺失：不无遗憾其实已无遗憾

红楼后四十回无论如何也不可能出自原作者之手，无论是文笔、对人物的描写还是整个故事脉络与原作差得太远，在此我们只举两个例子，不再浪费更多的时间。

一是第八十七回中，紫鹃走来，看见这样光景，想着必是因刚才说起南边北边的话来，一时触着黛玉的心事了，便问道："姑娘们来说了半天话，想来姑娘又劳了神了。刚才我叫雪雁告诉厨房里给姑娘作了一碗火肉白菜汤，加了一点儿虾米儿，配了点青笋紫菜。姑娘想着好么？"黛玉道："也罢了。"紫鹃道："还熬了一点江米粥。"黛玉点点头儿，又说道："那粥该你们两个自己熬了，不用他们厨房里熬才是。"紫鹃道："我也怕厨房里弄的不干净，我们各自熬呢。就是那汤，我也告诉雪雁和柳嫂儿说了，要弄干净着。柳嫂儿说了，他打点妥当，拿到他屋里叫他们五儿瞅着炖呢。"黛玉道："我倒不是嫌人家肮脏，只是病了好些日子，不周不备，都是人家。这会子又汤儿粥儿的调度，未免惹人厌烦。"说着，眼圈儿又红了。紫鹃道："姑娘这话也是多想。姑娘是老太太的外孙女儿，又是老太太心坎儿上的。别人求其在姑娘跟前讨好儿还不能呢，那里有抱怨的。"黛玉点点头儿,因又问道:"你才说的五儿,不是那日和宝二爷那边的芳官在一处的那个女孩儿?"紫鹃道:"就是他。"黛玉道:"不听见说要进来么?"紫鹃道:"可不是,因为病了一场,后来好了才要进来,正是晴雯他们闹出事来的时候,也就耽搁住了。"黛玉道:"我看那丫头倒也还头脸儿干净。"说着,外头婆子送了汤来。雪雁出来接时,那婆子说道:"柳嫂儿叫回姑娘,这是他们五儿作的,没敢在大厨房里作,怕姑娘嫌腌臜。"雪雁答应着接了进来。黛玉在屋里已听见了,吩咐雪雁告诉那老婆子回去说,叫他费心。雪雁出来说了,老婆子自去。这里雪雁将黛玉的碗箸安放在小几儿上,因问黛玉道:"还有咱们南来的五香大头菜,拌些麻油醋可好么?"黛玉道:"也使得,只不必累赘了。"

白菜汤小咸菜浇点麻油都上来了,这恐怕连生活改善后的刘姥姥的饮食水准都达不到了吧。何况柳五儿在第七十七回中王夫人已明确提到早已短命死了,此时为了在厨房帮忙又写活了,这还不算,原作者笔下哪有废话,引用这一大段就是让大家不妨看看续文的废话有多少,可这一大段竟然是黛玉和丫鬟们讨论一碗白菜汤加小咸菜,不知有何寓意?

再举一例,在第八十回中作者写的夏金桂的形象,大家可以对比一下,其后,夏金桂不仅开始勾引薛蝌,甚至要用砒霜毒死香菱,结果把自己毒死了。这些狗血剧情也是红楼的水准吗?不仅如此,再看第一百零三回中,夏金桂死后,她的家人来找薛姨妈闹事的场景。

那夏家本是买卖人家,如今没了钱,那顾什么脸面。儿子头里就走,他跟了一个破老婆子出了门,在街上啼啼哭哭的雇了一辆破车,便跑到薛家。进门也不打话,便儿一声肉一声的要讨人命。那时贾琏到刑部托人,家里只有薛姨妈、宝钗、宝琴,何曾见过这个阵仗,都吓得不敢则声。便要与他讲理,他们也不听,只说:"我女孩儿在你家得过什么好处,两口朝打暮骂的。闹了几时,还不容他两口子在一处,你们商量着把女婿弄在监里,永不见面。你们娘儿们仗着好亲戚受用也罢了,还嫌他碍眼,叫人药死了他,倒说是服毒!他为什么服毒!"说着,直奔着薛姨妈来。薛姨妈只得后退,说:"亲家太太且请瞧瞧你女儿,问问宝蟾,再说歪话不迟。"那宝钗、宝琴因外面有夏家的儿子,难以出来拦护,只在里边着急。恰好王夫人打发周瑞家的照看,一进门来,见一个老婆子指着薛姨妈的脸哭骂。周瑞家的知道必是金桂的母亲,便走上来说:"这位是亲家太太?大奶奶自己服毒死的,与我们姨太太什么相干,也不犯这么遭塌呀。"那金桂的母亲问:"你是谁？"薛姨妈见有了人，胆子略壮了些，便说："这就是我亲戚贾府里的。"金桂的母亲便说道："谁不知道，你们有仗腰子的亲戚，才能够叫姑爷坐在监里。如今我的女孩儿倒白死了不成！"说着，便拉薛姨妈说："你到底把我女儿怎样弄杀了？给我瞧瞧！"周瑞家的一面劝说："只管瞧瞧，用不着拉拉扯扯。"便把手一推。夏家的儿子便跑进来不依道："你仗着府里的势头儿来打我母亲么！"说着，便将椅子打去，却没有打着。里头跟宝钗的人听见外头闹起来，赶着来瞧，恐怕周瑞家的吃亏，齐打伙的上去半劝半喝。那夏家的母子索性撒起泼来，说："知道你们荣府的势头儿。我们家的姑娘已经死了，如今也都不要命了！"说着，仍奔薛姨妈拼命。地下的人虽多，那里挡得住，自古说的"一人拼命，万夫莫当。"

这跟地痞打架泼妇骂街有什么区别，薛姨妈成了连薛蟠都不如的混人了，看见周瑞家的来了，居然说出"这就是我亲戚贾府里的"这样的话来，我劝大家后四十回真的是不看也罢。

至于人物命运早已有了安排，这些续书的水平连在街头巷尾闲谈都显无味，怎会还有人认为是原作者的手笔，真是令人疑惑加不解。

多的不再罗列，续文作者大概描述的是刘姥姥层面的生活场景，表现的也是此层面的理解，不过生搬硬套了几句前八十回中已经说过用过的语句而已。前后判若云泥，即便连原作者的草稿都配不上。后四十回通篇没什么像样文字，八个字足以概括：鸡飞狗跳、鬼哭狼嚎，本来不值一提，不再多说。

二

后天之教：表面故事和言象意理论

我们循着宝黛的成长脉络，以及黛玉和宝钗代表的两组人物相互交织的线索梳理了红楼表面故事的大概面貌，并用三个世界理论对人物做了基本分析和定位，其中穿插着对人物未来命运和结局的介绍。按理说，基本的故事已经分析完了，为什么我却说是"表面故事"呢？所谓表面，那就意味着还有深层的故事，那这个深层的故事又是讲的哪些人哪些事呢？所以，从现在我们才刚刚开始展开对红楼真正故事的分析呢。（书中值得专门讨论的人物还很多，像史湘云、王熙凤、贾母、王夫人、秦可卿，另外贾敬、贾赦、贾政等一干男众，更有大量值得推敲的细节有待解析，但因我们是要通过主线分析红楼真境界，因此对这些枝节暂且从略。）

《红楼梦》开篇一节是介绍此书的由来，而从甄士隐出场开始讲述大石上记载的故事，并与贾雨村一起对应开篇提到的"作者自云"的那段话。

甄士隐一家"家中虽不甚富贵，然本地便也推他为望族了"，虽说比不了后来的贾家，但其寓意则是一样的，就好比甄家是一个缩小的贾家似的。就是这样一个当地望族的富贵人家，却因宝贝女儿英莲正月十五被人贩子拐走，甄士隐夫妇内心先是受到巨大创伤，紧接着只过了两个月，一场大火又将宅院烧个精光；随后到了自家的田庄上，却又恰逢天灾人祸无法立足，无奈只能投奔娘家去了，结果遭尽白眼，最后遇到跛足道人，一首好了歌让甄士隐彻悟而去，这几乎是后来贾家经历的精练版。隐去的这位甄士（真事）原本是"禀性恬淡，不以功名为念，每日只以观花修竹、酌酒吟诗为乐，倒是神仙一流人品"；而存下的这个贾雨（假语）"原系胡州（胡诌）人氏，也是诗书仕宦之族，因他生于末世，父母祖宗根基已尽，人口衰丧，只剩得他一身一口，在家乡无益，因进京求取功名，再整基业"。

在介绍贾雨村的时候，提到说他"生于末世"，这个"末世"是指他的家族还是指什么？在第五回十二钗的判词中，又两次提到"末世"，一是探春的判词"生于末世运偏消"，一是王熙凤的判词"凡鸟偏从末世来"，显然三处"末世"不单指家族而言，于是索隐派就按照作者写书年代把这个"末世"理解成明朝马上灭亡的时期，可不可以呢？当然可以，不过这样实在是把《红楼梦》的故事"索隐"的太小了，这个"末世"具有更大的寓意情怀。这是我们要彻底解决的，不过要想彻底，我们先要准备一些分析用的工具，我们总不能骑着自行车上月球吧。

《红楼梦》一书的内涵极其丰富，但《红楼梦》又是如何做到的呢？如果作者的确通过一部作品的文字表达出了他所要表达的，为什么我们却要用更多的文字才能帮助理解呢？这就涉及一个语言（言）与语言所表达的涵义（意）到底是什么关系的问题，我们现在就来分析。

语言的产生本身就是为了解决人类精神交流的需求，即便是最简单的信息传递也是一个个体试图将自身意识层面的思考传递给其他个体，比如一个原始人觉得烤肉要比生肉好吃，他就想把这个感受表达给最亲近的人，希望他们也能品尝到。而随着个体与个体之间逐渐形成部落、族群、国家，乃至全世界，与此同时也形成了人类社会，语言及之后记录语言的文字就作为载体起到沟通意识、交流想法的作用。

语言最初是和要表达的意思直接对应的，也就是"言"和"意"是直接传达的。从较低等的动物通过发出声音警告同类躲避的行为来看，人们最初也是如此，直接将一个声音即语言与要表达的意思对应，听到警告的喊声马上就"跑"，不需要想是老虎还是黑熊，也不必想跟我上次见到的是否一样，这次遇到的是不是一定会咬人，是大还是小等等。久而久之才会发现这些区别，原来引起"跑"的东西是不一样的，可能是熊，也可能是老虎、狼，于是人们开始逐步加以区分。这时，人就需要对语言形成一个"象"，比如如果没有"老虎"的"象"，一个人就无法将"老虎来了"这个意思传达出去，而如果接收者没有"老虎"的"象"，他就不明白这句话的意思。原本只要喊一声就跑了，现在要说明一下老虎来了赶紧跑，所以听的人也必须理解"老虎"的意思，但这时看见的人固然是看见了真的老虎，但是听的人却没有看见真的老虎，那么"他理解对方喊出的意思"这句话的意思是自己必须已经形成了对应"老虎"这个语"言"的形"象"，以及"老虎来了就得赶紧跑"的认知，而这个认知还要求说的人与听的人之间必须具备共同的认知才能保证信息传递是准确的、有效的，否则说的人就没能跟听的人进行沟通和交流。所以，交流沟通的认知背景很重要。

随着语言越来越复杂，人又发现同样的一串声音并不能像以前一样简单地只对应一个意思了，比如"老虎来了"，这句话描述的是老虎靠近自己的位置，但它要表达的意思却不确定，老虎来了，我们是跑，还是藏起来，或者把它引向陷阱，还是出去和它打个招呼交个朋友呢？这就必须进行更多的说明。而对老虎的认识也在不断积累、增加，老虎不只是咬人，还挺好看，虎皮还能防寒，虎肉还能吃，虎骨还能治病等等，所以"老虎"这个词不再简单地对应一个"意"思，它的内涵丰富了。

最初不需要其他中介，人与人通过一个声音直接对应要传达的意思，但是随着人想要表达的意思变得复杂起来，语"言"要通过一个中间媒介——"象"——

来传递真实的"意",这个"象"是由语言和文字传达"意"的过程中带来的必然介质。不仅如此,在人的意识里已经形成了老虎的"象",一听到"老虎"这个词人就会在意识中显出老虎的样子,又因为老虎会伤害人,于是人见了老虎就会害怕,而"害怕"这种情绪并不是具体的形象,所以人的意识进一步得到增强,由具体形象的"象"形成了抽象的"象"。

抽象的"象"可以是一种简单的"害怕"的印象,也可以是一种复杂的要进行思考的现象,比如人通过其他动物的皮毛可以防寒的经验确认虎皮也能防寒,那人就会想抓住它而不再是听见老虎来了就跑,这时候"害怕"这种抽象的"象"又进一步脱离了最初的感知来源,不再附着于某种具体情形,而成为独立的抽"象"的语"言"。人与人之间可以直接以"害怕"这个词来传递自己的感觉,不再必须是因为老虎还是黑熊,而说的人和听的人都能理解害怕的意思是因为他们都有过这样的体验,但引起害怕的"象"却可能已经完全无关,一个人可能害怕的是蛇,另一个可能害怕打雷。引起"害怕"的"象"不必一致,而"意"思却能传递,这说明这类抽象的"象"逐渐脱离了具体形象的"象",并成为人与人交流中更重要的部分。具体事物在交流中是最容易准确传递的,也很少被误解,即便有人没见过老虎但并不会误解别人说老虎的真实所指,我们只需多些描述,比如是一种比较凶猛的动物等等。虽然这些抽象的"象"对应的形象的"象"有可能不同,但传达的含义是相通的,所以人与人才能彼此沟通。

在这个过程中,形象和抽象的"象"在语言和文字中逐渐积累,而这些"象"构成了后人的认知基础。人们不再通过语"言"直接对应固定的"意"思了,而是通过语"言"学习一种认知体系,对应一种或具体或抽象的中间介质——"象"——并通过这些"象"来传递、把握和理解"言"要传达的"意"。经此一来,人的语言迅速扩张,因为不必对应具体事物或者准确意思,虽然任何一种语言的词汇都是有限的,但其组合而成的含义却是无穷无尽的。

由此带来了一个新的问题,那就是"言"与"意"的分离导致人对语言的理解必须有一个转换过程,即人通过"言"首先传递出的和接收到的不再是"意"而是"象",所以先要将这些"言"放到自己现有的认知体系里对应到自己形成的"象"上去,再将意识中形成的"象"按照自己的认知体系转换成自己理解的"意"。"言"和"意"因为中间增加了"象"作为中介而获得了极大的丰富性,但同时也付出了巨大的代价,那就是语言传达的准确性经两次转换而降低了,原本人与人之间真正想要传递的是"意",结果却因为"象"的存在而被隐藏在"言"的背后了。

另一方面,人的认知环境也出现了极大改变。伴随着语言越来越丰富的过程而来的是人与人之间相互交流和沟通的需求也呈爆炸式增长,人的思维意识也因此越加复杂和难以捉摸,最后思维意识完全被外来的急速膨胀的光怪陆离的"象"所迷惑,于是,越来越多的人的思维意识越来越长久地处于混乱之中,以至于自己想要表达什么都已搞不清了,结果就是越来越多的一边"词不达意"一边却又"不知所云"。尤其是随着新媒体技术的迅速发展,每个人似乎都能表达自己所思所想了,但结果为何是一片混乱景象呢?很简单,思维混乱,根本就无所思无所想,就像说梦话似的,但这些原本混乱的语"言"或者文字却必然地产生出"象",于是另外一些人会按照自己的认知把这些"象"理解成某种"意"思,因为说的人和听的人都是混乱的,其结果可想而知,只能乱上加乱,于是一片乱象。

言象意三者的分离一方面导致人与人传达信息的准确性从而也就是交流的有效性降低了,另一方面又导致大量可能是无效的"言—象"和"象—意"的出现,结果让生长在较差的认知环境中的人再也无法跟上信息的迅速变化,尤其是随着现代技术的突飞猛进,一个人面对的已不再是狭小范围内人际之间的信息传递,而是全球范围的人类社会全体的信息源,结果造成认知混乱也就是必然的事了。

言象意的分离还出现了另一个变体,即文字出现之后进一步加剧了这种分离。面对面直接的语言交流毕竟还在同一个时空,而当"言"——变体为"字"——逐渐脱离表达者本身,写下文字的人与看到文字的人不仅有空间上的隔离,还有时间上的隔阂,而且有时要跨越几千年,我们当然无法保证理解写作者本人的"意"图,不仅如此,我们还几乎可以确定的是后人理解的一定不是写作者的全部"意"思,那问题是我们为什么还是能理解古人的"意"思虽然不是全部?这种情况我们不妨称之为"心意相通"或者"有共同语言"。

这时所谓"有共同语言"就有了两层意思:一是指掌握相同语言文字的人,他们之间因为对"言象意"之间的关系理解得比较接近,所以相对不同语言的人而言会比较好沟通。这是最基本的意思,但也只是相对而言,因为使用同一语言的人互不理解的情况有时并不比语言不通的少,因为语言不通的情况更接近原始状态,可能更便于直接传达"意"思,而不需要太多的语"言"。这也就是第二种含义,"有共同语言"不仅仅是表面上使用同一种语言,而是能不限于使用语言就能理解对方的"意"的情况,这时用"心意相通"来形容就更恰当一些。由此我们很容易明白,语言是人类最大的认知背景,使用汉语的群体和使用英语的群体在认知上的差异当然比使用广东话和上海话的差异要大得多。

言象意理论包含两个相反相成的过程,与听的人(读者)面对的言—象—意的理解过程相对的是说的人(写作者)的意—象—言的表达过程,明白了我们详细分析的言—象—意的过程,反过来的意—象—言也就很容易明白了。说的人(写作者)首先要将自己想要表达的"意"思转换成自己认知中对应的最准确的"象",再用自己认为与这些"象"最吻合的语"言"(文字)加以表达出来。说的人(写作者)和听的人(读者)面对的语言是同一个(翻译又多了一层语言层面的转换,增加了理解的难度),也就是只有"言"是双方共同使用的,这是交流得以成立的基础,而两者之间认知的不同经由"意—象—言"的表达过程和"言—象—意"的理解过程而出现了差异。所以,认知越接近交流越容易,反之就越难,最简单的例子就是方言中的土话,即便我们能听懂某种方言,但是对当地的土话却根本不知道什么意思,就是因为这些土话对应的"象"和"意"完全在陌生人的认知范围以外。因为同样的原因,水平高的说的人(写作者)会将丰富的意象通过更易于听的人(读者)理解的语言方式表达出来,通常称为深入浅出,举重若轻,而对于听的人(读者)也需要一定的方法加上足够的认知来解析出"言"背后的丰富意象,意象越丰富当然解析越复杂,给人带来的理解上的难度也就越大。

《红楼梦》是被书写下来的经典,时间已距我们近三百年,所以当我们面对《红楼梦》的时候,其实就是面对这样一个时空间隔、认知环境迥异的局面,所以书中文字,也就是语言的"言",所展现的"表面故事",也就是表"象",还需要我们用一定的办法才能转换成我们能理解的真"象",从而才能理解其中的真"意"。

言象意理论根源于中华传统思想,我自不敢掠美,关于言象意三者的关系经魏晋玄学家王弼梳理之后,基本已清晰地总结完成,不过王弼所表述的是一个静态的结果,而没有描述出这个结果的动态运作机制,这也是中国传统思维存在的普遍问题。

言象意理论既是中国式思维的基因,也是人类思维的机制。但在西方思维中以惯用的两分法只将语言和世界两者对应试图说明这一机制的时候就遇到了无法克服的困难和难以跨越的思维障碍,这也是为什么维特根斯坦在前期《逻辑哲学论》中无法彻底解决语言与世界的关系的原因。虽然维氏后期对此有新的感悟，并试图用家族相似等新的概念加以解决，看上去似乎复杂得不得了，但却有越说越乱的感觉，因为他受自身认知环境的束缚，无法脱离出两分法的认知局限。如果借用爱因斯坦的说法，越是根本的东西往往展现的形式越是简洁美妙。当可看出，言象意理论虽然结构简洁却足以建构起人类认知的微观机制。

明白了言象意的关系就能明白，其实我们说话不是为了说话，不是要传递语言，甚至也不是为了传递语言表现的"象"，而是要通过"言""象"来传递真实的"意"。不过，言和象作为手段却又是不可或缺的。

所以，我们要听懂别人话里的真实涵义就不能简单地只是理解字面意思，即便对方言不达意、言不及意、言不尽意，甚至言不由衷或者还有言外之意。这在中文的语境中尤其明显，所以中国式理解问题的关键在于要掌握"得意忘言""得意忘象"，事实也是如此，如果我们理解一个人所要表达的真实意思之后，就不需要他追加更多的语言来描述了。如果一个眼神就能明白就不必多说废话，这种默契来自对"意"的直接理解，自然就可以忽略语"言"和表"象"了。而之前我们提到的新媒体带来的众多混乱，就是因为各种言象意的断裂和错乱引起的，说的人本来就说不清楚，听的人也不试图真的去理解对方，而是咬文嚼字，于是真没明白和故意误解成了抬杠的两大法宝。

而我们此时要面对的就是《红楼梦》的"言"——即书中的文字，所描述出来的"象"——就是表面上讲述的宝黛钗等众人的故事，而我们要做的是帮助大家解读《红楼梦》想要表达的真实的"意"——也就是作者想要告诉我们的他对整个世界的全部思考。

在三个世界理论中我们提到一个人身处哪一个世界的问题，其实就是在问我是谁，我何以成为我的问题。人之心性都是由先天之性和后天之教综合而成，言象意理论正好能帮助我们进一步理解后天之教的真实含义。

象，是一个人逐渐形成认知的关键性基础，受到成长环境的极大影响。象的形成是根据自己的生长环境逐渐将语言和形象（具体或抽象）相对应的过程。具体的比如说，对各种物品的认识，虽然这种识别物体的过程比较简单，但也会影响人的认知，比如对于喜爱动物的人来说，在教孩子认识动物的过程中就会充满好感和情感，在这种环境中成长的孩子当然就很难变成虐待动物的人。同样地，生活在一个对世界充满爱意的环境里的人很难做出穷凶极恶之事。另外还有抽象的"象",比如说对"学习"的理解,一个知识分子家庭和文盲家庭传递的信息是大不相同的;就像对"美味"的理解,四川人和山东人当然会有很大的不同,即便是四川人之间对"美味"虽然有普遍的认知,但个体之间仍有差异。而这一切综合而成一个人的言象意体系,所以所有的交流只能是部分有效,这些有效的部分是言象意吻合的部分,而心灵相通的极致吻合的情况自然也就可遇不可求了,因为这需要认知基础极度吻合,而思维方式及各种理念都需要合拍,也就是说,言象意体系才是体现人际之间关系的认知根源,也是人对世界的认识来源。一经形成观念也就确立了自己存在的状态,从而成为某种人,并分处于三个世界中的某个位置。这样我们就用言象意的认知理论解决了之前提出的人如何成为某个世界中人的问题。

回到红楼中最重要的两个人物——宝钗与黛玉,她们的区别不在于"言"的层面,而在于对意象认知的差异。宝钗说自己小时候一样是调皮的孩子,这种可爱正是源自人之天性,而后天的教导逐渐形成了她对世界的看法,所以才有男人读书明理治国的观念,而黛玉纯乎一派天然,把书中得来的前人经验视为寻找个人心灵的养料,所以才会因为听到《牡丹亭》中"原来姹紫嫣红开遍,似这般都付与断井颓垣"时就停下了脚步,林黛玉听了,倒也十分感慨缠绵,便止住步侧耳细听,又听唱道是:"良辰美景奈何天,赏心乐事谁家院。"听了这两句,不觉点头自叹,心下自思道:"原来戏上也有好文章。到最后竟然,"仔细忖度,不觉心痛神痴,眼中落泪。"正因为二人所处认知环境不同,一个生于皇商家庭,当然关注人情往来、世故应酬,一个从小寄居贾府,无拘无束、不染俗世,所以对同样的文字生出两样的感触。

先天之性和后天之教综合形成了一个人的心性,所以心性当然有别于天性。自然界中动物的弱肉强食并不被视为善或恶,所以人性的善恶或者可善可恶是一个社会概念,而不是自然概念。所以老庄对此不以为然,而荀子只说了一半,他说善是人为的,而恶是先天的,老庄更为彻底,善恶本来就是相对的,又怎么会一半人为一半先天呢?佛家也不从善恶出发,万物本自"性空",又哪来的善恶?从这个意义上,佛道的确是出世的,但生而为人总有躯壳或肉身又不得不在世内,那么出世的是什么呢?只能是观念,这也是导致人身处不同世界的根源,而言象意本在世内却又如何塑造出出世的观念呢?这是因为我们现阶段所理解的世内其实并不是全部的现实世界,而只是世俗世界那一部分。

所谓的世内其实也是一种"象",而它背后的"意"被我们带有局限地理解成了世俗世界,即人类社会,而在此之外其实还有更加自然的世界被忽视了,一直没有纳入我们认知的"象"之中。老庄佛陀给我们指出关于"世"存在另外的"象",我们所要做的是理解背后的真"意",其实,老庄佛陀一直在塑造我们更广阔的认知环境,而我们一直未做他想,以为人类社会之种种都源自人为,殊不知还有另外两个——情感和心灵的世界。

所以,我们通过"言"所能建立起的"象"越丰富,所能领悟的"意"就越丰富,我们的认知就越广阔,我们对"人"自身的领悟也就越深刻。当我们看清自己的时候也就是看清人的时候,从而就能找到自己的位置。

红楼故事就是身处不同世界的人经由不同的言象意造成了自己所处位置的结局,而宝玉就是动态完成这一过程的人,他找到了自我从而也就找到了自己存于世间的想要的、应该的、所能的位置。

我们了解了人的先天之性有多种可能,也知道后天之教是有迹可循的,所以才能真正地明白修心养性的路径。修心养性就是修养心性,修是外功、养是内功,两者相互激荡,方法并不唯一,所谓法门各异殊途同归。其结果是找到自我,各安其位。

随后我们将一边介绍所需要的研究工具,其实就是分析用的方法,再一边对红楼展开深层解析,直至真"意"显现,豁然开朗。

红楼梦的层级

一

寻找密码：探索红楼的开始

关于《红楼梦》本身有太多不可解的地方，也许历来的研究者已经被作者布下的迷魂阵迷惑住了，因为作者横空出世抛给人间一部天书，当然要布下一些障眼法，否则谁又会细加琢磨呢？而且，再好的东西也不能随便示人，因为人的心智总是这样：**轻易得来的就不懂得珍惜**。大家对于作者或者这本书从何而来的猜测和推断可以继续，出现更多的观点和说法都是好事，而我们接下来真正需要面对的是书的内容。

因为这部书内涵极其丰富，层次也多，所以我要提出的观点也是分层递进，并将言象意理论转化成更通俗的说法，帮助我们理解。

首先，第一层，这部书是一部天书，真的是天书，不是形容、比喻或夸张，所谓的天书就是我们看不懂，之所以看不懂，不是因为不认识里面的字句，而是不知道这些字句在说什么，就是"言—象"和"象—意"两个环节是断裂的，也就是这些文字所表现出来的"象"把我们迷惑住了，我们再换一个更通俗的说法，书中的文字其实就是一套密码系统，我们要破解的就是"言—象"和"象—意"的密码。我们要用思维方法的工具加以解析，只要我们破解了密码系统的这个密码本，就非常容易理解这部天书的真实"意"思了。

可是大家一定会疑惑，《红楼梦》分明是一部用汉语言书写的小说，讲的是贾宝玉、林黛玉、薛宝钗等人的故事，那为什么我非要故弄玄虚，说《红楼梦》是一套密码系统呢？如果它是一套密码系统，那么它对应的是哪个世界？《红楼梦》讲的就是现实世界的故事啊，无论喜欢与否，无论众多观点怎么看待这个故事，也不可能变成另一个世界的密码本啊？先不要着急，这是一个多层次的分析过程，我们现在就进入到第二个层次，来看《红楼梦》开篇第一回的开篇（我们顺便把书的名称跟着分层一起讲了）。

书中原文：此开卷第一回也。作者自云：因曾历过一番梦幻之后，故将真事隐去，而借"通灵"之说，撰此《石头记》一书也。故曰"甄士隐"云云。但书中所记何事何人？自又云："今风尘碌碌，一事无成，忽念及当日所有之女子，一一细考较去，觉其行止见识皆出于我之上。何我堂堂须眉，诚不若彼裙钗哉？实愧则有馀，悔又无益之大无可如何之日也！当此，则自欲将已往所赖天恩祖德，锦衣纨袴之时，饫甘餍肥之日，背父兄教育之恩，负师友规训之德，以至今日一技无成，半生潦倒之罪，编述一集，以告天下人：我之罪固不免，然闺阁中本自历历有人，万不可因我之不肖，自护己短，一并使其泯灭也。虽今日之茅椽蓬牖，瓦灶绳床，其晨夕风露，阶柳庭花，亦未有妨我之襟怀笔墨者。虽我未学，下笔无文，又何妨用假语村言，敷演出一段故事来，亦可使闺阁昭传，复可悦世之目，破人愁闷，不亦宜乎？"故曰"贾雨村"云云。此回中凡用"梦"用"幻"等字，是提醒阅者眼目，亦是此书立意本旨。

这开篇第一段文字成为对作者身份猜测的主要依据之一，可是这段文字是谁说的呢？有两个基本的看法，一种认为是作者本人说的，另一种认为是评论者说的。从内容上看，明明已经写了"作者自云"，为何又有疑问？但从写作手法上，还是有些疑问，因为这段话开始就说，"此开卷第一回也。作者自云"，这段话其实更像是前言或者序言，如果是正常的写作，完全可以有一篇自序交代这些话，而现在的写法似乎是后加的，而又不愿单写一篇序，令人觉得很奇怪。看着倒像说评书的路子了。最后又加一句，"此回中凡用'梦'用'幻'等字，是提醒阅者眼目，亦是此书立意本旨"。说此回中，难道之后几十回里的梦、幻就不需要大家注意了吗？而且显得非常啰嗦。如果我们换一个角度，这段文字不是出自作者，而是出自早期评论派人物的评语，这样来理解就通顺多了。可是，从内容上还是有些小疑惑，如果是评论者的话，为什么对作者的想法知道得这么详尽？细看内容基本就是作者的创作意图的简单交代，就像是针对作者为什么创作这部作品的一次采访，然后按照作者的回答撰写的采访稿。还有研究者认为另有一种可能，就是这部书的确是经过多人整理完成的，那么这就很可能是后来的编撰者对故事的一个总结，而这里的"作者"就是编撰者对之前的原作者的称呼，但是这个"作者自云"、"自又云"从何而来也令人颇为费解。总之，从一开篇就出现许多令人疑惑之处。

如果把这一段文字看作是作者说的，那么我们就需要增加一个层次，因为这是作者对整个作品的创作背景的交代，比如"甄士隐"、"贾雨村"，那就是告知读者要注意整个故事的理解角度。在此我们不增加这个层次，仅作为后继故事的背景说明，但这个说明的内容大家不要疏忽过去了。

而接下来才是正文的真正开篇。"列位看官：你道此书从何而来？说起根由虽近荒唐，细按则深有趣味。待在下将此来历注明，方使阅者了然不惑。"这是谁的话？看起来既可以是作者本人的话，也可以是从空空道人一直到曹雪芹中的任何一个。因为这个"在下"既可能是作者写书之际做的一番交代，也可能是编撰者的编辑说明。对比开篇的一段话，这里作者或者编者称呼自己用的是"在下"，这很符合当时人们称呼自己的用法。

回来看"列位看官"这段话，虽然就这么一句，大家也要注意，这是一个单独的层次，为什么？因为作者或者编者在这里先声明了一下，这本书不是我写的，而是我记录的。我们分成两种情况来看，如果是作为真正的作者而言，这种写法非常的高明，只用了一句话就抓住人心了，"说起根由虽近荒唐，细按则深有趣味"，先说故事荒唐，马上又说深有趣味，这是一个什么故事啊？好奇心马上被调动起来了。接着又说，我要介绍一下此书的由来，"将此来历注明"，并没有表明故事是自己写的。这才令人倍感好奇，作者写的故事却首先声明自己只是一个记录者。是不是有点加缪的感觉，却又比加缪高明在不着痕迹。而且，就这么一句话就把写作引向了另一个层次，转移到对故事的介绍上去了。

再看如果写这句话的是编者的情况，这句话就显得有些多余，其实也类似于点评的作用了，而且这个"在下"就显得有点自大了，作者都把故事写完了，编者却冒出来注明来历，不合情理。所以，从这句话开始，都是作者的手笔了。从这儿也能看出，从空空道人到曹雪芹都是作者的设定，并没有一个记录在大石上的现成的故事等着众人去编撰。

而这第二个层次是将作者本人抽离出作品文本，一下让故事成为一种记录而不是主观的书写，并且这样做的目的不是为了给读者造成故事更加客观的印象，反而是不断提醒大家这是一段几近于"荒唐"的故事，只是因为"深有趣味"才被"在下"记录下来，所以，我们还要继续分析，通过这句简短的过渡，故事转移到了第三个层次，关于故事的故事。

二

三次元故事：隐藏别太深

来看原文。原来女娲氏炼石补天之时，于大荒山无稽崖炼成高经十二丈，方经二十四丈顽石三万六千五百零一块。娲皇氏只用了三万六千五百块，只单单剩了一块未用，便弃在此山青埂峰下。谁知此石自经煅炼之后，灵性已通，因见众石俱得补天，独自己无材不堪入选，遂自怨自叹，日夜悲号惭愧。

这个故事是讲什么的？应该是神话小说吧！如果是这样，大家对比一下《西游记》的开头就会发现，如果《红楼梦》是神话小说，这样的开头可比《西游记》差远了。啰里啰嗦，一会儿是作者声明，一会儿是自卑自怜的大石头，虽然石头的个头比西游记里的大，但怎能比得上那一块，不信你看：花果山上有一奇石，"石有三丈六尺五寸高，有二丈四尺围圆。三丈六尺五寸高，按周天三百六十五度；二丈四尺围圆，按政历二十四气。上有九窍八孔，按九宫八卦。四面更无树木遮阴，左右倒有芝兰相衬。盖自开辟以来，每受天真地秀，日精月华，感之既久，遂有灵通之意。内育仙胞，一日迸裂，产一石卵，似圆球样大。因见风，化作一个石猴，五官俱备，四肢皆全。便就学爬学走，拜了四方。目运两道金光，射冲斗府。惊动高天上圣大慈仁者玉皇大天尊玄穹高上帝。"大家看看，这出场的气势能一样吗？小石头化为石猴，一出来就惊动了上帝，玉皇大帝啊！

而《红楼梦》的石头接下来却只等来了一僧一道，缠着人家带自己去红尘中游历一番，比起《西游记》的石头大闹天宫，自封齐天大圣，后来一路降妖除怪最终成为斗战胜佛那是差得太远了。而且说着说着又出现了转折，刚出现的一石一僧一道又不讲了，过去了，时间飞逝了，又是几世几劫，出来一个访道求仙的闲人空空道人，而这块大石头已经转了一圈回来了，原来故事要讲的不是这块石头！大家应该能明白了，为什么说这里是一个层次，因为之后要说的故事是石头上记载的故事，而不是石头自己本身的故事，这与《西游记》的石头不是一个层面的故事了。

经过空空道人和大石头的对话之后，"空空道人听如此说，思忖半晌，将《石头记》再检阅一遍，因见上面虽有些指奸责佞贬恶诛邪之语，亦非伤时骂世之旨；及至君仁臣良父慈子孝，凡伦常所关之处，皆是称功颂德，眷眷无穷，实非别书之可比。虽其中大旨谈情，亦不过实录其事，又非假拟妄称，一味淫邀艳约、私订偷盟之可比。因毫不干涉时世，方从头至尾抄录回来，问世传奇。从此空空道人因空见色，由色生情，传情入色，自色悟空，遂易名为情僧，改《石头记》为《情僧录》。（此处在脂本中多出：至吴玉峰题曰《红楼梦》。）东鲁孔梅溪则题曰《风月宝鉴》。后因曹雪芹于悼红轩中披阅十载，增删五次，纂成目录，分出章回，则题曰《金陵十二钗》。并题一绝云：满纸荒唐言，一把辛酸泪！都云作者痴，谁解其中味？"

书中直言空空道人"将《石头记》再检阅一遍"，这就是此书的第一个名字，《石头记》完全是客观的记载，因为故事刻在大石上，所以就称为《石头记》，没有额外的累赘，而且，再次表明，即便是空空道人也只是转录者，故事是大石头经历的，而大石头也是记录者，甚至就连茫茫大士、渺渺真人也只是见证者，而不是故事的创作者。**作者在这里一退再退到底是为什么？**

继续看，"空空道人因空见色，由色生情，传情入色，自色悟空，遂易名为情僧，改《石头记》为《情僧录》"，看来这个空空道人还挺喜欢孙猴子的，不仅也跟大石头有关，而且也能悟空，奇怪的是，空空道人看了这个"大旨谈情"的故事却悟空了，而悟空之后本来就干净了，怎么又改名情僧，成了仓央嘉措了，弄一个"不负如来不负卿"啊！"情僧"，其实是大情怀，都说出家人六根清净，但菩萨为何常驻世间？他们在干什么？看人间的笑话，看这些愚痴的人们上演闹剧，他们在看我们的演出吗？慈悲心、悲悯心，难道不是"情"吗？当然是，是大情怀，不是凡夫俗子的卿卿我我，不是张家长李家短的小肚鸡肠，不是钻牛角尖的抑郁症，而是无私的爱与付出，这样的行为不是"情"是什么？这样的行为又在乎是"空"还是"情"的一个称呼吗？所以有了此书的第二个名字——《情僧录》，"录"当然就是记录的意思。

接下来加了一个传递者东鲁孔梅溪，虽然是一笔带过，却又换了一个名字《风月宝鉴》，风月是指男女感情之事，宝鉴就是宝镜，是把这本书当成映照的镜子来照见众人。《红楼梦》就是一面镜子，可以照出每一个人所处的位置。只是《风月宝鉴》的定位太低了，《灵魂宝鉴》还差不多。因为书中对"情"的描写很多，绝不能局限于爱情，而是包括众人的各种情感，既有贾珍、贾琏等人看似有情实则无情的做作，也有大观园里高洁纯净的情感世界，而每个人都能被这面镜子照出本来面目，实为一面照妖镜。

不过孔梅溪起的《风月宝鉴》的书名明显比《情僧录》还要低了，为什么要降，向哪里降呢？向世俗生活降。经过这一降，所以再降就不突兀了，曹雪芹耗时十载一直在修订文字，最终起名《金陵十二钗》，更加具体而且显得干巴巴，难道作者起不出更好的名字了吗？显然不是，用意还是在进一步引出下一个层次的内容。

以上交代了故事的来历，以及故事的记录者的脉络，顺带着通过几个不同的书名将故事一点点引出。整部书也进入到第四个层次。

"出则既明，且看石上是何故事。按那石上书云……"很明显，之前的第三个层次是元故事，就是关于故事的故事。

"当日地陷东南，这东南一隅有处曰姑苏，有城曰阊门者，最是红尘中一二等富贵风流之地。这阊门外有个十里街，街内有个仁清巷，巷内有个古庙，因地方窄狭，人皆呼作葫芦庙。庙旁住着一家乡宦，姓甄，名费，字士隐。嫡妻封氏，情性贤淑，深明礼义。家中虽不甚富贵，然本地便也推他为望族了。因这甄士隐禀性恬淡，不以功名为念，每日只以观花修竹、酌酒吟诗为乐，倒是神仙一流人品。只是一件不足：如今年已半百，膝下无儿，只有一女，乳名唤作英莲，年方三岁。"

这段文字的写法非常高明，迅速切换时空的艺术手法本身就很先进，从宇宙的视角到一个三岁的孩童只用了7句话182个字，加上现代的标点211个字。而且从大到小交代清楚了地点，还描写了地点的特性，出现了三个人物，人物关系和特点以及背景全都清清楚楚，一点啰嗦话都没有，纵观全书，也是如此，基本没有废话，不像现在的网络小说，真可以说是废话连篇，几万字大概两句话就能说明白，但也情有可原，写得太精炼，两天看完了，没点击量了，真可悲，这种阅读心理和写作环境怎么可能再孕育出好的作品呢！

从这一点也能看出开篇看似不着边际的交代绝对不是废话，绝对不是毫无来由地来回施展障眼法。可惜历来研究者大都把这些文字当成了背景介绍，而热情洋溢地把时间精力都投入到之后的故事之中去探寻了。

几个层次中的第一个层次，天书密码系统不是来自书中内容，这个层次借用逻辑学、数学哲学的一个概念，就是元层次。第二个层次是作者将自己说成是一个记录者，第三层说的是大石头的来龙去脉，是关于故事的元故事，到第四层才开始石头上记载的故事，到这时，试问有几位读者还能记得去探究作者的事儿？作者通过多层结构早已淡出故事，完全将自己退出故事之外了，而用一个"深有趣味"的故事吸引大家，可这又是为什么呢？

作者迅速地把这些信息交代完，将层次推进之后，才正式开始讲述故事，故事的主线我们前面已花大量篇幅做了基本分析。现在我们要来看看这个故事是怎么讲的。

红楼梦的结构

一

历史存在吗：这是要颠覆认知吗

先说书名，按书中所说，直到曹雪芹修改的书名叫《金陵十二钗》，而《红楼梦》则是出自第五回宝玉来到太虚幻境，警幻仙子命人演奏新制作的词曲《红楼梦》十二首。而《红楼梦》的词曲是干什么用的呢？警幻！在程伟元和高鹗整理出版的时候用了这个当书名，理解起来就沿着《石头记》《情僧录》《风月宝鉴》《金陵十二钗》《红楼梦》的变化。

许多讲《红楼梦》的人陷于故事之中而不能自拔，对里面的细枝末节津津乐道，而要问他们，《红楼梦》到底是在讲什么？回答五花八门。

对待这本奇书，需要我们系统地解读密码，所以我们首先不能陷在故事的细节之中，那样只能一叶障目，见树不见林，一旦陷入其中完全就是盲人摸象。所以，我们要先来整体分析一下故事的结构。

我们先要弄清一个概念：结构。结构就是事物的构造，就是构成方式，是指事物多个部分之间的相互连接关系和连接方式。大到航空母舰、宇宙飞船，小到小小芯片都有自身的结构。还有另一类，就是精神性的产品，无论是思想还是文学艺术类的作品，它们当然也有自身的结构，因为无论是文字还是语言或者绘画，也一定存在多个组成部分，那么，它们的结构又该如何把握呢？

其实，对于结构还可以分为外部结构和内部结构。外部结构就是事物外在表面的各个组成部分的连接关系和方式，内部结构是事物内在深层的各部分环节的连接关系和方式。比如，一个建筑物的形状是方的或者圆的，那么这两种形状对应的外部结构就不一样，水立方和鸟巢从外部结构来看当然有很大区别。对于许多现代建筑而言，虽然样式千差万别，但是它们的内在结构可能差别并不大，比如都是钢筋混凝土浇筑的，或者都是榫卯连接的，等等。再比如，桥梁和道路、公路和铁路这些表面看似差不多的事物，它们的内在结构差别却又很大，所以，结构的内外既有联系又不能混为一谈。

这种区别在精神层面尤其明显，比如一部文学作品，外部结构可以是对话体、可以是章回体、可以是论说体，从楚辞汉赋、唐诗宋词元曲到明清小说，再到现代诗文，包括国外的各种文学流派，写作方式，这些都是从作品的外部结构而言的变化和展现方式，也就是组合各部分的连接方式。而内部结构则指的是内容上的彼此关联方式，比如一首诗要表现友人离别时的感伤，外部结构可以是格律诗，当然也可以是一首现代诗，这时的外部结构解决的是表达形式的问题，而内部结构则是作者表达友人离别的情感转化成文字之后的内容上衔接、展现关系，解决的是如何表达的问题，而最终作者独有的对离别时的情感所产生的感悟和内在体验则是要表达的内容。而且即便是采取相同的文体表达相同的主题，但不同的作者组织内容的方式仍然是大不相同，所以，我们说的外部结构不等同于形式，内部结构也不等同于内容，这种划分自然也就不能简单地等同于形式与内容的划分。

作为优秀的文学作品，就必须考虑自身结构的问题。在分析《红楼梦》的结构之前，我们还需要先弄清一组我们人类思考问题的基本方法，就是逻辑与历史的方法。

历史，就是过去的事，也就是说是时间上的一种概念。这样理解作为日常性的理解大概也没有太多的问题，但还不够深刻，所以就会经常出现无法通过学习历史而有收获的感慨。都说以史为鉴，前车之鉴，这里的"鉴"和《风月宝鉴》的"鉴"是一个意思，是作为镜子照见的意思，用"历史"来照见什么呢？

先说另一个故事，现在世界上仍然存在原始部落，于是有人类学家、社会学家等各研究领域的专家们像发现宝藏一样前往探秘，希望能做出几个伟大的课题，得出一些惊人的结论，顺便完成博士论文或者教授专著。不过，这其中有一个情况是我们可以用来分析的，而这一点可能正是解开"历史"为何物的关键点。

大家可能注意到，在人类早期的几大文明古国中，有些是不喜欢记录的，比如印度，而中国从古到今似乎一直喜欢记录。而在现存的原始部落中，人们发现，他们对过去没有任何记录的意识和兴趣，而且他们对未来也没有多少关心和想象，这真是奇怪的事，为什么我们觉得天经地义，十分必要的事在他们觉得简直是不值一提呢？其实不是不值一提，而是根本没有这个意识。这说明，历史的观念不是从来就有的，不是天经地义的，而是人类社会发展出来的，而停留在原始阶段的部落，说明因为许多原因而没有发展，而这也正是他们不具有历史观念的原因。

他们的道理其实很简单，因为他们几千年的生活没有任何改变，或者说，如果他们记录的话，那么，大家看到的就是没完没了的重复，重复的生活、重复的思考、重复的语句，似乎从未有过太大的变化，那么谁会去看这些记录，谁会觉得这是一种可以用来借鉴的参照物呢？而对于未来，同样的重复将继续下去，那么，还需要想象和关心什么呢？如果一个人知道明天后天几百年几千年大概都还是如此，那么还需要想什么呢？每天只需要找到足够的食物，能尽量地躲避天灾就可以了，还需要什么呢？

我们从这儿就能看出，所谓的"历史"其实不是关于记录的说法，而是关于变化的说法，是每一个"当下"对照"过去"并想象"未来"的一种思维方式，这种思考问题的方式最根本的一点在于"发展变化"，而不在记录。

所以，我们说"历史"的时候从来不是关于过去而是面向未来的，所以，我们才会对那些只知道纠结于历史记录的讲解和唠叨感觉无比的乏味和厌倦，因为我们很容易通过最直观的形象思维的方式感受到，那样的"死"的历史其实丝毫引发不起我们的兴趣，而只有面向未来的"历史"才能让人热血沸腾。

现在，我们重新定义"历史"：**历史是一种以已经发生的具体事件为载体的对照当下观照未来的思维方式**。由此而产生的观念，我们称为历史观。相比胡适先生时代的"历史的考证"的方法而言，当时的"历史"的观念还停留在我们前面说的记录的层面。

那么，现在我们再来看"历史的事实"和"历史的思考"，就能比较深入地理解它们。"历史的思考"是带着历史的观念思考问题的方式，而"历史的事实"则是历史思考出结果之后所做的记录，这是一件事情的两个阶段，一个是过程一个是结果。因为我们对历史的深入理解，理所当然地就能发现，"历史的事实"从来不是一个一成不变的像一块亘古不变的大石头似的东西，而是受种种观念制约和影响的可变的结果。所以我们还是要感谢研究原始部落的专家们的探秘，因为我们虽然没想着用结论换取大奖，却因此得出了更有趣的结论。

接下来很自然地就出现一个问题，历史的思考是如何进行和完成的呢？我们先来看逻辑与历史这组方法中的另一个——逻辑。

首先，这里的逻辑不是指逻辑学，逻辑学作为一门学科有自身的学科体系，而逻辑作为我们研究问题的一种方法是指要保持关联性和一致性，并进行合情合理的推断。这里说的"合情合理"是说不必像逻辑学的定理、公式那样严格，但是要保持前提的可信，推理的有理有据。而这个过程要符合整体的一致，就是说不能前后矛盾，还要保持相互关联，否则成了云山雾罩，不知所云了。

使用逻辑的方法思考问题，其实是一种再造，这种再造是在我们的思维意识中进行的。这个过程其实就是理论形成的过程，在这个逻辑再造的过程中，需要忽略大量的细枝末节，因为我们要找到线索，只有一个主线才能把零碎的事件串联起来，形成某种理论模型。这个思维再造不仅适用于科学技术，同样适用于人文学科。

近几年流行的"三观"的说法非常好，能让哲学术语作为如此日常使用的口语真是一件大好事，甚至连小学生都会使用了。"三观"是否相符作为一种判断依据，成了判定人与人思想远近的标准。并且这个标准让人可以非常简洁地判断出，为什么有些人和自己很对路子，有些人根本连话都懒得说，当然也就能解释为什么"酒逢知己千杯少，话不投机半句多"了。

这个"三观"说的是什么呢？世界观、价值观和人生观。这些"观"是什么？其实并不复杂，"观"就是观看，只不过不是简单地用眼看，而是要用心看，而这"三观"就是我们如何看待世界、看待价值、看待人生的，我们看到了什么，我们就形成什么样的"观念"，所以，这是一个思维过程，**看待的方式加上看待的对象（事物）以及由此产生的认知结果就形成我们对这一对象（事物）的观念。**上面刚提到的历史观就是这样一种看待历史的方式，而作为一种方法，我们就要历史地思考，形成历史的思维。观念形成的过程就是我们强调的言象意认知理论的具体应用。

观念就是我们如何看待事物的思维过程，之所以说是过程，是强调观念是动态的，而不是形成之后就永远不变的静态结果。正因为是可变的，我们才能修正自己的观念，而修正其实就是转变我们看待事物的方法，形成与之前不同的认知结果。

那么逻辑的方法是干什么的呢？是要我们对思考的对象形成一套我们自己的认知，而这种认知是思维意识对认知对象的一种再造，也就是观念形成的具体过程。所以，逻辑就是对现实世界的一种再造，这里的现实世界当然包含时空的概念，不是说只是当前的世界，而是包括过去和未来。试想，世界观并不是我们看遍了全世界所有的一切才形成的，价值观并不是我们研究了所有有价值的事物之后才能形成的，人生观也不是活了一辈子才想明白的（其实，即便全都经历过之后如果没有总结和提炼，没有思考能力也同样很难自发地形成自己的"三观"）。那么，这一切从何而来呢？**观念的三个来源：凭先人的遗传（就是先人的经验和认知结果）、凭自身经验、凭自我的认知创造，其中最关键的一个是认知创造。**而绝大多数人仅仅依靠其中最不可靠的一个来源就是自身经验。所以，绝大多数人无法形成自身的观念，只能随大流、人云亦云。

我们已经知道"历史"是一种思维方式，而历史的思考是如何进行和完成的呢？现在我们就能回答了，我们正是用"逻辑"的方法来进行"历史的思考"的，"逻辑"正是我们用来认知和构造历史的手段，同时也就是我们认知创造的方法。

二

开始即结束：种子孕育一切

有了上面一系列对结构、历史和逻辑的认知，我们终于可以回到对《红楼梦》的结构的分析上来了。

我们现在就用逻辑的方法来梳理《红楼梦》的结构。外部结构我们只简单说一下，《红楼梦》的文学形式是章回小说，是中国古典小说的最高峰。相比之前的诗词歌赋的形式，小说的容量更大，无论是人物故事的展现还是思想内容的表达都更具深度和广度，但并不是说这种文学形式必然地能完成这些可能，可能仅仅是可能，粗制滥造是绝大多数，充斥于网络的大量垃圾文字不仅正在侵占人们的阅读空间和时间，还不断地拉低人们的认知水平。所以单从外在形式上并不能说明作品的优劣，我们关注的重点还在于内部结构。

还有一点要加以说明，我们一直强调的是内部结构，而不是内容。内容是故事本身，而我们现在关注的还不是故事，是组织故事的方式，就是内容之间的连接方式。这种观察是逻辑的方法。

之前专门探讨的《红楼梦》的层次就是一种结构，层次因为涉及元层次，即密码系统的认知，所以不完全是内部结构，去掉这个元层次，从"列位看官"开始，经过大石头的经历，进入到故事本身，这三个层次就是一种内在结构。很多人仅仅把这些故事前的文字当成是一种交代，而现在大家有了对逻辑这个方法的认知之后再看呢？是不是很容易看出这是作者设置的一种组织内容的方式，就是我们说的内部结构的一种构造方式！是通过故事套故事的方式完成的，为什么要这样做？等我们讨论完了也就明白了。

在几层迅速降落之后，从补天的大石头很快地降到了姑苏城葫芦庙旁的甄士隐身上。而等到甄士隐一家蒙难，遇到一位跛足道人，疯癫落脱，麻屣鹑衣，口内念着几句言词，道是："世人都晓神仙好，惟有功名忘不了！古今将相在何方？荒冢一堆草没了。"这段词非常重要，是点睛之笔。一句感慨一句解答。我们细看下。现在人们都想活成神仙，潇洒自在，无忧无虑，可是"世人都晓神仙好"，好在什么地方呢？世间有几人想过呢？想明白过呢？"惟有功名忘不了"，哎呀，麻烦了，神仙好，好在轻松自在，可是羡慕神仙的凡人、俗人却忘不了功名啊，忘不了功名就会去争功夺名，就不自在不潇洒了，这不是缘木求鱼吗？接着一句，"古今将相在何方？荒冢一堆草没了"，不是谈功名吗？那古今将相如何，功与名够高够响了吧，如今又如何呢？在哪里，都在荒冢之中了，荒冢还不算，而且都早已长满了野草，无处可寻了。拼命争来的功、夺来的名还剩下什么呢？因为历史总是记录帝王将相、才子佳人，从这个角度而言，《红楼梦》是反历史的小说，当然我们后面会提出一个更宏大的历史观点。

"世人都晓神仙好，只有金银忘不了！终朝只恨聚无多，及到多时眼闭了。"是啊，神仙什么都好，就是没有金银财宝。为了金银财宝这些所谓的物质财富劳碌一生，每天都唉声叹气没能和亲友相聚，等到有时间了，却已到了生命的尽头。神仙真的好吗？

"世人都晓神仙好，只有姣妻忘不了！君生日日说恩情，君死又随人去了。"这就更惨了，世人哪个不被情感纠缠，哪个不为感情劳神伤怀，活着什么都好，死了各奔东西。说的有点惨，可是谁能逃避的了，娱乐至死的年代尤其令人沉迷其中而无法自拔，活着就是为了感受痛苦来了。如果能坦然处之倒也洒脱，可是君不见日日悲号的可不止大石头，还有多少世间的芸芸众生啊。

"世人都晓神仙好，只有儿孙忘不了！痴心父母古来多，孝顺儿孙谁见了？"神仙也不能不顾儿孙吧，是啊！可是，非常可惜，这样想正好不是神仙了。难道都舍家抛业云游四方去？所以说当神仙不那么容易。我们总看到别人的光彩，却看不到别人的代价，就连对待神仙，凡人的思路也是这样。只知道羡慕神仙好的一面，却不愿承受做神仙的代价。什么都想占着，什么又都占不住，结果才是悲哀的人世间。

再看素有慧根的甄士隐听了这段"好了"之后又如何！士隐听了，便迎上来道："你满口说些什么？只听见些'好''了''好''了'。"那道人笑道："你若果听见'好''了'二字，还算你明白。可知世上万般，好便是了，了便是好。若不了，便不好；若要好，须是了。我这歌儿，便名《好了歌》。"太精辟了，"可知世上万般，好便是了，了便是好。若不了，便不好；若要好，须是了。"大家揣摩揣摩，想通这个道理，大概也就快成神仙了。

士隐本是有宿慧的，一闻此言，心中早已彻悟。因笑道："且住！待我将你这《好了歌》解注出来何如？"道人笑道："你解，你解。"士隐乃说道：陋室空堂，当年笏满床，衰草枯杨，曾为歌舞场。（笏，古代官员上朝时拿在手里的小板，用于记事的提示板。）笏满床，这家的大官都成堆了，可惜这都是从前的事了，如今呢，破破烂烂已经空了。曾经莺歌燕舞的繁华之地，也早已是荒草丛生。

蛛丝儿结满雕梁，绿纱今又糊在蓬窗上。满屋的蜘蛛网，衰败的家族如今又换上了新的主人，又开始了新一轮的功名利禄。说什么脂正浓，粉正香，如何两鬓又成霜？总怕韶华易逝，多少心思金钱用于涂脂抹粉，试图留住这点臭皮囊，可是白发依旧，皱纹依旧，生命依旧，用现代技术各种处理，不过是多些假象，骗些目光罢了。昨日黄土陇头送白骨，今宵红灯帐底卧鸳鸯。刚刚披麻戴孝送走亡人，又迎来新婚大喜传宗接代，世间真是热闹非凡啊。金满箱，银满箱，展眼乞丐人皆谤。金银忘不了，存了百万还不够，千万上亿还嫌少，转眼间成为阶下囚，成为天涯沦落人，可是有几人能醒悟，活出一个自己的人生，不还是继续忘不了吗？正叹他人命不长，那知自己归来丧！别为别人感慨了，别再嘲笑别人了，自己又如何呢？训有方，保不定日后作强梁。择膏粱，谁承望流落在烟花巷！强梁就是强盗，流落烟花巷就是成了风尘女子。因嫌纱帽小，致使锁枷杠；昨怜破袄寒，今嫌紫蟒长。真的是让人眼花缭乱，想这样想那样，最终往往事与愿违，因为"不以其道得之不处也"。作者用了连续的几组对比让人看清世人追逐的虚幻，这是针对世俗世界中人提出的警示。乱烘烘你方唱罢我登场，反认他乡是故乡。甚荒唐，到头来都是为他人作嫁衣裳！折腾来折腾去，做的事有多少是真正对自己有益的？功名吗、金银吗、妻儿吗，还是什么呢？"为自己"不是要去自私自利，而是找到自我，成就自己的灵魂。我们做的事有几件有几点是为了寻找自我付出的努力呢？都是为了身外之物折腾了一生的时光啊。这才是"他乡"的真实含义，不是地理位置上搬个家就叫离开了故乡，是我们的心迷失自我的那一刻，我们就失去了故乡了。

  第一回的文字讲到这里又回到了日常生活之中，从此甄士隐淡出。这两段文字是什么呢？是统领甄士隐引出的整个故事（即第四层大石上记录的故事）的精神，是总定位，是这个故事的总论点。之后的所有文字都是在诠释这两段文字的内涵。也就是说，故事一开头就把要表达的核心内容说得清清楚楚了，换句话说，如果已经懂了这两段话，后面的故事可以不必多看，为什么？因为故事可以有千万种设定，情节也可以有多种展开方式，而最根本的已经说完了、说明了。而阅读、研究故事的目的就是要加深对这两段文字的理解和感悟，直到最终领悟。

  也就是说，只有在《红楼梦》层层递进的层级关系里，在把握故事总精神的情况下，读者才能真正地理解故事中的各种设定和情节的展开是为什么，有什么指向。这就是《红楼梦》最大的结构、最基本的结构，看似简单，因为只用了七千多字就完成了各种转折和设定，但实则并不简单，是因为其中的层级设定和总概全书的更高一层的内涵还需要我们进一步揭示。

  之后，我们就在层级与结构的判断基础上，用逻辑与历史的研究方法开始探讨《红楼梦》到底讲的是什么故事！

红楼梦的故事(二)

一

石头得道:我来讲个新故事

作者以神道仙佛入手,不断提醒我们这个故事只是辗转传递抄录的传说,一定要记得里面真假颠倒、梦幻相生,别把自己弄糊涂了。可是,我们到了这时不妨再问问自己,是甄宝玉的故事真还是贾宝玉的故事真,是贾宝玉的故事真还是神瑛侍者的故事真,是大顽石记录的真还是太虚幻境的故事真,还是都是假?

《红楼梦》到底讲的是一个什么故事?各家各派之所以观点不一,比如作者自我经历的自传式故事、追求自由恋爱的爱情故事、富贵家族兴衰的警示故事、反封建思想的革命故事、影射朝代变革的政治故事、反映人间悲剧的亲情故事、宣传佛道思想的宗教故事、让人走儒家正道的警醒故事,更有人似乎一语定乾坤似的说,其实没什么高明的,仅仅是一部高级版的才子佳人的故事罢了……真是大言不惭啊!

我们不必先下结论,回到书中原文来探讨,开篇的层次和结构都已经说过了,现在咱们从故事开始。女娲娘娘补天剩下一块石头,已经通了灵性,但觉得自己没有,"遂自怨自叹,日夜悲号惭愧"起来,前面说过,乍一看像是玄幻小说,这块石头估计要变化成新的怪物出世了。可是没有,而是等来了一僧一道。"一日,正当嗟悼之际,俄见一僧一道远远而来,生得骨格不凡,丰神迥异,说说笑笑来至峰下，坐于石边高谈快论。"这块石头真是神物，不仅有自己的心理活动，而且能看见，还能听见，一会儿还能说话。除了没变成石猴出世，基本也差不多了。

先是说些云山雾海神仙玄幻之事，后便说到红尘中荣华富贵；此石听了，不觉打动凡心，也想要到人间去享一享这荣华富贵，但自恨粗蠢，不得已，便口吐人言，向那僧道说道："大师，弟子蠢物，不能见礼了。适闻二位谈那人世间荣耀繁华，心切慕之。弟子质虽粗蠢，性却稍通；况见二师仙形道体，定非凡品，必有补天济世之材，利物济人之德。如蒙发一点慈心，携带弟子得入红尘，在那富贵场中，温柔乡里受享几年，自当永佩洪恩，万劫不忘也。"二仙师听毕，齐憨笑道："善哉，善哉！那红尘中有却有些乐事，但不能永远依恃，况又有'美中不足，好事多魔'八个字紧相连属，瞬息间则又乐极悲生，人非物换，究竟是到头一梦，万境归空，倒不如不去的好。"这一僧一道说起神仙玄幻之事，石头兄没听进去，偏偏对红尘之中的荣华富贵感兴趣，想去经历一番。所以，这块大石只能充当记录者，而终不能成为得道者。石头兄口吐人言，基本已成精了，但是凡心太重，宁可去折腾一番也不愿让高人点化成仙。而一僧一道没有大笑，也没有嘲笑，而是憨笑，这是有大情怀的悲悯之心，而且也并没有一概否定，而是说，红尘中有些乐事，可惜的是不能长久，结果就只能是乐极生悲，到头来终是一梦，不如不去的好。这是在劝解而不是教训，要知道，最终都是自我救赎、自我觉悟，他人只能起到引导和帮助的作用。

"这石凡心已炽，那里听得进这话去，乃复苦求再四。"再三都不行，再四，说明执念已生。人陷于执着之中，难免就会走偏，一走偏结果往往是痛苦多了，快乐少了。按索隐派的思路，大石必然又是要影射某一人、某一事的，但是细想想，又何止是影射某一人呢？我们落入俗世间的人，怕不都是这块大石的影射之物吗？

二仙知不可强制，乃叹道："此亦静极思动，无中生有之数也。既如此，我们便携你去受享受享，只是到不得意时，切莫后悔。"这里用的是叹息，感叹，无可奈何。可不是吗，大家想想，世上的痛苦之事哪一件不是执着导致的，别人看着爱莫能助，劝也劝了，说也说了，还是要执着不放，情感、金钱、功名都是如此，别人也只能无可奈何一声叹息而已。世上原本没有什么痛苦、快乐，不都是"静极思动，无中生有"吗？结果，"到不得意时"，哪个不是后悔来着？！世俗世界里的事不过如此罢了！

石道："自然，自然。"那僧又道："若说你性灵，却又如此质蠢，并更无奇贵之处。如此也只好踮脚而已。也罢，我如今大施佛法助你助，待劫终之日，复还本质，以了此案。你道好否？"虽然通了灵性，但终归是没能明白，所以又说它质蠢。茫茫大士还说它也就是块垫脚石的料，虽然答应带它经历一番，但最终还是要"复还本质"的，其实能还了本质是多好的一件事啊，我们历经俗世之中，有没有茫茫大士、渺渺真人帮忙复还一下本质的机会呢？石头听了，感谢不尽。那僧便念咒书符，大展幻术，将一块大石登时变成一块鲜明莹洁的美玉，且又缩成扇坠大小的可佩可拿。那僧托于掌上，笑道："形体倒也是个宝物了！还只没有实在的好处，须得再镌上数字，使人一见便知是奇物方妙。然后携你到那昌明隆盛之邦，诗礼簪缨之族，花柳繁华地，温柔富贵乡去安身乐业。"为了去历经苦痛而感谢，真是痴得厉害，可是我们又何尝不是，对好言相劝的嗤之以鼻，对巧言令色的深信不疑。"大展幻术"，一块晶莹美玉原来不过是一块蠢笨石头而已，再次点名梦幻者，大石所去之地也。但是为了凡夫俗子一看就知道是宝物，还要再加点东西，想想世人真是可怜，在高人眼里，那一点人心早被看透，要想迷惑起来简直是易如反掌，形同猫儿戏鼠一般。凡人之所以是凡人，还不是因为心是凡心。注意，到底谁是真谁是幻，大家要清醒，别被绕了进去。现在看故事的人不都把这一僧一道，把这开篇的至理名言当成了故事的铺垫吗？不都把故事当成了真实吗？

石头听了，喜不能禁，乃问："不知赐了弟子那几件奇处，又不知携了弟子到何地方？望乞明示，使弟子不惑。"那僧笑道："你且莫问，日后自然明白的。"说着，便袖了这石，同那道人飘然而去，竟不知投奔何方何舍。奇怪了，这不是一部玄幻神怪小说吗？怎么石头变成美玉了，故事又转折了，不知去向何方了？这是怎么回事？

后来，又不知过了几世几劫，因有个空空道人访道求仙，忽从这大荒山无稽崖青埂峰下经过，忽见一大块石上字迹分明，编述历历。空空道人乃从头一看，原来就是无材补天，幻形入世，蒙茫茫大士渺渺真人携入红尘，历尽离合悲欢炎凉世态的一段故事。后面又有一首偈云：无材可去补苍天，枉入红尘若许年。此系身前身后事，倩谁记去作奇传？啊，故事已经结束了，真是厉害，几段话故事开始了，一个转折故事结束了，写法上已经相当高明了，即便是后来西方的各种文学手法也不过如此。这首偈的第三句要注意一下，"此系身前身后事"，身前身后，说的是什么？主语是谁？当然就是大石头，那么它的身前是什么，身后又是什么？先提醒大家注意，继续分析。

"诗后便是此石坠落之乡，投胎之处，亲自经历的一段陈迹故事。其中家庭闺阁琐事,以及闲情诗词倒还全备,或可适趣解闷,然朝代年纪、地舆邦国,却反失落无考。"这一点也非常重要,请大家留心,等我们分析完大家就能明白为什么通常很重要的信息"反失落无考"。空空道人遂向石头说道:"石兄,你这一段故事,据你自己说有些趣味,故编写在此,意欲问世传奇。"顺带一句,石头把自己经历的事编写下来,如果非要猜测的话,石头也可能是作者的一个称呼了。所以,我们实在没必要继续纠结作者是谁了。但继续考证推测也不无乐趣,因为无论作者是谁都不影响我们的解读。

空空道长提出了自己的疑问,其实是代替读者提的,"据我看来,第一件,无朝代年纪可考;第二件,并无大贤大忠理朝廷治风俗的善政,其中只不过几个异样女子,或情或痴,或小才微善,亦无班姑蔡女之德能。我纵抄去,恐世人不爱看呢。"

作者这时候变成了石头,石头笑答道:"我师何太痴耶!若云无朝代可考,今我师竟假借汉唐等年纪添缀,又有何难?但我想,历来野史,皆蹈一辙,莫如我这不借此套者,反倒新奇别致,不过只取其事体情理罢了,又何必拘拘于朝代年纪哉!"以前是日夜悲号,现在是"笑答",转变多明显!石头说不必计较年代,因为故事所依据的是"事体情理",那又是什么样的"事体情理"呢?这一点也提醒大家留意,我们随后的解读才能完全解释这一说法,为什么不需要朝代年纪,依据的又是什么"事体情理"。

石头兄继续回答第二个问题:"再者,市井俗人喜看理治之书者甚少,爱适趣闲文者特多。历来野史,或讪谤君相,或贬人妻女,奸淫凶恶,不可胜数。更有一种风月笔墨,其淫秽污臭,屠毒笔墨,坏人子弟,又不可胜数。至若佳人才子等书,则又千部共出一套,且其中终不能不涉于淫滥,以致满纸潘安、子建、西子、文君,不过作者要写出自己的那两首情诗艳赋来,故假拟出男女二人名姓,又必旁出一小人其间拨乱,亦如剧中之小丑然。且鬟婢开口即者也之乎,非文即理。故逐一看去,悉皆自相矛盾,大不近情理之话。"真是批尽天下书籍,作者是不是太自大自狂了?不是!大家细看这些点,拿到今天同样适用,哪一个不是如今的众生相,能有几人逃脱。最关键的,作者不想再写什么政治、打闹、小情小爱了,非常明白地表明了自己的立场,那么要讲的这些事有什么价值呢?而作者之寓意原本高绝,却在这里自降身份,玩起了自黑。这就是高手,高不止高在写法上,而是高在超越现实、超越历史之上的大视野、大格局。

石头兄继续说:"竟不如我半世亲睹亲闻的这几个女子,虽不敢说强似前代书中所有之人，但事迹原委，亦可以消愁破闷；也有几首歪诗熟话，可以喷饭供酒。至若离合悲欢，兴衰际遇，则又追踪蹑迹，不敢稍加穿凿，徒为供人之目而反失其真传者。今之人，贫者日为衣食所累，富者又怀不足之心，纵然一时稍闲，又有贪淫恋色，好货寻愁之事，那里去有工夫看那理治之书？所以我这一段故事，也不愿世人称奇道妙，也不定要世人喜悦检读，只愿他们当那醉淫饱卧之时，或避事去愁之际，把此一玩，岂不省了些寿命筋力？就比那谋虚逐妄，却也省了口舌是非之害，腿脚奔忙之苦。再者，亦令世人换新眼目，不比那些胡牵乱扯，忽离忽遇，满纸才人淑女、子建文君红娘小玉等通共熟套之旧稿。我师意为何如？"这段话有些呼应开篇的"作者自云"一段。作者说这个故事是给大家茶余饭后、酒足饭饱之际拿来解闷儿的。这是何等的自信自由，哪有一点自大自狂。而且，仍然满怀悲悯地希望世人少一点八卦是非之心，多一点安静和遐思。

随后的一段，空空道人又查看一遍，遂记录下来传于世间，之前已经分析过，是对题名和作者的分析。我们通过借鉴考证派的论证方法，但是研究对象不再是考证作者这类外在因素，而是评论派的研究对象，即内容本身，随后我们依据原文做出新的推断。

石头经历了红尘若许年之后，真的得道了，它比我们这些沦落在世俗世界中的人要幸运得多，它有着女娲娘娘赋予的灵性，又有一僧一道两位仙人的帮助和点化，尤其是它还能具有比我们长久的生命，所以它是幸运的，不过，我们其实都可以是幸运的，不是吗？

二

深层故事：原来如此

来看故事的起点："原来女娲氏炼石补天之时"，女娲氏是中国神话中上古大神，她是传说中的人类之祖，因为人是女娲娘娘创造出来的。那么，很显然，在女娲娘娘之前没有人类。女娲娘娘炼石补天，是因为天地还没安稳，实际上是宇宙诞生之初，那么，所炼的大石头当然也在人类出现之前，这一点毋庸置疑。补天完了，发现多了一块，成为一块多余的石头，多余就是无用。因为被弃置一旁只能自怨自艾，那么之前提醒大家注意的一个问题出现了，这块大石头的"身前身后"指的是什么？这个前后的划分界线是茫茫大士和渺渺真人的出现，出现之前是大石头独自日夜悲号，之后是去红尘中经历一番，所以才有空空道人看到的那首偈，"此系身前身后事，倩谁记去作奇传？"而我们看到的故事主要篇幅是"身后事"，可惜的是，大家把我们分析的篇幅很少却很重要的开篇那一部分"身前事"忘掉了！其实"身前身后事"有着同等的重要性，而不在于篇幅的多少。

我们再看第五回，贾宝玉梦中来到太虚幻境，遇到警幻仙子，而在第一回中，甄士隐也是通过一梦遇见了茫茫大士和渺渺真人携大石头来到红尘间，并交代了贾宝玉和林黛玉的前世因缘。贾宝玉遇见警幻仙子之后，最精彩的是为他演奏《红楼十二曲》，其中《红楼梦引子》第一句："开辟鸿蒙，谁为情种？都只为风月情浓。趁着这奈何天，伤怀日，寂寥时，试遣愚衷。因此上，演出这怀（悲）金悼玉的《红楼梦》。"

开辟鸿蒙，又是在说开天辟地的源初之际。曲子的结尾，《收尾·飞鸟各投林》："为官的，家业凋零；富贵的，金银散尽；有恩的，死里逃生；无情的，分明报应。欠命的，命已还；欠泪的，泪已尽。冤冤相报实非轻，分离聚合皆前定。欲知命短问前生，老来富贵也真侥幸。看破的，遁入空门；痴迷的，枉送了性命。好一似食尽鸟投林，落了片白茫茫大地真干净！"曲子的收尾就是整个故事的结尾，对照跛足道人唱的《好了歌》和甄士隐的《解好了歌》，大家应该能体会到，这的确就是故事的开头和结尾。

如果按照索隐派的想法和"逻辑"，这个收尾一定要对应出来，比如，为官的是贾政等人，富贵的是薛家，那个"欠泪的"已经在第一回里明确说了就是林黛玉来还神瑛侍者浇灌之恩的，总没错了吧？而且"分离聚合皆前定。欲知命短问前生"，这些句子难道不是佛道思想，尤其是佛教轮回思想吗？首先说，这些对应和判断都没问题。但是，还不够。

如果，"为官的，家业凋零"，说的只是贾政等人，那么《红楼梦》的故事还有多少吸引力呢？为什么这样问？这个故事本身是作者虚构的，贾家在哪儿？实际中存在吗？如果这个收尾说的就是贾家，我们读者也只是看个热闹罢了，不痛不痒，甚至会说，这个故事一点都不现实。索隐派当然可以进一步推测，把贾家对应到实际中的某个大家族身上，比如是不是明珠家？是不是胤礽家？当然可以，但是我们看问题和理解程度要更高一点，它不是能不能对应明珠、胤礽，而是非常可以，但是还远远不够，就像一个数学模型一样，它不是只能对应一种情况，而是可以对应无数个类似的任意一种情况。比如，最简单的，1+1=2，就是一个模型，大家一定会奇怪，这是什么模型？这不是一个最简单的加法运算吗？如果这样理解，说明我们对数学的理解还不够，1+1=2 是一个什么模型呢？是一个关于两个物体在量上相加合并的模型，小到一个苹果加一个苹果等于两个苹果，大到一个星球加一个星球等于两个星球，而且可以不同类，一个苹果和一个梨是两个水果，具体是"一个"什么不重要，它们的这种存在关系才是更深刻的。

"为官的，家业凋零"。何必非要是哪一个人，哪一家人呢？它根本就是所有的啊，古今中外，大家想想就知道，哪一个"为官的"最后不是"家业凋零"，别说为官的，皇帝、国王又如何？其他的不是一个道理吗？那好吧，可是"欠泪的"分明是特指林黛玉的嘛，一定会有人这样坚持，那我要请问各位，人世间把泪流尽的何止一个林黛玉，那不停地流泪的又有哪一个不是"欠泪的"人啊?！所以，我们要更宏观地看，是用心看不是用眼看。

那么，这样的一个模型不就是照见了人间百态吗？不就是一个人类社会的模型吗？为什么每个人都能从中找到自己？为什么文学家看出文学、思想家看出思想、管理学家看出管理，各个角度无不让人看出精彩，难道作者那么伟大，把一切都预设好了，全都想明白了，糅合进去了，这哪里是作者啊，这分明就是我们的创造之神女娲娘娘，或者是无所不知的高天大帝啊！有那么厉害吗？其实不需要，道理很简单，鲁迅先生写阿 Q 就能照见中国人，而不需要写所有的中国人。《红楼梦》的作者不是也不必是上帝（上帝是我们中国的上帝，不是指基督教的，其实 GOD 翻译成"唯一的神"要比上帝更好点），他只需要是一位看透、看破俗世，独立脱俗的高人就可以了。

我们再回到故事的开头，就对这个模型的理解变清晰了。故事的开头是女娲娘娘造人之前，是大石头身前的事，虽然历时久远但是因为没有记录，所以是空白，等大石头跟着二仙游历红尘一圈之后，记下了大石头的"身后"事，然后重归大荒山。大家想想，这个故事记录的是什么内容呢？大石在人类诞生之前，没有记录，而经过了红尘一番之后记下来一个不需要"朝代年纪、地舆邦国"的故事是什么呢？不就是人类的故事吗？依据的又是什么"事体情理"呢？不就是人类历史生活中的"事体情理"吗？

再看一遍空空道人和石头的对话。空空道人问石头为什么没年代的时候，石头回答说："我师何太痴耶！若云无朝代可考，今我师竟假借汉唐等年纪添缀，又有何难？"后面的不重复了，大家可以多看几遍，是不是很清楚了，之所以没必要写什么朝代，没必要说出一个看似现实的交代，因为这个故事本身就是人类整个的故事。再看作者在此的一番说明，还会是毫无考虑的瞎啰嗦吗？仅仅是一个故事背景的交代吗？

总结一下，我们先是按照故事的主线——宝黛的成长过程梳理了书中重要的人物关系，从而也分析了红楼世界的构成，并用"三个世界理论"为书中人物乃至现实世界中人作了定位。在完成表面故事的梳理之后，我们提出了"言象意认知理论"，然后对"逻辑与历史"这一组方法做了细致的讲解，最后我们回到《红楼梦》的开篇逐段剖析了字数不多但却寓意深刻的几段文字，等大石头重回大荒山之后，我们真正地找到了《红楼梦》整个故事的密码本，也就揭示出了《红楼梦》的深层故事，是什么故事呢？《红楼梦》讲的是人类历史的全部故事！所以，我们的结论就是：**《红楼梦》是整个人类历史的逻辑模型**，只不过采取了文学的形式表现出来，是一部小说而不是逻辑公式，也就是说，人类历史恰恰不是由历史记录（可以简单理解成各类史书，记得我们重新定义的历史）来描述的，而是由这部《红楼梦》来刻画的。

这里强调的是人类的整个历史，也就是从人类历史之初到人类历史的终结。这其中最大的疑问就是对"人类历史的终结"这个说法如何理解。故事可以结束，人类历史怎么结束？我们不是一直身处历史之中吗？怎么可能出现人类历史结束了、没了，但是人类还存在？那人呢？跑哪儿去了？历史的终结应该也是人类的灭亡吧？那这个故事通过警幻仙子警幻贾宝玉，警幻大家的是什么？就是告诉大家，人类是要灭亡的，所以要保持清醒一点，如果是这样，似乎说了和没说一样，就好像说人都会死的，那有什么意思呢？是劝大家都别活了，还是告诉大家都悲观一点？这样理解的确也是一个角度，是很多人看出的佛道思想中消极的一面，或者说，这些思想很可能被理解成消极的一种处世态度和观念。不过，我们要从一个更有建设性的角度来理解这个"历史的终结"的涵义。

在讨论这个概念之前，我们还要进一步提升我们的抽象思维的能力，先探讨另一个概念——超越。

红楼梦的超越

一

人的开始：等历史终结以后

　　人们总喜欢记忆，当然没有记忆也谈不上人类的发展，但是人类对记忆的需求正在降低，这是因为记录变得越来越容易，传播变得越来越容易，而知识也越来越容易获取，那么记忆这些很容易获取的信息就变得无足轻重了，历史在记录层面已经不成问题，而需要的是如何解释和理解。这就对人的思维能力要求更多，而不是单纯的记忆能力，这是人的思维的又一次超越。

　　超越，很多时候是指下一个阶段比上一个阶段做得质上更好量上更多。而我们这里要说的超越的涵义要远比这样的理解更加抽象，我们使用另一个词——超越性。超越性是说一个事物具有超越的属性，而不是简单的超越的静态结果。

　　人有生就有死，这个结论虽然可以被彻底怀疑论者加以怀疑，就是说，只要人类存在就无法证明每一个人都必然地有生就有死，因为这是一个归纳的结果，而我们知道，这种不完全归纳是不能保证结论必然正确的。所以，我们终究无法证明人是不是必然地有死。还有一种可能的情况，就是直接反证人有一死的结论，如果我们发现有不死的神仙，而这位神仙又不是天生的神仙，那么，就推翻了人必有死的判断。

可惜的是，至少到现在这两点都没确定，所以，这个结论大体是被绝大多数的人认可的。举这个例子是为什么呢？因为这个判断可以帮助我们理解上面说的超越性。"人有生就有死"这个判断无论是对任何人、任何时代、任何阶层、任何国家、任何地域，简而言之，对于我们人类来说都适用，那么，它就是一个具有很强的超越性的判断。

而人类苦苦追寻的真理就是具有超越性的判断，永恒的真理就是超越性最强的，而适用范围越小、适用场景越少的判断超越性就越低。从中我们可以做出这样的推断，越具体的判断超越性越低，越抽象的判断超越性越高。

许多的研究者，从近代的王国维先生、蔡元培先生、胡适先生、俞平伯先生直到现代的众多红学研究者都给了《红楼梦》很高的评价，但是，这些评价虽高，却没能给出对应这些高评价的令人信服的理由。因为从这些角度和观点没能充分让人体会到"伟大"之处。

明白了超越性这个概念之后，我们才能回过头来讨论为什么《红楼梦》是伟大的。它的伟大之处就在于它有很强的超越性，因为它不是一个简单的具体的故事，而是整个人类历史的逻辑模型。

我们进一步展开。对应过去的历史我们比较容易理解，因为《红楼梦》说的开始和结尾对照到历史上的某朝某代，都能加以印证，这也是索隐派不断产生新想法的根源。但是对于历史终结的说法有些令人费解，尤其是未来还没来，还没有经历过，怎么也成了历史呢？这一点通过我们之前说过的历史的新观念可以理解，作为一个整体，人类历史包括过去、现在和未来。过去、现在、未来都只是我们依据当下时间点给出的一个称谓，我们始终处在这三者的交替之中，而人类历史说的是全部。

更可能疑惑的是，既然我们现在身处历史之中，又如何知道历史在什么时候终结呢？用一个数学的类比来说明会有助于大家理解，人类存在的整个过程好比是一条线段，需要说明的是，这个过程不是射线或者直线。射线或者直线是有一个或者两个方向是无限延伸的，那就意味着人类是没有开头或者没有结束的，而一段线段是说有开头并且有结束，我们给人类的线段起个名字 AB，在 A 之前比较好理解，就是人类诞生之前，B 之后就完全没有人了。在 AB 之间有一个点 O，我们要理解的是 AO 和 OB 两段的含义。

前面我们已经做了准备，讨论了历史的观念，给出了一个新的定义和理解。

"历史"是一种以已经发生的具体事件为载体的对照当下观照未来的思维方式。其中发展变化是根本属性，没有这样的思维方式，那么"历史"是不存在的。那么，我们反过来理解，历史的终结是什么意思就能明白了。

历史的终结恰好是人们不需要变化的状态，就是像原始部落一样只是单纯地生活，而不需要不断变化的状态。那么，这种情况可能存在吗？可能。这就是对历史的超越，在《红楼梦》中被描述为"好一似食尽鸟投林，落了片白茫茫大地真干净！"这也就是划分人类历史和历史之后的分界点O。

怎么会从此没有变化了呢？那根本不可能啊！为了理解这一点，我们先来看马克思在《政治经济学批判》序言中的一段话。"大体说来：亚细亚的、古代的、封建的和现代资产阶级的生产方式可以看作是经济的社会形态演进的几个时代。资产阶级的生产关系是社会生产过程的最后一个对抗形式，这里所说的对抗，不是指个人的对抗，而是指从个人的社会生活条件中生长出来的对抗。但是，在资产阶级社会的胎胞里发展的生产力，同时又创造着解决这种对抗的物质条件。因此，**人类社会的史前时期**就以这种社会形态而告终。"这段文字最后一句里的"这种社会形态"指的就是资本主义社会的形态。

注意，在这里，作为历史学家的马克思是如何定义史前时期的，最后一句，"人类社会的史前时期就以这种社会形态而告终"。什么意思？直到共产主义这种社会形态出现之前的人类历史都是史前时期。而现在人类社会还没进入共产主义社会，也就是说，我们还处于史前时期，那这个"史前"的"史"指的又是什么历史呢？显然不是我们之前普遍理解的记录过往的历史，而是我们重新定义的观照未来的历史！

我们就按照这个思路来理解历史的终结，马克思认为随后的共产主义社会才是真正的人的历史，而这个"人的历史"是以人的自由来定义的，或者说，人成为真正意义上的人之后才开始关于人自身的历史。那么，为什么我们说的是历史的终结呢？因为共产主义在马克思的历史理论中是人类的最后一个社会形态，那么也就到达我们说的不再变化的阶段。也就是说，我们关于历史的认识本身就是历史性的，它会有结束的一天。而最后一个社会形态也不代表社会内部毫无变化，而是这种形态没有变化，就像原始部落不是生活没有起伏，而是存在的状态没有改变，这是从社会整体而言的，并不是作为微观"细胞"的每个人都没有任何变化。试想，神仙的生活有多大变化呢？他们需要有什么变化吗？

《红楼梦》描述的人类历史的终点是人类群体历史的结束，同时也是每个个体存在的开始，而那时，历史的观念将消失，因为历史所代表的思维方式已经毫无存在的必要，它的消失是一个自然的结果，而无需任何人做任何刻意的事来推动。也就是说，《红楼梦》标划出的分界就是人类存在的线段 AB 上的那个点 O。至于这个点 O 是在 AB 上的哪个位置无人得知，也许很靠前，也许非常靠后，甚至接近于点 B，但可知的是我们现在还处于 AO 之间。

我们面对历史人物的时候，其实是以他们作为坐标来对标自己，以便为自己找到一个存在的位置。而这些历史人物有的是珠穆朗玛峰，有的是泰山之巅，有的是昆仑山脉，他们或高远或博大，他们就像一座座高山；还有的历史人物像峡谷、像洼地、像陷阱、像大坑，他们是一片片低谷。而整个历史像大地，这些高山和低谷标划出大地的面貌，而其他"无名无姓"的人组成剩下的被忽视的连接地带，每一个人都试图在这样的历史的起伏之间找到自己的位置，证明自己存在。可悲的是，就像笛卡尔坐标系里的数轴，很重要，但从未被关注。虽然那些高低起伏的曲线是由数轴来标划的，但是数轴因为缺乏维度而总是沦落成被忽略的对象，只是偶有例外，会蹦出一两个特殊的点作为起伏的曲线与数轴的交叉点而被带入历史之中。这种景象在书中经贾雨村之口以具体的方式加以表述："天地生人，除大仁大恶两种，**余者皆无大异**。"

相比较这样的景观而言，人类历史终结之后的人的存在就像大海。大海的一览无遗，让漂泊其上的每一个个体都无法也无需寻找任何坐标，我们就是一条属于大海的鱼，无需证明只是单纯地存在，似乎进入到庄子的世界了。那的确是和大地完全不同的一番景象。

人类历史的终结正好是人的存在的开始，那时无需记录，因为每个人都是按他所是的样子存在。在某种意义上，我们可以把"历史之后"理解成共产主义、大同社会、世外桃源或是极乐世界，也就是我们在三个世界中所说的心灵世界。这几种描述中最根本的一点或者说共同点正是人的存在本身是自我显现，而无需附加任何条件，这也是神仙的一个标准，放下世俗世界，而世俗世界正好就是我们说的"人类历史"。我们可以简单地这样理解，人类历史代表的世俗世界就是《红楼梦》讲的由甄士隐引出的故事，而超越历史的故事就是开篇第一回揭示的脱离世俗世界的故事。而在故事中这两者又通过两组关系来表达，一是宝玉和宝钗、袭人等人，另一组是宝玉和黛玉、晴雯几人。

宝玉和宝钗（包括王夫人、袭人等一系列众多人物）代表的是世俗世界的存在方式，而宝玉和黛玉（只有晴雯等寥寥数人）则象征的是超越世俗世界的存在方式。因为在历史之中，理所当然的是世俗世界的存在，而超越的只能是象征性的，宝黛的结局自然也就是一个定数。这不是宿命论，而是说明，如果宝黛最终走到一起，那么他们就会从超越性的象征回落到现实性的世俗之中，就会沉沦为任何一个类似的家庭生活，不管是男尊女卑还是妇唱夫随，都是一样的存在方式。所以，他们的结局不是宿命论，而是代表历史之后的一种存在状态。

《红楼梦》的确是一条界线，以大石为界，这一边是世俗世界的人类历史的故事，走过这条界线，到了那一边就是人的存在的世界。那是一个什么样的世界呢？

二

《红楼梦》的后面：纯粹的世界未必像想象的可爱

每个人都天经地义地以为自己是理所当然地存在着的，为什么？因为我们自以为活着，有生命，其实很多时候都只是因为有一具肉体存在而已，但是这种存在的真实性体现在哪里呢？这时，一定有人会问，难道肉体的存在还不够真实吗？

我们不妨做个假设，假定大家一出生全是零智商，这时"人"的确是有一个和现在一样的肉体的存在，那么，大家会觉得这是一个我们所谓的人的世界吗？当然不是，如果是那样，世界是另一个世界，至于会是一个什么样的世界则不得而知。现在的疑问在于，我们有正常的思维能力，那眼前的这个世界难道还不能是一个"人"的世界吗？为什么需要走到"历史之后"才能实现"人"的真实存在呢？这就是身处历史中的我们可能产生的疑问，因为我们处于历史之中，就好像我们在梦里无法辨别是在梦里还是没在梦里一样，这正是《红楼梦》不断提醒读者要注意书中的"梦""幻"这些字眼，就是为了提醒大家要保持清醒，不要被故事带走了，结果无数的阅读者都被故事带进故事之中去了，都进到梦幻之中去了，所以，警幻仙子要警幻贾宝玉，可是当时贾宝玉并未理解，正如我们现在很难理解一样。

对于"历史之后"，即所谓的"人"的时代，我们借助中国传统的三个坐标来进一步理解，一个是道、一个是儒、一个是禅。

三家学说或者理论有很大差别，这是理所当然的，但是如果从"历史之后"的角度来理解，我们会发现，三者其实是以不同的描述说出了同一个事物。

老子："甘其食，美其服，安其居，乐其俗。邻国相望，鸡犬之声相闻，民至老死不相往来。""圣人不积，既以为人，己愈有；既以与人，己愈多。天之道，利而不害。圣人之道，为而不争。"(《道德经》) 结合起来，这是一个个体以"为人"为"为己"，同时又独立存在的时代，当然就是一个安静的和谐社会。

孔子："大道之行也，天下为公。选贤举能，讲信修睦，故人不独亲其亲，不独子其子，使老有所终，壮有所用，幼有所长，鳏寡孤独废疾者皆有所养，男有分，女有归。货恶其弃于地也，不必藏于己；力恶其不出于身也，不必为己。是故谋闭而不兴，盗窃乱贼而不作，故外户而不闭，是谓大同。"(《礼记》)"老者安之，朋友信之，少者怀之。"(《论语·公冶长》) 结合起来，这是一个人与人之间充满仁爱的时代，当然也是一个美好的和谐社会。

六祖："随所住处恒安乐"，"心地但无不善，西方去此不遥；若怀不善之心，念佛往生难到"(《六祖坛经·决疑》)。如能达到，世间岂不就是乐土，人人所追求的难道不是这样的美好状态！

所以，儒家是心灵世界透过情感世界向世俗世界的观照，道佛是世俗世界经由情感世界向心灵世界的超越。

这样的状态是不是一种单纯的人的存在呢？这样的美好社会、美好时代，还需要什么变化呢？没有变化的状态，其实是因为没什么好变了，每个人都是以真实的自我而存在，那么还要变什么呢？我们不需要帝王将相、不需要时代的弄潮儿、不需要什么高人一等，这些在历史中起起伏伏才能彰显的存在，通过高山低谷才能彰显的存在都没有存在的必要了，那时是一个新的时代——人以自我的存在为存在的唯一根据。

那么，这样美好的状态又该如何获得呢？这一切都在寻找自我中获得。而且我们随时可以做到，当我们身处历史之中并找到了自我，那么我们就在历史之中超越了历史，进入到历史之后的世界。在历史之中我们称之为悟道、开悟、成仙、成佛等等，实际上，这就是进入了圣贤之境、佛道之地，就是大同社会、心灵世界。所以，儒、道、释三家其实是为我们身处历史之中的芸芸众生开辟的三条通向自我的康庄大道，只可惜我们总是自以为是，不愿去走，偏要在荆棘之中瞎折腾。

《红楼梦》的石头就是界线，而"石头记"就是点化人的经文，这就是在历史中超越历史的《红楼梦》的伟大所在！

大家可以回味一下，贾宝玉和林黛玉的关系和互动方式是不是符合这样的时代特点？他们彼此独立存在，却又彼此以这种独立存在而相互吸引！而反观其他人物，都是以种种依赖、依靠、结党、勾结等缺乏自我的方式而存在。对比之下，我们很容易看出，宝、黛属于那个历史之后的人的时代，所以，还在历史之中之际，宝、黛只能是超越的、悲凉的、无奈的，而结局只能以看似宿命的悲剧收场。之所以"看似"悲剧，因为是在历史之中，这个"看似"的悲剧是从历史中的"看"和"悲"，所以从历史中看到的纯粹世界未必可爱，而对超越的宝、黛而言，这是实在的、平静的、必然的，因为这是指向未来的。

而我们寻找自我，获得自由，就是越过《红楼梦》这条界线，走向自我的存在。每一个人都可以超越历史，每一个人都可以成为自己，这种可能性才是人存在的真正的证据！而《红楼梦》是一条最好的带我们越过这条界线的路径。

最后为本书做一个总结：我们通过围绕着《红楼梦》的几个谜团开始，把分析的重点集中在内容而不是其他外围信息上。主要针对宝黛钗等人的主线展开对表面故事的解析，其后提出了世界图式理论，通过三个世界的划分，让现实世界中的人群找到自己的位置。而决定人所处位置的因素除先天之性还有后天之教，我们又总结出根植于中国传统思想土壤的言象意认知理论，用来构建人类的动态认知机制，从而把对《红楼梦》的研究深入了一层，寻找到《红楼梦》的深层故事，而这个深层故事其实就隐藏在书中的第一回。

从创造人类的女娲娘娘开始，这是人类历史的源头。而多余的这块顽石看到了人类历史的全部，它历经红尘之后又重新回归到山下，它上面的字迹记载的是整部人类历史，所以当然是跨越古今和未来的。为什么说它是个逻辑的构造呢？因为它不是实际发生的历史，但是它是实际历史的一个模型。这个模型就像我们用数学建立一个模型一样，是用文学的表现形式刻画的一个人类全部历史的逻辑模型。

我们重新梳理了关于"历史"的理解方式，历史性的思维在看待事物的时候是具有前瞻性的，这个前瞻性是从何而来的呢？显然它是来自对以往经验的总结和现实情况的判断。所以，"历史"是一种以已经发生的具体事件为载体的对照当下观照未来的思维方式，而"逻辑"正是我们用来认知和构造历史的手段。

《红楼梦》作为人类历史的模型，它预示着人类历史的起源和终结，并给出我们一个思考的方式，以梦幻的方式警醒我们。当最终大石头从一块顽石回到原来的地方，成了历史分界线的时候，这块大石也已找到自我，它不再日夜哭嚎，不再哀怨自己多余无用，而是静静地立于天地之间。其实，在我们眼里，石头还是那块石头，天地还是那片天地，但是，一切又都不是以前的一切了，这就是自我的实现、自我的显现，也是自我的超越。自我的超越不是变得不是自己，恰恰相反，自我的超越是最终成为自己。

《红楼梦》作者的伟大在于明了世间，用大情怀做了一整部人类历史的"记录"，所以才有从石头到曹雪芹的步步后退，在作品中，作者将自己的身份一退再退，不是为了退出隐藏自己，而是因为在历史面前，作为一个书写者，几成上帝，何须留名，给俗世间留下一连串的迷惑不是为了迷惑，而是告诉人们不必追索，读懂这本书就好，不必深究从何而来。因为这部书本身就是全部的历史！是由芸芸众生书写，何来作者可言！前面已提到，作者高明如斯，已无需为一虚名而留世，无论姓甚名谁都不过是一个符号而已，而作者可能就是茫茫大士，可能就是渺渺真人，他早已迈步走过了大石的界线，去了历史之后了！（即便如此，可能继续追索作者仍然是一件有趣有益的事，但不应该成为理解和思考作品的方向和路径。由此我们也对最初提出的四大谜团全部做出了超越性的回答，也完成了对这部天书的密码解读。）

最后通过题名我们就能看出作者一降再降实际上就是通过多个层次把历史和对历史的超越揭示给大家，其实就是寓意深刻的关键词：人类历史——石头记（记录俗世）——情僧录（看破红尘）——风月宝鉴（陷于俗世）——金陵十二钗（可爱的具体人物）——红楼梦（沉浸在梦幻之中）。也就是，人类历史被记录下来，有了《石头记》，故事点化了空空道人，改名《情僧录》，而众人陷于俗世之中，有了《风月宝鉴》，再具体成《金陵十二钗》，最后在《红楼梦》里颠倒梦想。作者的警示和寓意倒过来看就清楚了，我们沉浸在梦幻的现实之中（是为《红楼梦》），总会遇到令自己难以割舍和心向往之的人物，无论是亲朋还是知己（是为《金陵十二钗》），于是自动自愿陷入其中，享受俗世的快乐和痛苦（是为《风月宝鉴》），有朝一日，看破红尘，于是超脱，将这些故事记录下来（是为《情僧录》），而这些故事不就是人类自称为"历史"的俗世生活（是为《石头记》）吗？

同样，我们对《红楼梦》的层级和结构做了一个逻辑与历史的重新建构和解释，对应开始的说法就是完成了对天书的解密过程。

文学作品本身是在讲一个故事，我们从这个故事中去解读很多的东西，根据言象意理论，我们理解的"意"思并不能与作者要表达的"意"思完全一致，但无论作者是如何设定的，我们都可以从文本中看出更多的东西，这才叫经典，无法解读的才是垃圾文字。有人一定会说，这个不是作者本人想要表达的，但是经典不怕被解读，换句话说，当文本脱离开作者之后，它可以被做出多种解读。没有人认为，只有作者的解释是唯一的。作者当然可以说，我想表达的是什么，但是并不代表我们就不能发表自己的看法和意见。另外，这种解读有可能超越作者本身，但这不构成一个问题。

我们重构《红楼梦》的角度是整体俯瞰，有了这样的认知高度，大家再回过头来细细品读红楼，一定会有更多的心领神会的感觉。而且阅读时当然可以借鉴以往各家各派的解读，因为之前各家基本都在故事层面，和我们的角度不在一个层面上，所以并不冲突，因为我们解读《红楼梦》的方式同样具有很强的超越性。

我与大家交流分享的对《红楼梦》的重构其实是源于自己对这部伟大作品的喜爱，并由此生出的一些感悟，而不是学术上所谓的研究。如果非要冠以研究式的归类的话，我的这种方法大概可以称为研究《红楼梦》的逻辑派。那么我就用最精炼的逻辑语言加以总结（写给逻辑同道的总结）：《红楼梦》是人类历史的逻辑模型，红楼开篇是对这一模型所用的逻辑语言的定义，红楼故事是逻辑系统，我的重构红楼则是对这一模型的语义解释。

走过大石的分界线，进入"历史之后"的存在，那是怎样一番景象？既然《红楼梦》用文学的方式刻画了人类历史的模型，我也斗胆沿此脉络，尝试用文学的方式刻画一下"历史之后"的人的存在方式的模型。我采取的是武侠的外表，哲思的内里，用情感作经线，把故事当纬线，用科学锁了边，以寻找为图案，最终"编织"出一件"寻找自我"的朴素衣裳，我给它起名叫——《浮世红尘》，只是这件衣裳不是穿在身上的，而是留给了——心灵！

浮世红尘

下部

献给全天下所有自以为聪明的人,包括 他

红尘·代序·回忆

——献给自己的心灵

在你的记忆中是鲜花绿草漫漫戈壁还是茫茫红尘。

当你来到这个世界,从此开始岁月的旅程,你被置于岁月的小舟沿生命之河飘荡,无助的你,从缓和平静的生命河水中汇入了滚滚大江,汹涌之中你像无根的浮萍找不到方向,怯怯地挥舞着命运之桨像是看到了空无的港湾。

你在追忆着的是鲜花在离别时的凋谢还是离别在雨幕中的凄凉。

当你混迹于这个世界,从此忧郁结满心头。你被缚于忧郁之上在无奈之中飞翔,偶尔的欢喜在被忧郁束紧的心灵中坠落。你终于在坠落的同时懂得了升腾。

于是,在若干年后的某个午后你的笔化作满天洁白的羽毛覆盖在你灿烂的灵魂的血浆之上。

当你回忆之际,生命充满了洁白的血红。绿草。

1997年1月28日

第一部

移情

楔子　放逐

一

　　我不知道，我是"活"在生的人间还是"活"在死的世界。

　　但我不得不在这个默认的活着的状态下生存，因为我不能尝试在这个貌似真实的状态下结束生命以换来对这个世间状态的证明。

　　其实，我也不知道，如果我真的证明了生与死的世界的存在之后又能如何。

二

　　再过三天他就要离开生长了十六年的故乡，面对着绝大多数城里人一辈子都没有机会遨游其上的大海，他却有些恋恋不舍，陪伴母亲即便一生在此孤城之中又有何妨，而外面的世界又能怎样？

　　可是，他必须离开。比起与他一起长大的孩子，他已是最幸运的了，那些伙伴不得不在近十年的苦练之后默默无闻地终老此地。

三

　　薄雾的清晨，轻灵的身形如水墨画上淡淡的一抹飘向城外的荒原，这难道就是传说中的"千里烟霆"！

　　妈妈，等我回来！目光的尽头，母亲轻声地叹息。三百年来多少峥嵘年少就这样消逝在清晨的薄雾中，他们还能找到回家的路吗？

瀛洲

面对世界原本需要的不过是一个角度和一点勇气。

第一章　趋乱

一

瀛洲，地处东南，民风彪悍，风俗古朴。他刚刚踏上这片土地，就觉出自己的柔弱了。

坐在车里，看着外边郁郁葱葱的花草树木飞掠而过，他不觉地对未来充满了期待，"会不会是个好的开始！"

驾车人打断了他的思路，"小哥还没来过瀛洲吧，一看就知道，算你运气。"

他觉得"运气"这个词很吉利呀，"噢？"

"月牙阁、乾宇殿、大国寺、瀛洲园，这些都不说了。"

"还有比这些去处更好的？"

"那倒不是。再等一个多月，七年一次的瀛洲擂台就要开始了，到时你可以去试试。"

"比武吗？我可不行。"

"不一定，谁知道呢，所以才吸引人嘛，而且本届擂主是洲主的小女儿。"

"哦……"

"你好像不感兴趣？"

"我不知道这个擂台是怎么回事，而且我还有别的事，确实也没什么兴趣。"

"到时候我也要去的，希望能见到你。"

他感到奇怪，这种事很有意思吗？还是瀛洲的日子实在无聊？

古人说登高望远是一大快事，那也要有这样美丽的景致才行呀，站在月牙阁上临风欲飞，年轻真好，未知的将来永远比淡淡的离愁别绪更具诱惑。到底能不能揭开谜底可不是刚刚踏上行程的他要想的。听说瀛洲晓绿乃天下第一名酿，先来点再说。

小二略带疑惑的眼神，"小哥，我们这儿可有饮酒令的，贵庚呀？"

"十六。"

"不像呀。"其实看在他递过来的一张各洲通兑的银票的面子上信不信有什么呢。

近一个月了，什么也没发现，好像瀛洲真是世外桃源，怎么连一点自己家乡的那种严肃和悲悯的感觉也没有？难道这是传说的太阳城？或者这些都是假象，清明的背后是另外一个黑暗的狰狞？洲主的瀛洲园都能任闲人游览，这样的开明与自信也是假的？实在说服不了自己。

虽然老怪物并不在意他的花费，但他并不想浪费，甚至想要在合适的时候去找份可做的工作了。

"小哥，请用。"

看着水晶般晶莹的茶几上放着刚刚采来的瀛洲绿，可爱的鲜艳要透过那层透明而滴落了，好美！每朝清晨的那盘绿真是让人心醉，这该算瀛洲最可爱之处吧。

走在纵横错落的街道间，总有种迷失自己的恍惚，这迷人的城市真是一尘不染啊。除了，唉，这是唯一的遗憾吧，总有因为小事争吵和争斗的彪悍的人们，包括女人——还是很漂亮的那种。他也曾跟着去过衙门，这令他更加敬佩洲主的治洲之道。每次争斗都能完满解决，而且肇事者从不记仇，似乎他们追求的就是过程本身，死又何妨，这样超然对待生死的胸襟令人肃然起敬，这是瀛洲的品性还是天下皆如此——当然要排除那个悲天悯人的家乡。

夜幕已降，这条街的华灯还没上？微醺，那身影怎么如此飘然，是我醉眼的迷乱？心中肃然一惊，这是不是一个值得揭开的秘密？当他丢开醺醺然的沉醉轻身掠向那个身影的时候，他终于在一个月的无聊中找到了一丝抖擞的理由。

这一个月来的所有记忆和蛛丝马迹从他脑中滑过，没有遇见习武之人，更别说前面那个连自己也几乎不能稍有松懈的高手了。

如果老怪物没有骗我，那这个人就绝对可疑，而且可能与我要解开的谜直接相关。奇怪，为何偏偏这条街的灯不亮呢，那身影简直就像一抹淡淡的灰烟，如果我没练成"慧眼一渡"，怕是要错过这场机缘了吧。

人影消失在一个气宇轩昂的院落中，他只在心里权衡了一刹那，身形没有丝毫停滞地飞掠而入，如果那个身影还能被慧眼一渡捕获的话，他的"千里烟霆"身法只怕天下只有"止步回眸"能捕了。空旷的院落在他的身法下显出局促来，可是当他停在屋脊的阴影中扫视大殿前后时，已经连个鬼影子也没了。月亮竟然在此时拨开乌云普照大地了，今天是十五吗？他看着似乎在笑的月亮笑了。

大殿里传来的争论声让他怀疑自己的判断，难道使出绝世身法迅雷般奔到此地的人，就是为了赶赴一场旷古绝今的争论？

"既然来了何不进来一起讨论讨论，难道小哥只想到这里来望月吗？"

这一惊更甚刚才的猜测，瀛洲真是藏龙卧虎，居然有止步回眸的神眼！否则又会是怎样的心法竟能捕捉到自己几乎已经融于空气分子轻微摩擦中的如柔风般的呼吸呢？我倒真要见见这位高人了。

可是他错了。影壁后走出一个沉稳的中年人，他一眼就确定，这就是那个灰烟般的身影。

"哈哈哈，樊兄的凝神心法果然了得，倒是显得我小气了。"

大殿里传出那个樊兄的声音："哪里哪里，我们都在等邵先生来主持讨论呢！"

这群高手在捣什么鬼？是否下去实在是个问题呀。

那条不上灯的路上竟姗姗然来了一顶两人小轿，旁边跟着一个女孩子，又会是什么重要人物？她们也是来这里参加什么讨论的吗？也许这是个机会。

轿子果然停在了院门口，女孩对着轿里说："小姐，门口有一位小哥，好像喝醉了。"略微的停顿，里面应道："我们不要打扰人家，进去吧。"

这么淡然，她们一点也不觉得我很可疑吗？我都觉得自己坐在这儿是有着不可告人的动机的，我准备打消她们疑虑的说辞就被这无形的一点淡然消解殆尽了，又是一个大道无形的高手？还是真诚的善显示了它本身的伟力？如果我烂醉如泥，她们会不会伸出友爱之手？

看着轿子进了大门，他只好施施然站了起来。大门的匾上写着"理学院"三个大字。

遇到这群奇怪的人，让我有什么办法，还是脸皮厚点，自己进去吧。

大殿的名字叫做清风亭，他觉得起名字的人真是太有趣了，明明是殿偏要叫亭，可是谁说过不行吗？他们的话题会不会也很独特。

"各位，请问这里有没有瀛洲晓绿可以买？"

感受着七八双目光的愕然，他嗫嚅地说："怎么了，不行呀，我就是想喝嘛。"心里惦记怎么没看见那个神秘女主人，现在只是好奇，然后怕要成为未来的某种惦念了。

其中一个微笑着说："小哥，过午不饮酒晓绿，这你都不知道？"

"这个殿可以叫做清风亭，我当然也可以过午再饮过午不饮的瀛洲晓绿。"

那后面也穿着男装的就是她吧。她向前走过来了，"兄台这么说当然可以，只是这里确实没有。"兄台，好一个谦谦女君子。后面的话已经听不见了，并不暗淡的大厅在她轻启朱唇的刹那间顿时消无了一般，也是在这瞬间，他已经使出气定神闲的心法，即便如此他还是瞟了她两眼，这很可怕，至少说明两个问题：一则他的心法还没到宠辱不惊的境界；二则这个看似文弱的女孩能破他的气定神闲。第一个还有机会弥补，如果是第二个，那岂不是刚出道就栽了，还有什么以后？

恍惚中听那位樊兄说："小哥请坐，大家一起探讨嘛，都是同道中人。只是不知道小哥是哪里人氏，是来参加擂台赛的？"

他内心的波澜只有自己才知道。不过听了这话，怎么觉得这个深藏不露的樊兄也很可爱，帮自己编好了一个故事似的，"是，不过我也只是来游历游历，之前并不知道能遇上这个难得的机会。"那个邵先生站起身来，"小哥是从尧洲来的吗？"他点点头："先生真是好眼力。""不错，尧洲向来以淡泊著称，看来所说非虚呀。"这话什么意思，想怀疑就怀疑吧。

樊兄过来向他介绍在场的各位，原来那个使他无法气定神闲的女孩就是洲主的小女儿，本届瀛洲擂台的擂主——落花。为什么是这样一个凄美的名字？

"理学院都是在晚上讨论问题吗？"

"见笑了。"德高望重的樊煜盛老先生简单地回应说。

为什么不进一步解释？他们在隐瞒什么吗？那好，就让我跟你们来一场永世难忘的辩论吧！

二

茶水和夜宵,他们打算彻夜长谈吗?

邵虔先生介绍说:"明天就是瀛洲擂台开擂的日子了,所以我们都聚在这里……"他急忙打断,"那我们何不好好休息一下,明天晚上再辩论也不妨呀。"被尊称为樊长老的樊煜盛虚抬手掌示意他不要走,"这是我们的规则,在座的就是为明天的辩论先讨论个标准。"

"那我更应该回避了,提前知道了题目不是对别人不公平?"

几个人都呵呵地笑了,"其实三天前题目就已经公开了,只是小哥真的没在意,看来是对小哥不公平了。"

为什么加上"真的",怀疑是不是减少了?还是我的欲擒故纵使得颇为自然?

"你们的意思是现在讨论一个结果,作为明天考核的标准?"

"对。"

"要是没有结果呢?我想这个问题一定很复杂吧。"

"呵呵,有好坏就行,这总是能比较的。"

"噢,那我就洗耳恭听吧。"

其实这个问题他的确已有耳闻,只是没有意识到就是擂台的题目,这个瀛洲擂台还真有点小意思呢!

落花有意地将题目又说了一遍:其实题目很简单,人类历史会不会终结?

头好痛呀,为什么是这个问题?心里虽然这么想,还是假装不经意地向落花微微颔首以示感谢。

已经有人迫不及待地继续被他打搅的思路了。"历史当然会终结,因为宇宙间的任何生命都会在宇宙归于沉寂的那一刻再也无法获得任何能量,这就是结局。"说这话有意思吗,你是想悲观厌世还是享乐至上?

"即便如你所说,可是沉寂的外表并不能代表内部没有变化,整个宇宙本身就可以是一个静止的系统,但并不妨碍内部局部的涨落,就像我站在这儿不动并不代表我体内的分子也全都静止。生命不会消失,历史也不会。"耳中的争辩声使他浮起一个奇怪的念头:没有一个问题是不能被争论的。

"你的说法有问题,首先宇宙的沉寂不是静止,而是没有能量的转移,所以不会有任何变化,仅仅是维持一种平衡的状态。何况你说的局部的涨落与最终的沉寂并没有矛盾,只是时间早晚的问题,那些微不足道的涨落最终也会归于平衡的。历史当然也就不存在,这个小问题只能附属于宇宙的沉寂这个大背景之下。"原来这个家伙迫不及待地发表高见是早有准备,不过还确实下了不少功夫,把一些概念搞得还挺透彻。

樊长老难道还是理学高手,只听他很认真地说:"你说得很有道理,不过要有一个前提:整个宇宙必须是一个孤立的系统,否则还会从宇宙之外传递能量。"他很奇怪,不是讨论历史的终结吗,怎么引到宇宙的平衡上去了?难道他们想用科学来解释历史?他们这么善于转换问题吗？而他更关心为何瀛洲晓绿宁可放到第二天上午饮用而不让在下午喝，这其中会不会也有什么不可告人的秘密？

有人附和道："对，我们生命的进化不也是这样的，通过外在的能量，世界不断从无序走向有序。"

可是他记得宇宙的沉寂就是所谓的一种彻底的平衡，而那种状态恰恰是最完全的无序状态。反之，眼前这一切可爱的存在是因为宇宙不够平衡，推论一下岂不是成了愈不平衡就愈有序。

争论很是热烈，他多想听听落花的意见呀，哪怕并没什么新鲜的见解。等来的却是邵先生的一番深思熟虑，"咳咳，这样争论的确不太好有个结果，只是我们并不该纠缠在对生命的终结与否上来探讨历史的终结问题，毕竟宇宙之浩渺远比人类存在久远得多。我们讨论的是人的历史。"

……

要不是已经知道了邵虔的身法和樊煜盛的心法，他都觉得自己今晚是发烧了才会跑来这个理学院，他想如果是那样我该去看大夫，他想笑。

如果按此说法，将之应用于人类社会历史的话，结果是每个个体（粒子）在完全自由（也就是最无序）的情况下，社会消失了，每个个体都随意无限制地自身运动而与其他任何人毫不相干，即便偶有碰撞，也不会产生任何波澜壮阔的历史事件，因为这是一个没有能量传递的平衡态，历史在这一刻彻底消失。那我是愿意追求完全的自由以至于自己消失在历史之中，还是充当一枚棋子让历史得以延续？而充当历史符号的那个人不也是其他所有人将其推到历史前台的一枚棋子吗——马前卒，而已！

这谜般的思绪在他的内心激荡，落花看了他一眼，却觉出一股势不可挡的气定神闲。樊长老和邵先生等众人大概也为这股气势所感动吧。当他听到落花请教他的意见时，他从他们的眼神中知道自己内心的动荡恰与外表相反。外表原来有那么大的欺骗性，那这一个月的瀛洲背后是什么模样？

"其实我只有一个疑问，为什么我们的世界是现在这个样子，不管宇宙之初怎样、终结怎样？我们这个世界是平衡还是不平衡？每个人完全自由算不算平衡，那时是否还需要历史？历史到底是什么？历史是人创造的，还是历史让人成为人？我们这个世界从哪里来？"他不是争论，是在探寻。

不明白落花因何特别重视我，她又是如何确定我的不凡的，其实其他人的表情也表现出这样的疑问。因为她在听了我的意见后也参与到这场讨论里来了。

落花说："宇宙来自大爆炸，我们现在就在不平衡状态之中，毕竟我们产生在宇宙产生之后。"

好吧，那就开始我的瀛洲之辩吧。他的微笑超越了年龄的界限。

他说："即便考虑上质量与能量的相互转换，那么这个大爆炸的起点，好像是被称为奇点吧，它的质量会是多少才能产生出这么一个宇宙，而这一切都凝结在一个无限小的空间里，那又是多小，它的密度又会是多大，这种理论上的假设难道比我说没有大爆炸更可理解？"

"的确，这很难想象，但是宇宙必定来自一个起点。"

"你们不觉得这样推论很可笑吗？宁可让自己相信一个无法想象的存在也强要解释。大爆炸也不过只是一个理论而已，我可以相信也可以不相信，何况宇宙有起点，那在此之前呢？"

"在此之前又对我们所在的宇宙有何意义，时间的起点不妨就设定在大爆炸开始的那一刻。我们不也是因为时间的存在才获得意义的吗？"意义？看来这个问题开始从科学探讨转向思辨了。没办法，科学不能解决所有的问题，否则世界也许会变得更单纯一点。

"哦？如果是这样我们本不该做这样的讨论，因为时间对于我的意义其实是从十六年前的某一天开始的，而不是你所说的宇宙开始的那一刻。而你呢，又是十几年前呢？"是不是一旦陷入辩论就多少会走上狡辩的路，他这样反问是留了什么后手，还是只想知道不愿让外人知道的女孩子的"贵庚"。

"我们都处于社会之中，这个社会的传统和历史必将在我们的身上体现和延续。你的生命并不是开始于十六年前，而是始于人类历史，而一切的起点是宇宙的开始。"落花毫不示弱。

你们几个觉得很有面子吗？你们为自己的洲主之女感到骄傲的同时难道不为自己的不思进取感到一点惭愧？还微笑呢，我就要击破这个美丽的骄傲给你们看。

"对了，这就是我想要的——宇宙的历史呢？你不会说宇宙没有生命所以不需要传统和历史吧，当然宇宙的传统怕是真的没有，可历史呢？"辩论也是有圈套的吗？他有时候不知道辩论的结果是真理的胜利还是狡辩的得逞。

对不起了，落花小姐，虽然我没有一点想责怪你几乎击溃我气定神闲的心，但是现在我是为思维对决而战呀。

"它既然是起点自然没有历史，而且关键的是之前的历史对它没有意义。"落花继续。

"太完美了，我想说的是我之前的历史对我也没有意义，你觉得有吗？那好，人类历史对我有意义，我认了，星球的历史我也认了，星系、星系团，行了吧！起点放在这里就可以了，如果要讲意义，根本不要走那么远，何况还要假设，要是离得近一点，假设也就不必那么多了而且更具说服力，不是吗？"他真不知道为什么聪明的人都试图解释自己明白的，却从不愿怀疑所明白的，他不禁要怀疑人是不是更想通过解释来证明自己的聪明？

落花有些招架不住了，"可是我们已经确知这些不是起点了，为何要假定它们是？"

他进一步肯定，"因为这个假定比宇宙的假定更好理解。并且，如果宇宙可以假定没有历史，那么我也可以假定我们的世界没有历史，更不存在什么终结的问题，你知道吗？我们的世界其实就起始于现在。"

他慧眼一渡的余光将在场众人的愕然、惊讶、不知所措、茫然无措尽收眼底。其实他并不想因为这个效果而窃笑，而只希望大家也许可以因此开阔点思路，面对世界原本需要的不过是一个角度和一点勇气。更何况他修炼心法的障碍之一——落花也迷茫了，他哪还有心情沾沾自喜，倒是渐渐有了点危言耸听的惶惑，甚至产生了哗众取宠的自嘲之感。

"没有历史？那我们现在所谓的历史呢，又是从何而来？"她的声调没有显出表示内心激动的高昂，也没有某种信心被击溃的低沉，只是一如既往地探询。

"我们的历史不过是现在的记忆,我们产生就附带了这些记忆。"

"那些历史的实物呢?"

"不过是记忆的碎片,那边桌子上摆的七十年前产于瀛洲南窑的青瓷是和我们一起来到这儿的。"

"那你觉得这个世界是怎么产生的?"

"不知道,这是一个未解的谜。其实我有些怀疑我们是否真的存在。"

樊长老这时插话说:"你为什么一定要怀疑可以解释这个世界的理论?"

"我不是一定要怀疑,而是必然要怀疑,"他没想到还要分析自己的动机,这些人也真是够执着的了,"瀛洲的一切真的就是它外表所展示的样子?当然也会有理论或者文字解释它现在的样子,但我不知道这些解释就是真相还是离真相很远。我说必然怀疑的意思是指:任何解释都会与实际有偏差,或多或少。如果的确存在与实际相符的解释,那我的怀疑应该是偶然的,此时若我还是一定要怀疑,那么一定是我别有用心,但是我对这个问题不会有什么别有用心的。所以,我不是一定要怀疑,而是必然要怀疑。"

为什么在我说这一大堆其实只是针对落花在解释的不着边际的乱语之际,有那么几个人的神色显出了别样的警惕和极轻微的慌张?我之前到底错过了多少揭开谜底的机会还是太纵情于瀛洲晓绿的沉醉了?瀛洲晓绿,我该对你是爱还是恨,抑或你只是清白的自在?

惊讶中略带安慰眼神的是那个身法如灰烟的邵先生,顶多带点赞美和赏识也就可以了,为何是安慰?他背后又会有怎样一种解释?

有人送进来瀛洲绿,新的一天开始了。当他走出理学院的大门时,宁可那段胡言乱语被风带走,要是世界诞生在此刻,那昨晚在这儿初遇落花的那一刻岂不是成了编造的记忆?嗨,不过是一场辩论罢了。

"再等一个多月,七年一次的瀛洲擂台就要开始了。"驾车人说的一个多月原来就是一个月零一天,如果他提前知道这个日子,昨晚的一切还会不会如此上演,他不知道,甚至也不知道会为此感谢还是遗憾,因为结果还没来,那昨晚的一场聚会又是何时种下的因呢?

瀛洲最可爱的原来不是瀛洲绿,而是——落花!

第二章 避世

一

他看着乾宇殿前的人群感觉很奇怪,后面的人是为了来看后脑勺的吗?

如果没有昨晚的经历,他恐怕还在无所事事地闲逛,而此刻他被安排在擂台侧面的座席上,因为他成了一名入选选手,大概是因为昨晚回答樊长老此行动机时的模棱两可吧。

今天的比赛内容：比武。他根本不在意内容上的变化，因为他注定是要出局的。奖品是落花培植的独一无二的瀛洲绿，那会是一个怎样的绿？人群因此发出的嗡嗡如蝇般骚动彻底遮盖了对更换题目的窃窃私语。

比赛几乎是重演每日街头的景象，真正的高手大概不会来了。他不知是失望还是无所谓，现在唯一令他忐忑的是自己如何面对这场无聊的争斗。

当他站在台上面对对手时，他不知所措了，只要轻轻挥手就能打倒对手的他却不能出手，因为他的纵是一流高手也要避其锋芒的雷霆一击却无法用于任何与任务无关的人！怎么办？像大家一样厮打吗？

强壮有力的对手已经准备开始了，他低头看着自己的脚尖，终于下定决心，抬起凛冽的目光，"我输了。"

啊……一片惊讶声，也许他们惊讶的不是我放弃与对手一较高下的勇气，而更多的可能是因为我放弃争夺那个瀛洲绿的机会吧。

落花为何笑了？如果她知道我不会出手或者根本不想看我的出手一击，为何又要安排我登台？难道是要试探我尧洲淡泊的心？他们还在怀疑我？如果我不是来自尧洲就会不顾大局愤然一击？可她绝不会这么小看我，那到底又是为何？

花落谁家与他无关，没想到的是邵先生会邀请他去家中小坐。

他感觉有了兴奋的理由：你们在我走后密谋的计划开始上演了吧，擂台不过是一张遮掩舞台的幕布。

从厅中的梨花椅上可以看见玲珑而精致的小院，垂花门的高挑浮于影壁之上，延伸的屋檐是用来聆听雨打枝叶的空灵，真是一个清静的所在！

"我叫邵年愁。"

他的思绪瞬间从外边的阳光中收回，倒退过昨晚在理学院时的邵先生，而直面这个名字——邵年愁，这三个字的信息含量怕要超过几摞厚厚的机密档案。

他很严谨地重复："你是邵年愁。"

"我是。"

"那就该你说了。"

邵年愁微笑了一下，点点头，"是该我说了。二十一年了，我终于等来了你。昨天晚上我就知道是你，在我眼里，你是三百多年来最有可能完成任务的三个人之一。"

"可惜前两位前辈还是失败了。"

"除了能力还有机缘，也许你的运气比他们好。"

"噢？"

"或者说是你的时代比他们好。"

"噢？"他不知道邵年愁到底指的是什么，也不知如何接话了。

"第一位早在一百多年前就不提了，距离最近的应该是三十五年前。"

他猛然一惊，迫不及待地问道："他是谁？"

邵年愁一愣，"你怎么会不知道？"

"老怪物不告诉我。"

"老怪物？"

"哦，是城主，三百多年的档案他都给我看，唯独把三十五年前那位前辈的资料拿走了，邵前辈，这是何故？"

"城主他还好吧？"

"好得很，就是操心。"

"唉……咱们就你我相称吧。城主这样做一定有他的理由，那我也就不说了，别着急，到你该知道的时候自然会知道，我猜城主大概是怕以往的事影响你，毕竟我们都失败了。我们唯一能做的就是向后来者提供一些信息。"

"那你怎么到了瀛洲？"

"其实你也知道，我们行走的路线并不相同，而绝大多数根本就没能走遍九洲，只有一个例外，就是早在一百多年前的那位前辈，但也没解开谜底，所以根本无法形成有明确线索的完整资料。历代城主不断从各方面收集资料，在派出使者的时候会告诉他路线，但你要知道这只是根据情报设想的最可能的路线，而不是达到目的的真实路线。"

"除了历代使者，那些收集情报的人为什么从不与使者联系？"

"我开始也很奇怪，后来在巴洲遇见比我早十四年的那位前辈，就是没告诉你的那位，从他那里我才知道情报人员也是世代家传的，最早的一批是三百多年前第一任城主派出去的，他们只负责将所在地的各种信息报告给城主，而根本不知道使者的事，城主也不会让他们参与任何与使者相关的事。"

"这又是为什么？"

"因为他们没有修炼城内的心法武功，其实这些人都根本不会武，而与这个任务相关的还有一批隐秘的高手，凡与使者接触者都已经死了。"

"不是根本没法联系吗？"

"是，不过那位前辈无意中遇到过一位，但是在他离开不久情报人员的全家都无故而死。"

"没查出是谁干的？"

"没有。"

他当然相信那位前辈的能力，那隐藏在黑暗中的又会是什么样的庞大势力，为何不着痕迹地阻挠这个并不伤害别人的任务？

邵年愁接着说："我其实第一个去的地方就是巴洲，在那儿一待就是三年，毫无线索，遇到那位前辈后才知道，我已经无法完成任务了，他在七年中到过五个洲，他本来可以去第六个洲，但是他放弃了。他告诉我也许可以花点时间去尧洲和瀛洲，最好多花时间在瀛洲，因为他也没来过。"

"这是我先来瀛洲的原因？"

"还不全是。我去了尧洲两年，说来惭愧，也是一无所获，我就来了瀛洲，这里的情况和那位前辈的一些事我都向城主汇报了。如果我猜得不错，你先来瀛洲的最大原因就是瀛洲摇台。"

"啊，难道……你是说每七年一次？"

邵年愁点点头，"每七年一次，正好是从城中出发到达瀛洲后的一个月零一天。"

他出了一身冷汗，"那我的经历也已确定？"

"那怎么会！这也只是猜测，其实这个七年的巧合是不是关键所在也并不确定呀。"

"嗯，那你怎么在巴洲待了三年？"

"不是我想待，因为当时我也是十六岁，何尝不是意气风发，如果巴洲之谜未解，到头来我还是要回去，其实很多前辈就是这样浪费了时间。我遇到的那位前辈明白了这个道理，他后来的目的不是自己去完成任务，而是收集大量信息留给后来者，我也是想通这个道理才放弃的，就把自己的时间放在这三个洲上了，瀛洲最多而已。"

"那这个机缘始于瀛洲摇台，是否与这届摇主落花有关？"

"应该是有关系，到底是什么样的机缘却不得而知了。与她倒是可以顺其自然一点，而你要特别注意的是另外一个人。"

"谁？樊长老？"

"不是，是落花的父亲——瀛洲洲主！"

"哦？"

"你大概也看出来了，我的武功不是城里的。"

"对呀，为何重新修炼？"

"因为我怕洲主看出来。"

"啊，他怎么会看出我们从不外露的武功？"

"樊长老的凝神心法虽然厉害，却还看不出我们的门道。但是瀛洲洲主深不可测，我并不知道他会不会看出来，但我直觉到必须隐藏。你没发现我与落花的心法有点相似吗？"

他细细回想那种飘然，"与尧洲有关？"

邵年愁摇摇头，"不是，你知道落花祖传的是什么心法吗？'古波不惊'。"

"怎么会？古波不惊是上古心法，城中记载自建城以来就从未再现了。"

"我也是到这儿才知道的，而且还因为我是落花的姨父才知道。"

"什么？"他今天简直快被这个邵年愁前辈一记记晴天霹雳式的重拳击晕了。

"可这种心法是瀛洲洲主家传的，洲主岂不是知道你修炼？"

"现在的洲主是前任洲主的女婿而不是儿子，这种心法可传子女但不外传，所以现在的洲主也不知道。"

"你和洲主还有这样的关系，真不可思议，这个为何没有记载？"

"我没有明确的证据怀疑洲主，只是一种直觉，而且至今我也没发现他与那个神秘组织有任何关系。至于古波不惊的心法我告诉城主了，他没告诉你一定另有原因。"

"你已经觉察到那个组织了？"

"没有，没有任何线索。因为只知道这个组织与情报人员有关，但我根本与情报人员没有任何联系。"

"嗯，可是落花的姨娘能将心法传给姨父，为何她母亲不能传给洲主？"

"嘿嘿，我属于耍了小技巧偷学来的，只是大家没有责怪罢了，这个无关大局，而且我只是知道点皮毛，基础还是从前的心法。"

他的心里舒畅了许多，很多事情显出了头绪，"我还有一个问题，古波不惊对气定神闲有克制作用吗？"

"没有呀。"

"那为何在我见到落花时，会有漏洞？"

"噢？有几息？"

"两息！"

"呵呵……看来我开始说得没错，你真是天纵奇才，加上我说你所处的时代比前两位前辈好，也许真的要在你身上有个结果了。两息，那是因为你的气定神闲已入化境，到了宠辱不惊的境界。在修炼古波不惊的人面前一般人只会敬服，高手会消失战意，它的平淡会消解高手的心法，而令其不自知，只有练到你这个境界才能发现它的存在，我当年只有感觉而没有任何实在体会，而你却能有两息时间确实无疑地捕捉到它。要是他们家族的人知道了，不知道要惊讶成什么样子了！"

"那今天的擂台上，落花是想窥探我的心法？"

"好像不是，我也不是很明白为何让你上场。还是多加留心，静观其变吧，风已满楼，山雨还会远吗？"

二

可是这种平静竟然持续得令他淡然的心都有些不耐了。没有外力的参与，一个平静的体系竟然有如此强大的保持原有状态的惯性，他必须施加怎样一种外力才能打破这种几乎凝固的局面呢？三个月前在他心中还是世外桃源的瀛洲渐渐地成了几乎使他窒息的一潭死水。

今天他要去邵先生家，在那儿他将见到落花，擂台一别竟未再见。

"兄台在瀛洲玩得可还好？"

"落花小姐，我觉得很好，过两天我打算去季末县转转。听说小姐种的那株瀛洲绿就是从那儿移植来的，那地方一定也是人杰地灵吧。"

"是呀，我也很喜欢季末，自从上次跟着父亲去移了一株瀛洲绿至今也一直没去了。"

"其实也不远呀，有什么事能让洲主的女儿这么难实现一个小小的心愿？"

"也没什么特别的原因吧，我也常像那样问自己。"

"哦，不知什么时候能见见洲主？"

"你有什么事要找我父亲吗？"

"啊，没有，就是想拜访拜访。"

"父亲很少跟别人见面，瀛洲需要找他的事很少，我十几年来只知道他见过一个外来的人，就是我的姨父。"

他的目光转向邵年愁，眼神中有点疑惑，为何没和我说过，也许他觉得没什么价值？从邵年愁回望的眼中，他知道也许只有亲自见到洲主才能有所感受吧。而老怪物在他临出门时告诉他，如果瀛洲城没有发现，可以去季末看看，而且一再叮嘱他半年之内就要离开瀛洲，不论结果如何。可是又不让他着急，还强调在自己无法安静的时候就练气定神闲的心法，这实在是令他百思不得其解。

还是邵年愁的一句话缓解了他的种种疑虑，"事情的解决往往在一刹那，但是要等到这个一刹那可能需要很久"，也许经历是再高的修炼也代替不了的，即便如他曾经沧海的思绪也要在岁月中再加砥磨。

季末，会不会给我一个打破平静的外力？

"我决定明天就去季末，落花小姐能不能当我的向导？"

邵年愁笑着说："落花，你不妨就陪这位小哥去一趟吧，顺便也可游历游历。"看着落花会意的一笑，他知道邵年愁是让她磨炼古波不惊的心法，到底是为他还是为她？

季末的山水足以醉人。青山之上，落花看着满眼的树叶，轻诉心怀，"我最喜欢这个地方了，绿、橙、红层次分明又融为一体，这种美真能令人停了呼吸。"

他的心也沉醉在美景之中，淡淡地道："是呀，你看那面的山谷，溪水在枝叶的掩映下多像顽皮的小孩子，真是快乐，我闭上眼就觉得自己已经成了一滴小小的水珠。"

落花看着这个白日做梦的小哥，他的眼神一会儿像个孩子一会儿像个老者，有时又凌厉得不敢让人对视，他是怎样一个人？为何来到瀛洲？这里有什么他要解的谜？他接近我是为了游历的伙伴还是别有企图？在来来往往的外乡客里父为何让我留意他？为什么我的古波不惊会在见到他时微起涟漪？本以为跟着他出瀛洲城还要找个理由，结果他却自己邀请，他在寻找什么等待什么？难道父亲错了，他原本就是一个匆匆过客，只不过练就了一种高明的心法，或者原本就是我的古波不惊还没练到家？

他睁开眼，"你在想什么，我是不是有点失态了，神游物外，哈哈。"

"你为什么不告诉我你的名字，就连姨父也不知道。"

"他从没问过我，其实对于瀛洲我不过是一个过客。"

落花在瞬间确定，他恰恰不是匆匆过客！

远处飞来的野鸟回巢，山脚下农人放歌，小镇里人群穿梭，好一派恬然景象。正在陶醉间，落花惊呼一声，脚底一滑，落下山坡。几米外就是一个小峡谷，她半个身子已经凌空，他还是快了一步，携着落花腾空飞掠到了峡谷对面，"你何必搞得这么惊险，其实你应该知道我的身法就是青山浮水，你直接问我就行了，以身犯险不值得。"

落花脸上泛起淡淡的红霞，就好似偷来了夕阳的一抹残红，有点妖娆，有点脱俗。

"能将青山浮水练到你这个境界的也已经少有了吧？"

"那倒是，你去过我们尧洲的大青山吗？我到季末来的一部分原因就是来看这小青山，真是名副其实，它们还真是神似得很呢。"

"大青山要高很多吧？"

"海拔高而已，单论山势峻拔，反而略有不如。"

落花沉吟片刻，"其实我也是练过轻身身法的——灰烟云影，家传的。"

他暗暗一笑，好一个邵年愁，落花的这个姨娘倒是倾囊相授呀。

"怎么，你知道？"

"噢，不知道，只是听起来有点神往，怎么以前没有听过瀛洲还传有这门独特的绝学？"

"的确是绝学，只在家传，外边自然知道的很少。"

"等到下次擂台赛我再来，希望我们能一决高下。"

"我怎么敢跟兄台你比试，现在不妨就甘拜下风好了。"

"你这样说明显就是暗示我必败无疑了，好吧，我再苦练七年吧。你们瀛洲倒真是深藏不露呵，'青山浮水'早已天下皆知，看来倒是贻笑大方了。这世上还有多少隐世的高人！"

"有是有，可也未必多，只是还有一个神秘的城，谁也不知根底，倒像是与世隔绝了一般。虽与九洲齐名，却从未见过城中之人。"

他的心里一惊，落花到底知道了多少，为何提到我的家乡？难道她已有所察觉，那她的父亲瀛洲洲主是否也一直在注意我？她与我同来季末是出于好客之心还是另有目的？邵年愁怂恿她陪我来又是为谁？

"落花小姐，咱们下山吧。"

"叫我落花吧，你连名字都不要了，又何必这么啰嗦地称呼我。"

"如果愿意，你叫我流水好了。"

"那岂不是太无情？"

道是无情却有情！谁又能分得清呢？

到季末的第十七天，他和男装打扮的落花正走在去季末小酌的路上。那里的瀛洲晓绿据说是瀛洲最好的，自然也是天下第一，是酿自产于小青山下那片绿油油的土地上的瀛洲绿。街上倒有小半数是外乡客，大概都是慕名而来的饮者，但瀛洲好像是不准外乡客把瀛洲绿带回家乡的，他猜这是为了繁荣当地的旅游和经济。可是在季末小酌里他们却无意听到最近发生的一件怪事。

赵玉石为弟弟赵玉华报仇，前天打伤两名季末县衙的值事，并要他们在明天交出凶手。而此案早在三年前就已了结，赵玉石当时并无异议，最重要而又奇怪的是，这种情形自从现在的洲主继位以来二十多年还是头一回出现。

几乎每一个季末人包括在季末的游人都在关注这件事，平静如水的瀛洲已经略起波澜了，而他有点自责自己这两天竟连于山水的情怀，甚至准备酝酿写点诗词留作纪念，真是气定神闲得有点过了头！

哈，明天！这就是我要等待的打破惯性的那个外力吗？

看来季末旅程不寂寞，山雨就要来了！

第三章 经过

一

　　落花准备晚上去赵玉石家一探究竟。他很奇怪，明天直接到县衙去不好吗？虽然你是洲主的女儿，也没必要插手这件事呀。

　　落花似乎明白他的心思，"我不是想插手，是好奇，从父亲继位以来从未发生过这样的事，我想现在就去看看这个赵玉石。"

　　人的好奇心啊，永远凌驾在理性之上。赵玉石在一夜之间已经占据季末名声排行榜的首位了，他的家比县衙的大门还好找，他们几乎凭着直觉就找到了，其实那简陋的小屋瑟缩在城镇的一个角落里，在此之前只怕除了赵玉石没人会知道它的存在吧。

　　赵玉石真的很好看！

　　浓眉大眼阔鼻方口高近两米手垂过膝，肌肉里的力量像已凝成实质，身边的空气都会在他的每一个动作下显得略为呆滞。县衙的人仅仅是被打伤，那一定是这个赵玉石另有他图。

　　他侧首看看落花，脑中晃过来时路上落花的暗示，"你不是一直想等着瀛洲的平静被打破吗？这至少是个机会。"似乎落花知道他所想，而她自己也有所期盼，不知道这暗示到底意味着什么。落花的笑像一个宽容的母亲，难道此刻我很像一个孩子？而之前落花提醒自己："你别忘了，施加多大的力就会有多大的反作用力。"

　　他心里暗道，你是怕我承受不了吗，那就多谢了，不过我担心的不是反作用力太大，而是太小！

　　这些话在他盯着落花的几秒钟里从意识里飞快地掠过，而落花似乎被那个赵玉石完全吸引了，目光凝滞。她是不是也耐不住瀛洲的寂寞了？

　　他的目光返向赵玉石的过程，心中有了别样的思绪：落花的好奇心不会让她比我更关注这件事，一定是另有原因使她对此事显得有点迫不及待，她也有未解的谜吗？是否与我的瀛洲之行有关联呢？看来"安逸使人懈怠"真的是至理名言呀。

　　就在这时落花看了看他，"你别总盯着我看，赵玉石是有来头的。"

　　"哦，"他凝神注视着赵玉石，"难道是——亭岳？"

　　"他的步法是随风的路子！"

　　赵玉石的目光忽然向他们藏身的阴影处扫来，那犀利的目光竟像能穿透无光的暗影，这份功力几乎已超过表面的邵年愁，这怎么可能？来自卫洲的亭岳和随风，据城中资料记载，恐怕只有洲主等为数不多的人才可能达到这个水准，而这个瀛洲的赵玉石显然并不是久负盛名的卫洲洲主，他是谁？

　　这个秘密真的很大！

　　赵玉石并没有看见他们，只是抬眼望向天际，他为明天的惊世骇俗作了怎样的精心准备？

他和落花几乎同时展开身法追逐赵玉石的随风，没想到这个面相粗犷的汉子身法也已到了随风而逝的地步。他真的有些感慨了，也确信瀛洲就是解开谜底的第一站，居然能和自己也没听说的"灰烟云影"一起追逐享誉天下却又难得一见的"随风"。瀛洲还藏有多少连自己家乡如此庞大的信息网都无法得知的隐情？传说中的上古心法古波不惊也在瀛洲现身，这些点点滴滴的征兆是否预示着我将是最后一位使者？

出季末县城，越小青山峰顶，穿百丈竹林，飞渡白水河，攀千仞高岩，倏然无踪。

柔风吹过，他却觉得有些刺骨。

落花看看他，"可惜樊长老不在。"

"是呀，有凝神，赵玉石大概是藏不了身的，不过他好像并没发现咱们，也许是进某处山洞了。我来试试吧。"

落花静静地看着他闭目呆立，刚才他的身法好像比"青山浮水"更不着痕迹，现在的样子也不像尧洲的"忘世飘零"心法，何况忘世飘零又怎能激起我的古波涟漪？难道尧洲还有更高明的未广传于世的秘技？

他正用气定神闲催动"入梦"在三十丈的范围内搜索，落花身后一丈的七条蟒蛇、南面八丈处的几只老鼠，甚至头顶树梢上安睡的小鸟都在他的梦境中清晰显现，而落花内心的涟漪也轻轻荡漾在他的脑海，右前方大约二十丈外——除了赵玉石还有一个人，是谁？

他本不愿在落花面前施展入梦，因为他知道这一定会令落花的疑心大增，可是赵玉石的一举一动都显出这个线索的重要，怀疑还可以想办法打消，而机会却不能再来，幸好没有白费。

怪不得消失得么干净，原来洞口被卫洲的"迷乱"封住了。"赵玉石没有这个能力，"落花非常肯定，"里面怕是……"顿住。

他的心里也是一动：卫洲洲主！

他们不敢靠近，只能隐身在距洞口不远的树上，月早已过了柳梢头，终于迷乱消失，赵玉石走出洞口，一个略显疲惫的声音，"迷乱只是幻术，对你没多大用处，瀛洲估计只有洲主能威胁你的生命，其实你不必担心，他不会害你的，只是你最后非要为弟报仇恐怕必受阻拦，你明天一去，我也就此封洞，你以后也不必再来了。"

赵玉石返身跪在洞口，"我办完事接您老回卫洲吧。"

"不用了，卫洲现在比我在还要安稳，你也不要去见他，我们本无恩怨，是我自己要让位于他并来瀛洲解一场因缘。近三十年了，不管怎样我已经没有时间等下去了，谁知道呢，也许这场因缘在你身上也未可知。你去吧。"

等赵玉石没入暗夜之中，洞口早已被迷乱封死，他们才匆匆返回。

他们都没说话，这会是场什么样的因缘，居然要让卫洲洲主让位于他人，远来瀛洲隐居近三十年，又培养出一个赵玉石，却对瀛洲似乎并无恶意，这打的是什么谜？

明天会是怎样一个开始？

这场因缘的引子又是谁呢？

二

其实赵玉石只有一个目的，就是见到瀛洲洲主，而为弟报仇不过是一个借口，或者换一个解释就是他有更重要的事。这一点是他和落花在县衙再次见到赵玉石的时候确定的，虽然季末县几位负责安全的高手都到场了，但他一眼就看出他们全部加上也不是赵玉石的对手，而赵玉石也明白告诉他们，事先不作任何解释打伤两位值事就是让他们知道不用找任何借口，见到洲主已经没有商量的余地。至于为弟报仇只是给闲人的一个饭后谈资，免得他们瞎猜罢了。

当赵玉石看见落花的瞬间，他的计划改变了。

同样没有任何解释，他直接出手。

虽然落花的灰烟云影要略胜赵玉石的随风一筹，可是在近距离被他的亭岳包裹的空间之内，落花已经没有机会施展身法躲避了，而飓风般凶猛的掌风随着赵玉石的长臂刹那已到落花身边，落花在亭岳的抑制下已经无法呼喊。

但他分明感觉到落花下意识轻呼的是他的名字——流水！

他没有选择的余地，因为他不知道赵玉石要见洲主的真正目的，也不知道他袭击落花的后果，虽然他向与任务无关的人出手意味着他的使者身份自此为止，可是他不能坐视不理。

赵玉石生怕落花身负绝世武功，亭岳已至极致，在亭岳的控制下任何身法都无法再与随风相比，风捉式更是对落花志在必得，为见洲主施非常手段逼迫季末县不如擒住落花更直接。

就在手掌已经感觉到随掌风扬起的落花男式的袖幅之际，赵玉石觉察出距离右手三步之外的一股势不可挡的劲风。他很清楚那一定是来自完全可以名列天下名器之内的兵刃带出的罡风，而且这兵刃主人的功力怕还在自己之上，他的内心一阵莫名的兴奋和惊惧，难得遇见这样的绝世高手，但此人不是瀛洲洲主，是谁？思虑的同时几乎没有任何停顿，他的左手已经变捉为擒，伤了落花也不计了，右手一翻向外变为风斩式直击那道劲风，难道这双手掌已经练到刀枪不入，甚至不必回避天下名器的锋芒？

可是奇怪的事发生了，赵玉石的风斩式斩中了那道劲风，却无法阻止它的前行，那道劲风居然一分为二，上半瞬间击中擒向落花的左手筋脉，而另一半力道竟转向他的身前空门直击前胸。

赵玉石虽然大惊，反应却也奇快，在被击中的一刻身形急速后退，同时将亭岳收回守住自己周身，"砰"的一声，空气被两股气流激荡得向四周压去，离得较近的几个季末高手站立不稳纷纷后退，在落花、流水和赵玉石之间竟似出现了片刻的真空。

赵玉石惊讶地看着他，没有什么天下名器，没有任何兵刃，甚至连他的身形都没有动，那是来自何方的神力？

落花在亭岳和风十九式的攻击下都能古波不惊，而此刻也眉头轻皱，显出对这个自称什么流水的小哥颇感惊异。

他只知道老怪物唯一一次严肃地告诫他，不能对局外人施展武功，他知道这一定是真的，但自己也不知道破例的结果和将要发生什么。他使出气刀击退赵玉石后，就静静地等着将要发生在自己身上的未知变化。所有人的错综复杂的表情和反应他已无暇顾及，自己满怀诚意地接受了九年的训练，无比神圣地被选为这一代使者，而距离自己离开家乡不过数月，难道就此结束了吗？

其他人不知道他在想什么，都被赵玉石莫名其妙的出手和后退震惊，只有赵玉石感到了那股劲风，而在其他人眼里似乎是赵玉石去抓落花结果忽然被电击了一下，他们奇怪地看着落花和她身边的他。

赵玉石深出一口气，"你是谁？"其实他知道，他没有受伤不是自己退得快也不是亭岳护住了周身，而是这个年轻人只想阻止他抓落花而根本没想伤他，否则自己也已像弟弟一样了，这种莫名的打击几乎令他绝望。

他从静默中逐渐清醒，"我是一个游客，陪落花一起来看你的故事。"

"看我的故事？"

"你不是要为弟报仇吗，虽然你刚才说自己的目的是见洲主，不过我们来是因为听说你要为弟报仇，其实都一样，我们真正关心的是这样的事已经很久没发生了，相信其他人也是这样想的，人们对这件事的关心远胜过对主角你的好奇。"

落花点点头，"你也许会有点失落，其实古今天下不都是如此，主角与小丑的区别在于角色和戏份不同，而不在于他们是谁，因为说到底他们其实都是同样的——演员。"

"也许吧，我自以为在做一件事关瀛洲的大事，现在想来又有何意义，看看门口围观的人群，我不过又给他们平静的日子带来点消遣的素材。"

他看着赵玉石，"那也很好，否则连消遣的素材都没有，岂不是像死般的冷清。"

赵玉石凝目注视着他，"虽然我现在不可能胁迫落花，但我还是会想办法见到洲主的。"

"你误会我了，我没想阻止你去见洲主，甚至还希望如果方便的话，你去见洲主时能带上我。"

这时季末县的管事才回过神来，"落花小姐，你怎么也来了，是为赵玉石的事？"

"不是，我是碰巧在这里，只是来看看。"

"那这位小哥？"

"他是尧洲来的，说是为了擂台而来，却在擂台上自认服输。"

"什么，"赵玉石的反应最大，"你的对手是谁？"

"我不认识。"

落花解释道，"是不会武功的普通人。"

"看来你是另有目的了。"

落花似乎不想纠缠在探寻流水的目的上，直接问赵玉石，"你要见我父亲的目的是什么？"

"我弟弟只是不愿吃瀛洲绿，不愿喝瀛洲晓绿，为什么你们派人将其致死？"

管事一愣，"你瞎说什么，他分明是跟别人发生口角，斗殴致死，当年就已结案，你并无异议，今天又来诬陷是我们派人所为，我倒是想问问你是何居心？"

"哼，我并不想当着这么多人说出我的发现，以免出现你们无法控制的局面，我找洲主就是要说这件事，即便我讲给你们听，怕你们也做不了主。有些事恐怕连你们也不知所以然。"

"你……"

落花说："好吧，我可以将此事转告父亲，但不能保证，不过看得出赵兄还是识大局的。"

"那好，十日后我在瀛洲城等你的消息。不过这位小哥的武功不像是尧洲的飘零剑式，更何况以气凝剑，以后有机会我会再找你切磋的，告辞。"

季末高手现在才知道刚才是这位小哥出手，本以为是落花小姐有什么神功护体呢。

人群散去，走在季末的街道上，落花问他是否还在季末继续访胜。

"为什么不，不是还有十天吗，除非你想赶回去提前准备应付之法。"

"我父亲不用准备。"

这么自信，好吧。他想起邵年愁曾告诉他，古波不惊会使高手消失战意，它的平淡会消解高手的心法，那为何对赵玉石无效？

看着落花抱歉的一笑，他恍然，落花本就知道赵玉石不会伤害她，所以并未使出心法阻止，而自己却为此要承受终生的遗憾？唉，你这一笑虽能令人如沐春风，可你哪里知道我付出的代价。

"关心则乱，你没做错事，何必面露哀戚？"

他也只能一笑了之了，又能如何？是呀，你原本就不需要会武功，古波不惊加上灰烟云影行走天下都是闲庭信步的惬意吧。心里想着，却说："他回去找卫洲洲主了。"

"卫洲洲主不是封洞了吗？"

"他等了几十年，不会甘心在接近结果的前一天化仙而去的，他知道无论今天的结果如何赵玉石都会去告诉他的，他也不过就是等着听到一个消息罢了，因为见到瀛洲洲主后面的事已经不是他的事了，你忘了他说他为因缘而来，因缘却不由他。只不过现在他要多想想了。"

"想什么，我不是答应通知父亲了吗？"

"是想我，一个突如其来的'局外人'。"

"我们跟去。"

"怎么，你也对我很感兴趣，想听听卫洲洲主说什么？"

落花凝视了他一会儿，"算了，不知道不也很好吗！"真是善解人意的落花，他知道如果落花问出口，他是不忍心亲口骗她的，其实他没有故意骗过任何人。

第二天，他们去了世上最大的海滩——季末天涯。

游人如织的海滩，他仰望天空，看着天上自由翱翔的鸟，我呢？会在哪里了此一生？

第四章　迷失

一

邵年愁只有一个意见，赵玉石与他的任务必然有关。于是他坚定了自己的意志，序幕才刚刚开始呢。

瀛洲洲主商离别根本没有拒绝的意思，也许是几十年来从未出现值得惊动他的事，而他也并没有打算拒绝任何人的求见。他有些后悔，早知如此，自己直接求见洲主岂不是省下几个月的时间？

邵年愁耐心地打消他的自责，"你岂能不知，没有这个经过又怎能保证得到想要的结果？别忘了赵玉石可能是揭开瀛洲之谜的必备条件。"

嗯，潜龙勿用，只待时机。

约定的日子，瀛洲园，商离别、落花、樊煜盛、邵年愁、赵玉石、他。

洲主先对赵玉石表示歉意，"赵兄想见我其实只要预约一下就行了，没必要使非常手段，也怪我没有明确说明，倒是令大家误会了，以为见我是件很困难的事。"

赵玉石不知道现在是自己使了非常手段以后的结果还是真如商离别所说自己是多此一举，不过如何见到洲主已不重要，见到就好。"我有一个不情之请，我只想跟洲主单独谈话。"

商离别的眼中精光一闪，刚才的温和顿显出一份凛冽的刚毅来，"这里的人应该都是可靠的。"他能感受到余光特意扫过了他。

"我没有怀疑各位，只是我要说的也许越少人听到越好，因为在没有明确它将会对整个瀛洲产生什么影响之前，还是越少越好。"

他为何强调两次"越少越好"？瀛洲之变看来真要由这个卫洲传人开启了。

邵年愁有意无意地看了他一眼，"那我就先告退了。"

樊长老看看洲主也走了。

他知道邵年愁的意思，无论如何他不能走，这可能就是他等待的时机，绝不能错失。可是商离别的目光正在向他看来，这种略带疑惑的暗示比直接的询问还要令人无法解释，你本过客凑热闹也就罢了，现在自己还不主动请退，难道还想让我挽留你不成？

落花刚想开口，没想到是赵玉石替他出头，"这位小哥原本是局外人，只要不传出去听听倒也无妨，何况往往是旁观者清，小哥能提出点建议也未可知。"

局外人？现在就确定谁是局外人还为时尚早吧。

商离别的疑惑反而转向了赵玉石，又看看落花，"那你也留下吧。"

他不知道赵玉石到底是临时改了主意还是早有打算，难道他还记得我解救落花时的沛然一击，他是想我作为制约商离别的一招棋吗？不过赵玉石还挺够义气，没忘了带上自己参与这场——破静之行。

"那好，你现在就说吧。"

"三年前我的弟弟在斗殴中致死，我对审判结果没异议，但是后来我发现了类似的事件。"

"打架斗殴大多都是由小事引起口角，自然会有类似之处，瀛洲的民风又向来以彪悍著称，常有为此大打出手酿成死伤的情况，你如果说我治理不好，那我承认我做得还不够，但至少我对结果的处理还是公正的，不至于使事件发展扩大，如果赵兄在这上面有以教我，倒是瀛洲之福了。"

"要说治理得法，天下也无出洲主其右者，我一市井小民更没有指点的资格。我说的类似之处是：在所有争斗中伤者大都是普通的斗殴，而死者却都有一个共同点，如果说这是巧合，那也真是巧到匪夷所思的地步了。我就是想问这个问题。"

他忽然觉察到落花的脸色变得阴沉了，落花看见父亲脸上从未失去的笑容消失了，换成乌云压城般的凝重和压抑。

他的心紧张起来，看来这个赵玉石的葫芦里真的有一剂猛药，也如他开始所说越少人听到越好，看情形恐怕连落花也不知道，这是不是她一直以来并不反感我希望外力打破瀛洲之静的原因，她也一直在等待揭开某个心里的疑团？

他凝视着商离别的每一个细微的动作，看来赵玉石在粗犷的外表下竟是一颗细致的心，他又押对了，我不会让商离别在问题揭开之前出手伤害他的。

"哦？什么巧合？"

"在这些争斗中死的一方都是拒绝瀛洲绿和瀛洲晓绿的！"

他彻底惊讶了，这惊天的"秘密"竟然是和美味的瀛洲绿和瀛洲晓绿有关？这到底是怎么一回事？何况那唯美和醇厚居然会有人拒绝？他们没长眼睛、没有舌头吗？

可是他的惊讶错了，那些人除了拒绝瀛洲绿和瀛洲晓绿，其他一切都很正常。

商离别的脸快要下雨了——会是倾盆暴雨吧，就是这个问题吗？看来落花并未将赵玉石在季末县说的话全部转告给洲主，否则不会是现在的局面，若不是对父亲满怀信心或者也有疑虑，那她还真是有点超然物外呀。

"而且我亲身经历过，否则我不会想到从这方面调查的，洲主不必疑惑，我没死仅仅是因为有高人出手相救。正因为我经历过，才知道那不是普通的斗殴，因为动手的人是高手而不是普通人，那时我还不会武功。我不喝瀛洲晓绿是因为我一沾就醉，而瀛洲绿令我昏迷，这属于过敏，我弟弟也是一样的。后来我发现拒绝的人大都是先天的自然反应，但是却被一个个安排在巧妙的争斗中除去，如果不是那位高人相救，我也不过是这些意外事件的一分子罢了。"

"原来是卫洲洲主，我到现在才知道。这一切都是他安排你查的？"

"不是，他只告诉我他来瀛洲是受人之托为了一场他自己也不清楚的因缘，他救我也仅仅是个偶然事件，他不是来行侠仗义的，只是不想看一个高手与一个毫无武功的人相斗罢了。他直到十天前告诉我也许这场因缘在我身上，我才猜到，这可能就是他救我之后又传我武功的原因吧。"

"不管什么因缘，你说的都没错，是我派的人。"

其实商离别是个很好看的男人，既有剽悍的体魄又有文人的雅致还有男人的柔情，他看向落花的那份爱恋，带着一丝歉意、一丝寄托、一丝信任、一丝固执，似乎还有一丝无奈。

他刚想开口，却听落花抢先问道："母亲是为这个走的？"其实她父亲的眼神早已回答了她，"那好，我想听听你的解释。"

商离别的沉默令他格外警惕，他不知道会得到一个真实的解释还是愤然发动的致命一击。

二

"我知道你是从城里来的使者，没想到你还练成了入梦，看来城主他老人家又看到希望了。"

"什么，你怎么知道？"

"因为我也是！"

"你是……"

"商周！"

"啊……"

"啊……"

"啊……"

他惊讶商离别就是邵年愁上一代的使者。

落花惊讶自己不知道父亲还是另一个陌生的人。

赵玉石惊讶瀛洲洲主会是城中使者。

无论如何，商离别后面的话必将使天下震荡。他们等待着。

"落花，我和这位小哥的任务是要解开一个事关这个世界的谜。三百多年来历代城中使者都是在做这件事。这个世界是一个被放逐的世界，解开世界之谜才能重返真正的家园。"

落花迷茫了！"可是……那现在这个世界是什么？我不是生于此、长于此吗？我需要什么别样的家园，这难道不是我的家？"

她猛然想起他在理学院那晚的话，这个世界也许就诞生在此刻，所有的过往不过是诞生那一刻附带的记忆罢了。但，这远比不上有另一个家园更不可思议！

赵玉石没想到事情会发生这样的变化，他被自己引发的这场连锁反应惊呆了。

商离别看着流水，"你听见了吗？也许有一天你也会像我一样，我们为何要去解这个世界之谜？先不说是否真有其事，即便解开又如何？难道我不是我你不是你了？如果还是，那就现在好好经营生命吧，为何偏偏要把生命活在对未知的担忧里？如果不是，那又何必？"

"如果我不是使者，我不知道还有一个家园在等我，就像落花，也许我会像你一样，可是现在我知道解开世界之谜就是希望，寻找就是生命本身，否则我的生将是一场虚幻，我又怎能安于虚幻的现世？"

"希望？我停留在瀛洲，忘记以前的你所谓的希望，不是同样找到新的希望吗？的确，生命是指向希望的，可这个希望并不是单一的、永恒的、固定的。我现在所做的未必不如当年努力完成任务更符合生命的实在。"

"可那是你在离城七年后，而我才刚刚开始。是的，每个人的希望都会不同，至少在这七年里寻找还是我的希望。"

"那是你的选择，没人说你的不是。"

"何况，解开世界之谜是给全天下一个新的希望，又怎会毫无意义？"

"这连承诺都算不上，否则一开始就将之公布天下了，也许要等到你解开的那天才能谈论你存在的意义吧。"

"没错，不过我并不急于证明自己的存在，无法证明和不能证明有时是分不清的，我只是不想活在虚幻中，虽然我这样想一想并不能说明就变得真实了，但我至少努力去解开、去证明、去获得自己的存在，你呢？"

"我不过是换了一个理念，支持你的不也是一个理念吗？我们坚持不同的东西，也试图证明不同的东西，凭什么你是努力去解开、去证明、去获得自己的存在，我就不是？"

赵玉石有点蒙了，这些人都在说什么？

"瀛洲，"商离别不想再纠缠下去，"我在说瀛洲，我就是存在于瀛洲。我给瀛洲一个秩序、一个目标、一个希望。"

落花责问她的父亲，"你是存在瀛洲的历史里了，可是代价就是要去伤害那些无辜的人吗？凭什么别人要为你当垫脚石？"

"你知道在推广瀛洲绿之前每年的意外伤亡是现在的三到五倍吗？我们需要的是一个方式，可以使更多人获利，我没有想着成就什么个人，我只是在这个过程中附带地被证明了而已。"

赵玉石终于耐不住自己的疑问，"瀛洲绿到底是什么，为何推广它就是你找到的最佳方式？"

"瀛洲绿就是瀛洲绿，和你们看到的、吃到的、喝到的一样，只不过你们都是高手，自然受的影响很小，所以不知道它还有别的作用——它能抑制人的情绪和意志。推广之后，拒绝它就是瀛洲最大的不可饶恕的行为，因为那将打破维护整个瀛洲的规则。"

赵玉石沉默了，其实他从小在瀛洲长大，他知道商离别时代的瀛洲是他最美好的记忆，其实到这一刻他也还是这样认为的，只不过在他身上发生了那些奇遇或者说因缘。他不知道现在自己该干点什么了。因为历史与他无关，他不过是适逢其会，他所能完成的使命已经结束，他在想自己是不是该退场了？

而他——流水，清纯的脸上显出一丝沧桑，"你这是禁锢他们的意志。"

"没有自己的意志岂不是活得更潇洒自在，也更加有序？我为的是大多数。"

"可是麻木的没有意志的快乐真的能比自己的清醒的痛苦更好吗？"

"那你是宁可在无序中拥有自己还是在有序中消亡自己？别忘了，无序其实也是一种死亡。因为那时的活无法得到证明，而在有序中消亡自己却是另一种精彩，因为你的存在能够被证明。"瀛洲洲主不简单，把这个自己曾经拷问过自己的难题说得更明白了，他嘴里不自觉地问道："怎么证明？"

"你去努力实现自己的历史，历史就会记住你，你自己证明你的存在。"

他惊讶了，怎么和我想的如此相似，那天晚上他也在理学院？可是这些我只在心里想想而已。

"其实你不过是被推到前台的小丑罢了，但这就是存在的证据，"商离别回头看着他，"也许你也这样想过。"

他觉得他们之间有某种神秘的联系，至少能称得上知己。

"记得测不准原理吗？不可能同时精确地测量出粒子的动量和位置。历史和个人也是如此，在历史中确定了自己的位置同时也失去了自己，你确定了自己就要丢失你在历史中可能的位置。"落花学会类比法了，可是他真不想让她用在这儿，因为他从她的眼神中看出一份对商周的谅解和同情。

他明白商离别、落花、赵玉石都有自己的道理，这里并不存在什么对错的问题，仅仅是他感到一份孤单和无力：为什么坚持自己这么难！

"是啊，其实你说的历史和个人的关系，在当下就是外在的现实与内心的自由无法兼得，只是我们都需要选择，到底是将自身融于外在的现实还是坚持自己内心的自由，这是自己的选择，没有对错、好坏之分。但是我要质问洲主的是：你给他们选择的权利和机会了吗？你怎样选择没问题，但是你错在替所有人做出了你认为对的选择。而我只想说，并不是所有人的想法都像你一样，我就是一个证明，我的选择与你不同。"

"可是并不是每个人都知道怎么做出选择，"看来赵玉石真的对瀛洲很有感情，他所有的疑惑仅仅是针对为何不吃瀛洲绿会招来杀身之祸，"别人代替选择也并不一定就是错呀，总会有伟大的人看得更远，我理解洲主也支持他，所以，我开始就说越少人听到越好，免得生出不必要的麻烦。"

他心里其实没什么波动，他能为瀛洲做的已经做了，现在作为使者的责任应该上场了。

"好吧，该讲的已经讲明白了，我们也开始吧。"他的气定神闲已经快达到最佳状态了。

落花惊讶地喊道："你们要干什么？"

商周向她摇摇头，"这是我们自己的事，每个人都要为他的行为负责，背叛使者身份的人也要为此等待后来使者的惩罚，只不过我还不想束手待毙。"

他不知道邵年愁对商离别的事知道多少，可不管怎样如果邵年愁在这儿就是一种折磨，还是不知道的好。

商周的强大气势明显在气定神闲中夹杂了其他心法，这可能是他游历其他几洲的意外收获。就在此时，他猛然感到身侧不远的赵玉石身上有一股粘浊之力向他围来，他骇然一惊，赵玉石竟在此刻用亭岳夹击他，本来以为是同盟者却成了对手的一个大筹码。

赵玉石凝声道："你们使者的事不关别人，但是洲主的事就不再是个人的事了。"

的确，他说得很有道理，他一定是对我上次出手记忆犹新，所以尽管他知道瀛洲洲主的武功深不可测，还是要出手相助。

落花在犹豫，他不能让落花插手进来，虽然落花能解救现在的局面，可是有些事是不能躲开的，就像他与商周，这一击无法回避。

亭岳已经将他包围，商周的目光在寻找什么，哦，对了，他以为我会……不好，落花准备上前来了，不等了。

赵玉石出手——左手风斩式、右手风劈式。

落花惊呼，加快身法，古波不惊是否已经发出，但她要冲进亭岳的包围到我身边，好遥远。

商周袖中一闪，袖刀！是那必杀的一刀吗？

不能让落花靠近，她没有防御能力，在对手丧失战意之前，我们的对击可能已波及她，这样的绝顶对决，余波也是要人命的呀。

所有的动作、念头都在同一瞬间展开。

"砰"，只有一声，于是静止。

片刻，商周低沉地问他："你为何不杀我？"

"你们不也没想杀我吗？"他的身形已飘向园外，"我不过是遵守使者的规则必须出手一击，其实你早已失去了自己，我又何必杀你，杀的又怎会是你？"

商离别笑了。

赵玉石和落花似乎还在刚才的交手中沉迷，"洲主，那到底是什么招式？"

"我一直观察他的刀，雷霆一击，天下能躲得了的人屈指可数，可是没想到他将气刀已经练到化三清的地步。两柔一刚，一刚是击向你的，封住你的掌式和逼你亭岳回防，两柔其一是击向落花阻止她的身法，其二是直击向我的袖刀，高明呀，无声的轻灵。"

落花有点担心，"他是不是受了内伤，为何急急离去？"

"没有，他一定是同时发动了入梦，所以才能如此从容，否则他该对我使出那一刀的，不知他用的是什么刀？或者就是气刀！"商离别沉醉在武中。

他急急忙忙地找到邵年愁，他无法独自承受商周的出现。

"什么，商离别就是商周？……好一个入梦化三清，看来我真的能等到任务完成的那一天了。"

三天后，落花上午找到邵年愁一起进瀛洲园，下午，他接到邵年愁转交给他的一对瀛洲绿。

"洲主给我的纪念？"

"你打开看看。"

不是能吃的瀛洲绿，是玉石雕刻的瀛洲绿，"这是什么？"

"他说是得自上代洲主落阳，大概是与任务有关的信物吧。"

他有些困惑了，是商离别选择了现在的生活，还是商周为生活选择了一个解释？

邵年愁接着说："上午和洲主聊天时，我们说到巴洲，两个月后巴洲要举行奔牛节，那是获取消息和结识人的好机会,你不如放弃先去尧洲的打算,因为尧洲的清茶会还早着呢。"

他笑了,"至少我是幸运的。"

邵年愁看着他,"不是幸运,是你的宽容。"

呵呵,不过带着这两个不能吃的玉石瀛洲绿,还真是挺累赘的!

玉石,赵玉石,原来如此!

只是落花竟没来送他一程,大概是因为她母亲的事吧,他却不能再等了。

再见,瀛洲……

巴洲

人有时必须有勇气面对可能遇到的一切意外和内心信念改变时的抉择。

第五章　期待

一

　　离开瀛洲，带着几分留恋、几分喜悦、几分期待，他来到了巴洲。

　　这个世界就是不平衡的，既有瀛洲那样清明的所在，又有眼前粗野的巴洲。这里又会给他留下什么记忆？

　　奔牛节还真是狂野得很呢！

　　人们争相在疯乱的牛群中奔跑，冒着被野牛践踏的危险，他们的神经只能在强烈刺激下才能得到些许快乐吗？那是因为他们的快乐太多还是太少？

　　一个身影游刃有余地穿梭在牛群中，真是一种享受，来自经验的积累竟也迈进武学的门槛了，这大概也是奔牛节额外的收获吧。

　　在乱蹄飞溅的疯狂牛群中居然有一个小小的身形单薄的孩子！他是在磨炼自己的意志和精神，还是想在疯牛阵中练就一身绝世武功？巴洲的"飞雪鸿泥"就是这样炼成的？

　　一阵阵的欢呼和惊呼此起彼伏，不断有受伤的人被护送下来，难道要等只剩最后一个胜利者？这未免太残酷了吧，这到底是寻找快乐还是发泄悲苦？

　　那个孩子居然坚持到了现在，但是筋疲力尽的他在人越来越少而牛蹄密度越来越高的状况下，唯一的区别只在于是死还是伤，焦急的人群已经插不上手了。

　　一头矫健有力的疯牛腾空而起，愤然向那个灵活的身影顶去，那人退后，一把抓住身后侧的一个牛角翻身跃上了牛的脊背，那头失去重心的牛把力量转移到后腿向后猛力踢出，而此刻在牛蹄的方向上正是被逼得没有退路的那个孩子倒退的身形，这后心的一击将是一个幼小生命的凋零与血的飞溅。

　　他顾不上这么多了，就在疯牛腾空扭首扬蹄的一刻，他已经扑向那个孩子，人群中刚发出为孩子担忧的一阵惊呼，就发现他们惊呼的对象已经消失，牛蹄击空落于泥泞的土地，泥浆飞溅而起，剩下的几个有望得到最后胜利的"泥人"都在瞬间成了泥塑，他们感到惊呼随后的沉寂。

　　牛似乎也知道今年的疯狂结束了。

　　所有的目光都看着不远处山坡上临时搭建的一个巨大台子，上面大概就是组织者和巴洲的名流吧，因为看看他们那副嘴脸就知道，他们喜欢刺激的奔牛阵自己却不敢尝试，那种隐藏在矜持后面的羡慕和嫉妒在胜利者诞生的这一刻再也无法隐藏了。

组织者叽叽咕咕了一阵，有人宣布：这次的冠军是牛小小。下面的人群好像还在等待什么，并未爆发对于勇士的欢呼。组织者解释：虽然这次牛小小是受他人帮助，但他只有十二岁，他的勇气和意志足以担当这份荣誉，而且红花是牛小小自己拿到的。

大家看着牛小小单薄的躯体，爆发出从未有的热情和鼓舞。他目光扫处很多人都已泪眼婆娑。

如果四面不全，抬头望天的一个空间也能被称为家的话，他的确来到了小小的家。

"就你一个人吗？"

"妈妈去世了，爸爸三年前去圣湖了。"

"圣湖，也用不着三年不回家呀。"

"我也不知道，一个老奶奶照顾我，去年也去世了。"

他不想继续这个悲惨的话题，等到有时间再说吧。"你叫牛小小，那长大了怎么办，还叫小小？"

"嗯，叫牛大大，老了就叫牛老老。"

"哈哈，真有你的。"

"就是不知道我能不能变老！"

他本想逗小小乐，却还是无法缓解那幼小心灵深处的悲凉。

"你知道我叫什么？"

"什么？"

"大牛牛。"

"嘿嘿……你骗人。"

"以后我叫你小牛，你叫我大牛，好不好？"

"好呀，今天多亏了你救我，走，咱们去大吃一顿，我请你。"

看着小小快乐地狼吞虎咽的样子，他心里却是从未有的阵阵酸楚，他不知道小小的以前和以后。

"等会想去哪儿？"

"还是回家吧，今天获得的奖金够我吃大半年的，如果省点也许能到明年的奔牛节，只是没有你大牛哥哥在，再不会有今天这么好的运气了。"

看着小小低头认真地吃着许久没见到的丰盛菜肴，他想到了自己的家乡，是呀，人都需要一个家，即便是一堆残垣断壁也能给人寄托。可是"家"是什么？是被围起来的或大或小的一个空间？

"我帮你买套新房子好不好，等你爸爸回来你们一起住。"

小小睁大眼睛看着他，"你原来很有钱。"

"也不是很有钱，咱们可以买个便宜一点的，正好我也要在这里住一段日子。"

"你和那些有钱人不一样，他们从没想到帮助我或者别人，反正我没见过。不过我还是想住在自己的家里，大牛哥哥，你是不是觉得我家太脏太差没法住？"

"不是……"

"那你买新的住，我每天去找你玩不就行了。"

他看着小小，"你不愿意就不买了，我陪你。"

看来家不仅仅是房子！也许是亲人的相聚，家只是一种情感的寄托；又或者是对自己成长的记忆，是对儿时所处之地的眷恋？

躺在大地上，仰望星空，小小喜欢这个地方不是没有道理，此刻他的心灵似乎也被皎洁的夜空洗涤，他感到来巴洲后未有的澄明。

"小小，你冒生命危险就是为了得到奖金？"

"你不是要叫我小牛吗？"

他微笑着，"小小更好听。"

"那好吧，随便你。我没钱吃饭，也没办法挣钱，以前萧奶奶养着我，后来我就到处混饭，总之也没别的办法，试试运气。"

"你不怕死吗？"他问出口就觉得自己很幼稚，可是对于一个刚十二岁的孩子这样坦然面对生死却无法令他释怀。

小小已经睡着了。

他却自练气定神闲以来第一次失眠了，超然面对生死是否是彻底绝望时的唯一希望？

把事物推向极端或者极限时，就会走向相反或者进入另一个世界。小小年龄虽小，却经历了人世的大悲大苦，他对生的感悟怕要比我还要深刻几分，将生命推至极限置于死地而面对这个悲惨的世间可能是他坚强活下去的唯一精神寄托了吧。看着小小恬然的酣睡，他的内心感慨万千。

巴洲，你到底还藏着多少人世间的悲苦与无奈？

二

有人靠获得奔牛节上的奖金生存，这个古老的祭祀活动已经改变了原有的本性，成了某些人的娱乐项目，而对于参与者却仅仅是谋生的手段。对巴洲的期待渐渐在他心里变成对生的悲哀。

"大牛哥哥，你到巴洲来干什么？"

"我来找点东西，可是我也不知道到底是什么。"

小小奇怪地看着他，"那你怎么找呀？"

"嗯，也许到时候就会找到了。"

"你是说你要找的东西会自己跑出来？"

"也可能，不过我还是要到处看看，说不定很快就能发现。"

"那你怎么知道你就能碰见你要找的东西？"

"我不知道，也许找不到。"

小小笑着评价他,"你是个奇怪的人,但很可爱。"

小小简单的评价却令他满怀喜悦,因为他看到小小的笑容里显出了真诚的快乐。

小小熟悉巴洲城的每条街道,他跟着小小快把整个城转遍了,包括犄角旮旯的小巷。但是有几条街小小一直绕行,不带他进去。

"今天咱们去这里转转吧。"他看小小又想绕过这条街。

"我不想去。"

"为什么?"

小小看着宽阔幽深的街道,"这是那些富人住的地方。"原来如此。

"今天咱们也当回富人,走吧。"一把抓住小小,他阔步走向这个饱食终日的人群。

看门的分明长的是人形,却偏偏生着一双狗眼,说话要学鸟,"你们没事不要在这里瞎晃,赶紧走开。"

"小小,咱们家的八哥儿是不是也爱这样说话,这不是畜生才说的话吗,人也能讲,看来人真是万物之灵啊。"

"小子,你找死啊。"

小小拉拉他的手,"咱们走吧,他们都会武功的。"

他看得出小小并未胆怯,只是与他们不在同一个世界生活罢了,小小没有念头去尝试接触他们的世界。

他用力捏捏小小的手。其实他内心真的很生气老怪物说的那个狗屁规定,为何对与任务无关的人就不能出手,难道伸张正义比完成任务更低贱、更不值得做吗?为了避免行恶就必须抑制扬善吗?此刻,在巴洲我就要惩治那些鸟人,失去使者身份也要等我做完了这些事再说。

"小庄,不要这样跟人说话,你忘了自己以前是什么样了。"有一个人边说边从院子里走出来。

小庄点头对着说话的人,"是,总管,我开始也只是劝他们走开怕影响老爷的事。"

总管瞪了小庄一眼,"老爷正大光明做事怕谁看见。"

这个总管的解释实在是画蛇添足而且很低劣,他倒马上知道里面的人在做见不得人的事了。可他只想带小小来转转,顺便收拾一下那些人形狗眼鸟嘴的怪物,并没打算揭开什么某老爷背后的肮脏交易,打击这些为富不仁的家伙的嚣张气焰,那是巴洲执法者的事。

他只是要让小小明白这个世界除了悲苦还有快乐,虽然有时会很短暂,但却能给人带来一生的活的勇气。

这时他认出了总管就是奔牛节上矫捷的身影,难道他们的老爷对这个胜利者的称呼很在意,或者奔牛节还有什么其他的玄妙所在?

这个发现使他改变了主意,倒想看看他们要什么把戏了。

总管也认出了小小和他。

他不明白为何会被请进这个庄严的并不像奸商的府邸,看看他们到底打什么算盘吧。

先见到的是府里的幕僚廖纬霄,他明白了总管丛踪的身手并非没有武功根底,这个文武双全的幕僚大概是府里能说话算数的少数几人之一吧。

"我们老爷在见一位客人，马上就来与公子相见。"

廖先生和丛总管这样客气，倒是让他和小小受宠若惊了。

小小开怀吃着精致的点心，看向这个大牛哥哥的目光都带着崇拜，原来一个人可以什么都不做就被奉为上宾的。在他清纯的内心中哪里知道人世除了悲苦还有多少虚伪和狡诈，这堆点心并不像表面上这么容易吃进去的。

他看着小小还是感到了深深的快乐，虚伪和狡诈就交给我吧。

"公子在奔牛节上露了一手真是令人叹为观止呀。"

来了，他也知道一定与那次显山露水的表现有关，他们是怀疑我的身份还是想招贤纳士？

"廖先生说得有些偏颇了，其实我只是不想看见小小受伤，并没想露一手给大家看。"

"哈哈……看得出公子是个仁义之人，是我说错了。"

"如果我也算仁义之人，那巴洲的仁义就的确是少了点。"

廖先生咳了两声一时不知如何接话，这小子也太不给面子了，难道是成心来找碴的，那老爷想招纳他恐怕就是自找麻烦了。

丛踪的脸色也变得难看之极，要不是他们的主人这时候恰到好处地出现，还不知道这个尴尬要怎样了结呢。

这个满脸正气、干练有形的四十多岁正当年的老爷自报家门姓风名字字波停，而他也恭敬应答姓牛名大字一世。廖纬霄的书生气颇浓的儒雅也似乎被激怒了。

还是风波停的涵养深，这一点令他也有点刮目相看，办大事者当有此器度，不过这种人不是大奸大伪就是大正大气，他是哪一种？

"牛公子真是快言快语，巴洲的风气是该改改了，富人不仁、贵人忘义，匹夫亦无勇，只是难啊，这种风气也不是三两天积攒的，要想除旧立新没有大智大勇之人怎能担当。"

"风老板的风采倒是令小子敬佩，我看您就是个有担当的人杰。"

丛总管出离愤怒了，"老爷诚心待你，你怎能出口不逊？"

"难道您家老爷不是商人倒是官人？"

风波停向丛踪挥挥手，"牛公子直爽正合我意，倒是可以敞开胸怀畅言少了拘谨。"

难道是我先入为主，对一个巴洲少有的好人生出了误解？但是这个巴洲真是颠倒黑白到了好人做事也要偷偷摸摸的程度了吗？

"也是，像你们老爷这样有雄才大略的人无论做什么都不能等闲视之，那我就叫风先生吧，毕竟风先生身上可以教小子的地方实在太多，这样称呼也是我的一片诚意。"

"那太好了，还有这个小小，真是初生牛犊呀。"

剩下来的时间他们欢天喜地就像过年，小小感慨世事无常，而这个风波停却使牛一世兴致盎然起来。

第六章 惊变

一

　　一连数日他和小小就像掉进了蜜罐里，也过起了饱食终日的逍遥日子。

　　小小的意见是吃够了就走，想利用咱们没那么容易，不想待了就回家去看星星。他并不认为这个主意很糟。

　　他喝着茶，已经等小小一段时间了，正要起身去找，就见小小一蹦一跳地回来了。

　　"不是说好要去雷音寺吗，怎么现在才回来，赶快走吧。"

　　"大牛哥哥，等会儿再去吧，你先帮我个小忙。"

　　"捣什么鬼？"

　　"今天我在园子里玩，碰见风先生的女儿，她拿了道题让我做，做出来我就赢一两金子。"

　　"还有这事，什么题这么值钱？又怎么会找你帮忙？"看来有钱也是能买来快乐的，只是这快乐是属于没钱的小小，而有钱的风小姐得到的怕是一点虚荣吧。

　　"是廖先生给她出的计算题，她自己做不出又怕先生骂，就问我会不会，我是男子汉嘛，怎么能被她瞧扁了，就答应了，可是我真的不会。"

　　"你这样长大会吃亏的，切记要有自知之明。"

　　"不是有你大牛哥哥吗！"

　　"风先生的女儿不是很大了吗，怎么会和你打赌玩？"他边接过小小手里的纸条边奇怪地问。

　　"是他的小女儿嘛，你是大人她又不跟你玩。"

　　"哦。"等看到题目他也有点愣了，这个题目不简单呀，这个廖先生也真是，干吗这么为难一个小孩子。

　　纸上写着：今有物不知其数，三三数之剩二，五五数之剩三，七七数之剩二，问物几何？

　　当小名拂柳的风二小姐把小小给她的答案交给廖先生的时候自己还不明白是什么意思呢，"三人同行七十稀，五树梅花廿一枝，七子团圆整半月，除百零五便得知"。她只知道自己得到了答案，至于是怎么来的，是什么意思似乎已经与她无关了。

　　小小兴奋地拿着一块金子跑来找他，"走吧，现在去雷音寺，廖先生只说了句真难为你了，就没问疯丫头其他的。"

　　这个廖先生还有点意思，对高门大院里的游戏规则颇有心得。

　　"幸亏你告诉我答案是二十三，疯丫头给我金子的时候才问我到底是多少，我说二十三，她也不知道明白什么了，嘟囔着，哦原来是二十三支枪。"

　　"二十三支枪？"他看看小小，"她是这么说的？"

　　"嗯，怎么，你也明白什么了？"

"我不是明白了是有点糊涂了。走啊，再晚就没得玩了。"

童言无忌，他猜疯丫头一定不会毫无根据地说出枪来，难道这个风先生跟军火有关？而军火除了在巴、甘两洲官府之间还未绝迹以外，早已被其他各洲禁绝。

回来时小小还为下午在雷音寺遇到的一个小无赖生气，"大牛哥哥，你连风先生他们都不怕为何怕那个小无赖，为什么不好好教训他一顿？"

"他只是个无赖而已，不过说了几句脏话，要是你和他计较，那你和无赖的差别有多远？"

"对，还是大牛哥哥有见识，要计较也要和风先生这样的人计较。"

"你呀，就是个小鬼头。不过我倒想让你办件大事。"

也能为大牛哥哥做点事了，小小激动得眼睛都放出了勇士般的精光，"是不是要对这些人展开行动了？"

"没错，我要你去疯丫头那儿打听一下……"

小小一听急了，"她就是个疯丫头吗，做大事怎么能跟她搅和到一起。"

看来先要做通小小的思想工作，"小小，你可知道大事必成于小事的道理？"

"好像有点明白。"

"现在风先生他们对咱们很谨慎，什么消息也不透露，虽然在这住了十来天了，可是他们都在忙什么咱们却一点也不知道，也许他们的秘密跟我要找的东西有关，你难道不想帮我吗？"

小小坚定地表态，"大牛哥，你说吧，我全听你的。"

虽然疯丫头知道的也不多，但他却从小小转来的话里明确了一点，风宇参与倒卖军火。

看来他无意中还闯进了一个大虎穴。

风宇终于开始试探他了，这个风宇分寸拿捏得还是很恰当的，太早了他可能会拒绝，太晚了他也许已经离开。

他和小小走在去圣湖的路上。

"大牛哥，你为什么答应风老头？咱们不是开始行动了吗？"这个小小说翻脸就翻脸了，可能风宇无论做什么都不会成为小小心目中的好人吧，因为他永远不会进入小小的世界。

"是呀，小小，咱们正在展开行动，他让咱们去圣湖仅仅是试探，重要的事还在后面呢，如果开始就拒绝了，那就没法接触更重要的任务了。"

他不知道风宇在这些天都对他进行了哪些细致的调查，不过对于一个没有身世的人来讲还有什么怕被发现的，何况他从雷音寺回来发现自己身上多了一个纸条，上面写着：牛大，字一世，尧洲凤凰村人氏，孤儿，身法青山浮水，心法忘世飘零，剑法难得一剑，师承不明，但必是尧洲三绝之一。看来自己的尧洲身份已经开始浮出水面了。

难道是那个小无赖塞给我的？这些信息虽比自己离城前老怪物交代的更简洁，但也大同小异，会是情报人员的帮助？可是他们从不与使者联系的。

圣湖在丹斯卡噜山上，丹斯卡噜在当地土语里就是神圣的意思，那壮美的天域般的纯净，在阳光下晶莹清澈，站在山腰直觉万世空茫，竟像亘古永存的世界本源。

风飘摇热情地握着他的手，好似多年不见的亲人，"辛苦你们了，尤其是这位小兄弟，走了一个多月？"

"开始贪图路上风景，走得慢了点。"

其实他们到了雪原的边界不愿坐车偏要骑马，自然要慢得多了，反正又不是什么紧急重要的事。

小小见到了爸爸，牛帝的双腿在雪崩时断了，他独自承受艰难的生活，不愿再带给小小任何伤害，可是被父亲离弃会比父亲的伤痛更好忍受吗？

风宇的财源就在圣山上——丰富的矿藏，风飘摇——风宇的弟弟，负责这里的事务，已经八年未回巴洲城了，怪不得那么亲切。

风宇这次让他来的任务就是押送黄金回城。

小小其实还要感谢风飘摇，是他救了牛帝并收留了他，这次又让牛帝跟他们一起返回，看得出风飘摇是个讲义气的汉子。

再过几天就准备好回城了，牛帝一定要带他们去看看圣湖，近距离的。

不到山顶根本看不出这是湖，因为坐在湖边就像在看海。

牛帝陷入了回忆，"三年前我来找宝藏，却遇到了雪崩，风老二救了我，我只能坐在这里看，没机会下去了，以后连看都看不见了。"

"你是说湖底有宝藏？你难道不是跟他们一起来为风家挖矿的？"

"不是，我是自己来的，湖底有没有宝藏我现在也不知道，我是听萧奶奶说的，她不会骗我的。"

小小惊讶地问："萧奶奶怎么知道？"

"他们祖上是巴洲的贵族，因为得罪了另一伙实力派，从此没落了，但据说他们将手里的奇珍异宝都沉在圣湖里了，这一代就剩萧奶奶一个人了，她本想让这个秘密随她一起湮没，却因为你才说给我的。"

"萧奶奶是可怜我。"

牛帝看着小小，"萧奶奶说巴洲的未来要靠你。"小小的嘴被冻住了。

他也感到有些惊讶，难道除旧立新的人是小小？这倒还不奇怪，但萧奶奶竟是神仙中人？

站在素白的山之巅，眼中的圣湖竟有点似曾相识，真是一个心灵得以休憩的好去处。

他临走时居然看见风飘摇凝在眼角下的冰的泪，他不仅重义也重情，他会不会是撑起巴洲未来的又一方支柱？

载满黄金的冰车在雪原走十天，与风宇派来的接应人员一起再走十天就回到巴洲城了。

随从的十人都是好手，他们要回城休息两年，换班的人已经在两天前到了，他们的喜悦是不言而喻的。

虽然风宇是试探他，但还是叮嘱路上小心，他看着眼前的洁白——难道这片圣洁的雪原之上还有什么魑魅魍魉在游荡？

二

巴洲雪域被称为天下最后一片净土，皑皑白雪人迹罕至，倒是有些奇灵怪兽出没其间。

一行十七人，四辆大冰车行走得并不慢，这片雪原视野极广，如像牛帝说的可能会有人来劫黄金，那他们会隐藏在哪儿，何况没有良驹或冰车他们怎么追得上呢，难道他们有信心将我们这些人一击全部命中？那这些人的实力真是超强了！不过想起风宇说丛踪参加奔牛节就是因为会有甘洲的奸细，他对这茫茫雪域也有一丝警惕了。

小小一路上高兴极了，不仅有大牛哥哥还找到了爸爸，这些日子还跟人学了一些武功，正是意气风发的好时节。

随行的田峰韵说："再过两天就踏实了。"

他笑笑，"除了雪里就只能躲在天上了。"不过他这样说的时候想到如果真有敌人来犯一定先要毁了冰车的履带，而且势必准备好替代的交通工具，虽然很难，但为了这些黄金还是值得的。他警醒自己：只要是可能出错的，就一定会出错。这个什么法则也真是奇怪，可能的就一定，岂不是说概率不等于一的一定等于一？

当雪地下面冒出一群雪人的时候，他迅速地护住最前面的冰车，在他击退三个雪人时，提前接到他警告的田峰韵他们已经将冰车紧紧围住，而对方似乎只有一个目标——就是冰车履带，这种以命换带的疯狂打法令他十分无奈，小小已经躲在他身后了，他只能确保自己身后的第一辆冰车和小小的安全，因为他不忍心下杀手。

可是这样下去不是办法，对方的后援不会等太久。

谢冈、王禄、齐目山、洪水、田峰韵都已经受伤，四个冰车驾驶者也仅能自保，小小紧紧跟在他身后，没想到事情突然出现了转机，因为牛帝居然出手了！

大约一刻钟的时间，来袭的雪人全部阵亡，居然有二十七人之多。

大家迅速整装加紧赶路。

他看着牛帝，想起在遇袭之前大约五十米处他感觉到雪下的声息，而到了三十多米的时候牛帝眉头动了一下，随后看了他一眼没有说话，他随即向其他人发出警告。如果牛帝的双腿完好，武功几乎已经可以与瀛洲洲主商离别、还有邵年愁比肩了，他除了是小小的爸爸还会是谁？

可能是对方没料到第一批二十七人会这么快被解决，从而在判断方位上出现了失误，否则第二波攻击不会迟到数个时辰之后才展开。

还真是从天上来的，黑衣人远远地堵住了前面的路，呈半扇包围型的阵势，单看他们的服色也知道他们这一拨根本没打算隐藏形迹。牛帝对他说："你不杀他们，他们可不会放过这里所有的人，我本来以为自己能安安静静地陪着小小的。"

他看看同行的众人，心里波澜起伏。

没有时间考虑了，砰砰几声巨大声响在空旷的雪地上回荡，他们有枪！

他们全都愣了一下，有官府的参与？

他知道风宇向来与大将军交好，而且这些黄金说不定就是用于大将军的武备，那对方一定是来自甘洲了，原以为是一伙草莽英雄，没想到牵扯如此之深。

可是难道风宇不知道会有此局面？竟没准备任何备用人手和对策，难道对我这个陌生人如此信任，竟肯定我能摆平一群带枪的死士，真是知遇之恩，感激涕零呀！

脑中一边闪着念头，一边问谢冈他们风二先生还有没有什么安排，他们很奇怪地看着他，似乎在问："你是这次行动的头呀，你不知道我们怎么知道。"

风宇，你到底搞什么鬼？连防弹衣也不给准备，还真要拼了不成？其实他担心的是其他十六人，当然现在是十五人。

这片刻的工夫，对方已经很近，这边已有两个受伤倒地，小小和两个身手较差的驾驶者躲在第二辆车里，其他七人在几辆车后准备弓箭，而牛帝已经从右边冲进黑衣人群中，他拄着双拐竟还是飘忽得像飞燕啄泥，已有三个黑衣人倒下。

他从左边飞掠进敌阵，手里已经将风飘摇送给他的丹斯精魂剑拔出，难得一剑的第三式"难得逍遥"几乎同时削向五人的手腕，如果不是感觉出这一批旨在夺命的小组实力远超过第一批"破履带"小组，他还不想让自己的手和这把圣山魂魄的剑上染了血污，对生命的尊重会不会羁绊他的行程？

如果不是用青山浮水而是千里烟霾的身法，那五个握枪的手早已废了，可现在其中两个只受轻伤还对着他开了一枪，虽未起任何作用，但他还是惊出一身冷汗，这些人的身手实在是远远超出他的预计了，再不快刀斩乱麻，也许真要应了牛帝的话，何况随后的攻击还有多少还有多久尚未可知，而对方已经表明了对这批黄金的态度——不死不归、志在必得。

风家的冰车是特制的，子弹打在上面声势大于实际效果，而田峰韵他们躲在车后放出的弩箭收效明显好于黑衣人的子弹。不知是哪个机灵的家伙，早早爬到车底下从仰角射倒两个，而黑衣人也发现必须改变战术，他们迅速分成左右中三路，还留下几个困住他和牛帝。真的困住了。

这些动作其实都在极短时间内完成，现在他被三位高手围住，牛帝那边也是三个，其他的已经与齐目山等人交上手了。

他右边那个阴沉着脸的黑衣人使的是双刀，两股刀风令人肌肤都感到紧张，动作简洁干脆，劈砍斩托刺，招招实用至极，这应该是双刀流的技击法吧，而在包围他的三个中这个还不是最强的。离他最远的那个轻轻握着刀柄，只在恰当的时候补同伴的漏洞，顺便来那么一小下偷袭般的轻削实在令他生气，不能开杀戒这是确定无疑的，但要在最短的时间里使他们丧失战斗力却很难，他对牛帝和王禄他们杀得双眼冒火没有什么谴责之意，但自己却做不到，他不知道这是因为自己足以自保还是这件事自己不过是适逢其会，而没有什么责任和义务，甚至对结果也可以不必抱有任何道德上的负担？唯一惦念的是小小，可是在这样非常时期这种矜持有没有必要，何况尊重对手的生命是不是同时也意味着不尊重自己人的生命，凭什么厚此薄彼？又怎么可能公平，说来说去这只是一种把自己置身事外的心态，还是不必加上对生命的热爱这样美丽的字眼吧！

此时那个好整以暇的高手似乎看出了他的分心，将功力贯于声音大喝一声，双手握刀泰山压顶之势，刀浪像潮水一样层层袭来。

此时他心意空灵，沉浸在发现自己内心深处的秘密的喜悦与徘徊之中，突觉有魔障般的不安向心灵围来，其势滔滔，层层魔障中似有一魔眼闪着精光向他内心霹雳而来，他手由心动：难得一见！

叮的一声，魔眼迸出了一丝血花，左右两侧也同时开出了两大朵耀目血花。

难得一见——一式三剑，难得一剑的最后一招，他师父说难得一见要等他气定神闲修到入境的时候才能使出，而他师父本人尚未实现，青出于蓝。

随着对方第一高手负伤，其他人都没了斗志，但牛帝不愿放过任何一个。是啊，给他们一次生的机会就是给自己一次死的机会。

又是二十七人，他们到底有多少个二十七人行？

除了他和小小，全都负伤，四个已经在生命的边缘。即便中途不在驿站休息，也要明天中午才能赶到班托镇——与风宇派来的接应者会合，随后沿途都有风宇的势力，基本就没问题了，可是对方已经付出五十四人的代价，怎么可能就此放弃，即便是发觉我们的实力出乎他们所料也会放手一搏的，今晚真是个难熬的夜！

第七章　意外

一

巴西小筑，廖维霄没想到这次来接应黄金还能顺便故地重游，想起班托镇的这家小酒馆就令他沉醉在那雪域独有的沁人心脾的冷冽中，似乎那不是酒，而是令人的种种欲望在到达雪域的纯净之前预先得到洗礼的圣水。

远远地就能看见巴西小筑了，可是廖维霄已经没有机会再去感怀一下往昔的岁月，他也终于明白为何风波停要让他亲自来接应另一个绝世高手押运的黄金。数百户人家的班托镇已经沉沦在雪与血之中，有几人的生存机会能大于零？

廖维霄几乎能从这条不长的街道上每个角落里感受到努力收敛的杀气，他们必定是杀手中的高手，不过对他来说，能感受到的都不是能威胁他的，真正令他不安的是在他止雨心法下，至少有四个很好的伏击点里没有任何有人的迹象，要么是有超强的高手，要么是他们的人手不足。

风波停的大弟子黎非远驱马上前，"廖先生，最少有二十三个，怎么办？"

廖维霄知道另一条路，大概会多花个把时辰，这在平时无所谓，而现在他清楚对方不会分兵于其他的路了，因为这点时间对大牛他们来说一定是很难的。

"我们走吧，你左我右。"

人有时必须有勇气面对可能遇到的一切意外和内心信念改变时的抉择。

　　勇气是什么？当人面对意外和内心信念的改变时必须做出抉择，而勇气就是要去承担这种抉择的结果。

　　当他和牛帝一行再次遇见灰衣人的时候，他快崩溃了，因为他知道自己再不下杀手，就真的要赔上自己和大家的命了，还说什么对生命的珍惜？在自己生命受到威胁的时候这种高尚还有什么意义？为什么美好的信念都是理想化的？为什么抉择都是痛苦的？为什么人总要被置于这样的境地？我还需要点什么来完善自己的修为？是那难得一剑的风采吗！

　　从头至此连一句话都没听到，难道他们都不通人言只晓兽语吗？难道在黄金面前苍白的不只是红润的脸还有可以界定世界的语言？语言是在刀剑有了结果之后用于解释的吧，那信念呢，是在结果之前对灵魂的安慰？他没办法，他现在拿什么安慰自己的灵魂，选择需要勇气，我就鼓起勇气带着一个没有获得安慰的灵魂去面对需要解释的结果吧。

　　这些人真的很喜欢舞刀，而且都是多把刀，他一直在想双手使四把刀的效果是不是会比一把刀更好，如果集中精力在一把刀上是不是更醇厚？这些多刀流到底是想花样更多更好看还是更吓人，直到他看见牛帝被一人三把刀逼得连连后退才有点明白，有些人的确适合练多把刀的，但他知道适合练并不一定是说练得高，牛帝对付那个三把刀不需要刀。

　　当他迅速地将几乎每个战圈的敌方主力都或重或轻地刺伤后站在一个灰发灰须老者面前的时候，老先生有些惊讶了，也许此时才终于明白自己这个后备军的替补为何也必须上场了。

　　"你的难得一剑比三绝如何？嗯，有过之无不及，比我的一道呢？"灰老者终于说话了，这是为结果先做个解释吗？他是没信心了呢，还是太有信心了，甘洲一道——莫慧！

　　如何胜败不需解释，要解释的是：结果为何是这样而不是别样。

　　但他知道对于巴洲甘洲，这个解释还很远，它们之间的战争才刚刚开始而不是接近结束，这里的性命相搏不过是一幕彩排的序幕，甚至连正剧的预演都算不上，但个体的命运在其中的选择竟已小得可怜，他这样颇具实力和智慧的人也不得不被迫开始扮演其中一个角色，也许现在摆在他面前的是：顾惜自己——远离事件的发展，或者积极投入——深入事件的核心。无论如何，先解决眼前的事吧。

　　甘洲一道的惊天一道居然跟他的难得一剑颇有相似之处，似乎都想省事省到一击必中，的确，打来打去最后的胜负也不过是那要命一击，等的不过是可以发出这一击的时机罢了。

　　他不能像莫慧那样专注地将自己投于等待那一刀的精彩中，他无法不为小小和几个苦苦支撑的同伴担忧，就连牛帝也已渐露败象，唉，给你一个机会吧，只是……

　　莫慧的眉头似有实无地一紧，就在牛大决定的一刻，莫慧的一刀出手了，挟着隐隐的风之声雷之势电之捷，果然，惊天一道竟真的使风云变色，他的内心也是颇多感慨，没有难得一剑的空灵是无法挡其靡的，他左袖无风自起，在难得一剑的难得回首发出的前隙一股气流凝成刀形在莫慧的惊天气势中切出一条刀缝，当莫慧感到这股气流的时候，他的一刀已经无法回守，而难得一剑的攻势亦不会停，他只有急退，虽然莫慧的三步无形几乎要比在瀛洲时赵玉石的随风而逝还要迅捷一分,但现在的牛大牛一世也不是那时的流水了。

莫慧颓然倒地后慢慢坐起,看着他,轻轻地叹口气,"我现在才明白师父说的无刀流是什么意思,早点遇见你会不会更好?"早点会不会更好?是死还是悟!

当听到远处嘈杂凌乱的马蹄声响正向此处接近之时,他和牛帝对视一眼,无奈地笑了。

廖维霄没想到这一路走得这么艰难,等终于见到这支押运黄金的队伍时,他真的笑了,他才发现久违的发自内心的笑竟会令人年轻!

康巴镇虽然没有巴西小筑,但对于他们来说,再简陋的小屋也无异于南山采菊了。

小小注意到大牛哥哥的沉默,大牛哥哥的内心不再轻松,生命从自己的手上消逝真的很沉重啊。

沉默——为曾经坚定的信念,可是这沉默怎么看都更像是一种寂寞。

风波停的哀戚当然没有看上去那么严重,他虽然确实不是无义之人,但对于主帅来说,一将重于千兵是显而易见的。牛大、牛帝给他带来的就是这样的喜悦,何况对于他来说这个开始正是要揭开一场大戏的幕布了。可他只是一个参与官府军火生意的商人罢了,不管你是文武双全还是深藏鸿鹄之志,那又能怎样?

他不明白的是风宇接下来要干什么,而自己又被他摆在了棋盘上的什么位置。

二

"我是巴洲四将军之一牛推山的后人。"原来如此,牛帝竟是"笑忘手"的继承人,也难怪萧奶奶与他们有深厚的情谊,他们本就在同一屋檐下。

"我以为小小有练武的天赋,原来是早有根基。"

小小回来后竟显得成熟了许多,大概是这次雪域之行给予他成长的契机吧。随着牛帝身份的公开,难道萧奶奶的话真的开始逐渐显现,小小——你会是巴洲的未来吗?

最近风波停跟大将军来往密切,一项密谋是否已经展开?

风二小姐居然会邀请他去内花园玩,他怀疑这是不是大小姐的意思。他和小小走进奇石曲水点缀的庭园,还真有点能令人流连忘返的意境。小小驾轻就熟地带他到了湖中六角飞檐亭。

"你现在和二小姐还真是两小无猜啊,叫我来凑什么热闹。"

"是她自己要请你来的,我怎么知道。我可是好人,怎么可能出卖大牛哥哥。不过大小姐不会来的。"

他似被小小猜中了心思,"她来不来跟我有什么关系。"其实他的确没关心过,只是觉得大小姐请他更合理,都说大小姐算得上巴洲一艳,不知比落花如何,此时恬静的园中湖心亭里竟让他想起那个曾令他心神一荡的落花来。

小小挠挠头,"我不知道是不是和咱们有关,不过听疯丫头说她大姐最近一直和她爸爸一起出入大将军府,我觉得她也是一个重要人物呢。"

"哦。"他的确有点惊讶了，又一个女强人？落花的强是消解，她的强怕是悍厉吧。想象一下，飞雪鸿泥带着矫健的身影在洁白的雪原上——刺雪，这难道还不能算是翩若惊鸿吗？她就是巴洲一艳——风雪？

疯丫头终于来了，她平时见小小也这样花枝招展？虽然略显成熟的惊艳，但却失去了本该有的可爱。小小的惊讶表明疯丫头不是为小小这样装扮的，他奇怪风家的人真是爱出奇招。

小小嘟囔着，"这是什么意思。"他听出酸味来，唉，莫道人小不解情！

"风铃拜见大牛哥哥，这么好吃的点心你怎么不吃？"

风铃，从没听小小说二小姐的名字，很悦耳呀，也很可爱，除了今天的打扮。

"我在减肥，你送来的点心都是甜的。"

风铃咯咯地笑，"大牛哥哥还减肥，天下就没有合适的身材了。"

"呵呵，小小说你找我，是不是你姐姐有什么事？"

风铃噘着嘴，"难道我就不能找你有点事。"

他看看小小也是一脸的茫然，"没有呀，我只是不知道能帮上你什么忙。"他还是自七岁以来第一次耐心地跟小孩子交流，竟有点不知所措，因为他已经忘记了孩子的语言和思维。

风铃嘻嘻地笑着，"你们这次去雪域一定有很多故事，我想听你们一起讲给我听。"

他哑然失笑，"小小讲给你听不就行了，我们一直在一起的。"

风铃生气了，"我就要你们一起讲，不讲就算了，以后你们想讲给我，我也不听了。"

在这令人心怡的环境里，讲讲就讲讲吧。

风铃对于腥风血雨的打斗并没兴趣，倒是小小滔滔不绝。风铃问小小去看圣湖了没有，于是小小开始描绘那片人间静地，几乎用上了所有他认为好的形容词，风铃说我知道圣湖的模样，小小很奇怪，"你没去过怎么知道？只能站在山顶才能看出圣湖的轮廓。"

风铃得意极了，他都怀疑这个疯丫头一直等的就是这个时刻——来炫耀一下自己的宝贝。她边说边从怀里掏出一个冰雕。小小接过来看了半天，"真是冰雕的，怎么不会化？"风铃兴奋极了，"这可是宝贝，千年的玄冰，不会化的。"小小想拿火来烤，其实对孩子来说，是什么并不重要，是否真的是这样才重要，他们有的是好奇和对永无止境的变化的热情。

风铃交给他，"大牛哥哥你也看看，不过我要告诉你一个秘密。"

"哦，什么秘密？"

"你看这块冰雕像不像圣湖？"

"啊！"他和小小都发现，这块冰雕的形状竟真是圣湖的轮廓。

风铃终于踏实了，"我一直不知道给我这块冰雕的人是不是在骗我，现在我放心了。"

他的好奇心也被这个疯丫头带起来了，"谁给你的？"

"好几年了，我很小的时候就爱偷偷溜出去玩，有一次碰见一个大和尚，他说什么与我有缘，送我一个玩意，我从不要别人的东西，可是看见这个冰雕就喜欢得不得了，大和尚说这是一个仿制品，原物不是冰雕的，而且早已遗失不知下落，他说我注定要与圣湖结缘，所以才送我。连我爸妈和姐姐都不知道，这次你们去看了圣湖我才拿出来给你看，要是我真的与圣湖有缘，那与你们也多少有点缘吧。"

听风铃这么一说，他就愈加觉得自己与圣湖有某种联系。我与圣湖的缘分看似未尽，难道圣湖还有什么未解之谜？

晚上，他静静地想起圣湖和风铃的冰雕，那图形真是很眼熟，细想有点恍然——那不是一个奇妙的分形图形吗！可是那个大和尚说的"原物"又是什么？这也许就是我要在巴洲得到的信物吧！

他不知道这个"圣湖"的原物在哪，但他必须再去一次，如果萧奶奶的话没错，"原物"很有可能就是沉于湖底的宝物之一，可是他有时也不确定，这对于他很重要的符号载体是不是能被称作宝物，因为至今他还没发现这些东西对别人有什么大用，也许唯一能称得上珍贵之处就是材料还算贵重罢了。

三

他跟着丛踪来到议事厅，牛帝正和风宇、廖维霄说着什么，难道牛帝已经厌倦隐于市井中的卑微？

他们正在计划协助大将军进攻甘洲水师，这难道该是这些人想的问题吗？

风宇高兴地对他说："大将军已经封你和牛老弟为偏将军，公子的前途不可限量呀。"

他笑了笑，看了牛帝一眼，原来牛帝正在拒绝这份差事，"我是不敢当的，何况我也没什么本事能当得起一个领兵打仗的将军，不过是想和小小一起生活得好一点。"

牛帝，果然没令我失望。他点点头，"是呀，我也不过是一介草民，习的一些武艺亦不过是强身健体免受恶人欺负罢了，在战场上决定他人的生命实在不是我所能做的，其实我还想劝风先生一句，这样的争斗也不过是一场浮华的梦。"

廖维霄眼角看向他，眼神中的闪烁不知是何意？

风波停并没显出丝毫尴尬，也许对他来说得俩得力助手不过是锦上添花的应景之作，真正称得上雪中送炭的该是大将军册封的左将军一职吧。那是可以支撑他鸿鹄之志、大鹏展翅的风雨时势，他想借这风雨飘摇的乱世造就自己的时代英雄之梦吧。

只是不知道他是应乱世挺身而出还是预谋搅乱时势再借机出世呢？前一种倒也是能担当的人物，若是后一种我却不能任他呼风唤雨。

"两位英杰不愿意也就就此作罢，不过树欲静而风不止，其实多年来甘洲何曾放弃哪怕一丁点对我洲侵扰的机会，这次劫夺黄金你们都是亲身经历的，若没两位在，真难想象保得了齐全。如果这批黄金被劫走，甘洲水师即刻会大兴兵伐之事了，那时遭殃的可不是沿海的郡县而已，巴洲都将处于风雨飘摇之中，那时哪还有什么洁身自爱，覆巢之下怎有完卵？"

"是啊，苟且偷生当然不是什么高明的处世之道，只是多少年来虽然巴洲、甘洲彼此摩擦不断，却没有大规模的伤亡，在实力上亦没有什么悬殊，这些黄金的确能提高军备一大截，但还不至于直接影响整个格局，更何况现在该是甘洲准备守备了，风先生又何必放弃儒雅商人不做偏要参与这征伐之事？兵伐一起必有大灾，谁来承担这些伤痛？就为了这些黄金，班托镇竟被洗劫一空，田峰韵他们在你眼里也许不过是事业途中的石子而已，可是在亲人眼里他们就是整个天、整个世、整个生，你可以做到生命无悔，可是你凭什么要将完成自我的生命历程置于他人生命之上？你能决定自己的生与死，却不要越俎代庖替他人来决定该有的命运吧。"

"牛公子真是悲天悯人，有大情怀的人，不过我们的方式虽不同结果却相近。你也知道长期争争斗斗，虽没有大规模死伤但是死伤也从未间断，我就是想协助大将军把这件事做个彻底解决，在同一片天空下才好建设和平的世界。"

"彻底解决？历史上哪次动荡不是像你一样有着美好的愿望，但你何曾见过历史上的纷纷扰扰有一日的平息？我不是理想主义者，你才是！现实就是纷扰不断，能将之限制在尽量小的范围内就是最好的现实，难道你不觉得毕其功于一役的想法才是过于天真和幼稚吗？不要因为还没有想到解决的好办法就去行破釜沉舟的举动，一时的痛快与事态何干？"

廖维霄轻声地道，"这岂不是掩耳盗铃、刻舟求剑？"

他心中一叹，还是有人能懂我呀。

风波停其实是很有悟性和内心追求的，"你说的很有道理，我甚至可以说是同意你的意见的，但是你说的现实是你看得深刻，这个世界上有几个人能这样理性地看待生死世事？是的，你是现实不理想化，但是你太超前了！就像你劝两个小孩子不要为了争一个苹果、一个玩具打得鼻青脸肿一样，在他们看来那是最实际的，你说道理也要对方能听得懂才行，对小孩子就是要先教训然后才能讲理，即便不理解也要先执行。"

"这也许是你的治世之道吧，小孩子不懂你说的道理，是因为你没有学会与他们平等地交流，是因为使用的方法不对。你应该去找与他们交流的方法而不是按自己的方法先去改变问题的方向，那才真是南辕北辙。就因为现在大家没有好的办法才要安静下来去寻找、思考，而不是变本加厉、雪上加霜，那只能遮掩问题的实质而强化非本质的一面，所以才会离解决问题越来越远，而离虚伪和无知越来越近。"

他想廖维霄、牛帝也许已经认可了他的意见，但是他们也不能脱离这个时世的漩涡，其实他自己也知道这些道理是对是错都不是影响风宇的决定因素，他也只是尽己所能罢了。其实风宇的神色何尝不是认可的理解？更何况屏风后的风雪早已轻轻地叹息了呢！

几天后，他决定再去圣湖。在向风宇告别时，他们正在部署打击甘洲沿海的几个村镇，是为班托镇。

他踏出门槛的瞬间，才恍然明白为班托镇不过是挑起事端的一个借口罢了，而自己却在面对自己的信念时如此无力。

廖维霄的目光让他想起雪域之旅的抉择，的确，有时候人是需要点勇气来做抉择的，那就让我为自己的信念再做点什么吧！

"风先生，这次行动还是放弃了吧。"

风波停奇怪且惊讶地望着他，竟不知说什么了。

"无论如何，我不能眼看着不愿发生的事发生，我也要为此努力，就像你为你的信念奋斗一样。"

风波停感到从他身周不断扩大的气流圈，忘世飘零竟令人感到生的凄凉呢！但是风宇的止雨据说已经练到凝雨的境界，而他的刺雪也决不会像风雪那般舞翩跹的，那一刺的血会是凄艳还是悲壮？

难得一剑，你与刺雪已经多久没有相会了？

廖维霄不知所措，其实他知道即便他加入也无法阻止牛大的一击，因为他只关注风宇而舍弃了自己的余地，他为此付出了足以承付生命的勇气。

风雪刚到门前就感受到这一切，毕竟她也是高手，她的目光是对谁的怜惜？该做出决定的只有一个人——风宇！

美轮美奂到令人目眩神迷的圣湖幻化成冰的、暗黑的、莫名的种种分形轮廓，成了他此去丹斯卡噜山一路上的梦魇。

独上高峰、俯览众山、无限感慨、生之渺茫。

他相信风宇是能守护自己诺言的人，他现在更急于知道的是圣湖的故事。

圣湖真的是美至极致，物极必反，这片净土难道也会消逝？

沉入刺骨的湖水走向黑暗的深渊，这要比他面对商周、莫慧、风宇更需要勇气，因为他从小最怕潜水，虽然这也是必练的项目，世上如果还有一件令他惶恐的事，大概就是入水了。他在不断下沉，心里却不断地嘀咕，这趟巴洲之行实在是磨炼他的勇气来了。

湖底目力难视，慧眼一渡也不行！

湖对面有一间小屋，在来时的对岸根本看不见，省点蒸干衣服的力气吧，点燃的篝火很温暖。与心仪的人一起静静地坐着也很好，这就是窜动的火苗给他的启示。风铃什么时候会坐在这儿？她与圣湖是什么样的缘？

繁星点缀的夜空几乎触手可及，那满天的星竟成了可以随意采摘摆弄的小精灵。

小屋里一个木匣的缝隙却流光四溢，他打开木匣，刺眼的白。

拿着这块奇形怪物潜下湖底，竟如白昼，黑沉沉的圣湖雕果然在湖心处，若不是早有准备，恐怕当真会视而不见的，拿在手里沉甸甸的，原来是——丹斯精魂雕刻的。

去看看风飘摇吧，奇怪的是他几天前返回巴洲城，又有大事发生了？

一路上他少了获得巴洲之谜的喜悦，多了对小小、牛帝、风铃、廖维霄、风飘摇、洪水等等甚至还有风雪和风宇的一丝担忧和惦念。

听风铃说小小也跟着父亲一起去了巴甘海峡，风宇没有食言，甘洲却为莫慧等人的死耿耿于怀。为何人总是忘记自己犯下的过错，只记得自己受到的伤害，还要为此睚眦必报？

如果的确因为莫慧，那自己更不能置身事外了，这个果还是自己去摘吧。

真的能了结吗？

看着船头激起的浪花四散再归于平静，前面的船坞就是这次总指挥风宇他们的驻地了，船停下来，他却注意到船头激起的一堆水波快速地前行，没有上下波动而是不停地向前，稳定的平移波，竟不受周边袭来的交错而过的水波的影响，这种执着的一往无前源自"利万物而不争"的水，这是水的游戏吧，它欢快地变换着各种形态，却始终保持自己的清白和滋润万物的本性，真是君子之性情呀！

　　"大牛哥哥，你回来了，快过来呀。"

　　在这兵马纵横的时局里，自己还有闲心想什么水的哲理，为自己一笑吧。

　　看着对岸炊烟袅袅、厉兵秣马，他心中暗叹，甘洲呀，你这又是何必呢？

甘洲

有爱的心才能看见一个多情的世界，无爱的眼里不过是一个冷漠的人间！

第八章　守望

一

谁说风月总关情？

在这柔风荡漾、皓月当空、诗意盎然的夜晚，本该是静静地休憩心灵的时光，却被震天的隆隆炮声摧残殆尽，这焚琴煮鹤的俗不可耐之事对战争来说不过是点副产品而已，远处立于甘洲旗舰——破风号上的大概就是甘洲总指挥阴帅汤若笑了。

在枪炮的尘烟中，他感到莫名的悲愁。

风波停的部署不仅要在海上取得胜利，还要登陆甘洲，水战只是打开甘洲屏障的第一步。看着身边成雁翎阵向对面急速合击的巴洲舰船，他对甘洲的防守有些不得要领了，他知道即便离得再近也不会从阴帅阴沉的脸上看出任何惊异的表情，这张脸似乎天生就被铸成了两个字——沉郁。

小小站在他的身后，静静看着能给自己无限安全和安慰的大牛哥哥，有种情谊竟似令他比对父亲更觉亲近，而坚强地守护自己的信念是小小从大牛哥哥身上学来的最大收获。

轰隆一声，整个船体都在颤抖，耳朵暂时失聪，士兵有些慌乱，在甘洲几乎是全炮齐发的声势下，巴洲的进攻顿时显得有些呆滞，而随后甘洲居然全线撤退，汤若笑搞的是什么玄虚？

滩头的攻守真是惨烈悲壮，刀枪一齐上阵，巴洲的高手在处处击破据点，而甘洲的高手几乎把在水战中的损失尽皆挽回。等到他追上汤若笑的时候，他们已经离战场很远了。

"你为何远离指挥的位置要单约我在这相见？"

阴帅死沉的眼神看着他，"你知道这次开战是为了什么？"

他有些惊讶，"我不知道，你们不是一直莫名其妙地相互攻击吗？"

"哼，就是为了你——牛一世！"

"为了我？"他真的茫然了。

这时从身侧的山坡后走出两个人，一个满脸阳光，看上去就令人心情愉快，另一个沉稳得像一座山，阳帅汤笑月和旗帅戴御。他被巧妙围在了三人之中。

莫慧与他们有什么关系？难道他们就是记录中提到的莫慧的三个弟子？

阴帅冷哼一声，似乎已不想开口，旗帅戴御道："莫慧是我们三人的师父。"

宁可损失上千人的性命，你们是太有情还是太无情？"其实不必这么麻烦，只要通知我一声，我就会来的。"

还是旗帅客观一点，"当然顺便刹刹新出来的那个什么左将军风宇的气焰也是一定要做的事。"

风宇他们现在怎么样了，原来这不过是一个圈套，谁胜谁负还未知呢。风雪呢，那胜雪的白衣是否已经被鲜红浸透？小小是否能在这场混战中安然无恙？

"那好吧，如果你们觉得只有这样才能解决就开始吧。"

他不知道自己能不能在三个莫慧手里找到机会，据说这三个徒弟都大有超越师父的实力了。

他的雷霆一击无法攻击三人，一气三清并不是杀招，此刻也难发挥作用，只能是难得一剑了，如果能再次使出完美的难得一见加上千里烟霆，也许还有一点机会。

既然你们要做有情人，就先感受一下心灵失重的感觉吧。忘世飘零的确使阴帅的脸从阴郁转向了悲愁，而阳帅汤笑月竟显出了一分紧张，也许他对自己快乐的心法有了一点怀疑吧，旗帅却显得低沉了许多，他们当然不知道牛一世在里面夹杂了气定神闲的效力，否则自己无法将忘世飘零推向极致，因为那样自己反受其害，恐怕内心的空无先把自己击垮了。

但是这三个帅不是别人，是修习阴阳交错几近无奈何境地的高手，所以虽受影响但不会起关键作用，而他必须在忘世飘零转向气定神闲的瞬间进入入境的状态同时击出一剑三式的难得一见，而青山浮水在这种时刻是不能拿来配合的，千里烟霆的身法也必须气定神闲，他可以肯定所有的动作都必须同时完成，这就是他唯一的机会！

你们三个拔刀真的好慢呀，连一点细小的空隙都不给我吗？他的心里还奢望着能多点其他意外的机会呢。

没有。

他也渐渐沉浸在物我两忘的空明中，每一个细胞都在感受周围的气息，在他心中没有物，而是细微得可以渗入每个毛孔的感受，可是除了自然的风什么都没有，那三个家伙竟然从他的六识里消失了。

旗帅和阴阳帅练的是一种奇特的阵法，三人将阴阳交错的心法、三步无形的身法连成一气，想想吧，又是一个三刀流呀，而且是分别练成一把刀的高手合在一起的三刀流，与在巴洲雪域见到的可不能等量齐观了。

战场上肆无忌惮的热血是否比现在来得更加痛快，牛一世已经没有闲暇想这个问题了。

他们三个的刀离自己还有多远，为何杳无音讯？难道就要这样结束了吗？不再等了！

可惜的是，他的气定神闲没能转入完美的入境，发出的难得一见虽然的确同时击向三人，但是身法、心法都无法击败他们了，而自己也终将体验甘洲一道的厉害。

风雪的姿势真是美妙，刺雪竟能将混沌阴阳阵也刺出一个小小的缝隙，牛一世本来只能成就牛一时的风采，现在却有了继续牛下去的机会，五人几乎同时负伤，他还没忘了向风雪报以感激的一笑。

旗帅默默地注视着这个白衣胜雪的女孩，他不会有怨尤，两个少年就击破了混沌阴阳阵，他还能说什么。

阳帅居然显出一点喜悦，好奇怪的人呀，"两位请跟我们去见一个人吧。"

怎么会变成邀请，刚才的生死相搏就这样被轻轻抹去了？

他不想再经历一次更加残酷的对决。

守望山庄，这个依山而建的美丽庭院里竟然住着世上唯一的无刀流大师——莫慧的师父天月。

天月的眼神一片空茫，他却觉得这眼神令人无处遁形，他几乎无法想象当天月向他出手时自己能做点什么，也许就是静静地等待结果吧。

"年少，真是美妙，什么奇迹都有可能。莫慧败在你手里也不为过，如果因此能得悟倒是他的因缘了。"

他已经对这个天月五体投地了，看着他的一头银发竟真的好似仰首望月，心境豁然。

"风宇他们已经撤走了，甘巴之争不是这样的结局，争与不争都是一样。"

他很纳闷，"既然如此何必相争不休？"

天月的心情好像很好，是不是因为这两个少年？"跟我来。"

守望山庄真的是在守望着一个故事，它的开始、经过和结束。这个故事就是天月所说的巴洲与甘洲的结局。

数百年来的争乱源自一个女孩——甄箫。

二

他不知道甄箫是怎样一个绝世脱俗的人，竟能令当时的大将军兄弟反目、裂土相争。数百年来在巴甘之争里死去的千万无辜之人就没有自己的爱恋和追求吗？他们的爱恋就更卑微更可以随便失去，就更不可爱更不可敬吗？凭什么一怒为红颜的后果要让这些根本没见过这个红颜的人来承担？你们以为值得一怒的红颜在别人眼里又会怎样？更何况这岂不是将一个绝世脱俗的人推向历史的深渊，她还能拥有自己的爱吗？甄箫——你快乐吗？你悲哀吗？你是什么样的人？你希望自己是现在这样成就历史的风云还是消无在小小常人的点滴喜乐之中呢？

月初时分，天月邀请他和风雪来到园中，饮一壶酒吧，虽然没有瀛洲晓绿的醇美，但至少显得纯粹的清冽，不必担心它能改变自己的心。

天月看着他，"你的出现是个意外。"

他点点头，"我也觉得很意外。"

"如果莫慧能把那批黄金劫回来，甘巴的战事至少还能推后三年，现在就难说了。"

他有点不解，"甘洲得了黄金反而要推延进攻？"

"只因为这三年之内，该结束的就要结束了。你也许就是一个变数，总之，由于你的出现，甘巴之间的发展再也无法预料了，谁知道呢，其实你不出现会是什么样子也没人知道，世界始终只有一个样子，不过我很想知道，它为何是这样？"

他的运气好得自己都不敢相信，天月邀请他们不只是说说以前的故事，而是要在今天这个满月的夜里带他们去看故事的起源。看着天月的背影，他不知道如果风雪没有出现的那个世界的样子，活着才能得到邀请吧，为何生与死有这么大的差别？

走到一个狭隘的新月形山缝处，天月闭目良久，难道还有天月也畏惧的人？

初极狭，才通人，前行数百步，豁然开朗。

满月的银光洒满山谷，侧面的山洞竟有淡绿光晕，及至洞口，他和风雪为看清的景象愕然，三人并排而坐，中间女子所戴耳环反射月光洒出的清静淡绿，而她的身边是两副骷髅，最令他俩惊异的是，骷髅含笑。

他被风雪细腻的手紧紧地握住，竟觉出阵阵冷汗，风雪看着他，"你看中间是谁？"

他被风雪奇异的神色深深震动，竟觉出丝丝诡异，他看向女子，"怎么会是风铃！"

坐于中间的女子是——风铃！

天月看着他们，"你们认得她？"

风雪点点头，"她是我妹妹。"

他知道那不是风铃，虽然神形都极相似，但他知道这就是风铃以后的模样，这是怎么回事？

天月只是微笑着点着头，似乎已经陶醉在自己所做的一切之中而忘了自己的所在，怡然自得与得意忘形有多远？

天月没错，他找对人了，他们家族守望数百年的结局终于在他有生之年得以了结，这真是人生最大的快事了。

不过，他还是注意到那对淡绿的耳环。不看到这个风铃的前世女子，没见到月光下的耳环，有谁能想象这么凄艳的画面？

风铃到底与这百年的守望有什么难解的缘呢？

"你能摘下这对耳环，加上还有风雪的妹妹风铃，"天月喟然长叹，"结局就是这样。"

想着当他摘下耳环，那个绝世的女子——甄箫——竟如风化尽，他的心像被针刺了一下，很轻却很深，风铃——你的命运又会如何？也是要在爱与被爱间挣扎，在宿命面前被遗弃于荒山的月洞之中，等待另一个结局的到来吗？谁又是你命运的守望者，是小小吗？

海面的腥风早已无踪，偶尔掠过天际的海鸥悄悄地带着清脆的鸣叫，世界的空明、生命的宁静莫过于此。

风雪叹息，"你说他们兄弟俩已经看破世事，却只留一个情关来受，甄箫真是可怜呀。"

他呼吸着叹息中的轻柔气息，"是呀，了悟却不能彻悟，这个禁室的诅咒却要风铃来承受，三年之后世界会是怎样？"得以成全的倒是守望一族。此刻天空没有月，但他知道它在——天月——是甄箫给起的名字吧，她是怎样一个绝世脱俗的女子呀！你会给这个世界什么祝福，你是救赎这个世界的女神吗，可你为何能容得下对另一个甄箫的诅咒，难道你知道风铃才是拯救世界的女神？

风宇、风飘摇、廖维霄、牛帝、小小、风铃……幸好都还好。

天月已逝，三帅归隐。

是自己太多情了吧，小小身上的悲苦将自己卷进了巴甘的纷乱，到头来惩恶扬善的对象却变成了一个个有血有肉的性情之人，与甄箫、风铃、天月、莫慧等人的命运相比，那些巴洲乃至世间的悲苦竟让他有些恍惚，痛苦、焦灼、烦忧、悲愁……大概都是等待结局的调料吧，否则只有快乐是不是太单调？

他不知道等到自己真的完成任务之时与风铃有什么关系，但风铃带着那副在日光下纯净无色的耳环要去圣湖了，只为那份不解的缘。

三年？天月说的四年满月才能进去看甄箫他们，难道七年之约真像老怪物说的只是一个谜局的开始？世界不是线性的，这是它全部可爱和可恨之处。

抱歉，甘洲！再等我三年吧。抱歉，风铃！你就再守望这个世界。三年吧！

第二部

変幻

尧洲

既然笑里可以藏刀，那么纯真性情又何妨藏于冷淡漠然之后！

第九章　切磋

一

这是我的故乡吗？尧洲，我还能属于你吗？

是谁给了他信心，是天月承诺的百年期待，是小小绽开的生命欢笑，还是风铃担负的幼小无奈？

走吧，浮云世事、悲爱情愁，不过是一场乱世缥缈的生之涯。

清茶稍淡远，浊酒且凭栏。

这片湖水像是大师的杰作，远处含山近处抱屿，自有它凌然恬静的气势在；几片乌云像是老天的玩笑，倏忽在前倏忽在后，等待着风雨游人的机会。没错，春阴湖就是一个多情的女子，晴时阳光明媚处处春天，阴时雨打梨花时时娇滴，嘿，临湖远眺，他心里的巴甘情结渐渐平息。放得下是因为性情还是因为年轻？

"老弟，一个人？一起来坐坐吧。"

他遗憾自己与湖水的交流被随意地打破，回神去看看这豪爽的声音来处，"他乡遇故知"乃人生一大快事，此人虽非故人，却有一种真诚的亲近感，真诚总是令人觉得亲近和熟悉吧。

"兄长不是本地人？"

豪爽的声音，"这里生的像我这样的粗人的确不多，不过老弟你的模样倒很像尧洲人呀，怎么，是从外边来的？"

"啊，很小的时候就离开了尧洲，现在回来看到这里的山山水水真是感慨得很。"

"还有亲人在吗？"

"好像没有了。"

"什么地方？"

"凤凰村。"

"哦，离这还不近呢，倒是离尧洲城不远，你总要去尧洲城的吧，到了那儿再去就很方便了，不管有没有亲人也该回去看看嘛。"

"是呀，多谢兄长，这里的景色太迷人了，我再流连两日。"

"你这一说我倒想起来了，距离两年一次的清茶会没几天了，你不如先去无峰山赶场热闹，品品尧洲的茶。"

他爽然一笑，其实他正要打听这个清茶会，记得邵年愁提醒过他一定要去看看的，不为别的，只为无峰一叶清也值得去品味一下。

寻山路逶迤而上，无峰山虽无峰却也壁立千仞，山麓一片广阔峡谷却是碧野万顷，无峰一叶清的视觉冲击力也不俗啊。

"来来来，给你介绍一下，这是尧洲著名琴师曲熙妩和她的两个得意弟子楚媛、端淑嫄。这位牛老弟也是尧洲人氏，自小离乡，倒也是风采还佳，没误了年少好时节。"在半山腰一家如画的小客栈里，周柘栒碰见了这样几个婀娜多姿的入画人物。这个粗豪的汉子倒是不俗。

曲熙妩浅浅一笑，"周兄虽不年少又何曾误了好时节。又是两年不见，神气内敛，离大雅若俗不远了。"又转向他，"我们师徒四处游历，尧洲虽大没去过的地方却少，牛公子是哪里人？"

"多谢曲前辈关心，我是凤凰村人。"

"哦，凤凰村自十六年前就没有牛姓人家了，看来你在那儿也没有其他亲人了。"

他心里嘀咕，怎么知道得这么详细，难道抚琴不过是个雅致的遮掩？如果不是巧合，大雅若俗岂不是忘世飘零青山派的最高境界？与师父冰川派的大象无形、绿竹派的大音希声并列尧洲三绝。

"的确没有了，不过还是想回去看看。"

"我很老吗？为何称我前辈？"看着他的脸面微红，曲熙妩真诚地笑着，"不过长你几岁罢了，叫我声姐姐不为过吧。"

他看看楚媛、端淑嫄。

"我们名为师徒实则姐妹，你不必太拘束了。"

"好的，只是不知什么时候才能听到三位姐姐的琴音。"

楚媛看着他，"也是懂琴的？"

"不敢说懂，只是爱把自己放进去感受感受。"

楚媛点点头找周柘栒说话去了，他注意到端淑嫄的目光在他脸上停留了一瞬。

这个周大哥真是朋友遍地，来参加清茶会一半以上的人都认识他，而且还彼此嘘寒问暖不像点头之交。这样一个人物这么偶然地出现在自己身边，是真有心还是实无意？若是有心，他的笑为何那般真诚？若是有心，他真诚的笑是如何伪装？若是有心，他伪装的真诚的笑的背后是什么伎俩？

嗨，我怎么会有这么多龌龊的念头，那些神仙般的人物也是一个个假真诚的行家里手？

一杯浊酒喜相逢，没有真性情又怎会流露出这睥睨浮生的胸怀，海内皆知己，没有大胆量又怎能挥洒出这囊括天宇的胸襟。周兄，你给我的已经很多，虽然我们相识不过数日。

第二天，大家从无峰山的各个方向陆续登上山顶。其实清茶会的热闹恰到好处，一点也不张扬，因为不是谁都能上到无峰山顶的平阔会场的。不过人虽较少却多了几分期许，因为来的都是颇有特点的人。

二

每一杯无峰一叶清居然都能符合定组成定律，这太令人惊异了，天地造化令他感到人之渺小一如虚无。茗香留齿、坐观云起、风林竹涛、碧浪微澜，这极宇间的至大宽广造就了一个细雨和风的人世间。呵，好一场平淡的风云际会呀！我心亦有乘风意了。

那边那个风姿仍绰约，看上去不过长曲熙妩几岁的佳人难道会是青山派朴枯？能在清茶会上遇见她可不容易，她可是与师父齐名的三绝之一呢。

"周兄，那边可是朴枯前辈？"

周柘柃的表情略微停顿了一个只能被慧眼一渡捕捉的瞬间，也许只要他愿意，每个动作都会有一个停顿的瞬间吧。

"是呀，她能来真是这届清茶会的惊喜。听说这次琴剑相和她还要亲自上场呢。"

"哦？还有这么别致的活动，真是不虚此行了。那操琴的定是曲熙妩了？"

"本来这次说是要让楚媛来主持琴会的，不过朴前辈来了，看样子还得曲熙妩相和。"

只见在朴枯身边就坐的一位半百老者站起身向大家宣布本届清茶会正式开始，"先请尧洲揽圣付拭眩先生给大家讲解上次的残局。"桌面大小的翠绿色棋盘被其中金色经纬线分割成一片片入口即化的清新，那感觉令他都以为自己是喜欢这方寸天地的风云变幻了。

他沉醉了一小会儿才意识到自己根本看不明白其中的奥妙，不过是身处醉人的画里罢了。刚才周柘柃还兴致勃勃地期待今年的讲解呢，现在怎么在大家围拢到棋盘周围的时候反而不见了，他从散落的人群间穿梭出来，看见不远的山坡处周柘柃正和一个略大自己一两岁的年轻人说话，周柘柃看见他就挥挥手示意稍等。那位小哥的背影怎么有种冰川派的感觉？这怎么可能！

"那是我的师弟冷末。"

"哦，挺有意思的名字。你去看棋吗，已经开始一会儿了。"

"你不看？"

"我看不懂。"

"这局棋已经下了三十年，不懂也要看看呀！"

三十年？他看着棋盘上随山风轻轻摆动的黑白相间的椭圆棋子，似是幻化出云雾迷茫，而在自己存于此世界之前这些黑白子就在造化自身的小天地了。他抬头，目光穿过交错的黑白发首，注视着远处的空茫，顿时视而不见，神遁形外——来到万物育焉的莽莽苍苍的天地之初。

铮——一声裂帛之音直上云霄，他游于形外的神竟有些激昂的应和之势，大有御风在混沌中划开一个天地的澎湃。可是他的凡身肉体哪能驾驭这般创世的豪情，顿觉胸口有些气闷，待到目光重聚，循声而视就看见了那个——端淑嫄。

棋局在两年中不过走了七步而已，在大家还沉浸在棋局的迷乱中时，这一声琴音使大家回到了清茶会现场。朴枯对琴剑和颇为看重，定要等到云起时才开始，看她那份潇洒的神情当然能猜出她是一个追求完美的人。众人多已迷醉在端淑嫄叮叮咚咚的音律之中，而偏偏是自认虽不会抚琴弄笛却颇能领略音律之神的他像被无形地拒于大家之外，因为他只听到琴匠之功却无琴韵之魂，难道我看错了这个端淑嫄？

音落，喝彩在山谷间回鸣，甚至有人上前向端淑嫄祝贺，似乎此处论琴除了曲熙妩就是她了，清茶会是扬名尧洲的好时机吗？他倒觉得这山谷中回环交鸣的喝彩声带着天籁的精神。莞尔一笑吧。

远处飘来的轻盈的白云，细细看着，一忽儿像是有形的实质，凝重，一忽儿像是无形的空虚，飘忽。

那无峰一叶清似能将天地的灵气带入肺腑，五脏六识都被清爽洗涤。

"你也会琴？"

他看着坐在自己身边的端淑嫄，竟不知她什么时候来的，"不会。"

"看你不像俗人，难道练成了大雅若俗的是你？"

"多谢，为何做这样的判断——不俗就大雅？"

"因为你和他们不一样。"

他看看这宽阔的像个小集市的清茶会，"其实他们才是大雅的人吧，明知你没用心弹奏，却都能把自己投入到如醉如痴的状态，难道你觉得这还不是雅？是俗？"

端淑嫄的目光为何像春阴湖的水波，"那根本不是雅俗的问题了，他们做的是人事，我说的是性情。"

好一个人事、好一个性情。要不是在清茶会，他真要为此浮一大白了。

"你竟能弹出匠气十足的曲子，莫不是修炼过大音希声，否则如何隐藏内心在指尖的流露？"他看着端淑嫄的警惕和迷惑，"尧洲三绝谁不知道。只是为何不能让这些忙于人事，渐渐枯竭的灵魂多一次涤荡性情的机会呢？你的隐藏不是人事？那我有点模糊性情是什么了？"

端淑嫄的神情表明她的确突破了一个一直制约她提高的障碍，她对他的一笑几乎被慧眼一渡错过，他有点恍惚那是不是对自己的一笑，"你刚才笑了吗？"

他确定这次端淑嫄没笑，是呀，既然笑里可以藏刀，那么纯真性情又何妨藏于冷淡漠然之后！他看着端淑嫄离开的身影在想，然而他不得不轻声地再问自己一句："可是为什么真的、假的都要藏呀——假作真时真亦假，看来一点没错，性情的全部涵义不过就是一个词——自然——罢了，哪有什么真的、假的？"

性情只论有无，不论真假，那个冷末的目光好冷，目光的背后是有是无？

第十章　妥协

一

　　不知道为何朴枯今年对清茶会的兴致和耐心都极高，在第一天没遇到完美的云彩后决定再等一天，大家的情绪都被感染了，这绝非凑热闹的人能感受到的——就像他，不过他对一睹青山派难得一剑的精髓充满好奇和期待。

　　他想作为旁观者看看那式他曾在巴洲雪域和甘洲混沌阴阳阵里使过的难得一见。

　　想起前一天下午楚嫒的琴技的确已入音外无物的境界，但对他来说技术上的完美远抵消不了内在的缺失。而黄昏时，端淑嫄不知道自己在云峰上自述胸怀的一曲忘世飘零—云水曲使偶遇的他失意了整晚。他不相信世上还能有超越的琴音，也许除了绿竹派的单乐还有可能吧。

　　在第二天云起峰巅之际，朴枯让端淑嫄与她配合琴剑和，他才知道昨晚偶遇云水曲的不只是他一人。

　　这个尧洲三绝之一的青山剑魄朴枯今天身着淡紫衣，在白云间一如朝霞的飞舞，端淑嫄的琴声也似有还无地随云影紫衣纠缠绵绵，那声音就像牛头马面的搜魂索将你的魂灵缚去别想解脱。

　　灵魂在霞云氤氲中飞舞——这就是眼前的尧洲清茶会上的琴剑和。

　　端淑嫄已入空灵之境，而他的忘世飘零也被调动随之运行，难得一剑已经接近最后一式，他不知不觉地手指微动——难得一见已经展开，却在此时漫天彩霞中忽显出一丝暧昧的乌云，他慧眼一渡，朴枯没完成至美至绝的难得一见！那点瑕疵除了他和朴枯没人知道。可是他不明白借端淑嫄的大音之式应该不会再多余出瑕疵来的，是什么原因令她分了心？

　　朴枯，你可是忘世飘零的三绝之一，还有什么能令你分心呢？在尧洲的平淡中你只能更趋于纯然的静呀，师父为何离开尧洲？难道他们有什么致命的制约，都无法到达最高的完美？如果是我呢，能否留给无峰山一个完美的琴剑和？

　　"你也会难得一剑？"为何每次端淑嫄问的问题都这么直接尖锐，像是开了天眼似的。

　　"是，不知道我能不能配合得上你的忘世飘零—云水曲？"

　　"也许只有你能，朴师叔的最后一式——难得一见——还是有瑕疵的。"

　　他惊讶了，端淑嫄居然知道朴枯那一剑的窒碍！她果然是绿竹剑魂单乐的弟子，那个曲熙妡又是何人？

　　"我从琴音中能感受到，没想到的是还能有人凭眼睛就能看出来，你是谁？"

　　"我只是适逢其会可有可无的游人，对你们对尧洲都像没有存在过，你不必紧张吧。倒是找机会完成一场完美的琴剑和才是我们两个对忘世飘零—难得一见的敬意。"

　　"你是冰师伯的徒弟吧？那我可是你的师姐了。"

　　其实他为多出这么多的师兄弟姐妹感到高兴，却被他们的冷漠外表弄得有点无所适从。

二

  尧洲城，就像一个田野中的乡间小镇，这令他紧张了一阵，这样舒缓安静、人烟稀少的地方能否找到信物的线索？

  他循着空气中的阵阵清香走到一间略显破败的竹楼下，就看见微风中时起时伏的酒幌，上书：清香竹楼。

  竹筒中的清香是晶莹的米粒，是醇醇的米酒，还有撩人的五彩斑斓的菜肴。

  还算好吧，那位将自己的通兑银票，连带装着玉石瀛洲绿、丹斯精魂佩的精雕细绣的百草囊拿走的妙手高人竟记得留给自己一些零钱，而且还是尧洲本地货币——尧洲盾，真的是小巧的盾。

  佳肴醇酿之后，躺在竹楼下的躺椅上看着远处村中的炊烟在铺天盖地的绿色大地上冉冉升起，那股淡青泛蓝的烟就像永恒的——生活的——印记。

  接下来该怎么办？

  清香竹楼年轻的老板指点他，离此不远就是尧洲最大的典当行——通典当铺，那里也许能找到点事干。

  他不明白年轻的老板为何要看着那把丹斯精魂剑指点他去通典，难道想自己把它当了，如果有个好价钱倒也是个不错的想法。

  "这把剑能当多少？"

  伙计拔出丹斯精魂剑，他从眼神中就看出这是个不识货的，他甚至没听伙计的报价就收起剑转身出门了。背后传来伙计的声音，"兄长稍等，你既然佩剑那一定也是会使的？"

  "怎么？"

  "我们这里正好有用得着的地方，如果愿意倒是可以试试，薪酬很可观的，可惜我自己不会武功。"

  他想起清香竹楼老板的眼神，难道他是暗示这里可以挣到钱——不是当了用？那回去倒是要好好感谢他了。

  二当家的见了他，只伸手握握，却含着老怪物的资料记载也只寥寥数笔，甚至连师父也不很清楚的尧洲另一门隐世绝学——虚怀若谷，当然也可能是自己猜错了，但那种令人如入真空的轻飘与毫无着落感正是这门绝学的最显著特征。那他们背后的故事可能就会很长很长了。

  二当家庭若忘微微点头微微一笑，"小兄弟怎么称呼？"

  "牛一世。"

  "好，先到柜上拿点零花钱吧，有事我们会找你。"

  清香竹楼的老板全非儿为他准备了一壶清酒，"我就知道单冲你这把剑，他们也会留你的。"

  "我现在还不知道你们都在打什么哑谜。"

"再等等吧。"

几天过去了，除了可以随便领钱就没别的风吹草动了。也许可以去凤凰村看看。

他没去凤凰村就收到了第一个任务：今夜子时，城南，仁和食坊，李散元，一击致命。

原来我已经是个杀手了，这个一直隐秘的虚怀若谷绝技原因就在于此吧，可是他们凭什么相信我？

他到了仁和食坊一眼就看见了李散元，与画像上的一模一样，这个与自己素不相识的人就要在自己的剑下结束他春风得意的人生了。那满面的红光不是很好的面像吗？难道其下还有晦运当头的暗光在？坐在他左边轻摇折扇的翩翩公子，右手第三个衣裙带风的卿卿佳人，屏风后面一桌侧面斜对着他低首浅酌的中年汉子大概都是保镖吧。

他真想知道李散元是何人，为何杀他？可是杀手只该寻找击杀的机会而不是揣摩背后的故事。那个与李散元对面坐着的是谁？为何安静得像是一尊像？但是每当他心里有了杀机时，就会觉出这个静止的背影散发出的强大战意，难道他们知道今夜的行动？三个明的保镖虽已很强大，但比起这个背影，他们不过是一个迷惑别人的幌子。

食客已很稀少，再等下去恐怕只剩自己和他们相伴了，现在他们还没意识到我这个还算温文尔雅的后生小子要做一件大事吧。

"结账。"他站起身向楼梯口走去，距离李散元的直线距离——三剑身。

精光一闪，丹斯精魂剑会在它的材料和光芒上形成反差，似乎会令不防备的人在黑白的光影中恍惚这是否是致命的一击或仅仅是自己眼睛昏花的错觉。

看来商离别的瀛洲也并非滴水不漏，那指向自己左肋的分明是瀛洲——经天纬地——的功底，一股凝聚的气流顷刻就触及自己的皮肤，他感觉是击向自己的日月穴，这份经天纬地的刺穴功力在瀛洲应该也不多吧，而在自己用青山浮水使身体倾斜二十度后，那劲风也微斜扫向太乙穴。他有时候真不明白，为何要练这样一门功夫，好好的人不去打偏要找人身上的点去点击，是不是这样才显出武功在某种意义上是一种艺术，可是眼前的翩翩公子你可知道艺术不能完成这项任务呀。

他的身形几乎呈侧立面向前，因为他不能接手，否则就没机会了，他预计的卿卿佳人的软刀并未如期而至，不期而遇却令他大吃一惊的是——迷乱，这不是攻击的招数，这是迷惑心智的精神炮弹，怪不得赵玉石用不着学，无论他怎么练要想达到这个佳人的十之一分也是月中取桂的奢望。还好，她用的不是风十九式，否则此时的气定神闲又有何用？

还剩一剑之隔。

又是一股劲风直袭脑后，干什么，离百会穴远了点吧！错了，这道劲力根本不必再找什么穴位了，难道竟是青洲的流星？这个李散元到底是什么人，庭若忘是太相信我了还是根本就拿我当第一个试探者？

那颗竹筷做的流星陨落了，他们当然不明气刀的就里，剑尖离李散元的咽喉大约数寸吧，他——忽然——

停顿，坠落，肘地，斜飞，浮起，破窗，反手，挥剑，吸气，飞掠，转身。

那个背影的正面也如一尊像，如石刻的眼竟然也能熠熠生光。

李散元抱拳向他深深一鞠,"天下有如君般身手者屈指可数,真是老天助我呀。"

　　李散元——通典当铺大当家,虚怀若谷嫡系传人,如果按照当时他感到周围空气稀薄、氧气分子锐减的实际情况而言,李散元的虚怀若谷已到吾皆师的地步,如果到了皆吾师的时候,世上不知除了老怪物堪能一搏之外还有何人能当其锋了,或许天月三世可以吧。他不知道李散元是如何改变空气分子的阿伏加德罗常数的,未知是否就是恐惧的根源?而那尊"石像"又是作何用的呢?

　　虽然事先他已看出这是一个试探之局,却没想到这么凶险,更不明白他们这样费尽心机要自己加入所为何来?

　　这个局冥冥之中与自己的尧洲之行又有何干呢?

第十一章　面对

一

　　凤凰村并未给他记起儿时的指引和暗示,记忆的空白使他越加怀疑老怪物和师父对自己身世的表白,而母亲却对此讳莫如深。不过他知道凤凰村一定与自己有关,李散元当然不会为了他怀下旧就带着他们一起来这里,更何况他还见到了周柘枒。

　　等他们一行返回尧洲城的时候,除了周柘枒的出现以及其与李散元的关系有些蹊跷之外,似乎这伙人真的是陪他去怀旧的,他应该感动一下吧。可是却没有哪怕一丁点的念头,他并不是无情无义的呀!杀手,这个名字真的有魔力,能令人的情感之洲变成荒漠之原?那么,"石像"会是怎样遥不可及的杀手?

　　他对周柘枒的身份并不感兴趣,作为一个真诚的朋友,又何必管他背后的是是非非,其实看见背后的是非除了破坏这种和谐的默契之外别无他用,倒是触"人"生情不由地想起端淑嫄来,那穿云入霄的琴音上跳动的手指定能体会到琴弦定理的奥妙吧。

　　可是全非儿没想这么多,"你知道周柘枒是江湖的守护者吗?"

　　"守护者?"

　　"是,尧洲其实并不是像外边说的平静,尤其是九洲中习武之人并不多,但在尧洲却不是,暗藏的江湖人物真是多如牛毛,哪个洲的治理者不害怕?你去过瀛洲吗?"

　　"去过。"

　　"那你一定有感觉吧,那里的江湖人很少,日子也很甜美吧。"

　　他不知该如何解释,也不想解释什么,"嗯,所以周柘枒成了治理者在江湖的代言人?"

　　"正是,这么多年来,已经消失很多了。"

　　"通典当铺难道是这些任务的执行机构?"

　　"差不多吧。"

"那清香竹楼是一个情报据点?"

"差不多吧。"

"为何告诉我?"

"我们并没想隐瞒,只是你一直也没问。"

的确,只是他在经历了瀛洲、巴洲和甘洲之后,觉得自己对于他们来说其实可有可无,他曾努力做的一些事不过是一段插曲,虽然如天月说的自己成了一个变化的引子,随后的改变似与己无关实则相关,可是那变与不变的差别谁又能知晓。

"观察我这么久,难道有什么大事要发生?"

"也许吧,而且可能与你的家乡凤凰村有关,现在我们还不确定。"

他很想阻止这个隐形的杀手组织的一切行为,因为他知道并不是每个习武之人都抱着颠覆的念头,为何定要一一除去而后快?何况现在周柘柃赋予李散元他们的权力早已超越了维护的范围,而被当成排除异己的工具,他痛恨这种卑劣的行径。

只是在那次试探之后他就一直没接到任何任务,他们在等待什么?在这些闲暇的日子里,他还是没弄明白瀛洲背景的翩翩公子——刺,卫洲背景的卿卿佳人——迷,青洲背景的中年汉子——芒,这三个人的来历和动机,他们是被派遣来的还是自己甘为李散元效命?也许追求杀手的生活方式是最可信的理由了。

通典当铺的伙计袁平世是清白无辜的,也不知道背后的两个当家人是在江湖兴风作浪的弄潮儿。他喜欢和袁平世聊天就是这个原因,没有世俗的争斗和虚伪,只是想到什么说什么。

一大早,袁平世来清香竹楼找他,"今天我休息,去我家坐坐吧,我让姐姐给你做尧洲最好的无峰青水鱼。"

"无峰青水鱼?"

"就是用无峰一叶清煨的大青山浮水河产的青水鱼,这里家家都会自己做,不过我姐姐做的却是尧洲第二。"

他哂然一笑,"那尧洲第一是谁?"

袁平世自豪地说:"我爹呗。"看他好像不信,"我可没骗你,那可是尧洲美食谱上定的。不过除此之外,我姐姐都是第一了。"

他这下可来兴趣了,尧洲美食谱!

虽然之前他最不喜欢吃的就是鱼,不过从今往后这世上若只能让他选一种食物,他一定会选袁惜世做的无峰青水鱼,因为袁平世的父亲已经不做鱼了。

袁惜世其实是一位年轻的烹调专家,她对自己的手艺也从不特别"珍惜",但凡有人来邀请都会满意而归。但她有一个规矩,一天最多只做不重样的三道菜。今天为他还做了一道绿竹相思糕。

他看着比自己大两三岁的袁惜世,真想这个让自己叫她姐姐的稀世才女真是自己的姐姐,"姐姐,你有什么心事吗?"

袁惜世眼神中的爱怜让他想起母亲和甄箫的神情,那种包容与深沉的关怀为何给我?

"没什么，我做完饭就会感觉很累。"

他陷入深深的钦佩中，姐姐是将精神全部贯注于这日常的食物中，所以才能有这样高绝的烹调技艺。虽然她的生命已溶于这世世代代的技艺中，可是她的眼神分明还有未了的心愿。

袁平世还记得他那把剑，细细地看着，眼中有种向往，他不知道那向往是否是挥剑世间平恩仇的快意，如果是那样他想平世一定会失望的。

"这是什么材料做的？"

"是巴洲丹斯卡噜山上一种独特的矿石炼出的。"

"哦，我们二当家的也有一个这样的东西。"

"是吗？"

"像是用这种材料做的一个佩，可是又有点不像佩，我只是无意看见一眼，反正我以前没见过。"

他心里一惊，丹斯精魂佩居然在庭若忘手上，他们想干什么？"我倒没听二当家的提起过。"

袁平世对姐姐说："牛兄可是了不起的人物，就连我们大当家的都对他很客气，而且他什么都不用干，真不知道怎么会有这么好的命。"

惜世看向他，"你为李散元他们做事？"

"算不上吧，我自己也不知道，我还从没答应他们做什么。"

"那就好。"

看着惜世离去的身影，他知道她知道李散元他们的事，她难道也是隐形杀手之一，凭她名冠尧洲的烹调技艺，的确是最便利的条件，不知道能轻松执行多少艰难的任务呢。惜世，她会吗？姐姐，你会吗？

二

天气已经转凉了，凭他细致的观察力和敏锐的判断力，他确定百草囊早已不在庭若忘手上了，他同样确定庭若忘他们不会贪图那几样信物的实际价值，而是知道一些关于信物的传闻，这些得来不易的信物被他们传至何方了呢？难道我的任务以此告终，这个数百年的梦也到此结束，那我反而真有点佩服尧洲的这群家伙了。谁能轻易从我身上盗走百草囊？是他还是她？

带着寒气的夜，清香竹楼格外凄冷清净，门外轻微的脚步不像全非儿，那小心翼翼的警惕是不是还带着点紧张和兴奋的情绪？可是冷冷的杀气早已浸满他的小屋，这是一个高手却不是杀手，不是杀手却有着比杀手还冷的心，他是谁？

这种人当然不屑于先吹点什么迷魂麻醉药，可是又何必蹑手蹑脚呢？

外边的月光格外皎洁，却照不见一颗阴冷的心，是因为阴冷的心已不再有阴影了吗？

唉，这样凌厉的剑气怎能搞暗杀？还是让我来揭开就要在尧洲上演的刀剑生涯的序幕吧。

他穿窗而出就沐浴在月光里了,"来这里吧。"那人似松了一口气,看来偷偷摸摸是有良心上的不安的。

怎么会是他?冷末!

全非儿大约在某个角落里收集着这场决斗的看点和推测其中的相关脉络,全非儿一定比我自己还了解这场决斗的来龙去脉吧。

冷末似乎不想让他假装糊涂地迎战,"还好,找到你只用了两年,我本来以为还会很久。"

他当然知道这是一场误会,但他不知道是谁促成了这误会,他不想知道也不想解释,因为他不会知道他想知道的,同样也不可能解释清楚他想解释的,其实他什么都不知道。

"忘世飘零?你是哪一派的?"

冷末哼了一声,"这不重要。"

说实在的,冷末的难得一剑已经很不错了,他的心法虽还不完善,但凌厉的情绪使剑法带有另一分决绝的果敢和速度,可是他不明白这拼死的打法背后是怎样深沉的恨,冷末到底相信我做了什么呢?看着冷末的剑锋直刺自己的心脏,他想如果不出剑定会给这个决绝的人平增一分与内心的恨无法协调的羞惭吧。

"难得罢手?你怎么也会难得一剑?"一愣之后,冷末更加气愤了,"我看你能藏多久?"

完全是在拼命,可是他却不能下杀手,否则不是的也全都是了。

他的身形忽然向后飘出数尺,随手使出了难得一见,那近乎完美的三道弧线,反射月光显出轻轻的晕环向四周扩散,冷末惊呆了,这种纯净的武学境界,即便是自己的师父也还没达到吧,而他只是一个年龄比自己还小的少年!

"你杀了我吧,否则我一定会纠缠下去的。"

他知道冷末的恨只不过被他对武学的敬意压制地转变成了理智的面对,但绝不是放弃。

"我没什么好解释的,你还是以后再找机会吧,但愿能有这样的机会了结你内心的恨。"

冷末看着毫无防备的背影,如果不是那个人告诉他这个消息,他根本无法设想这样一个背影这样一个能挥洒出难得一见的少年会是自己的仇人。

剑,无声,轻轻,坚定,刺入。

他无奈地叹声气,这一定是血海般的仇恨吧,是谁把我置于这个境地。

"住手!"

为何巧合总发生在致命的关头?他此时在想这个令人无法解释的神秘现象。

冷末还是不够坚决吧,否则又怎会在听到还不知是谁的一声呵斥下就戛然而止了呢,其实这声呵斥根本阻挡不了向前再前进两寸的决心,所以他知道至少冷末在内心深处并不比诬陷自己的那个人更冷漠。于是冷末和袁惜世在昏迷的他的嘴角上看到的是他们无法料到的恬静的微笑。

冷末终于敢面对自己的信任和责任了,"我错了。可我不明白,为何我宁可相信他也不相信大师兄。"

第十二章　暗流

一

　　难道全非儿没有将看见的一切报告给李散元他们，否则他们至少要来看看我吧，怎么能从容地面对新发现的当世罕见的杀手消失半月有余。

　　惜世的妙手调羹除了食之佳外尚有治疗之神效，内外伤在自己的修为加上惜世、平世和冷末的精心、尽心照料下竟能恢复如初，会不会有后遗症，如果有一定又会在关键时刻发作吧，真是讨厌这种永恒的巧合！

　　冷末看向惜世的眼神竟会有一丝温暖，`他不知道这是不是自己的错觉，因为惜世似乎从不看冷末一眼。那份绿竹相思糕又是做与何人？

　　冷末走了，那个孤独瘦削的身影消失在小巷的拐角处时，他的心里却生出莫名的对生的叹息。这种悲凉虽不比小小他们的悲苦更猛烈更艰辛，但也更深邃更幽静。为何冷末的脊背不再挺拔而显出些微的佝偻？

　　疗伤至今他一直住在袁家，闲时跟着袁父懿韶学做了几样菜肴，现在居然也能有模有样地下厨忙活一阵了，大概是袁父和平世都懒得做吧，争着夸他做得棒极了，大有来年就能名列尧洲美食榜第二的实力似的。不管怎样，他真是乐在其中不知思蜀了。

　　这天，惜世一早出去，傍晚才疲惫地回来，他兴奋地问惜世："姐姐，你想吃点什么，我给你做。"

　　惜世略显出一丝精神和轻松，"我不饿，只是今天做的菜多了太累了。"

　　他轻轻地握住惜世的手，一股和暖的气流顿时包裹住惜世的经脉。惜世略显惊讶地问他："一世，你的武功很高呀。"

　　他笑笑，"姐姐怎么知道？"

　　惜世愣了一下，"噢，我以前遇见过一位高人，他说给我听的。"

　　"还是尝尝我的手艺吧，这几天你总去外边忙，伯父和平世都夸我做得好呢！"

　　"是吗，那就随你做吧。"

　　他像是要经历生平第二次重大考验似的，严阵以待、平心静气、默念要诀，也许这态度竟比第一次的使者选拔考验还要诚恳几分呢。

　　他兴奋地准备了三份精巧别致的、颇为自信自得的、不同式样风格的：水莲龙凤屏、细雨杏花魂、玉陇青翠池。

　　颇有古意的木桌在延展的屋檐下，无风有月牙儿相伴，这几样菜肴格外有生气，惜世细细地看轻轻地点头慢慢地抬眼浅浅地笑，"真是难为你了，只不知你除了是武学奇才还是一个烹调天才呢。"

　　他内心的喜悦都会让人误解是世界之谜被解开了。

　　惜世愣愣地看着细雨杏花魂，惊呆了！

　　他有点不知所措。

"平世还没回来？"

"是，可能店里今天忙吧，袁伯去找檀飞下棋了。"他像做错事的孩子，却不知道错在哪里。

惜世叹口气，"你在尧洲还有别的事？"

"嗯。"

"如果没什么重要的还是早点离开吧。"

真是一个怜惜世人的姐姐，可是你的忧愁又从何而来，是为自己还是为他人？

全非儿传来消息：后日亥时，悦乐镇棋盘街箫悦客栈，杜鹃门，全部击杀。

全部是什么意思？有几个算几个？他坐在箫悦客栈的厅堂里品着无味茶，耳中传来箫曲——惜别。他看着二楼左手的杜鹃门，一个时辰内进进出出不过两个小丫头，入梦能判断出还有一人，而那轻微的呼吸定是来自他曾见过的一个人，只是想不起。

难道就是要去杀了这三个小女子？她们就那么碍着通典的眼了，是她们做了什么难以原谅的事还是通典太霸道了，看谁不顺眼就灭谁？可是我怎么看着她们很顺眼？李散元和庭若忘虽有点跋扈但还没到变态的地步呀，她们到底兴了什么风作了什么浪？

亥时，夜很静了，他就躺在杜鹃门的屋顶上，闭目养神，一边在听她们聊天。

除非她们把日常语言全部改为对应的另一套暗语，否则他听到的仅仅是情同姐妹的异姓女孩之间的家常话，难道真的下去挥剑打破这平静的夜？猛然间，他才想起那个可能认识的人的确是认识的——曲熙妩！于是，这一切都变成了另一种可能，曲熙妩背后可能真的还有一个庞大的组织，通典已经到了最后清洗江湖的阶段，通典借自己的手开始启动这个计划，因为还没到公开对抗的时候，而自己的身份特殊，曲熙妩背后的组织搞明白我是为通典办事的时候也正是不必明白的时候，因为决战已上场。这说明李散元他们还在等待什么，否则我就是多余的一步棋，我是那个保车的弃卒还是钓鱼的诱饵？

"曲姐姐，好久不见了。"

曲熙妩脸色一惊，随即坦然，"牛小弟，无峰山一别，端淑媛可没少惦记你这个小师弟。"

"那端师姐呢？"

"跟师父在山上修行，你有时间不妨去看看师叔和师姐。"

"您原来是带师传艺！"

"怎么这么巧……"

"不是巧，我就是来找你们的。"

两个小丫头一直很紧张，这时手已经放在剑柄上了。

他笑笑，"曲师姐，李散元应该知道咱们认识的，为何还让我来刺杀你们？"

曲熙妩怎么有点茫然，"李散元是我们生意上的合作伙伴呀，周师兄一直负责联系的，怎么会派你来杀我们？"

轮到他发愣了，还有这层关系？

"他为什么要让你杀我们？"

"他们是清理江湖的杀手组织。"

"原来当铺和钱庄生意不过是一个门脸！"

他沉默片刻，"是他——周柘柃！"

"你说这事跟周师兄有关？"

"不是有关，根本就是他一手策划。"

曲熙妩对两个小丫头招招手，"都过来坐下吧。今晚我本不该在这儿，如果是另一位师妹，你会不会出手？"

"我不知道，"他看看两个小师妹，"除非她们信得过我。如果周柘柃和李散元知道是你，大概不会派我来了。"

曲熙妩笑了。

清香竹楼传来消息：封局行动之棋盘完成：曲熙妩、宁氏姐妹已死，执行者：嵌，时辰：亥子交时。

庭若忘看着周柘柃，"这个牛一世到底是怎样一个人？曲熙妩他可是认识的。"

周柘柃沉吟着，"如果没有曲熙妩还说得过去，现在……"

李散元感到大家的目光看向自己，"按他刺杀我的凌厉和果决，似乎也不是不可思议，毕竟我们还没有怀疑他的证据。"

庭若忘还是有些疑惑，"那他怎么会有那几样信物？"

"可是在三洲却没查出有价值的消息，他在三洲也像是一个过客，可这些信物不该这么轻易被人得到的。"

石像忽然说："他至今从没找信物的意思。"

李散元抬眼看着天花板，感慨了一句，"真是个奇妙的人！先看看再说吧，虽然拖到亥子相交之时毕竟还是出手了，那就好，无论如何不是已经起到了作用吗？况且有惜世，怕什么？"

周柘柃站起身，"这里就交给三位了，三个月后，尧洲就安静了。"

"安静？哼哼，那也看是对谁来说。"是谁在心里嘀咕？

周柘柃和李散元不是一个人，李散元和周柘柃也不是一个人。

二

他感觉周柘柃是无意中发现自己身上信物的，并且根本没弄清楚自己的来龙去脉，否则现在不会是找自己去刺杀暗香门的人，甚至正好相反，自己被杀手追杀。

除了明的全非儿还有暗的，是谁？

想起曲熙妩从师父单乐处听来的，也只是耳闻的杀手留香的故事，他隐隐地感觉到杀手留香就是袁家的人，也许是袁懿韶的代号，而这一代的留香自然非惜世莫属了。他不知道平世是否也是其中一环，那就太令自己失落了。

惜世今天在家就做了三道菜，他奇怪这是为自己的行动庆功吗？

同样的细雨杏花魂在惜世的手里竟真能夺人魂魄，峰回路转回味无穷，人世间不过是如雾亦如电的刹那幻象。惜世有一颗多深沉的心，有一双多精巧的手？

"这道菜应该是第四道菜。"

这规矩之外的第四道菜是多余的，多余的就要除掉吧——要人命的菜，他默默地在心中想着，她做过多少次第四道菜？

"两年多前，在安排下我被一个人救了，等我的病好了，我就给他做了三道菜，于是就留在他们府上，两个月后的一天，我做了四道菜。"惜世平静的口吻就像是在讲述别人的温柔往事。

"为什么告诉我？"

"如果你还有别的事，不该再搅在通典、周柘枒和暗香门之间，你武功虽高，但是这里面的高手何止一个。何况暗中还有什么势力在最后关头会冒出来就连他们自己都没把握，你与此事无关，怎么享受起这里的日子了？"

他心中叹息，惜世，你到底是真的为我好还是想知道我的真实目的？我宁可相信你是真诚的。"我是享受清香竹楼和这里，全非儿虽然是他们的人，但我喜欢和他坐着，这里有你、平世、袁伯，还有美味。我是有别的事，我也不知道有没有关，或者说我什么事都没有所以做什么都一样，做饭、发呆、暗杀、离开，都没什么区别，所以我知道你为我好，但你要明白我这样也一样好。"

惜世大概是不明白的，"你知道我刚才说的那个人是谁吗？冷尘。"

"冷尘是谁？"

"冷末的父亲。"

"为什么仇与爱的纠葛总相伴，那浓浓情谊的绿竹相思糕又何必做它，冷末、惜世，这仇与爱的鸿沟需要多大勇气才能坦然跨越？"惜世不明白他在嘀咕什么，但多告诉他一点信息一定会有些好处吧，"暗香门已经是最后值得通典和周柘枒联手对付的势力了。"

其实他已经知道了这些事，暗香门是青山剑魄朴枯和绿竹剑魂单乐联手组建的，专门刺杀江湖败类和十恶不赦之辈，虽然其中亦有良莠不齐，但与通典和周柘枒产生冲突却很正常。

一为私心一为公义，不过谁来衡量其中的是非？

"姐姐，你为什么也加入通典？"

惜世笑了，她高兴在这个少年的心里别的都没有这一点重要，这世上还有知道自己心思的人，还有关心自己命运的人，这还不够吗？该满足了。

他回到清香竹楼，全非儿不在，他独自坐在院中享受月华精气。杀手世家，这要多少生命来打造品牌，不过他还是有些敬佩惜世的家族，竟将杀人的手段发展到了以四道菜致人死地的地步，这真是闻所未闻，想无可想，匪夷所思呀。还好，袁父没教平世，惜世也不会走得太远，他相信惜世有这样的勇气，毕竟袁懿韶不是就背离祖训放弃了家族的荣耀，改下象棋了吗?

东方既明，全非儿轻轻飘落在院中，"你在这儿坐了一夜?"

"你不也忙了一夜? 喝一杯吧。"

全非儿拿出一坛酒，"看看，这是意外所得，落白!"

"最近时常听到，真有你的。"

全非儿是个谜样的人，在他眼里，全非儿比李散元还神秘，经常见到、经常聊天、经常喝酒、经常闲坐，按理他们早已心意相通，但是偏偏是对这个熟悉的人感到远隔天涯的疏远和未知。他看着全非儿忘了自己的失态。

全非儿笑笑，似乎知道他的心思，"怎么，感觉陌生得很?"

他点点头，"是，你像一个谜。"

"你知道周柘枒是谁吗?"

"他不是江湖的管理人吗?"

"还有呢?"

"我知道他还是朴枯的大弟子。"

"还有呢?"

"还有?"

"他还是冷尘的弟子，冷末的师兄。如果我猜得不错，你已经知道惜世的事了。冷尘死后他带着冷末投奔朴枯，朴枯就是心太软，而且还重用周柘枒，按年龄成了这一代的大师兄，负责暗香门的财务账目，自然就与李散元他们联系紧密了，你可能还不知道，李散元他们还拥有尧洲最大的钱庄。"

"那他又是什么时候获得了管理人的身份?"

全非儿笑了一下，"早在拜冷尘为师之前。"

"啊? 原来是安排好的。"

"冷尘的死不过是计划的一部分罢了。其实凄风冷雨（戚封冷禹）四个世家都有类似周柘枒的人潜伏，其他三家消失得比冷家还早一些。"

他出了一身冷汗，"好阴险好毒辣。现在他们已经打算除掉暗香门了。"

全非儿点点头，"是呀，你不是已经启动了这项行动吗?"

他忽然看着全非儿，"你是谁? 你能瞒过曲熙妩的事，看来离揭开你身份的日子也不远了。"

全非儿很开心，"你知道你最可爱的地方在哪吗?"

他从没想过会有人这样问自己，摇摇头。

"真诚。"

落白，真好喝。

如果真诚作为人类具有的一种品性，那也不会是人类全体的拓扑性质，但他知道这难得的品性一定是全非儿的性质，并且也相信是惜世的。

第十三章　封局

一

世上有没有彻底的真诚，他忽然对这个刚刚感动自己的词生起一点不安的疑惑，因为……全非儿。

"你到底是谁？"问这个问题的不是他，而是全非儿。"玉石的瀛洲绿，丹斯精魂的奇形佩，还有九洲通行的银票，你还有什么？"

他愣愣地看着全非儿，"你还知道什么？"

"其实我想告诉你，周柘柃知道你的秘密，也许知道吧，是他要阻止你，因为对世界之谜不是所有人都想得到答案。"

"你们怎么知道的？"

"周柘柃无意中听到尧洲三绝的对话，知道存在一个什么关于世界的谜，而解开的办法却无人知晓。周柘柃是个聪明人，他见到你的信物猜测与此有关，并且猜测如果尧洲也有一个这样的信物一定就是凤凰令，这就与你的故乡凤凰村有关了，而你的出现几乎让周柘柃确定传说中的凤凰令就在凤凰村。"

凤凰令？他心里是淡淡的喜悦，原来在尧洲要找的东西是以这样的方式出现的。

"可是师父在城里，周柘柃怎么会听到他们的谈话。"

"你的师父是冰杯前辈吧，他来过，只是你不知道或者你在其他地方。"

"他们为何要阻止我？这个任务并不涉及他们的利益。"

"谁知道呢？你说呢。"

他沉默着，的确谁也不知道世界之谜是什么，揭开的结果又如何？

"他们做得很直接，把信物毁掉。"

"什么？你说他们把信物已经毁了？"

"对他们来说已经毁了，对你却没有。"

"……"

"因为他们交给我去毁，而我是你的师兄。"

他快晕掉了。

师父知道世界之谜还有道理，但是也不会告诉朴枯和单乐的，难道三绝早都知道，或者是老怪物和师父故意放出来的消息？他们这些家伙还瞒着我什么秘密，真想撂挑子不干了，一点信任都没有我还这么认真，气死我了。

"周柘柃隐藏在冷家，我全非儿当然也能藏在通典旗下。"

有这么一个师兄，他真的很高兴。

全非儿看着师弟，"师父让我什么也别问你，只要全力协助你完成在尧洲的任务。"

"师兄，我很抱歉不能告诉你其中的细节。"

"我知道，其实我不爱听别人告诉我，我想知道的自己会得到，你可别小瞧了师兄呀。"

师父要多有几个这样的徒弟就好了，可是像全非儿这样的师兄有一个他已知足了。

封局行动太猛烈。

据全非儿所知，暗香门的七星已去其四，周柘枔手里的八甫竟折了六个，通典的十三妖也死四重伤三失踪一，里面包括青洲芒和卫洲迷，而他在此次行动中顶替十三妖里无故失踪的绿脸。剩下不太重要的他大都没听过，不过从人数和全非儿的记录顺序上他知道名单上一长串的名字背后都是响当当的人物，都是曾经鲜活可爱的存在，这到底为什么，世界之谜能否还天地一个清明的原初？

曲熙妡和宁氏姐妹该好好谢谢我吧，笑纹刚爬上嘴角就僵住了，有全非儿还需要我通知她们吗？哈，曲熙妡不过是等我去见面罢了，哎，不是我不明白是你们太明白。

任务：执行者：嵌，地点：前桥镇，时间：三日后，目标：端淑嫄、楚媛、荀胜。注：可以只废去武功，但必须毁琴。毕竟双方曾有一面之缘。

这个周柘枔真是鬼迷了心窍，油蒙了黑心，他把我牛一世看成什么人了？难道我在他们眼里就是一个冷漠无情的杀手？或者他们把我想成为达目的不择手段的机器，或者把我当成为达目的不计利害的功利分子？

也许吧，还是原谅他们吧，毕竟有爱的心才能看见一个多情的世界，无爱的眼里不过是一个冷漠的人间。

端淑嫄、楚媛、荀胜正从大青山绿竹谷出发前往尧洲城的路上，"到前面的前桥镇再休息吧。"

"真不明白，你们为何单独行动，还要直扑通典老巢，是太有信心了还是低估对手了？"

荀胜其实就是曲熙妡，无论她妆化得多么精细，他不必看就能知道，因为他的入梦已更进一层，基本能靠呼吸识别人物了。

"我们还没那么傻，李散元去请一个传奇人物已经离开尧洲城了，而且我们根本就没想进城，不过是个假象，师父他们已经与朴师叔秘密到达凤凰村附近了。"

有个打入内部的自己人真好，对手稀里糊涂，自己明明白白，不过全非儿的处境大概也越来越凶险了。

"你们说的传奇人物是什么人？"

"据说是石像的师父，专门培训杀手的。"

他身上一阵冷汗久久不干，那会是一个什么样的人？难道李散元、庭若忘、石像还有众多杀手中的高手还不够对付我这两个师叔，看来暗香门的实力也是相当可观的，或者还有什么隐秘的高手，可是三绝已经摆在明面上了，还有更胜他们一筹的幕后神秘人？

"你们赶紧走吧，我也回去交差了。"

端淑嫄递给他两张琴，"不拿琴怎么交差。"

"没必要吧。"

曲熙妡笑着说："我们有准备，多谢师弟了。"

庭若忘高兴极了，至少暗香门三个颇有实力的弟子在正式开战之前已经形同废人，"你们说老大是不是太谨慎了，非要去请尉迟枏前辈，他们只有两绝堪能一战，何况没了琴剑和、难得一剑将大打折扣。"

石像生冷地说："还有周柘枔。"

庭若忘笑了笑，并不知在想什么，"来了更保险。这次要多谢牛兄弟了。"

看着这纯朴的脸、真诚的笑，他都有点怀疑这就是将自己得来不易的信物毁去的人。

李散元传回消息：封局。

这种坚决总令他心有恍惚：谁算计了谁？

二

他与石像还有另外两个杀手潜伏在山坡的犄角里，他能静静地看到不远处的凤凰村，现在他比较迷惑的是，这里是自己的家乡，还是仅仅与自己任务相关的一个过场？

山风吹着绿色的波浪，有些秋天的萧瑟，翠绿的眼前带着肃杀的冷。开始的、结束的，都在这一刻吗？

李散元还会约其他人吗？全非儿的身份大概已经暴露了吧，那自己两次任务的失败就没有任何代价？周柘枔又会安排怎样的谜局？

一只硕大的鹦鹉吱吱嘎嘎地叫着飞向远处的树枝，太阳升起又向西山落下，自己竟然躲在这里静静地观赏了一天的自然风光，有人了。

已经有人倒下了，是谁？这个夜里要有多少人悄无声息地离开人世？这种暗杀的手段应该不是暗香门吧，嗨，谁知道呢，暗香门不也总是来暗的吗？

冷末，站在清晨露气中的是他。

其他人呢？

躺在冷末前面不远的人看不清楚，难道在黎明前的黑暗里那致命的一击就是冷末的刺杀？那剑声分明不是难得一剑，大概是他们冷家的"莫留情"吧，怎么在尧洲遇见的都是比较决绝的武功？清静的尧洲实在是一个大谎言，邵年愁还在这儿待过多年也不知个所以然，看来真的没遇到这些是非。

石像竟在这时飞身而出，他才知道石像离自己并不远，而自己的入梦虽未施展，却也能辨周围五丈之内的声息，这个石像当真是连呼吸都静止了吗？

他的惊讶是因为他们四个潜伏的目的不是对付暗香门而是对付周柘枔，石像不至于这么冲动吧。

冷末大概是感到了周围空气的压力和令人窒息的气息，身形向后飘出数尺，面对石像谁都会由衷地感到紧张。

"是你杀了他？"

"是。"

"那就出手吧。"

冷末刺杀的是谁？令一向沉稳的石像放弃李散元的计划，也要当场击杀冷末为此人报仇。

我该不该出手相助，随后会怎样，他的心里也有点犹犹豫豫，两位师叔应该在吧？

石像的"不动山"，静得像一座山，他出手，阔大的刀身像沉香的大斧，天地变色，风云聚散。

冷末像风雨中的一叶小舟，像北风中的一片秋叶，像暴雨中的一只蝼蚁，在石像的每一个简单直接的动作下，冷末好苦。

叮咚一声，琴声似乎离得很远，却令石像的动作一滞，冷末随即刺出，石像身法并不飘忽，但是一大步似乎能跨出一丈，冷末的剑尖在身形的配合下也只能无功而返，虽有琴声相和，但是明显配合不佳而且冷末还未能领会端淑嫄特为他弹奏的莫留曲，或者是功力不足的缘故，竟无法发挥出忘世飘零的精髓，而石像显然找到了不受琴声干扰的办法，难道师叔他们就只用琴声相助一下，石像对付冷末是有余的呀！

"石兄。"在石像的大刀阔斧和冷末的腾挪飞跃间有一个很清晰的轻柔的声音。

石像一愣，这个声音就站在他们两人之间了。

"袁姑娘？你来干什么？"

"你不觉得自己影响了整个计划吗？"

石像吭哧了半天，"他杀了刺！"原来那倒下的是瀛洲刺，因为商周、落花他们，他其实对刺多了一份情感，没想到就这样在自己眼前被另一个并不坏的师兄击杀了，也许对瀛洲来说这样的叛变之人生死都没什么相关了吧，我又何必多情。可是刺的一生还会有谁留意？

"那又怎样，那不是他该做的事吗？"惜世想干什么？

"什么？"石像是对惜世的立场怀疑还是对自己的冲动懊悔？

石像看向惜世的眼睛，于是……

他感到一股凄清的情绪在这片绿波间荡漾，他怎么会有种悲愁与厌倦，这夺人魂魄的感觉就像吃了第四道菜，细雨杏花魂只有作为第四道菜时才能起到勾人魂魄的力量。惜世怎么能经得住这样与石像的对视呢？多做一道菜都会很累，何况直接用于不知离愁别绪的石像。

不过，石像好像已经没了魂魄，只是呆呆地看着惜世，脸色渐渐地悲苦起来，难道他的内心还有不为人知的酸楚往事？

冷末，你难道也呆了，惜世拼了命为你控制石像的情绪和意志，你还在一边愣着？你是觉得自己是男子汉不愿偷袭吗？还是你被惜世的情谊感动得在想爱与仇的关系？还是也被细雨杏花魂夺去了精神？你的手能不能慢慢举起，轻轻刺出难得一见，只要一招就好。

石像，可是，你干过什么不可原谅的事吗，全非儿为何从未说你做过什么见不得人的事，那你怎么就成了李散元的得力干将？以前已大杀大伐过了？为了刺，会不顾酝酿成熟的宏伟计划、会不顾因此带来的后果、会不顾李散元的愤怒，就这样出去简单地为自己想要守护的那份友情而战，这样有情有义的人会做很多坏事吗？你杀的人都是值得怀念和惋惜的吗？如果今天你杀的是周栝栐，那你是成为一个江湖的自由战士还是成就一个杀手的完美杰作？你就那么该死吗？

冷末，你难道也有闲心想这些不知所云的呓语，而在你面前是彼此内心珍藏着情谊的惜世的背影，她正为你争取出手的时机而将生命的沉重悄悄放下，你还在等待什么？不管石像是非如何，也不论这出戏怎么就上演了，但为惜世柔弱的背影、坚强的爱、生命的真诚，你至少该挥出一记完美的难得一见来回应吧。

石像倒在冷末几乎完美的难得一见的剑下，正如惜世倒在自己的细雨杏花魂的伤神损精之下一样，是石像、惜世、冷末一起完成了这段情谊的故事和诠释。冷末也许是个艺术细胞太多的人，除了对端淑嫄的琴声有些不那么高蹈飘逸之外几乎把握了将生命戏剧化的全部精彩，可是，这戏剧虽提高了生命的高洁、加重了情谊的厚重、增强了感怀的力度，但是它不能因此消解随后即将开始的对生命的漠视、对虚无的追逐、对情感的藐视，而因此付出的代价却是永不可再的惜世和你终生的内疚，何必，何必太完美？

冷末的眼泪是此刻凤凰村的中心，为何要在生命不可挽回的时候才能面对生命还在时的情感，那仇与爱不也并非完全的水火不容吗？难道爱也是可以打折的，会因为仇恨和怨怒而变得不那么爱、不怎么爱、不再爱？或者爱是可以返利的，因为利禄和功名而变得有点爱、多点爱、只有爱？是吧，在生命结束的这一刻，你终于发现原来爱就是爱，它不会是别的任何东西，正如其他任何东西都不是爱一样。爱也许允许表达的犹豫和含蓄，但它不会给虚伪机会，冷末，你爱得还算真诚吧！

一幕幕生死交替的游戏即将开始，难道在他们眼里这些情感的流露，这些生命的互害都不足以使他们下定决心做一个优化的零和游戏吗？难道非要将自己置于囚徒困境之中才觉得过瘾？可是并没有人逼你们做这样的选择，跳出来看看真的很难很难吗？他在这里心潮起伏，久久不能平静，"其实真的很难，我不是一会儿石像、一会儿惜世、一会儿冷末地乱跳吗？可是我能拍拍屁股告别东边的日出不带走一点信物吗？好像不能，不也就是另一个囚徒吗，只是跟我博弈的可能是世界之谜的制造者吧，我们博弈到最后的解会是一个什么样的均衡，或者根本无解——永无均衡？"

三

冷末成为中心不是因为众人被情所感而是只有他能被所有人看到，其实他已经成了此刻潜伏者的焦点。

一点寒星倏忽而起，冷末扑倒在地。

是谁的手法这般简洁凌厉？伤心的冷末也是高手呀，怎会如此不堪一击？

寒星闪处就在他下面的山坡，他不知道是哪方的人，也判断不出是什么手法，但却发现另一个身影在他的念头一闪之际已经扑向寒星来处。丁丁几声轻微的金属碰击之后，就见一串血珠扬起一道弧线洒在绿色的草叶上，颤颤巍巍的绿叶子大概是经不起这血色的沉重！

又是"嗖"的一声向激斗的草丛间射去，这强劲的破空声应该是来自十三妖里的红弩，据说那把红弩射出的箭只能看见不能躲掉，他不知道这是什么概念，全非儿给他的解释是：看见红弩就赶紧走，别等着想看看那里面发出的是什么，但是全非儿叹气说，可是红弩从来看不见因为等到看见的时候箭已经出手了。这是什么话？他现在明白了，因为红弩根本就是要目标消失而不是让人知道什么是红弩，这是典型的杀手的冷漠和素养。

"噗"的一声，似乎是这个清晨最大的声响，红弩的力道应该洞穿了谁的肢体……他真想冲出去看个究竟，因为里面可能就有自己的师兄弟姐妹。

铮然一声，瞬间的宁静就是酝酿这一声悲怆的反击吧！那声响并不扩散，而是像一把山神的巨刀劈向山腰草丛后的一块岩石。嗖……又是一支极长的红弩箭，其实他在惊讶的同时已经明白，这是快速发出的若干支箭连成了一线。绿竹剑魂单乐只拨动了一下琴弦就将红弩逼迫得恨不得一次将所有的箭射出然后遁地而逝，想领略这一声琴音的魅力的他被眼前红弩线的阵势吓退了好奇心，幸好这是师叔。

第十二支箭后面只有箭羽划过空气剩下的箭痕，师叔的琴音正在逐个击破已成散花状的红弩箭，而红弩也可以在这个空白的间隔里全身而退吧。

苍生一惜别曲，此刻端淑嫄在想什么？这曲子不是为情意深重的友人所作吗？或者也是为相忘于江湖的同道中人而谱吧！怎么，想以此挽留红弩如箭离去的脚步吗？

在红弩毫无阻碍地飞奔过冷末的身边向村边最近的一个阁楼跃身而起的刹那，身形停顿在了空中，是冷末的剑！然后，他看见了全非儿，原来全非儿的身法已经超越了慧眼一渡，他才知道并不是青山浮水不如千里烟霞，由师兄携着冷末和惜世跑出这片晚饭后值得徜徉流连的村舍边的山坡应该问题不大了。

周柘柃的步伐为何沉稳得像一切都已经结束？他的任务是负责和其他两人在最后关头击杀周柘柃，如果周已出意外，他就成为这次尧洲血战的观赏者而不必露面了，他不得不佩服李散元的魄力，在任何时候每个人都只负责自己的事，虽然也会有不知所以的石像的背叛，当然他知道自己也是要背叛的，只是不知道谁又是潜伏在自己背后击杀自己的执行者。

周柘柃向着全非儿遁去的山坡朗笑着说："师父、师叔，你们又是何必呢？其实咱们尧洲的清静还不是一直仰仗两位老人家的，这样大打出手对尧洲也不是什么好事吧。如果能和解，大家不妨都拿出点诚意来。"

他对李散元的安排还是满意的，他也知道李散元不会白白放过他这个搅局的人，但是对付周柘柃的确是他要做的，李散元实在是个权衡利害关系的高手，是敌人不怕，为我所用才是最重要的。

朴枯真是个急性子，"周柘柃，你不必废话了，我没你这样的徒弟，你们还藏着多少人马我不知道，不过今天也到了还尧洲江湖清静日子的时候了。不过我还是要夸你一句，你敢站出来说话还是有点胆量的，我来会会你吧。"这个师叔竟真的走向了周柘柃。

"哈哈哈，朴仙子还是稍等片刻再惩戒徒弟吧。"李散元为何要在此时为周柘柃挡下朴枯，难道他有必胜的把握或者安排我击杀周柘柃是另一个缓兵之计？

朴枯细细地看了看李散元，"你是虚怀若谷的传人？不错不错，尧洲的武学也应该彼此切磋，这位师兄是姓李还是姓庭？"

"不敢当，在下李散元。"

朴枯轻柔荡漾的不是难得一剑，他领略其中的剑意，原来朝露与晚霞的感觉也能用剑法表现，这对自然的膜拜与参悟才是他心中的青山剑魄应有的境界。

李散元也是一惊，这种飘忽和随意令他有些茫然若失，虽然翻云覆雨的掌影包裹住了剑气，却显出些微的局促。

渐渐地，朴枯的飘逸减了几分，而李散元的掌法也慢了数成，忘世飘零能否应付虚怀若谷？

琴声起的恰是时机，这是他最熟悉的浮世—忘怀曲，师父真的来过尧洲了，这首曲子由端淑媛弹奏竟比师父的多了几分沧桑，这个小师姐是怎么体会出浮世的情怀的？何况还要忘记这难得的情怀。

看着朴师叔剑意重又舒展，他真想笑，李散元此时是不是有点懊恼自己没有人能通音律以助情势呢？他的确高兴得太早了，他忘了李散元让自己身边的空气消失的那一刻有多可怕。

朴师叔一定已经听不到琴声了，而她还要在空气稀薄的环境里使出难得一见，这真是很难得。

虽然李散元一定做了充分的准备，但还是在单乐的忘世—飘零曲之下狂喷一口血，而朴枯已无力施剑。

与李散元的磊落相比，周柘柃实在有些令人不齿，就在这一刻他竟出手攻向朴枯。

其实是李散元低估了朴枯的难得一见的威力才敢面对面地与朴枯放手一搏，他当然知道后面还会有一个单乐的琴刀，只是没想到在难得一见划开一个缝隙的瞬间，单乐就能将自己击成重伤。

他已经纵身飞向周柘柃，这个曾给予他很多感慨的周大哥现在不过是一个令人厌恶的虚伪小人。

几乎就在他起身的一刻，整个山坡都在动，人影纷飞地令他慧眼一渡也有些忙乱而目不暇接了，庭若忘和数人拦向单乐和暗门五香，全非儿好像又回来了，而自己身后是一起潜伏的两个杀手，就在他即将出手攻向周柘柃的时候，他感到身后的一道白光和一抹紫影似乎出击得太早，以至于那攻击不是向着周柘柃而是自己，朴师叔已经在不停地后退，自己如果回身就可能失去为师叔解危的最佳时机，可是如果不顾身后的攻击自己将会和周柘柃一起被击中，此刻他终于明白击杀周柘柃的安排包含着除去自己的一部分，李散元应该明白无论是自己还是石像都足以独自完成伏击周柘柃的任务，所以身后一白一紫和石像本就是对付自己的。

他已经顾不得去想朴师叔为何还能施展行云流水般的那套露霞剑法，至少他知道他对这次行动的三方了解得都不够多，幸好足够快。

连同回身他几乎将所有的动作都融为了一体，气刀击向紫影而难得一聚削向白光，如果石像还在他不知道还能否从容面对不动山的聚云风魔的一劈，幸运的事还不只一件，紫影虽被气刀击中明显影响不大，而白光也只被划破了胸前衣衫，正面他才看清紫影的紫原来是牙，白光的白原来是发，这是通典十三妖之紫牙和银首。在这瞬息间，紫牙的牙已经飞向他的脖颈，银首的千万发丝已激射而至，他恨不得自己的腿实际上是个超级弹簧，能在青山浮水之上再加千里烟霆，他不知道后面还有没有周柘柃的人，退是此刻唯一的选择，幸运的事就是在这一刻：他看见了自己——绿脸。

绿脸——这个被自己取代了位置的人，他用了什么办法挥挥手就把这两个独特的杀手轻轻抹去了？他也会把手轻轻挥向自己吗？

那个远处将单乐和端淑嫄他们阻住的就是石像的师父尉迟榆吗？他一定知道辅助冷末的就是端淑嫄吧，竟有三分之一的攻势是向着她的，不过这个可怜的小师姐虽勉力支撑却丝毫不乱。

绿脸对他笑笑，然后就走了。

等他从朴师叔手里接下周柘柃一干人等，才知道这里的压力有多大，周柘柃手下的龙虎卫和被尉迟榆替下的庭若忘几乎让朴师叔想退出的步伐也显得举步维艰了，而李散元此时正退向那个红弩想去的阁楼，身边是十三妖里武功最好的两个——蓝手和黑指，难道阁楼里还有接应的人马？

全非儿、绿脸和冷末并肩应付周柘柃带来的五卫里的雀麟卫和赶来增援的蓝手还是大致相当的，他知道他们三个一定就是暗香七星里的飞星、隐星、弃星，冷末的弃星真是发挥得淋漓尽致，这个计划看来就是从那一刻开始。石像被全非儿看得太透了，但是隐星绿脸发向冷末的那一点寒星为何会引出周柘柃一方的中皇卫呢？而红弩为何又会一箭将之射杀？随后冷末的复活，李散元的重伤，自己的加入似乎全都出乎意料，谁真正计划了这一切？

原来朴师叔已经无力施展难得一剑，那套露霞剑法就是为了应付与李散元对搏之后的局面的，可能暗香门没想到的是尉迟榆实在太彪悍了，努力发出辉煌一击的单乐虽按与朴枯事先约定的将李散元击成重伤，但功力也因此打了折扣，尉迟榆现在成了场上的风云人物，不过他像石像一样没有表情和言语，局面一时很不明朗。

看来对周柘柃这样至今仍频频攻击曾经的师父朴师叔的虚伪小人已经不需要太多的仁慈之心了，他随手刺出几剑，朴枯忽然领悟到这是将难得一剑与露霞剑法相辅成套的几个关节点，朴枯收敛心神将露霞剑法娓娓施来，而牛一世终于可以在其中痛快地锄奸去恶了。

等他面对尉迟榆的时候，周围的声响悄悄地成了小鸟的呢喃，而伤痛者的低鸣也仿佛梦中呓语，一切都恍然成了点缀的背景，而他的背脊上早已是丝丝冷汗。

尉迟榆几乎凝固的脸居然显出了一点冰雪后的阳光，那融化的雪水发出的滴答声像是在耳边，这股暖意可是春天的消息呀！

"如果尧洲三绝状态好，我未必赢得了，可我不会愉快。但是你，我却觉得很有意思。"

他纳闷尉迟楒想说什么,"我不明白你的意思,不过面对你我一直在冒冷汗,可是我心里并没感到恐惧和害怕。我觉得很奇怪。"

"好,遇到你很难得,石像说起过你,我却没留意。"

他不明白为什么尉迟楒刚才没有对单师叔他们下杀手,因为他感觉得到尉迟楒对自己的一击一定是致命的,难道他一直在保存实力,或者根本没想真为李散元出力,可是为了石像也不值得出点力吗?

他回头看看端淑嫄,端淑嫄点点头,回身拿来了那把"绕梁",水波般流动的纤手是想弹忘世—飘零曲了,"端师姐,你见过大师伯了,应该能弹那首水天—幻梦曲吧。"

"我还不是很懂那首曲子。"

"来吧。"

尉迟楒一直等待着出手的那一刻,而他——牛一世的身形淡得像是一眨眼就能融入空气中的一缕青烟,水天—幻梦曲就是这样缥缈的倾诉吗?端淑嫄是否有些领悟曲中奥妙了呢?因为他也在等待那一刻的爆发。

就在此时忽然有一个身形向尉迟楒飞去,几乎在同一时刻,尉迟楒的聚云风魔和那人的雷霆一击轰然相撞,"绕梁"七弦具断。

单乐哈哈大笑,"好一个雷霆一击,果然是碎梦刀。"

尉迟楒咳了两声,"好久不见,再次遇见苦刀真是有幸呀。"

石像来到众人面前的时候,他才明白李散元的封局行动不过是暗香门和凄风冷雨家族联合做的局里的一部分罢了。全非儿没有告诉他尉迟楒和石像其实都是四大家族的人。但他还是很恼火尉迟楒在这种时候还争强好胜缠住了单乐他们。

是全非儿设计的开头,周柘枌也被算计了——绿脸成了中皇卫的指定目标,可是与绿脸肝胆相照的红弩却被自己的情意利用,瀛洲刺何尝不是,他为红弩和刺惋惜却不知谁对谁错。

周柘枌和李散元的失败从开始就已注定,可是惜世的细雨杏花魂也是演戏吗?那这群与自己并肩站立在胜利的台阶上的是真诚的有情人还是另一批演技更高超的演员?惜世大概是不知道的吧。

即便两位师叔没说师祖有遗训,他也会愿意和端淑嫄演绎一场全心的琴剑和,只是不知道师祖为何要嘱咐由两个第三代弟子在凤凰村西面十里处的竹林里来施展他当年最得意的琴剑双绝。

这把"绿绮"能遇上端淑嫄也算得其所哉了,端淑嫄的忘世—飘零曲真的已经接近师祖当年的境界了吧,因为他觉得自己施展的难得一剑简直是行云流水、时光无声,那完美的一剑令在场的人都沉醉了,直到不远处传来嗡嗡声。

隐藏在荒径后面的是一个凄凉的墓碑,上面写着——牛一世之墓!

单乐点点头,"看来师父一直在等你呀。"

墓里当然没有牛一世，打开尘封的木匣，里面是一把像小巧木剑的令牌。

檀木凤凰令！与琴剑相和的它是哪来的灵性？

没有端淑嫄的琴音，世间还会再有那绝怨丝、绝恨根、绝恶念的一剑三绝的风采吗？

没有他的难得一剑世间还会有那忘浮生、忘人事、忘俗情的忘世—飘零曲吗？

卫洲

苦与乐不过是度过从生到死这段时间的若干形式之二罢了。

第十四章　迷离

一

卫洲的天空格外高远，白云就像自家屋顶的炊烟，而那一蓝到底的背景仿佛是海。

自从踏上卫洲的土地，他就失去了那人的踪迹，卫洲与自己有什么渊源？为何那个陌生人也会碎梦刀之雷霆一击？近乎完美的一击，而他来自何方？两位师叔似乎是知道此人来历的，却又闭口不言？而那个尉迟榆居然也见过他，此人一定去过青洲，而现在把自己带到卫洲来又是何意？他名为苦刀，苦自何来？难道是他？可如果是他，就没必要躲着不见了？

他离目标更进一步却没有以前的喜悦而是迷雾重重，望着白云形影变幻，他闭上眼睛倾听大地的呼吸，渐渐地沉入梦乡。

醒来的黄昏格外冷清，绿色山坡下就是蔚蓝的大海，忽然有种奔跑的冲动。

卫洲地广人稀看来是确凿无疑了，自己竟能敞开胸怀尽全力施展千里烟霆而不必躲躲闪闪，身边疾驰而过的风带着干燥的空气迎面而来，那个有缘人一定还会出现，现在还是先畅快地奔跑吧。

身边的气场一层层扩展，气定神闲在两年的历练中已能自然生灭。气刀竟也渐渐能自行凝聚，这是他自己也没想到的。

当他踏进聚集了卫洲近四分之一人口的卫洲城时，就感觉有目光在注视着自己，他悄悄地审视着周围的一切，一无所获，但那种感觉却没有一丝消减，这令他对卫洲之行充满了戒意和不安。

那个陌生人消失在卫洲是引导还是误导，他也无从判断。街上往来穿梭的人群和繁华的街市似乎都无法给予他一点安慰的信息，他自离开家乡以来第一次感到了孤独。

卫洲人的确带着果敢和直率，虽然行事有时显得过于莽撞。他想起卫洲老洲主在瀛洲给赵玉石说的话，也许去找现在的卫洲洲主是个不错的选择。

可是据传向来亲民的洲主却拒绝他的求见，而且希望他不要再来。难道是认识的人，不见是不是仅仅因为时机未到？否则完全可以找其他的借口拒绝。看来卫洲的生活就要开始了。

几日来被人窥视的感觉在睡梦里也未消失，如果不是相信自己的入梦，那他就该怀疑自己的神经了。他从卫洲城外不远的沅澧古镇遗址返回城里的时候，看见了落花的背影，这真是奇妙，她在此时出现不知与自己有没有关系。

快走两步竟没追上，落花不经意间在街市上也施展了灰烟云影吗？落花很快就消失在一个不宽的巷口处，他追上那个背影，"你怎么到这里来了？"

……

听不出我的声音了，"喂，落花，是我呀。"

转过的身形，"你在叫我吗？"

他愣住了，没有道理啊，认错人的时候会有，可这一路跟了这么久居然还认错，而且现在看来她分明不是落花呀！

"对不起，我认错人了。"

"我和落花很像吗？"

"不是很像。"

"噢，那你怎么会认错？"

"我不知道。"

"呵呵呵呵，你这个人挺有意思的，我叫顾澹斐，记住了，不是落花。落花真是一个人的名字？"

"嗯，真是一个人的名字。"

"你还有别的事吗？"

"没有，打搅你了。"

顾澹斐笑了笑，他又恍惚是落花，这是怎么回事？

"那你叫什么能告诉我吗？"顾澹斐很大方地问他。

牛一世的故事结束了，流水在此时会不会让顾澹斐觉得太矫情，"我叫曾靖。"

"前面那个灰色的房子就是我家，不过我一会儿还要出去，改天你来找我玩吧。"

事情的发展总是间断的非连续的，甚至生命在呼吸之间亦有间隔，时间呢？也是跳跃着吗？虽然无法设想时间的间隔是什么状态，可是连续的永无间断的状态岂不是更加匪夷所思？

沅澧阁下面的秋叶街是最富诗意的，他独自坐在二层眺望城外的冷清，这个下午有点落寞，不知是近两年来的经历改变了一点心性还是卫洲的局面迟迟没有展开。

这个怀旧的仿古建筑也已经有了上百年的历史，有一天会不会再有一个仿仿沅澧阁呢？看来过去与未来总是纠缠着现在。

远处晃晃悠悠的是两顶肩舆，坐在上面的人一定在说着什么他们感兴趣的话题吧，在这个颇具古典气息的街道上还显得有些格外活泼呢！

坐在上面的人很快乐，在下面抬着肩舆的人也很快乐，他知道快乐的内容、缘由和程度不同，但是他们的快乐本身却是没有区别的。有时人真是奇怪，追求的目标其实根本不必追求，而之所以追求恰恰是因为追求的过程使目标丢失了。快乐很容易，然而追求快乐却很难。

踩在脚下的树叶声是轿夫的享受还是听者的情怀？如果树叶有生命，它的快乐是飘落在冷清的地方静待枯萎还是在脚下营造别人的心情？

在朦胧的黑白交界的黄昏里，他看见坐在肩舆上的一个女孩子就是顾澹斐，他们也是来这里闲坐吗？

顾澹斐居然一下在昏黄中看见了凭栏的他，在屋中灯光的背景下，他显得有点伤怀寥落。她向他招手，他报以微笑。

等顾澹斐坐在他的对面，他一时弄不清楚那个站在她身后的年轻小子的身份了，刚才谈笑默契的难道不是他俩，现在的一脸平静，就像一直等待夕阳的是他们而不是他。

"你怎么一直没去找我玩，你在等人吗？"

"在卫洲我无人可等。"

"那就算是等吧。我来晚了，请你喝点卫洲的非然，小骆，你回去拿吧。"

他看得出这个小骆并不十分愿意，"算了，要点这里有的就行了。"其实他心里在嘀咕，这个非然是什么，连沅澧阁也没有，这个如此少众的非然是值得等待的佳酿吗？

小骆的不情愿仅仅在脸上，听到顾澹斐的话，他就下楼去了。

看着小骆的身影消失在街角，顾澹斐狡黠地一笑，"走吧，终于把他打发走了。还愣着干什么，快点走吧。"

顾澹斐真是小孩子心性，因为要逃避继母而离家出走，然后找到他陪着去找自己的姨妈。

"你难道不怕我是坏人？"

"那有什么，被坏人害了也比在家里待着好，何况有一个叫落花的朋友的人也不会坏到哪去的。"

原来叫一个优雅点的名字也有好处，不过这可不是好人的专利呀，"你以后还是小心点吧，这次算你蒙对了。"而对于顾澹斐深埋内心的凄凉与失落他也不知道该如何安慰。

顾澹斐越走越慢。

"怎么了，后悔的话，现在回去还来得及。"

"谁说的……你一个人走过夜路吗？"

"走过。"

"不怕？"

"没想过。"

"哦……"

走了一夜的路坐了一天的轿，顾澹斐没显出太多的疲惫，他不知道这精灵跳脱的小女孩是否也深藏着不为人知的武功。

顾澹斐的姨妈是个和蔼的人，大概她的妈妈也是吧。

第二天下午顾澹斐来找他出去玩，"晓妃镇外边有一个晓妃墓，咱们去凭吊一下吧。"

其实只剩下一堆荒土包了，他也不知道大家怎么就断定这里就是以前的墓地而不是一个小土堆。活泼的顾澹斐凭吊的大概不是这堆黄土的故事，而是对母亲的思念吧。

"没什么事我明天就回去了。"

"你回去有什么事？"

"我总不能一直待在这儿吧,你在这儿住着父母也放心了。"

顾澹斐实在想不出还有什么理由挽留他,于是就亲手为他做了一道出乎意料的菜,也是她从小学会的唯一的一道菜,不过在他眼里这道菜就是惜世的细雨杏花魂,他知道不是或者在他心里认为不可能是,可现实是他分不出是或不是。

于是他就真的死了,唯一令他奇怪的是他没吃到前面的三道菜呀,难道这个顾澹斐已经超越了惜世的界限。

"唉,你还是死了,你其实是个挺好的人,为什么你很令人可疑呢?"

凄凉的气息浸染着他的灵魂,他醒来,不知是生是死。

整个院落里没有了生命的活动,他就是被这股生命的荒凉惊醒的吧。

他现在能确定那道菜里其实是含着断魂草的,他首先要感谢的是老怪物的百草汤,从里到外被浸泡了不知多少岁月,这就是所谓的百毒不侵吧。可奇怪的是,自己当时应该能辨别出菜里的断魂草的。

顾澹斐的姨妈一家被谁所害?她是谁?她去了哪儿?

茫然呀,这个卫洲!

二

还有比对生命的尊重更高的尊重吗?

这批杀手没留下任何有价值的线索,这本身就很可怕,一种可能是自己适逢其会祸至己身,一种可能是杀手为自己而来殃及众人,不管怎样就行动本身而言他承认这批人很专业。他必须给这个院里的人一个交代,虽然可能与己无关。不过他不明白为何杀手没有一把火将任何可能遗漏的线索毁灭,是还有点良知恐怕大火延及他人还是有恃无恐暗通官府直接结案或者仅仅是过于急迫而疏忽遗漏?不过,他还是要感谢这个结局,毕竟百草汤能解世间毒却浇不灭无情火。

走在夜的街道上,他徘徊不知所向,顾澹斐的出现是必然还是偶然,她的离开是任务结束还是另有变化,她是如何确定能完成毒杀我的计划的,或者一切不是我看到想到的样子,即便姨妈一家可以假冒,但他们会对自己人痛下杀手?更何况那时我不是已经死了?

一连串的疑问令他的脚步在街角迟迟不能抬起。

然后他在顾澹斐姨妈家的院墙角上看见了一个标志,他没见过,不过他确定这是一个杀手间传递信息的暗号,全非儿的介绍加上尧洲杀手的经验让他有了信心。

他几乎搜遍了全城才在东门附近一个破败的小屋一角发现了那个标志,在符号中心多了一个红点,是否意味着任务完成?

东门外三里出现了岔路口,他没费多少工夫就发现了一个标记,可是这才引起他的疑虑,难道他们还有别的任务,否则为何会给后面的人留下路标,而且显然后面的人还没来过。他最终没把标记毁去,他想知道事情的全部。

他不知道这伙人的行动到底有多快,虽然没能随时随地施展千里烟霆,他也对三天的追逐有些疲倦了，甚至开始怀疑指引他的暗号实际上是一个陷阱的指示牌。

就这样经过城镇人群经过树林鸟语经过山坡流水经过田园牧歌经过峡谷荒草，如果不是局中人恐怕会认为这是一场极富个性的卫洲全境游吧，其实他也时不时地生出这样的错觉，这样纯粹地领略自然人文景观的机会一生里能有几回？

智者千虑也会有一失，他没料到离开一个可以补给的小镇之后，从此就是漫无边际的荒滩野地。继续走下去其实已经不是为了追上那些杀手，因为这些指引他的路标可能根本不是那些杀手留下的，这两天他想得最多的是，这些路标的终点一定会有人等着自己。

苍茫夜空繁星密布，深蓝的底子那么纯净，星光的晶莹像是在一闪一闪地诉说着白日里的消息，明暗大小相得益彰，仿佛静止的乐章，时而激昂如交响合鸣，时而呜咽若箫埙低徊，时而欢快似竹笛轻响，何况更有雅致的古琴声和沉郁的二胡曲呢，篝火边的他终于在天地的宁静中沉醉于宇宙母亲的乐声中了……

人在何时才会静静地想起自己的母亲呢？

耳边响起的呜呜声像是压抑已久的喉咙欲振声高歌释放心灵对这美妙宇宙的礼赞，而其中带着的徘徊和焦躁又是怎么回事？

他悚然惊起，美丽的梦与凉风掠过的戈壁上现实发生的一切结合得多么完美！

在他面前一闪一闪的不再是悬于天际的星辰，暗夜里泛着一丝绿色光芒的星星点点正是发出呜呜声的狼群的眼睛，它们是如何看待这个世界的，他不知道在狼的眼里自己是会活动的一块肥肉，还是一顿像自己需要勇气才敢吞下的那些不知名的野餐。

其实狼也不容易，其实他也挺残忍。

空旷荒野里的几天已经没有发现任何指引他的标志了，也许这一览无遗地敞开空间没给那个人做标记的机会。就这样茫然地沿着一个方向继续走下去，这里还不够偏僻吗？已经没有人了呀！什么秘密要背着一切生命甚至是水才能说！

狼肉干得像木头，他几乎要爬行了，还说什么继续走下去，离开都不可能，荒漠的夜还是那么可爱，可是早已没了优美的乐章，唯留下白日里时不时的海市蜃楼。

眼前晃然的水域真是令人倍加煎熬，那可爱的红柳是真的吗？红柳是这几天他唯一的水源，那深深扎于荒漠的根顽强地守护着最后一点生命的尊严，那细弱的小花是世间最坚强的美丽。云彩被阳光映射于沙漠上，那片随意的阴影能否带来一点清凉的雨丝？

世间的奇迹其实很多，比如活着就是生命的奇迹，比如相爱就是情感的奇迹，再比如沙漠中的绿洲，这是大地的奇迹，而那片湿润的土地不知通向何方。遥远的绿洲就是此刻永恒的目标。

他不知翻过了多少个沙堆，终于俯瞰到沙窝里的一片绿的时候才发现被沙堆遮挡的地方居然还有房子，几间干枯的土屋，那狭小的窗口后面是否会有若干双眼睛在注视着可能到来的他？

是不是陷阱还重要吗？

"你终于来了。"

这个就在自己身边的声音要比没有水更可怕，渴是无奈而被人握住的生命什么都不是。

"你是谁?"

"我们见过面。"

这缥缈的声音从何处来,他的入梦大打折扣,可是满眼的黄沙哪有什么人影儿?"是你引我来的?"

"是你自己来的。"

他无语了,他甚至不知道该问什么,他与卫洲的渊源还根本没有起点,这样的现状所为何来简直就无从说起,他只能明确这个人不是想让自己领略卫洲风光后葬身于此。

"你叫什么?"他想笑,那人几乎把自己引到了死神的面前,却还问他姓甚名谁。

我叫什么在这片荒域里也是值得说的话题?还是想闲话家常?"曾靖。"

"哦。"

"我能否下去弄点水喝?"

"不行。"

"你想让我返回?"

"我不想你死。"

"我已经两天没沾一点水了,我能和你说话已经是极限了。"

"那就别说了。"

就这样等待又一个夜的降临,就这样守着生命的水源而承受着饥渴的煎熬,就这样莫名其妙地忍受着另一个人的制约。

终于在视线有些模糊不清的时候,从另一面的沙堆后冒出几个骑着骆驼的人,匆匆向土屋赶去。一阵忙乱后,那伙人喝着甘甜的水笑了,他从笑声里都能听出水的气息。

"来了。"看着从不远处的沙堆里钻出来的那个灰人,他的眼睛格外的亮,原来是他!

"喝水吧。"

苦刀从尧洲把自己引来卫洲,又把自己引到荒漠,一定会有重大的事要发生。而对此人的亲切感令他踏实了许多。

苦刀看看他,"我还以为你赶不上了,不过他们走得也真够慢的。"

幸亏自己没有放弃,没有懈怠,他的心里有点后怕。

不过,对于从土屋狭小的窗口里透出的土黄灯光,他不知道能给予自己几多期许。

第十五章　吸引

一

顾澹斐看着曾靖微笑的模样,"不知道你又想起什么了,连断魂草也浑然不顾,是谁给你做过一道美丽的佳肴?落花?唉……"

这长长的叹息不知为何不知为谁。

院中是有飞鸟停留吗？顾澹斐站起身来轻轻推开窗户，院中的槐树带着微风摇曳，"啊！谁？"

"还好，你没等我来了再动手，你为何要跑到这里来？"

"四哥？你们不能动我姨妈。"顾澹斐的身形已经向前院飞去。

四哥跟在她后面并未出手阻拦，晚了。

一起来的还有四人，"四哥，顾澹斐怎么处置？"

另一个声音，"大哥不是说了吗？还犹豫什么！"

四哥挥手，"澹斐，你自己说，你愿意在这儿结束还是见了大哥再说？"

有人不耐地说："四哥……"

四哥打断那人的话，"她还是动手了，虽然晚了点。"

"小骆，你也来了，你们真够狠的。"顾澹斐的声音里已经没有了生气，似乎是声音自发在声带处震荡。

"你也太任性了，这次任务可是上面直接交代的。"小骆有些生气又有些歉意地表白。

四哥插话道："这事跟小骆无关，走吧。"

顾澹斐漠然的表情令人猜不出她在想什么，"我去看看姨妈姨父他们。"

"如果我是你就不会去看了，走吧。"

走到路口时，顾澹斐手腕一翻，在院墙上留下了一个奇形的标记。

等到顾澹斐第四次留标记时被发现了，"你给谁留暗号？"

"我就是想看看会不会有人来。"

就这样走了数日，四哥忽然收到一封信，于是兵分两路，他带着小骆一路向西而去，顾澹斐被歧叔他们带回卫洲城。

大哥严肃地质问顾澹斐，"为什么要支开小骆带那人走？"

"不为什么，我只是想看看他是不是值得怀疑。"

"上面传下来的话不会无中生有，没点依据会派人去动手吗？"

"错的也不止一回。"

"你还嘴硬，做大事就要谨慎，宁可错不可漏。你好歹也是值得信任的，否则哪会让你站在这里说话。最后怎么又决定动手了？"

"我用了断魂草，结果他却真的吃下去了。"

"就因为这个？"

"是。"

大哥看着这个溺爱的小妹，不明白，更不知她心里有多恨自己，他知道她不会说的。

"四哥和小骆去哪儿了？"

"你也别记恨他们，都是我让他们干的。"

"其实是我违反了规矩，只是付出代价的不是我，却是我的姨妈。"

大哥深深地注视了顾澹斐一眼，"以后再说吧，怎么做是你的事，不过我要告诉你，有些事不是你想的这么简单，也不是你看见的这么单纯。"

顾澹斐皱了下眉，"我能走了吗？"

"嗯。"

小骆西行有点落寞，"四哥，斐儿肯定会记恨我一辈子的。咳，为什么要伤及无辜，何况那个人的身份还没弄清楚仅仅是怀疑吗？"

"澹斐不是不明事理的人，她不会怪你的，要怪也是怪上面，我倒担心她会找机会去上面闹事。"

"那就完了，我希望她永远没有这样的机会。对了，四哥，咱们这是去哪儿？"

"我也不知道，说是到了地方自然会有人跟咱们联系。"

"以前可从来没遇到这种事，还要咱们打哑谜。"

小骆记不清在荒漠里走了几天，当那群人说终于到了的时候，他才发现辛辛苦苦跋涉的目的地不过是几间小土屋，这里面难道会有什么惊天的秘密？

谁能想到漫漫黄沙里的水格外甜，水罢，却没人吭声，"我们还要做什么？"四哥也有点不耐烦了。

"等几个人。"

四哥皱皱眉头，"等多久？"

"不知道。"

"你们谁是头？"

一路上张罗后勤服务至今没说过一句话的中年人咳了咳嗓子，"四哥有什么话吩咐？小弟水伴。"

小骆这才真正看向他，那平静的脸上分明有一股气势在，而这名字还带着一点仙气。

四哥看着他，"上面只说和你们接头，没让我们多问，我只想知道什么时候离开这儿。"

"四哥客气了，没什么瞒着的，我们等着接应几个人，把带来的东西一起送给贵上。只是在这荒漠之中行程不好把握，最迟也就在三日之内，还请四哥多担待。"

"原来如此，这里布置得真够周到的。"

"四哥过奖。"

屋外的沙堆后，他转头看着苦刀，"我们也要等下去？"

"嗯。"

他心里默念，这三天可怎么过呀？运送的是什么贵重礼物，苦刀不至于要劫道吧，还要拉上自己？

幸好第二天下午水伴说的人就到了，他却听到苦刀轻轻地叹息，难道他觉得再等两天才够味，没经过漫长的煎熬、艰辛和苦难得来的结果是否会使结果本身减少存在的价值？但他知道至少会缺少乐趣，否则人岂不是就只剩下生与死了，而所有的精彩难道不是在生死之间的这段曾经？所以苦与乐不过是度过从生到死这段时间的若干形式之二罢了。

他正在瞎想，苦刀碰了碰他，"我还要在这儿等一个人，你跟着他们回卫洲城。"

"他们都走了，你还等谁？"

"你在想什么，他们的话都没听见？那个永伴还不走，我猜他一定还要等一个人。"

"我在哪儿动手？"

"动什么手？"

"你不想让我把他们带的东西劫了？"

其实苦刀也会笑的，苦笑，"我想你查出他们背后的人和事，毕竟你自己也要明白你为什么死的。"

"你知道就告诉我吧，我本来也不是很在意。"

苦刀看着他，过了一会儿，"你说得对，不过我也不知道，我只是想也许会与你来卫洲的目的有点关系。"

他没有在漫无际涯的蓝天黄沙里追踪的能耐，所以只能沿来时的路返回，其实若不是苦刀给他一个方位盘并且告诉他一直向东，来时的路和没有路对他来讲也是一样的。

凭什么苦刀在荒漠里这么多天还有水有粮，他都藏在什么地方了，居然还能分点给自己？他恨不得长翅飞出这片曾给他带来无限遐想的荒漠。

其实到了此时，他心里已经隐约觉出这些人和事的确如苦刀所言是跟自己有关的，自己的命运真像是早已注定，有时都想躺下来睡大觉，看看这个注定的命运会不会自己找上门来，他不信赵玉石风铃端淑嫄会跳出来说："快来看呀，你找的东西在这里！"何况还有一个化成风的甄箫来送耳环。

可是这个顾澹斐难道不是自己跳出来的吗？她没喊着找到了什么，却让世间失去了很多。

是什么力量将自己卷入生死的纠缠，而自己也终究不是一段等待枯朽的木，亦不是一块静默通灵的石，还经不住对生的眷恋和爱怜的诱惑，还放不开对死的沉痛和惋惜的责任。毕竟流云飞袖的潇洒、笑傲江湖的不羁还是多了几分沉重，他年轻的生命还负担不起这种了无牵挂的洒脱。

吸引他的不是纷纭的世事，而是内心的生死。

二

谁也不知道错过的是什么，不错过会怎样；只知道不错过的是什么，错过了是这样。

他坐在卫洲西门街上最大的逅君酒楼斜望着西门外官道上的一拨拨行人，细品着桂花稠酒，既然不去劫他们的宝贝何必一路上跟踪他们，该错过的就错过好了。

现在他没了被人窥视的感觉却在心里窃笑准备窥视别人了。

每次想起苦刀，他就不会觉得在酒楼盯着远处一坐好几天的烦闷有什么值得念叨的了。对于无谓的忧虑，还是忘了的好。

看见那个熟悉的背影，他的嘴角泛起两道苦涩的细纹，"看来你还好！那些游荡的魂灵呢？也还好吗？"心里的叹息是送给那个从陌生到熟悉的背影——顾澹斐？再不会混淆她与落花了吧！

小骆在顾澹斐面前没有了以前的谈笑与快乐，而多出一分不经意的回避。想起他们也从荒漠里走出来，内心竟生出一丝莫名的友善。

那个幕后的人是谁？就连小骆和顾澹斐口里的四哥也仅见过数面，他们在策划什么？那个会使雷霆一击的苦刀又是谁，他关心什么？

月黑夜静，这该是个不能错过的夜吧，被称为大哥的人鬼鬼祟祟要去见的人一定有点来头。

"查出来了吗？"这是他听到幕后人的第一句话。

"只知与凤洲有关，但线索很少，只是祖上曾与凤洲有过联系，在卫洲就像普通人一样，如果不是这次主动找咱们合作，可能根本不会有人知道还有这批人存在。"

"刀锋？如果一个普通人叫这个名字还真有点不甘寂寞的意思。他想干什么？"

"他要我们提供澹斐毒杀的曾靖的资料。"

"哦？你有他的资料？"

"没有，他比刀锋更干净。"

听了这话，他真要感谢商周、风宇和师叔们，可是刀锋和自己有什么关系，几代人的隐匿会因为一个还不清楚背景的人而自愿暴露身份？

"就因为我们的人毒杀了他，就来找我们？这个曾靖干了什么大不了的事？你告诉他们人已经死了，要活的我们也没办法了。"

大哥的声音有点沙哑，"好像还不是很确定。"

"哦？"

"老四和澹斐都确定他是死于断魂草，可是……可是他的尸体第二天就没了。"

"嘿嘿，有趣，难道还有一拨人，或者这个曾靖真有天大的本领能自己起死回生？刀锋什么时候来？"

"老四他们没见到，他们的人也说不出，也许他跟咱们的事没什么关系，真是为了那个曾靖。"

"呵呵，如果是那样当然好，就怕曾靖就是他们派来的，后面的戏就有得唱了。"

大哥意识到问题的复杂性了，"你说那人可能会有所行动了？"

"很有可能，只不知这个曾靖是偶然出现还是试探的开始，而此时又出现一个身世神秘的家族，谁知道与那人有没有关系呢，如果没关系那也未免太巧了。明晚你和澹斐再来一趟吧。"

他很奇怪这些神秘的人并没有在神秘的戒备森严的密室里磋商机密，这样一个普通的院落与苦刀的重视程度似乎不成正比呀！

看着窗外微微荡漾的湖水，他有点遗憾自己是否太过谨慎，错过了一睹幕后人风采的机会，是否该返回去看看后面还有没有新的事件。

第二夜，月亮在云中忽隐忽现，星星忽明忽暗，他仍不敢离得太近，能听到就行了。

随风飘来淡淡的顾澹斐的味道，奇怪，大哥没来。

"表妹？你来干什么？"幕后人也有温柔的一面。

"最近你总忙着自己的大事，也要注意身体呀，我做了你最爱喝的汤。"

"这么晚了怎么还给我煲汤送来，太辛苦你了。过来坐，一会儿还有人来谈事情，你休息一下就走吧。"

顾澹斐怎么会是他表妹？怎么回事？此人害了自己的姨妈，也太心狠手辣了！他不是要找顾澹斐吗？难道昨晚顾澹斐和大哥已经来过了？我错过的未免太多了。

他正为自己的粗心大意懊悔，屋中传来"咣当"一声，接着是顾澹斐的一声惨呼，然后是那人的惊讶，"澹斐，你想干什么？老大？"

"我想干什么？为了一个还不清楚背景的人你够心狠的。你以为为了组织我能不顾骨肉亲情，我还没有高尚到舍生取义的境界，何况有也是舍我自己的生。他们为你做了多少事！今天我不死，还会来找你的，你还是动手吧。"

他还没来得及理清顾澹斐和这个家伙的关系，里面已经剑拔弩张了。

只听那人叹口气，"算了，我本想找你谈点事，还是等你静静再说吧。另外，你也不会再有机会了，你以为你的心法还能再奏效吗？"

顾澹斐走了，大哥来了。

"澹斐呢，这里发生什么了？断魂草，澹斐她……"

"她一直等着这一天吧。"

"唉，你为何不给她说明白呢。"

"那不是更让她觉得苦。"

表妹——煲汤——断魂草，落花——细雨杏花魂——断魂草，难道顾澹斐练就的是一种奇怪的心法，能令人迷了心窍？怪不得！这个幕后人的心法也很了得，竟能识破，而自己几乎命丧于此。

看来自己亲身经历的事情并非表面的样子，还另有缘由。

幕后人的心情不佳，说话也少了点优雅，"先不管那个曾靖，游无尘怎么样了？"

"我正要说这事，刚才澹斐把我支开，我却得到另一个消息，苦刀最后的行踪是在绿原镇，游无尘大概也会去，不过还没发现他的行踪。"

"哦，苦刀也去了那儿。"

"随后就没有踪迹了，如果他是冲着咱们来的，不会消失得无影无踪，可能他也在找刀锋，还留在遥望原，要不我和老四再去一趟。"

"也好，翟雨情既然已暴露，也许他们确实要行动了，奇怪的是在这种时候还要给自己找新的对手，看来刀锋的事他们也知道一些。"

翟雨情不是顾澹斐的姨妈吗？她怎么又和苦刀有了联系？他们刚才说要告诉顾澹斐的就是这件事吗？

苦刀到底在玩什么游戏？

一想起沙漠里的那段经历，他决定还是继续盯着这里。

如果决定放弃什么，一定要给自己找个足够沉重的理由，那样会在有所失的时候还能心安理得，至少有个内心的安慰，人不就是求个内心平衡吗？

接下来的几天，这伙人频繁调动人手，看来是要干件大事。

他安慰自己留下的理由是苦刀嘱咐的盯住这群人的幕后，而眼看着卫洲风云将起，一直笼罩着卫洲的面纱就要揭开了。

三

有些事情是躲不掉的，区别仅在于形式不同而已。

他现在正在前往那片广漠——遥望原的路上。

想起洲府那场激战一日的保卫战他还会有点心惊，更难猜测的是卫洲洲主其人，莫非洲主是神仙不成，竟能算到自己会适临政变现场，居然早已派人等着他，并转告他负责现场指挥，而对于幕后人——路秋白的惊鸿一瞥也是忆如刀刻。

路秋白得知洲主不在场后已经迅速撤离并且直扑遥望原，而纠缠他一日的风迷阵也让他领略了卫洲的武学成就。正是对于路秋白的一瞥没令他痛下杀手，他庆幸他做了这样的选择，因为那些人不过是拖延他的时间。

路秋白问身边的老三，"那个年轻人就是曾靖吗？"

"是，没想到他会是游无尘的人。"

"更没想到他的身手这么好，等办完了事我会等他的，他们最多能拖一天还是在这个曾靖不下杀手的情况下。"

"你说风迷五老都拿不下他？"老三咂舌。

"嗯，我现在怀疑他跟游无尘的关系未必很长久，不明白为何要帮他们，真不知从哪儿冒出来的。"

"澹斐要是下杀手，也没这么麻烦了。"

"据老四说，澹斐并未留情，而且他们离开翟家的时候离他喝下断魂草已有个把时辰，这也能治，看来还有奇人呀，如果他后面还有什么高人参与进来，就不知道这次的卫洲之变会怎样收场了。"

"这个刀锋此时出现也不知打的什么主意。"

"是呀，既然要凑热闹就一起解决吧，是友更好是敌也不多。"

等他再次沿着苦刀告知的那条捷径赶到土屋小镇时，却发现一个人影也没有，按理他走的这条路至少能省下一天的时间，难道他们都没来这里，换了地方？

确定无人，他也去尝了尝沙漠里的甜水。

走进小屋，他就看见了水佾，和一道熟悉的刀痕。

他真的有点生气了，苦刀虽已不是使者但这碎梦刀法也不是用来滥杀无辜的，何况自己作为当代使者还有监督的义务，虽有苦刀与尉迟枢的惊天一击在前他也不能放弃自己的职责。

不过现在的问题是，人都跑哪儿去了？

单是站在屋里看，这十几间小屋的布置无论如何也不会让人相信外边就是一片荒漠。这里仅是他们的一个聚点，还是另有内幕？除了看看能否搜出点线索，他已经没事可干了。

距离生命近的地方总会有发现，靠近水洼边狭小而精致的小屋里有一条密道，草草的遮掩已经失去掩人耳目的作用，大概最后走进去的人已经无心理会这样的疏忽，在荒漠中不知还能通向何处。

潮湿在此地真是令人觉得格外亲切，密道的漫长是因为曲折还是黑暗或者本来如此。

隐隐传来了说话声，看来他没错过太多。几块巨石支起的地下大殿，明灭不定的灯具不知要花费多少心力，悄悄地藏于石门后，视角里只有几根石柱。

"路先生想夺回洲主之位，这两人也是必须除去的，而我潜伏于卫洲也是为了这两人而已，此事一了我自然会在卫洲消失。"刀锋的声音并不像是奸佞小人的调调。

"据我所知那个曾靖不过十八九岁，刀先生在卫洲可不止二十年了吧，你怎么可能知道会有一个曾靖出现？"唔，问得好，他也不解其中的道理。

"这个问题我不便解释，总之不管游无尘是否来了遥望原，苦刀已经来了，你刚才说曾靖最迟明天也会赶来，我们就在这里把事情解决了，单剩一个游无尘，我想路先生自己足以对付了，我就从此消失。而且我保证自己的行为对卫洲没有任何损害。"

接下来的沉默大概是路秋白在权衡刀锋的话吧，苦刀加曾靖他也未必能拿下，而刀锋也的确不像要与他争斗的样子，何况游无尘还未现身，至于刀锋不愿解释的动机如果真与卫洲无关，合作当然是最现实的选择，其实大家都清楚路秋白的犹豫仅仅是对刀锋的行为是否真对卫洲无害有些放心不下。

他在门外早已知道这样的犹豫不过是在打算刀锋事后变卦的应对之策，而眼前的合作已毫无疑问了。苦刀呢？不会一直守在小屋外边吧。

老大说出了他心里的疑问，"既然曾靖明天才能赶到，咱们为何要躲在这里等他与苦刀会合呢？"

刀锋解释，"我们不想他们会合，可如果苦刀看见咱们在一起可能就会一直等着曾靖。"

路秋白叹口气，"咱们上去吧，没必要让水伴作诱饵了，苦刀是个谨慎的人。"

他正想后退，却见头顶的洞壁上飘下一个身影，发出一声冷哼，却对他道："咱们去外边。"

苦刀不知修炼了什么邪门歪道，遁于沙中凝于岩壁！他紧跟着向外奔去。

路秋白刀锋他们也纷纷追出，隐约听到老大嘱咐小骆陪着澹斐，原来他们跟老大一起来了，是不好意思见自己吗？她知道外边有我吗？

看着刀锋心不甘情不愿的样子，他想那个地下大殿里一定还藏着什么机关，看来这个刀锋除去我们的决心要比路秋白坚定得多。跟着刀锋的还有四个沉默的人，如果你不刻意注视，他们仿佛不存在。

"就你们俩，游无尘呢？"

苦刀看着路秋白，"我就是游无尘。"

惊讶的不止是路秋白和刀锋。

"那好，我与你的恩怨今天就了结吧。"

苦刀却看向刀锋，"还是我们先解决吧，我已等了三十年。"

刀锋动了动容颜，"我是肯定要打两场的，来吧。"

三十年！

苦刀已经没了等待的耐心，身形向刀锋掠去，同时劈出的刀影似暴风一般席卷而上。就在阳光一晃的瞬间，刀锋似乎从他的视线里消失了，而苦刀的刀分明在眼前，他不由得为苦刀担心起来，他知道这就是那个被记录隐去的早他三十五年的使者，除了自己的运气更好一点，他实在想不出自己会比苦刀强在哪里。

苦刀的身形在接近刀锋时显出一点凝滞，他才注意到苦刀已经身处那四个沉默人之中了。就在同一刻，几乎已到极致的千里烟霆竟然又已静如磐石，苦刀的气定神闲已到了神随无形的地步，而刀锋急退，他一定没料到苦刀的应变不是急速而是毫无间隙。

但是苦刀的确陷入了一个阵。

"为什么我会这么吃力，眼前的刀锋怎么离得那么远？"苦刀心里格外警觉。

而局外的他分明看到，苦刀、刀锋和四个沉默人都被旋转起的风沙包裹住，那遮天蔽日的黄沙飞舞着冲向云霄，飓风黄沙像是能变形的陀螺，不管苦刀是否足以应付这突如其来的变化，他都不能容忍自己静观其变。

路秋白决不会让他去帮苦刀，就在他想向前时忽然感到了一股熟悉的力量——亭岳，只是这份凝滞与赵玉石的略有不同，正如同一个气定神闲在他是宠辱不惊，在商周是大隐于朝，在邵年愁是闲庭信步，而苦刀则是神随无形。这种因个人气质而导致的心法上的差异并不是所有会武的人都能捕捉得到的。

他的身形被制约的同时，自己恍然走进一个风萧萧兮的黄昏，不由得向眼前暮霭中落鸦归去的几株枯树走去，败落的藤条在瑟风中吊垂在枝桠上，他挽起一个漂亮的死结……

不知是谁的一声叹息。

他的神志如被搅的梦境清醒了一瞬，黄昏中的枯树换成了黄沙里的胡杨，不由得气刀自行凝聚轰然一击，不知历经多少岁月苍老如化石般的胡杨树顿时在风迷阵中化为一堆碎片。

路秋白微笑看着他，"不错。"

路秋白的剑倏而出倏忽而没，风十九式除了赵玉石曾施展出的凌厉还带着几分诡异，他与老洲主是什么关系，竟能将武学融于幻术，将掌法化为剑招。

在亭岳的约束下，他的身法显出从未有过的笨拙，甚至在遇到李散元虚怀若谷的空虚时都要比现在更灵活一点，路秋白的微笑和自信是真实的。他忽然想笑，因为他想到这样对打很不公平，自己就像在黏稠的介质里伸腿出拳，一不小心还会被迷惑，而对方是随风飘着，拿着一把忽隐忽现的百炼柔指剑不时地刺戳两下。他不明白的是，路秋白在等什么，还不想结束？

老大在一旁焦急地搓着手，"少主从没有这么凝重过。"

老四也一脸的茫然,"他的剑怎么像是刺不进去,可是曾靖根本还没动。"

就这样僵持着,直到他颓然坐于地上,看见了胡杨的碎片,他几乎一下就被吸引了,忘了身外随时都会袭来的路秋白的剑。那堆碎片在他脑子里拼凑成了一把胡杨刀,他随意而动的气场渐渐将之凝成一把实有的胡杨碎木刀。

路秋白终于等到了曾靖气场的一点间隙,他的剑急刺而入,真的,他已经不想再等下去了,他几乎用尽了所有的气力来制约曾靖的身形,而迷乱又废去了不少心力,他真没想到这个曾靖的难缠远远出乎预料,他不知道曾靖为何迟迟不反击,难道他真的与卫洲之事无关,仅仅因为与苦刀有些关系而已?

就在他将气刀凝聚成形时,一缕清风刺破了身边的浑浊,眼前一道亮光,他挥手击去。

利刃划破空气声、碎裂的精钢声、沙粒穿透布面声、数人的惊呼声、质朴的击打声、众声齐作,黄蓝红、白枯灰,风吹过,定格的画面就是这样,除了那个还在旋转的沙尘陀螺,一切都像多年后的回忆——惨痛也带着伤感的甜蜜,因为那是曾经经历的日子。

胡杨的碎片上带着点点血红撒落在黄沙上,路秋白千疮百孔的一袭白衫像是开满了朵朵梅花。

"你这是什么招式?"

曾靖的灰衫上十九道血色剑痕,也是一脸的茫然,不知是谁击碎了谁。

路秋白叹一口气,"算了,有你在我也无法报叔父之仇,苦刀真是找的好帮手。"

"你说的叔父莫非是路老洲主?"

"还能有谁,我潜心三十年钻研武技尚且如此,此事就此作罢,告辞。"

"留步,你误会了,卫洲是路老洲主留给苦刀的,他去了瀛洲,我在那儿遇见了他的徒弟赵玉石,也听到了他对赵玉石的嘱咐。"

路秋白一脸愕然,他心里一定在问自己,三十年来为哪般?

只听苦刀大喝一声,旋转的黄沙散去,几串血印向小屋密道奔去,苦刀看向他摇了摇头。

走了很远还回头的大概是顾澹斐吧,那声带他走出风迷阵的叹息不知是有意是无意?

四

"难道三十年来你就是在等刀锋他们?"

"是,这就要说到一百多年前的魏天笑前辈了。城里派的情报人员本来世代都不知道使者的事,但魏前辈无意中把自己的任务告诉了一位好友,而那人却正好是情报人员,他这一支一直保守着这个秘密,并为破解各洲信物收集大量线索,但不敢告诉城主,我在这里发现有人与任务有关,以为是某个神秘组织,后来才知道错杀了情报人员,他临死没有怨我,还说终于遇到了使者,终于看见了碎梦刀法……"

曾靖看到苦刀有泪。

苦刀看着曾靖,"他只说别去远洲,看看我的家人。没来得及解释,我去看他的家人,却不知由此真的带出一个神秘组织，他的家人全被杀害，我改名苦刀留在这里查了三十年。自从你出现，刀锋就开始活动了，翟雨情受了他的好处却被路秋白怀疑与我有联系，因为他只会想到与卫洲有关的事。而刀锋他们后来没有找我应该是了解一些世界之谜的事，他们也知道我的任务已经结束，不会是完成任务的人，所以一直等着时机，看来敌我双方都很看好你呀。"

"你怎么知道我是使者？他们又是怎么知道的？"

"你师父来过了，否则我怎么会在尧洲出现呢。至于他们我也不清楚，总之他们的组织非常庞大，尤其是在卫洲、青洲、深洲、凤洲，但他们彼此之间的联络好像比较松散，我已经陆续除掉一些了。"

"那个尉迟楒又是怎么回事？你们以前交过手？"

"他是尧洲四大家族的后人，年轻时为逃避当年通典老掌柜的追杀跑到了深洲，我当时年轻气盛本要除他，却被字简和尚劝止，说他的聚云风魔还没练成，好歹也是一门武林绝学。"

"看来这个字简师父还是一个武痴。"

"是呀，不过他花了三天三夜开导尉迟楒，也算一段武林佳话吧。后来尉迟楒留在了深洲，这次去尧洲是带着徒弟找通典报仇的。"

"可是李散元又怎会去找他助阵？"

"尉迟楒和石像早已改名换姓，原来的身世没几人知道，李散元他们当然也不知道，只是把他们当成了一批杀手而已，并不知道他们是'凄风冷雨'中人。"

"杀来杀去又怎会有谁是谁非。"

苦刀叹口气，"先别说他们，你还得去追刀锋。刀锋他们应该是逃向青洲，放他们回去是为了让他们纠集那里的组织，希望你能铲除这股专门阻碍咱们执行任务的势力。我是老了，也不想离开卫洲了，卫洲的残余势力就交给我吧。你此去青洲很多凶险，一要谨慎二要狠，对好人要好对恶人要恶。"

他欲言又止。

"怎么了？"

"没什么，顾澹斐怎么不找路秋白的麻烦了？"

"她本就是孤儿，翟雨情和她母亲的身份都是作掩饰用的。"

她的心法就是迷惑别人，却原来她自己也被迷。

看着胡杨的碎片，苦刀终于笑了，"路秋白是不错的领导者，你也终于有自己的刀了。"

"没想到师父说的会是一把碎刀。"他在心里咀嚼即便是注定却还是永不知经过，所以在结果到来之前，注定的也还是谜。

苦刀说出刚才不去追刀锋等人的原因，"飓风黄沙阵还真是厉害，还不知密道里有多少机关呢。"

他感慨苦刀的冷静，"看来多学点东西是没错的，你还能冷静地想出不动点定理来。"

苦刀很惨的样子，"我可是挨了三十多刀才出手的。"

"你不过是在判断他们的位置罢了。"

等人时逅君酒楼，送人时望君酒楼。

回首看见苦刀模糊的身影，遥遥地道一声珍重。

看着前面骄阳下的路，他又返回秋叶街，他想等黄昏时再离开。吱吱嘎嘎快乐的肩舆让他平添几缕愁思。隐约中的歌声不知是否在唱："迷茫茫曾靖扑朔卫洲行，泪簌簌澹斐泪洒人间情。"

青洲

有多少宝贵的生命不正是在等待中静静地消逝了吗？

第十六章　混乱

一

刀锋没料到苦刀和曾靖这么难对付，不过他内心深处还是兴奋的，多少年来的等待终于有了开始。

当苦苦等待的时机到来的那一刻，其实失败与成功不再重要，重要的是可以为这等待的煎熬画上句号，可以为生命寄托的那份事业拼搏，生与死、成与败都已在开始的瞬间获得相同的意义，至于结果不过是追求更好一点罢了，毕竟没有开始，也就没有什么生命与成功的可能。有多少宝贵的生命不正是在等待中静静地消逝了吗？

卫洲与青洲的伙伴已很久没有直接联系了，童家是否准备好应对这一切？

江边的暖意来得早，岸上已有了春的消息，掩映在一片朦胧绿色中的舒柳庄带着洁净的湿气，有种万物复苏的精神。

接待刀锋等人的是舒柳庄的二少庄主童继祖，"刀先生请用茶，家兄出门数日才归，不知刀先生有何事，能否告知小弟？"

刀锋奇怪这个二庄主对自己竟似一无所知，"童延年老先生一向可好？"

"刀先生认得家父？实不相瞒，家兄正是去看他老人家了。"

"老先生不在舒柳庄？"

"是，有什么事小弟能代劳的，就请刀先生直说无妨。"

童继祖送走刀锋等人，对这些人讳莫如深的样子颇感疑惑，难道父兄与卫洲的这些人一向有来往？怎么自己一点都不知晓。

童仁祖看着书房里的画屏发了会儿呆，"该来的还是要来的。"

"大哥，他们到底是什么人？怎么又要去请老爷子出山？"

"二弟，咱们世代相传的青洲第一庄其实是来自凤洲，在这里是为了执行任务——等待一种人。也许一辈子都不会遇见，所以历来都是长子和辈分最高的人得听这项任务，因为根本没必要弄得尽人皆知。"

童继祖也是一脸凝重，"那么说我们等的人来了。"

"刀锋和我们一样是在卫洲执行任务的，其实我们都不知道阻挡所谓的城中使者的目的。"

"我们要等的人来自碎梦城?"

"对,每七年会从城中出来一位使者,走遍九洲,但并不是每个使者都能走遍九洲,实际上据父亲说,青洲就已经很久没有使者的消息了。这次刀锋来,大概使者已经在卫洲完成了任务,而他们没能阻止。"

"这些使者要完成什么任务?"

"不清楚。"

"啊?那我们怎么阻拦?"

"刺杀!"

童延年、童延岁、童仁祖、童继祖、刀锋、左懿、郁殇坐在厅堂里。

童延年看着刀锋,"上次见你还是个调皮的孩子呢,没想到再次相见已时隔半辈子了。有时连自己都不知道是否想见故人!"

"家父在世时也常说起,见面总是要有事的,不见也好。"

"年纪大了就不愿多事了,你们年轻人可能就不这样想。"

童延岁说:"能将苦刀困于阵中,不错。"

刀锋凄然,"可惜尚、仲两位兄弟还是重伤不治而亡。"

童仁祖劝慰道:"刀兄不必伤感,我们定能联手在青洲阻止他们。"

童延年摇摇头,"苦刀未必会来,虽没听说使者不能结伴,但的确还未听过他们使者结伴而行的,据说没有完成任务的使者身份也被取消,何况苦刀一定会留在卫洲继续查寻咱们的剩余势力。"

刀锋点点头,"奇怪的是很多我们自己人都不清楚的关系,苦刀却能找出来。"

"他自有咱们不知道的路子,不过现在最重要的还是这个曾靖。据你所说他虽没有苦刀的凶悍凌厉,却能令路秋白束手无策,我们不能大意,即便至今还没有关于此人的实质性信息,但他已经去过至少四洲,按照时间来看仅仅用去不到两年的时间,这种势头百多年来未见呀,所以我想咱们联名请总部动用多条线索共同阻击这个曾靖。"

"好,在尧洲出现的牛一世很可能就是曾靖,只是我们在那里的势力薄弱,很多细节不清楚。"

"不管怎样,曾靖的身份已确定,我们要全力以对。"

请求支援的信已发出,舒柳庄也开始了在势力范围内各个角落的布置。谁知第二天就收到了回信,信中明确青洲将出动三条线索,其实在卫洲时就已经启动多条线索联合阻击,可是他们没料到苦刀的手段,以至于几乎全军覆没,而剩余的势力必须隐藏休整保存实力,毕竟谁也无法保证曾靖就是最后一个。而刀锋的损失还算最小的。刀锋被惊得一身冷汗,庆幸自己做事还算周到果敢,而且联合路秋白虽然没能达到目的也基本算是成功了。

这个网编织的到底有多大有多密?南江的江水不知,青洲的山川不知,曾靖亦不知。

二

　　青北的洛尕地区是处物华天宝人杰地灵的所在，经济商业发达，文化科技繁盛，竹馨城却在这繁华之外留得些许平静和世俗。

　　城里有一处雅名雨韵的小巷，俗名却唤臭鱼巷。他就在雨韵里，提着两条臭气熏天的臭鱼施施然走出小巷，路人非但没有掩鼻而躲，反而露出羡慕的目光。洛尕虽大，可这臭鱼巷里臭鱼柳的名声却并不逊于任何一处胜景，非但不逊色，还被多事的人在"不进竹馨城难解青洲情"后面续上"不闻臭鱼柳白来走一走"的俗句。这条小巷俨然成了青洲南来北往客的驻足之地流连之所了。

　　对于吃完还能外带的待遇他当然非常满意，这可能比中头彩还更难得呢！

　　雇车向南而去，数日里已经过了洛尕、韶介、阗珑等地，一路上人文景观渐少、自然景色剧增，等到了孜滇时，竟似回到蛮荒之初。

　　登上一处野山，虽能瞭望远处，却被漫山遍野枝繁叶茂的大树模糊了俯瞰众山的视线。春风太劲，转眼便绿了大地。那些杀手也应该就在这青山绿水间吧，这次行动又会怎样别开生面呢？

　　站在藿岩镇三和楼上看着芬河水汇入滔滔沫江向东南而去，匆匆若水无法追回的光阴凭空令人增添几丝烦恼。自此以下沫江改称南江，南江两岸是另一个人文荟萃之地，在那里也许会有新的发现。

　　正在感受江风带来的惬意，楼下有人声传来，"童兄，好久不见了，怎么来了小镇也不告诉兄弟一声。"

　　只听那个"童兄"说："小弟来得匆忙，齐兄见谅。"

　　接着是"齐兄"引着"童兄"与人介绍，有以前认识的也有久慕大名的，好不热闹。他微笑着聆听这片世俗生活的喧闹，其实这种喜悦何尝不是一种难得的心境。可是看看江边围坐一团的担者挑夫，却不由得为他们单纯的笑容生出愁绪，虽然那真诚的笑是真实的。

　　"虽说他们的生活困苦，可是古往今来帝王将相、豪杰才俊又能有几人比他们更洒脱更能细品生活的滋味？"话声来自斜对桌的男子，而其身边坐着的妖媚女子道："难道你想做他们那样的人？"

　　他奇怪那男子说话时的目光却看向自己的方向，仿佛知道自己的心思，于是就微微点头示意。

　　然后又各怀心事各自坐着，不知道那个妖媚女子能否体会到另一种默契里没有她。

　　本想这一日就顺江而下，不想却流连起这片吵嚷之地来，于是下楼向街里走去。

　　走在雨后带着湿气的狭窄青石路上，与行人擦肩而过的时候偶尔会被从屋檐滑落的水珠溅落肩头或发梢，而屋里时不时飘出的米香更令人倍觉异乡的感怀。人多么需要一个家园，无论它是何模样。可是这个世界还没有通往家园的路，他就是寻找这个秘密的人呀！寻找到世界的家园会比这个世界更亲切吗？这个世界不能是家园吗？这样想着反而觉得眼前的一切就是自己的家，故土的感觉使他与脚下纵横交错的青石板彼此传递着岁月的信息。

江边的灯火，街边的人语，屋后的吵闹，甚至远处的犬吠都令他辗转徘徊，心醉如痴。

漫无目的地走进一条没有灯光的小巷，喧闹在身后渐离渐远，只有青石板上自己轻巧的脚步声陪伴，身后寂寞的巷正如一个喧闹与静寂的隔离带，他看着夜色中的小巷深处，"那一头定是一个能够休憩敏感心灵的所在。"

融于黑暗里的剑比雨丝还轻，在触到他后心的一刹那，他的身体迅急向下直扑，从肩头划出的一道血珠散在暗夜里，他在毫无察觉的情况下能避开这潜藏已久酝酿已久的一剑已是不易，虽然他知道属于杀手的剑还应该再深沉耐心一点再与世无争一点。

这个杀手缺的仅仅是一点经验和耐心，说真的他都为此感到惋惜，因为这一剑应该能达到"润物细无声"的境界的。

他站起略显狼狈的身形，却知道该来的终于开始了。他根本没再回头，他知道后面只有一条通向喧嚣街市的空无的小巷，而杀手下一次的剑也许真就要了命。

既然他们已经到了这里，何不在此多等些时日。他想也是该做些事情的时候了，朦胧的月光下一种久违的激情浮上心头。

转了几天一无所获，除了小镇的醉人风情，也许他本不是为了发现什么而是为了这份值得沉醉的雨巷、米香和细雨如丝的湿。毕竟身在明处的他在事件中理应是被动的，虽然他在积极地寻求，这令他明白他所能努力采取的主动行为其实就是给对方制造机会，于是每一次刺向背后的暗剑都成了他的一次策划。被动主动不过是对待同一事件的不同方式而已。他已决定就此南下。

望着走向轮渡码头的他，争揽生意的挑夫们流露出怅惘若失的眼神，因为他手里的小箱子让他显得太潇洒。而骚乱来自他的身后，他向路边让了让，看见前几日酒楼上的那对男女坐着小轿，后面正在卸载所带行李。轿夫在慌乱中脚底一滑，就听那妖媚女子的骂声紧随而至，随后却变成了惊呼，原来竟被男子扔了出去，旁边响起喝彩声。他正感慨同处一地，既有柳如丝那般善良扶弱的女儿也有这样自以为是的俗粉，可是那男子又何必喜其妖媚于前而恶其低俗于后呢？

刚上了渡轮，就见热热闹闹的一群人拥着一位二十多岁的年轻人向码头走来，原来这位就是"童兄"。船走出很远还能看见"齐兄"带着众人在注目远送，这惜惜别情真是让人感到友情的温暖。而他只能静静地看着两岸的树木移步换影。有真挚友情的人是否不会感到孤独？

那寂寞又该如何？

船行不久雾气渐浓，刚刚见到的一丝阳光又被隔于外界，两岸高耸入云的乔木遮天蔽日，舟行其间竟仿佛走向远古的神秘丛林，而雾气蒙蒙就是古往今来的交替处，是过去、现在、未来的过渡带。

雅人总是能做些令俗人不解的事。

雾气深重，甲板上就有这样的雅人在品加了梅子的黄酒；还有人将上半身探于船舷外提壶仰面痛饮，当然这已不是雅而是狂了。

忽在雾气中听到那狂饮客低沉的吟诵之声：

世事无常流转，白云苍狗回环，
千古风流尽皆幻，唯有感慨得全。
莫叹他人可怜，悲苦岂是人间，
万般无奈终须填，怎奈性情难免。
争名逐利不散，邀功求禄相伴，
纵留百年声名赞，徒令心性枉然。
伊人倚栏凄凉，红颜梦里惆怅，
几个十年持手望，但把真爱心藏。
寰宇浩渺非爱，天地苍茫无慨，
姹紫嫣红性何在，风花雪月情外。

声音传至耳中，他的心中一动，竟生出些忧思，只是这番感慨虽也深沉，却还有些未通有无的小遗憾。而他不知道自己的悄然离去会不会在柳如丝的心头打上一个永远的结？

三

直到船主走到身边他才看清其眉目，"这个季节雾气总这么大吗？"

船主皱着眉头，"今天更厉害，连江面都快看不清了。前面有个河滩，得在那儿停一阵子。"等船停靠在平缓的河滩边，他却很想到雾气森森的丛林里走走，他找到船主，"这儿离魏汀厢还有多远？"

"不远了，步行也就半个时辰吧，那儿还有客人下船也要停留一会儿的。先生想去魏汀祠看看吗？"

"我是想从这里穿过丛林走走，不知能不能赶上。"

"那倒没问题，我们可以在码头上等你。不过这片林子很难走的。"

他有些意外的喜悦，"不要紧，那我就抓紧时间，先走一步。"

船主递给他一个指南针，"这样就不会迷路了。"

他抱拳一谢，匆匆离舟而去。

丛林里总有窸窸窣窣的声响，即便他用尽目力一时也分不清声源为何物。这里看来是极少有人来的，就是想循着若有若无的路径也不可得，四处的荒芜令他有种置身创始之初的幻觉。他只能向着一个认定的方向披荆斩棘了。

走了许久，面前的景物似乎毫无变化，若不是确定自己的脚在前行，他会以为自己根本未曾移动。单调反复令他丢失了参照物，他仰头看向天空，直刺刺的树丁陷入雾蒙蒙的天空。

他施展千里烟霆顺着一棵参天古树向上飞升，俯视着这片森林，有种飘飘欲仙的陶醉，可惜望不到丛林的尽头，他就在树端飞驰着试图体验羽化为仙的感觉。

当他轻轻落于地面时，有一种异样的极轻微的声音传入耳中，他吃惊的不是这个声音的存在，而是这个声音可能一直跟踪着他。

就在他刚有了这个念头的同时，一道剑气已向他袭来，他意识到这就是霍岩镇雨巷里的那把剑，只是他不明白对手应该也是世间高手了，为何会犯同样的错误，毕竟经验不是在几天之内就能积累起来的，但作为优秀的杀手在没有把握的情况下连续出现两次错误的代价只能是自己的灭亡。

他的刀光像水波一样荡漾开来，随着扭转的身体瞬间拨开了重重雾气，他的余光刚刚看到那把剑身后一个略显单薄的身影，却感到自己身后一股热流冲向后心，他顾不上惩罚两次"犯错"的剑的主人了，刀脊磕向剑身，能借得一分力是一分吧。就在借力反弹的刹那，他内心对自己笑了笑，因为这次犯错的是自己。

身后穷追的两人一时还无法确定目标的状况，他们仍然采取互相协作的方位毫不松懈。

转眼间他们迫近目标，他们确信目标已经受了致命伤，那把剑挥舞出的凌厉迅捷的剑光仿佛织了一张剑网罩住了目标。

"啊，怎么会？他会遁！"那个击中目标后心的人惊讶地喊出声来。

"这不是深洲的遁，是青洲的神消形散！"使剑的少年愣愣地低语。

"神消形散？难道他不是城里来的？"

"那不可能！"

"可是他的神消形散至少已到了魂破的地步，难道城中使者对各派武学都已出神入化，这简直难以想象！"

"他到底是谁？"他们迷惑了。

他没得选择，回身一拼顶多以一换一根本没有活路，施展神消形散如果能躲过一时也许还能侥幸得生。

他不知道追杀他的人会不会找到自己，其实他现在已没精力去想任何事了，他只拼命地告诫自己的意识，一定要坚持住，找到水。

刚才的翩若惊鸿与现在的趔趔趄趄不得不令他感叹人事的无常，而如今一湾清水或是一条小溪才是他心中的梦想。他恍惚中向着地势较高的方向走去，他的腿慢慢地开始麻木，知觉一点一滴地离他而去。他没死是因为那股热流没击中他的后心，而最后一点逃生的精力又耗费在施展神消形散上了，他期盼着……

耳中传来哗啦啦的水声，他不知道这是否是意识深处的幻觉，他坚强地向着声音来处爬去，如果面前的小溪不是自己的视觉幻象，那这剩下的一米却真是咫尺天涯的写照。双手渗出的血液混合了地上微湿的黏土，呼气的声音甚至压过了潺潺的流水声，而他看见身边忙碌穿梭的蚂蚁，他的嘴角露出一丝微笑，他从未想到有这么一天，小蚂蚁的轻盈会令他心生嫉妒。

随着他越来越艰难地向前蠕动，那段距离逐渐向厘米级、毫米级、微米级递进，然而他不知道这种永恒的分解会不会有终结的一刻。当我们越加精确地计量这段微不足道的距离时，才发现原来有我们永远到达不了的身边，那段近似为零的距离在此刻原来就是无限遥远。

他连叹息的力气也没有了，他带着微笑倒在无限遥远的——边缘。

第十七章　交错

一

童义先很想掩饰住自己的得意之色，可是他真的想让世界上所有的人都知道自己的事迹，他并不会被别人的夸耀迷惑而失去自我，更不会得意忘形妄自尊大，但是他这么青春年少这么满怀热情，他需要被赞扬，如果夸奖还是来自他所尊敬的人就更好了。

"你这几天去哪儿了？有什么线索？"童仁祖端起青白相间的盖碗，喝了两口茶。

"爹，我遇见城里人了，他已经死了！"童义先的兴奋再也无法掩饰。

童仁祖被这个突如其来的消息惊了一跳，一向沉稳的他在放下可爱的小茶碗时手竟然微微地颤了一下，"你再说一遍。"

"孩儿已经将他刺杀了。"童义先明确地说道。

"你？你说你成功地刺杀了那位城中使者？"

"是的，爹爹，我和'穿空血'薛家的人联手。"

童延年、童延岁、童继祖在这时来到大厅，几个人都有点愕然。

"你细细说来。"

童义先说："前几日我负责南江沿线的搜寻，谁知刚到藿岩镇，就在三和楼碰见齐伯的三儿子。说来也巧，他们收到二爷爷的命令就一直注意着藿岩镇的一举一动，就在我到镇上的同一天，他们发现了使者的行迹，而且当时就在三和楼上。"

"与你刀师叔他们画的画像一模一样？"

"一点不差。"

"后来呢？怎么又碰上薛家的人了？"

"我在雨巷里失手了，"童义先刚想继续说下去，童仁祖打断他，"什么，你居然一个人去刺杀他？你真是不知天高地厚，就冲这一点，你就该来领家法了。"

童延年面色凝重地摆摆手，"让他先说下去。"

童义先忽然觉得怪怪的，似乎自己的确高兴得太早了，"后来齐伯他们觉得已经打草惊蛇，不宜再行动，而且应该尽快通知大家一起围捕。"

"那我们为何至今还没收到消息？"

童义先发现事情好像越来越不对了，"齐伯派的人应该比我早到两天才对，我说怎么一直没碰到接应的人，还以为是大雾中错过了呢。"

童仁祖也意识到事情没这么简单,"什么错过了,我看你是得意忘形了。"

童延岁的表情一向严肃,"不要打断他,赶快说下去。"

"跟踪他上了船以后,却发现还有一人在跟踪他,就是后来的薛无。"

"薛无?是薛空的什么人?"

"是他儿子。"

等听到使者还会神消形散时,大家都有些惊讶了,"如果他没受伤的话,岂不是已到了虚无缥缈的境地。然后呢?"

童义先无言以对。

"你没见到他的尸首?"

"他没有活的机会了。"

童继祖刚喊出一个"慢"字,已经晚了,童义先的右臂已被"断"给封了。这是童家的家法,"断"能封住经脉里的气,这只对学武的人有意义,因为这会令右臂永不能再施展武功而形同常人。

"一次都不该犯的错误你却犯了两次,你还是在家练练你的左手剑吧,也许三年后还能有点成就。"

看着儿子离去的背影,童仁祖知道自己没做错,童义先的脚步和神情似乎终于觉悟了什么是杀手的含义。

二

魏汀厢,青洲创始人魏汀的故乡。

他几日里走遍了这个小镇的边边角角,才明白为何临下船时船老大告诉他,"这里名声虽大,却使许多游人失望。"不过这声名与现实的反差反而令他觉出一点真意来,如果是游人如织反倒令他兴味索然。

出了镇子向西而行,地势渐阔渐高,一望无际的绿草在风中忽左忽右,人行其间似乎成了在绿波中荡漾的浮萍。

远处一个小小的身影昭示着这里还不是蛮荒之地,他向那点灰影走去。

渐渐显出的是个老者的模样,略微佝偻的身躯背负着时光的年轮。就在他高喊老丈的同时,大地猛然间剧烈地摇晃起来,接着隆隆的巨声从山坡上迅捷而下,老者侧首回望他的瞬间被这幅景象惊得呆立当场。而巨石直泻而下,所过之处山坡竟深陷数寸,所带起的劲风也似惊涛骇浪般向周边蔓延,凭他施展全部力气仍是晃晃悠悠地无法站稳。

他顾不上考虑丹斯精魂剑能否劈开这远古的巨石,他虽能借胡杨碎木刀施展雷霆一击,但此时任何一点残缺都可能搭上他和老者的性命,何况此刻根本不需要招式,仅仅是全部的气力就好,他希望这把精魂剑能在天地间的自然中划破一点小小的缝隙就足够了。

他听见自己浑身骨骼的碎裂声,他感到自己的肌肉在刹那间消失,他不知道自己是否还是一个真实的存在,因为对于他,此刻只能从外界来判断了。

惨白毫无人色的他睁开眼就见到了穿过茅屋缝隙的一缕阳光，他笑了。

"看来你很快乐。"

他无法移动去看声音的来处，"还好。我什么都不知道。醒来就见到阳光，听到鸟语，嗅到花香，这种感觉不是最美的嘛！"

"难道你现在还感觉不到痛苦？"

"你这样说，我倒是有点感觉了，看来没有感觉也不错，至少也没有痛苦。不过没有痛苦何来快乐？"他仍旧微笑着，"也许它们本就是同一个。"

那个声音停顿了片刻，"没有感觉，那还有鸟语花香吗？"

"看来你也同意我的微笑了。我是该谢谢你吧。"

"为这个谢我？我救了你反而不说声谢谢？"

"救人的感觉不好吗？"

"难道是我该谢谢你给了我一个救活死人的机会？"

"你这么大的本领，大概也只有像我这样的情况才能给你点挑战的机会了。"

"嘿，年轻人呀，说谢谢的的确是我。"

"哦？"

"你这样不是为了救我吗！"

"幸好，老丈你没事，结果我也活回来了，看来我们都赚了。不过看此情形，那巨石虽然威力巨大倒也未必能伤到你，还是我给你添麻烦了。"

"此处地震虽多，像这次这样的，老朽也是数十年未遇。"

"地震？"

"你以为什么？"

"还没想。"

"能救活你是我的本事，能活却是你的本事了。就像你说的，是你给了我一个机会，我的医术终于令自己满意了。"

"医术，艺术，完美。真好。"

"看来你是个完美主义者。"

"你说，太完美是不是有点遗憾？"他又沉睡了。

高耸的水杉静静肃立，茂盛的绿草也已翠绿欲滴，傍晚的水气像一层薄薄的雾，魏汀烟树说的大约就是这个吧。他向老者告别："我该走了。"

"没想到你恢复得这么快，短短几个月竟像没事人一样。"

"老丈，你不必瞒我，你花了这么大精力，不知用了什么办法让我更胜之前，我虽无奢求，却还是感激的。"

"不说这些了，我救你是应该的，我还欠你一条命，我答应为你做一件事，什么都可以。"

他静静地看着这位相处数月的老丈，"那好，你就医治那位公子吧。"

"你是说……"

"是,你既然把他冰冻数月,大概是能救活的。"

"难道你认识他?"老者的眼里闪过一丝光芒。

他很奇怪,这位恬静的老丈为何有那样令人心惊的眼神,"我怎会认识他?不过前几日见到觉得奇怪罢了。其实老丈并不欠我什么,小子告辞了。"

"你再等三天。"

三

三天后,三个人坐着。

老者先开了口,"没想到我活了百多年,却是你们来了结我的夙愿。"

他有些不解,看了看在三天里就恢复如常的那位公子。

"老丈救命之恩,萧霄还未及相报,为何反倒说我们帮了忙?"

"这位公子在数月之前让我见识了真正的旷世奇才,而你在三天里又让我遇到了未有之事。你知道你所受何伤,为何我有确切的把握医治?"

他格外看了看萧霄。而萧霄也摇头不解。

"以前外边的大堂上有一块匾额,上面写着——毒医仙庐。"

"什么?什么?"萧霄和他的身形已跃起后退至墙边,"你是毒医仙阮枀?"

"怕什么,要杀你们还等到现在,何况现在我还能杀得了你们?"

他们重又坐下。

阮枀叹口气,"只是我没想到会救两个城里的使者,而且一辈子没想通的道理恰好是在你们两个身上得以印证。可见世事无常原有定。"

他和萧霄的目光都带着疑虑看向对方。

阮枀奇怪道:"怎么,你们不认识吗?我还以为你小子骗我呢。"

他更觉这个毒医仙并未如他所听到的那般怪异,"你以为我在骗你却还答应医治,而那时你不是已经知道我是城中使者了吗?"

"我答应的事自然要做到,与你是不是使者无关,何况那时我并不确定你是使者,倒有些像尧洲三绝的路子。"

"冰杯正是家师。"

"冰杯也去了城里,看来事情还挺复杂,我早已不理世事了。"毒医仙又看向萧霄,"你却分明是城里的气定神闲,只是你恢复得太快。要知道你受的是'穿空'。"

"薛空?"

毒医仙摇摇头,"要是薛空,我根本没有冷冻你的机会了。是他的儿子薛无。而你肩头的剑伤又像是童家的悄然。不过,最致命的是溶血。"

他惊讶地说:"溶血不是……"

毒医仙打断他,"是我传世的最毒的药。"

萧霄问道："前辈当时也在？"问完才知道自己的可笑，如果阮枨在他现在怎能在这里。

毒医仙反问他们："你们知道薛家的功夫是什么？"

他们相视摇头，"只听说叫做穿空，竟无人得见。"

"是啊，不可能有人见到的，因为他们用的是枪。"

"啊？"

"恐怕他们是唯一使用枪的武林世家了，他们能以此跻身高手之列自有一番道理。不过，普通的子弹对你们使者来说还不至于致命，可是他的子弹是特制的，遇血即化，那就是我的传世之作——溶血。也是如今唯一流传在外的了。"

溶血原来是"穿空血"薛家用的子弹！

毒医仙看着萧霄，"我奇怪的是你如何躲过这一劫的。"

萧霄说："我拼着最后一点力气找到了一条小溪，我习的是水蚀，从水里获得能量，只是伤得太重，只能自保心脉。前辈将我冷冻数月，倒是帮了我的忙，当时没有外力相助，如果浸于水中反而要死得快了，在冰冻中我才能逐渐恢复。"

毒医仙自嘲似的说："怪不得只三天就恢复了。其实我冷冻你并不是要救你，而是等着交给薛空。"

"为什么？"

"你们别忘了，我的医仙前面还有一个'毒'字，你们以往得到的消息大都是真的。人永远不可能知道十年后的想法，更不可能知道活到一百多岁的时候会怎样看待世界。"

他们走了。

第十八章　取舍

一

他和上一任使者萧霄一起前往竹馨城。

他奇怪为何在前任使者之中，除了苦刀的资料被拿去，萧霄的名字也被略去，而对其事迹也是一笔带过，而萧霄是自己的上一任使者，按理是最能帮助自己的，城主却也从不多言。

他看萧霄有些落寞，却不知如何开口劝解。他们看到一处巨大的裂口似乎要把这座山劈为两截，要不是知道这是大地的伟力，还真以为是自己那式几乎丢了命的一剑的杰作呢。他们站在这处不久就会被辟为天然峡谷景观的边上成了第一批游客。

萧霄叹口气，"阮前辈说人必须有所为（为了），才能有所为（作为）。虽然他曾经为了金钱什么都做，但至少他还找到点东西去为。而我呢？"

他笑笑，"那你也可以为了金钱，这不是最简单的有所为有所为吗？又何必苦恼。"

萧霄瞪他一眼，"那怎么行，你现在有任务在身自然充充实实，哪知道我的苦恼。"

"师兄，你也知道这样简简单单的选择不行。你也曾拥有过这个任务，但是你选择留在青洲难道是毫无理由的？我不知道你是为什么，但你自己也不知道？留下的理由还不够担负你的苦恼？"

萧霄看着他点点头，"现在你叫曾靖。也许我一直等你来，这样才能放下以前的我，我的确有留下的理由，这理由也的确能担负未来的一切苦恼。走吧。"

他们没有沿南江而上，从魏汀厢换道陆路前往菲舛城而去。

菲舛城问茶酒楼上，曾靖和萧霄正在闲聊，曾靖奇怪地问萧霄："青洲的杀手一定是与苦刀说的组织有关的，只是刀锋是见过我的，他们的人为何会错把你当做我呢？"

萧霄笑笑，"我易容成你了呀！"

曾靖莞尔，"就这么简单。"

"你以为还有多复杂！你的模样我当然知道，而且你离开卫洲之后，可能还没进入青洲，我就得知消息了，所以才赶往南江这一带。"

曾靖很纳闷，"你怎么知道我离开卫洲了，难道苦刀一直与你有联络？"

萧霄看着他，"你知道吗？大家都很看好你，现在城主已经把以前的许多暗线都调出来了，之前的使者只要需要的也都不再隐藏了。"

"哦。"

"怎么？你看上去还有些落寞的样子。"

曾靖看看窗外，"我只是不知道能不能担得起这份期待。"

萧霄拍拍他的肩，"哪来的这么多心事，我们之前的使者压抑已久的心情终于可以舒展一下了，其实成与败又如何，咱们合力去做该做的事不也显出人生的畅快嘛！"

曾靖的眉头一展，"老怪物是不是也这样想？"

萧霄点点头，"大概是吧，毕竟我们等得已经太久了。呵呵，就你敢叫他老怪物。"

曾靖憨憨地一笑，"你不知道，他训练时把我整成什么惨样，我当时急了就叫他老怪物，后来竟成习惯了。对了，在世的使者里苦刀前辈的事城主只字不提，而对你的事也不让多问，甚至连名字也不提，是怎么回事？"

萧霄忽然显得有些凄凉，喃喃地道："也许跟我放弃任务有关吧。"

"很多使者不都放弃了吗？"

"只是……咳，师弟你不必问了，只是我到了青洲就自己放弃了，城主不得不再等七年培养下一任使者。他老人家自然不愿提起我了，现在还多亏了你的出现，城主才理我。"

曾靖貌似气愤地说："原来是这样，我受的罪倒有一大部分是你引起的。你替我挨一剑悄然、受一弹穿空，还要冷冻数月也算扯平了。"

萧霄看着这个一会儿深沉、一会儿可爱的师弟，心里感到莫名的安慰，"多谢师弟谅解，我也希望能将功折罪，既然你这样说，我心里也踏实了。"

曾靖点点头，"其实你早该踏实了，世界没有咱们一样是个世界，虽然可能是另一个样子。"

萧霄看看曾靖，心里才真正明白为何大家都看好这位师弟，他不仅武学已凌驾近百年的使者之上，而且内心毫无执着之念，却又有认真做事之心。在这执着与认真之间的细微差别，让他遇事总能将别人眼中的困难消解于无形，而他自身的超脱又会令他看出事情的本质所在。他唯一的瑕疵可能是对结果的一点担心吧，毕竟这是我们这些使者存在的理由。

他们又谈起曾靖得到的几洲信物，也试着猜测青洲的信物会是什么。结果自然是猜不出来。

萧霄忽然看见窗边的一张桌角上画着像被轻风吹拂着的三个"丿丿丿"。他假装无意地走到窗边，等他回来时面色变得格外凝重。

"师弟，看来童家、薛家并不想就此罢休。"

"是啊，师兄，还不知另有什么世家，真不知为何在青洲这样的武林世家竟这么多。"

萧霄笑笑，"你还有闲心说笑。看见那三个'丿丿丿'了吗？这是如丝给我留下最紧急、最严重的信号了。"

"她也来这里了？"

"她虽有点神出鬼没，不过绝对不会对咱们有恶意的。"

"师兄，我不是怀疑她有恶意，而是她的神秘。"

萧霄点点头，"她对我也像谜一样。"

"你刚才说留下，这附近似乎有一个地方就叫'留下'。"

留下，是热情好客的主人不忍友善的客人离去吧，可是如果是恶客呢？

二

在前往留下的路上，萧霄忍不住问曾靖："师弟，你有没有一个真名字？你一会儿是瀛洲的流水，一会儿是尧洲的牛一世，现在又成了曾靖，我怎么觉得怪怪的，有点不知道你是谁的感觉。"

曾靖扑哧笑了出来，"师兄，你知道我是你的师弟，是现在的使者，是你小时候见过的小屁孩还不够吗？我叫什么你才知道我是谁啊？"

"叫什么都可以啊，总有个名字！即便仅仅是个符号也得有啊。"

"是啊，现在不就是这样吗？我随便叫个什么，我还是我，我还是你认识的那个我。"

"你母亲叫你什么？"

"儿子。"

"城主呢？"

"小子。"

"冰杯前辈呢？"

"徒儿。"

萧霄笑看着他，"拿你没办法。"

曾靖很抱歉地对师兄说："在离开城里之前真的没发现这是个问题，直到瀛洲的落花问我的名字，我才不得不顺口编了一个。至于牛一世的名字本来只是按照师父和城主的计划在尧洲行动时用的，不过在巴洲遇见了牛小小，就用起这个名字了。后来因为在尧洲出了那么多事，到了卫洲怕继续用牛一世的名字会引起不必要的麻烦，就改成现在的曾靖了。这就是这几个名字的来历。"

曾靖说完，看萧霄没反应，"师兄不信我？"

萧霄摇摇头，"怎么会呢？我是在想，也许事情真是注定的，而我也觉得没有名字的你更加纯粹。"

曾靖奇怪地问："什么是注定的？"

"你也许就是来最终解开世界之谜的人，你只是一把开启世界的钥匙，"萧霄显出一些凄凉的神情，"你没有名字，是因为你不需要。"

那流水呢？牛一世呢？曾靖呢？或者以后还有什么什么呢？这些曾经代表生命的符号真的什么都不是吗？曾靖知道师兄没有说错，如果他的确是解开世界之谜的人，那他真的不需要，只是世界之谜解开之时难道正好是自己消失之际吗？这样的结局不知是喜还是悲？

萧霄看曾靖气定神闲地沉默着，意识到也许自己说的有点过了，"师弟，这是师兄自己的一点感悟，你难道还当真了？"

曾靖的心情瞬间又恢复了，"当真啊，为什么不？但这并不影响什么，该如何就如何吧。"

萧霄释然地一笑，"师弟，恭喜你呀，你的气定神闲已经到了宠辱不惊。"

"师兄，你也别谦虚了，你早已到了随遇而安的境界。我要不是经历了毒医仙的调理，估计还要多等些时日呢！"

"我的确是到了随遇而安了，"萧霄有点苦笑地说，"师弟，你只讲过在几洲发生的事，还没说说几洲都是什么样，你最喜欢哪儿？"

曾靖有点奇怪，"师兄难道没离开过青洲？"

"我离城后最先去的深洲，其实只是路过，然后就到青洲来了。"

曾靖笑着说："难道师兄真的因为放弃了任务，连出去走走的心都没了？何况距离你任务结束期也过去两年多了，何必还耿耿于怀呢？"

萧霄略显哀伤，"师弟，你哪知道，我放弃任务以后，心里常常备受煎熬。再去其他地方，反而徒增伤感之情。何况留下来还能多了解一些青洲，也许能为你这位后来者做点什么。"

曾靖想起邵年愁和苦刀，"是啊，你们基本都会在最后停留的地方等着我。"略微愣了一小下，曾靖抬起有些微湿的眼神看着萧霄，"师兄，谢谢你们！"

萧霄斜着眼看看这个有时理性战胜一切，有时还有些多愁善感的师弟，"这一路走来有没有女孩子喜欢你？"

"啊，这个吗？"

"有没有你喜欢的女孩子？"

"啊，这个吗？"

"年年柳色，灞陵伤别，"曾靖看着留下城外的灞桥，"灞桥柳色原是离别时的景致，可这个留下城的灞桥不知是怎番模样？"

萧霄无语。

走进留下，漫步其中，萧霄有种从未有的愉快，之前经过此处时难免会被"留下"两字刺痛，自然是没有心情留下流连了，如今那处被刺痛的心渐已愈合，不留痕迹。

曾靖的兴致也很高，似乎忘了柳如丝留下的"丿丿丿"，"师兄，我想起来，书上记载的关于复古街的事。这是现在世间留下的唯一一处展现人类上一纪元的地方了，那条复古街不就在留下吗？"

萧霄笑着说："也不算是'留下'的，复古街吗，就是重建的，据说都是根据书籍上的记载而来。以前经过的时候觉得没什么好看的，今天咱们一起去逛逛吧，好像还有一个博物馆复原了不少失传的东西。"

复古街显得很突兀，像是一只令人生厌的虫子镶嵌了几乎透明且香甜的栗子糕里。显然，这不会成为人们留在留下的理由。

曾靖很纳闷，"以前的人为什么把房子建得这么高啊？是想看得远吗？可是密密麻麻的，什么都看不见啊，这能比登山望得更远？这个就是书上说的电梯啊？那边还有一个专门修的发电厂哎！……以前的人真的很有意思啊，可是这些东西都有什么用啊？都很难看呀……哎哎，师兄，快来看这里，这是什么？……"

萧霄看着这个跑来跑去不亦乐乎的师弟，哭笑不得，忽然觉得他更像一个内心纯净得没有一丝瑕垢的孩子。

博物馆的确宏伟，以至于曾靖和萧霄见到了传说中的飞机、汽车、电脑，还有许多大得吓人的武器。曾靖好奇的是：现在的枪炮和这些武器的关系。如果莫慧他们在巴洲雪域用的是这些武器不知道自己还能不能躲过，也不知道"穿空血"的枪是否比这里的更霸道。

当萧霄听曾靖产生这样的疑问时倒是大吃一惊，"师弟，难道你没看过关于这些事物的记录资料吗？"

曾靖像是有了重大新发现的样子，"你说你看过记录这些东西的资料？"

萧霄郁闷，"学习这些知识可是训练的一部分，难道你逃过去了？"

"哦，我想起来了，我看到这部分内容实在觉得无趣就跳过去了。后来城主来考察的时候，我冒险用了当时才刚刚会一点的入梦作弊，结果当然是被城主发现了，不过那是唯一一次没被惩罚的，因为城主说如果你能因此记住也算完成训练了。其实我根本没记住，事后城主居然没追究。"说完曾靖还满带着兴奋的劲，似乎这是人生中赚到的最大便宜。

萧霄点点头道："你这样说，我才大概理解前不久看到的城主传来的一些资料。里面专门提到你的入梦，其实城主并不是因为你记住了才不责怪你，而是因为他发现你的随功是入梦。大概是新发现吧！"

曾靖似乎一下子觉得自己遗漏了很多信息，"'随功'是什么意思？"

萧霄纳闷，"你的随功都已经到了化境，居然不知道什么是'随功'？随功算是伴随着修炼气定神闲的副产品，每个人都不尽相同，我在毒医仙庐说练的是水蚀，那就是我的随功，你的就是入梦。"

曾靖恍然大悟道："我还以为入梦也是咱们的必修课之一呢！但是老怪物居然没给我解释，真是岂有此理！"

"好了好了，现在知道就行了，又不是什么大事。我接着给你说这些东西为何消失不见，而且现在无法再次出现的原因吧。"

原来据记载，人类在十一纪元的文明成果在星球的磁极大调转中毁于一旦，而且由此引起的一系列蝴蝶效应，居然令众多记载中的事物无法重造，或者大量减少，以至于不再具有任何价值，这导致过去的很多成果只能在书上看到，而不可能再现于世间。

曾靖忽然问道："师兄，你说上一纪元的毁灭是星球的自然现象，还是人类自身造成的？"

萧霄耸耸肩，"那我哪知道？"

瀛洲理学院里与落花关于历史产生于何时的争辩又出现在曾靖的脑海，他接着说："那你说我们这个世界的放逐会不会就是指的上次大毁灭，我们寻找的不过是通向过去的道路，或者世界之谜的谜底仅仅是明白这次大毁灭的原因？毕竟，上次大毁灭的时间记录居然都无从可考。而那个时间点也许就是我们这个九洲一城的世界出现的那一刻，当时的人们因为不明白眼前出现的一切该如何解释，于是认定眼前的这个世界一定是被放逐出家园的世界，寻找回家的路就是我们这个世界的宿命！"

萧霄的内心有小小的波澜，如果是这样，我们给这个世界找到了一种存在的理由和解释，而其他的一切都并无变化，那么自己的留下也就留下了！这个小师弟，还真能突发奇想呢！

三

经过一处灯火阑珊的大院，曾靖想起顾澹斐邀请他去玩却从未去过的家，这里倒有几分相似，萧霄正要开口问他为何发呆，一个佝偻着背的老太婆出现在门口，对着曾靖似笑非笑地说："小鬼头，在这瞎看什么，还不快滚远点。"

曾靖还是第一次被人莫名其妙地这样训斥，一时不得要领，急忙拉着萧霄跑开。

"这个老太太怎么这么凶啊？听她的语气倒像认识我一样。"

两人边说边走出了复古街，看着不远处随风摇晃的风铃在屋檐下轻轻地荡漾，叮铃铃的细微声像是欢迎他们重回到这个现实的世界。

曾靖刚刚想起风铃和小小他们，忽然间，屋檐下的风铃声变得急促而凌乱起来，街道两边的槐花也像从仙子的花篮中倾倒而下，有点铺天盖地、漫天飞舞之势。

当一片槐花的花瓣轻轻划过曾靖的鼻翼，他猛然一惊，这花有毒！

"师兄小心！"就在他疾呼的同时，萧霄身周已幻化出一片水波荡漾的光晕，成堆的槐花像白雪一样向四周翻滚而去，曾靖因为并不怕毒，倒是凝神站立，静观其变。他们背靠背只需应付自己面前的变化即可，而萧霄的水刀也令曾靖有些目眩神迷了。

槐花似乎还在继续飘落，可是曾靖和萧霄都觉出一丝冷意，泛白的居然是雪花，这个季节下雪好像早了点吧！

正在两人有些迷惑之际，忽然天边多出了几个月亮！

弯月格外明亮，几乎在月亮出现的同时，那些动人心弦的月光已经洒向两人。

那把在地震中迎击巨石却依旧完好的丹斯精魂剑已从曾靖的手中刺向两轮弯月之中，难得糊涂像酒后的狂舞分刺而去。月光倏忽而灭，迅捷地随风飘向两侧的屋顶，转眼而去，而身后的惊呼似乎并不是来自萧霄。

曾靖回身就到多达六道月光撤去的背影，千里烟霆已到极致，胡杨碎木刀飞向最远处的背影，丹斯精魂剑刺向最近的月光，伴随着两声哀呼，两道血珠点点滴滴洒落在花瓣和雪花之上。

萧霄如水的刀掉落在身边，而在他的周围竟是一个比圆规画出的圆还更接近圆的血圈。他的怀里抱着的不是大院门口呵斥他的佝偻老太婆吗？

等曾靖走到师兄身边，瞬间被这位老太太的容颜吸引了。似乎这副苍老的容颜在渐渐地改变，眼看着褪去了衰老的线条，转眼间竟成了一幅美丽的画。

柳如丝，细雨如丝的柳色。大有令人一睹，此生不再的意境。

随着萧霄源源不断地将一股暖流从后心输入柳如丝的体内，她终于轻轻地舒了一口气，"谢谢你，本想帮你，却成了累赘。"

萧霄笑着微微摇头，"没有你的柳色青青，我怎么可能应付得了风月堂的六大高手呢？"

曾靖惊讶中带着兴奋，"柳姑娘的伤不碍事吗？"

柳如丝看着他说："碍不碍事也不该让你觉得兴奋吧！"

听柳如丝这么说，曾靖倒是放下点心了，他挠挠头，"我只是一下听到这么多关于青洲武学的绝技都在刚才显现，自然有点按捺不住的兴奋。"

柳如丝在萧霄的搀扶下慢慢站起来，"原来你还是个武痴。"

风铃下的小屋居然有个"大爱无疆"的名字。他们坐下看着外面已经没有"风花雪月"的老友巷，真觉得一切都没有发生，似乎他们只是从复古街走到这里坐下然后看向外面。

萧霄先开口说道："没想到风月堂也和舒柳庄一样，都是在等城中使者。"

曾靖忍不住问道："柳姑娘怎么知道他们会在这里动手？"

柳如丝的声音还有些娇弱，"我只是发现了风月堂齐家的人，他们除了有任务之外，很少离开藿岩镇。"

萧霄想起了三和楼上听到的"齐兄"和"童兄"，原来那时自己已经被盯上了，可是不明白为何前两次刺杀都没有风月堂齐家的人，否则自己焉能逃过那一劫。又想起在甲板上喝黄酒的"童兄"，还有那个狂饮的曾在三和楼上与自己颇有默契的男子，他大概就是将穿空击向自己后背的薛无吧。

曾靖接着说："原来如此，我在沿南江而上的时候因为遇见大雾，船停在了魏汀厢，结果碰到一艘顺江而下的船也停在那儿。无意中发现那艘船上有两个武功颇高的人，留意之下，发现他们似乎要传递什么重要信息。自从在卫洲遇到刀锋他们，我也格外注意江湖中人，我在魏汀厢下船时发现他们也跟下来了，在魏汀祠我把他们身上的一张密笺偷来，上面写着'目标出现，南江合围'。看来那时他们已经要联合各家对付当时化装成我的师兄了。只是师兄的易容术真的那么高明？居然连这些高手都骗得过？"

萧霄看向柳如丝，柳如丝笑笑。

曾靖恍然大悟，柳如丝大变身的一幕又重现眼前，适才听师兄说柳姑娘练得是柳色青青，难道眼前这位娇柔如随风摆柳的如丝姑娘竟练成了传说中的画境！

萧霄说："如丝可能是世间唯一练成画境的人了。"

柳如丝接着道："你们倒有心讨论我的易容术，也不想想风月堂两代风花雪月八大高手一起出手是为了什么？"

曾靖奇怪地问："不是为了击杀城中使者吗？"

"别忘了，你才是这一代使者，那他们为何只用两个杀手引开你的注意力，而把其他的人手全用来对付早已不是使者的你的师兄？"如丝的眼光含着一丝歉意地看向萧霄。这么多年来，如丝仍为萧霄的选择抱着永远解不开的遗憾。萧霄对如丝的微笑是真诚的，如今更加多了一份坦然，也许他想告诉如丝这份歉意不必再有了。

如丝的一问令曾靖有些迷惑了。

"柳姑娘，他们为何再次放弃联手进攻的机会呢？风月堂、舒柳庄加上'穿空血'，我们的机会也并不多呀？"

"童家和薛家已经赶往竹馨城了，他们似乎发现了什么更重要的事。我留在这里，是因为知道你们还在附近，而齐家的人也在这一带出现，毕竟别的事我也不知道自己能不能帮上忙。"柳如丝当然是关心人多于关心事。

萧霄点点头，"看来我们要尽快赶往竹馨城了。"

这时曾靖忽然发现柳如丝的脸色比刚才变得更加苍白，他伸手搭住柳如丝的脉，"啊？柳姑娘中毒了！"

此刻萧霄似乎才从对事情的思考中抽出思绪，"该死，我只注意刚才如丝受到的冷月杀气，却忘了还有风、花、雪！"原来风花雪月的前三个"风、花、雪"都是无孔不入的致命之毒，基本上牵制了对手的心法、身法和招式，随后倾泻而下的冷月一刀几乎是避无可避了。而当柳如丝看到六大高手劈向萧霄时，只顾着用柳色青青将"花、雪"阻挡，好让萧霄在喘息的瞬间挥出雷霆一击，结果竟没顾得上"风"。

曾靖对萧霄说："师兄，这毒只能再去找毒医仙了。"萧霄没有回答。

柳如丝淡淡一笑，"毒医仙随时云游四方，到哪儿去找呀？咱们还是尽快赶回竹馨城吧，父亲可能也有办法医治。"

曾靖不高兴地说："师兄，现在的任务本与你无关，城主也只是让大家帮助我，可是我看有些事别人也帮不了的。竹馨城的事就交给我吧，你务必想办法将柳姑娘治好，否则，责怪你的不是我，是你自己。"

萧霄终于带着柳如丝再回毒医仙庐。

分别之际，柳如丝看着曾靖说："真是个善解人意的好孩子。"

从这句别人或者不在意或者当成一句玩笑话的笑语之中，曾靖猛然间觉出天然属于女性的伟大母性光辉来。而萧霄留在青洲的理由似乎终于找到了答案，因为曾靖曾听说过他的上任使者是个孤儿。不过城主、师父包括母亲对自己的父亲是谁这个问题的秘而不宣却一时没有着落，也许机缘未到吧，可是他不知道别人生下来就可以知道的事，为什么到自己身上就成了一个需要机缘巧合才能显现的命运？

四

在赶往竹馨城的路上，曾靖才发现事情真的越来越复杂了，当然他也感到许多机缘正在铺展开来。

柳如丝家族竟然是城中的情报人员！柳如丝家族竟然是凤洲收买的阻击城中使者的杀手！柳如丝家族竟然藏有一个奇怪的盒子！青洲的流星竟然是柳如丝家族的绝技！还会有什么出乎预料的事情？青洲的谜底是否会在竹馨城揭开呢？

雨韵是不是真的会日复一日地下着各种各样的雨？曾靖只知道现在如丝般的细雨正是雨韵巷该有的。

他轻柔地走在雨韵里，告诫自己自从遇到苦刀之后，自己大概是懈怠了，因为再没有初到卫洲时常常被人注视的感觉，虽然他知道当时的感觉是来自那个精灵跳脱的顾澹斐。到了青洲又遇见萧霄，他几乎忘了自己还会在何种境况下施展入梦，这种退化是源自内心的依靠吗？

如今随着他的脚步在入梦之中，这条即便形容成龙潭虎穴都嫌不足的雨韵里自己竟感觉不到丝毫的杀气。难道他们都已经到了石像的境界，甚至更高？

弥漫在湿润空气中的仅仅是街边急于多卖出一些蔬菜的热情吆喝声吗？或者仅仅是慕名而来的游客的喧嚣？不远处安详的像是已经睡着的老妪会不会是易容后的风月堂高手？悦来酒楼后厨里掌勺的大厨子为何几乎没有呼吸？竹馨书院屋檐上飞起的燕子为何有些惊吓的慌张？仲尼古琴轩里的琴声为何有点夺人心魄？雨韵相邻的潇湘巷第七间院落中正屋倒卷的屋脊上为何会有冷气？前面不远处用来烤烧饼的炉膛里为何火不够旺？在嘈杂的雨韵里入梦为何却安静得像是已失去了师兄说的随功？为何一进雨韵自己的注意力都被看不见闻得着的令人馋涎欲滴的一股臭气吸引着？我还能不能走到似乎已隐约显现出招幌的臭鱼柳？

没有杀气却充满杀机的雨韵啊，从今而后你还能不能延续臭鱼柳的佳话？

一个粗鲁的家伙竟将一位老者推倒在地，他走到老者的身边没有去搀扶他，就那样站在老者的身边静静地看着，老者艰难地想要爬起来却很难办到。不远处传来人语："你这个年轻人怎么不知道帮帮老人啊?"说话人随着话声很快到了他身后。

他轻声地说:"这又何必呢?"老者似乎没有听到,身后的人也许也没听到。他移了下脚步,从老者身边走过,走向已近在眼前的臭鱼柳。

臭鱼柳的门脸很不起眼,走进后,却发现庭院秀美,柳如丝那样的人物生活的地方自然也是如画的。只是令他感到非常惊奇的是,这里却没有臭鱼柳的味道,反而有一股淡淡的香气,这香气淡得几乎令人恍惚其实什么都没有,不过是这幽美庭院给人的一种感觉——一种谁都会以为应该有的淡雅香气的感觉。

叮……

一声极轻微的声音来自脚边,他看着地面上一点微弱的没有渗入土地的还称不上"小雨滴"的细小微粒竟然呆了。

他想起在尧洲遇见的芒,那个能发出流星的芒。如果与眼前他见到的这极微弱的已经融于如丝细雨中的流星相比,芒的流星真是太过招摇了,至少那一闪的明亮在瞬间就让人记住了它的存在,而此刻这微弱的流星几乎从未存在过。如果自己的气定神闲还有一丝缝隙,现在又会是怎样的结局?他呆呆地看着,想着。

空气振动,剑已出手。叮叮当当的切割声,一小片一小片的粉色尘埃散在细雨中,像是一朵朵盛开的茶花。在他的青山浮水飘过院中的荷花鱼池落向二进院的门口时,"雨丝"也平行着地面跟随而至,这已经不是流星而是流星雨了。

流星雨还未在身后坠落,刚进二门,两侧清冷的月光令天地提早进入了夜色,当然是那种充满诗意有着清冷月光的夜。他的身形随着千里烟霞急向斜前方飞去,流星雨只能靠气定神闲的气场防御了,而迎向两轮月光的难得放肆承受了比老友巷里更大的压力。还未完全脱离包围的他肃然一惊,一把清淡如水的剑正在自己飞去的地方悄悄等待着……

他的世界成了空无寂寞的世界,他的听觉、视觉、嗅觉,甚至知觉都消失不见了,他再也无法削带着粉色溶血飞向他的"穿空血"了,他甚至只能意识到这朵茶花要在自己的身体里开放,而一切都已经静止,从一个画面进入另一个画面,它们无法连贯成连续的事件,只能分散着像是回忆的碎片,一片一片地落下……

流星雨终于坠落,月光也不再耀眼,碎木刀荡开一湾清水又一湾清水又一湾清水,没完没了的悄然啊!

可是……一阵风雪般的冷意掠过。

噗噗噗噗……一连串绽开的茶花悬浮在空中让他如在梦中。

他终于重重地落在了地上,耳畔仿佛又响起了端淑嫄的忘世一飘零曲,他又置身于凤凰村的竹林里。从难得相识到难得一见,难得一剑又一次完美地呈现给世间。

等他如梦初醒地站定看向身边时,才明白刚才的凶险更胜遥望原与路秋白的一战,毕竟那次顾澹斐的一声叹息就将他带出了困境,而今天如果没有风雪和端淑嫄,自己早已与那消散的粉尘做伴了,哪里还有什么回忆?哪里还有什么难得一剑?

风月堂四大顶级高手——风花雪月,两死两伤;柳氏家族柳如丝的两位叔父柳杆枞和柳杆凤命丧难得一见;舒柳庄的两代高手重伤而退;"穿空血"父子二人无功而返;卫洲的刀锋、左懿、郁殇竟未出场。

他站在柳杆朴和柳杆凤的灵堂前，不明白自己的追求与他们的欲求之间有何冲突之处。到底有无对错？如果有，谁的是谁的非？如果没有，又为何是死的死生的生？

他看着也无哀戚也无愁的柳湘瑜，"多谢前辈的相助，只是我不明白为何助我？"

柳湘瑜平淡地说："我也许做错过什么，但是我的心里还有责任。"

他看着灵牌，"那这两位前辈又是为何？"

柳湘瑜站起身走到门边，"有人为情取舍，有人为义取舍，我为责任取舍，他们为金钱取舍，仅此而已。"

离开臭鱼柳的时候，他的目光忍不住回转，透过摇晃的门帘在院中停留了片刻，"多么幽美的庭院啊！"

人们在追逐中取舍，人类何尝不是！

"穿空血"不过是收到赏金就执行任务的专业杀手，可是风月堂和舒柳庄守护的是什么？就像我一样吗，区别仅仅是一个解谜一个阻止？为什么死的不是我？他不太明白其中的缘由。

毒医仙并没有去云游，柳如丝已无大碍。

曾靖给她传话说："柳伯让我转告你，他在家等你。"

柳如丝释然而激动的思绪被她看向风雪和端淑嫄的目光遮住了，"谢谢你，这两位妹妹是从哪里来的呀？"

他不想去猜她们到来的原因，而是在确定潇湘巷屋顶上的是风雪，仲尼古琴轩里的是端淑嫄之后，会心地笑了。

萧霄对他说："前人和我存在的意义要在你身上才能体现了。"

"也许还包括我的都需后来者吧。"

"也许吧，我们的意义是在最后一刻才能得知的，"萧霄拍拍他的肩膀，"深洲再见。"

看着相依海边的萧霄和柳如丝，曾靖的脑海中不禁掠过落花、袁惜世、顾澹斐，还有眼前的风雪、端淑嫄，甚至还有甄箫、风铃、小小。在这个世界寻找归宿有什么不好吗？

他下意识地挥了挥衣袖。

柳如丝轻轻地说："思绪比云彩还轻，你是挥不去的！"

唉，多么令人迷茫的世间情啊！

再一次看到波浪的翻滚，深洲不远了。

而手中得自柳湘瑜的一个黑沉沉的盒子到底是不是青洲的信物，不得而知。

他看着风雪总是冷冰冰的面容，只记得在遇见天月大师之后返回巴洲的路上曾见她露出过一次浅浅的笑容，那笑容仿佛是冰雪融化时温暖的阳光。

端淑嫄笑着问他："师弟，别来无恙啊？"他又看看这个不知到底是师姐还是师妹的同门，"你看呢？师姐。"

风雪竟然带着笑意说:"风铃去了圣湖,她告诉我也许该助你一臂之力。"当然这笑意可能是因为他的慧眼一渡精进后所造成的误差带来的错觉。

他点点头,"你已经救我两次了,这次要不是你和师姐来,真的就结束了。"

端淑嬺接着说:"师父和师伯都不放心,未来的路更难走吧?"

小小陪风铃去了圣湖,可是甄箫把这个世界的什么留给风铃来守望呢?

唉,这一段历程不过是应了那句:关山难越,谁悲失路之人;萍水相逢,尽是他乡之客。

深洲

如果什么样的活都是活，那的确不需要寻找什么了！

第十九章　相遇

一

原本孤单的旅程不再孤单。

虽然风雪依旧冷艳，不过端淑嫄似乎变得更像初见时的顾澹斐。

深洲的沙滩格外细腻，踩在上面有一种虚无的感觉。深洲给予他们的会不会是同样的缥缈，或是更像一潭不知深浅的湖水？

端淑嫄竟像知道去哪里似的，并没有解释就带着他们走了。从海边小镇——鄙岘雇了两顶轿、一匹马，沿途不仅有材质坚硬的常绿檴树，还能看到郁郁芊芊的开着黄绿色小花的荦草，这些在微风中略有些瑟瑟摇摆的小花令荦草显得愈发可爱。

两个时辰的路程并不觉得如何漫长，终点是一个掩于山水间的小村落——端庄。端庄，这里难道是端淑嫄的故乡？

绕村三匝，穿庄而过的端溪将山泉的那份清澈与洁净带给了村里的每户人家，村外的一小湖碧波上，隐约间小鹂鹏徜徉其间。

就连风雪的容颜都因这甜美的景致而带上了融融暖意。

端淑嫄迫不及待地冲进一个院落，她居然顾不上掩饰自己的青山浮水，更忘了招呼两位同伴，以至于他和风雪没看清她消失在哪个柴门之中。

"爹、娘，我回来了。"他和风雪是顺着端淑嫄的喊声找到的地方。

和蔼可亲的端爸爸细细地端详这个出尘脱俗的女儿，那眼神中流露出无限的爱怜，而端妈妈慈祥的笑容令也有娘的风雪和他都格外钦羡。

端淑嫄还算没高兴过头，"爹、娘，这是我的师弟，这位是巴洲的风雪姑娘。"

端妈妈说："这丫头，是不是你欺负人家啊？尧洲三绝的师兄弟都是按年龄不是按入门先后来排的。"

他呵呵地笑了，"没关系，伯母，师姐愿意当师姐就当吧。"

端淑嫄居然也会噘着嘴撒娇，"就是嘛，师弟自己都愿意，你们偏要让他当师兄才满意呀？"

端妈妈瞪了一眼女儿，又对风雪说："快进屋坐吧，风姑娘真是水做的人儿呢！名字也起得那么好听。"

他在想，要是端妈妈知道这个冰清玉洁的风雪挥洒出刺雪的冰凉时，又会生出怎样一番感慨呢？

端爸爸高兴地问他们："你们这次来深洲是游玩还是有什么事吗？能待多久？"

端妈妈也说："你们这次一定要多待些日子，嫄儿也好久没回来了。"

端淑嫄拿起蒲扇轻轻扇着说："不行啊，这次是师父师伯们派我来陪师弟办事的，我是顺道跑回来看看，半年前不是刚回来过吗？"

"你以为半年的时间还不够长啊，这个没心的孩子！"

端淑嫄伸伸舌头，"好了好了，等办完事，我就回来多住些日子。"

端爸爸又问风雪："风姑娘也是陪这位……嗯……"

他赶紧说："曾靖。"

"哦，陪这位曾世兄来办事的吗？"

风雪点头："是的，端伯。如果可以，我还想办完事能不能跟端妹妹一起来？"

"当然当然，那真是太欢迎了。"

端淑嫄也高兴地问风雪："风姐姐没骗我吧？"

"怎么会呢？"

可是什么时候才能把事办完啊？办完，人们还能回到这个世界的家吗？他忽然对这个世界充满了眷恋，甚至担心，世界之谜解开的那一刻，这个世界从此消失，而另一个被称为家园的所在却是满眼的陌生。他已经开始怀念这个世界了。

端妈妈原以为他们只是路过，停留数日，随即离去呢。谁知道一晃就是十日过去了，他们并没有离开的意思。而风雪已经陶醉在每日往后山采花摘果，然后到端溪的上游享受清溪濯足的逍遥日子里了。他更是感到自离开碎梦城至今两年多的时间里没有过的惬意和悠然。

又过了几日，端妈妈原本因他们到来而推后的回娘家之行不能再推了。端淑嫄很想一起去看外祖母，可是谁也不知道事情是不是在不经意间就展开了，于是他们在端妈妈走后的第二天，也开始商量前往深洲城的事了。

他们终于决定还是要走了，端爸爸默默地倒了几杯甘甜的清水算是临行送别。端淑嫄首先奇怪地问："爹，这水怎么从没喝过？"他和风雪细细品味，也觉得格外独特，他只记得在卫洲的遥望原经过数日的干渴后喝到的水有种奇特的美味，当然那是因为对水的思念。而这次的水却令身体格外清凉，没想到端庄里还有这等解暑的妙水。

于是，他们三人酣睡不起了。

端爸爸一如既往满含爱怜地看着女儿，只是眼眶已经湿润，他喃喃自语："女儿，千万别怪爹爹啊！"

"不会吧？连自己的女儿都害！还假装悲伤呢！"一个朦朦胧胧的声音令端冀芙一惊，他飞身来到院中，身法竟出奇地快捷。他跃上屋顶，并没看到什么人，难道刚才仅仅是自己内心的不安产生的幻觉？

等他再落于院中时，屋边的小石座上已经多了一个人。此人正仰头喝葫芦里的酒，咂摸咂摸嘴，显得意犹未尽的样子。

在这个还算炎热的午后，端冀荚后脊梁却有阵阵冷意，他竟然不知道此人如何在自己跃上屋顶的瞬间已经到了院中。

"你是谁？"

那人醉眼迷离地看着他，"我吗？一个过客而已。"

"你想干什么？"

过客嘿嘿一笑："那要看你想干什么。"

端冀荚强自镇定下来，"这是我自家的事，你既然是过客，那就请便吧。"

过客很同意地点点头，端冀荚刚以为此人不过是喝多了而已，却听过客道："你自家的事我当然不管，不过要是害人那就人人可管，何况你要害的人里好像还有不是家人的吧？"

端冀荚知道没有纠缠下去的必要，"先生最好管好自己的事，何必插手不相干的麻烦？我连自己的女儿都搭进去了，其中自有原因，不过还不足为外人道。"

过客似乎清醒了几分，"道不道在你，管不管在我。你说是这样吧？"

端冀荚不再搭话，一剑刺出！

二

剑光的迅捷似乎超出了语言的范围，甚至眼光到处，剑身已至。

过客轻轻地"咦"了一声，随手抽出一把形状模糊的武器，端冀荚很奇怪，为什么自己几次想看清对方手里拿的到底是何物却无法做到呢？

其实过客心里的惊讶程度并不比端冀荚低，他不敢稍作停顿，至少他之前还没与这种剑法交锋过。他自顾自地施展招式：别开生面、忘乎所以、为所欲为、相濡以沫、白驹过隙……

端冀荚早已汗流浃背，他当然能感受到对手的招式之中隐隐的雷霆之势，他也知道一旦雷霆之势袭来，自己是无法承受的。其实，他心想，世上能救三人的人的确有，但屈指可数，难道此人正好是其中之一？如果事情已然巧到这般程度，甚至此人就是专门来救人的，那自己的心机白费也就白费了，何必再搭上一条命呢？

施展一式攻守兼备的妙招——以进为退，端冀荚全身退去。

过客其实并不会拼了命地追赶他，既无仇也无恨，何况屋里的三人还要自己想办法解救呢。他走进屋里，细细地审视三人，又轻轻地探了探曾靖的脉搏，面色虽然沉闷倒似并不紧张。过客将曾靖扶起盘腿而坐，自己坐在他的身后，一手扶着后背一手置于曾靖头顶，渐渐地一股蒸汽自曾靖的百会穴升起。

曾靖睁眼醒来，打个激灵，"好冷啊！"

"醒了？"

曾靖站起，转头看看这位救了自己的人，"多谢兄台，端老伯呢？你是淑嫄的哥哥？我们好像没看见别人动手啊？"

过客看看他，一时不知从何说起，其实他也不过是适逢其会罢了，怎么清楚这些人的来龙去脉？"先救这两位吧，你们是一起的吧？"

"是啊！赶紧救她们。"

过客笑着说："刚才还这么多问题，现在又显出恫瘝在抱的样子。"他接着告诉曾靖其实很简单，只要将她们身体里的寒气聚拢到督脉，然后用功将寒气提至百会穴散出即可，说完指着端淑嫄，"你是救这位？还是那位？"又指了指风雪。

曾靖说："我救师姐吧，心法有相通之处，可能会快点。"

端淑嫄果然醒来得快点，"师弟，这是怎么回事，我们好像中毒了。"

曾靖点点头，"师姐别急，等这位兄长医治好风雪再说，他既然能救咱们当然是知道情况的。"

风雪醒来后，三人向过客致谢。

过客笑笑，"我恰好经过，当然不能不救，幸好还救得了。世上能救你们的人不多啊。"说完他又看了看曾靖，欲言又止的样子，似乎想问什么。

三人非常惊讶，自己何时中的毒。过客并没有说出是两个女孩之一的父亲下的毒，他觉得自己该走了。

过客的表情自然逃不过曾靖的慧眼一渡，问道："兄台慢走，请问如何称呼？"

"万俟醉。"

"万俟，这个姓倒是不多见，我有一个师兄叫万俟善。"

"你认识你的师兄？"

风雪和端淑嫄觉得这话有点问题，结果曾靖回答说："听过没见过。"

万俟醉忽然大声笑起来，"曾靖！"

"万俟师兄！你怎么改名字了？"

他们围坐在一张八仙桌边，面前是三杯清水。"我把你的脉就觉得有点像气定神闲的路子，不过又觉得实在太巧了，所以没有多问，"万俟善似乎对巧合的事还有些不愿承认似的，"你们可知道这杯子里是什么水？"边说边怔怔地看着杯子里的水。

他们三人愈发奇怪，这水难道有问题？尤其是曾靖，如果有毒，自己竟一点反应都没有？

万俟善接着说："师弟，我知道你有百毒不侵的本事，可是这水不是一般的水。"

曾靖插话道："师兄，在卫洲我服下断魂草尚且能自己醒来，这次居然是这杯水几乎要了我的命。"

万俟善说："断魂草虽是天下奇毒，但还不是至毒。接到城主的消息，知道你自小历经百草汤的浸泡，一般的毒自然奈何不了你，断魂草在你身体里至多也就有个把时辰的效力。可是天下还有七种至毒，如无医治方法，是无论如何抵抗不了的。"曾靖看看风雪和端淑嫄也是对这七种至毒毫无所闻。万俟善并未等他们问,"而眼前的这几杯清水和屋角的那个黑罐里就是其中之一,名叫弱水。"

端淑媛未等万俟善说完,就飞起一脚把屋角的一罐弱水踢飞了,万俟善"啊"的一声,"好不可惜啊。"

端淑媛生气地说:"有什么可惜的,留着它还要害人啊?"

万俟善叹口气,"至毒本无错,看谁来用怎么用而已。"

风雪替端淑媛说道:"虽说可惜,可是对咱们也没什么用处,想着利用至毒的人大约也好不到哪去。"

弱水,多么奇妙的世界啊!

三

一行四人前往深洲城,风雪和端淑媛坐在轿中各想心事,他与师兄骑马在轿后相随。

曾靖很想知道另外几种天下至毒为何物。

万俟善说:"我只知道其中四种,也都是耳闻,今天才算见到其中之一。还有溶血、无色、百媚。"

"溶血是青洲毒医仙所制,我倒是得缘相遇,萧师兄还深有体会呢。"

"萧师兄是谁?冰前辈的弟子?"

"不是,他是你下一任、我上一任使者。"

"你说的是萧霄,"万俟善轻轻一笑,"我离开城里时倒是见过他,只是不知道后来他成了使者,我也没听城主说过。"

"他出城后来过深洲,不过仅仅是路过,然后就到了青洲,再没离开过。"

"我早看出他最重情,城主选他也许有道理吧。"

曾靖不知如何评价萧霄或城主,他们各自的选择似乎并没有对错可言,命运使然吧。他问起万俟善为何这么巧在端庄出现,恰好赶上端冀芙害人的一幕,而且这个问题最好避开端淑媛。

万俟善说:"说巧还真是巧,我也不是神仙,当然不知道会碰上这种事。我是来找酒的,不是告诉你了吗,我早改名万俟醉了。这么多年我走遍八洲,大部分原因都是为了找各地佳酿。"

曾靖很好奇,"那么说端庄有传世佳酿?可是端师姐从未提到过。"

万俟善呵呵一笑,"这可是你师兄的本事了。端庄有一户酿酒世家,不过现在外界只知道他们酿造素酒,那是因为深洲佛教昌盛,居士众多,他们大都喝点素酒,在我看来可算不上酒。而他们真正保留的一种佳酿是传说中的醩醄,这可不能放过,所以我就来了。我在村子里到处搜寻,却把你们给搜出来了。"

曾靖恍然大悟:"临走时,你跑到村边绕了一圈就是为这个醩醄。"

万俟善拍拍身边的大葫芦,"不过既然遇到你了,这个醉还是少点好。以前我是半日迷醉半日醒，刀法也改成醉刀了。"

曾靖流露出一睹醉刀的渴望。"可是你怎么知道如何治疗弱水的呢？"

"我曾遇到一个熟知武林掌故的老者，闲聊之中说起的。其实他说这些至毒的治法并不难，但是能识别出这些至毒的人少之又少。弱水就像海绵一样，进入体内会令身体里的水分汇集，令人脱水而死。又因为弱水带有寒气，所以治法就是将体内的寒气凝聚起来，走督脉排出即可。督脉素被称为阳脉之海，这点寒气正好被化解掉，也就不会有残留了。"

"原来如此，"曾靖当然知道，像溶血似的，除了毒医仙别人都是束手无策，在他不过是举手之劳，当然那是因为溶血是他创制的缘故。"对了，师兄，你说起深洲佛教昌盛，我想起在卫洲苦刀提到一位字简和尚，你可知道？"

"字简和尚是深洲高僧，武学造诣也是如神龙见首不见尾，听说还有一段说服冷血杀手尉迟枏的佳话。这些人我都没见过，只是听说。"

"哦，那你刚才说去过八洲，还剩哪洲没去？"

"远洲，因为我根本找不到任何可以前往远洲的方式，也没听任何人说起过。我到现在还很纳闷，难道远洲并不存在，就像海市蜃楼？"

曾靖想起苦刀转述被自己误伤的情报人员临终告诉他别去远洲的话，难道真的是无路可达？"师兄既然到过这么多地方，其他几位师兄、前辈大约都见过了。"

万俟善摇摇头，"无缘得见。"听说商离别和邵年愁居然都成了瀛洲落洲主的女婿，万俟善也有些惊讶了，"不过我倒是见过落洲主的女儿，也就是落花的母亲。"

曾靖有点激动的样子，"我与商前辈见面时，落花说她母亲已经离开瀛洲了。师兄大概是之前去瀛洲时见到的。"

万俟善说："不是，就是前两年见到的，不过不是在瀛洲，而是在凤洲。我这两年才从凤洲来到深洲。在凤洲时，有一天很想瀛洲的晓绿，忍不住喃喃自语，却被旁桌的客人听到了，那就是落花的母亲落英了。"

曾靖奇怪，这个落英为何不给女儿消息，落花幼小的心灵却在等待母亲的消息中锤炼自己的古波不惊。

"师兄，还有一件事想问你。"

"说吧。"

"你见过我父亲没有？"

万俟善纳闷地看着他，"难道你没见过？"

"没有。"

"哦，那你母亲没给你讲过吗？"

"没有，城主和师父也都不说，不知何故。"

万俟善很抱歉地说："师弟，我走时你不过是两岁的孩子，而且那时离你成为使者候选人还早着呢。我真的没见过你，也没听说过，所以确实帮不上你。"

"没关系，只是我想在你之前的前辈离城时我还没出世呢，而我刚到城里时萧师兄也才是七岁的孩子，只有你的年龄最可能知道点消息。"

看着曾靖有些失落的黯然，万俟善问他："你在尧洲可喝过落白？"

曾靖的心情并未受太大影响，毕竟这个问题自己已经想过无数遍了。"拜我尧洲师兄所赐，喝过一次。"

"难道是全非儿？"

"啊？师兄也见过全师兄？"

万俟善哈哈一笑，"何止见过，我们痛饮三天三夜，聊了三天三夜，不过到现在我才知道他的身份。"

当听到卫洲的非然，万俟善的眼光一闪，"这个一定要找机会去尝尝，居然没听说过。"

曾靖赶紧解释："其实我也没喝过，还不知道是不是当时顾澹斐信口胡诌的呢。"

"不至于，据我判断是的确有的。"

曾靖莞尔。

四

说着说着，一行人已到了虎榇镇。

吃完午饭，歇息片刻，他们又继续上路，风雪和端淑嫄都不愿乘轿，要改骑马了。

端淑嫄似乎已从对父亲的愤怒中缓解了，也许她并未责怪自己的父亲而仅仅是不解。"万俟师兄，你……伤到我爹爹了吗？"

万俟善呵呵一笑，"你应该问问我是不是被令尊大人伤到了。"

端淑嫄惊讶地"啊"了一声，"我爹爹怎么可能会武呢，何况还能伤到师兄？"

万俟善倒是为这个被隐藏如此深沉的端冀芙所蒙蔽的女孩子感慨了一下，轻叹一口气，"你们知道吗？端前辈的剑法是无欲。"

三人都大吃一惊，"无欲！这可是深洲佛门武学。"

万俟善接着说："我之前并未亲试锋芒，但是那份无欲则刚的气势的确令我有些措手不及。"

曾靖沉吟着点点头，"大概已到了至刚的境界，那他的师父会是谁？难道是字简和尚？"

万俟善也有些困惑，"如果不是，那深洲的水还真够深的呢！"

"不必太过担忧吧，咱们也不差啊！何况萧大哥和如丝姐也要赶来帮忙。"很少说话的风雪倒是对深洲行充满了信心。

万俟善扬鞭策马，大笑一声，"风姑娘说得对，咱们这就展开深洲之行吧！"

曾静忽然发现风雪看向万俟师兄背影的眼神有些迷离，难道这就是从端庄前往虎榇一路上风雪的心事？他把目光也转向万俟师兄，那豪气云天的样子真是令人热血沸腾啊，也许只有这样的豪情才能冲散风雪心头的雪域风霜！

看着风雪也疾驰而去，端淑嫄倒是有点不解，"他们跑这么快干吗？难道已经迫不及待想决战深洲了？"

曾靖看着这个可爱的可能是师妹的师姐，"师姐，你说师祖当年号称琴剑双绝，可是他老人家如何在弹琴的时候挥剑呢？或者在舞剑的时候弹琴？单师叔有没有给你们讲过？"

端淑嫄回过神来，"师父说自从他入门后，师祖总是让他弹琴。"

"哦，那你听过关于师祖母的事没？师父好像从没对我讲过。"

端淑嫄摇摇头，"师父也很少提及师祖母，只讲说师祖除了传授琴技给徒弟，就只给师祖母一人弹琴，而且师父、冰师伯和朴师叔好像从没有听师祖弹过琴。"

"啊？"

端淑嫄等了一会儿，看曾靖没有想说的意思，"怎么了师弟？我们也都觉得师祖挺奇怪的。"

他愣愣神，"我倒不是奇怪师祖的行为，而是在想师祖母真是神仙样的人物，否则怎么配独享尧洲一圣的琴声呢！"

"呵，你倒真是师祖的知音啊！"

"师姐别笑我了，你的琴声早已直追师祖当年了。我倒是想知道你心中得有怎样的大丘壑才能如此年轻就挥洒出那般大境界。"

端淑嫄忽然眨巴着大眼盯着他，他有些不好意思地问："怎么了师姐？我说得不好吗？"

"你说得太好了，于是我在猜是不是你问师祖的事就是为了说这句话。"

"啊？"曾靖夸张地喊出声来，"师姐，你也学坏了！"

在日落黄昏前，他和端淑嫄终于赶到了莒城的峃垣镇。

他们正在无量街上东张西望，就听到万俟善的声音在喊他们，声音来自不远处迎微风轻摆的"禅茶一味"店幌之后。

走上一味楼，风雪正和万俟善含笑喝茶，端淑嫄有点不高兴的样子，"你们跑这么快干吗呀？我们在路上还怕走岔道了。要不是进镇的路正对着这条街，到哪儿找你们？"

曾靖很奇怪，在尧洲已有大家风范的端淑嫄回到家乡更像一个涉世未深的小孩子，可她还是暗门五香之一呢！

万俟善倒并不生气，哈哈一笑，"我知道这边就只有一条路，而且很久没有这样跃马扬鞭了，就让做哥哥的痛快一次都不行啊！"

端淑嫄还是不依不饶地说："那风姐姐也是吗？也是豪情万丈了？"

风雪抿着嘴笑道："好了，端妹妹，我的心情好点难道你不高兴啊，那我还是不笑不说话了吧。"

端淑嫄忽然露出神秘的一笑，"很难了哦！"

"鬼丫头。"风雪并没有恢复冷面冰霜，曾靖很高兴。

街道的天空上，有一只小鸟趑来趑去，落在灯光处，是一只黑白相间的可爱小生灵。

"鹊鸰！"端淑嫄快乐地喊小鸟的名字。

第二十章 轮转

一

青云客栈的名字令曾靖觉得佛缘深厚的深洲还留有青云直上的俗情，这倒是令人世间多了一些值得玩味的多彩。

青云客栈后院有若干独立的小院落，每个都精致得令人心生怜爱，再也舍不得离去。低矮院墙边的一株枫树就营造出了静的意境，而从院门通向屋门的小径更像属于亘古的传奇，与枫树隔径相对的一面则是由若干零星散布于地面之上的扁圆石头而扩展成一副宇宙苍茫的意象。不过他们还是选了另一处曲径通幽、游廊环抱的院落。

安排停当，夜色已深。万俟善又喝了两口醍醐，还摇摇葫芦，不好意思地笑着对曾靖说："师弟，剩下这几口就留给师兄吧，反正你也不是嗜酒如命的人。"他故作深沉地成全师兄，"唉，那好吧。"万俟善像得了最大的恩赐一般，"好，你们休息吧，我去去就来。"

他和端淑嫄的反应毕竟慢了一拍，风雪问万俟善要去哪里的声音已随着两人的身形远在数丈之外了。

端淑嫄看着留在两人身后的夜色，忽然变得格外安静。她解开琴囊，对着琴发起呆来。忽然问他："师弟，你的任务到底是什么？"

他略显奇怪，"师父他们没给你说吗？"

"我也没想问，只是我爹他……"

他才明白端淑嫄的悲哀并未因为行路而稍减。"我想大概是我的错，你不必介意令尊的举动。我的任务是解开世界之谜，去寻找这个世界被放逐的原因，去找回失去的家园。"

端淑嫄有些不解地看着他，"我们的家园？是另一个世界？"

他略显痛苦地摇摇头，"我也不知道，只是按照命运的安排去完成一个使命，结果如何……师姐，我也不得而知。"他并未觉得初离碎梦城时在瀛洲自己与商离别的对话有什么错，但是对于商离别的看法已不像之前那么肯定了。也许之前他只是怀着一个梦想面对一个自己还未曾感知的世界，而如今他已渐渐地喜欢上这个充满爱恨情仇的世界。

端淑嫄手指轻抚，空气也变得轻灵了。"我们的命运都会因此而改变吧？"

他竟叹了口气，"只是不愿赍志而没罢了！"

命运不是如此就是那般，不变如何，改变如何？做与不做都不过是源自某一个理由。

"师姐，这张琴不是绿绮，你又换琴了？"

"嗯，这是我自己做的，还没起名字，你给想一个吧。"

看着流光四溢的琴面，他不觉自语道："流光。"

"太华丽了。"

"既然在深洲，叫般若好不好？"

"般若！这倒令古琴有了新局面。"

这一夜，他并未被心事所扰，睁开睡眼，已是日出东方了。

他洗漱完还未见其他三人，难道他们还在酣睡？稍坐片刻，终于耐不住去敲万俟师兄的门，然后去叫风雪和端淑嫄，他们都不在！如果说万俟师兄和风雪姑娘昨晚出去遇到特殊之事没能回来还可理解，但是端师姐又怎会不打招呼也消失了呢？当他看到琴桌上摆着端淑嫄随身携带的般若时，他知道一定是出了什么事，他不能再等在这里了。

向客栈的店员几经打听，得知附近唯一有些蹊跷之处是岢垣镇西边的大禹村，因为那里有一家恶名远播的邬姓富户，在深洲，他的恶名是如何得来的呢？

他们骑来的马都还在客栈的马厩里，他有些生气地认为，就是因为三人的武功太高，来无影去无踪，连自己都毫无头绪。

到了大禹村，不必费周折就能找到邬家大院，因为村里的人几乎都围在大院四周。里外都传来呜呜的哭声和抽泣声，大院里的人居然都披麻戴孝，难道邬家的什么重要人物死了？是否与万俟师兄他们有关？

他毫不费力地到了邬家最高建筑的屋顶，静静地等着日落西山。

大院里终于有了灯光，这一次从大白天就潜伏在屋顶等待消息的经历一点都不美妙，既没有静怡的环境也没有固定的目标。只是时不时从屋里传来的浅笑令他颇感意外，灵堂的肃穆和哀戚难道还压制不住内心的喜悦？那这份喜悦该多么令人向往啊！

外边围观的人群早已陆续散去，此时院里倒是热闹起来。他换了一个可以看到灵堂里外的位置，发现灵堂里竟有七八个戴孝的年轻女子。

此时，她们都已坐在太师椅上喝茶聊天。"真是累死了，老爷莫名其妙地要办什么丧事？还要跪着一天，假哭。"

"村里很多人都相信老爷真的出事了，不就是昨晚来了一男一女两个会点武功的人嘛，不是都已经打发了吗，还要假装什么，真不明白！"

"老爷说害怕有同来的仇家，这是引蛇出洞的意思吧？"

"老爷的担心有点过头了。"

……

曾靖明白了现在的状况，只是无法想象这个邬家大院里面藏着什么了不起的人物，连万俟善和风雪都着了道，何况端淑嫄呢？她不会不给自己打招呼就一个人跑到这里来，况且她也不应该知道万俟师兄和风雪来这里的。

里面的人大概是饿了一天了，就连自己都觉得有点饥饿感，她们开始在仆人的张罗下大快朵颐了。他轻身掠出邬家大院，准备找个人家打探一下。在村边的一间破草屋里一位老者叹了口气。

他敲了敲几乎不起任何作用的木门，从老者惊讶的眼神中，他知道这里大概已经许久没有外人来了。"请问你要找谁？"

"老伯，我不找谁，我是外乡来的，错过了宿头，能否在这借住一宿？"

老者很尴尬地说："当然可以，只是你看，这里，唉，连个休息的地方也没有。"

曾靖笑着说："不要紧的，我在这里坐坐就行。"

端着一个不能称为碗的碗,他的眼睛湿润得几乎含不住眼角的泪滴了,"老伯一个人吗?"

老者终于有了笑容,"我还有一个女儿。"

曾靖也带着希望似的问:"她给您买吃的去了?"

"没有没有,我的女儿可是个大美人,她现在是邬大老爷的七太太。"

曾靖一惊,难道刚才灵堂里就有老者的女儿?"邬大老爷?"

"他不仅是在我们大禹村,就是在深洲也是名人呢!他家就在东北方向不远,那大院可了不得,一般人可进不去啊。不过要是你有几下拳脚功夫也能在那混口饭吃。"

"您既然是这个邬大老爷的泰山大人,为何自己在这茅草屋里住,难道您的女儿也不知道?"

老者刚刚有点神采的眼神又黯淡下去了,"唉,怎么可能不知道呢?不过芸芸也是没办法啊,要是芸芸偷偷给我送东西,被发现了还得挨打。那个邬老爷只是到了年关才给我送点米面,平日里还得给他家干活呢!整个莒城的地都快成他家的了。把女儿送给他当小妾,不过是想让孩子别再跟着我受罪。"

"是这个姓邬的强逼你女儿的?"

老者有些愧疚地低声说:"那倒不是,是我不愿看着孩子受苦。"

尽管如此,曾靖还是觉得单这一条这个邬某人就算得上恶人了。"芸芸姑娘过得还好吗?"

老者点点头,"肯定比跟着我好啊!"

他并不觉得老者的话是对的,芸芸姑娘未必觉得比跟着父亲过苦日子就不好,他自言自语道:"她会幸福吗?"老者的泪珠再也忍不住滴落了。

"老伯,这个邬老爷是不是死了?"

"是啊,听说昨晚来了两个武功很高的人,怎么就把他杀了。"

"可是白天你们为何很伤心的样子?"

"我哪是为他伤心,我是为女儿伤心,"老者忽然看着他,"你白天也在邬家大院?你不是来借宿的?"

曾靖发现这个老伯还真有股机灵劲,"我是来找朋友的。"

"哦。"

"我也会点武功,不知道能不能在邬家找到点活干?"

"现在邬老爷死了,谁知道呢?"

他知道邬老爷没死,他应该去试一试。

二

他并不打算像在尧洲加入通典一样待在邬家大院里等什么有价值的消息出现,因为他有了牵挂。

他找到了芸芸，带她来到不远处的小树林，在那里芸芸见到了一年才能见一次的老父亲，父女俩抱头痛哭起来，他没有劝解，静静地等待着他们感情的流露。而端淑嫄父女的纠葛却令他无法释怀。

父女俩终于渐渐止住了哭声，老者对女儿说："去谢谢这位公子，现在邬老爷已经死了，公子给了咱们一笔钱，咱们可以离开这里了。"

芸芸愣了一下，很快就高兴地冲着他称谢，他赶紧拦住了后面的话，"不必谢我。我只问几个问题，就算是我对你的感谢吧。"

芸芸有些不解。

"邬老爷并没死，他为何假办丧事？"

芸芸还没来得及说话，老者就惊讶地说："啊？邬老爷没死？这怎么会呢？"说着目光看向女儿。

芸芸点点头，"这位公子说得没错，老爷没死。"老者一听似乎有些犹豫起来，大概之前的想法有些松动了吧。一种可怕的惯性竟能令苦难也成为值得依赖的人生，他不知道寻找家园是否就是类似的一种内心的依赖。

倒是芸芸很坚决，"既然公子帮助我们离开这里，我是一定要走的，不管邬翊是死是活。他假办丧事是想引出昨晚两个刺客的同伙。"

"你见到昨晚的两个人了？"

"没有，我们都躲在屋子里，但是听得出是一男一女。只是他们没想到邬家大院里有很多护院，他们就被困住了，打斗了很长时间，渐渐跑向远处，后来的事我就不知道了。"

那是怎样的高手？一般的护院自然不会困住万俟师兄和风雪姑娘。"邬翊没有受伤吗？"

"一开始好像是邬翊先被来人刺伤了，不过他也是会武功的，其他人很快就来了。对了，其中一个护院好像还和刺客认识，因为我听见两个刺客都很惊讶地说'是你'，我也是从他们的说话声听出是一男一女的。"

他在脑中搜寻着，那个人当然不是普通的护院，能让万俟善和风雪惊讶的当然不是一般角色，而且他们都认识的人只可能是——端蓂荚！原来邬家大院不过是阻止我的又一个据点。

"公子，公子，我就知道这么多了。"

醒过神的他赶紧说："好的，芸芸姑娘，谢谢你。"

"谢谢你叫我芸芸姑娘。"

他把马牵过来，"你们骑马走吧，邬家不会派人追你们的，放心走吧，不必紧张。"

看着父女二人慢慢离去，老者的背影显得年轻了许多，他忽然想起什么，"请等一下。邬翊平时爱出门吗？附近有什么他常去的地方，或者有什么人与他常来往吗？"

芸芸想了想，"他平时出去的时候不多，就是从这儿再往西南，离此不远有座大悲山，山上有一处大悲山庄，他有时会去那里找庄主，但次数也不多。还有就是，那天刺客被困住后，离去的方向好像也是那边。"

芸芸姑娘和父亲离去时的笑容让他很欣慰。

黎明前的大悲山显得高远而深邃，当第一缕阳光照到山顶时，氤氲的似云似雾又似雨的蒙蒙水气令大悲山更增一分神秘。隐约在半山腰的一处并不雄伟的庄园大概就是大悲山庄了。他觉得这处山庄显得有些小气了，竟站在山脚不远处细细地琢磨应该如何改造一下。

可是，他越看越心惊，慢慢地竟有些着了魔似的在地上画起图来。他甚至施展青山浮水围着大悲山跑了个把时辰，他重又回到面对大悲山庄的位置，终于发现，这处山庄建得极其完美，不仅初看时的小气荡然无存，而是多增一分就势必损了大悲山的气势，而减少一分就会被山势所压而没了生气。就连几处房舍的布局都令他隐隐约约地感到一种相互协调、呼应的阵势，就像几个高手相互协作一般，任何一个位置都会被这种布局所吞噬，他大概知道那些人为何要将万俟师兄和风雪姑娘逼到这里来了。

在庄门前，他犹豫了一下，还是敲了门。

一个清秀的面容毫无恶意，也不问因由地对他说："公子请进。"

他心里笑了笑，原来一直在等我呀！没令你们失望吧？

主人在二进院迎接他，带至悦宾阁坐下，奉茶。屋中有淡淡的檀香。

"真是'有朋自远方来'啊，请用茶，这是此山上所产拈花笑。别处可没有。"

"茶禅一味，修佛之人也有分别心啊。"

主人哈哈一笑，"公子说得好。别处有又如何，没有又如何？老朽只知道喝茶、修禅，却被公子一语惊醒啊，真如当头棒喝！"

他觉得有点好笑，"先生不必自谦，有点过了。而且我也并不是远来之朋，先生不必客气。还不知先生如何称呼？"

主人点点头，"很好很好，你可知'天下谁人不识君'，神交已久了。我是大悲山庄这一代的庄主，姓贾，名世，字于物，自号了无痕，育有三子一女七孙。"

他说了声谢谢，觉得这个贾于物倒有点趣，"贾先生既然知道我是谁，我就不啰嗦了。我的朋友可是在这里？"

贾于物说："名姓已很久不用了，叫我无痕就行。你叫曾靖？"

"可以这样说。"

"曾靖，曾经。呵呵，对过去的总是放不下呀！"

他愣了一下，到底是放不下还是放得下？"那无痕大师觉得我该改个什么名字呢？"

"名字倒不必改，本无差别嘛！我倒是想到一个可能适合你的号，水中月。"

他不晓得要是了无痕知道还有一个落花，会不会为自己的这个赐号而沾沾自喜，虽然他对世间已经了无痕迹了。

"就是不知道是'望月'还是'捞月'？"

了无痕很高兴地说："说得好，望得到捞不到啊！"

他明白这个了无痕的确是高手中的高手，他的超越不在于武功的超绝，而在于直击内心的敏锐。"可是，我至少可以掬起一捧水，让别人也看到水中月吧。"

"你相信那种虚幻的东西可以帮助别人？既然捞不到何不抬头看看天上，为何自欺还要欺人呢？"

他笑笑，"的确，所以无痕大师赐的'水中月'看来并不合适！"

了无痕神情一紧，随之释然，"哈哈，不错不错，不够贴切，是我一厢情愿了。不过，你又怎知结果如何呢？你要寻找的是什么？你能保证结果正如你所料吗？"

他并不了解了无痕他们是不是知道自己的任务，但其实现在他们知不知道都是要阻止他的，既然了无痕很想不用武力来解决，他并不想再隐藏什么。"我是要解开世界之谜，这个世界里我们已失去家园，我要寻找的就是失去的家园。"

了无痕凝眉反问他："你的意思是，你要为寻找已经失去的家园而失去现在的家园？"

他内心一惊，就像中了重重的一击，几乎窒息。了无痕的话几乎可以解释之前自己对这个世界的眷恋，如果是在瀛洲，他会非常肯定地回答了无痕："是的，因为现在的家园只是个虚幻的存在，我要找到真实的世界，为这个世界找到真实的家园。"

可是，如今"识得愁滋味"的他再也无法"强说愁"了，他很无力地回答："也许那是一个更好的家。"

了无痕并不想给他留一个美好的梦，"你说的是也许吗？那就是说，你也不敢肯定了？你是想拿这个世界做赌注吗？为了一个可能虚幻的'也许'？"

他的声音有些飘忽，"难道我们不该追求梦想吗？"

"梦想？你的意思是你要为了自己的梦想搭上整个世界？这另一种形式的自私难道就是你存在的意义？"

"难道活着可以没有梦想？"

了无痕叹了一口气，"只是你的梦想，按你自己的话说，也许要伤害无数无辜的人，他们是把这个世界当作家园的人。你凭什么告诉他们这一切都是假的？你把这个世界当赌注压在你的梦想之上！"

他觉得自己正在消失，他觉得自己真是"水中月"，就像一个虚幻的倒影，他觉得自己似乎根本就不存在。

大概是否极泰来，他忽然意识到如果自己是虚幻的，不正因为这个世界是虚幻的吗？打破这个虚幻的世界，寻找真实的世界就是我的任务啊，我们的家园应该是真实的！那不是过去，而是真实！

他抬头对了无痕说："我不想让这个世界回到过去，只是想找到真实的家园，如果过去是真实的，我们只是证明了我们曾经真实过，在经历了虚幻之后，我们又找到了真实。把这个世界当作家园的人们在看到真实的世界时，他们不但没有受到伤害，还会获得新生。"

了无痕看着他，"如果这是一个虚幻的世界，你怎么知道你的想法不是一个虚幻的念头，你根本就在虚幻之中，你怎么会生出真实的想法，你不过是在怀疑这个世界的真实性而已，但这并不代表它就是虚幻的。"

他似乎渐渐清醒过来，"既然如此，你们为何要阻止我，至少我在寻找的过程中并未伤害什么人，倒是你们不断的阻止带来了死亡和背叛。"

了无痕并不示弱，"你们就像一群捣蛋鬼，把好好的世界搅得不得安宁。难道只有直接伤害才叫伤害吗？虚幻也罢，真实也罢，人们在这个世界中活着，仅此而已。另一个世界是真实也好，是虚幻也好，有什么区别？到了另一个世界又能怎样？你还是你，不过是按照另一种方式活着而已！"

"活着难道不就是一种方式而已？如果什么样的活都是活，那的确不需要寻找什么了！"他边说边抬起目光，"我想知道的是：你还活着吗？你真的还活着吗？你以为你活着是真的吗？你以为你的以为是真的吗？我呢？我还活着吗？我寻找就是想知道这些是不是真的。我会伤害到谁？"

了无痕也平静了许多，"我不知道你会伤害谁，我只是不想打赌，因为我知道现在人们不会受到伤害。世间除了生与死还有什么？你还要找什么？"

"我要找生与死之间的轮转。轮转的全部是生与死之间的故事抑或是死与生之间的空无？你能告诉我吗？"

了无痕回答他："我不能告诉你！我只想问你，依你之见，虚幻与真实的世界是如何重叠、交错、融合以至于消无的？是生死的轮转还是生死的超脱？你怎么跨越虚幻和真实？你怎么跨越虚无和实在？你怎么跨越生和死？"

他说："我的确不知道如何跨越，只是我现在正在跨越。"

悦宾阁里出奇地静，几乎都能听见山上的拈花笑舒展枝叶的声响，那是幻觉吗？

第二十一章　生死

一

他忽然想起邬翊来，"无痕大师，咱们先不要打偈说谜了，你既然与邬翊那样的人有来往，应该知道他的所作所为，难道这也是你说的这个没人受到伤害的世界应有的。你没见过为他劳作的人吗？"

了无痕深深叹口气，似乎知道自己也有疏漏之处。

他面对了无痕不敢有丝毫的懈怠，甚至无法猜测了无痕与李散元、路秋白等高手的区别，他们的差别是如此巨大，他对他们的了解，仅限于资料上的记载，而他遭遇的总是高手中的高手，他当然也知道不是这类人大概也不会与他相遇的。

他不知道忘世飘零的心法能否令佛缘深厚的了无痕获得一点厌世的无奈，不过他还是决定试一试。

然而他只听到了无痕的一声叹息，对手却在他面前消失了，慧眼一渡也没能捕捉消失的身影，这难道就是深洲的遁！

他在大悲山庄的一间小阁楼上找到了万俟善、风雪还有端淑嫄。而大悲山庄的人似乎都随了无痕在瞬间离去了。

万俟善和风雪正是在邬家大院被困的。万俟善不过是对邬翊的劣迹颇为愤慨,要行哀多益寡的善举罢了,却不料找到了这个与他们使者处处作对的组织。而端淑嫄是被父亲的呼唤带来,他们感到奇怪的是,在遇到一个笑声朗朗的老者后,他们就被带至一处阁楼之上,而他们竟安然在屋中等待,虽然不知等待什么,却也再没人前来骚扰,他们的心似乎极度平静,并在这平静中获得未有的安宁。

那个老者应该就是了无痕了,只是他们为何改变来时的初衷曾靖也不知所以然,不过见他们毫发无损,也就不再担心了,以后的事以后再说吧。只是在回客栈的路上,万俟善的豪情似乎已经消失,静得像是一位得道多年的高僧,而风雪和端淑嫄大概也是这种状态,他们到底是真的在大悲山庄得道了,还是另有缘由?

曾靖开玩笑说:"万俟师兄,你大概修炼得跟萧师兄一样,是随遇而安了。"

万俟善呵呵一笑,"我哪里是随遇而安,我是随波逐流啊。"

刚回到潺潺水苑,万俟善已飞身掠向院中的树梢,因为从端淑嫄的屋里传来说话声,而曾靖却大声冲着万俟善的背影喊:"万俟师兄快点下来,给你介绍两位好朋友。"

"万俟师兄在哪里?"随着屋里一人的问话,一道身影已站在院中,萧霄。

端淑嫄也略显兴奋地喊道:"萧师兄,如丝姐姐。你们怎么找到这里的?"

萧霄和柳如丝按着曾靖一路留下的暗号找到这里,他们就是如此安静地相遇了。

到了屋中,柳如丝忽然问他们:"你们去了哪里?遇到了什么人吗?"

他们当然会遇到很多人,他们当然也知道柳如丝问的是谁,曾靖说:"大悲山庄庄主贾世,字于物,此人自号了无痕。"

"了无痕,你们知道此人是谁?"柳如丝笑笑,"他的师兄你们一定都听过,就是深洲的字简和尚。"

"啊!"

萧霄都奇怪地看着柳如丝,大概是从未听她说过深洲的事,自然更不晓得柳如丝是如何知道了无痕的。

柳如丝下面的话更令他们吃惊,"万俟师兄,你们三个是不是觉得心境与之前大不相同?大概都想不出来为何前往大悲山庄了吧?"

三人低头像在思索着,风雪不很确定地说:"我和万俟兄先是去了邬家大院打算惩戒一下邬翊,后来被邬翊、端妹妹的父亲端前辈还有几个高手困住,一路打到了大悲山庄,进庄之后那些人就都撤下了,而我反而有种被困的感觉,后来大概就是你们说的那个无痕出来了,他一直笑呵呵的,并没和我们打斗,再后来就是去了那个曾兄弟找到我们的阁楼里,大约就是这样吧?"

万俟善点点头,而端淑嫄是听到父亲的声音顾不上叫曾靖就追了出去,也被引到大悲山庄,遇见了了无痕。

曾靖和萧霄奇怪的是,他们都知道事情的来龙去脉,却好像对这样的结果懵懵懂懂。他们的目光都看向柳如丝。

"了无痕的若愚心法已经到了笑境,距离忘境也仅一步之遥了,"柳如丝感慨一声,停顿了一下，问他们，"你们可听过一种毒叫无色？"

"无色？"除了萧霄，其他几人已听万俟善讲到过，难道他们竟在这么短的时间里连遇两种天下至毒？无色到底又是什么呢？

"无色既是一种武功也是一种至毒，"柳如丝继续说着，"它能令人放弃之前所想所为。无色，看不到摸不着，曾师弟没中毒大概是因为找你们一直备有戒心的缘故。只是了无痕的境界还没达到无蕴的地步，否则现在你们不是惊讶而是要劝曾师弟放弃任务了。"

曾靖暗暗心惊，这个深洲真是步步深渊、处处临崖啊！无色大概就像在心里种下了蛊一样吧！而了无痕几乎击穿自己梦想的一段对话大概也是这个无色的无形之招呢！而最后了无痕潇洒一遁，据柳如丝的判断，应该已到了"入空门"的地步，这种绝技简直令人匪夷所思。

曾靖发现万俟善和风雪面露焦急，而端淑嬛的表情却格外复杂，大概还是来自面对父亲的焦灼吧，此时她的心虽然中了无色的毒，但至少不必再为原本不得不父女相向的局面而担忧。曾靖真希望她这次遇到的不是了无痕而是字简，那么这位可爱的师姐也许就此解脱了。

端淑嬛默默地走到"般若"前，弹起了忘世—飘零曲，此时此刻此曲难免令人更加黯然神伤了，柳如丝笑笑，"端妹妹，能让我给大家弹首曲子吗？"

端淑嬛停下来，有些高兴了，"如丝姐姐也会弹啊，太好了，你弹首什么曲？"

"我哪能跟妹妹比弹琴呀，只会弹一首曲子。你们先听听，看能不能猜出是什么曲子。"

风雪奇怪地问："那太难猜出了。"

柳如丝笑着说："没有想象的难！"

这一日，最感惊讶和惊喜的只能是萧霄！

柳如丝的琴技自然无法与端淑嬛相媲美，可是在她的琴音中却有明媚的湖光山色，还有呢喃的燕雀之音，一会儿成了绵绵的柔情蜜意，一会儿又传出欸乃的桨声船影，忽而风和日丽，忽而绿草茵茵，忽而酒醉如狂，忽而渔樵互答……那其实不是琴，是画，是美妙的世间！

曾靖推开后窗，不远处山丘上一株枝繁叶茂的大树在微风中应该发出了簌簌的轻响吧！而远处天边的阴霾竟也随风而散了。

万俟善、风雪还有端淑嬛可能内心依旧安静，不过他们的确笑了，笑里又有了阳光的气息。萧霄说："我猜，这首曲子应该叫柳色青青！"略逊火候的无色终于被柳色青青涤荡而去。

可是，柳如丝呢？她的家族背景看来远比杀手世家、双面间谍更加复杂。她看出大家的疑惑，"其实我们柳氏家族本来就是凤洲派来阻止你们城中使者的。"她假装没看见三位使者和风雪、端淑嬛的表情，"杀手世家不过是等待过程中一种谋生的手段。只是许多年前我们得罪了一个很厉害的仇家，搭救我们的却是向城中提供情报的岳家，而岳家后又被凤洲的其他暗线所害，我们为报答岳家的大恩，就接替了岳家的嘱托，成了城中在竹馨城里的情报线。"

萧霄不禁长叹一口气，"原来如此，意义总是在最后一刻才能明白的。"

可是，到了最后一刻，意义的有无、生死的纠葛还重要吗？就像柳氏家族的等待，柳湘瑜的责任已与最初的目标背道而驰了，而柳杆杕、柳杆凤也错把杀手的职业当成了人生的归宿。

当一个目标沉寂得太久，大概就会被渐渐遮盖，而遮盖物却成了值得付出生命的目标，他不知道这段时间以来自己对这个世界的眷恋是否就是遮盖任务的遮盖物。他想自己大概也在无形中给自己种下了"无色"的毒！

只是他不知道用来涤荡这个"无色"的"柳色青青"又会在哪儿。

二

如果不是柳如丝，他们不知道是否就错过了。

大慈庵的黄墙黑瓦朦朦胧胧地掩映在已经有些泛红的枫叶之间，难道秋的气息格外钟情于这处深洲城外的红枫山吗？那份秋天的肃杀之气似乎钟情于此，不舍离去。

大慈庵里清洁得有些离谱，因为就连人影也没有一个。通往后山的林中小径似乎始终带着微微的湿意。

哗啦啦的山水流淌声渐渐传来，他们一行人转过一处小坡就看见一条溪水穿过一座小石桥，像一个调皮的孩子蹦蹦跳跳地流向另一面的山下去了。沿溪而上，溪水时宽时窄，似人工雕琢又浑然天成，登上一处地势平缓之处，在枝叶缝隙间，他们看到不远处竟有一片碧绿的湖泊，而延伸至湖面之上悬空而建的飞雨亭真是让人醉了！听到万俟善咽下美酒的声音，曾靖真想知道这个师兄到底从哪儿弄来喝不完的佳酿。

飞雨亭的屋檐很大，像是四方木亭的大帽子，大概遮挡了上面的景色是为了更好地陶醉在眼前的湖光山色里吧！而湖面后面的远山里竟有炊烟冉冉升起，不对，那更像是白云！

他们当然看到飞雨亭里静静地坐着的八个人，尤其是柳如丝内心中的一缕波动在曾靖的入梦里是一个可怕的征兆。从听说到第一次见面再到几日前的重逢，柳如丝在面对风月堂高手，在面对柳家的变动，甚至无色时那种坦然与镇定都令刚才那缕波动显得异常沉重。

这份沉重是源自这八人中的哪一个？

曾靖的目光早已扫遍，甚至入梦也在感受他们的一吸一呼。

六个蒲团已经为他们准备好了，万俟善、萧霄、曾靖、风雪、柳如丝、端淑嫄。他们大概知道柳如丝来了，自然不会错过这处大慈庵，于是留一个空寂的大慈庵给我们静心，再到这片得天地精妙的湖上飞雨亭来谈禅了。曾靖心想，这几日你们一直在等呢，还是得了消息再赶紧坐好等着呢？

这时从小径的拐角处走出三个小沙弥，手里捧的是淡淡的清茶，萧霄竟面露喜色，轻声道："难道是拈花笑？快十年没喝到了，现在想起来还意犹未尽呢！"

曾靖愣了愣，才想起在大悲山庄自己竟错过了这个拈花笑！

而对面坐在了无痕与另一位俗家老者中间的大和尚开口了，"几位施主，请品尝一下来自深洲大悲山的拈花笑。"了无痕似乎不认得曾靖他们了，万俟善说："可惜，在大悲山庄没喝上。"

了无痕笑着接道："这位朋友好像是爱喝酒的，大悲山庄的素酒当然比不上葫芦里的美酒。"

曾靖顾不上跟了无痕打哑谜，先轻轻地闻了闻茶香，当拈花笑入口之后，味觉和嗅觉混合交融成一种难以描绘的轻灵，整个人似乎都已飞升而起，飘飘然不知所以了。

猛然间，他一惊醒，这些看似慈悲的家伙不会又弄出什么不知名的至毒来吧！端蓂荚没出现，大概是不想刺激端淑媛，也许他们只是想好好谈谈。

那个大和尚又开口说话了："后面那位是青洲的柳姑娘吗？"

柳如丝点点头，"大和尚认得我？"

"贫僧只听说柳色青青练至画境的在当世只有柳姑娘一人而已，今日一见自然猜得出了。"

曾靖心中一动，听这和尚的意思，似乎并不知道柳如丝早已和我们会合一处，那么他们又怎知我们一定会来到这个飞雨亭与他们相见呢？"这位大师可是在等我们？又怎知我们一定会来呢？"

那和尚笑笑，"该来的终会来的。"

萧霄问道："那什么是该来的，什么是不该来的？"

"你们来了就是该来的，你们不来就是不该来的。"

萧霄点点头："你是想说一切都已注定吗？"

"贫僧并不知一切是否都已注定，只知有些事不可违。"

万俟善呵呵一笑，"大师说的这点我倒是赞同，有些事不可违啊！"

曾靖心里暗笑，他们大概不会再使什么无色了吧，看来真是想一逗机锋了。对面的八人修习的都是深洲佛门心法若愚，按照呆、傻、痴、笑、忘来看，这个和尚和了无痕，还有身边的另一个俗家弟子已到笑境，另外几人最差的也是傻境，他知道即便是进入呆境也称得上高手了，而且除了心法还有与之相应的武技，并非心法境界高就一定占据上风。只是他隐隐有些不安，入梦竟无法捕捉到最临近湖边的那个年龄也很模糊的僧人的气息，难道那不是痴、傻的状态，而是忘？

风雪有些不耐烦，"大师如何称呼？"

"称呼本无谓。贫僧字疏，这两位是贫僧的俗家师弟了无痕和笑红尘，后面是下代弟子，明鉴、明慧、明因、明净。"

曾靖当然知道还差一个，自然就是那个令他不安的僧人，只是他感觉柳如丝似乎放松了，难道她担心的人没有出现？

就在大家各想心事的时候，字疏忽然说："你们知道自己要做什么吗？"

曾靖忽然有些茫然了，他没问自己的任务和梦想，甚至不是问"要做的是什么"，好像是在探寻我们生存的意义，而一切在此情此景竟变得虚幻了起来。我所做的似乎都只是冥冥之中的安排，而我也只是不知身在何处的神仙布下的棋子。

正当他被这种虚幻感包裹之际，端淑嫄问字疏："那你们知道自己要做什么吗？"看着同样陷入沉思的字疏们，他又笑了，他终于知道这位可爱的师姐为何要在深洲陪伴他了。

三

沉默中，双方似乎都在聆听枫湖里传来的小鱼儿吐泡泡的声音。渐渐地传来嘟嘟的声音，原来山里时晴时雨，此时是小雨滴滴落湖面的声音，愈来愈密，飞雨亭的屋檐上也开始有聚集的雨滴滚落了。飞雨亭——真是传神而写意的名字啊！

字疏缓缓地说："要知道我们所见所在的不过是场虚幻，你们要去解开世界之谜，获得另一种虚幻，你们就是这样走过这次生命吗？"

曾靖没想到是端淑嫄接的话，"从一个虚幻走向另一个虚幻是不值得的吗？大师的意思是在这个虚幻里就可以了？"

"在这个世界里就可以寻找真实，你们却执着于另一个虚幻。你们都是一时俊杰，看着你们浪费自己的聪明才智，贫僧多的是惋惜。"

端淑嫄点点头，"大师说的也许没错，你的意思是你们已经找到真实了？"

字疏抬眼看看端淑嫄，"大概还没有。"

"大师为何认为定能找到？"

"因为贫僧相信！"

"是啊，正如大师一样，我们也相信另一个真实的世界，也许与大师所说不同。也正如大师一样，我们虽未找到也还是相信。"

这时，那位神秘的僧人突然叹了口气，"雨停了。"众人看看亭外，涨起的湖水哗哗地冲下峡谷。僧人接着道："你们看那边的石头。"众人随着他的目光看见湍急的湖水冲下之处，在飞溅的水珠中若隐若现地露出不少石头，会发光的石头！

"各位都是当世绝顶高手，又身负几洲武学，老衲真心想一睹为快啊！"

上次在大悲山庄了无痕的遁入空门令曾靖叹为观止，这位僧人对武学的痴迷倒是令曾靖有些快意，只是他还不晓得众僧遁入空门空留自己一方的时候该是如何的尴尬啊！他在猜想凤洲的止步回眸能否挽留遁入空门的身影，那该是何等的精彩？

"曾施主在想心事？"

曾靖看向僧人的眼睛，却找不到目标，那层雾蒙蒙的水气不像红枫山的雾呀，"我在想止步回眸遇上遁入空门的情景。"

"果然是妙人！请吧！"

除了端淑嫄留在飞雨亭中抚琴，其余众人都随着神秘僧人飞身落在发光的石头之上，各据一石，远处看来，竟如一群蓬莱仙人飞临水面。

曾靖不知道这将是一场什么样的较量，因为脚下的石头会动。

石头上发光的是奇怪的符号，就像某种咒语，每一块石头都像一个微型的地震带不停震动，而他们也注意到这些震动竟是由那八位僧人有意控制的。

　　曾靖觉得似乎上了一个大当，但是他脑中闪过一个念头，难道这是传说中的离经叛道？因为极少有人见到，外人自然无法得知这是一种什么玩意，只是在数百年里略有传闻罢了。如果这的确就是离经叛道，那他们倒是没有上当，而是面对了一种从未经历的武学历程。

　　端蓂荚的无欲剑法是俗家弟子练的，而这些僧人是无欲掌法、拳法、指法，甚至是僧袍流云飞袖的挥洒。虽然五人之间的配合也很到位了，但毕竟无法与对方的飞石阵相提并论。如果不是因为他们都是绝世高手，外加聪明伶俐，此刻大概早已被击落溪水中了。

　　柳如丝并未放出她的流星雨，难道是害怕伤了这些似乎并无恶意的有道高僧？曾靖不禁想起竹馨城雨韵里的一幕，如果不是面对众多高手的围攻，他真有心细细欣赏一下柳杆朴、柳杆凤挥出的那阵流星雨。不过，如果可能他更希望看到柳如丝的流星雨，据说那阵流星早已到了融于宇宙背景的境地，似乎从此可以穿越浩无边界的苍茫宇宙，在无法想象的时空中自由穿梭，当然那需要一个自由无碍的环境，如果遇到无欲的干扰就未必能穿过这段短短的距离到达僧人的身边了。而此时，她的柳色青青是很少有人听说的，更别说见过了。她手里拿着一条不知何物所制的长条，平日见她缠在腰间很好看的样子，而且颜色总在不经意间改变，没想到居然是发动柳色青青的武器。而此刻这个奇特的武器呈现出的是墨绿色，曾靖猜这东西大概就是柳条吧！

　　虽然他们各自还能应付，但是字疏的无欲掌和神秘僧人的无欲袖都已到了无求的境界，了无痕和笑红尘在至刚与无求之间，其他四人也到了至刚的程度，他们的位置被固定住了，每个人似乎都要面对一波又一波的攻击，只有防守之力。这显然不是办法。

　　忽然间，端淑嬛的琴声响起，这是一首从未听过的曲子，像是一首即兴而作的小曲，曾靖在叮叮咚咚之中没有丝毫的领会。忽然，曾靖的余光看见风雪飞身而起，离开了脚下的石头，像雨燕又像被风吹动的雪花，她要飘向哪里呢？就在刹那的迟疑间，一个琴音在他的心头一震，他也飞掠而起，"如丝姐，换位！"

　　柳如丝的反应并不比他慢，已经飞向风雪原来的位置，而丝条仍然缠向明慧，风雪换到曾靖的位置时，剑几乎刺伤明鉴的左肩。曾靖则面对了一次无欲袖的轻拂，柔柔的雨后山风在无欲袖的轻拂中渗入了他的四肢，他有种酥软的感觉，那种柔令他的忘世飘零几乎自伤心境。看来对于情感细腻如他者，是不能拿忘世飘零来对付若愚的。

　　从五人离开石头的那一刻，他们的步调终于踩上了端淑嬛的节奏，他们变成了般若琴弦上的音符，在这片充满灵气的天地中自由跳动。

　　这种美妙的感觉，竟令曾靖有了闲思的空暇，"冷艳的风雪姑娘到了深洲，或者说在见到万俟师兄之后，笑颜如高山雪莲花般绽放，刚才又首先领会端淑嬛琴中之意，而自己还曾和师姐演绎过完美的琴剑和却也后知后觉。风雪姑娘真是一个外冷内秀的人啊！还有端师姐，更是能在这么短的时间里，自创出应对飞石阵的妙音来，真有不虚此行、不虚此生的感慨。"

　　思量间，一式难得不见，只听"啊"的一声，从明因的右臂上滴落几滴鲜红在流水里，倏忽而没。

"好一个飞白！"

从神秘僧人的喝彩声里，曾靖才知道，自己的千里烟霆已经从初到瀛洲的如烟跨入了飞白。

此时，端淑嫄忽然弹起了酒狂，那如醉似痴、如癫似狂的状态倒是令万俟善得其所哉了，竟拿出葫芦大饮了数口美酒。于是，大家就看到了醉刀，那恍恍惚惚中的刀光连他的慧眼一渡都看得眼花缭乱。真是忘世虑于形骸之外，托志兴于酗酒之中。岂真嗜于酒耶？有道存焉！大概这就是随波逐流的醉刀吧！

随着端淑嫄改弹潇湘水云，萧霄的水刀也从洞庭烟雨挥洒出一片影涵万象的气势。如果是苦刀呢？难道要那首广陵止息？曾靖想虽然琴剑和很完美，可是我的碎刀该找点什么感觉呢？平沙落雁还是胡笳十八拍，或者单谱一曲，还是留给小师姐去想吧！

这一方配合得酣畅淋漓，另一方自然就处处掣肘了。神秘僧人忽然双袖一挥，八人同时抽身而退，真的被他猜中，他们又遁去了，不过这次他没有感到像大悲山庄里的尴尬，这次他还捕捉到了几位明字辈的痕迹，他们还没"入空门"呢，就在遁去的时刻，他们的身边仿佛有一层淡淡的雾气，他们也许就是借着这层薄雾令人视觉朦胧的吧。

神秘僧人的声音似乎来自远山的白云深处，"自与苦刀先生一见，这算是最畅快的一次了，哈哈哈……"

武痴——字简！

第二十二章　平衡

一

远望着远山声音的来处，柳如丝系在腰间的丝条变成了淡绿色。曾靖看到她的脸色格外清澈，似乎在青洲的如画都比不上现在，难道在画境之上还有？

萧霄牵着如丝的手，"你的心早在飞雨亭里就静了。"曾靖暗暗高兴，其实了解一个人的细微变化并非定要入梦这样的随功的。而风雪看向万俟善的目光又含着什么呢？

"万俟师兄，我们继续去深洲城吗？"

"好啊，不过咱们不妨先上山看看，这里还是很有诗意的呢！"说完看看风雪，"是吧？"

一路上山，大家才知道端淑嫄即兴的曲子是来自水石相击的灵感，毕竟字简他们练习的飞石阵是一个固定的模式，而水石相击的万千变幻更适合当时的局面。"师姐，你都快成琴仙了吧。""不是也快了。"端淑嫄倒是毫不客气。

深洲城格外大，曾靖和端淑嫄都逛累了也不过是十之一二罢了，走进一家遥梦酒楼坐下，他们才感到有些饿了。

他们分成三对在偌大的城镇里漫游，等待着。所有的机缘大约都与字简和尚有关，而这些高僧大概不会再施展暗算的伎俩吧。虽然他们有弱水和无色，但那毕竟不同一般，即便也是毒。

曾靖给端淑嬺说起这些时，端淑嬺好像是理解了，只是毒毕竟是毒，她不觉得天下至毒就会显得更高洁，当然曾靖也没觉得需要坚持。这不过是安静中的闲聊。

他们尝了尝遥梦酒楼的他乡之思，曾靖奇怪为什么这里的菜名都格外带着深思，难道他们不累？吃饭的时候也要想象一种思绪的意境，这是对饮食的超越，还是对平淡的日子生出了一些厌倦之情，要靠"思之于他乡"才能吃得下？想着想着不觉笑了起来。而他看到端淑嬺的眼神竟然有些目光空洞、遥望他乡的感觉了。当他细细咀嚼他乡之思时，竟有一种难以抑制的伤感和忧郁渐渐从心底升起，竟让人有种萧萧落叶的悲慨。直到喝下一杯饮之太和，独鹤与飞的素默才冲淡了那种漏雨苍苔的伤怀。端淑嬺浅浅地尝了一点素默，她想自己刚才是不是又中毒了！

他们在距离遥梦酒楼不远处的小井庭墙角发现了柳如丝留下的暗号，他们沿着指示走向深洲城外。在暗号消失之后，他们向路人打听到附近只有一个三藐岭值得一探究竟。

三藐岭下竟是一片无际的原野，一株柏树下他们看见了万俟善、风雪、萧霄、柳如丝。

"你们都已经到了。"

萧霄解释说："字简和尚在这里等咱们。"柳如丝递过一纸拜帖，上书：字简和尚拜上，深洲城外三藐岭。真够简单的，没前言无后语，甚至没有时间，看来在此一见不可免，他们有的是耐心。

风雪颇为严肃地说："这里好像并不简单，我隐隐觉得是个陷阱。"

大家沉默了一会儿，面对如此广阔的地势，真有点摸不着头脑。

柳如丝忽然掠向不远处的一个高点，但是忽然消失不见，就像她也练就了深洲的遁一般。但却听到柳如丝的声音，"这是个阵法，我可能已经进来了。你们再看看是否有其他入口？"万俟善拍拍萧霄，"师弟，你去和柳姑娘一起，咱们还是分成三组，但是到阵里恐怕就难互通消息了。"

端淑嬺抢道："咱们都从这一个入口进去吧，既然还不知道如何破阵，分开了更不好应付。"

风雪一直凝眉细思着什么，曾靖一直盯着风雪，大概她知道点什么吧。

风雪终于开口了，"廖先生曾告诉我，天下阵法要数卫洲、深洲为高。卫洲的迷乱阵不知威力如何，但深洲的轮回阵是数十人组成的大阵，其中又蕴含多个小阵，互有协应，而且变幻无穷，面前的这个大概就是了。"

曾靖才知道上次自己在卫洲遇到的风迷五老只是一个小型的迷乱阵而已，的确，数十人在这么开阔的三藐岭上布的大阵真是难以想象，而己方只有六人。上次在飞雨亭小战，对方不过浅尝辄止，就令大家非常被动了。

万俟善看了看萧霄，"我们师兄弟虽然也习过阵法，但是估计无法应付这个轮回阵。柳姑娘好像知道一些阵法吧？无论如何我们也得试试。"

萧霄点点头，"只怪当时自己没有好好跟城主学阵法。"

万俟善看看曾靖，曾靖也只能傻傻一笑，"只是这个轮回阵城主也未必见过呢！要是苦刀前辈在就好了，他对阵法颇有钻研。"

　　在他们相继跃入轮回阵时，曾靖看到小师姐嘴角带着一点笑意，难道她能破解？

　　一进阵中，眼前的景色倏忽而变，原来的碧野成了昏暗的山谷，不远处的几株枯木上落满了乌鸦。曾靖抬头看看天空，竟模模糊糊的看不出来，此刻的昏暗似乎并不像日落西山时的暗淡，而是有种说不出的压抑。

　　随着他们向前的步伐，周边的景色和脚下的大地似乎都在随时改变，他们大概是进入一个虚幻的世界了。

二

　　此刻即便曾靖施展出入梦，一路搜索过去，似乎也只有那群乌鸦在吱吱呀呀地低鸣。而乌鸦是否被幻化出来的虚像，曾靖也有些含糊，因为这些乌鸦又含着某种奇怪的力量，让他到底还是无法确定，这群黑色的乌鸦是真实还是虚幻。

　　而那种奇怪的力量令曾靖心境大异，他忽然挥出丹斯精魂剑滑向那片模糊的黑色。

　　在众人的惊呼声中，黑色的乌鸦竟在倏忽间化作漫天飞舞的纯净的洁白的羽毛，向他们席卷而来，瞬间铺盖了整个山坡……

　　曾靖呆呆地看着眼前白色的世界，似乎才恍惚着清醒了过来。

　　万俟善说："深洲的幻术确实高明得很，只不知起何作用？"

　　曾靖呼一口气，"大概是用来破我们的某种心法或功夫的吧，刚才我用入梦时，不自觉地就向乌鸦群攻击，而那瞬间，我的意识里并没有想要攻击的念头。"

　　萧霄奇怪地说道："这似乎不是什么阵法，而是一种控制人意念的幻术。"

　　柳如丝说："阵法大概也是有的，不过意念之战可能才是深洲阵法的核心。风雪姑娘是否听说过一些？"

　　风雪摇摇头，"这倒是没听过。不过既然是意念我倒觉得要好些吧，毕竟我们对破解阵法的信心远不如对自己意念的信心更大。"

　　这时，端淑媛居然笑嘻嘻地说："风姐姐说得不错，这大概才是我们走出轮回阵的关键呢！"

　　曾靖想起进阵时端淑媛的笑，"小师姐真的对这个轮回阵一无所知吗？"

　　其他四人奇怪曾靖为什么这么问。

　　"师姐就是师姐，能不能把'小'字去掉啊。我也没说一无所知啊，但我的确不懂什么阵法，所以之前也不知道能提什么建议。"

　　曾靖略感失望，他当然不会怀疑端淑媛会骗大家，"在进阵时我看你笑了一下，刚才你又说意念之战可能才是我们破阵的关键，所以我以为你知道呢。"

　　看着大家恍然的样子，端淑媛说："我对阵法真的是一无所知。不过，临来前师父师叔曾提醒我，深洲的轮回阵很少人见过，他们也只是听说。他们要我注意的是，不战而屈人之兵。"

"这是什么意思?"

"我当时也不明白,他们也不多加解释,只是说到了深洲要多加留意。回想起来,这一路走来遇到的深洲几战,无论是中了奇怪的至毒弱水和无色,还是小试身手,他们都会先说半天话,这些话似乎都很有道理,有时我的心境会变得非常空寂,不想再去完成什么任务,甚至什么都不想做。不过还好,最后他们都'遁'去了。哈哈,这是不是意念之战呢?大概就是师父师师叔说的'不战而屈人之兵'的意思吧。"

萧霄接过话说:"所以刚才你觉得这个阵法其实关键的可能还是在于意念,只不过之前是争辩,而这次是藏在轮回阵之中了。"

端淑嫄点点头,"我想大概是这样的,只是不知道他们如何展现这种意念。刚才看到一群乌鸦在师弟的剑下化成漫天的羽毛,我想种种幻觉可能就是他们用来营造虚幻世界的意念。大概我们会在不知不觉中被虚幻击垮,或者顿悟我们的虚无,就此打消了继续走下去的念头,于是他们就战胜我们了。不过刚才风姐姐说我们对破解阵法的信心远不如对自己意念的信心更大,我觉得很对啊,所以才觉得我们能破轮回阵。"

的确,有没有端淑嫄的解释,他们一样会凭自己的意念去战斗,只是如今多了一层心理准备。

然而,轮回阵中瞬息万变,脚下很真实的软绵绵的羽毛却在骤然间涌起的狂风中卷起一排排洁白的浪花,顿时间,阵中变成了一幅雪虐风饕的景象。

他们六人终于还是迷失在这一变故之中。羽毛幻化成雪花不停地遮向大地。

就在茫茫苍苍的飞雪之中,远处却有一股奇形怪状的沙尘,这些沙尘不但没有被雪花压盖,而且也不向四处扩散,它就像一个可收缩的口袋,任由里面的力量冲来冲去,它只或大或小地变化形状而已。

身处其中者不但要应对来自布阵之人的多方攻击,还要面对一个更可怕的局面:悲域。

沙尘中竟看不到人影,只是时不时劈向沙尘中的一道刀光预示着被困其中的是来自碎梦城的师兄弟之一。

三

面前不再是飓风下的沙尘,而是一个日丽风和的午后。

他懒散地走在街上,因为很久没有得到关于任务的消息,最近的心情并不开朗。倒是街边一家"闲来小坐"的小店吸引了他,走进坐下,就这样闲来小坐着。

他静静地看着街上并不熙攘的往来人群,眼角的余光似乎看到一个似曾相识的身影。他微微侧首,那个身影就清晰了一些,他确定并不认识此人,但是前几日却在小孤山风道庙里见过。对于修炼过慧眼十注的他来说,他在意的不是重复,而是可能的因缘。

当他格外留意这个身影之后,他想这个人的确是为他而来的。"闲来小坐"并不适合长时间停留,因为它只是一个歇脚的小店,他却在此直坐到夜幕已降,起身离开的时候,他再次看到那个身影不经意地从某个街角出现了。

　　恍惚间，他已不在那个场景之中，大约是三两天之后的清晨。他跟踪那个跟踪他的人已有两三日了。这个清晨，那个神秘的身影一大早前往城外的修竹林去，于是他紧随而至。他看到那人躲躲闪闪地走进一处极为隐蔽的小坡道之中，他飞身掠向高处的树梢，眼见那人神神秘秘地将什么东西藏在一个靠近树根的小树洞之中，如果不是眼见着那人藏东西进去，凭他慧眼十注也难在这片密林之中识破这处隐秘所在。

　　待那人略显激动地走远后，他在树洞里取出一个很小的竹筒，里面的信息是：使者已现，是否行动。他快速追上了还未下山的留信人，"也许你有话对我说。"那人错愕的眼神和惊慌的表情让他觉得这是一个神秘的组织。

　　那人定定神说："公子认错人了吧？我不认识公子，怎么会有话说？"

　　"哦，"他拿出那个竹筒，"难道这里面说的是另外一个人？"

　　那人紧张起来，"不要误会，不要误会……"说着转身就跑。

　　他心知能跟他们使者作对的组织身手不会差到哪去，随即使出一招任尔道遥，刀光划过，那人却应式而倒，他心中的疑虑仅仅是一动，他已来到那人身边。可是那人的眼神却没有任何惊惧和不安，他喃喃说道："这是碎梦刀法吗？我真的没看错你，你是使者！"

　　他惊讶得不知说什么，"你到底是谁，你说要行动是什么意思？"

　　那人极困难地微微摇了下头，"不要去远洲，看看我的家人，告诉他们我为了自己的任务而死，没什么好悲伤的。真，真高兴……我遇见使者了，我，我真实地遇见了，遇见了我们活着的意义……"

　　他知道自己错了！他的脑中混乱了起来，抱在怀里的人到底是谁？为什么见了我却隐隐藏藏，而他的话里表明对我显然没有恶意，而且还非常想见到城里的使者，那为什么要躲躲闪闪的呢？当他回味那句颤颤巍巍的话：真高兴，我遇见使者了，我真实地遇见了我们活着的意义！那是怎样的一种坚持和心酸，又是怎样的一种喜悦和释然啊！

　　他们到底是谁？

　　他终于找到了乌妢的家人，也终于知道他们就是一直默默支持城中使者的情报家族。他们一直遵守着不能与使者直接接触的禁令，但当乌妢真的遇见他后，很想真正地相见，于是以密信的形式向他们的最高指挥发出申请，所谓的行动实际上是想通过他向城主公开许多信息。

　　他不知道城里为何有这样的禁令，但不久后他就明白了，因为他再次前往乌家时，他们一家老少竟都遭了毒手。悲痛至极的他明白，禁令实际上是保护这些人员，而再强的武功并不能真正长久保护他们。

　　他必须承担这一切，眼前乌家的惨况竟令他有些陷入疯狂之中，他的刀光大盛，甚至狂呼着冲向意识中前方一闪而没的空隙……

　　轰然一震，沙尘俱下。苦刀有些模糊的眼中竟是来自卫洲的刀锋、左懿、郁殇，原来他们被凤洲总部从青洲调至深洲，在字简和尚的轮回大阵中布下飓风黄沙陀螺阵。

　　只是此时的刀锋三人已没有了斗志，苦刀冷冷地看着他们。

刀锋终于开口道："这个阵新增了字简和尚的时空法，形成一个'悲域'。在悲域之中，被困的人会看到自己最不想回忆或记起的过往，这样一来，被困之人的心神必然大乱，也就没了破阵之力。"

苦刀冷哼一声，并未言语，他实在不知道刀锋他们的神色意味着什么，这并不是一种单纯的意味着某种情绪的神色，而是有所指、有所谓的神色。

刀锋继续说："可是，布阵之人也同样能看到被困之人的悲域。这原本只是帮助布阵之人更好地击败对手。可也正是如此，我们才看见了游先生眼中的悲域。才明白父亲在我很小的时候整个人都变了的原因，有一天他回家后再没说一句话，从此我失去了那个和蔼可亲的父亲，也从此失去了快乐的童年。直到临终前，他才开口说话，告诉我该做的事一定要去做，但不要做令自己后悔的事，尤其是面对生命的时候，千万不要以为死能解决一切，往往是死令一切都无法解决。当时我并不明白他说这些话是想告诉我什么，直到刚才我在游先生的悲域中看见了乌家的一幕，那就是父亲后悔的一天！"

苦刀明白了阵中出现那个空隙的原因，而面对刀锋他们，此刻他不知道这一天会不会成为自己的另一个"悲域"……

苦刀与顾澹斐来到深洲支援曾靖他们，顾澹斐当然是路秋白派来的，不过本来要派的不是她。

进入阵中之后，他们根本就没找到曾靖等人。其实，曾靖一行人在狂风骤起的变故之际都杳然而逝在苍茫飞雪之中了。

除了悲域，字简和尚这次布下的阵里还有心域、境域、情域、意域、识域，境由心生，域中自现。每个人都会遭遇自己内心的某段挣扎。

苦刀终于决定放弃自己执着三十余年的恨意，他想回去。面前的昏暗瞬间消失，阳光透过云彩的缝隙洒落在三藐岭的山坡上，这是一个雨后初晴的下午。

苍茫时空轮回大阵云开雾散。

苦刀众人不仅看到了字简、字疏、了无痕、笑红尘、端蓑莢等僧众，还见到尉迟枏、石像师徒，当然还有刀锋等人。

字简缓缓走出人群，"游施主的付出，万俟施主的醉看人生，风姑娘为了巴、甘两洲的命运纠葛，萧施主为柳姑娘留下，柳姑娘重新选择人生，端姑娘为完成师门之托，顾姑娘要寻找内心安宁，曾施主心怀天下，这一切不都是在寻找自己真实的生命状态吗？不也是在完成生命的奇迹吗？

"什么真的假的，实的虚的，对的错的，好的坏的，善的恶的？对于你们来说，这些本不是内心挣扎的理由，自然也就不是可以感悟的缘由，你们的机缘还没到呢！各位一路走好。"

字疏、了无痕还有笑红尘大概是对字简的一段话有新的感悟，当他们的身影消失在"遁"入空门的一刹那，似乎留下了一个不该被看到的释然的微笑。

字简消失的"空门"中一道柔和的光飞向曾靖，接到手中，是一颗浑圆剔透的珠子。

凤洲

其实真实与虚假不过是同一件东西。

第二十三章　失落

一

在波涛间起起伏伏，没有胜利的喜悦，没有得到的欢欣，甚至没有相见的微笑。

每个人都会中毒，字筒的无色不需要隐瞒，也许这毒是自己种下的，字筒不过是让人明白，有些毒是谁也逃不掉的，比如命运，比如人生。

大家都静默着，似乎期待着命运的召唤，不再试图挣扎。

等待与逃避的差异有时显得如此模糊，似乎等待一切发生不过是逃避做出选择而已。

逃避，也许可以看作一种应对没有答案时的办法吧，在疑惑面前懦弱地选择退缩，一步步造就自己卑微的人生。内心也许并不会因此感到悲哀，因为人总会安慰自己，我不过是一个渺小无助的生命，平淡地了此一生有何不可？为什么要去承担本无法承担的命运？逃避？那不过是某些强悍的人生设想的励志之辞罢了，对于瘦弱的灵魂，本不存在"逃避"这两个字眼。

可是，渺小的生命真能平淡地了此一生吗？那轻描淡写的"平淡"二字真的那么轻松吗？逃避能获得平淡的命运吗？平淡，那要承受多少人生的寂寞，那要多么强大的一种内心的平静才能淡然处之啊！难道面对平淡的责问时，人们又要选择一次逃避吗？

人是如此的渺小，人世间是如此的渺小，世界是如此的渺小，而逃避不是获得人生的办法只不过是死亡的一种形式。志向本不要去磨砺，志向不过是人生的"指向"，它只是一个要走的方向，指向可以因观念的转变而改变，志向也因此是可东可西的。等待不过是在时间的流逝中静下心来找一个可以用来指的方向，而逃避就是停下生命，甚至回头沿着来时的路走回去，那的确是一种死亡的形式，因为生命不再。

如果世界已经改变，那么人们需要面对的只是改变后的世界的方向。不论世界的这种改变是来自外界的变化还是内心的观念。曾经以为确定无疑的事会因为一些人和事的变化而变得不那么确定，内心的焦灼自不可免，其实，要知道世界本不存在"确定无疑的事"。当人们无法明了变化的世界时，内心都会退缩在原有熟悉的境地，那种死亡的气息就叫逃避，也许还会被冠上"洒脱""不在乎""无所谓""还不是一样"的说辞和雅号吧！而应对的方法就是寻求一个"确定无疑"的回答。因为过去的一切都不会再改变，只有过去的才是确定无疑的，那么最好的办法就是回到过去之中。

然而，曾靖一点都不洒脱，一点都没有不在乎，一点都没有无所谓，他知道一切都不一样了。他中了观照自己生命的毒，他不得不面对自己的命运和自己对这个世界的一份情思。

面对命运的展开，他不必费心挣扎，他只是明白有些事可东可西，他要把握的是在每一个可以选择的路口做出符合自己内心的选择。他唯一确定的是自己不会做出令自己后悔的选择，这不是源自心态，而是对命运的明了。如果按照心态，他其实后悔过，他有时会想也许自己没有表现得那么好就不会被选为使者，就不会有后来的一切。但他知道，他一定会有不是使者的后来的一切，而这两种所谓的不同的一切其实原本并无差别，生命终归要前行，他也终究不是活着的死亡形式之一种。正如同行的众人一样，他们不知道命运如何，却知道无论什么样的命运都需要去面对。

的确，如果人世间的事还有难易之分的话，那么活着一定比死难。

他拿出字简留给他的那颗珠子细细查看，发现珠子里隐隐约约的有些图形，一面上有分开的九处不规则图形，其中一个图形中延伸出一条细细的红线穿过整个珠子到了另一面，而另一面只有一个图形就在距离红线尽头不远处。翻来覆去也没看出什么名堂，其他几人也不明所以。

"我还从没来过凤洲，不知有谁是故地重游啊？"顾澹斐一路上都没看他，此时伴着海鸟的身影，她的声音像是醒世的警钟把大家拉出了各自的思绪，也许是因为她高超的迷乱修为，令她更容易脱离无色的诱惑吧。如此说来，"无色"不过是一种用来搅乱人生方向的幻觉？

他微笑着看看顾澹斐，心想她的迷乱大概已从迷人的层次跨入了醉人的境界吧。而顾澹斐不经意地扫向他的一瞥眼神大概已没了曾经的忧伤。

"万俟，你到过凤洲，有什么值得推荐的地方？"苦刀的心情也不像曾靖初见时那么沉重了。

万俟善"咕嘟"喝了口酒，"印象最深的地方嘛，大概是楠茈县了。"

"楠茈县？"

"啊，那里产的莫愁真是令人想起来就要流口水的！"

苦刀只能苦笑了。

二

有着"美景甲天下"之称的浔困县就在凤洲西北部，这里不仅是山水掩映人如画，估计还有五谷鱼米堆满仓的热闹景象吧。

快到浔困县时，一行八人兵分两路，万俟善、凤雪、萧霄、柳如丝去了邻近的楠茈县，其实万俟善的说辞大家都没在意，去喝莫愁也没什么不好。随后在浔困镇会合从龙山出发一南一北前往凤洲城。

曾靖四人爬上龙山之顶，登上栖苾阁远眺，浔困之美景尽收眼底，只是远处并非一览无遗的开阔原野，在山势水道间稀稀落落的村落似遮似掩地在望者心头营造出另一番感受。"余霞散成绮，泖水静如练。喧鸟覆春洲，杂英满芳甸。……有情知望乡，谁能鬒不变！"虽然诗句与眼前景色不吻合，却难掩吟者心底的愁思。

苦刀看看他，"怎么？想家了？"

他收回目光，"没有，不知道家在哪里！只是忽然有些漂泊的感觉，甚至不知是凄凉还是享受。"

顾澹斐说："'漂泊'？那是什么感觉？"

"我们都是漂泊者啊！"苦刀略微叹息道。

这一情绪感染了大家，"我们现在不是要去寻找家园吗？"端淑嫄也说，"可是……"

曾靖看看她，"这个世界是家园又不是家园。"他忽然想起在巴洲小小的家一起看夜晚的繁星，那不是家的感觉吗？

看着登山的游客陆陆续续下山而去，夕阳的霞光渐渐昏沉了，苦刀叫大家也下山吧，"万俟总担心我不让他喝酒，不让咱们去楠茈县。哈哈，其实我是从决定留在卫洲才不喝酒的，这几天倒是越来越想喝点了。万俟说的那个什么莫愁酒真的能令人'莫愁'吗？"

曾靖知道在苦刀心里的那个结已经解开，但同时他也没有了之前的决绝，似乎他的任务已经结束，陪伴曾靖的旅程只是去看看自己曾经为之付出之事的结果。

停留在泖困镇的数日里，端淑嫄和顾澹斐竟相互传授起自己的绝技来了，大概这里的恬静令人无所思虑吧，加之她们都是天赋极佳，于是各自精进神速。直到顾澹斐能弹出令人真假难辨的幻梦曲，端淑嫄竟也能不经意间令他恍惚是落花，甚至带点甄箫的影子的时候，他们仍未等来万俟善四人，大概是沉醉在莫愁湖边了吧！于是他们不得不离开了。

前往楠茈县的一路上，端淑嫄和顾澹斐仍在回味着米家大婶的小姜卤汤、泖水糕等一系列令人馋涎欲滴的美食，苦刀和曾靖虽不言语，但心里的怀念怕要更深一些呢！否则怎么都怕一开口就流下了口水呢！

顾澹斐忽然问苦刀："游前辈，这几天是不是有点家的感觉？反正我有，嗯，等办完事我一定要找一个这样的地方待着，哈哈，不知道卫洲有没有这么美的小镇。"

他刚想说自己也这么想，可是，等他们办完事，这一切是否还在？不自觉地叹了口气。

顾澹斐像是想起什么，"曾大哥，你是不是想落花了？"

端淑嫄奇怪地看看他，"落花是谁？怎么从未听你提起过。"

曾靖也没想到顾澹斐会猛地问起落花，他当然知道这是顾澹斐想起最早自己被她的迷乱所惑时将她误认成落花的事。

"落花是瀛洲洲主的女儿，在瀛洲时认识的。"

端淑嫄又问顾澹斐："你也认识落花姑娘啊？怎么都没听你们说起过。"

顾澹斐狡黠地一笑，"我也没见过这位落花姑娘，只是听曾大哥提起过。刚才想起来就随口问问。"

苦刀说："瀛洲洲主不是商周吗？"

"落花随的母姓，对了，万俟师兄说他在凤洲见过落花的母亲。"

端淑嫄促狭地道:"哦,这倒可能不必再返回瀛洲了。"

他有点尴尬地笑笑,"师姐开玩笑了,我怎么会返回瀛洲呢?何况落花姑娘也许并不知道母亲在凤洲。"

等听完他的讲述,端淑嫄和顾澹斐作为女孩子表现出格外的伤感和同情。

于是默默前行。

第二十四章　碎梦

一

楠茌县城的东南面就是万俟善说的莫愁酒的产地,因为用来酿酒的水取自莫愁湖,酒也因此得名。

等曾靖四人来到湖边的小酒馆里品尝起莫愁时才知道万俟善的夸奖并没夸张的成分。只是不经意间看到柳如丝留下的一个"丿",他们知道万俟善四人又有新的发现了。

顾澹斐忍不住回头望望尚未游得尽兴的莫愁湖,竟生出些离愁了,不知还有没有机会再来泛舟湖上,细细品味那"湖柳如烟,湖云似梦,湖浪浓于酒"的景致。

顺着柳如丝的记号,道路越来越偏,地势也越来越高,及至来到一个小山顶时,远远望去竟似能看到曲折蜿蜒的山脉高远处的栖苢阁,原来这是横贯凤洲东西的英山山脉的龙山余脉。四人正在一路欣赏山景之际,一片云彩随风而至,氤氲在山谷间开始下起雨来,幸好不远处就有一座茅草亭。淅淅沥沥的雨似乎一时还不愿飘去呢!

端淑嫄按捺不住抚琴的心动,伴着山雨之声弹起了风雨飘摇曲,刚刚弹了一小节的时候,朦胧山中却传来女子应和的吟唱声,歌中唱道:

莫听穿林打叶声,何妨吟啸且徐行。
竹杖芒鞋轻胜马,谁怕?一蓑烟雨任平生。

料峭秋风惊梦醒,微冷,山头斜照却相迎。
回首向来萧瑟处,归去,也无风雨也无晴。

而歌者却是云深不知处了。

端淑嫄的琴声已住,歌声也已罢,而两者的那份在萧瑟间洒脱之气却久久在听者心头挥之不去。

良久,端淑嫄说:"此人只改动古人词中数字,竟与我的琴曲十分贴切。"

他点头道:"都与这阵山雨相合,不知歌者为谁?"

顾澹斐道："真是令人心生向往啊！"

苦刀一路上微笑着，似乎看着这三个年轻的伙伴自己就沉浸在幸福之中了，世界之谜在他心里是解开了还是消无了？

柳如丝的记号正是冲着刚才的歌声传来之处，也许他们遇到山中的隐者了。

天空转眼放晴，山路上的湿气渐渐蒸腾而起，水汽蒙蒙间小路逶迤而上，众人都为即将看见的一切充满了期待的心情。

绕过了不知多少道弯，来到一处地势较平缓的平台之上，临崖的一片空地上搭建着几处房屋，简单的土木小屋之间是一块不大的院子，几只鸡鸭咕咕嘎嘎地在院中来回啄食，一只花猫在屋顶伸着懒腰，而一只看似可爱的小狗却汪汪地叫起来。

四人都为可能惊动小屋的主人而略有不安，不过柳如丝他们的标记就是停在前面不远处的地方。"吱"的一声，一扇屋门打开了，一位长髯飘飘的中年人一袭长衫走出屋来。微微的山风里，真是仙风道骨，令人恍然如入仙山偶遇神人。

四人竟怔怔不知言语，那中年人却似飘忽向前地来到他们身边，"不知四位雅客到来，失迎失迎，请到寒舍小坐如何？"

苦刀慌忙应对："先生神仙中人，我们几个凡夫俗子打搅清净了，失礼失礼。"

"几位要是凡夫俗子，世上怕是再无雅人了。请请。"

小院中的木桌木椅都有些岁月的裂痕了，不过更衬托出主人的古朴肃静。

顾澹斐等大家落座后，没等询问对方名姓就迫不及待地问道："先生可见过另外四位路人经过此地？"

中年人点点头又摇摇头。

端淑嫄也奇怪地问："先生何意？"

中年人笑笑说："我见过不止四个路人，其中可能有你们要找的人，也可能没有。"

曾靖呵呵一笑，"我们要找的四人也是两男两女一起爬山的，其实我们并不知道他们何时经过这里，或者没有经过。"

"哦，这样说，前两日倒是真有这样四人经过这里，只是并未多做停留，大概也是找什么人吧。"

四人觉得颇为失落，两天前万俟善他们就已经过这里，现在就不知跑到哪儿去了，看来他们不得不继续寻找线索，如无意外，柳如丝不会不给他们信号的。

苦刀并未着急离去，"先生如何称呼，在下游无尘从卫洲前来寻踪访胜，这位是尧洲的曾靖兄弟和端姑娘，还有与我同来的顾姑娘。"

中年人忙一一点头示意，"真是幸会，卫洲和尧洲都还未曾去过，我是个半修行的道人，法名也是无尘，与这位游先生还真是有缘。"

苦刀也热情起来，"如此说来，无尘师真是神仙般人物了，我倒是要多沾些仙气才不枉来此山中一遭。只是不知这山也叫龙山吗？"

无尘说："游先生谬赞了，这山与前面的龙山的确是同一山脉，不过名称却是来自山下的莫愁湖，就叫莫愁山了。"

曾靖问道:"这湖的名字有什么来历吗?为何叫做'莫愁',难道以前是令人生出愁绪的所在?"

无尘看看山下,"传说很久以前,一对神仙般恋人来到此处,那时还没有下面的楠苤县,他们在此居住下来,日子过得逍遥自在。有一天,男人无意中发现一个秘密,于是决定出走,女人问他是什么原因,他说是关于世界的秘密,他要去解开这个谜,还说用不了多久。女人留不住男人,就在湖边等呀等……不知多少年过去了,这里陆陆续续来了许多人定居,女人还是每天在湖边等着自己的爱人,就这样从黑发等到白发,从年少等到年迈,终于还是没等来。但她知道他不会因为别的原因没回来,他一定要寻找到答案才会回来,她知道他还没有找到。她用湖水酿了美酒,她说这酒能让人忘了忧愁,她说大家都莫要忧愁。湖水因为她得名莫愁湖,她的酒真能令人忘忧啊,这就是后来的莫愁酒,这山也被称为莫愁山了。"

顾澹斐幽幽地道:"能没有忧愁,真好!"

无尘点头道:"是啊,我就是这般留在了山上。"

苦刀看着他们三个,"也许我们也该留在这里,万俟他们说不定也留下了呢!"

无尘只是含笑着将目光移向屋后深远的山谷之中,没有更多的言语。

大家静默了一会儿,曾靖问无尘:"不久前山腰遇雨,有一女子在山上吟唱,估摸着大概就在附近,先生可曾听到?"

无尘"哦"了一声,"倒没留意。"

端淑嫄却在此时拿出那张般若琴开始弹起曲子来了,没想到山上竟又传来箫声相和。

曾靖看向苦刀,他们的身形箭般射向山巅,向声音来处而去。

二

然而,就在他们飞跃屋顶的一刻,一股雄浑之力自身后袭来。来势如此凶猛,竟如磅礴之猛兽搏噬不可挡。

两人转身分别以气刀和游丝回击来人掌力,可没料到来人竟能在汹涌之势中倏忽而退,这何止是灵动所能形容。曾靖、苦刀被迫落回院中,无尘依旧两袖清风的样子,微笑着没有言语。苦刀点头赞道:"好一个磅礴!好一个流动!不愧是世外高人。"

无尘呵呵一笑,"游先生过奖了,只不知两位刚才的身法可是传说中的千里烟霆?至于招式,却是本人也未听说过了。"

他怔怔地在想,千里烟霆能否逃过凤洲的止步回眸?"山中的应和者不知是谁?先生为何出手阻拦?"

无尘悠悠道:"端姑娘弹的琴已入大音希声之境,而那箫声竟能与之相配,这份难得的佳音即便用千载难逢来形容亦不为过吧!我是怕两位为了寻人却疏忽了打扰这份绝世意境的唐突。"

顾澹斐插话道:"这么说来,先生真是难得的知音了。可是,你却忘了,你一出手,这

'千载难逢'的'绝世意境'倒是真的被立即打破了。"

无尘哈哈一笑，"情不自禁，各位恕罪了。既然各位急于寻访朋友，不愿在此多坐，我也就不再挽留了。"

望着远处似雾似雨的山间，那段箫声是否出自之前的歌者，无人得知。此刻又该走向何方？

他当然知道无尘的一番话自有深意，而莫愁湖、莫愁酒还有莫愁山是否就是如无尘所言，也并不显得重要，而那段故事是传说也好，历史也罢，终究含着可以令人徘徊的力量。

那力量是在浩渺的大爱与真挚的情感之间牵绊着有情人的心！做与不做，走与不走，留与不留……都注定要令情伤，因为这个想法、这个念头的出现再难从有爱的眼里逝去，这种纠葛的力量只有在纠葛的大爱与情感一方释然之后才能消失。

走了，于是有了没有结局的结局——"莫愁"；可是，留下，也许会少了"莫愁酒"，却又多了不是结局的结局——"莫怨"吧！

四人走出不远，顾澹斐忽然说："万俟大哥他们是不是遭了无尘的暗算，而且无尘可能还有别的帮手。"的确，这并非不可能。

端淑嫄此刻说道："两次与我的琴声相和的大概是同一个人，而且隐隐约约有指引我们的意思，似乎想与我们相见。但是看无尘的举动分明是不愿我们找到此人。"但是，无尘并未再行阻拦，四人一时摸不着头脑了。

是晚，四人找到一个山洞暂住，山里的夜格外宁静，山下很远处的微弱灯火如果不是像他们四人这样的高手是根本看不到的。山风微微袭来，苦刀悠悠道："曾靖，你和端姑娘在这等我们，我带澹斐再回无尘处看看。"

他接道："前辈，何不一起前去，如遇有事也不必相互担忧。"

苦刀愣了一下，"也是，其实我是觉得不会有什么，只是无尘的磅礴和流动都到了很高的境界，有些好奇而已。澹斐的迷乱已可以'醉人'了，有她一起前去足以应付意外了。"

端淑嫄却道："刚才澹斐说万俟大哥他们或许遭了暗算，如果真是如此我们切不可大意，对方一定还有更令人意想不到的陷阱。"

苦刀的眼里忽然显出一丝茫然的神情，"端姑娘说的是，咱们还是一起去吧。一路走来，柳姑娘的记号是在无尘的临崖舍附近消失的，也只有那里最可疑。走吧。"

四人重回临雅舍，院舍在月华中静静地铺展着，似乎在与天地自然交换彼此和谐的声音。宁静中有一种震撼心灵的力量，而屋舍在月光下散发出的光晕就是这种力量的笑颜。

他发起入梦向院中及周边展开，鸡鸭猫狗之外的无尘竟似消失了一般，只隐隐约约的有些气息在厢房之中，无尘的磅礴心法大约已越过雄浑之境而接近悲慨之界了。将凤洲武学之冠的心法修炼到如此程度之人大概是与凤洲核心有着千丝万缕的牵连吧，而凤洲正是阻碍使者行动的大本营，那么无尘的出现就并非偶然了，柳姑娘的记号到了附近，那么他们四人也一定不会错过这个临雅舍的，而无尘又是那么仙风道骨的模样，他们自然不会错过见面的机会，而记号由此消失，这个推理早已不证自明了。只是，四人即便受困于凤洲高手，但凭他们的实力，留下有启发性的信号或标记应该是能办到的啊？为何消失得如此干净，那不像是误入陷阱，倒像是自我逃离！

临崖处风略大，伸向崖边的大榕树在风声中的摆动令画面更加幽美，动静之间令人沉醉，而慧眼一渡之中晃过了一条灰影，穿过枝繁叶茂的榕树丛化为月光了！不过厢房里微弱的气息还在，苦刀的慧眼十注当然也没错过那一闪的淡影，至少他们的彼此对视确定了确有其事而不是被眼前美景陶醉后的幻觉。

苦刀向顾澹斐一挥手，两人向榕树掠去，顾澹斐的随风竟让他恍惚了一下，回头看看顾澹斐的隐藏处已的确是空无了。他不禁感慨起来，同样是卫洲武学传人，赵玉石的亭岳直追路老洲主，迷乱自然是再难精进，不过当年令他惊讶的随风而逝比起澹斐的随风而散来似乎还多了一些痕迹。自己离开卫洲也不过一年半的时间，澹斐的心态与武功竟都进入更佳状态，也许两者是相辅相成的，怪不得苦刀对澹斐格外信任，还不知澹斐的风十九式是否也会令人刮目？

这些思绪与动作不过是转眼间的事，他和端淑嫄紧随其后飞身扑向无尘的厢房。他一挥手，没等师姐的应答就推窗而入，端淑嫄跃上屋顶，她当然知道曾靖不想她去冒险，虽然她未必逊色。

思绪尚未成形，就听曾靖"咦"了一声，端淑嫄翻身入室，曾靖正看着一团氤氲着似雾却不散的淡淡烟尘，这团烟尘最令人匪夷所思之处还不是不散，而是在动，像一个人的心跳还伴着微弱的呼吸一般。曾靖的入梦捕捉到的就是它的气息，那么刚才的灰影当时藏于何处？竟连一点生息都没有吗？

他们无法判断那个离开的灰影是否就是无尘，或者另有其人，无论是谁，都足以令他们警觉，凤洲之路怕是愈加艰难了。

三

"游前辈和澹斐怕是追去了，咱们也走吧。"端淑嫄边说身形已飘向榕树，他回身挥出一掌，那团烟尘随掌风而散了。

及至榕树边，他们看到顾澹斐留下的印记，纵身跃向山涧，在红叶、黄叶、绿叶间纵跃起伏。如果远处的村中有未眠的赏月人，大概会记住这个晚上，并把自己的所见接续在美妙的传说之后：月光中等待自己心爱之人的"莫愁女"终于与自己的爱人相聚，他们趁着这个月圆之夜在树枝头翩翩起舞，飞跃山涧，携手向莫愁山巅而去了。

于是，在世人眼里，"莫愁"不再是心灵的安慰，莫愁变成了坚定的信念。

翻过莫愁山，并未走到尽头，就连苦刀他们也没追上，曾靖当然不会认为一定能追上，那只是说明，苦刀他们要么还没追上"灰影"，要么已丢了目标，总之他们一直"翩翩起舞"到阳光隐现仍无所见。站在比莫愁山巅还高出半截的后山山腰，端淑嫄忽然叫住他，"等等，师弟。"

他停下，见端淑嫄扭头看向曙光升起的地方，于是他与师姐一起欣赏到万道金光瞬间铺洒大地的壮观景象。他忽然对端淑嫄说:"师姐,咱们看能不能跑过金光。""好,"端淑嫄已向后飞去。两道轻烟顺着树冠,掩藏在光与影的交界处,与金光相互嬉戏,这是何等美妙的自然之生灵啊!

  阳光下一片灿烂,然而茂密的森林中却无路可循,两人找到一处岩石采些野果并肩而坐,倒也吃得津津有味。树木森然之间,光线也只能稀稀疏疏穿叶而落,有些暗淡。

  他才发觉自尧洲初识端淑嫄以来,在深洲虽曾独处,却从未如此安静过。

  端淑嫄忽然问道:"师弟,你怎么离开的凤凰村?"

  "我什么都不知道,母亲倒是一直在身边,可什么都不跟我说。有时我会觉得我是母亲收养的孤儿,凤凰村也许只是安排给我的身份之一而已。我到底会是谁?"他看向树丛间的目光第一次有些空洞了。

  于是两人沉默了。

  过了好一会儿,他才回过神来,"师姐,你呢?你怎么去的尧洲,跟师父学武练琴?"

  端淑嫄平静的面容显出一丝落寞,"其实我的父母是养父母,我不知道亲生父母是谁,从没见过,从没听过。五岁那年,师父来深洲,一日在端庄碰见我就跟着到了我家说要收我为徒,父母和师父聊了很久就答应了。当时我还不知道自己的身世。可是我还是很爱很爱他们……"

  他知道,她的"还是"指的是这次深洲之行所经历的。

  看着她轻微抽泣的侧影,他轻轻拍着她的肩膀。也就在这一瞬间,他才发觉自瀛洲一路走来,常常会体会到别人的情感,却未曾留意别人的感情。此刻,落花的模样在脑中一闪而过,心头却像针刺的一般痛了一下。那"痛"的名字是叫思念吗?可是落花只是在若干不经意的瞬间出现在他的心头,他不知道为何会痛。

  端淑嫄忽然在林中小鸟的叽叽喳喳声里依偎在他的肩头,"师弟,你知道吗?在五峰山上我第一次弹琴被你听见,虽然我们并无交谈,我却觉得你很亲切。"

  他的脸微微发红,他知道此时她需要一个肩膀依靠,他就让她轻轻地靠着,接着说道:"原来师姐那天知道我在旁听琴。"

  "还有朴师叔,其实那次清茶会上我没想弹琴,却遇见了你。"

  他有些奇怪,"为什么这样说?"

  端淑嫄悠悠地道:"你忘了朴师叔在琴剑和的最后'难得一见'上还有瑕疵吗?其实,我早知道。"

  "哦,以前你们配合过吧。"

  "不是,那次是我第一次在众人面前弹琴,朴师叔的确也是因为那晚和你一起无意中听到我的琴声才决定与我配合的。在那之前,我知道朴师叔和师父还有冰师伯之间因爱成恨,冰师伯因此远离尧洲,师父与朴师叔也不怎么往来了。这些旧事隐埋在他们心中是解不开的结。最后一剑实难完美。"

  他点头道:"原来是这样。"心里却想起巴洲、甘洲来,而甄箫也化为风铃在脑中浮现。原来都不过是一个"情"字啊!

"师弟，想什么呢？"端淑嫄看他有些恍惚的样子。

他抬眼看看她，才发现她其实非常美，清澈的眼神像是流淌的山泉，而眉目之间有股说不出的英气，而她的神情还带着一份跳脱的精灵，他还从未这样近、这样细地看一个女孩子，此时他竟有些呆了。

她的脸颊微微发烫，"师弟……"

他自觉失态，"啊，啊，师姐，你说什么？"顺便轻轻把她扶正，自己站了起来。

"那次清茶会令我没想到的是，你也看出了朴师叔最后一剑的瑕疵。"

"也是巧合，如果没你的琴声我大概也是察觉不到的。其实，你弹完琴来找我说话，我当时也很惊讶，你竟然通过琴声的配合也感觉到了。"

端淑嫄微笑着，"最后在师祖灵前的琴剑和大约是能让他老人家满意的。"

他点点头，两人相视一笑，他们夸自己倒是不客气。

"哎，师弟，你说师祖怎么知道你一定会去，就留下凤凰令等你？"

"我也不知道，可能师祖等的是牛一世这个人，只不过恰好是我充当了这个角色。"

端淑嫄神情忽然有些暗淡，其实这种微妙的变化只对慧眼一渡这样的捕捉力才有意义。他当然知道她为何"暗淡"，自己不过是一个扮演应该扮演的角色的演员，他对自己的身份并没有可悲之心，因为他正是要去解开寻找真实自我的世界之谜。他自然也明白不能强求别人都这样看待这个世界，看待这份感情。

端淑嫄的眼神略显迷离，"有时真想与你一直这样走下去，没有尽头，没有世界。"

他拍拍身上的衣衫，呵呵一笑，"师姐，咱们走吧，我可不想走不到头。"

望着他的背影，她幽幽一叹。

第二十五章　落花

一

其实真实与虚假不过是同一件东西，每个人都在扮演一个角色，或好或坏，这看似虚假的演出正好给予了角色的存在，而演员正是在这一过程中获得自己的存在方式，这存在本就是真实，只是它在虚假中显现出来。

曾靖在充当这样那样的身份过程中也同时完成了"是谁"的过程，没有人一出生就能确定自己是谁，而是在成长过程中得以实现的。使者不是因为他们生下来就是使者，而是他们一步步做了使者要做的事，他们就成了使者。古往今来的智者与圣贤皆如此。

曾靖与端淑嫄正在走过自己的人生，此刻他们徜徉其间的森林正是苦刀和顾澹斐迷失的所在。

苦刀他们随着灰影飞掠过层层树冠，给曾靖、端淑嫄留下的标记也是断断续续不知南北。灰影最终停在一处"结庐在人间"的幽谷之中，黎明前的晨曦里，松树枝头凝着雾气的小水珠晶莹剔透。

这里实在不像暗藏着杀机的样子，可是苦刀和顾澹斐都隐隐觉出一股柔和的力量从屋舍中散出，不像杀机却又带着难以言说的攻击性。他们相视一笑，这大概是传说中已到了悲慨之境的凤洲磅礴吧！

顾澹斐的迷乱不知对这样的高手还能否生发出迷惑的功能，当然天资聪慧的她在路秋白的亲授之下，风十九式早已与随风、迷乱融于一体，迷乱不再是单单的迷惑之术了。

当他们踏着隐现的晨光走向这片幽谷之际，谷中屋门也打开了。无尘和一位面相清癯的中年人并肩而出。无尘远远一拱手，"两位大驾光临，失迎。还有两位朋友呢？"身边的中年人却接过话来说："无尘兄，我还没来及告知，另两位朋友大概是对'浮尘'有些兴趣吧。"

无尘也略显惊讶地问身边人："'浮尘'？你还真去练这没用的玩意？"

那人呵呵一笑，"何为有用？何为无用？世间事竟有什么是有用的吗？"

无尘沉吟，点头说："是啊，世间烦恼正多，其实却不过是白驹过隙。倒不如修仙问道，看似虚空实则不妄啊！嗯，那就请两位进屋稍坐吧。"

苦刀还未搭话，顾澹斐就嚷道："你们是修仙还是参禅我们管不着，只问你我们之前的四个同伴去了哪里？不要口口声声神啊仙啊的，满嘴的谎话就是你所谓的'问道'吗？"

无尘道："小丫头嘴倒厉害，我不是说了他们已经走了吗？为何说我骗你们？"

"山中歌声、箫声自有道理，你为何不让我们前去？"

中年人插话道："该见的终要见，无尘师兄也没骗你们，走是走了，只是没告诉你们去了哪里罢了。"

"那就现在说吧，我们也没计较，只是要知道他们的下落。"

无尘笑道："好，这又不是什么难事。不过，既然偶遇高人还是想切磋一下，这不为过吧？"

苦刀点头，"不为过，正要见识凤洲的绝技，请吧。"

中年人胸中磅礴之气渐起，却分明有些醉意，那无尘竟也是这般光景。苦刀暗暗点头，顾澹斐倒不像表面那般莽撞，原来在说话间，早已施展了醉人的迷乱。她自然晓得对付无尘这样的高手单独使用不会有什么大的功效。

中年人向苦刀挥去的掌影轻飘飘的像是一阵虚空，苦刀竟不知迎上去还是等下去，也随手施展一招魂若游丝，以虚对虚。凝在游丝掌中的神随无形又将这游离的游丝变成了实质，千万簇细如针的力道射向中年人。

中年人的掌风忽然变得如大风卷水，游丝被席卷而上没入浩瀚的苍宇之中，苦刀紧随而至的右掌却又遭遇一股势不可挡的摧枯拉朽的劲力，连带着一种看破世事的悲慨之势扑面而来。苦刀随着后退的身形使出一招任尔逍遥，这是从碎梦刀法里演变而来的掌法，强大的反击令中年人的磅礴气势被震散。

那边的无尘一开始似乎并未将顾澹斐视为劲敌。只是他几次出手的瞬间都会觉得脑中一晃，而对手却飘飘忽忽，看得见看不见。等顾澹斐的剑刺向他时，他才真的明白眼前的年轻女孩其实已经得了卫洲绝学的真传，而且还将之融合。他极力打起精神，却终归先失一招，醉意朦胧地施展起还巢剑法。

还巢剑法回环往复，变化并不复杂，可是顾澹斐的风十九式也奈何不得。还巢剑法的攻击性可能是被迷乱制约之故，无尘的脸上有些无奈，可是他真的摆脱不了这样的僵持吗？

顾澹斐逐渐发现无尘的剑法并非一味重复，其实总会在一些惊险时刻略有差异，而这些差异出于自然令不知者不觉。这样一来顾澹斐略显气馁，自己的强大攻势竟被无尘如此轻描淡写地化解了，而他不反击分明是没有恶意的了。

她哪里知道无尘的苦闷。磅礴之雄浑在于持之非强，来之无穷，如果他遇上赵玉石倒是可以痛快地一较高下了，只是顾澹斐并不会拿自己的弱项亭岳来与无尘比拼。而无尘的流动在迷乱的干扰之下却无法捕捉住顾澹斐的随风，他的反虚入浑，积健为雄之势始终无法发挥，他不得不被顾澹斐的绝技一次次惊出冷汗。这次切磋，他自认是最郁闷的一次，输赢还在其次，而此时自己简直有种被耍弄的感觉，之前的洒脱也就变得不那么真实了。

那边的苦刀和中年人也已出刀出剑，同样的一套还巢剑法，看似同样的一个套路，原来既能其意绵绵，如亲人之盼游子归来，又能其势滔滔，如闯荡之客浪迹江湖。这是什么样的一套剑法？是什么样的人凭借怎样的一份心境才能创出它？

二

山风古道，海国轻车，相逢只在东瀛。
淡泊秋光，恰似此日游情。
休嗟鬓丝断雪，喜闲身、重渡西泠。
又溯远，趁回潮拍岸，断浦扬舲。
莫向长亭折柳，正纷纷落叶，同是飘零。
旧隐新招，知住第几层云。
疏篱尚存晓绿，想依然、认得佳人。
待去也，最愁人、犹恋故人。

结庐谷中落叶纷纷，歌声里一位仙子御风而下，飘然落地，激战正酣的四人都被这恬淡的身影吸引了目光，居然都在不觉间罢了手。

"舅舅，你也来了？"少女的声音同样轻柔，"几位不必争斗了，你们要找的人就在离此不远之处，是我邀他们前去的。"

说话间，苦刀和顾澹斐顿感如沐春风，而身遭却是秋叶萧萧的景致。顾澹斐笑道："姑娘歌声中的故人是谁？真是思君如流水啊！"

那少女情不自禁地轻轻"啊"了一声，待要说话之际，只听中年人哈哈一笑，"无尘兄，我们先走一步吧。"两人竟真的不再多说，飘然而去。

少女接着说道："两位随我来吧。"少女掠过山谷间的身法似乎并不是凤洲的流动悠悠，却似比悠悠更显随意。苦刀和顾澹斐紧随而去。

谁知翻过一座山头，少女并未停留，继续前行，苦刀有点纳闷，难道万俟善他们早已到了这么远的地方？

下了山，少女停下身法，"两位的朋友就在前面的广峪镇，他们都很好。"

顾澹斐走到少女身边，"姑娘怎么称呼？上次的歌声、箫声大概也是来自姑娘吧。"

"是，当时只是听到琴声，并不知道几位是和柳姑娘他们一起的。后来我说起山中遇到操琴高人，风姑娘、柳姑娘才说还有朋友，大概就是你们来了。"少女依旧不紧不慢地说着，像是在讲一段传奇故事，娓娓动听，"我担心无尘前辈会有误会又赶回来寻找。其实他们也没有恶意。"

说着话，少女停在一处院落门口，苦刀抬头见匾上写着"别具一阁"，这个名字倒真是别具一格。顾澹斐的玩心大起，还没等少女报上名来就抢着说："姑娘，这里有什么好玩的啊？这个名字很别致啊。"进入院中，豁然开朗，原来是一处幽静的园林。走进院中就听到后院里传来的哈哈笑声，苦刀也微笑了，这正是万俟善爽朗的笑声，显然少女并没骗他们。

他们匆匆跑向后院，倒是让万俟善等四人吃了一惊。萧霄问道："你们终于来了，师弟他们呢？"

正说话间，带苦刀他们来的少女出现在院中，没等顾澹斐问话，柳如丝先说道："落姑娘，不知我们另外两位朋友是否也遇到贵洲高手的阻拦？"

"这我确实不知，我再去山里找找他们吧。"少女说完就要走，顾澹斐却迫不及待地喊道："是落花姑娘吗？"奇怪的不是落花，是柳如丝、风雪等人，因为刚才他们还没说到眼前的落花。

顾澹斐呵呵笑着，"怪不得，我说姑娘'思君如流水'，姑娘还有些失态呢！我还以为他以前说的落花姑娘是随口编的呢！"

心澜如水的落花情不自禁问道："姑娘见过他、认识他，他在哪里？"可能是觉出了自己的问话是那么地迫不及待，于是赶紧放缓了语气，"你可知他现在哪里？"

顾澹斐坏笑一下，"别急，你说的他到底是谁啊？也许我说的人和姑娘说的不是同一个呢。"

"他叫，是叫流水吧？"落花有些不确定地说。

这次轮到顾澹斐惊讶了，"流水？"心里大概是觉得这两个人还真矫情，"哦，那可能不是我说的人吧，他叫曾靖。姑娘认识吗？"

落花微笑着摇摇头，"我不认识你说的这位曾靖。我先去找几位的朋友吧。"与流水无关者，与己也无碍。

"可他却说有位朋友叫落花，"顾澹斐接着说，"这个名字也很容易重的吗？何况这么巧！"

"那就真的不知道了。"落花似乎对世界上有几个落花也不感兴趣。

"我陪落姑娘一起去吧。"是风雪的声音。

午饭后，落花来叫风雪一起去找曾靖和端淑媛，落花似乎对他们的来意和身份并不了解，也没有试图了解的意愿。

只是在重回到一个山峰时，落花望着远处重峦叠嶂的景色发了一会呆，"风姐姐，你去过尧洲的大青山吗？"

风雪摇摇头，"这次出来并未经过尧洲，之前去过尧洲却没去大青山。姑娘很想去吗？"

"啊，是有一些，我在瀛洲长大，那里有座小青山。"

"与眼前的莫愁山相比呢？"

落花微笑了一下，轻轻摇摇头，"风姐姐，我们走吧。"

第二十六章　悲秋

一

深秋已到，别具一阁庭院中的数株老银杏的叶子也终于伴着秋风发黄、飘落了。

数日的寻找没能让落花与曾靖相遇。

这几日里，众人分头出去寻找，虽没找到也并未过于担忧，毕竟曾靖和端淑媛能遇到无法抵御的危险几率还是很低的。况且落花的出现多少让事情变得温和了许多。

别具一阁的主人姓尧字舒昀，后把自己的单名韵改为痴，自号痴痴儿，是位读书人，不是江湖客，诗书琴画而已。数日里苦刀等人倒是与他聊得非常投机。大家身处此地，真有些乐不思蜀了。

"游先生，你们的朋友还没找到吗？其他几位又去寻找了？"这日早饭后，尧舒昀见苦刀和万俟善在铺满银杏叶的院中坐着。

苦刀点点头，"嗯，还没找到。尧先生，不知莫愁山还有什么下山的小路吗？也许他们走岔道去了别处。"

尧舒昀呵呵一笑，"路倒不多，不过也难说是不是去了别处。其实人生的路不也总是阴差阳错的吗！游先生也不必担心，凤洲还不是乱世。"

"那倒不错，一路走来沿途所见都很令人亲切，什么世俗之心竟都淡了。"苦刀的话是由衷的，最近他的心境的确有些改变。

没想到尧舒昀却又犯了痴痴儿的特点，"游先生可能有自己的感触，我却觉得世人浑浑噩噩如在梦中，追逐一些虚幻之物却当成生命的真谛。不过是些功名利禄罢了，真是过眼的烟云，转瞬的幻影而已。唉……"

万俟善接道："不追名逐利却又能做些什么？想来想去总也要寻到一个什么法子度过一生吧。"

"万俟兄说的本也不错，谁也不晓得这场虚幻究竟有什么意义。不过生命毕竟有它的本性，这些身外之物却只能掩盖了本性，难道把人生用来找寻生命的本性不值得吗？"

万俟善笑着说："当然也值得，不过并非每个人都要这么做，何况许多人并不想知道什么生命的本性啊。也许他们会问，知道了又如何呢？还不是这样的活着，接下来又能做些什么？追名逐利？那何必绕个大弯子呢？"

苦刀插话说："知道了固然还要继续活着，只是就不会继续'这样'活着了。"

"嗯，是这样吧，生命的境界的确只能获得后才知。"万俟善吞下一口酒。

尧舒昀起身踱着步，"如鸭之戏水，冷暖自知。"略微停顿又接着说，"不知两位如何感受，有时我倒觉得咱们身处的世界一如虚幻本身，而某个恍惚的瞬间，我才会灵光一闪，认为眼前的一切似乎都是真的。"

"眼前的世界似乎是真的？"

"是啊，奇怪就奇怪在这里了，分明是身处其中的世界，却偏偏觉得虚无，于是竟不知自己是谁！"无怪乎尧舒昀自称痴痴儿，他是自知的。

也许苦刀、万俟善的心里在想这个尧舒昀是不是来自家园世界的使者，在此等候着告诉他们谜底就要揭开了。

尧舒昀忽然笑起来，"我看柳姑娘她们不像是喜欢找人，却像是有些喜欢上这里的山水了。"

万俟善哈哈笑道："不错不错。"苦刀也起身看向一无所获的萧霄等人。

大概是因为他们已经决定明天就前往凤洲城的缘故，苦刀问落花："落花姑娘是凤洲人？"

落花当然就是瀛洲的落花，天下似落花这般的人物还能再有吗？

尤其是顾澹斐，格外地关注落花，在她眼里风雪和落花倒是应了那句"梅须逊雪三分白，雪却输梅一片香"的佳句！

落花也仅仅在数月前才来到凤洲，因为她父亲商离别告诉她得到消息说她的舅舅在凤洲出现，落花想舅舅一定能找到妈妈的，因为当年妈妈是和舅舅一起离开瀛洲的。她的确在凤洲城见到了舅舅，但是舅舅只告诉她要去莫愁山，如果愿意她也可以同去。于是见到了舅舅的好友无尘，后来就遇见了万俟善等四人，他们聊得很愉快，于是同往广峪镇别具一阁，尧舒昀也是舅舅的朋友，只是这位读书人并不了解舅舅还有一个江湖的身份。

苦刀和顾澹斐当然已经知道眼前的落花就是曾靖说的落花，只是他们并未多说，大概是不愿温柔的落花平添一份担忧吧。

二

没有意外的人生是否显得缺少了精彩，或者总是意外才令生命的某种品性得以展现，如坚强、忍耐抑或辉煌？

顾澹斐对一路上可能出现的意外似乎有种浅浅的自己也不太明了的期待之情，其他人似乎有，又似乎没有。不过沿途的小惊喜倒是不断，诸如海市蜃楼、大峡谷、奇怪的地貌等等，当然，曾经女扮男装的落花在温柔中依旧有着豪气，也算是几位行程中发现的小小意外吧。

其实，有惊喜而无意外的生命确实是难得的纯净状态，只是并非人人都会喜欢。

但是，细心的女孩子，如柳如丝、风雪、顾澹斐她们还是看出落花的淡淡忧愁，她们当然也有理由相信这是因为流水，除了顾澹斐、苦刀和萧霄，别人还不知道曾靖就是流水，不过她们不知道除了可能是流水，还有没有别的原因，毕竟，这里是凤洲。

令苦刀不解的是，自从遇到落花，他和顾澹斐竟都忘了再留记号给曾靖他们，也许萧霄等人也是如此，才会在临雅舍附近失去了踪迹。

落花等人来到凤洲城住进了落花舅舅落畠之前给她安排的停香苑。但是落畠久久未见踪影，落花至今还未曾听舅舅说起母亲的事，对凤洲城一样是茫然。

曾靖就是流水，落花不用太聪明就能猜到，因为碎梦城的使者每七年才会派出一个，从瀛洲一别虽已近四年，却还没到新的使者出现的时候，而眼前的三位加上瀛洲的父亲和姨父，自己已经见过连续六任使者了。那个端淑媛是谁？流水真是尧洲人吗？他的师姐？他说自己不过是个过客，是啊，如果不是这次前来凤洲，这个记忆中的名字几乎成了一个梦，而那段经历更像一段虚幻的历程。

他们分头在凤洲城里寻找曾靖和端淑媛，一面打听与无尘、落畠等人有关的消息。

柳如丝终于联系上了她的情报线，几日后，她就得到消息。不久前，从莫愁山至凤洲城一路上竟有大小七八战，凤洲高手竞相出动，旨在阻击一男一女两个年轻人，听说女的还受了重伤，他们已于前几日进了凤洲城，但到城中之后却消息全无。最大的可能是前往凤巢了，但是没人能从那里得到任何消息。凤巢像是凤洲乃至天下最隐秘、最神秘的所在。

就在众人获得这一消息的第二天，落畠也出现在停香苑。他只淡淡地说无尘去看望几个朋友了。众人猜测无尘大概是探望他们的伤势去了，而一路血战而来的当然就是曾靖和端淑媛，他们不知细节，却被自己一路的和风细雨所迷惑。

随后数日，众人四处打探凤巢的消息。一日傍晚，苦刀在舒忘轩中忽然悟到，自己与万俟等人的任务已经结束，所能做的到此为止。此刻，他一旦明白，竟连仅有的一点看看结果的心思也已淡去。抬眼看到屋外夕阳颜色渐褪，心头却浮现莫愁湖边对弈楼上一副对联：

烟雨湖山几朝梦，人言为信，我始欲愁，仔细思量，风吹皱一池春水；
英雄儿女一枰棋，胜固欣然，败亦可喜，如何结局，浪淘尽千古英雄。

晚饭没见苦刀来，顾澹斐于屋中发现苦刀留下的书信：我自去了，卫洲是我安身之处，静待世界之变化。不辞而别，各位同门、小友珍重。苦刀留字。

顾澹斐默然片刻，亦辞别众人而去，"我赶上游前辈一同回卫洲去了，小骆还在等我呢！各位有暇一定要来看望小妹，这就告辞了。"

看着顾澹斐转瞬消逝的背影,万俟善看看其他几人,"罢了,大概我们的凤洲之行已告完成,我也打算回趟城里,去陪城主等师弟的消息了。"

日落日起间,万俟善、风雪、萧霄、柳如丝决定一同去碎梦城。送走四人,落花呆坐在停香苑的花园中有些落寞,不知所想,心中总也挥不去流水的影子,不知数年不见,流水是否还记得自己,而初见时的场景仿佛就在眼前,落花痴痴地忽笑忽怨,而最能描述自己的感触的却是那句"万人丛中一握手,使我衣袖三年香"啊。

院中秋叶已无,有了寒意,落花枯坐院中,她的心很静。

落晶走到她身边,"花儿。"

"舅舅,"落花站起身,"你还没告诉我妈妈在哪里。"

落晶拉着落花坐下,"嗯,几位城中使者都走了。他们知道接下来的事他们帮不上忙了。"

落花奇怪地问:"舅舅知道他们要做的事吗?"

落晶站起身来,"花儿,今天舅舅带你去个地方,从你来了凤洲我还没顾上陪你转转呢,走吧。"

"舅舅是怎么来到凤洲的?妈妈呢,这么多年你可有她的消息?"对于凤洲的美景,落花并不在意。

落晶笑笑,拉起落花,"走吧,花儿。"

三

他与端淑嫄一路走来,不得不辜负了凤洲的大好景致。非所愿,不得已。

在数轮凤洲高手的攻击中,端淑嫄身负重伤,而他也仅余保护两人的一点体力。他必须强打精神带着端淑嫄追踪至凤洲城,他知道错过这次时机,再找线索又不知得费多少时日,而自己离开碎梦城的日子已经接近四年之限了。

从柔美洁净的纵横街巷渐至荒草漫径的偏僻小道,路是如此的不着边际,当他回首看看渐渐远去的熙攘人群,似乎代表着将要走向世界的尽头,而身后的一切都将留给虚无的今世。

前面是荒芜。

其时跟踪之人的行踪已经消无,他们只是边休养身体,边在附近寻找,他们知道苦刀等人大概会在凤洲城里寻找线索的。

休息两天后,他已经可以施展入梦,断断续续地终于发现了一处隐蔽之地。因为这里他们曾经经过,却没有丝毫的怀疑,颇费周折才找到入口,入其中大有世外桃源的境界。只是没有奔走相告的村民,而是一片死般的静。

在其中行走,有种远离世界的感觉,所有的景色还一样秀美,却有说不出的凄凉之气,时不时地会有灵禽珍兽忽闪而过,这真是一个奇妙的所在,可是这里难道就是他们苦苦寻找的阻碍城中使者的大本营——凤洲之眼"凤巢"吗?

落晶带着落花出了凤洲城继续前行，落花对世界的好奇心似乎都被流水带走了，她根本没想着问舅舅要带她去哪里。渐渐地，他们离凤洲城越来越远，景色开始荒芜起来，只是落花并未觉察到随着舅舅流动悠悠的步伐，她也早已施展起了灰烟云影。

她没有注意景色是如何变幻的，等她意识到的时候，眼前已是一片仙境，外面已是临近初冬之季，此处却是绿草如茵、鲜花盛开，有流水叮咚，有仙鹤振翅，还有奇珍野兽出没其间，"舅舅，这是什么地方？怎么会如此奇特？"

落晶停下脚步，"花儿，刚才路上你没注意吗？这可不像是习武之人。"

"其实我只是练了一点心法和身法。"落花从不认为自己是习武之人，也不认为习武之人就应该处处关心周边环境的变化以便应付自如，其实这些与己何干呢？

走着走着，忽然隐约传来兵刃划破空气的声音，落晶叫声不好，身形已加快向前掠去。落花也猛地打起精神，对舅舅的这个反应，她自然不会还以为什么事都没发生。

眼看前面是一座高耸的云台，只见台阶不见其顶，落花当然能听到上面传来的打斗之声，而在此绝妙之地的打斗自然也是绝妙，不过，落花自然晓得这不是看热闹的地方，大概这里就是传说中的——凤巢吧！

心思转动之间，落晶和落花已快升至云台，等落花的目光刚一落在云台的瞬间，她看到一对佳人相扶着像是被施了定身法似的一动不动，而一个仙女举剑向他们刺去……

随着目光而来的是落花的惊呼："妈妈，他是流水！"

世间也许只有母亲才能在女儿的一个称呼里知道女儿的全部心思吧！

举剑的手停在空中，她是落花的母亲——仙子落英。

落英只淡淡地说："落花流水，你们倒是起的好名字！"说完转身走向云台之后的大殿。

他终于从止步回眸中回到了现实，"落花，是你……"

落花静静地看着他，笑了，"端姑娘的伤没事吧？"

落晶叹口气，"都进屋里说话吧。"

得知落花的母亲落英就是凤洲洲主时，他多少觉得，商离别和邵年愁留在瀛洲也许是有深意的。

"这个世界已是最好的世界了，你们解开世界之谜，不过是重头来过罢了，你们可知道这个世界本就是历经几世几劫后的世界。"落英开口并未问询这位心爱的女儿，此时才转头看着女儿，"花儿，你又何苦帮着他去解什么世界之谜。"

落花幽幽道："其实我并不知道他是要解开什么世界之谜，我也并不关心世界之谜。"看看他，"其实我只是信任他，在什么样的世界和家园并不重要。"

落英叹口气，"唉，注定如此，我也不再多说什么了。"他在落英的眼神中似乎看到了当年商离别的影子，以他刚才历经的凶险而言，商离别也难脱止步回眸的制约，虽然他要兼顾端淑嫒，虽然他没能达到最佳的状态，但是那种无法摆脱的牵制他不敢保证自己在最佳状态时能否应付，更别说施展雷霆一击来对抗还巢剑法了。

看着一脸茫然，不但没有获得距离完成任务更进一步后的喜悦，反而呆呆地若有所失的曾靖，落英对他说："你不必怀疑自己的实力，止步回眸能否胜过你的气定神闲、千里烟霆并不重要，只是你早已中了百媚的毒，终有受制于人的时候。"

"百媚，天下至毒之一的百媚？我何时中了百媚，它又是怎样的一种毒？"

"其实早在你见到落花的第一面时，你就中了毒。"

百媚是毒，是天下无药可救的至毒，甚至比无色更加没有痕迹，因为中者不知，还怕中得不够深，还会自己心甘情愿地不断加强，那是——情，是断不了的相思！

那落花呢？那落英呢？不也中了百媚？天下不中者几人？

落英接着道："这个世间唯独没有解开的只剩下一个'情关'而已！你非要解什么世界之谜，那你们走吧，看看你们所谓的家园是什么模样，是否能比这个世间更美好。"

在离去的路上，他又想起莫愁的故事，男人的世界与女人的世界如此不同，而他与落花是否又在重复另一个莫愁的故事呢？

落花看看手指上戴的母亲临行时送的似戒非戒的一件信物，她想流水这次大概可以完成任务了吧，然后她希望他们与这个世界再无瓜葛，只是端姑娘会如何，这令她存了一点纠结在心头。

不知在何处的远洲就留给别人去发现吧，他决定自此返回碎梦城。

第三部

源初

碎梦城

生活需要答案吗？

第二十七章　解谜

那座虚无缥缈的城在哪里？

落花的古波不惊是不会令任何人感到不舒服的，只是他与落花和端淑嫄的心事各自不同。

在听到端淑嫄称呼落花姐姐的时候，他终于知道这是比自己年龄小的师姐。他们坐在甲板上，落花静静地听他讲述自离开瀛洲后的一切，而端淑嫄也饶有兴致地问长问短。

巴洲身世凄凉的牛小小，颇有传奇色彩的风飘摇、风雪、风铃一家，以及巴洲惊心动魄的雪原一战，令人唏嘘不已。甘洲的莫慧、天月、甄箫，更是叫人觉得冥冥之中仿佛自有某种安排。尧洲的周柘枔、曲熙妡、端淑嫄、朴枯、单乐、李散元、庭若忘、袁惜世、全非儿、石像等众人无一不是出人意料的精彩。卫洲的顾澹斐、路秋白、苦刀、刀锋等人更是让人感叹世事转换无常。青洲的萧霄、柳如丝、穿空血、阮朳，还有无与伦比的自然之伟力，以及雨韵巷里的大战，风月堂、杀手世家的精妙配合令落花惊出一身冷汗，而端淑嫄才知道自己的出现是多么及时。深洲的万俟善、无痕、字简，还有那个幻象丛生的深洲大阵，简直把人搅得虚实颠倒，岁月不知。凤洲的无尘、落畠、落英，还有落花他们错过的一路血战无不传为江湖佳话，即便如落花者也有些心驰神往了……

一路讲来，三人倒不寂寞，依然还会为身处险境而捏把汗，依然还会为所遇的可爱的普通人而展露笑颜，依然还会为不得不伤人而惋惜，依然还会为这个世界的鲜活而留恋。一路行来，他不愿提起自己的任务，也不愿去揣摩七年之约为何要在四年之内完成，他甚至愿意这段回城的旅程永远航行。

可是，船行波浪间，终于还是看到了与四年前离去时一般无二的柳树林，只是更加茁壮了，那些已现春之消息的嫩绿像一层绿油油的烟雾一样。

他们起身凝望，落花轻声说："这里的春天来得要早啊！"

他有些不知所以地呆立着，心里竟有些莫名的伤感，终于还是掏出一块小石头，用中指一弹，远远地飞向空中，消失在视线之外，却忽地"砰"的一声在很远处燃起一团火来，隐约间，那火光竟显出一只小鸟似的模样。只是这颗石子不知是普通的石子还是历经四年一直没有丢落的信号。

就在此时，越过那片柳林的后面升起无数只火鸟般的烈焰，那份壮观延续了好久，直到他们来到碎梦城外。

铺天盖地的人群，没有喧哗，微笑之下显得格外肃穆。人群中的万俟善、风雪、萧霄和柳如丝都还没来得及和他们三人打招呼，甚至连他的母亲也只在远远地一招手间就过去了，城主梦飞扬已经派人等着他，直接去乾坤殿。

乾坤殿既不华丽也不讲究，甚至可以说是简朴得有些寒酸，但这并不会掩饰它的地位。城主在这里等着他。

"城主，我回来了。"

"嗯，小子，回来了。"在他眼中城主有些苍老了，不过此刻兴奋劲更多一点，"你是不是也该有个自己喜欢的名字了？"

他觉得一切都那么有趣，"就叫曾靖吧！"

等城主终于露出一丝欣慰的表情时，屋外夜色已降，落花、端淑嫄早已随着万俟善他们去了他母亲那里，他出来后抬头望了望夜空中的明月，信步走向城外的树林。这里是他小时候常常独自于或委屈、或安宁、或悲伤、或沉静之际徘徊于此的秘密所在，似乎是他内心的一个栖息地，他不自觉地就走到这里来了。

明天就是自己离开碎梦城整整四年的日子了，这一夜他实在无法入眠，也不想见任何人或者再解释什么。他只想静静地等着不知是何模样的结局的到来。

那株大树上的宽大枝桠还一如既往地在那里，他再次躺在上面的时候，竟有一种温暖的气息袭来，恍惚间，曙光已现。

刚刚相逢的母子在他转身离去的那一刻似乎又要因为这一个特殊的日子而变得令人不舍，他忍不住在院门外数次回首。

等他来到乾坤殿，除了城主，他的师父冰杯也来了，"师父，您一向可好？"

"好，你的事我大都知道了，在尧洲的时候我偷偷地见你一面才离开的，只是没有打扰你。"他才知道从自己离开碎梦城之后，师父就和城里的几位长老分别去了各洲看是否对他有所帮助。

对于众多疑惑中，他最奇怪的是时间的期限，"城主，为什么使者要七年产生一个，而我离城时却告诉我要四年回城？"

"没人知道为什么，只是因为至今的使者中只有魏天笑前辈曾经到过九洲，如果远洲他也去过的话。而他游遍前八个洲共用了四年，从此消失。苦刀也得到消息说不要去远洲，这正好与我们的判断相吻合，那么四年该是一个特殊的时间。其实在你之前这一点从未强调过。"

他不禁又想起在甘洲遇到天月的情景，天月所揭示的来自甄箫的启示也预示着距离某一事件结束的时间是自己出城四年而不是七年。

"只是我取得这些信物又有何用呢？"

冰杯这时说："一世，师父揣摩你一路走来的经历，有了另一番想法。你每经过一洲一地，似乎都寓意着一份需要锤炼的品质，只有具备了这些品质的人才能走到最后。"

"可是，师父，之前的使者武功、品质并不比我差，我看还是多了一些运气吧！"

"你说得不错，他们的确不比你差，不过也许跟寻找的顺序有很大关系。"

"可是，师父，还有一个远洲没有找到，不知道任务还能否完成。"

"远洲，师父以为同样是一种品质。"

"啊？……难道是，放弃？"

"正是。"

"可是，自我放弃怎么会成为品质的一部分呢？"

"应该说没有坚持的放弃才是自我放弃，而懂得坚持之后的放弃是超脱，是豁达。"

城主轻声道："其实，贯穿始终的是你的内心充满了爱。"

他舒一口气，"也许是这样吧，这些品质自然非常可贵，也算得上人生的财富，或许确实要在这个过程中得以历练，可是我们如何才能解开世界之谜，如何回到曾经的家园？"

城主站起身，"跟我来吧。"

他们一起走向一条狭长而深邃的路。

第二十八章　慌乱

似乎走了很久，也许只有一小会儿，大概是心理的原因，这段路到底有多长，竟让他模糊起来。

等他们停下时，他才注意到他们早已来到院中一片开阔之处，不远处夹在两座陡峭山体间的一扇门是他从未听过见过的，也许城里没几人知道还有这样一个地方。

"那里的门叫做'万千神门'，也叫'万千魔门'，"城主凝视着那扇有数十丈之高的大门说，"我就叫它龙门。"

他轻轻地像是在问城主更像是自言自语，"一定要打开这扇门吗？神的世界、魔的世界，都不是人世间啊！"

"无论是神或魔，其实都是对打开之后会怎样的担忧！"城主的兴奋与喜悦已被一种淡淡的忧郁所代替。人们在等待已久的答案就要揭晓的时候，往往对等待的过程生出无限的留恋，甚至怀疑这个结果能否对得起这么长久、这么艰难的等待，甚至可以把这过程当成生活本身，而作为结果所寻找的答案不过是这样生活的一个理由，甚至当真的获得答案的一刻，接下的生活竟成了毫无寄托与意义的虚无。那样的日子还会继续存在下去吗？生活需要答案吗？

"是啊，那是什么世界？神或者魔，是另两个世界，是一个世界，或者就是现在的人世间？我们还能一如既往地生活下去吗？或者寻到了一种真实的存在？"他不知道寻到的家园是否能令他对这个世界的情感得以转移，换句话说，寻找回来的家园是否会让这个世界的人们更加热爱生活，而不是继续另一段对这个世界的回忆与寻找。

"也许，神与魔的世界本就是同一个人世间。"

这让他想起在青洲一个小镇所见的一幕，那是一连飘了数天大雪之后。

寒风凛冽，冬日的风格外渗人肌骨，没有任何遮拦的颓垣断壁下是瑟缩着的身躯……

而天空又飘起了雪花……

山野之间有众多游人赏雪，温暖的屋中有人们对雪花的期盼。第一次经历冬天的小孩子在父母温暖的怀抱中看见大片大片的雪花在窗外飞舞，兴奋得手舞足蹈，咯咯地笑出了声，这声音多么美妙……

天堂与地狱其实就在人间，它们是人间状况的不同写照。

冬天来了，某些地方就要下雪，下很大的雪或是零星的雪花，就是这样。

然而，这终给了他一个怀疑这个世界的理由。

可是，如何才能打开那扇阻隔放逐与家园之门呢？城主对此所知也仅限于与他取自各洲信物有关。

到了午后，他与城主仍然是一筹莫展，不得不将众人都叫来一起参详。

他历经八洲，所得信物是：瀛洲的玉石瀛洲绿、巴洲的丹斯精魂佩、甘洲的混沌晶耳环、尧洲的檀木凤凰一、卫洲的胡杨碎木刀、青洲的黑体沉香盒、深洲的宿命因缘珠，凤洲的大概是仙子落英留给落花的那个玄冰时空扣了。除了远州未去，甘洲的混沌晶耳环已给了风铃，其余的都摆在大家面前，它们到底作何用呢？而且如果换成另外一位使者会不会还是得到和这些一样的信物呢？……还有多少未知的谜？

抬眼看着高耸的神魔之门，霞光过处，落花惊"咦"一声，"门上好像有孔儿！"

距离地面很高之处左右两扇门上有对称的两个小孔，他飞身而上时，余光看到落花飞起的身影，他奇怪，落花并不是爱凑热闹之人。及至接近小孔之处时，觉得有一股气流被吸入孔中，而目光过处，对小孔的形状竟有些眼熟，落回地面，落花先开口说："这一对玉石瀛洲绿大概就是这扇门的钥匙。"他恍然想起，瀛洲绿的大小形状正好可以放入小孔，对于这样一扇巨型大门来说，这个钥匙孔的确得太小了，若不是落花，还不知什么时候才能发现。

在他身形跃起之际，城主招呼大家向后退，注意一切可能出现的状况，因为谁也不知道门后是什么。

玉石瀛洲绿严丝合缝地镶入大门之中，它果然是神魔之门的钥匙！

然后，什么都没发生。

然而，奇怪的事终于还是来了，巨大的神魔之门向门后凹陷下去，一点点开始变形……

他忽然想到两个小孔中的气流，原来那是这里与门后之间的通风孔，是它们平衡了门里门外的世界，现在小孔被堵死，门后强大的吸力眼看就会将大门吸入其中，而两侧的岩石也开始松动起来，看样子是无法承受这份力量。只是这撼天动地的力量从何而来？接下来又会发生什么？

众人惊讶之际，没注意身后的人群越来越多，碎梦城已经传遍他回来的消息，而陆续赶来的人群慢慢聚集过来。

"轰……"

随着众人的惊呼声，神魔之门轰然间粉碎在门后的吸力之中，同一刻，人群已被一股无法抗拒的力量吸起，紧随着神魔之门的碎片而去……

远洲

为什么我们的内心漂泊感一定要有一个家园来安慰？

第二十九章　积淀

他不停地坠落，可是时间的维度已经扭曲，没有光，就这样延续，于是……

他也不知道这是在坠落还是在升腾了，也许是在漂浮着……

终于，他的面前有了光，时间要开始了吗？

忽然，他感到自己是在向上而不是向下，其实升腾还是坠落并无区别，当身下的一股强大力量把自己推向那片光之来处时，他想，这就是升腾吧！可是，那光仿佛被一层密密的透明之物包裹住了，而他正在撞向这层透明物，光在之外，时间还没开始，时间能开始吗？

他强迫自己放松下来，急速的飞升并没阻挡住内心的平静，这层包裹着光的是什么，如何才能穿过它？

胡杨碎木刀！

只能一试了！

他借着推他升腾之力，将气刀施之于胡杨碎木刀，全力使出雷霆一击。

几乎化为粉尘的无数的胡杨碎片挟着自然与人力之精华镶入了那片奇怪的透明物中，一股气流从他的脚下迅捷穿透那层介质。

"轰"的一声，他的脑中一片空白，他被高高地抛起，他又闻到了空气的味道，重重地落下，浸入的是海水，毫无意识地抬头，刺眼的是阳光，"噗通、噗通"的声音是周围落下的人群……

一个巨大的中空水柱在众人眼前慢慢降落，归于平静，这，就是——家园？

四散的人群在海面上起起伏伏，一眼望去，竟看不到任何可供栖身之处，无目标地四处游走。连他都感觉疲惫了，可想大家的疲惫之况。当然他无法知道别人是否已经在转过一处弯曲的海平面之后就找到了陆地，终于，他的面前出现了零星的小岛。

人群陆续爬上了小岛，他四处看看竟没有一个熟悉的面容，当然他知道这都是来自碎梦城的居民。

小岛并不荒芜，还能找到充饥之物，于是合众人之力造了一艘简易的木筏，他和几个同龄人一起开始了寻找其他人的行程。陆续找到了一些分散的岛屿，他们的队伍也逐渐壮大，并绘制了简单的地图，以便找到家园之后再回来接应大家。

此处的日出日落似乎要比原来的世界更加频繁一些，先是遇见了端淑嫄，然后落花、柳如丝、万俟善，还有不少儿时的伙伴，包括训练使者时的候选人相继碰见，但是茫茫大海，仍不知去往何方。

连日里，大家仍驾船四处寻找新陆地。一日，他又拿出各洲信物揣摩，重又看到深洲的宿命因缘珠，那条细细的红线令他心头一震，仿佛带他重新穿越了一次龙门，他脑中一闪，"也许红线尽头处就是现在的海域，而距此不远处的一个图形难道是一片新陆地，或者就是要找的家园？"在没有别的主意时，这也算一个办法吧。可是他们并不清楚如何确定这里的方向，只知道也许就在不远处会有一片大陆。

他们终于还是发现了一片大陆，直至此刻却仍没遇见母亲、城主、师父，还有萧霄和风雪。

这片陆地虽然广阔，却是一片荒芜之地。他们几个决定深入腹地去一探究竟，其他人还是留在岸边为好。

他们带的食物只够四天所需，这就意味着两天内如果找不到可居之所，他们就不得不放弃这处大陆了。有山有谷，但这里真是不毛之地，几人都已被没有生机的景色侵染得有些意气消沉了。

终于在一片一览无遗的荒地之中，他们看到了一座高高耸立的石碑，这多少让他们看到了生命的迹象。

及至近处，首先映入眼帘的是一堆枯骨，映衬在四面静得出奇的背景下，虽有阳光照耀，依旧令人有种诡异之感。这堆枯骨没有任何被移动过的迹象，像是连风雨都未曾经历，就那样一直坐着，坐到干枯。

碑上有字——四年之悲，之下尚有密密麻麻的没见过的奇怪文字，转到另一面，却刻着五个大字"天地分界碑"！令他和万俟善更觉惊奇的是，他们都已看出，这几个字是用气定神闲的心法发于指端刻出的，但前后字体却又略有差异，而这堆枯骨又会是谁？

他们的注意力被碑上文字吸引，而落花他们却发现枯骨边有一个皮囊，皮囊里有七样东西和一摞古旧的纸张。

万俟善小心翼翼地展开那张纸，目光及处竟情不自禁地"啊"了一声，对着枯骨跪下，众人的心都被惊了一跳，也都跟着跪下。

万俟善慢慢念道："余乃碎梦城之魏天笑也，"众人也都抑制不住地惊呼一声，"此处为远洲，"众人又忍不住惊呼一声，茫然地看着周围，"余四载得遍游八洲，并得各洲信物，"众人又将目光看向那七个不知何物的信物，它们与他们手上的信物并无一点相似之处，而且不明白为何少了一个，"而远洲之处何方竟无人知，只似传说，余尚余三载之时日，自当继续寻找。然违背城中之约，留言于情报世家，若余三载内无信告知，当传信于后来之使者，远洲不可去，八洲之后即返城中。"他才明白苦刀在卫洲所遇之事，原来如此，"后细查各信物，于玉手之上发现一细细红线，细揣摩之，竟似指引前往一地之暗示，"他们拿出魏天笑所得信物中的一个很小却异常精致的玉手，这只玉手虽有手型，却更似浑圆之珠，他立即看出那条细细的红线与自己在深洲所得宿命因缘珠上的红线基本一致，可是，难道这处荒芜的本该放弃的远洲就是几百年来寻找的家园？"虽有此暗示，余却百思不得其解，如何穿过世界？"众人更是奇怪，毕竟他们是通过龙门而来，但是魏天笑前辈显然并未经过此门，而魏前辈之言更加直接，这实在就是两个世界之间的转化，可是它们之间定有联系，否则他们的存在就毫无道理了，"但机缘之下，余终于在凤洲发现了一处奇异之处，这里不仅气候异常，与周围不同，且有灵禽异兽出没，而这些生物并未见世上有文字记载，余忖度其来自他域，料其为通达之途，为防万一，留言于相交好友落世，若余去而不返，请将此入口封闭，并将得自凤洲的一个千年玄冰所制信物交于落世，也许这是通连两个世界的信物吧。"端淑嫄忍不住插话，"魏前辈说的难道是凤洲的凤巢？"落花与他也有同感，而这个落世应该就是落花的先人了，可能正是魏天笑留下了玄冰时空扣，以至于无法返回凤洲，落世却也因此筑起了凤巢将入口封闭，万俟善也略略点头，继续念下去："余穿过一片无时无空的所在终达这片水域，"信中所说"无时无空的所在"大概与他们被吸入龙门的经历相仿，"至此，又发现'天地分界碑'，令余惊奇之处还有碑名竟是用城中心法气定神闲所刻，"这点正与他们的疑问相同，"碑后'四年之悲'是余后刻，其下奇怪文字余已揣摩其义并将之记录于后，其中提及此处即为传说中之远洲，文字之对照当于信物中细查之。"后面另起一段简单记录了在此地的生活，"余往返于周边小岛与此碑之间，匆匆数十年而去，余不知返回之法，亦不知何为失去之家园、何为所有之家园矣。断续记录，而今终已临近终点，是悲是喜竟亦不知不觉，但对几洲信物至今仍不得其解，甚惑之，不过确有解脱之感，聊以慰藉此生吧！"

众人早已声泪俱下，呜咽不已，感魏前辈之绝古越今，叹其一生际遇，却又沐浴于这等广大无边之精神力量，面前的枯骨也散放出熠熠光辉，令人不仅没有恐惧之感，反生出无限亲切之意。

第三十章　启程

令魏天笑疑惑的信物是因为他未经龙门而省去了，对于来到此地却无更多的用途。这种多余更让他觉得这一切像是编排好的故事，总有人能发现其中的破绽。

魏天笑数十年断断续续地破解并记录的原来是碑文后奇怪文字的翻译，他们按照魏天笑所言，在信物中细细翻检却并未发现有奇文怪字，而魏天笑遗留下的信物中也未见文字，众人正在纳闷之际，只听落花"咦"的一声。

在落花手中的檀木凤凰令之上竟显出了文字，端淑嫄接过时，文字却又消失不见，柳如丝忽然道："落姑娘，你把手上的玄冰时空扣摘下来试试。"落花顿时明白，果然如此，没有时空扣，就无法显现文字，而魏天笑前辈正是因此无法看到他得到的一个奇形葫芦上的指引文字了。

经过翻译，檀木凤凰令上的文字正是指引他们离开远洲在这个新世界中寻找栖息之地的方法。只是与葫芦上同样是指引的文字却不尽相同，这令他们有些迷惑，不知这又是通往两个不同世界的指引，还是因为近百年的岁月变迁引起的正常变化。

他们试着将玄冰时空扣与其他各种信物放在一处，在得自青洲的黑体沉香盒的盒底发现了一幅海图，对照之下竟与他们一路描绘的简易海图相吻合，这正是此域的一幅航海图。巴洲的丹斯精魂佩与魏天笑前辈的发现对比之下，可以确定是对应此域的指南针，由此他终于明白在穿越"无时空"处的时候，其实是经历了一次磁极的转换，结果就是星球如故世界全非，那么魏前辈不能返回也就实属正常，因为他虽找到通达之路径，但未经龙门世界也就未经历磁极变换，而那个葫芦上的指引更应是在当时的状况下可以令他返回的办法。而魏前辈之所以能发现指南针，是因为他不断地来往于周边小岛与远洲之间，想到此处，他拿出魏前辈当时的那把黑色小剑，与丹斯精魂佩相对照，它们指示的方向明显不同，这就更说明此时的磁极与原世界以及与魏前辈当时的远洲都不同。

于是，他们按照凤凰令的描述，加之精魂佩的指向，在很远处的一个山谷里发现了一片树林，在荒芜的远洲，这片树林极为突兀，更令人不解的是，这些安排出自何处？

召集大家前来，日夜奋战尽快造就了数艘大船，他们按照航海图前行，并前往周边小岛将人群接上。有人说见到了他的母亲，还有城主和师父，但是他们却没碰上，只好沿图继续行进。

天地分界碑，名字到底是何含义？谁去立的呢？难道意味着到此为止，不要再寻找什么了，已到了天地之初？还是好好地回到你们的人世间去吧，之外的事你们既不能理解也无需探求。而那碑、那些文字、那些暗示、那些指引也并没什么神秘，只是一位先知先觉之人早已窥破这乃人之极限，于是留下的预言。没有碑、文字、暗示和指引，人们照样无法突破这天地的界限，照样是寻找——失落——再寻找——再失落的过程，不过终有一天还会有人明白这一切，并以某种方式告诉世人的。海风徐徐，他于甲板之上思绪万千。

他又翻出魏前辈留下的那摞纸，翻到最后那段用白话所记的感悟：也许我们不是被逐出家园，而是根本就没有家园，为什么我们的内心漂泊感一定要有一个家园来安慰，谁给我们保证？没有。如果把漂泊当成生命的归宿，家园倒是无处不在，不过可能要有一个很强的条件来做前提——每个人都充满了爱！那么，家岂不是无处不在，我们怎么还会有漂泊感，也许那时寻找漂泊感也是一种值得追寻的别样的人生意义吧！

他忽然觉得可以用它来回答自己一个长久以来的疑问：故乡的感受是如何形成的，归宿为何？

第三十一章　回乡

沿途先是碰见了母亲与风雪，后又相继找到城主，以及与师父在一起的萧霄，奇怪的是他们这几支人群怎么会知道这条航海路线，而一直没有偏离航线。

原来到了夜间他们都看见了远处的同一个东西，那不是星，却像星一样闪亮，他们发现这个指引没有改变，就像等待他们的灯塔。这个夜晚，众人又看到了这盏明亮的灯。

终于，他们的队伍在黎明前接近了那座灯塔，他心中怦然一动，这里似曾相识。待到晨曦中的一线阳光照射而来的那一刻，他认出了这里——巴洲的丹斯卡噜山，它已不是要仰望的茫茫高山，而是漂浮在海水中的一座较大的岛屿了。

登上岛屿四处寻找却没有任何发现，他们决定第二天翻过远处的山头到那边去看看。当然，他们一样期待着夜晚那颗闪亮的星，夜幕降临，如约而至。他们几个飞身向山峰而去。

在飞跃之际他抬头看去，那星映照了月光，光华更甚，他竟倏然间停住了身形——他怪自己怎么没早点想起来——那是守候世界的风铃啊！

他们看见的指引灯就是那对夺人心魄的混沌晶耳环，而风铃来到丹斯卡噜山后也不觉得寂寞无趣，小小后来也来陪她，就在半年前小小却出海寻找他去了，谁想世界会突然变化如此，世界最高点几乎沉没海底。

巴、甘两洲剩余人群都聚集在山后，两洲人虽已合力修了不少船只却也不知开往何处，而风铃每晚站于山巅，期盼着给小小和其他在海中迷失的人们指引一个虽然不是终点的方向。

无论如何，故人重逢，亲人相见，终是欢喜多过了伤悲。

而那幅航海图的终点还不在此处，于是，汇合的人群继续航行。

路上，风铃的一个问题令他百感交集，"为什么要把过去当成未来？"

是啊，寻找失去的家园就是寻找不存在的过去，还要把它当成我们的未来，难道我们不能有一个崭新的属于自己的未来？虽然我们不知道这个未来是否会比曾经失去的更好。

终于，人们再次踏在了一片可以孕育生命的土地之上，而这里是我们重生后的家园，就叫它凤洲吧！

在波涛中幸存的牛小小一支人马没有航行路线，只找到一处不大的岛屿，不过小小意气风发，他要继续牛大哥的梦，"牛大哥，你一定会等着我的，是吧？我不会让你失望的，这里就叫追梦城吧！"

海水冲上海滩，又退去，海水溅起空中，又落下。

迎面吹来的海风似乎并没有不同的味道，只是日夜似乎变短了，他心想，我会老得更快一点，但生命的总长却未必会减少，时间，好奇妙的东西。

落花轻轻地走到他身边，"我们算是解开世界之谜了吗？"

他看看落花，笑着说："算吧，想想答案原本就在心里，可不经过这些波折却又无法明了。只是因此令许多生命毁灭，让这所谓的任务多少显得不值，甚至会觉得其实不明了又能如何，稀里糊涂地活着而已。"

落花悠悠道："这样说可不好，难道你觉得那样的人生是值得过的吗？"

"并不是每个人都愿意明白,可却因我而死,我是觉得自己可以为此而死,却不能让别人受了伤害,自己却活了下来。"

端淑嫄也走来说:"有人明了了生命之所在才好告诉别人,其实谁会不想明白呢,是连如何去明白都不知道啊,等大家都知道了,自然是一个爱的世界,那也不值得吗?"

他看看端淑嫄,又看看落花,"是啊,我们看到了一个更美好的世界。"

尾声·家·爱

有爱的人生就是完美的人生！

何为家？

原始人尚且知道在山上挖了山洞避居其中遮风挡雨，这种物理空间是构成人们内心世界的一个必需之物，然而这一框架却无法填充其间的每一寸空间。

如今，每有什么地方发现了古村落时，都会令人心向往之，那种物质的所谓落后却带来了心灵上无比的宁静，那是充满诗意的，因为那样更像生活本身的模样。而脱离土地和自然的人类，栖居在狭隘的楼宇之内，无论这房间多么宽阔，终究无法躲避空虚的侵袭。因为生活没有了诗意。

物质的丰富，进而所谓经济的繁荣，在某种意义上是一种更加令人无所适从的虚妄，进而近似于荒诞，身处其中者常常会恍惚自己的存在，无法获得自我的存在感，每次的个性显示都会被迅速消费掉，被包装成一种产品，真实性已经死去；进而从焦虑走向虚无，这虚无的情绪甚至弥漫成一种生存方式。

于是，存在者已然消失，世间更像一个没有灵魂的生物世界，狂欢，悲哀，破坏，毁灭，甚至不知会否有重生。

轮回也不过是一种方式，它可以任何别的形式出现，比如灾难后的反省，比如失去后的明了，比如历史中的现实。

未来如何，无人得知，也许神仙知道，凡人却又不信。

时代的可悲更在于人们在想，我不过是一个凡人，一个普普通通的人，我能活着就已不易，能活得好点已属难得，还管什么未来怎样，现在如何呢？的确如此，只是为何"不易"，何为"好点"，却依旧还是茫然！

没有理想也就罢了，没有未来也就罢了，没有意义也就罢了，那生活得诗意一点总还是可取的吧。虽然《浮世红尘》也许终究亦无法避免一场轮回的命运，至少活得还算清澈，不那么窝囊！

诗意其实是种爱！

每个人的家,人类的家园,一直需要寻找,从我们诞生的那一刻。不妨说,我们就是在寻找一片失去的大陆——那里就是家,就是家园——因为那里充满了爱!

这本书就是讲爱。

人世间的好与坏、对与错、悲与喜、是与非,对于苍茫之天地、浩渺之宇宙实则为无,营营苟苟还是荡气回肠,人生也不过是一段光阴中的生命展现。没有爱,那时光会相对令人难以忍受与不快;有了爱,对时光的留恋又会叫人不舍与忧伤。然而,爱比不爱毕竟要愉快许多。

于是,有爱的人生就是完美的人生!

浮世·后记·告白

人难免会受到各种羁绊，比如道德，比如世俗，比如情感，还比如高雅。

不过，人追求脱离这些事物的束缚，当获得所谓真正自由时，才发现原本仍是一样。这不过是自以为聪明者的臆想，但是，这有何妨？现实主义的实在，抑或浪漫主义的缥缈，又能如何？

人生并不能以作为终点的"死"来获得意义，虽然"死"可以衡量人生过程所赋予人生的真实性或者虚妄性。

轮回不可怕，可怕的是在轮回之中，我们忘记了轮回的存在。因为忘记轮回的结果将使人类的终点——死——来宣判人类的存在意义的虚无。如果记得轮回，到达终点是不可免的，但人类却可在轮回中获得曾经存在的意义。是的，如果意义的确存在的话，也只能是"曾经"。因为能获得意义的人类之永恒并不存在，而只能存在于轮回之中。

我们正是把上一个轮回中的"意义"称为"曾经"。

"曾经沧海难为水，除却巫山不是云"，这就是曾经存在的、可能的全部含义。所以现实之种种，与浪漫之种种，任取其一又如何，又何妨？我们因此获得所谓的"束缚"，或者所谓的"自由"，有何区别？

令"昏昏"以为"昭昭"，令"昭昭"以为"昏昏"，都不过是自以为聪明的人所做的"如是之想"罢了。

"他"定要将此书献给全天下所有自以为聪明者，不过就是做"如是之想"而已，其中当然也包括他自己。

"自以为聪明的人"其实就是所有的人，而他不过就是曾经的、现在的，或者未来的那个你罢了！

历代使者寻找家园的结局似乎并不完美，但真正意义上，是这些使者以不同的方式找到了自我的存在方式，在任务也即人生的意义上他们看似并未成功，但其实，他们都成功地成为了自己。

而轮回也并不是在生死与世界的有无之间转换，其实每个人都在无数次地经历着轮回的宿命，只是有时自知，有时人知，有时不知而已。

2020-7-18 凌晨修订于慕圣斋

图书在版编目(CIP)数据

重构红楼 / 明鉴著. —上海：文汇出版社，2020.10
ISBN 978-7-5496-3309-8

Ⅰ.①重… Ⅱ.①明… Ⅲ.①《红楼梦》研究 Ⅳ.① I207.411

中国版本图书馆 CIP 数据核字（2020）第 168129 号

重构红楼

著　　者	明　鉴
封面题字	范　扬
	吴宇华
责任编辑	徐曙蕾
装帧设计	董红红

出版发行　文匯出版社
　　　　　上海市威海路755号
　　　　　（邮政编码 200041）

照　　排　南京理工出版信息技术有限公司
印刷装订　上海颛辉印刷厂有限公司
版　　次　2020年10月第1版
印　　次　2020年10月第1次印刷
开　　本　710×1000　1/16
字　　数　450千
印　　张　24.5（插页3）

ISBN 978-7-5496-3309-8
定　　价　68.00元